# 巴渝诗歌三百首

BAYU SHIGE SAN BAI SHOU

蓝锡麟 选注

重庆出版集团
重庆出版社

图书在版编目(CIP)数据

巴渝诗歌三百首 / 蓝锡麟选注. —重庆：重庆出版社, 2024.5
ISBN 978-7-229-18355-4

Ⅰ.①巴… Ⅱ.①蓝… Ⅲ.①古典诗歌—诗集—中国
Ⅳ.①I222.72

中国国家版本馆CIP数据核字(2024)第035047号

### 巴渝诗歌三百首
BAYU SHIGE SAN BAI SHOU

蓝锡麟　选注

策划编辑：郭　宜
责任编辑：王　娟　黎若水
美术编辑：夏　添
责任校对：何建云
装帧设计：刘　强

**重庆出版集团**　出版
**重庆出版社**

重庆市南岸区南滨路162号1幢　邮政编码：400061　http://www.cqph.com
重庆市开州印务有限公司印刷
重庆出版集团图书发行有限公司发行
E-MAIL:fxchu@cqph.com　邮购电话:023-61520656
全国新华书店经销

开本:787mm×1092mm　1/16　印张:27.5　字数:538千
2024年5月第1版　2024年5月第1次印刷
ISBN 978-7-229-18355-4
定价:98.00元

如有印装质量问题,请向本集团图书发行有限公司调换:023-61520678

版权所有　侵权必究

# 前 言

巴渝诗歌是巴渝文化的一个重要组成部分。从先秦至于近代，巴渝先人和过境文士探骊得珠，逸兴联翩，创作出了难以尽数的、脍炙人口的诗词歌谣，给当今重庆留传了一份极珍贵的文化遗产。置诸中华诗歌发展史，也是一份独具风神、不可多得的精神成果。

其间的"巴渝"一词，最早见于司马相如《上林赋》中的"巴俞宋蔡，淮南于遮"。继后的史传典籍，叠加出现了"巴渝乐""巴渝舞"之类话语。分而言之，"巴"指巴山、巴地、巴国、巴郡，"渝"指长江上游的最大支流嘉陵江。合起来看，"巴渝"就是一个地域历史概念。据《华阳国志·巴志》记载，先秦巴国最强大时"其地东至鱼复，西至僰道，北接汉中，南极黔涪"；汉代的巴郡在其析分为"三巴"以前，也涵盖了今四川省的巴中市、广元市、南充市、达州市、遂宁市和今重庆市的绝大部分地区。因此，原初意涵的"巴渝"，实即"巴"的同义词，"巴渝"就是"巴"，巴渝文化就是巴文化。巴文化与蜀文化融合为一，就积聚式生成了巴蜀文化。

地域历史文化从来都可以按层级细分。在20世纪80年代前后，以重庆学者为主，并得到了全川范围及全国范围的部分学者响应，开始以重庆为中心，辐射川东北和当时的川东南，细分出"巴渝文化"开展学术讨论。1997年重庆直辖之后，从学界几乎直达整个社会，逐渐地在将巴渝文化认作巴蜀文化的一个重要分支的前提下，也将巴渝文化认作重庆文化的同义词，其适用范围包括当今重庆全部辖区。这样一来，原初意涵的巴渝文化就变成了广义巴渝文化，继续由川渝两地共承共享，而与重庆文化相对应的巴渝文化则构成了狭义巴渝文化，主要由重庆本土追源溯流。本选本追溯的巴渝诗歌，理所当然是在狭义上使用巴渝概念。

就地域历史而言，自古及今，巴蜀之间山共脉，水同文，川渝一家亲毋庸置疑。但巴楚之间关联紧密也不容忽视。诚如《华阳国志·巴志》所述："江州以东，滨江山险，其人半楚，姿态敦重。"从有文字记载的行政建置看，战国中晚期，今重庆自涪陵以下的渝东北和渝东南，多属楚国黔中郡、巫郡辖地。从两汉至于六朝，今巫山、巫溪两县多数时候归荆州管，今酉阳、秀山两县多数时候也是荆州武陵郡属地。唐代实行道、州、县三级体制，当时的忠州、万州、夔州属山南东道（治在襄州），开州属山南西道（治在梁州）。一直到宋代设置夔州路，与益州路、梓州路、利州路合称为川峡四路，后简称为四川，才没有与巴蜀再分开。其间长达1360余年，"其人半楚"的民物风情必然注入巴渝文化，也必然影响巴渝诗歌。

山，多年属荆楚，如今主要属重庆的大巫山，襟带三峡，钟灵毓秀，曾是远古中华巫文化的重要发源地之一。巫文化与楚国历史相融合，润育出了楚辞，也滋养了屈原和宋玉。尤其是屈原，他在巫山下成长，不朽长诗《离骚》便有不少诸如香草美人、彭咸遗则之类巫风的描写，《九歌》里的《山鬼》更被现代学者指认为再现巫山神女。尽管屈原之后千余年间大巫山地区再没有出现过青史留名的本土诗人，但诗歌创造一直活跃，在民歌民谣的基础上，经过文人的淬炼加工，相继催生出了《汉鼓吹铙歌十八曲》之一的曲目"巫山高"，以及教坊曲子词牌"巫山一段云"，在全国名山当中独树一帜。巫山与巫峡美美与共，还产生了诸如《女儿子》《峡中行者歌》之类的"三峡谣"，特别是举世无双的诗歌奇葩"竹枝词"。受润于这种自然与人文完美结合的文化生态，从六朝至于隋唐，骚人墨客们纷至沓来，竟然形成了"行到巫山必有诗"（繁知一《书巫山神女祠》）的诗史佳话，历宋元明清长盛不衰。以巫山诗为引领的"三峡诗"卓荦不凡，早已成为巴楚共有的三峡文化的一大核心构建，放诸全国的名山大川罕与伦比。正因此，大巫山不仅是巴渝诗歌的不竭源头，而且是彪炳中华诗史的雄伟诗山。

山离水不灵，水离山不秀。与诗山交相辉映，次第生成，还有一条波谲云诡、妙曼无比的峡江诗廊。那便是在今重庆境内，沿长江流向，上起涪陵，途经丰都、忠县、万州、石柱、云阳、奉节、巫山等区县，连接今湖北巴东、秭归，下迄宜昌的，江与城共生的千里走廊。千里走廊中，今属重庆的地域约占五分之四。对巴渝诗歌发展来源来说，除了诗山的一切尽皆包罗其中而外，历时态的诗史波涛也同样地丰赡多彩。至迟从六朝发轫，由于多种社会原因和个体原因，行经或者流寓于其间的文士迁客、名流达人迁延不绝，流连寄情，所作的诗词含英咀华，别开生面。个中尤以唐宋两代超群绝伦，不特数量超过当时巴渝诗歌总量的五分之四，抑且不少名人名作不愧为唐宋高峰，这一诗廊也不愧为唐宋高地。民歌竹枝词演进成为文人竹枝词，"巫山高"曲牌和"巫山一段云"词牌广为流传，就是在这七百年间实现的。降及明清，盛况犹在，只不过总量占比降到了一半左右。应该毫不含糊地说，这条诗廊的人文价值不亚于前述诗山，巴渝诗歌的华彩乐章响贯全廊。

整条诗廊内，最大亮点莫过于诗城奉节。"西控巴渝收万壑，东连荆楚压群山"（傅作楫《白帝城》），它的区位优势远在诸城之上。早在公元前11世纪西周初年分封之际，它即为夔子国所在地。从西汉至于明清，也先后是巴东郡、巴州、信州、夔州、夔州路、夔州府以及江关都尉、三巴校尉的治所，处于下川东地区政治、经济、文化、军事中心地位。基于此，六朝时期即有了乐府歌谣《滟滪堆歌》，隋唐以降更有杨素、陈子昂、李白、杜甫、白居易、刘禹锡、苏轼、苏辙、黄庭坚、冯时行、王十朋、陆游、范成大、王廷相、杨慎、王士禛、张问陶等全国性的巨擘名流扬厉于其地，遂令"夔州诗"名扬天下，穿越古今。这样的一座千秋诗城，不仅只领异巴渝，雄视巴蜀，而且就算拿到当今中国全部城市当中去比一比，也找不出几个可以并肩比美的。

一脉诗山，一道诗廊，一座诗城，合称一山一廊一城，组合成了巴渝诗歌的壮阔风景带。上下两千多年间，举凡这一地带的山川形胜，人世变迁，古迹遗址，神话传说，生活习俗，生产劳动，男女情爱，友朋关怀，以及其他多种多样的诗歌素材，交相变成诗人笔下的锦词丽句。审美形式与之同时呈现多样化，犹如杜甫诗一样诸体兼备，气象万千。其中最独特、最重大的创造性贡献是竹枝词，越唐宋元明清至于民国，非但传播到全国，在各个省区、多个民族中激扬光大，甚而将薪火传布到了五洲四海,于历代起源于民歌的中华诗式实堪称独一无二。唯其如此,既有普适性传扬,又有独创性突破,理当视为夔州诗的显著特征。

与之相对应,很容易发现,唐宋时期的渝州诗远逊于夔州诗。事实上非但如斯而已,连黔中诗也有所不及。其根本原因在于,尽管它的前身江州曾是先秦巴国都邑和秦汉巴郡治所,却只具备单一的军事兼带行政功能,城市的发育极不完善。从西晋末年至南朝后期两百多年间,割据战争频仍,政权更迭频繁,生产凋残,人口锐减,更发生了大动荡和大倒退,以至唐代降为下州。一直到南宋时期,方才升格为府,得名重庆,进而成为整个四川抗御蒙(元)的指挥中心,成为一座兼行政、军事、交通、经济、文化等多功能的区域中心城市。但文艺发展相对滞后,延及于明清时期,重庆以及周边地区的诗歌创作才得以与夔州诗并驾齐驱。而到了抗日战争时期,重庆成为战时首都,人文荟萃,盛况空前,以"饮河诗社"为中坚代表的传统诗词与时代新诗同荣并茂,蔚为全国的高地、高峰,自然是夔州诗难以向迩的。这一切起伏消涨,主要是由社会历史铸就的,决然不会以任何个人或群体的意愿为转移。

通览全部巴渝诗歌,也容易发现,一切成就都是由客籍诗人和本籍诗人共同取得的,而且高峰基本出在客籍诗人。本籍诗人最早能追溯到晚唐李远,但他在唐代不过三流。宋有冯时行,明有张佳胤,清有傅作楫和李士棻,本籍诗人才跻身于全国前列,但仍不能同巨擘们争衡。为什么会这样?除了前已点及的诸多社会历史原因之外,从文化的视度看,积弱的症结主要有两点。一是巴渝地区处于巴蜀文化圈的东南边缘地带,文教事业兴起较晚。早在西汉景帝末年(约公元前141年),蜀郡太守文翁便在成都开设了石室精舍,兴学之风由之兴旺,历两千多年而迄今犹然。然而,巴渝却如嘉庆《四川通志》所说,"旧有学,学者不减旁近,郡不以教养为急,故散居郊野",直到宋代方才官学、私学勃兴。这就严重制约了民智开发,人才成长,精神文明长期因之逊于蜀。二是在价值观念和风俗习尚上,太多的人都沉迷于片面解读《华阳国志·巴志》概括的"巴有将,蜀有相"现象,取其一端而自炫自大,自满自足。殊不知,看中前者固然体现出世世代代的巴渝人质直好义,勇毅强健，忽视后者却直接导致"无造次辨丽之气""少文学"的负面根性贻害逾千年。好在宋以后渐次改观，明清之际终于顺应了全巴蜀的文化潮流，"五四"以降尤为长进。此间的正误得失，也是一份特殊的文化遗产，今人和后人都应当珍惜。

如今沿用《诗三百》《唐诗三百首》成例，选编一辑《巴渝诗歌三百首》，主观诉求一在鉴古，二在励今，两者相统一。所谓鉴，一指鉴赏，二指借鉴，合起来都指向励志今人和后人，有助于促成重庆诗歌拓展新局面。遴选的作品，以文人诗词为主，适度兼及民歌民谣。本籍诗人无论是在本土写，还是在外地写，均可以入选。客籍诗人则必须是在巴渝所写，疑是之作一概不收入。不分本籍与客籍，诗人和作品都要有代表性，有美誉度。整个选本，总体按照诗人出生的先后排列，分目则以人系诗。诗人简介和诗作注释，都力求做到准确无误，方便鉴赏。是否能够成为一个比较精粹的选本，有待出版后，经受读者和岁月的检验。

2023年3月30日于淡水轩

# 目　录

前　言 .................................................................................................. 001

[先秦]巴人诗2首

　　奉养歌 ........................................................................................ 001

　　祭祀歌 ........................................................................................ 002

[先秦]屈原辞1首

　　山鬼 ............................................................................................ 003

[汉]乐府诗1首

　　巫山高 ........................................................................................ 006

[汉]巴人诗3首

　　赞谯玄 ........................................................................................ 007

　　赞吴资 ........................................................................................ 008

　　刺李盛 ........................................................................................ 008

[六朝]乐府歌谣3首

　　滟预堆歌 .................................................................................... 010

　　女儿子 ........................................................................................ 011

　　峡中行者歌 ................................................................................ 011

[六朝]桓温诗1首

　　八阵图 ........................................................................................ 012

[六朝]萧纲诗2首

　　蜀道难二首 ................................................................................ 013

[六朝]萧绎诗1首

　　折杨柳 ........................................................................................ 015

001

## [隋]杨素诗2首
山斋独坐赠薛内史二首 ................................................ 016

## [唐]卢照邻诗1首
巫山高 ............................................................ 018

## [唐]杨炯诗1首
广溪峡 ............................................................ 019

## [唐]沈佺期诗2首
过蜀龙门 .......................................................... 021
巫山高二首（选一） ................................................ 023

## [唐]陈子昂诗3首
合州津口别舍弟至东阳峡步趁不及眷然有忆作以示之 .................... 024
万州晓发放舟乘涨还寄蜀中亲朋 ...................................... 025
白帝城怀古 ........................................................ 026

## [唐]孟浩然诗1首
入峡寄弟 .......................................................... 029

## [唐]王维诗2首
送李员外贤郎 ...................................................... 031
晓行巴峡 .......................................................... 032

## [唐]李白诗4首
巴女词 ............................................................ 034
自巴东舟行经瞿唐峡登巫山最高峰晚还题壁 ............................ 035
早发白帝城 ........................................................ 036
宿巫山 ............................................................ 037

## [唐]杜甫诗12首
渝州候严六侍御不到先下峡 .......................................... 038
禹庙 .............................................................. 039
旅夜书怀 .......................................................... 040
放船 .............................................................. 041
长江二首（选一） .................................................. 042

白帝 ............................................................. 043
　　八阵图 ........................................................... 044
　　秋兴八首（选一） ................................................. 045
　　咏怀古迹五首（选一） ............................................. 046
　　夔州歌十绝句（选一） ............................................. 047
　　解闷十二首（选一） ............................................... 048
　　登高 ............................................................. 049

[唐]司空曙诗2首
　　发渝州却寄韦判官 ................................................. 051
　　送庞判官赴黔 ..................................................... 052

[唐]戴叔伦诗2首
　　将至涪州先寄王员外使君纵 ......................................... 053
　　南宾送蔡御史入蜀 ................................................. 054

[唐]孟郊诗2首
　　巫山高二首（选一） ............................................... 056
　　峡哀十首（选一） ................................................. 057

[唐]窦群诗1首
　　黔中书怀 ......................................................... 059

[唐]白居易诗6首
　　夜入瞿唐峡 ....................................................... 060
　　竹枝词四首（选二） ............................................... 061
　　代州民问 ......................................................... 062
　　荔枝楼对酒 ....................................................... 062
　　别东坡花树二绝（选一） ........................................... 063

[唐]刘禹锡诗8首
　　竹枝词九首（选三） ............................................... 064
　　竹枝词二首（选一） ............................................... 065
　　蜀先主庙 ......................................................... 066
　　观八阵图 ......................................................... 067
　　畲田行 ........................................................... 068

别夔州官吏 ..................................................................070

[唐]韦处厚诗2首
　　盛山十二景（选二）..........................................................072

[唐]李远诗2首
　　及第后送家兄游蜀 ..........................................................074
　　慈恩寺避暑 ..................................................................075

[唐]李涉诗2首
　　竹枝词四首（选二）..........................................................076

[唐]李群玉诗1首
　　云安 ..........................................................................078

[唐]李频诗1首
　　黔中罢职将泛江东 ..........................................................080

[唐]许棠诗1首
　　寄黔南李校书 ..............................................................081

[唐]贯休诗1首
　　晚春寄张侍郎 ..............................................................083

[唐]郑谷诗1首
　　峡中尝茶 ..................................................................085

[五代]李珣词2首
　　河传 ..........................................................................087
　　巫山一段云 ..................................................................088

[五代]齐己诗2首
　　送周秀游峡 ..................................................................089
　　巫山高 ......................................................................090

[五代]刘隐辞诗1首
　　白盐山 ......................................................................092

004

## [五代]孙光宪诗1首
  竹枝词二首（选一）..................094

## [宋]王周诗2首
  会唅岑山人（戊寅仲冬六日）..................095
  夔州病中..................096

## [宋]张先词3首
  少年游·渝州席上和韵..................097
  渔家傲·和程公辟赠别..................098
  天仙子·别渝州..................099

## [宋]周敦颐诗3首
  游大林寺..................101
  宿崇圣院..................102
  题丰都观二首（选一）..................103

## [宋]张俞诗1首
  越公堂..................104

## [宋]苏洵诗1首
  题白帝庙..................106

## [宋]苏轼诗6首
  渝州寄王道矩..................108
  题平都山二首（选一）..................109
  竹枝歌（九首选二）..................110
  白帝庙..................111
  永安宫..................114

## [宋]苏辙诗4首
  竹枝歌（九首选二）..................116
  滟滪堆..................117
  入峡..................118

## [宋]黄庭坚诗词7首
  梦李白相见（三首选一）..................122

竹枝词二首（选一）..................................123
　　木兰花令..................................124
　　阮郎归..................................125
　　画堂春..................................126
　　和答元明黔南赠别..................................128
　　戏题巫山县用子美韵..................................129

## [宋]李复诗2首
　　登夔州城楼..................................131
　　大江..................................132

## [宋]冯时行诗词7首
　　温泉寺..................................134
　　西山..................................135
　　落花十绝（选二）..................................136
　　题王与善隐轩..................................137
　　蓦山溪·村中闲作..................................138
　　青玉案·和贺方回青玉案寄果山诸公..................................139

## [宋]王十朋诗7首
　　初到夔州..................................142
　　题诸葛武侯祠..................................143
　　呈同官..................................144
　　修垒..................................145
　　七夕..................................146
　　人日游碛..................................147
　　十贤堂栽竹..................................148

## [宋]陆游诗7首
　　谒巫山庙..................................150
　　入瞿塘登白帝庙..................................151
　　玉笈斋书事..................................154
　　蹋碛..................................155
　　自咏..................................156
　　苦热..................................158

涪州道中 ..... 159

## [宋]晁公遡诗2首
　　巴城 ..... 161
　　登梁山县亭 ..... 162

## [宋]范成大诗7首
　　劳畲耕 ..... 164
　　鱼复浦泊舟望月 ..... 167
　　夔州竹枝歌九首（选二） ..... 168
　　云安县 ..... 169
　　妃子园 ..... 170
　　恭州夜泊 ..... 171

## [宋]李壁诗2首
　　留题东屯诗（选二） ..... 173

## [宋]李埴诗2首
　　巫山竹枝词（二首选一） ..... 175
　　离巫山晚泊跳石滩 ..... 176

## [宋]杨甲诗2首
　　寒食游学射山 ..... 177
　　灵泉道中 ..... 178

## [宋]度正诗2首
　　奉谒夔州何异侍郎 ..... 180
　　题锦屏山 ..... 181

## [宋]张缜诗1首
　　题三峡堂 ..... 183

## [宋]洪咨夔诗2首
　　十月晦过巫山（二首选一） ..... 185
　　开济堂 ..... 186

## [宋]阳枋诗词3首
　　读《易》书怀 ..... 188

临江仙·涪州北岩玩《易》有感 ......189
　　瞿塘峡 ......190

**[宋]余玠诗2首**
　　黄葛晚渡 ......192
　　觉林寺晓钟 ......193

**[元]汪元量诗3首**
　　夔门 ......195
　　万州 ......196
　　重庆府 ......196

**[元]王师能诗1首**
　　长溪九曲 ......198

**[明]宋濂诗1首**
　　入峡 ......200

**[明]胡子昭诗1首**
　　丹心诗 ......202

**[明]李实诗1首**
　　使北迎上皇即事 ......204

**[明]邹智诗2首**
　　过惶恐滩 ......206
　　留别南畿诸友 ......207

**[明]王廷相诗5首**
　　发白崖 ......209
　　登瞿唐城望杜工部故迹 ......210
　　昭烈庙 ......211
　　巴人竹枝歌六首（选二） ......213

**[明]何景明诗3首**
　　义正祠 ......214
　　秋兴八首（选一） ......215
　　竹枝词 ......216

## [明]杨慎诗 5 首

- 竹枝词九首（选二） ... 217
- 万县元日 ... 218
- 铜罐驿 ... 219
- 钓鱼城王张二忠臣词 ... 220

## [明]喻时诗 1 首

- 重庆 ... 223

## [明]来知德诗 5 首

- 溪上春兴八首（选一） ... 225
- 村居 ... 226
- 对酒 ... 227
- 云安尝酒 ... 228
- 白帝城二首（选一） ... 231

## [明]张佳胤诗 6 首

- 天生桥二首（选一） ... 233
- 三峡堂 ... 234
- 赴雁门闻房退去呈杨中丞 ... 235
- 登函关城楼 ... 236
- 登岱（四首选一） ... 237
- 静庐 ... 238

## [明]郭棐诗 2 首

- 谒张桓侯庙 ... 240
- 春日偕高贞菴节推游岑公洞 ... 241

## [明]傅光宅诗 2 首

- 禹庙 ... 243
- 谒宣公墓 ... 244

## [明]刘綎诗 2 首

- 佛图关纪事二首（选一） ... 246
- 凯旋驻师渝州述怀二首（选一） ... 247

## [明]钟惺诗1首
上白帝城望杜少陵东屯居止遂有此歌 ......249

## [明]刘时俊诗2首
驻军佛图关 ......251
喜二子自江南来携硝磺到渝助军 ......252

## [明]曹学佺诗5首
登涂山绝顶 ......254
涪州 ......255
忠州 ......257
武侯八阵图 ......258
夔府竹枝词四首（选一） ......259

## [明]喻思恂诗2首
别思恂弟掌枢要二首（选一） ......261
赴任滇南趋谒先君寻甸遗爱祠并追溯自力楼遗泽四首（选一） ......262

## [明]李养德诗2首
田翁筑成 ......264
纪见 ......265

## [明]破山诗6首
为寂开剃发 ......267
送微言之蜀 ......268
太白崖 ......269
和澄灵禅师山居 ......270
示颖凡禅人 ......271
栽秧勉众 ......272

## [明]刘道开诗3首
大狱叹 ......274
高门行 ......278
畴昔 ......279

## [清]王士禛诗5首
渝州夜泊 ......281

涂山绝顶眺望 ................................................ 282
　　舟出巴峡 .................................................... 283
　　长寿县吊雪庵和尚 ............................................ 284
　　登高唐观 .................................................... 285

[清]傅作楫诗5首
　　白帝城 ...................................................... 287
　　永安宫 ...................................................... 288
　　八阵图 ...................................................... 290
　　巫山 ........................................................ 291
　　将出关寄内 .................................................. 292

[清]王恕诗2首
　　农家 ........................................................ 293
　　滟滪石 ...................................................... 294

[清]龙为霖诗3首
　　宿香国寺 .................................................... 295
　　月下登澄鉴亭观渝城夜景 ...................................... 296
　　踏青过巴蔓子墓 .............................................. 297

[清]刘慈诗2首
　　海棠溪 ...................................................... 299
　　渝州杂感七首（选一） ........................................ 300

[清]周开丰诗2首
　　桶井峡猿 .................................................... 302
　　海棠溪赠友集唐句 ............................................ 303

[清]王尔鉴诗4首
　　洪崖滴翠 .................................................... 305
　　铁山见焚林开石者而叹之 ...................................... 306
　　介石早发喜雨 ................................................ 307
　　川东道署古黄葛树长句 ........................................ 308

[清]周煌诗2首
　　悼亡四首（选一） ............................................ 313

011

八月二十九日东北大风雨下如注平地水且尺许倒溅齐簷飞沙拔树或曰即台也询之球人云
　　每岁中亦不常有者 ..................................................................314

## [清]李天英诗1首
　　宿夜郎箐 ..........................................................................316

## [清]李调元诗2首
　　巫山高 ............................................................................318
　　渝州登朝天城楼 ....................................................................319

## [清]张乃孚诗1首
　　鹦鹉 ..............................................................................321

## [清]张九镒诗1首
　　九日偕书太守登涂山即景二首（选一） ................................................323

## [清]王汝璧诗词4首
　　和林格尔道中口号 ..................................................................325
　　归署日遇雨志喜 ....................................................................326
　　念奴娇·观演赤壁赋 ................................................................327
　　江城子·玉簪花 ....................................................................329

## [清]龚有融诗2首
　　九盘山观瀑二首偕学中诸子（选一） ..................................................331
　　戏遣 ..............................................................................332

## [清]张问陶诗5首
　　重庆 ..............................................................................334
　　瞿塘峡 ............................................................................335
　　风箱峡绝壁上穴居人家 ..............................................................336
　　由三分水至楠木园出巫峡（四首选一） ................................................337
　　蜀道难 ............................................................................338

## [清]陈镇诗1首
　　白鹿盐泉 ..........................................................................341

## [清]陶澍诗2首
　　泊重庆 ............................................................................343

长寿县 .................................................................. 344

## [清]李惺诗1首
　　舟过黄州对月怀坡公 ........................................... 346

## [清]李士棻诗5首
　　鸣玉溪晚泛 ........................................................ 348
　　七夕同内子夜坐 ................................................... 349
　　追哭先师太傅曾文正公二十四首（选一）................. 349
　　旅述八首（选一）................................................ 351
　　留别杜芳洲 ........................................................ 352

## [清]陈汝燮诗2首
　　过秀城 ............................................................... 354
　　结屋 .................................................................. 355

## [清]钟祖棻诗2首
　　过折柳桥 ........................................................... 357
　　推车叟 ............................................................... 358

## [近代]张朝墉诗4首
　　偕友人登白帝城 ................................................... 359
　　南岗杂诗（八首选一）......................................... 360
　　岁除祭诗（二首选一）......................................... 361
　　庚辰元旦发笔 ..................................................... 362

## [近代]赵熙诗5首
　　重庆 .................................................................. 364
　　龟亭子 ............................................................... 365
　　歌乐山 ............................................................... 366
　　第一江山台 ........................................................ 367
　　元旦 .................................................................. 368

## [近代]秦嵩诗3首
　　庚子乱后重入都门有感（四首选一）...................... 370
　　沽上赠人 ........................................................... 372
　　辛亥暮春杂感八首（选一）................................... 373

013

## [近代]杨庶堪诗3首
- 秋日郊居时方议选报罢 ...... 375
- 夜袭 ...... 377
- 张培爵烈五 ...... 378

## [近代]郭沫若诗2首
- 钓鱼城访古 ...... 380
- 咏秦良玉（四首选一） ...... 382

## [近代]乔大壮诗1首
- 围棋 ...... 384

## [近代]刘孟伉诗3首
- 峡天 ...... 386
- 峡中闻巫歌 ...... 388
- 与谢老夜话达旦 ...... 390

## [近代]吴芳吉诗3首
- 清明 ...... 391
- 戊午元旦试笔（四首选一） ...... 392
- 行经白帝城下 ...... 392

## [近代]卢前曲2首
- [北中吕·醉高歌]过忠州问秦良玉屯兵处 ...... 394
- [北大石调·青杏子]苗舞 ...... 395

## [近代]柯尧放诗2首
- 闻长沙大火 ...... 397
- 秋暮登涂山绝顶示同游诸子 ...... 399

## [近代]许伯建诗2首
- 试驿车夜归松林坡直庐 ...... 401
- 仲甫先生挽诗三叠韵 ...... 403

## [附录]
- 常被误读的几首唐宋诗 ...... 405

## 后　记 ...... 413

## [先秦] 巴人诗 2 首

《华阳国志·巴志》述及巴人品质，在点赞"其民质直好义，土风敦厚，有先民之流"后，例证似地列举了四首四言诗。今选录其前两首，略见巴人诗风貌。从人文风情和文体架构两方面看，这些诗颇接近《诗·小雅》，故推断为战国前朝巴国中小贵族所作。

### 奉养歌

川崖惟平①，其稼多黍②。
旨酒嘉谷③，可以养④父。

野惟阜丘⑤，彼稷⑥多有。
嘉谷旨酒，可以养母。

**注释**

①川：河流。崖：岸边。川崖合用，指河边地。惟：副词，意谓独特，犹今言特别。惟平：意指特别平坦。
②稼：泛指种植的谷物。黍：一种谷物名，北方多指小米，南方多指糯米，去壳以后可供食用或者酿酒。
③旨酒：美酒。嘉：善，美好。古代称黍类谷物为嘉谷。
④养：特指奉养。这是儿女孝敬父母的基本要求。
⑤野：田野。阜丘：土山，丘陵。
⑥稷：谷物名，可与黍通，也可泛指五谷。

# 祭祀歌

惟月孟春①，獭祭②彼崖。

永言孝思③，享祀孔嘉④。

彼黍既洁，彼牺惟泽⑤。

蒸命⑥良辰，祖考来格⑦。

**注释**

①惟：发语词。月孟春：孟春之月，农历正月。一年之始，古人必定祭祀祖先。

②獭（tǎ，音塔）祭：又叫做獭祭鱼。最早见于《礼记·月令》："东风解冻，蛰虫始振，鱼上冰，獭祭鱼。"据传獭是一种喜欢吃鱼的哺乳动物，常将捕获的鱼摆放在河流岸边，意在祭鱼。这里是借喻，表示要用多种祭品祭祀自己的祖先。

③永：同"咏"，见《书·舜典》："诗言志，歌永言。"永言亦即歌咏。孝思：指对于祖先虔诚的追思。

④孔：副词，相当今之很、非常。孔嘉即指非常美好。

⑤牺：指牺牲。古代把供祭祀用的全体牲畜称为牺牲；分而言之，色纯为牺，体全为牲。泽：光润，这里指牺牲十分新鲜。联系上句，用洁净的谷物和新鲜的牺牲来祭祀祖先，充分体现出竭诚尽孝。

⑥蒸：通"烝"，专指将祭礼升于俎上设祭，概指祭祀。命：天命。蒸命即指祭祖受之于天命。

⑦格：感通，谓感通于天。这是一个祈使句，犹言恭请祖先们享受祭礼。

## [先秦] 屈原辞1首

屈原（前340—前278）名平，字原，为战国后期楚国芈姓、屈氏贵族。出生于丹阳秭归（今属湖北宜昌），青少年时期都在大巫山一带度过，"灵山十巫"传说及荆楚巫风习俗对他多有熏染。从政后，任左徒、三闾大夫，辅佐怀王处理内政外交大事。惜遭上官大夫逸毁，渐被怀王疏远。顷襄王时，更遭令尹子兰排挤，先后被流放到了汉北和沅湘流域。及至郢都被秦军攻破，他自沉于汨罗江，以身殉国。他是中华民族最早的积极浪漫主义诗人，有《离骚》《九歌》《天问》《九章》等"骚体"诗歌传世，"逸响伟辞，卓绝一世"，被誉为"楚辞之祖"。1953年，世界和平理事会决议，将他确定为当年纪念的世界四大文化名人之一。

## 山鬼①

若有人兮山之阿②，被薜荔兮带女罗③。既含睇兮又宜笑④，子慕予兮善窈窕⑤。乘赤豹兮从文狸⑥，辛夷车兮结桂旗⑦。被石兰兮带杜衡⑧，折芳馨兮遗所思⑨。余处幽篁兮终不见天⑩，路险难兮独后来⑪。表独立兮山之上⑫，云容容⑬兮而在下。杳冥冥兮羌昼晦⑭，东风飘兮神灵雨⑮。留灵脩兮憺忘归⑯，岁既晏兮孰华予⑰？采三秀⑱兮于山间，石磊磊兮葛蔓蔓⑲。怨公子⑳兮怅忘归，君思我兮不得闲㉑。山中人兮芳杜若㉒，饮石泉兮荫松柏㉓。君思我兮然疑作㉔。雷填填㉕兮雨冥冥，猿啾啾兮狖夜鸣㉖。风飒飒兮木萧萧㉗，思公子兮徒离忧㉘！

**注释**

①山鬼：山中女神。近现代学者闻一多、孙作云、姜亮夫、汤炳正等认为，山指大巫山，山鬼指巫山神女，巫山神女亦即巫山的山林之神，或称"楚国社神"。屈原以《山鬼》为题，列为《九歌》第十篇。

②若：依稀，仿佛。人：指山鬼。阿：山间曲隅。

③被：同"披"。薜荔：香草名，又名木莲，茎蔓缘木而生。女罗：地衣类植物，又名

松萝，多伴松柏而生。带女罗，就是以女罗为带。参看《离骚》之"扈江离与辟芷兮，纫秋兰以为佩""擥木根以结茝兮，贯薜荔之落蕊"等句，可知这是一种巫风奇服的打扮。用于山鬼，将其人化。

④含睇（dì，音地）：含情脉脉斜着眼看。宜笑：口唇微启天然带笑。犹如《诗·卫风·硕人》所描写的"巧笑倩兮，美目盼兮"，从眼、口特征凸显山鬼美貌。

⑤子：指称山鬼思恋的对象，与后面的君、公子相一致。予：山鬼自称，与后面的余、山中人相一致。窈窕：形象美好。

⑥赤豹：毛色赤而纹黑的豹子。文狸：毛黄黑相杂的狸猫。由赤豹驾车，让文狸跟随。

⑦辛夷：香木名。辛夷车即辛夷木所制作的车。结桂旗：用桂枝结成旗帜。特写车的材质装饰。

⑧石兰：香草名。杜衡：一种多年生草本植物。

⑨遗（wèi，音未）所思：赠给所思念的人。第5至8句都是山鬼想象的情景，不正面写自己如何想念心上人，而反向写心上人将怎么样来亲近自己，婉曲有致，韵味更浓。

⑩幽篁：幽深浓密的竹林。从这一句起，重新回到山鬼自己，写她如何从山隈登至山巅以眺望心上人，内心和外界经历了什么。

⑪独后来：山鬼担心自己会迟到。

⑫表：标识。标识性地独立于山巅，意在让心上人很容易发现自己。

⑬容容：形容云舒云卷。

⑭杳：深远。冥冥：昏暗。羌：语助词。昼晦：白天变得昏暗无光。

⑮雨（yù，音玉）：降雨。神灵雨的意思是，神灵不成全，突然变天降下雨来。

⑯灵脩：灵即神，脩谓远，灵脩合用指能神明远见者，这里指山鬼。憺（dàn，音旦）：安然，澹泊。心上人久等不至，天气忽然又变得如此恶劣，她决定要安然处之。

⑰岁：年岁。晏：晚暮，即老之将至。华：荣华；这里是作动词用，意思为使我长葆荣华。其先有一个孰字，意味着山鬼是在探问：这个心上人不来，谁又能够使我长葆荣华呢？

⑱三秀：指灵芝草。灵芝草一年三度开花，故称为三秀。山鬼到山间采灵芝草，以依靠自己留住芳华。

⑲磊磊：形容山间石多。蔓蔓：形容杂草蔓延。

⑳怨公子：采灵芝过程中又突然生怨，透露出山鬼并未忘记公子。

㉑"君思我"一句系为对方设想，认定其未来赴约，是因为不得闲，而不是负了心。

㉒杜若：香草名。芳杜若意谓自己就像杜若一般芬芳。

㉓饮石泉：以石泉为饮。荫松柏：以松柏为荫。意谓自己品性高洁。

㉔然：信任，与怀疑相反相衬。然疑作，意谓对公子另有一种猜想，那就是相信与怀疑交错发生，因而未来。自我心理变化，尽在字句之间。

㉕填填：形容雷声轰鸣。
㉖猨：同"猿"。啾啾：猨啼声。狖（yòu，音又）：长尾猨。
㉗飒飒：风声。萧萧：风吹树林而摇动作响的状态。
㉘徒：枉自。离：遭逢。徒离忧：枉自遭逢了一场忧伤，意在怨悔。全诗经由山限热盼、山巅失望、山间怨悔的三步心路，结合外部环境描画，表现出了山鬼追求美好爱情而不得的经历和感喟。

## [汉] 乐府诗1首

乐府原本是秦汉时期管理乐舞教习的机构。西汉武帝年间，乐府负责采集民间流传的乐曲和诗歌，并且整理保存下来，合称"歌诗"。歌诗通为五言体，将以《诗经》为代表的四言体诗发展到了一个新阶段，魏晋时始称"乐府"或"汉乐府"，确定成为一种诗式。宋郭茂倩《乐府诗集》将乐府诗分为十二类，主要是郊庙歌辞、鼓吹曲辞、相和歌辞、杂曲歌辞四类。

## 巫山高①

巫山高，高以②大；淮水深，深以逝③。我欲东归，害梁不为④？我集无高曳⑤，水何梁⑥？汤汤回回⑦。临水远望，泣下沾衣。远道之人心思归，谓之何⑧！

**注释**

①这首诗始见《宋书·乐志》，《乐府诗集》将其列入"汉铙歌上"，开了后世"巫山高"曲牌先河。诗中抒情主体为一个流离巴渝的江淮男子，受阻于巫山不能东归，临水远望，难遂心愿。

②以：连词，与"而"同。

③逝：流去。隐含着淮水奔流不已，不解游子思归之情的意思。

④害：通"曷"，意思是何不。如《诗·周南·葛覃》"害瀚害否，归宁父母"。梁：桥。这一句感叹巫山与淮水相距太远，阻隔太多，没有桥梁可以通达。

⑤集无高曳：近人逯钦立《先秦汉魏南北朝诗》认为，"集高曳"是"济篙拽"的假借字组合，值得采信。济：渡过。篙：船篙。拽（yè，音夜）：拉，拖。这一句感叹虽然切盼渡水东归，却无篙可用，无船可渡。

⑥梁：字误，当为"深"。

⑦汤（shāng，音商）汤：水大流急。回回：纡曲，引申义为心情杂乱，例如王褒《九怀·昭世》有句"肠回回兮盘纡"。

⑧谓之何：犹言说什么才好。万般无奈，尽在其间。

## [汉] 巴人诗3首

《华阳国志·巴志》说，汉高祖刘邦平定天下之后，"五教雍和，秀茂挺逸。英伟既多，而风谣旁作，故朝廷有忠贞尽节之士，乡党有主文歌咏之音"。其后录诗9首，今选其中3首。依据巴郡治所所在江州，诗中所涉人物与巴郡直接相关，确认为巴渝诗。

### 赞谯玄①

肃肃清节士②，

执德寔固贞③。

违恶以授命④，

没世遗令声⑤。

**注释**

①谯玄（约前45—35），字君黄，巴郡阆中人。少好学，善说《易》《春秋》。成帝永始二年（前15）被益州举荐，入朝对策，任议郎。王莽摄政，弃官还乡。公孙述据蜀称帝，"连聘不诣"，乃赐以毒药相逼。太守章仆登门劝说："君高节已著，朝廷垂意，诚不宜复辞，自招凶祸。"他慷慨回答道："唐尧大圣，许由耻仕；周武至德，伯夷守饿。彼独何人？我亦何人？保志全高，死亦奚恨！"遂受药，宁一死。得免死后隐居于乡，不复出仕。《后汉书·独行传》有传。万历《合州志》记载，谯玄晚年隐居于垫江（今合州）。

②肃肃：严正的仪态。清节：高尚纯洁的气节和操守。士：士君子，特指有节操和学问的人。

③寔（shí，音实）：通"实"，意为实在是。贞：正，意谓正大光明。

④恶：此指公孙述。授命：交出性命，称赞谯玄宁死不屈。

⑤没（mò，音末）世：辞世，死亡。令声：美誉，美好的声誉。

# 赞吴资①

习习②晨风动,澍雨③润禾苗。

我后恤时务④,我人以优饶⑤。

**注释**

①吴资:《华阳国志·巴志》记载:"永建中,泰山吴资元约为郡守,屡获丰年。"可知吴资字元约,汉泰山郡(地在今山东省内,郡治奉高在今泰安市境内,属兖州刺史部)人,东汉顺帝永建年间(126—132)任巴郡太守,政通人和,连年丰收,故民歌之。原诗有二首,此录第一首。

②习习:微风和煦之状。

③澍雨:时雨。这一句和上一句,既是对于风调雨顺的形象描述,又是对吴资勤政美政的动情借喻。

④后:古代天子及列国诸侯皆可称后,此借以尊称太守。恤:恤功,为民事而思虑勤苦。时务:应时令的农事。

⑤优饶:丰饶充足。这一句和上一句,直接赞颂吴资的勤政美政。

# 刺李盛①

狗吠何喧喧②,有吏来在门。

披衣出门应,府记欲得钱③。

语穷乞请期④,吏怒反见尤⑤。

旋步⑥顾家中,家中无可与。

思往从邻贷,邻人已言匮⑦。

钱钱何难得,令我独憔悴⑧。

**注释**

①李盛：《华阳国志·巴志》记载："孝桓帝时，河南李盛仲和为郡守，贪财重赋，国人刺之。"可知李盛字仲和，汉河南郡（地在今河南省内，郡治洛阳，属司隶校尉部）人，东汉桓帝年间（147—167）任巴郡太守，贪赃枉法，激起民怨。

②喧喧：指众口混杂的声音。未写吏来而先写狗吠，一针见血揭示出了官府的狂征暴敛已弄得鸡飞狗叫，憎恶的民心暗含其中。

③府记：郡守府掌管文书、算计的官吏。欲得钱：开口闭口要现钱，实即官吏趁机索贿。

④请期：拿不出钱，乞求延期。

⑤尤：责怪。

⑥旋步：转回脚步。

⑦匮：穷尽。意谓邻居也一无所有了。

⑧憔悴：本意形容萎靡，此谓筹不到钱，叫天天不应，叫地地不灵，实在苦不堪言。整首诗叙事为主，恨在其间，是一首难得的讽刺诗。

## [六朝] 乐府歌谣 3 首

六朝是一个历史概念，通指三国至南朝期间（222—589）长江流域的六个割据政权，即东吴、东晋、宋（常称刘宋）、齐（常称萧齐）、梁（常称萧梁）、陈。其中的东晋、刘宋、萧齐、萧梁，先后据有过巴渝地区，因而六朝文明对巴渝文明产生过一定影响。反映在诗歌领域，与下游吴歌、中游西洲曲相呼应，三峡地区产生了民歌竹枝词，还产生了收入乐府的《滟滪堆歌》5首和《女儿子》《峡中行者歌》等三峡谣4首，今选录3首以概见风貌。

## 滟滪堆歌①

滟滪大如马②，瞿唐不可下。

滟滪大如象，瞿唐不可上。

滟滪大如牛，瞿唐不可流。

滟滪大如幞③，瞿唐不可触。

滟滪大如鳖，瞿唐不可绝④。

滟滪大如龟，瞿唐不可窥。

**注释**

①滟滪堆：原本是瞿塘峡西口江水中的一座孤立的礁石，冬季水枯挺出江面达六七十米，夏季水涨则隐没水中，历来对于航行构成极大危险，已于1959年炸毁。在古籍中，滟滪堆又称淫预石。《古今乐录》记载："晋、宋以后有《滟滪歌》。"《古谣谚》《国史补》等文献里，录有4种五言四句《滟滪歌》。此五言十二句《滟滪堆歌》，《乐府诗集》归入"杂曲谣辞"，《古诗源》列入"晋诗"。

②马：以马的形状及其大小喻滟滪堆。宋李膺《益州记》说："滟滪堆，夏水涨没数十丈，其状如马。舟人不敢进，故曰滟滪，又曰犹豫。"第一、三、五、七、九、十一句依次用马、象、牛、幞、鳖、龟六个形体作比喻，前三个喻象较大，当是指水势较小时，后三个喻象较小，当是指水势较大时。句式都是"滟滪大如×"，修辞上复沓渲染，气势逼人，给人

印象十分深刻。第二、四、六、八、十、十二句与之对应，句式都是"瞿唐不可×"，也是同样的修辞方式，组合起来效果尤显。句末的动词不同，体现出了危险性有所区别。

③幞（fú，音伏）：古代的一种武士头巾。

④绝：渡过，跨越。例如《荀子·劝学》："假舟楫者，非能水也，而绝江河。"

# 女儿子①

巴东三峡猿鸣悲。

夜鸣三声泪沾衣。

**注释**

①女儿子：二首选一，都是七言二句。《古今乐府》认为："《女儿子》，倚歌也。"《古今乐录》解释说："凡倚歌悉用铃鼓，无弦有吹。"当为民歌竹枝词的滥觞。

# 峡中行者歌①

巴东三峡巫峡长，

猿鸣三声泪沾裳。

巴东三峡猿鸣悲，

猿鸣三声泪沾衣。

**注释**

①峡中行者歌：显然是从《女儿子》演变而来，反复歌唱，倍增情韵。《水经注》《乐府诗集》《全蜀艺文志》都收录了这首歌谣，对后世诗人影响相当大。

## [六朝] 桓温诗1首

桓温（312—373），字元子，谯国龙亢（今安徽怀远县）人。东晋重要政治家、军事家、书法家。永和元年（345）任安西将军、荆州刺史、持节都督荆司雍益梁宁六州诸军事，掌控了长江上游兵权。次年十一月率军西进伐蜀，于永和三年（347）三月攻占成都，灭掉成汉政权，开启了东晋对巴蜀地区70余年的辖治。《八阵图》一诗即为其行经白帝城时所作，为历代人咏八阵图的最早的一首诗。

## 八阵图①

访古识其②真，
寻源爱往迹③。
恐君遗事节④，
聊下南山石⑤。

**注释**

①八阵图：蜀汉诸葛亮所布置的一种阵形。据《三国志·诸葛亮传》说，他"推演兵法，作八阵图"。遗迹有三处，一在陕西沔县，一在四川新都，一在渝东奉节，以奉节八阵图最著名。其址在奉节老县城东一公里、白帝城西五公里处，南临长江，西接梅溪河入江河口，本是一片南北宽800多米、东西长2500多米的沙洲碛坝，三峡库区蓄水后，已被淹没。因此坝形似鱼腹，又称鱼腹浦。刘宋史学家盛弘之《荆州记》曾谓："八阵及垒皆图兵势行藏之权，自非深识者所不能了。桓温伐蜀经之，以为常山蛇势，此盖臆言之。"

②其：指所见到的沙碛坝上八阵图形。

③往迹：诸葛亮当年布阵行迹。

④事节：诸葛亮布八阵图的本事情节，即盛弘之《荆州记》所说的那个意思。

⑤聊下：且下。南山石：暗用《诗·小雅·节南山》典故"节彼南山，维石岩岩"，代指桓温从驻军山上下到沙洲，寻源识真，寄寓着对诸葛亮气节的仰慕之情。

## [六朝] 萧纲诗2首

萧纲（503—551），字世缵，梁武帝第三子。6岁能文，长大后尤擅辞藻，其诗轻靡绮丽，时称"宫体"。天监十三年（514）出任持节都督荆雍梁南北秦益宁七州诸军事、南蛮校尉、荆州刺史，今重庆万州以下渝东北地区均属荆州，《蜀道难二首》当作于其时。太清三年（549）即帝位，大宝二年（551）即被权臣侯景所弑，后被元帝追谥为简文帝。所作诗文大多已散佚，后人辑有《梁简文帝集》。

## 蜀道难二首①

### 其一

建平督邮道②，鱼复永安宫③。
若奏巴渝曲④，时当君思中。

### 其二

巫山七百里⑤，巴水三回曲⑥。
笛声下复高，猿啼断还续。⑦

**注释**

①蜀道难：乐府《瑟调曲》名。这两首诗当是萧纲出镇荆州期间，亲临巫县、鱼复时所作。

②建平：郡名。始设于蜀汉章武二年（222），治所在巫县（今重庆市巫山一带），隶属荆州。其后东吴、西晋承之，梁武帝年间仍置，辖巫县、北井、泰昌三县。督邮：官名，为郡守佐吏，代表郡守督察所属县，宣达教令，兼司狱讼捕亡等事，相当于现今的巡视官员。道：古代行政区划名，不同朝代大小不同。两汉至六朝指少数民族聚居的郡所设的县，见《汉书·百官公卿表》："县有蛮夷曰道。"当时建平郡为巴蛮聚居之地。

③鱼复：县名，秦、汉所置，即今奉节。永安宫：蜀汉刘备夷陵战败后，退居鱼复，改

鱼复县为永安县，建立行宫为永安宫。以上两句，全用名词组合而成，所涵盖的历史信息却相当多。

④巴渝曲：巴渝地区的民间歌谣。杜甫《暮春题瀼西新赁草屋五首》有句云："万里巴渝曲，三年实饱闻。"仇兆鳌《杜少陵集详注》引《汉书·礼乐志》注释说："高帝初为汉王，得巴渝趫捷人，与之定三秦，灭楚。存其乐，为巴渝曲。"

⑤七百里：郦道元《水经注·江水》有言："自三峡七百里中，两岸连山，略无阙处。"七百里为估计长度，现代实测为193公里。

⑥巴水：此特指三峡水。三回曲：言状三峡水迂回曲折。

⑦结尾两句承巴渝曲而来，显然化用了《峡中行者歌》。这两首诗格调清健，没有落入绮靡之弊。

## [六朝] 萧绎诗1首

萧绎（508—555），字世诚，梁武帝第七子。自幼聪颖，工书、善画、能文，但性多猜忌，处事多不仁。天监十三年（514）受封湘东王，中大同二年（547）任持节都督荆雍湘司郢宁梁南北秦九州诸军事、镇西将军、荆州刺史，在侯景之乱中却拥重兵而不救父兄。待侯景死后他于552年在江陵（今湖北荆州）宣布即位，建元承圣。在位两年多以后，江陵被北魏军队攻破，他具表投降，终被杀。死后被追尊为元帝。生前著有《金楼子》《孝德传》《怀旧志》等400余卷，多已佚，今只存《金楼子》辑本，后人又辑有《梁元帝集》。

# 折杨柳①

巫山巫峡长，垂柳复垂杨②。
同心且同折③，故人④怀故乡。
山似莲花艳，流如明月光⑤。
寒夜猿声澈⑥，游子泪沾裳。

**注释**

①折杨柳：汉乐府《横吹曲》名。古辞已亡，后人拟作多为五言八句，常用以寄托伤离悲春之情。萧绎这一首拟作，托言一个寄身巴渝的"游子"怀念故乡，写得十分哀婉凄清。从句式架构看，已趋近后世五言近体诗。

②垂柳复垂杨：通指枝条下垂的柳树，亦即杨柳。始见于《诗·小雅·采薇》："昔我往矣，杨柳依依。"清人郝懿行《尔雅义疏》说："《诗》言'杨柳依依''有菀者柳''东门之杨'，皆一物耳。《尔雅》柽、旄、杨通谓之柳，蒲柳又谓之杨，是皆通名矣。"可知合而言之，杨柳即柳，分而言之，杨指蒲柳。复的意思是又、再，用于分说的垂柳、垂杨之间，往复烘染，尤显巫峡两岸杨柳依依之状。

③同心且同折：意谓同心相映的人一同折柳以送别。古代送别有一种习俗，亦即送者和行者都折柳枝，以为留念。

④故人：旧友，即老朋友。

⑤明月光：像明月一样光亮。这既是眼前景，更是怀故乡的广远审美意象。

⑥澈：本意指流水清澈，此用以形容猿声极凄清，而猿声的凄清，恰正衬托了游子思乡的心境凄清。

## [隋]杨素诗2首

　　杨素（544—606），字处道，弘农华阴（今陕西潼关）人，隋朝重量级军事家、政治家、诗人和书法家。开皇五年（585）十月，时任上柱国的杨素出任信州（辖民复、云安、巫山、大昌四县，州治民复，民复治所在今奉节白帝城）总管，为伐陈作准备。开皇八年（588）十月，隋文帝杨坚任命晋王杨广（即后之隋炀帝）、秦王杨俊及清河公杨素并为行军元帅，十二月杨素即率军出峡，于次年二月攻至江夏（今湖北武汉），为灭陈建立殊功。天下统一后，受封越国公，在白帝城建越公堂。唐建中三年（782）设立武庙，追祀西周姜太公以降历代名将64人，杨素在其列。其人文武兼资，《隋书》本传称他"善属文，工草、隶""词气宏拔，风韵秀上"，与卢思道、薛道衡同为隋诗的领军人物。

# 山斋独坐赠薛内史二首①

## 其一

居山四望阻②，风云竟③朝夕。

深溪横古树，空岩卧幽石④。

日出远岫⑤明，鸟散空林寂。

兰庭动幽气，竹室生虚白⑥。

落花入户飞，细草当阶积。

桂酒徒盈樽，故人不在席。

日落山之幽，临风望羽客⑦。

## 其二

岩壑澄清景⑧，景清岩壑深。

白云飞暮色，绿水激清音。

涧户⑨散余彩，山窗凝宿阴。

花草共萦映⑩，树石相陵临⑪。

独坐对陈榻⑫，无客有鸣琴⑬。

寂寂幽山里，谁知无闷心⑭。

## 注释

①山斋：山间居室，很可能即为越公堂前身。唐李贻孙《夔州都督府记》说："白帝城东南斗上二百七十步，得白帝庙。又有越公堂，在庙南而少西。"南宋祝穆《方舆胜览》也说："（越公堂）在瞿唐关城内，隋杨公素所为也。"是知其方位在今白帝庙门外左侧。薛内史：指其诗友薛道衡。薛道衡（540—609）字玄卿，隋初至开皇八年（588）任内史侍郎，故称之薛内史。这一任职时段，大半与杨素任信州总管相重合，故可以推定诗作于重合期间。

②山：当指白帝山。四望：向四方眺望。阻：视线被阻挡。这正是居处白帝山上的客观感受，迄今游白帝庙仍然能体验到。

③竟：自始至终。这一句意谓从早到晚都风声不断，云雾缭绕。

④黝（yǒu，音友）：通"黝"，黑色。黝石：黑色的石头。

⑤岫（xiù，音秀）：峰峦。

⑥虚白：语出《庄子·人间世》："虚室生白，吉祥止止。"《释文》引司马彪说："室，喻心。心能空虚，则纯白独生也。"后人常用以形容清静自然的心境，此处即用此义。

⑦羽客：道士，又叫羽人。北周庾信《邛竹杖赋》有句："和轮人之不重，待羽客以相贻。"杨素即用此意。整首诗寓情于景，以景写心，既静穆淡远，又飘逸空灵，将思友笃情如溪泻出。

⑧澄：本指水静而清。这里是使动用法，意思是使得清丽景象倍显幽深。第二句与第一句反向描述，体现出了岩壑与清景交相为用，叠加幽深美感。

⑨涧户：临涧的山斋门。与下句的山窗相配，实代山斋，并引出了"散余彩""凝宿阴"以表现四时和阴晴变化。

⑩萦映：花草簇拥，互映其美。这一句由门窗外转到门窗内，与下一句同写山斋庭院的近景，转换自然，不落痕迹。

⑪陵临：高下相济，互相映衬。

⑫榻：一种供人坐卧的、比床狭长且低的木制家具。陈榻：旧榻。

⑬无客有鸣琴：没有知音朋友来访，枉自有琴不能弹。

⑭闷心：心烦意乱。无闷心：设问作结，实意谓有无闷心，复谁可知。这一首比上一首显得更加温婉缠绵，凄清苦涩。一位叱咤风云的军事统帅，无仗可打时独坐山斋，也会如此惆怅，既反映出多重性格，又表现出对诗友的一片至诚。

## [唐] 卢照邻诗1首

卢照邻（约635—689），字升之，号幽忧子，幽州范阳（治今河北涿州）人。高宗乾封三年（668）任新都（今属四川成都）尉，秩满离去。后染风疾，隐居于太白山（秦岭北麓，位于今陕西眉县、太白县、周至县境），再转至颍水（又称颍河，发源于今安徽阜阳市太和县，流经安徽、江苏、河南三省），终不堪其苦，自投颍水而死。生前与王勃、杨炯、骆宾王"以文章齐名天下"，号"初唐四杰"。后人辑有《幽忧子集》。

### 巫山高

巫山望不极①，望望下朝氛②。
莫辨啼猿树，徒看神女云③。
惊涛乱水脉，骤雨暗峰文④。
沾裳即此地，况复远思君⑤。

**注释**

①望不极：望不到尽头。
②望望：望了又望，恋恋不舍。语出《礼记·问丧》："其往送也，望望然，汲汲然。"朝氛：指早晨的云蒸霞蔚。
③神女云：神女峰朝云。暗用宋玉《高唐赋序》典故："昔者楚襄王与宋玉游于云梦之台，望高唐之观。其上独有云气，崒兮直上，忽兮改容，须臾之间，变化无穷。王问玉曰：'此何气也？'玉对曰：'所谓朝云者也。'"
④文：纹理，花纹。此特指峰形轮廓。
⑤君：思念的对象，包括神女在内，又不限于神女。即景动情，言又不尽。

## [唐]杨炯诗1首

杨炯（650—692），字令明，华州华阴（今属陕西）人。自幼聪敏博学，文采出众，9岁即举神童，授弘文馆待制，上元三年（676）举进士，补为校书郎。永淳元年（682）擢为太子詹事司直，达到从政高峰。垂拱元年（685）被贬为梓州（治今四川三台）司法参军，后卒于盈川县令任上。同为"初唐四杰"，他明言"吾愧在卢前，耻居王后"。有《盈川集》30卷，今存诗1卷。

### 广溪峡[①]

广溪三峡首[②]，旷望兼川陆[③]。
山路绕羊肠，江城镇鱼腹[④]。
乔林百丈偃[⑤]，飞水千寻瀑。
惊浪回高天，盘涡[⑥]转深谷。
汉氏昔云季[⑦]，中原争逐鹿[⑧]。
天下有英雄，襄阳有龙伏。[⑨]
常山集军旅[⑩]，永安兴版筑[⑪]。
池台忽已倾，邦家遭沦覆。[⑫]
庸材若刘禅[⑬]，忠佐为心腹[⑭]。
设险犹可存，当无贾生哭[⑮]。

**注释**

①广溪峡：即瞿塘峡曾用名。这首诗当是杨炯出蜀，赴任盈川县令过三峡所作。盈川为浙江衢州所辖县，今犹存杨炯祠遗迹。

②三峡首：长江三峡的起首之峡。《水经注·江水》说："江水又东经广溪峡，斯乃三峡之首也。"

③旷望：放眼四望。兼：同时能涵盖诸多方面。兼川陆：即既能望见江水，又能望见江岸陆地。语本《水经注·江水》："江水又东经诸葛亮图垒南，石碛平旷，望兼川陆，有亮所造八阵图。"这两句观察起势，既引出第三句至第八句写眼前景，又为第九句以下因景论史作铺垫。

④江城：指白帝城。鱼腹：即鱼腹浦。八阵图在鱼腹浦，进一步为论史作铺垫。

⑤偃：倒伏。乔林百丈偃：高崖上的树木藤萝的枝条势若倒伏下来，以状险秀。

⑥盘涡：盘旋的涡流。代指峡江水惊涛骇浪，异常险急。

⑦季：末。特指汉末，转入论史。

⑧逐鹿：喻指天下分崩离析，群雄并起，争夺治权。语出《汉书·蒯通传》："秦失其鹿，天下共逐之。"

⑨这两句将汉末史事锁定蜀汉。英雄：特指刘备。见《三国志·武帝纪》，曹操说："天下英雄，惟使君与操耳。"襄阳有龙伏：特指诸葛亮。见《三国志·诸葛亮传》："徐庶谓先主曰：'诸葛孔明者，卧龙也……将军宜枉驾顾之。'"其时诸葛亮隐居于襄阳（今属湖北）。

⑩常山集军旅：代指诸葛亮作八阵图操练将士。典出《晋书·桓温传》："初，诸葛亮造八阵图于鱼复平沙之上，垒石为八行，行相距二丈。温见之，谓此常山蛇势也，文武皆莫能识之。"

⑪版筑：筑墙。历代筑土墙，习用两版相夹，填土入版内，用杵筑之夯实。此代指章武二年（222）刘备战败夷陵之后，留据鱼复，改鱼复县为永安县，并建行宫为永安宫，以图再伐吴之事。以上六句为论史第一层，称颂刘备和诸葛亮都有作为，都想在逐鹿中争胜。

⑫这两句及以下四句陡转论史角度，惋叹蜀汉政权在刘备和诸葛亮身后迅速覆亡了。池台：指永安宫的池榭台阁，作为蜀汉象征倾覆了。邦家：直指蜀汉政权。

⑬刘禅：蜀汉后主。杨炯将蜀汉覆亡的原因归结在刘禅本为"庸材"上，只看到了表，并不太深刻。

⑭忠佐为心腹：当与后两句连读，意谓刘禅虽是庸才，但有诸葛亮及蒋琬、费祎、董允、姜维等忠贞辅佐，如果能像诸葛亮布八阵图以防孙吴一样，及早设防以御曹魏，还是可以保存政权的。他未能做到，所以引发"贾生哭"。虽有一定道理，终属皮相之见。

⑮贾生哭：贾生，指西汉初年著名政论家、辞赋家贾谊。他曾向汉文帝上《陈政事疏》（又称为《治安策》），论述当时显现或者潜在的若干危机，其中有句"臣窃惟事执可为痛哭者一，可为流涕者二，可为长叹息者六，若其他背理而伤道者难遍以疏举"。此借代蜀汉亡后忠臣直士为之哭，惋叹之情溢于言表。

[唐] 沈佺期诗 2 首

沈佺期（约 656—715），字云卿，相州内黄（今属河南安阳）人。善属文，尤长七言，与宋之问并称为"沈宋"。上元二年（675）进士及第，历任协律郎、通事舍人、考功员外郎、给事中。神龙元年（705）被告谄事张易之，流放驩州（今越南演州及安县一带），五年多以后方得召回为官，位至太子少詹事辞世。流放取道先入蜀，再出峡，然后南下，在巴蜀都留有诗作。明人辑有《沈佺期集》。

## 过蜀龙门①

龙门非禹凿②，诡怪乃天功③。
西南出巴峡④，不与众山同。
长窦亘⑤五里，宛转复嵌空⑥。
伏湍煦潜石⑦，瀑水生轮风⑧。
流水无昼夜，喷薄⑨龙门中。
潭河势不测⑩，藻葩垂彩虹⑪。
我行当季月⑫，烟景共春融。
江关勤亦甚⑬，巇崿⑭意难穷。
势将息机⑮事，炼药⑯此山东。

**注释**

①蜀龙门：今川渝两地称"龙门"处不少。一如北宋《元丰九域志》记载："果州之北三十里有龙门。"即今四川南充龙门。二如明代曹学佺《蜀中名胜记》记载，唐安居县（今属铜梁）西南有龙归山，其"正南即龙门山，两峰壁立如门"。三据万历《江津县志》说："治西有石门，号龙门滩，即龙门峡地。"《蜀中名胜记》也采用其说，今人大多引以为据，指认蜀龙门即今江津龙华镇的龙门滩。综合考察沈佺期当年合事理的行经路线，以及诗中涉

及的山水特征，以第二说的可能性为高。确指何处，尚待考定。但万历《江津县志》及《蜀中名胜记》将作者移植于陈子昂，误，不可从。

②龙门非禹凿：开篇即与禹凿龙门的传说划清界限。《墨子·兼爱中》："古者禹治天下，西为西河渔窦，以泄渠孙皇之水。北为防原，注后之邸，池之窦，洒为底柱，凿为龙门，以利燕、代、胡、貉与西河之民。"禹所凿龙门历来有两解，一指今陕西韩城与山西河津之间的龙门山，一指洛阳之南的龙门山，即龙门石窟所在。

③天功：自然造成，别于"禹凿"。

④巴峡：此指龙门峡，确定在巴地。西南出巴峡，意谓龙门峡系从龙门山西南而出。

⑤窦：孔穴。长窦：形容峡谷如孔穴，既幽且长。亘：连接。由此句至第十二句，铺陈描写蜀龙门如何"诡怪"，如何"不与众山同"。

⑥嵌空：玲珑。既宛转，又玲珑，可见当是深谷幽峡。

⑦伏湍：水面下的急流。煦：相互吐气以和悦。语出《庄子·天运》："相呴以湿，相濡以沫。"潜石：水面下的石头，伏湍流过潜石，多会产生水泡，沈佺期不仅观察细致入微，而且将此现象比喻为二者吐气和悦，颇能创新。

⑧轮风：佛教语，指风轮。如李白《赠僧崖公》诗："大地了镜彻，回旋寄轮风。"王琦注说："依《华严经》云：'三千大千世界，以无量因缘乃成。且如大地依水轮，水依风轮，风依空轮，空无所依。然众生业感，世界安住。'故《智度论》云：'三千大千世界，皆以风轮为基。'"此借指瀑流引生的旋风，亦可见沈佺期失意时向佛，全诗结尾两句所述实事出有因。

⑨喷薄：形容水势汹涌激荡。

⑩潭：渊，水深之处。势：态势。不测：难预料。潭与河并举，意谓峡中不同段落水深水浅不一样，难以预先明白。

⑪藻：水草的总称。葩：草木花。全句点染出峡中水草繁盛，野花烂漫，还有彩虹倒垂于水中，如斯美景赏心悦目。

⑫季月：农历每季最后一月。由下句"春融"，可知为三月。由此转入个人感慨。

⑬江关：海内。勤：辛劳。这是沈佺期对既往人生的概括和怨悔。

⑭巚（yǎn，音掩）崿：峰峦。特指当下所见的龙门山。"意难穷"正与"勤亦甚"相对，表明他的现实意念一言难尽。

⑮势：趋势，这里指个人愿望。息机：佛教语，谓息灭机心。见《楞严经》卷六："息机归寂然，诸幻成无性。"

⑯炼药：道家行为，炼制丹药。见江淹《效王微》："炼药瞩虚幌，泛瑟卧遥帷。"从结尾两句看，沈佺期过蜀龙门即景生情，一度想要效法佛道归隐山间了。

# 巫山高二首（选一）

神女向高唐①，

巫山下夕阳。

裴回作行雨②，

婉娈逐荆王③。

电影④江前落，

雷声峡外长。

霁云⑤无处所，

台馆晓苍苍⑥。

**注释**

①神女向高唐：参见卢照邻《巫山高》注③。宋玉《高唐赋序》继后文字还有："昔者先王尝游高唐，怠而昼寝，梦见一妇人曰：'妾，巫山之女也，为高唐之客。闻君游高唐，愿荐枕席。'王因幸之。去而辞曰：'妾在巫山之阳，高丘之阻，旦为朝云，暮为行雨，朝朝暮暮，阳台之下。'旦朝视之如言。故为立庙，号曰'朝云'。"

②裴回：同"徘徊"。行雨：流动性的雨。

③婉娈：形容年轻且姿色美，代指神女。荆王：楚王。

④电影：电光石影，亦即闪电。

⑤霁云：雨停后尚未散开的云雾。

⑥台馆：概指云梦之台、高唐之观。苍苍：深青色，形容雨霁以后的上下景色。这首诗纯用神女自荐枕席故事，描写行雨变化尚有可取之处，格调并不高。

## [唐] 陈子昂诗3首

陈子昂（659—700），字伯玉，梓州射洪（今属四川）人，唐代诗歌革新的先驱。在"复古"的旗帜下，他力倡"风雅兴寄"和"汉魏风骨"，矫正齐梁绮靡诗风，对后世的影响深远。21岁时出蜀，经涪江入嘉陵江再入长江，然后出峡，在今重庆境内铜梁、北碚、万州、奉节、巫山留诗6首。24岁中进士，历任麟台正字、右卫胄曹参军，后迁右拾遗，故世称"陈拾遗"。圣历元年（698）因父老而解职还乡，遭县令段简诬陷入狱，41岁时逝于狱中。诗文辑入《陈伯玉集》。

## 合州津口别舍弟至东阳峡步趁不及眷然有忆作以示之①

江潭②共为客，洲浦独迷津③。
思积芳庭树，心断白眉人④。
同衾成楚越⑤，别舄类胡秦⑥。
林岸随天转，云峰逐望新。
遥遥终不见，默默坐含嚬⑦。
念别疑三月⑧，经游未一旬⑨。
孤舟多逸兴，谁共尔为邻⑩？

**注释**

①津口：渡口，在今合川南津关附近，为涪江汇入嘉陵江处，他在那里告别其胞弟。东阳峡：嘉陵江小三峡中的温塘峡，因近东阳镇得名，时属合州，今属北碚。步趁：步撵追逐。眷然：形容顾念或依恋的神态。

②江潭：江边。语出扬雄《解嘲》："或倚夷门而笑，或横江潭而渔。"

③洲：水中陆地，即江心岛。浦：小河流注入大江河，或江河注入海洋之处。洲浦：此指涪江汇入嘉陵江处，即标题中合州津口。迷津：迷失路径。

④白眉人：原本指蜀汉马良。据《三国志·马良传》，马良兄弟五人，皆用"常"为字，都有才学。其中马良眉有白毛，才学尤著，乡里称赞"马氏五常，白眉最长"。此借指其胞弟。

⑤同衾：同被而寝，比喻亲近。常用以借代夫妻，亦用以借代兄弟亲情，此指后者。楚越：春秋时的楚国和越国，借指分离于两地。下句的"胡秦"与之同。

⑥别凫：凫是一种水鸟，俗称野鸭，多聚生于江河湖泊，常数百只结伴飞行，不易分开。此处言别凫，比喻好兄弟不得不分开了。意本苏武《别李陵》诗："双凫俱北飞""一别如秦胡"。以上六句写兄弟离别情。

⑦顰：通"颦"，意思是皱眉。

⑧疑三月：疑似分别已有三个月之久。

⑨经游：从容行走。一旬：十天。此句意思是，兄弟俩结伴同游，分开还不到十天，恰与上句相反相对。看起来，别舍弟以后，陈子昂还在合州有逗留。

⑩谁共尔为邻：以问句作结，萦系对于胞弟的眷眷挂念。全诗仅七、八两句略写峡中所见风景，后六句全是抒发"孤舟"当中念弟之情，真挚婉转，令人泫然。

# 万州晓发放舟乘涨还寄蜀中亲朋①

空蒙岩雨霁②，烂熳晓云归。

啸旅乘明发③，奔桡骛断矶④。

苍茫林岫转，络绎⑤涨涛飞。

远岸孤烟出，遥峰曙日微⑥。

前瞻未能晌⑦，坐望已相依。

曲直多今古，经过失是非。⑧

还期方浩浩⑨，征思日骒骒⑩。

寄谢千金子⑪，江海事多违⑫。

**注释**

①晓发：天晓启行，犹言早发。放舟：借助水势风势，驾舟顺流而下，犹言放船。乘

涨：趁着涨水。前八句写眼前景，后八句写心中意。

②空蒙：形容景象缥缈迷茫。岩雨霁：山岩正处于雨霁状态，故尔空蒙。岩当包括但不限于今万州太白岩。

③啸旅：长声呼唤旅客上船。乘明：趁着天已见晓。啸的主体当是船工。

④奔桡（ráo，音饶）：飞动的船桨，借代指飞舟。骛：马快跑，借喻飞舟如马奔驰。矶：水边突出的岩石或者石滩，此指江中礁石。断矶：仿佛会把礁石撞断，既状飞舟之快，亦状放舟之险。

⑤络绎：前后相接，连续不断。全句极言飞舟多，在洪水上涨的波峰浪谷间竞相疾进。

⑥此句描摹沿江两岸苍茫的群山在曙色中变幻得愈来愈小，转瞬即逝，以衬飞舟之快。

⑦眴（xuàn，音绚）：眼视物迷糊不清。未能眴：意谓眼前景并没有使自己头晕目眩，亦即头脑仍然清醒。由之而转入抒发心中意。

⑧这两句的意思是，从古至今，人事的曲直太多太多，等闲难以分清是非。全属他个人"坐望"的感慨，究竟指哪些曲直是非，并没有点明。

⑨还期：还乡日期。浩浩：原本形容水势盛大。这里是联景及人，想到自己去京城应制，不知何日得中进士，衣锦还乡。意本汉代佚名诗《涉江采芙蓉》："还顾望旧乡，长路漫浩浩。"他青少年时慷慨任侠，尚武好剑，十七八岁才发愤攻读，博览经史，底气不是太足。事实上，第一次参考确未得中，三年以后才成进士。诗寄亲朋，无所隐讳。

⑩征思：旅人之思。骈骈：本为形容马行不止的状态，比喻其征思连绵不断。

⑪寄谢：告知，寄语。千金子：中药名，可治二便不通、积滞涨满等症。

⑫江海：四方各地，犹言天下。多违：多违背，多背谬。事多违：犹言不如意事常八九。意本《左传·襄公八年》："谋之多族，民之多违，事滋无成。"连接上一句，意谓寄语千金子，普天下的事时常违背人的心愿，怎么才能得到救治这一弊端的良药呢？说的还是应试的事，了犹未了，结得奇妙。

# 白帝城怀古①

日落沧江②晚，停桡问土风③。
城临巴子国④，台没汉王宫⑤。
荒服仍周甸⑥，深山尚禹功⑦。

岩悬青壁断,地险碧流通。

古木生云际,孤帆出雾中。

川途⑧去无限,客思坐何穷⑨。

**注释**

①白帝城:在今奉节县东面白帝山上。新莽末年至东汉初年,天下大乱,多处有割据势力称王称帝。王莽所委导江卒正(相当于蜀郡太守)公孙述趁机而动,更始二年(24)"自立为蜀王,都成都";建武元年(25)"自立为天子,号成家"。因"好为符命鬼神瑞应之事",以起事西方,服色尚白,自称"白帝"。派将军任满"从阆中下江州,东拒扞关(鱼复江关别称,在瞿塘峡西口)",任满等建白帝城。(以上见《后汉书·公孙述传》)据《水经注·江水》记载,"白帝山城周回二百八十步,北缘马岭接赤岬山,其间平处,南北相去八十五丈,东西七十丈。又东傍东瀼水,即以为隍。西南临大江,窥之眩目。惟马岭小差逶迤,犹斩山为路,羊肠数四,然后得上"。迄今大体格局未变。建武十二年(36)东汉大司马吴汉率军攻破成都,灭成家,尽诛公孙氏。鱼复士民感念公孙述曾命任满屯田,发展生产,乃为之立白帝庙。从东汉前期直至明代正德七年(1512),此庙一直供祀公孙述。正德七年时,四川巡抚林俊认同东汉马援"子阳(公孙述字)井底之蛙耳"的说法,令毁公孙述像,改祀曾经劝阻公孙述称帝的马援及土神、江神,改庙名为三功祠。嘉靖十二年(1533),四川巡抚朱延立及按察司副史张俭再令改祀刘备、诸葛亮,改名义正祠。嘉靖三十六年(1557),四川巡抚段锦复又令添加关羽、张飞塑像,取"明君良臣"之义,改名明良殿。但庙门仍沿用宋人张航用汉隶所书"白帝庙"三字。后之选诗但凡涉及白帝城和白帝庙,若无特定必要,一概不再注。

②沧江:泛称江流、江水。

③土风:当地民俗风习。

④巴子国:巴子管领的地域、地区。据《华阳国志·巴志》记述,"武王既克殷,以其宗姬于巴,爵之以子"。武王分封时,巴子国在汉江中下游地区,当时奉节为巴之附庸国夔子国的属地鱼邑。周匡王二年(前611)以降,鱼邑归于巴。

⑤汉王宫:指刘备所置行宫永安宫。台没汉王宫:意谓眼前所见到的永安宫,楼台已经有些破败。伤古之情,暗寓其间。

⑥荒服:古代将京畿以外的地区按距离远近划分为"五服",即甸、侯、绥、要、荒。荒服指距京畿二千五百里以远地区,于五服中最僻远。甸:古代指郊外。周甸:周王朝的郊外。意谓白帝城一带虽离京畿甚远,但终究是中央王朝的郊野地区。

⑦尚禹功:土风仍然崇拜传颂大禹的凿峡之功。《水经注·江水》说:"(广溪峡)盖自

昔禹凿以通江。郭景纯所谓巴东之峡，夏后疏凿者也。"

⑧川途：道路，路途。此处特指水路。

⑨坐：居留，留滞。穷：穷尽，止息。全句意谓留滞于白帝城而怀古，万千思绪总没有尽头。

## [唐] 孟浩然诗1首

孟浩然（689—740），本名浩，以字行，襄州襄阳（今湖北襄阳）人。早年隐居鹿门山，40岁入京应试不第，张九龄出镇荆州始引为荆州从事。在荆州幕府期间，曾入峡游览。开元末，背疽发而逝。诗与王维齐名，世称"王孟"。有《孟浩然集》传世。

## 入峡寄弟

吾昔与汝辈，读书常闭门。
未尝冒湍险①，岂顾垂堂言②？
自此历江湖，辛勤难具论③。
往来行旅弊④，开凿禹功存⑤。
壁立千峰峻，潈流⑥万壑奔。
我来凡几宿，无夕不闻猿。
浦上⑦思归恋，舟中失梦魂。
泪沾明月峡⑧，心断鹡鸰原⑨。
离阔星难聚⑩，秋深露已繁。
因君下南楚⑪，书此寄乡园。

**注释**

①湍险：水势太急速的危险。见萧梁任昉《赠郭桐庐》诗："沧江路穷此，湍险方自兹。"

②垂堂：靠近堂屋的屋檐下。檐瓦坠落有可能伤人，故借喻危险境地。典出《汉书·爰盎传》："千金之子不垂堂。"颜师古注说："垂堂，谓坐堂外边，恐坠堕也。"垂堂言：概指关于垂堂的教训的话。前四句追忆往昔，从不肯去冒湍急之险，正与此番破例对照。

③具论：本意是指详细讨论。这里是指难以细说。

029

④行旅：离家远行的人。弊：指疲困。

⑤禹功存：参见陈子昂《白帝城怀古》注⑦。由禹功可知，已入瞿塘峡。其后四句均承之而来，铺陈在瞿塘峡见到的山水形胜，以及夜宿必闻猿啼的切身感受。

⑥潨（cóng，音从）流：众水交汇。

⑦浦上：江滨。非特指鱼腹浦，可理解为到了瞿塘峡以上任一地方的江畔陆地，从而引生思归恋。

⑧明月峡：长江小三峡之一，在今涪陵长江西段。点明此峡，入峡已远。

⑨鹡（jí，音及）鸰（líng，音铃）：鸟名，常在水边，多喻兄弟。原：广而平之处，常指川原。鹡鸰原：鹡鸰鸟所活动的川原。典出《诗·小雅·常棣》："鹡鸰在原，兄弟急难。每有良朋，况也永叹。"由鹡鸰而思兄弟。上句的"泪沾"，此句的"心断"，合而凸显思念之切。

⑩离阔：久别，远别，与阔别同。星难聚：以天上星辰比喻人间兄弟，相互分离，难以相聚。见曹植《与吴季重书》："面有逸景之速，别有参商之阔。"参星和商星此出则彼没，永不相见。

⑪南楚：唐人称荆楚地域西南一带为南楚，包括夔州、荆州在内。杜甫在云安（今云阳）有《南楚》一诗，其中有句"南楚青春异，暄寒早早分"。因君下南楚：意谓为了与兄弟重聚，决意要离开涪州一带，回舟东下南楚之地。后八句以写思归情为主。

## [唐] 王维诗2首

王维（701—761），字摩诘，河东蒲州（今山西永济）人，祖籍祁县（今属山西）。9岁属文，精诗、画、书、乐，苏轼称其"诗中有画"，"画中有诗"。开元九年（721）中进士，历任太乐丞、右拾遗、殿中侍御史。开元二十八年（740）秋，以侍御史身份"知南选"于黔州（治今重庆彭水），乃自长安经大散关入蜀，沿途时有诗画作。翌年春"知南选"公务毕，遂经涪州（今重庆涪陵）入长江，东下出峡。"安史之乱"后一度受贬，后官至给事中、尚书右丞，故世称"王右丞"。晚年居于蓝田辋川，半官半隐。有《王右丞集》传世。

# 送李员外贤郎①

少年何处去？负米上铜梁②。

借问阿戎父③，知为童子郎④。

鱼笺请诗赋⑤，橦布⑥作衣裳。

薏苡扶衰病⑦，归来幸可将⑧。

**注释**

①员外：本指正员以外的官员，后亦用以指富豪乡绅。此李员外当指后者。贤郎：对他人儿子的美称。

②负米：背米。为父负米是孝养的表现。"二十四孝"中有子路百里负米孝亲的故事，典出刘向《说苑》："子路曰：负重道远者不择地而休，家贫亲老者不择禄而仕。昔者由事二亲之时，常食藜藿之实，而为亲负米百里之外。亲殁之后，南游于楚，从车百乘，积粟万钟。累茵而坐，列鼎而食，愿食藜藿、为亲负米之时，不可复得也！"所以此少年负米被称为贤郎。铜梁：指唐代合州（今重庆合川）境内的铜梁山。据《寰宇记》，"铜梁山在石镜县（合川曾用名之一）南九里，东西连亘二十余里，山巅平整，环合诸峰，此其独秀者"。李员外当是山间的乡绅，其子则是下山为他购买薏苡后，再返还山上。

③阿戎：从弟，堂弟。此当为首句"少年"的堂弟。阿戎父：少年堂弟的父亲，当为少年叔伯。看来是结伴而行，故问其中年长者。

031

④童子郎：汉魏时期授予通晓儒经的少年的荣誉称号。这里借指背米少年知书识理，品行优良。

⑤鱼笺：鱼子笺简称。本是古代巴蜀地区特产的一种纸，以纸面呈霜粒如鱼子而得名。请诗赋：恳请在笺上题诗。少年随身携带鱼子笺，并有礼貌地恳请长者（王维）题诗留念，足见的确是一位"童子郎"。

⑥橦布：一种粗布，又称賨布。此写王维当面所见，少年穿着相当朴素，既折射出其家境并不富裕，更体现了那个少年乐道不忧贫。

⑦薏苡：又叫薏米、苡仁，药食兼用，具有健脾胃、补肺气、祛风湿、行水气等功效，民间多采用。扶衰病：赖以支撑既衰弱又多病的身体，扶持对象为其父亲。这一句和下一句，乃是少年的"负米"原委，也是对诗人作出的回应。

⑧幸：希望，但愿。将：奉养，调养。见《诗·小雅·四牡》："不遑将父。"朱熹《诗集传》："将，养也。"幸可将：少年真诚希望背回的薏米有助父亲调养。王维嘉许其诚，故题此诗相赠。

# 晓行巴峡①

际晓投②巴峡，余春③忆帝京。

晴江一女浣④，朝日众鸡鸣。

水国舟中市⑤，山桥树杪行⑥。

登高万井出⑦，眺迥二流明⑧。

人作殊方语⑨，莺为旧国声⑩。

赖多山水趣⑪，稍解别离情。

**注释**

①巴峡：泛指巴蜀境内所有巴江之峡。在今重庆市境内，除泛指外，还可以特指嘉陵江小三峡（沥鼻峡、温塘峡、观音峡）、长江小三峡（石洞峡、铜锣峡、明月峡）、长江大三峡（瞿塘峡、巫峡、西陵峡），于文献均有依据。但此巴峡何所指，必须依据诗中语句作综合考实（详见注⑧）。

②际晓：天刚见晓时分。投：入，进入。

③余春：暮春，农历三月的中下旬。实指开元二十九年（741）三月，王维完成黔州"知南选"事务以后，经涪州转入长江东下入峡之际，从时空上就排除了嘉陵江小三峡和长江小三峡。

④浣：洗濯。一女浣：洗濯衣物的女子仅此一人，足见时光方晓。这一句写眼前所见，下一句写耳中所闻。

⑤水国：水域，特指长江水滨。市：交易，作买卖。舟中市：在船上交易，这是一种峡江风情。由"一女浣"而移至于"舟中市"，依然为近观所见。

⑥山桥：山岭上的人造桥或天生桥。树杪：树梢。这是仰望远景所见，往来行人如在山桥、树梢上移动，也是一种峡江风情。

⑦登高：上船之前，登上高处。万井：古代以地方一里（一平方里）为一井，万井即为一万平方里，代指千家万户所聚居的城邑。出：显现于眼底。这一句十分重要，揭示出晓行始于某一城邑，而非峡中。

⑧眺：眺望。迥：远处。二流：两条江河交汇。结合上一句可见，晓行起始的城邑或在今奉节（梅溪河汇入长江，再入瞿塘峡），或在今巫山（大宁河汇入长江，再入巫峡），而不可能是别的任何地方。那么，此诗的巴峡或为瞿塘峡，或为巫峡，也不可能是别的任何峡谷。当以由奉节入瞿塘峡可能性大。此句实为破解关键。

⑨殊方语：异地他乡的方言俗语。王维是今山西地域的人，故将瞿塘峡、巫峡一带的方音土语认作殊方语。证之后来杜甫在夔州作的《秋野五首》有句"儿童解蛮语"，刘禹锡在夔州作的《竹枝词九首引》认定当地方音"激讦如吴声""伧伫不可分"，可信王维这样的感受并无偏失。

⑩旧国：故乡、故都。由人及莺，由殊方到旧国，便呼应第二句的帝京，由中间八句的眼中景、耳中声转移到了心中情，引出最后两句作结。

⑪赖：依靠，凭借。趣：意趣，吸引人的兴味。作为一首五言排律，自始至终清健中不失婉转，明丽中隐含深韵，中间八句尤其有画面感和音乐感。

## [唐] 李白诗4首

李白（701—762），字太白，祖籍陇西成纪（今甘肃秦安东），出生于唐代"安西四镇"之一的碎叶（今吉尔吉斯斯坦托克马克市附近）。5岁时随父移居绵州昌隆（今四川江油）青莲乡，青少年阶段博览经籍奇书，并好剑术，既有建功立业的抱负，又深受侠、道影响。开元十三年（724）"仗剑去国，辞亲远游"，经渝州而出三峡。先漫游荆楚、吴越，再西经襄阳而客汝海，居安陆，以"谪仙"名满天下。天宝元年（742）被征入京，供奉翰林，一年多以后即被玄宗"赐金放还"，遂东游梁宋，寄居东鲁，再南下吴越。安史之乱时加入永王李璘幕府，李璘败亡后以"附逆"罪系浔阳狱，于乾元元年（758）春被判处流放夜郎，次年春行至奉节，遇赦还江陵。上元三年（762）逝于当涂。有《李太白文集》30卷传世，世称为"诗仙"。

### 巴女词①

巴水急如箭，
巴船去若飞。②
十月三千里③，
郎行几时归④？

**注释**

①巴女：巴地女子。诗中特指峡江女子。全诗假托巴女而作，有民歌味。作于初出峡时。

②急如箭：比喻峡江水奔流极快。去若飞：形容峡江船行进极快。开头两句只点明巴水、巴船，但主体巴女暗存其间。

③十月：极言分离时间之长。三千里：极言相隔距离之远，当是指长江下游吴越之地。峡江地区山穷水恶，土地贫瘠，在古代多有女子留在家乡耕种，男子离家远赴吴越谋生的习俗。所以这一句，已然正面切入巴女对于远行丈夫的思念。

④几时归：什么时候才能够归来。问句作结的文字虽直白，意韵却颇深长。因为当时的交通不便，从吴越地区逆江返回峡江地区，通常要几个月，并且吉凶难卜。巴女的思念，不仅指盼郎归来，而且深蕴对郎安危的担心。

# 自巴东舟行经瞿唐峡登巫山最高峰晚还题壁①

江行几千里②,海月十五圆③。

始经瞿唐峡,逐步巫山巅。

巫山高不穷,巴国尽所历④。

日边攀垂萝,峡外倚穹石⑤。

飞步凌绝顶,极目无纤烟⑥。

却顾失丹壑⑦,仰观临青天。

青天若可扪⑧,银汉去安在⑨?

望云知苍梧⑩,记水辨瀛海⑪。

周游孤光晚⑫,历览幽意多。

积雪⑬照空谷,悲风鸣森柯⑭。

归途行欲曛⑮,佳趣尚未歇。

江寒早啼猿,松暝已吐月⑯。

月色何悠悠,清猿响啾啾。

辞山不忍听,挥策⑰还孤舟。

**注释**

①巴东:指原巴国东部地区。据《华阳国志·巴志》,巴国强盛时"其地东至鱼复"。此诗当作于初次出峡时。

②江行几千里:李白自岷江转入长江,行程已有千余里,几千里为夸张之辞。

③海月:由海上升起的明月。见张九龄《望月怀远》:"海上生明月,天涯共此时。"李白《古风》五十六亦有句:"清辉照海月,美价倾皇都。"十五圆:月亮逢农历十五而圆,不必专指中秋月圆。此诗特以月圆起兴。

④历:经历。这一句的意思是,由于巫山高无穷,巴国之地尽收眼底。

⑤穹石:巨石,大岩石。

⑥纤烟:细微的云烟。无纤烟:万里无云,一碧如洗。

⑦却顾：与下句仰观相对，指回头往下看。失：看不见。丹壑：赤褐色的深谷。时在秋天，谷有红叶。反衬出巫山绝顶之高峻。

⑧扪：触摸到。

⑨银汉：银河。去安在：隐没到哪里去了。从第五句到此句，都是正面铺写登巫山最高峰的即时感受。

⑩苍梧：山名，秦汉苍梧山即今九嶷山，在今湖南境内。知苍梧：意思是由巫山的气象，即可以想见苍梧山气象。

⑪瀛海：大海。辨瀛海：意思是由登巫山绝顶下看峡水，即可以想见大海洪波涌起，浩瀚无边。这两句也是登高的感受，但已转入畅怀联想，在全诗中承上启下。

⑫周游：到处游览。孤光：远处映射的光，犹言夕照。孤光晚：已时至傍晚。足见李白游兴极高，在巫山最高峰游览了整一天。此句由白天转写到夜晚。

⑬积雪：积聚未融的雪，比喻月光如雪，银辉铺地。

⑭悲风：令人倍感凄凉的风。语义见曹植《野田黄雀行》："高树多悲风，海水扬其波。"森：茂密。柯：树枝。森柯：树丛。

⑮曛：昏暗，指夜色。

⑯瞑：本义为闭眼。松瞑：松树都闭眼了，比喻树影变黑，夜幕降临。吐月：月亮冲破夜幕而出。

⑰策：杖。挥策：使用手杖。后十二句描述晚还。虽有悲风之句，格调终究与骋目畅怀的游兴一致，绝无衰飒之音。

# 早发白帝城①

朝辞白帝彩云间②，千里江陵一日还③。
两岸猿声啼不住，轻舟④已过万重山。

**注释**

①早发：一天明便出发。乾元二年（759）春，流放途中的李白尚在夔州，突闻肃宗赦诏，喜不自胜，当即由白帝城乘快船下江陵。这首诗作于即将随船起行之时，二、三、四句都是对于此行的预估，欢快之情溢于言表。

②彩云间：白帝城位于白帝山上，隔水与夔门相望，早晨常见彩云缭绕。古传"夔州十

二景"当中，赤甲晴晖、白盐曙色、文峰瑞彩均为彩云的写照。

③江陵：今湖北荆州市，为长江中游的交通枢纽之一。千里江陵：《水经注·江水》说"或王命急宣，有时朝发白帝，暮到江陵，其间千二百里，虽乘奔御风不以疾也"。这里的千里是举其成数。还：回归到原处。李白被流放，是从长江中游到长江上游。如今到江陵标志重返长江中游，所以用"还"字。一日还：极言快。

④轻舟：一种形制狭长、两舷弯曲、首尾尖削的小船，顺流而下，行驶快捷。

## 宿巫山①

昨夜巫山下，猿声梦里长。

桃花飞绿水②，三月下瞿唐③。

雨色④风吹去，南行拂楚王⑤。

高丘⑥怀宋玉，访古⑦一沾裳。

**注释**

①这首诗写于《早发白帝城》之后，遇赦返还途中。据此诗可见，李白并没有一日之间即至江陵，而是曾经留宿巫山。

②这句写景，点出时令，正是桃花飞落碧水的时候。如此美景当中，颇见心情大好。

③这句显示，李白遇赦返还是在乾元二年（759）的三月。

④雨色：暗用宋玉《高唐赋序》中神女"朝为行云，暮为行雨"的典故，代指神女。

⑤南行：神女见楚王于阳台之下，山南为阳，故称南行。拂：吹拂，承上句"风吹"而来，拂楚王意谓撩动楚王。

⑥高丘：山名，在巫山县城北。高丘山上曾经建有高唐观，阳台亦建于其上，故又称阳台山。

⑦访古：造访高唐观及阳台遗迹。能有这种举动，亦见心情大好。

## [唐] 杜甫诗12首

杜甫（712—770），字子美，襄阳（今属湖北）人，生于巩县（今属河南）。青年时期游历吴越和齐赵，结识李白和高适。天宝年间客居于长安，应试不第，曾献三大赋以求进用。安史乱起，至德二年（757）四月逃至凤翔见肃宗，得授左拾遗。乾元二年（759）秋弃官入蜀，于成都浣花溪畔筑草堂寓居，得剑南东西川节度使严武关照，任节度参谋，表为检校工部员外郎，故世称"杜工部"。永泰元年（765）五月离成都，经渝州、忠州而至夔州寓居。在夔州居住一年又九个月，作诗461首，约为生平存诗的三分之一。大历三年（768）正月出峡，大历五年（770）冬逝于从潭州往岳阳的船上，终未能还乡。诗与李白齐名，合称"李杜"，世称"诗史"。有《杜工部集》传世。

### 渝州候严六侍御不到先下峡①

闻道乘骢发②，沙边待至今。

不知云雨③散，虚废短长吟④。

山带乌蛮⑤阔，江连白帝⑥深。

船经一柱观⑦，留眼共登临⑧。

**注释**

①严六侍御：生平不详。有可能是严武的亲戚，所以会有约在先，在渝州等待其一道出峡。永泰元年（765）四月严武辞世，五月杜甫即离开成都，经嘉州（今四川乐山）、戎州（今四川宜宾）、渝州而前往忠州、夔州。

②骢：一种青白毛杂的马，即青骢马。此泛指马。闻道乘骢发：意谓听说严六侍御早已乘马出发了。然而，事实却是久候不至，所以一破题便不掩怨气。

③云雨：语本《高唐赋》，多借指男女欢会。这一句推测严六侍御还沉溺于声色犬马，说不定什么时候才肯暂了。

④吟：诗体名。短长吟：代指吟咏而作诗。

⑤乌蛮：古代西南地区少数民族族群，聚居于今湖南、湖北和重庆东南部、东北部，史称武陵蛮、荆蛮及巴蛮、板楯蛮。此用族群名代指那一带的山，尤指大巫山，那是出峡的必

经之地。

⑥江连白帝：指依托长江，渝州一直连通白帝城。同样指向出峡目标。

⑦一柱观：道观，在江陵（即今荆州）。这一句的意思是，杜甫下峡前特给严六侍御留话，明示将经白帝去江陵，约其在一柱观相会。

⑧这一句的意思是，希望严六侍御继后到达江陵后，务必登临一柱观，并且多用眼睛看一看，兴许能够看到自己。不掩怨气，杜甫确是个有个性的人。但五、六两句超越了使气，为古今第一人写出了渝州山水大格局。

# 禹庙①

禹庙空山②里，秋风落日斜。
荒庭垂橘柚③，古屋画龙蛇④。
云气嘘青壁⑤，江声走白沙⑥。
早知乘四载⑦，疏凿控三巴⑧。

**注释**

①唐代宗永泰元年（765）六月，杜甫由渝州行至忠州（今重庆忠县），在江边的龙兴寺借住了两个多月，入秋才转往云安。唐代忠州辖临江、丰都、南宾、垫江、桂溪五县，州治在临江。临江县城的山崖上建有大禹祠，即禹庙。

②空山：空寂的山。首联点出时令、环境。

③荒庭：荒芜的庭院。橘柚：皆果名，橘指红橘，柚指柚子，果实有小大之别。垂橘柚：形容果实多，把树枝压得都往下垂了。但果实多却无人摘，恰正反衬庭院荒芜。《书·禹贡》有句："厥土下上上错，厥贡苞茅橘柚。"可见禹庙植橘柚传承了一种古风。

④画龙蛇：庙内壁上绘有大禹驱赶龙蛇治水的图画。画意来自神话传说。《荀子·成相》记载："禹有功，抑下鸿（洪水），辟除民害逐共工。"《山海经》和《淮南子》都说共工"人面蛇身"。《绎史》引《抱朴子》说，"禹乘二龙，郭支为驭"以降伏共工。其主旨就在传扬大禹的治水殊功。图画虽然在，也无人观赏。颔联极写庙内冷落。

⑤云气：云雾，雾气。嘘：缓缓地吐气。青壁：发青的外墙壁。意谓外墙壁已经颜色变暗，布满了苔藓之类，连云气也禁不住为之而嘘气兴叹。

⑥白沙：白色沙滩。走白沙：意思是江声也从沙滩传来。能听到江声，更反映出了禹庙外部极其空寂。

⑦四载（zài，音在）：传说禹治水所曾乘用的四种交通工具。其典出《书·益稷》："予乘四载，随山刊木。"孔颖达注："所载者四，水乘舟，陆乘车，泥乘辇，山乘樏。"这一句由今转史，以追念大禹治水之功。

⑧疏凿：参见陈子昂《白帝城怀古》注⑦，意与开凿近。三巴：汉末兴平元年（194），益州牧刘璋将原巴郡一分为三，即垫江（今合川）以北为巴郡，江州至临江为永宁郡，胸思（今云阳）至鱼复为固陵郡，是始为三巴。此代指巴蜀境内长江、嘉陵江流域。控三巴：即控制住了三巴地区水害。尾联实为杜甫为禹庙荒凉兴叹，追念和颂扬大禹疏凿治水之功。全诗情生于景，沉雄大气中浸透着悲凉感伤。

# 旅夜书怀①

细草微风岸，危樯独夜舟②。
星垂平野阔，月涌大江流③。
名岂文章著④？官应老病⑤休！
飘飘何所似？天地一沙鸥⑥。

**注释**

①杜甫于永泰元年（765）九月上旬雇船，携家离忠州前往云安，启行前一夜就借宿船上。这首诗就是写当夜在船所见所思，也是他最后一首忠州诗。诗中浓缩的人生感怀，确然是又不仅是当夜当处见景生情，情随景溢，而更应当是寄寓忠州两个多月的反思提炼。

②危樯：高立着的桅杆。独夜：颇为孤独的夜晚。开头两句为近观景象，点出了时地环境，也暗寓了个人心境，为后四句书怀张本。

③平野：平坦而开阔的野地。这两句承上而来，写仰望、远望所见景象。由于平野阔，星光就像是由空匝地倒垂而下。由于大江流，月色就像是融入江水一起奔涌。这一感觉十分独特，故浦起龙《读杜心解》赞此两句"开襟旷远"。

④这是一个反诘句，意谓一个人若要追求名闻天下，难道只能靠文章不可吗？实则一句气话。因为正如《奉赠韦左丞丈二十二韵》所写那样，他固然有"赋料扬雄敌，诗看子建

亲"的才华自信，却更加"自谓颇挺出，立登要路津"，志在"致君尧舜上，再使风俗淳"。殊不知折腾大半辈子，虽有了文名，从政之路却太不堪。所以他心极不甘，却又无可奈何，不能不自发牢骚。

⑤老病：杜甫时年54岁，唐代人平均寿命不及35岁，可以称老了。当时他已患有消渴、风疾（痛风症）以及眼疾、脚疾，真年老多病，故可称老病。照常理，官员年老多病就该退休了，不该想不通的。但杜甫官运不通，并不是因为年老多病，所以他说反话。

⑥沙鸥：一种水鸟。据李时珍《本草纲目》，鸥"在海者名海鸥，在江者名江鸥"。此处当为江鸥。杜甫离成都《去蜀》诗即说："万事已黄发，残生随白鸥。"可见他对于从政当官，"兼济天下"已完全绝望，从而以鸥鸟自况。天地何其大，沙鸥何其小，他已自知人生渺小。但同时，将沙鸥置于天地之间，足见他仍将以天地为念。此即所书之怀。

# 放船①

收帆下急水②，卷幔逐回滩③。
江市戎戎暗④，山云淰淰寒⑤。
村荒无径入⑥，独鸟怪人看⑦。
已泊城楼底，何曾夜色阑⑧？

**注释**

①放船：此指借助水势，驾船顺流而下。这首诗作于《旅夜书怀》次日，描述杜甫乘船离开忠州后，船进入云安境内的感受（详见下注）。忠州至云安水程约150公里，云安段有40多公里。唐代云安为夔州辖地，故这首诗即为杜甫夔州诗起始之作。

②收帆：降下船帆。这是一个重要的行为标志，表明先前自忠州经万州的100余公里行船是张了帆的，至此遇急水才不得不收帆，否则极易船毁人亡。急水：水势汹涌而险恶的江河或者河段，此特指巴阳峡。峡西起今万州区小周镇下岩纤背，东至今云阳县巴阳镇站溪沟鸭蛋窝，长10余公里，最险处调羹石至老鹰岩长8.2公里，五分之四以上峡谷在今云阳县境内。每年枯水期，江面狭窄处仅有80余米，最宽处只有150余米，峡中最深处44.2米，最浅处21米，历来被称为"长江咽喉"，历代有文字记录的沉船逾千艘（只）。2002年三峡库区蓄水以后，已不复存在。

041

③卷幔：收卷起船舷两侧的布幔。又是一个重要的行为标志，表明已经没有日光照射了，不需要遮蔽了。回滩：回水滩，江河中水浅石多而造成涡旋、急流的段落，此特指龙脊石上下周边。云安县治（今云阳云安镇，址已后靠上移）在长江北岸五峰山麓，治前江心有一道砂石梁，长200余米，宽10多米，冬春水枯才露出江面，形成东西两岛，水极枯时才连成一片，浑若一条白龙露脊，故称龙脊石，又叫龙潜石。这一巨石加水下乱石，造成了那一带江流的回滩，行船必须十分小心。三峡库区蓄水后，龙脊石和云安县治已没于水下，但过了龙脊石即抵达云安城，作为历史确定无疑。开头的两句，形象描述放船云安的两个节点，时空转换，跳跃明快。

④江市：江畔城邑，指云安城。戎（róng，音绒）戎：形容树木茂盛。暗：形象不太清晰了。这是卷幔后，船过龙脊石，放眼云安所获得的第一印象。

⑤渗（shěn，音审）渗：形容山云散乱不定。这是抬眼望天所获得的印象。寒：寒意，指人的感觉。联系上一句的暗，主客观相一致，暗示出天已近晚。

⑥村荒：仿佛农村一样萧条。云安非州治，更兼连年兵匪祸，所以会有这样的观感。无径入：从船上没看到入城的路径，树掩、城暗所致。

⑦独鸟：林间的一只鸟。怪人看：代鸟写心的一种表达。兴许是忽有人至江畔，把一只将宿的鸟惊飞起了，甚或还惊叫了。第三句至第六句，都写甫抵云安的即时感受。

⑧夜色阑：夜深。以问句结尾，合是船离忠州时，船上曾有人预估要到夜深方抵云安，实际上却是傍晚便到了，欣喜过望，故尔反诘。杜甫也讲幽默，更显情趣盎然。尤其是与开头两句相呼应，不提放船，实承放船，渲染了放船效果大快人心。


# 长江二首（选一）①

众水会涪万②，瞿塘争一门③。
朝宗人共挹④，盗贼尔谁尊⑤？
孤石隐如马⑥，高萝垂饮猿⑦。
归心异波浪⑧，何事即飞翻⑨。

**注释**

①《长江二首》作于云安。不是实经之作，而是联想之作。如王嗣奭《杜臆》所说：

"以长江立题，当是写其朝宗之性，以警盗贼之背主者""有远近前后之分"，第一首"乃瞿塘以上之水"，第二首"乃水之已下瞿塘而极其所至"。此选第一首。

②涪万：涪指涪州（今重庆涪陵区），万指万州（今重庆万州区）。长江出明月峡后，经涪州至于万州，左右两岸大小支流数以百计，频加汇入，杜甫此前见所未见，所以会产生此句的观感。

③一门：指瞿塘峡口，白盐山与赤甲山两崖对起如门，世称夔门。杜甫《瞿塘两崖》有句："三峡传何处，双崖壮此门。"争一门：形容众水争涌入夔门，其势如"朝宗"，为下句张本。

④朝宗：本义为朝见天子。语本《周礼·春官·大宗伯》："春见曰朝，夏见曰宗，秋见曰觐，冬见曰遇。"比喻长江汇注大海。挹：取。人共挹：意思是对于长江具有的朝宗之德，自古及今世人都赞许仿效。

⑤盗贼：概指当时纷起作乱的官军和寇盗。如同在云安作的《三绝句》之一即谓："前年渝州杀刺史，今年开州杀刺史。群盗相随剧虎狼，食人更肯留妻子？"尔谁尊：诘问句式，意思是你们这些家伙究竟以谁为尊。盗贼的行径与长江朝宗恰正相反，对照强烈。

⑥孤石：指滟滪堆。隐如马：参见前《滟滪堆歌》注②。

⑦垂饮猿：倒挂着借助高崖藤萝而下江饮水的猿猴。此景绝妙，他人未及。而杜甫写此，意在点染猿猴能在险境当中求生存，上承第四句，下启结尾的两句。

⑧归心：指杜甫本人的还乡之心。异波浪：有别于江水波浪，即不是去朝宗。全句意思是，他既已有《旅夜书怀》那样的人生感悟，携家出峡就只为着回归故乡，以图生存，而不会再去朝见天子，以谋求做官。这在形式上近于盗贼，也未选择"人共挹"，实质上却迥然有别。

⑨何事：什么缘故，也是诘问。飞翻：纷飞。即飞翻：指面对长江，意绪纷飞。如此委婉曲折，实在耐人寻味。是否意味着，"归心"虽然确立了，但"朝宗"之情尚未都抛却？

# 白帝①

白帝城中云出门②，白帝城下雨翻盆③。
高江急峡雷霆斗④，古木苍藤日月昏⑤。
戎马不如归马逸⑥，千家今有百家存⑦。
哀哀寡妇诛求尽⑧，恸哭秋原何处村⑨？

**注释**

①这一首诗作于奉节。从雨景联及时局，揭示出了兵连祸结的社会惨象，表现出杜甫一如既往仍在"忧黎元"。

②云出门：云气似乎从城门涌出。

③翻盆：倾盆。形容雨势凶猛。

④雷霆斗：电闪雷鸣，如电母雷公正在争斗。景语即情语，高江急峡当中的雷暴景象，正好比当时战乱的险恶。

⑤日月昏：日月无光，即阴云笼罩。景语亦情语，古木苍藤都被乌云暴雨所吞没，正好比当时社会动荡、民众遭殃的悲惨状态。

⑥戎马：出征的马。归马：归田的马。《书·武成》中有句："归马于华山之阳。"逸：安逸。这一句以下四句，从眼前雨景转到社会现实，并寄托着主观感怀。戎马代指行军打仗，归马代指归田生产，连马都明白后者才安逸，不啻折射出民意之所向。

⑦这一句直陈长期战乱造成的生产凋残、人口锐减的社会恶果。据史料记载，唐天宝十三年（754）全国人口有5000多万，至广德二年（764）战乱稍平只剩下1690万。一些地方十存一二，那是毋庸置疑的。

⑧诛求：横征暴敛。连寡妇都被诛求殆尽，那么，侥幸偷生的男子还剩几何？广大民众还有没有一条生路？不言自明。

⑨恸哭：悲痛至极，失声大哭。秋原：秋天的原野。何处村：这到底是哪里的村庄。全句意思是，秋天本是收获庄稼的欢乐季节，但如今的秋原却到处会听到恸哭声，到底是哪里才可能出现的村庄呢？其意若曰：此哭只应地狱有，人间何故时时闻。这样的质疑，分明比"三吏""三别"对民众疾苦的同情深沉多了。

# 八阵图①

功盖②三分国，名成③八阵图。

江流石不转④，遗恨失吞吴⑤。

**注释**

①这一首诗借八阵图评诸葛亮，借石说史。

②盖：超出，压倒。这一句赞扬诸葛亮的历史功业，在魏、蜀、吴三国堪称超群绝伦。

③名：名望。成：成就。这一句的意思是，全凭诸葛亮的名望，才成就了八阵图的名气和影响。

④转：滚动，改变形状和位置。这一句的意思是，长江的流水奔腾不已，一逝不返，八阵图的石头阵却一直都无所改易，仿佛述说着历史的是非。

⑤遗恨：事情过去了留下的悔恨。失：过失，指决策失误。吞吴：灭吴，指蜀汉章武元年（221）刘备不听劝阻，悍然兴兵伐吴，次年即遭到夷陵惨败，既断绝了孙刘联盟，又损伤了蜀汉实力。诸葛亮本是不赞成伐吴的，但他又并未明言阻谏，而只是说："孝直（法正）若在，必能制主上东行；就使东行，必不倾危矣"（见《资治通鉴·魏纪一》）。这里借石说史，认为刘备执意吞吴的决策失误，导致了诸葛亮的终生遗憾。对这一句的解释颇有异说，不列举。

# 秋兴八首（选一）①

夔府孤城②落日斜，每依北斗望京华③。
听猿实下三声泪④，奉使虚随八月槎⑤。
画省香炉违伏枕⑥，山楼粉堞隐悲笳⑦。
请看石上藤萝月，已映洲前芦荻花。⑧

**注释**

①这是一组七言律诗，合计八首，中心意思在于第一首点明的"故园心"，即故国之思。此选其第二首。

②夔府：夔州州治。夔州设置都督府，故称为夔府。孤城：地近蛮夷，故作此称。如同作于奉节的《秋日夔府咏怀奉寄郑监李宾客一百韵》所写"绝塞乌蛮北，孤城白帝边"。

③北斗：北斗星，代表西京长安的方位。京华：即京城，指长安。开头两句意思为，当夔府日落之时，常常依凭北斗所在的方向遥望西京长安，正是一片"故园心"。

④这一句是"听猿三声实下泪"的改装，系由"猿鸣三声泪沾裳"成句所化来。嵌入一个"实"字，表明以往只闻其语，而今却变成身经其事了。

⑤这一句追述"故园心"往事，并用了典。奉使：唐代称节度使，见《旧唐书·职官志》："以奉使言之，则曰节度使，有大使、副使、判官。"此指剑南东西川节度使严武。虚

随：空随。杜甫曾随严武作幕僚，担任节度参谋、检校工部员外郎，本有机会追随严武返京任职。但由于严武早逝，这一机遇落空了。八月槎：系用典，指登天河之舟。据西晋张华《博物志》，"旧说天河与海通，近世有居海渚者，年年八月有浮槎来过，甚大往返不失期"。此借八月槎代指还朝廷。杜甫有《奉赠萧二十使君》诗说："昔在严公幕，俱为蜀使臣。艰危参大府，前后间清尘。起草鸣先路，乘槎动要津。"可见往事历历。

⑥此句继续用典说事，见心明志。东汉应劭《汉官仪》记载："尚书省中，皆以胡粉涂壁，紫青界之，画古贤人烈女。尚书郎更直，给女侍史二人，执香炉烧熏，从入护衣服。"唐代直省，与汉略同。可知画省代指尚书省，香炉代指宿直的待遇。杜甫所任检校工部员外郎，为从六品上，属尚书省。所以杜甫特借典故述说其事，足见系心萦怀。伏枕：病卧。违伏枕：有违于伏枕，即因病卧而违误了。实际上并非如此，杜甫说的是气话，意与《旅夜书怀》的"官应老病休"相同。

⑦山楼：白帝山上城之门楼。粉堞：城墙上的白色女墙。隐：隐伏着，只闻其声不见其人。悲笳：悲凉的军乐声。同作于奉节的《夜二首》之二谓："城郭悲笳暮，村墟过翼稀。"可资佐证。全句也隐伏一个意思，那就是连夔州孤城也朝暮悲笳，实可见全国兵戈未止，时局堪忧，从而决定自己纵有"故园心"，却无报国路。

⑧结尾两句转到夜色，石上藤萝、洲前芦荻均为"月""映"所见，孤清异常。从而衬托出"望京华"时间之久，情怀之深，言虽已尽，意犹未尽。

# 咏怀古迹五首（选一）①

摇落深知宋玉悲②，风流儒雅亦吾师③。
怅望千秋一洒泪，萧条异代不同时。④
江山故宅空文藻⑤，云雨荒台岂梦思⑥？
最是楚宫俱泯灭⑦，舟人指点到今疑⑧。

**注释**

①咏怀：抒发情怀，寄托心志。古迹：先民留存的文化遗迹，多指建筑物或其残迹。这组诗作于永泰二年（766）九月，借夔州都督府辖区内的一些古迹，依次追怀庾信、宋玉、王昭君、刘备、诸葛亮，相应抒发个人情怀。所选诗为其第二首。

②摇落：本指草木凋残飘零，代指深秋。宋玉悲：宋玉《九辩》写道："悲哉秋之为气也！萧瑟兮，草木摇落而变衰！"深知宋玉悲：意谓自己与宋玉隔代相应，同样悲秋。

③风流：文采出众，不拘礼法。儒雅：学识深湛，气度不凡。北周庾信《枯树赋》写道："殷仲文风流儒雅，海内知名。"此处取其义赞扬宋玉，并直言尊以为师。

④怅望：满怀惆怅地张望或想望。萧条：寂寥冷清，失意当世。这两句为流水对，意思是自己与宋玉同样身世萧条，本应惺惺相惜，但只恨时代相隔太远，仅能够超越时空怅然想望，独洒悲泪。

⑤故宅：指宋玉宅。宋玉宅有三处：一在宜城（今湖北宜昌）县南，为里居；一在归州（今湖北秭归）东二里，为从学屈原所居；一在江陵（今湖北荆州）城西三里，为在郢都做官所居。此指其归州宅。文藻：华彩文章。这一句的意思是，感叹宋玉其人早已辞世了，空留下他的传世辞赋，与破残的故宅相伴。

⑥云雨荒台：指《高唐赋》所写阳台，也荒凉了。岂梦思：难道只是梦里才能一见吗。仍然是感叹，连其创作的故事也鲜有人再关注了。

⑦楚宫：指高唐观。据陆游《入蜀记》及《夔州府志》《巫山县志》，其址在今巫山县西北部的来鹤峰上，始建于战国。俱泯灭：指高唐观与阳台一起都不复存在了。

⑧到今疑：意谓舟人所指点的高唐观遗迹并不靠谱，一直以来令人疑惑。

# 夔州歌十绝句（选一）①

中巴之东巴东山②，江水开辟流其间③。
白帝高为三峡镇④，夔州险过百牢关⑤。

**注释**

①这一组七绝作于大历二年（767）夏。流寓夔州一年多，杜甫对于当地的山水形胜、人文古迹已经充分了解，乃用组诗分别描述。统言为绝句，其实吸纳了民间巴渝辞的审美元素，虽不叫竹枝词，但已接近竹枝词。所选诗为其第一首。

②中巴：此概念为杜甫首创，特指汉末刘璋三分巴郡之后的永宁郡，参见前《禹庙》注⑧。夔州之地，三分之时归属固陵郡，建安六年（201）改称巴东郡。巴东山：概指瞿塘峡两岸之山。连用七个平声字，也是杜甫的创新。

③开辟：开天辟地之省。这一句的意思是，自从开天辟地以来，特别是大禹疏凿之后，

长江水便在瞿塘峡的两岸之间奔流不息。

④这一句描述白帝山的独特重要性。白帝山尽管海拔只有247米,但峭壁临水,上筑坚城,控扼住三峡门户,独具居高临下之势,故称为三峡镇。

⑤这一句描述瞿塘峡的独特险要性。百牢关:位于汉中西县(今陕西勉县)西南,隋置,汉水两岸峭壁夹峙,长60里,其险要形势颇与瞿塘峡相似,故作比较。以彼"险"衬托此"险",凸显其"过"之,气壮势雄,力透纸背。

# 解闷十二首(选一)①

陶冶性灵存底物②?新诗改罢自长吟③。
孰知二谢将能事④,颇学阴何苦用心⑤。

**注释**

①解闷:杜甫在夔州期间,常作诗排解愁闷,如《江亭》所谓"排闷强裁诗"。这十二首内容庞杂,非作于一时,但统归解闷。此选其第七首。

②性灵:人的内心世界,泛指精神、思想、情感。《晋书·乐志上》有言:"夫性灵之表,不知所以发于咏歌;感动之端,不知所以关于手足。"底物:何物,何事。存底物:存在于什么事物当中。设问切入,指向关键。

③这一句是对"底物"的解答。杜甫夔州诗诸体皆备,蔚为高峰,与抓住了这一关键分不开。

④孰知:熟知,即明白地知道。二谢:指南朝宋、齐诗人谢灵运和谢朓。将:大。将能事:大本事。语出《论语·子罕》:"太宰问于子贡曰:'夫子圣者与,何其多能也?'子贡曰:'固天纵之将圣,又多能也。'"将圣即大圣(采用曹慕樊说)。钟嵘《诗品》称谢灵运诗"丽典新声,络绎奔会",称谢朓诗"骨气奇高,词采华茂",所以杜甫会说二谢都有大本事。意思是二谢天资聪明,作诗得心应手,不加修润,自己学不了那种大本事。实为谦词,引出结句。

⑤阴何:指南朝梁、陈诗人阴铿和何逊。苦用心:肯下炼字炼句炼意苦功夫。清陈祚明在《采菽堂古诗选》中说:"阴子坚诗声调既亮,无齐、梁晦涩之习,而琢句抽思,务极新隽,寻常景物亦必摇曳出之,务使穷态极妍,不肯直率。"何逊也工于炼字,多"苦率"之

辞，清沈德潜《古诗源》称其诗"情辞宛转，浅语俱深"。因而杜甫愿学他俩，不学二谢。态度鲜明，见真性情。

# 登高①

风急天高猿啸哀②，渚清沙白鸟飞回③。
无边落木萧萧下④，不尽长江滚滚来⑤。
万里悲秋常作客⑥，百年多病独登台⑦。
艰难苦恨繁霜鬓⑧，潦倒新停浊酒杯⑨。

**注释**

①《登高》作于永泰二年（766）九月。明胡应麟《诗薮》推尊其为"古今七律第一"。故后置于此，以为入选诸杜诗压轴。

②起句用三个主谓词组书写观感破题，"哀"字为整首诗定基调。"风急"与"天高"形成句中对，叠加"猿啼"，烘托出了客观环境。"哀"出自"猿啼"，自属于客观环境要素；同时又出自杜甫个人，主观心境与客观环境合而为一。

③次句与起句结构一致，构成句间对，但环境观感聚焦于微观。"渚清"与"沙白"也是句中对。首联两句营造出了悲凉氛围。

④落木：树木落叶。屈原《九歌·湘夫人》有句："袅袅兮秋风，洞庭波兮木叶下。"落木萧萧下，恰是秋风落叶绘形绘声的写照。加上"无边"领起，正对应了起句的"风急天高"。环境观感转向宏观。

⑤这一句与上一句对仗亦工，也是写宏观观感。颔联两句在首联的基础上，进一步营造出了苍凉而悲壮的氛围。首联与颔联合构成前四句，由观感统属，景从情出，情共景生，既画出了一幅峡江秋色图，又寄寓了诗人杜甫置身其间的特定形象。

⑥万里：借指地域辽远。自安史乱起以来，杜甫一直身世飘零，从长安移至凤翔、华州、秦州、成都，再移至夔州，已经游了大半个中国。悲秋：既指登高当下，又指飘零以来所有相同感遇。常：强调时间久。作客：概指羁旅生涯。由此转到了身世感怀上。

⑦百年：借指一生经历。病：困苦，包括了疾病。多病：所经历的困苦太多。独：强调

太孤单，无力改变境遇。台：所登之高台。对应前之"鸟飞回"，尤见自身际遇何等之悲凉。

⑧艰难：概指一生所遭遇的苦痛困厄。苦：为副词，极的意思。例如《世说新语·识鉴》："杨朗苦谏不从。"苦恨：极恨。繁霜鬓：形容两鬓如繁霜一样都变白了。其所以如此，正因为饱经"艰难"，"苦恨"也是由兹而生。

⑨潦倒：病困。语见晋嵇康《与山巨源绝交书》："足下旧知吾潦倒粗疏，不切事情。"新：亦副词，犹言重新。杜甫到夔州以后，不止一次因风疾、肺疾暂停饮酒，所以这里说新停浊酒杯。连借酒浇愁也不可能，更加反衬出悲凉之深，全诗就结于这一感怀中。尾联两句，"艰难"与"潦倒"、"苦恨"与"新停"、"繁霜鬓"与"浊酒杯"也是句间对。从整首诗看，不仅每联都对仗工稳，而且对仗形式灵活，绝无凿痕。尤其广用平常语入诗，炼字、炼句、炼意都极具匠心，殊非众人可以企及。

## [唐] 司空曙诗2首

司空曙（720—790），字文明，广平（今河北鸡泽县）人。为人耿介有奇才，与钱起、卢纶等合称"大历十才子"。代宗大历初年（766年前后）中进士；官主簿，迁左拾遗。德宗贞元元年（785）韦皋镇蜀，他以检校水部郎中衔入其剑南西川节度使幕府，官终虞部郎中。诗多行旅赠别之作。今存《司空曙集》2卷。

## 发渝州却寄韦判官①

红烛津亭②夜见君，

繁弦急管③两纷纷。

平明分手空江转④，

唯有猿声满水云⑤。

**注释**

①却：退。却寄：退寄，回寄，犹言别后奉寄。韦判官：生平不详。

②津亭：古代建于渡口旁的亭子。

③繁弦：繁杂的弦乐声。急管：急促的管乐声。合指音乐歌舞。杜甫《赠花卿》诗有言："锦城丝管日纷纷，半入江风半入云。"丝管即同繁弦急管。第一、二句反映出，当时渝州水码头的津亭已经极繁华热闹，近似锦城。

④空江：广阔而寂静的江面。义同唐张泌《洞庭阻风》诗："空江浩荡景萧然，尽日菰蒲泊钓船。"转：迁徙。此指韦判官远去。

⑤水云：江水云天之间。猿声满水云：指韦判官此行是向三峡而去，必定会体验到"猿啼三声泪沾裳"。这三、四两句承首句"君"，所有情景都是在替韦判官拟想，作者的情怀深寓于其间。

# 送庞判官赴黔①

天远风烟②异，西南见一方③。

乱山来蜀道，诸水出辰阳④。

堆案青油幕⑤，看棋画角长⑥。

论文谁可制？记室有何郎⑦。

**注释**

①庞判官：生平不详。黔：指唐代黔州。唐代实行道、州、县三级体制，黔州为黔中道的治所。黔中道设黔中观察使，管辖十三州，地域广及今渝东南、湘西南及贵州省大部分地区。黔州辖彭水、黔江、洪杜、洋水、信宁、万资六县，州治在今重庆彭水县（先在郁山镇，后在汉葭镇）。判官为观察使属官，掌管仓、兵、骑、胄诸事。

②风烟：风光，景象。如王勃《送杜少府之任蜀州》："城阙辅三秦，风烟望五津。"

③方：方镇，即藩镇。唐代自安史之乱后，道一级权力逐渐为方镇所取代，全国计有32节度、7观察、2经略、3防御，共44镇，黔中观察使即为其一，故称"见一方"。此指庞判官是去黔中观察使幕府任职，带有祝贺之意。

④辰阳：辰州之阳。辰州于隋开皇九年（589）始置，在今湖南怀化市北部，为沅、辰、卢诸水经流地，此误以为黔中诸水的源头。其实唐之涪水、今之乌江（涪水称乌江盖始于元代）水系发源于今之贵州北部，前人弄错了。但当时辰州确属黔中观察使辖区，司空曙为黔中诸水这样理源头，于情理无碍。

⑤堆案：书案堆积，代指文书多，杂事烦。青油幕：青油涂饰的帐幕，代指官府内部。如《南史·萧韶传》说："韶接信甚薄，坐青油幕下，引信入宴。"青油幕也常省称为"青油"，义同。此即省称。幕：这里是名词作动词用（与下句"长"相对），意为有幕装饰。这一句是替庞判官设想日常事务。

⑥看棋：本指观看棋局，借喻观察时局。唐章孝标诗《上太皇先生》有句："围棋看局势，对镜戳妖精。"即用此意。画角：古代一种竹制或者角制乐器，其发音哀厉高亢，常用于军营晨昏警报，激励士气。这一句是寄语庞判官，要留心观察时局，警惕战乱，委实堪称语重心长。

⑦这两句是拿南朝何逊与庞判官相比较，表示相信其人具备何逊一样的文吏才干，一定能够胜任愉快。据史载，何逊曾任庐陵王萧续记室，故世称"何记室"。

## [唐] 戴叔伦诗2首

　　戴叔伦（732—789），字幼公，润州金坛（今属江苏）人。年少时曾拜著名的学者萧颖士为师，博闻强记，"诸子百家过目不忘"。大历元年（766），获户部尚书充诸道盐铁使刘晏赏识，入其幕府，任湖南转运留后。嗣后历任涪州督赋、抚州刺史、容州刺史，官至容管经略使，政绩卓著。贞元五年（789），辞官归隐，客死清远峡（今四川成都北）。作诗追求"诗家之景，如蓝田日暖，良玉生烟，可望而不可置于眉睫之前也"。今存诗2卷，但多混入宋元明他人作品。

### 将至涪州先寄王员外使君纵①

文教通夷俗②，均输问火田③。
江分巴字水，树接夜郎烟④。
毒瘴⑤含秋气，阴崖蔽曙天。
路难空计日，身老不由年。
将命宁知远⑥，归心讵可传⑦？
星郎⑧复何意，出守五溪边⑨。

**注释**

①涪州：对应今之重庆涪陵，但在唐代变动频繁。开元末（733）属山南东道，为其所辖之17州之一。天宝元年（742）改为涪陵郡，乾元元年（758）复称涪州，上元二年（761）改隶荆南道，元和三年（808）又改隶黔中道。此涪州为隶属荆南道那个涪州，辖涪陵、永安、乐温、温山、武龙、宾化6县，治在涪陵县。王员外使君纵：王为姓，员外为官职，纵为名。唐承隋制，在尚书省诸司主管郎中下设员外郎为其副职，员外郎常简称外郎或员外。使君：本为汉代对于州郡主官的尊称。看得出，王纵在朝曾任员外郎，当时为涪州刺史，将其在朝与在外两个官职合在一起称呼，属于古代人事交往的一种惯例。戴叔伦所任涪州督赋，是一种督收皇赋的临时性的外派官职，所以要先与王纵作沟通。王纵其人生平不详。

②文教：礼乐法度，文章教化，相当于今方针政策。通：通"达"，贯彻到。夷俗：蛮

夷风俗，即少数民族的民俗民风。涪州当时为乌蛮之地，故称夷。

③均输：西汉武帝年间开始实行的一种财政制度，由桑弘羊制定，其主旨为"齐劳逸而便贡输"，亦即统一征收、买卖、运输货物。火田：火耕之田。《晋书·食货志》说："往昔东南草创人稀，故得火田之利。"涪州当时也还处于火田状态。第一、二两句宣示，自己到涪州来督收皇赋，实际上是为贯彻文教，发展生产。

④夜郎：西汉时期西南地区一个少数民族古国名，后为古地名，在今贵州省西北部，与今重庆南川、綦江接壤。唐代其地属南州，归黔中道管，并与涪州的宾化县邻近，所以会写出"树接夜郎烟"。这三、四两句表明，对涪州的山川大势颇了解。

⑤毒瘴：瘴疠毒气。五、六两句仍示了解。

⑥将命：奉命。《仪礼·聘礼》："将命于朝。"郑玄注说："将，犹奉也。"宁：难道不。知远：知道路途遥远。这一句承接七、八两句意思而来，强调自己是奉命而来，顾不得计较"路难"和"身老"。

⑦归心：归附之心。《论语·尧曰》："兴灭国，继绝世，举逸民，天下之民归心焉。"讵：意思与"宁"同。讵可传：难道让天下归心的事不能够传承吗。呼应第一、二两句，表达定能不辱使命的信心。

⑧星郎：郎官代称。典出《后汉书·明帝纪》："馆陶公主为子求郎，不许，而赐钱千万。谓群臣曰：'郎官上应列宿，出宰百里，苟非其人，则民受殃，是以难之。'"后世遂称郎官为"星郎"。此处代指王纵。

⑨五溪：古指秦汉武陵郡内沅水的五条支流，即雄溪（巫水）、满溪（渠水）、酉溪（酉水）、沅溪（潕水）、辰溪（辰水），其地称为"五溪地"，其人称为"五溪蛮"。涪州接近五溪地，所以王纵任涪州刺史，为"出守五溪边"。结尾两句询问王纵"复何意"，即问其作为涪州主官，愿不愿、能不能支持自己完成使命。既委婉，又明达。

# 南宾送蔡御史入蜀①

巴江秋欲尽，远别更凄然。

月照高唐峡②，人随贾客船③。

积云藏险路，流水促行年④。

不料相逢日，空悲尊酒⑤前。

**注释**

①南宾：县名，唐武德二年（619）置，即今重庆石柱县，当时隶属于临州（后改忠州）。天宝元年（742）曾将忠州改为南宾郡，但乾元元年（758）已复为忠州，所以此处不应该指南宾郡。蔡御史：生平不详。

②高唐峡：非常用名，当为巫峡或长江三峡的代称。由此可知，蔡御史入蜀系经三峡而来，途经南宾县与戴叔伦相遇，然后还将溯江而上向西去蜀地。

③贾客船：商贾所用船。蔡御史搭乘贾客船入蜀，故称"人随"。

④行年：经历的年岁，本义指年龄。引申指流年，即星命家所谓某人当年的运道，常称"小运"，此用此义。意谓蔡御史当年行运有似流水，会比较顺畅。

⑤尊酒：杯酒。深含送别的依依不舍意。如高适诗《赠别沈四逸人》有句："耿耿尊酒前，联雁飞愁音。"

## [唐] 孟郊诗2首

孟郊（751—814），字东野，湖州武康（今属浙江）人。出身清贫，性格孤僻，青年时期曾隐居于河南嵩山。贞元十二年（796）46岁时始中进士，历任溧阳县尉、协律郎等职，仍穷愁潦倒。40岁以前曾游江南，其间可能游过三峡，惜文献失据。元和九年（814）被荐为兴元军参谋，试大理评事，闻命自洛阳赴任，暴卒于途。作诗讲究"补风教""证兴亡"，诗风质朴深挚，力避平庸浅率，但也流于寒酸瘦硬，故与贾岛齐名，世称"郊寒岛瘦"。有《孟冬野集》传世。

### 巫山高二首（选一）

见尽数万里①，不闻三声猿。

但飞萧萧②雨，中有亭亭魂③。

千载楚襄恨，遗文④宋玉言。

至今青冥⑤里，云结深闺门⑥。

**注释**

①见尽：阅尽，历尽，意谓沿途饱览。数万里：非确指，系对所见的途程之远的夸张。孟郊游江南主要是在吴越之地，转而到巴渝之地的确甚远，故作夸张。由此证实了他到过三峡。

②萧萧：象声词，此形容风雨声。引出神女故事。

③亭亭：本形容高耸、独立的形态，常用以描摹女子高洁明丽的仪态。亭亭魂：巫山神女的精魂。

④遗文：指《高唐赋》和《神女赋》。这两句的意思是，楚襄王并未能与神女幸会，空留遗憾，流传于世的其实只有宋玉遗文。这样的感悟，显然比历代津津乐道阳台云雨的诗文高洁得多了。

⑤青冥：苍天，天庭。屈原《九章·悲回风》："据青冥而摅虹兮，遂倏忽而扪天。"王逸注说："上至玄冥，舒光耀也，所至高眇不可逮也。"

⑥深闺门：代指神女的居处。这两句的意思是，神女自在天庭居住，不会与楚王幸会。质疑神女故事，颇有独立思考。诗已是五律，突破了齐梁以来《巫山高》通为五古的惯式。

# 峡哀十首（选一）①

三峡一线天②，三峡万绳泉③。

上仄碎④日月，下掣狂⑤漪涟。

破魂一两点⑥，凝幽数百年。

峡晖不停午⑦，峡险多饥涎⑧。

树根锁枯棺⑨，孤骨袅袅悬⑩。

树枝哭霜栖⑪，哀韵杳杳鲜⑫。

逐客零落肠⑬，到此汤火煎⑭。

性命如纺绩⑮，道路随索缘⑯。

奠泪吊波灵，波灵将闪然⑰。

**注释**

①峡哀：由三峡即景引生的悲痛。据《说文解字》，"哀，悯也"。组诗共十首，此选其第二首。

②一线天：向上望天若一线，极状三峡峡谷之窄。

③万绳泉：万指数量多，绳指形体细，合指三峡两岸的山崖上有许多飞泉瀑流，好似高挂的万条绳索。

④仄：狭隘逼仄。碎：破碎，这里是使动用法。这一句承一线天而来，极状三峡峡谷太狭隘逼仄，向上望时而望得见天，时而望不到天，使日月也变得破碎了。由"仄碎"开始，以下多个句子用词造句表现出瘦硬。

⑤掣：拉扯拽动。狂：癫狂，这里是被动用法。这一句紧连着上一句，为流水对，意思是若往下看，连峡江波浪都被拉扯得发狂了，实际是写波涛汹涌。

⑥破魂：消魂。一两点：极言数量少，形容星光稀微。例如辛弃疾《西江月·夜行黄沙道中》："七八个星天外，两三点雨山前。"这一句写入夜极难见星光，仍然是凸显三峡峡谷狭窄险峻。连上第六句"凝幽"云云，诗的前六句合为一层，极力描述三峡幽深。

⑦停午：中午。《水经注·江水》说："（三峡）重岩叠嶂，隐天蔽日，自非停午夜分，不见曦月。"不停午：连中午都难见到日光。这一句承上之"幽"，启下之"险"，引出第二

057

层诗意,第七句至第十二句进一步铺写三峡的险恶。

⑧饥涎:由于饥饿而流出的口水。这是孟郊首创的一个词,其诗《偷诗》有句:"饿犬齰枯骨,自吃馋饥涎。"这里是比喻三峡水势凶险,就像早就流饥涎一样,急欲吞噬生灵。

⑨枯棺:朽棺。古代三峡多有悬棺葬,亦包含在内。

⑩孤骨:无棺葬的白骨,意思是人死之后无人收尸,只剩下白骨。袅袅:本形容云烟雾霭缭绕升腾,也引申指细软的东西随风摇动。袅袅悬:高挂着摇动。此状孤骨,细思极恐,当是指洪水期间淹死的人,尸体挂在崖间树枝上,枯水期间只剩白骨,悬空摇动。当是孟郊亲眼见过,也多亏他写得出来。

⑪霜栖:在霜风中栖息。与前之"枯棺"相对,此应为名词,指霜风中的栖息物,包括前之"孤骨"。哭霜栖:为霜栖物而哭泣。无家人哭,唯树枝哭,尤显其哀。

⑫杳杳:这里形容哭声幽远。鲜:稀少,稀微,这里也形容哭声。

⑬逐客:被贬谪于远地的人。零落:散乱。肠:内心,情怀。零落肠:散乱的心情。

⑭汤火:沸水与烈火,比喻极端危险的处境。汤火煎:在险境中受煎熬。

⑮纺绩:将丝麻纤维纺成纱或线。纺丝绩麻都容易骤断,比喻人的生命很脆弱,如丝或麻一样易断。

⑯索缘:悬崖险道上供人攀缘的绳索。纵有可资攀缘的绳索也不保险,随时可能坠落于深渊,比喻人随时会遭遇险境,难以自保。

⑰波灵:水乡神灵。闪然:隐没不见。这两句的意思是,纵然进着眼泪向水乡神灵祈求保护,水神亦将躲闪回避,不能护佑。后六句托言"逐客",实指所有历经三峡的人都面临生命危险。峡哀之深,尽在其间。

## [唐] 窦群诗1首

窦群（763—814），字丹列，扶风平陵（今陕西咸阳秦都区）人。贞元中期（793—798）征拜左拾遗，迁侍御史，与柳宗元、刘禹锡不睦。元和元年（806）转膳部员外郎，出为唐州刺史。元和三年（808）构陷李吉甫，激怒宪宗，将诛之，获李吉甫援，出任黔州刺史、黔中观察使。因辰、锦民众生乱，讨不能定，元和六年（811）贬为开州刺史。曾著书34卷，号《史记名臣疏》。

## 黔中书怀①

万事非京国②，千山拥丽谯③。
佩刀看日晒，赐马傍江调④。
言语多重译⑤，壶觞每独谣⑥。
沿流如著翅，不敢问归桡⑦。

**注释**

①黔中：本指黔中道，此指黔中观察使治所，即今重庆彭水。
②京国：京都，京城。
③丽谯：华丽的高楼。语出《庄子·徐无鬼》："君亦必无盛鹤立于丽谯之间。"郭象注："丽谯，高楼也。"开头两句感叹，被贬远离京城，一切物事都今非昔比了。
④调：调教。傍江调：在江畔调教皇上所赐的马。这与上句所写只能望着日头晒一晒佩刀一样，都反映出落寞的心态。这两句写在黔中的日常行状。
⑤重译：辗转翻译。义见《三国志·薛综传》："山川长远，习俗不同，言语同异，重译乃通。"
⑥独谣：独自歌唱。例如韩愈《春雪》："看雪乘清旦，无人坐独谣。"
⑦归桡：归舟，归船，借喻归期。结尾两句意思是，尽管沿着涪水（乌江）江流而下就像插上了翅膀一样，但却不知道何年何月才是归期，惆怅失落，情溢于辞。整首诗都发牢骚，每一句都扣住一个特征性物象来写，情寓于内，辞见于外，颇有特色，亦耐体味。

## [唐]白居易诗6首

白居易（772—846），字乐天，晚号香山居士，出生于郑州新郑（今属河南）。贞元十六年（800），登进士第，贞元十八年（802）与元稹同登书判拔萃科，次年授校书郎，后任左拾遗、翰林学士。主张"文章合为时而著，歌诗合为事而作"，与元稹共同倡导新乐府运动，世称"元白"。元和十四年（819）出任忠州刺史，在忠州将近两年，为其人生态度从"兼济"向"独善"的转折点，诗作渐趋于闲适，但仍关注民生，为政以德。后官终太子太傅，以刑部尚书致仕。毕生作诗达3000多首，今存《白氏长庆集》。

### 夜入瞿唐峡

瞿唐天下险，夜上信①难哉！
岸似双屏②合，天如匹练③开。
逆风惊浪起，拔䉶暗船来④。
欲识愁多少，高于滟预堆。

**注释**

①信：诚，确实。
②屏：本指宫殿大门以内当门的小墙，又叫照壁，引申义指屏障。双屏：比喻瞿塘峡两岸的山崖。
③匹练：白绢。喻指瞿塘峡狭窄，向上望天，天空就像白绢展开来。
④䉶（niàn，音念）：拉船的竹纤索。暗船：夜行船。用竹纤索拉船，是三峡地区的一个特色。夜间仍然在拉船逆水而上，呼应了第二句的"信难"，平易当中意并不浅。

# 竹枝词四首（选二）

## 其一

竹枝苦怨①怨何人？夜静山空歇又闻②。

蛮儿巴女齐声唱③，愁杀江楼病使君④。

## 其二

江畔谁人唱竹枝，前声断咽后声迟⑤。

怪来调苦缘词苦⑥，多是通州司马诗⑦。

**注释**

①苦怨：凄苦愁怨。这是民歌竹枝词的一大基调。

②歇又闻：指竹枝词声时断时续。

③齐声唱：民歌竹枝词的一种基本唱法。据刘禹锡《竹枝词九首引》，"里中儿联歌竹枝，吹短笛，击鼓以赴节。歌者扬袂睢舞，以曲多为贤"。联歌即合唱、齐声唱。本为歌、舞、乐一体，但白居易不在现场，故只能听到歌声。

④病使君：此指白居易本人。人在江楼，可见他已住在住所。使君前特加一"病"字，可见他正在病中，心情与"苦怨"相通。

⑤前声：竹枝词每句七字，句式为前四后三，第四字后加衬词一顿，衬词为和声，前声即指每句的前四字。断：停顿。咽：低沉。后声：指每句的后三字，其后也要加衬词和声。迟：徐缓。白居易抓住了民歌竹枝词的句式结构特征。

⑥怪来：难怪不得。调苦：曲调苦怨。缘：是因为。词苦：唱词苦怨。唱词实即指内容，内容来自于生活，所以这一句文浅而意深，不啻说民歌竹枝词的曲调形式苦怨是由唱词内容苦怨决定的，而唱词内容苦怨又是由生活苦怨决定的。

⑦通州司马：指元稹。元和十年（815）元稹曾被贬为通州（今四川达州）司马，其《西别乐天》诗有句"一身骑马向通州"。这一句说，忠州民众唱的竹枝词"多为通州司马诗"，可见元稹在通州时曾拟作过竹枝词，并且广为传唱，可惜早已失传。

# 代州民问

龙昌寺底开山路①,
巴子台②前种柳林。
官职家乡都忘却③,
谁人会得④使君心?

**注释**

①龙昌寺:寺名,供奉龙王神主以护佑一方。明曹学佺《蜀中名胜记》说:"龙昌有上寺下寺,俱唐建。在西山顶者为上寺,即巴台寺也。""下寺即治平寺。"开山路:开山筑路。白居易在忠州任上,积极地为州民做好事实事,开山筑路和种柳种花即为其善政。

②巴子台:又叫巴王台,供奉巴蔓子,以感念其刎颈存城的英雄事迹(详见《华阳国志·巴志》)。

③忘却:忘记,此指不以为念。

④会得:懂得,此指能够理解。结尾两句透露出,白居易当时极其苦闷。盖因其于元和十年(815)上书请捕刺杀宰相武元衡的凶手,被认作越职言事,贬为江州司马,四年之后量移忠州刺史,他一直耿耿于怀。但尽管如此,仍然要为州民做好事实事,他不知道谁能理解他的心志。

# 荔枝楼对酒①

荔枝新熟鸡冠色②,
烧酒初开琥珀香③。
欲摘一枝倾一盏,
西楼无客共谁尝④?

**注释**

①荔枝楼：白居易在忠州所欣赏的胜景之一，即西楼，在鸣玉溪畔。明曹学佺《蜀中名胜记》说："荔枝楼，在治西南隅，即西楼也。公既作《荔枝图》以寄亲友，又建楼以赏之。"对酒：相对饮酒。见曹操《短歌行》："对酒当歌，人生几何。"面对的既可以是人，也可以是物，此即面对着荔枝饮酒。

②鸡冠色：紫红色。白居易《荔枝图序》说：荔枝"朵如葡萄，核如枇杷，壳如红缯，膜如紫绡"。此指荔枝壳色。

③琥珀香：琥珀是一种色泽透明的生物化石，系由松柏科、云实科、南洋杉树等植物的树脂石形成的，常散发出清新的香气，故有此称。这里是借来赞美荔枝香。

④无客：表明是与荔枝对酒，实则独酌。共谁尝：一问尽显孤独感。

# 别东坡花树二绝（选一）①

二年②留滞在江城，
草树禽鱼尽有情。
何处殷勤③重回首，
东坡桃李新种成④。

**注释**

①东坡：忠州城内一处地名。白居易曾"东坡种花，东涧种柳"（黄庭坚语）。据南宋祝穆《方舆胜览》，"东坡在南宾县圃，有亭名东亭"。今忠县城内有东坡、东涧遗址。白居易离任之际，到东坡向花树告别，岂止表达"草树禽鱼尽有情"？对忠州人，对忠州城，何尝不是依依不舍？

②二年：白居易于元和十三年（818）十二月，在江州司马任上受令迁任忠州刺史，次年三月方举家从浔阳出发，五月到忠州，元和十五年（820）又获升任尚书司门员外郎诏令，夏末离开忠州，虚有二年。

③殷勤：频繁，反复。如《后汉书·陈藩传》："天之于汉，恨之无已，故殷勤示变，以悟陛下。"

④新种成：当年春天刚种成。呼应"二年"，表明年年种花植树，更显示出"有情"。

## [唐]刘禹锡诗8首

刘禹锡（772—842），字梦得，籍贯洛阳（今属河南），生于荥阳（今属河南）。贞元九年（793）与柳宗元同科进士及第，登博学鸿词科，在文学和哲学上志趣相通，以后又一起参与"永贞革新"，故世称"柳刘"。"革新"失败后，其由屯田员外郎贬谪为朗州司马，在荒远边州谪守达二十三年。其间于长庆元年至长庆四年（821—824年，实在职两年半）任夔州刺史，除多善政外，还成为了文人竹枝词旗手，对巴渝诗歌发展的贡献和影响仅次于杜甫。晚年任太子宾客，加检校礼部尚书，在东都洛阳与白居易多有酬唱，又世称"刘白"。有《刘梦得文集》（又名《刘宾客文集》）40卷传世。

# 竹枝词九首（选三）①

### 其一

山桃红花满上头，蜀江春水拍②山流。

花红易衰似郎意③，水流无限似侬④愁。

### 其二

日出三竿⑤春雾消，江头蜀客驻兰桡⑥。

凭寄狂夫书一纸⑦，家住成都万里桥⑧。

### 其三

瞿塘嘈嘈十二滩⑨，此中道路古来难。

长恨人心不如水，等闲⑩平地起波澜。

**注释**

①《竹枝词九首》前原有"引"（即小序），其中写道："岁正月，余来建平，里中儿联

歌竹枝，吹短笛，击鼓以赴节。歌者扬袂睢舞，以曲多为贤。聆其音，中黄钟之羽，卒音激讦如吴声，虽伧儜不可分，而含思宛转，有淇澳之艳音。"这是对于民歌竹枝词的本体特征最早的理论概括，后世悉称引。他创作的《竹枝词九首》及《竹枝词二首》，开文人竹枝词先河。此选录九首中的第二、第四、第七首。

②拍：拍打，撞击。此处指浪涛拍岸。

③这一句用花红易衰比喻男子的感情极容易由热变冷。

④侬：吴语语系方言用字，本义泛指人，引申可指我、你、他。这里是女子自称。三峡民歌竹枝词多以女性为主体，颇与吴歌相似。

⑤日出三竿：汉语成语，意思是太阳升起，距离地面已有三根竹竿那样高，形容天已大亮，时间不早。语出《南齐书·天文志上》："永明五年十一月丁亥，日出高三竿，朱色赤黄，日晕，虹抱珥直背。"

⑥蜀客：来自于西蜀地域的商贾。兰桡：对小船的美称。驻兰桡：船还停靠在岸边。日出三竿而仍未开船，到底为什么？三、四两句便是答案。

⑦凭：托靠。凭寄：托人捎带。狂夫：精神状态狂躁的人，代指蜀客。书：信，家信。蜀客为养家糊口，出门经商，不知何日能返回家乡，急欲托人捎带一封家信，却苦于找不到可托付的人，因而精神狂躁，迟迟未肯开船。

⑧万里桥：在成都城南，浣花溪上。杜诗《狂夫》即谓："万里桥西一草堂，百花潭水即沧浪。"

⑨嘈嘈：下滩水声。十二滩：形容瞿塘峡内险滩多，并非确指。

⑩等闲：轻易，无缘无故。这两句是拿人心与滩水作比较，揭示人心更变幻莫测，异常险恶。由自然物象伸及社会现实，联想奇崛，命意警策，具有历史穿透力。"长恨"尽显作者态度。

# 竹枝词二首（选一）①

杨柳青青江水平②，

闻郎江上唱歌③声。

东边日出西边雨④，

道是无晴却有晴⑤。

**注释**

①这是刘禹锡另外一组竹枝词,此选其第一首。
②平:平静舒缓的状态。《说文解字》说:"平,语平舒也。"
③唱歌:男子唱民歌以吸引女子。
④雨(yù,音玉):名词作动词用,指下雨。同一时空内,一边是阳光朗照,另一边却又在下雨,是中国南方地区夏天可发生的太阳雨现象。这一句所写并非实际情景,而是借用自然现象作喻象,引出下一句,描摹女子闻郎唱歌的心态。
⑤道是:拟问词,意为该说是什么。晴:这里与"情"字谐音相关。却:抑或是。这一句表明,女子对男子所唱究竟有无真情捉摸不准,心存疑虑。用寻常语写身边事,用自然现象喻男女情爱,清新灵动,意韵宛然。

# 蜀先主庙①

天下英雄气②,千秋尚凛然③。

势分三足鼎④,业复五铢钱⑤。

得相能开国⑥,生儿不象贤⑦。

凄凉蜀故妓⑧,来舞魏宫前⑨。

**注释**

①蜀先主庙:即刘备庙。唐代夔州刘备庙,在已淹没的奉节老城东六里,明代才迁入白帝庙(参见陈子昂《白帝城怀古》注①,后之选诗涉及,一概不再作注),原庙已毁。
②天下英雄气:曹操曾对刘备说过"今天下英雄,唯使君与操耳"的话(参见杨炯《广溪峡》注⑨)。此亦肯定刘备确有天下英雄之气。
③凛然:形容神态令人敬畏,不可侵犯。
④势:威力。如《荀子·议兵》:"劫之以势,隐之以脆。"三足鼎:比喻魏、蜀、吴三国割据争衡,势均力敌,犹如鼎之三足并立。这一句赞扬刘备凭借其奋争威力,三分天下而得其一。
⑤业:功业。复:恢复。五铢钱:汉武帝时期所铸造的一种钱币。王莽篡汉,改国号为新,令禁五铢钱,另发新钱三十余种。故汉末民谣有"黄牛白腹,五铢当复"。恢复五铢钱

即恢复汉制，喻指刘备一生功业就是志在恢复汉室，一统天下。

⑥得相：得到诸葛亮的辅佐。这一句意思是说，刘备称帝后即以诸葛亮为丞相，原本可以确保蜀汉一统天下的。

⑦儿：指蜀汉后主刘禅。象贤：后人能效法先人的贤德。见《礼·仪礼·士冠礼》："继世以立诸侯，象贤也。"郑玄注："象，法也，为子孙能法先主之贤，故使之继世也。"这一句感叹刘备生了一个不能象贤的儿子，因而功业后继无人，蜀汉速亡。

⑧凄凉：悲苦失落。这里是令人深感悲苦的意思，领起结尾两句。蜀故妓：蜀旧时歌妓。

⑨来舞魏宫前：《汉晋春秋》记载：刘禅降晋后，"司马文王（指司马昭）与禅宴，为之作故蜀妓。旁人皆为之感怆，而禅喜笑自若。王谓贾充曰：'人之无情乃可至于是乎？'"这首诗特意引此情节，为刘备没有生养一个可以继承父志的儿子感叹不已。

# 观八阵图①

轩皇传上略②，蜀相运神机③。
水落龙蛇出④，沙平鹅鹳飞⑤。
波涛无动势⑥，鳞介避余威⑦。
会有知兵者⑧，临流指是非⑨。

**注释**

①自桓温以降，诗咏八阵图大多系于诸葛亮造八阵图的本事及影响。刘禹锡却独辟蹊径，从兵法源流及遗存状态略作考索，提出疑问，迥异他人。

②轩皇：传说中的人文始祖轩辕黄帝。传：遗传。上略：高深玄秘的兵法谋略，此特指八阵法。据明瞿汝稷《兵略纂闻》，"黄帝按井田作八阵法，以破蚩尤。古之名将知此法者，惟姜太公、孙武子、韩信、诸葛孔明、李靖而已"。其意思就是，兵法中的八阵法系由黄帝参用井田而首创的，诸葛亮则为传承链中的古名将之一。

③神机：本指可以启闭开合的灵巧器械，引申为指灵巧机变的谋略。运神机：指诸葛亮运用轩皇八阵法，推演创设出八阵图。《三国志·诸葛亮传》说诸葛亮"推演兵法，作八阵图，咸得其要"。

④龙蛇：代指八阵图的阵式。传说诸葛亮的八阵图，分为天、地、风、云、龙、虎、

蛇、鸟等八阵，奇正相生，循环无端，可惜久已失传。河南省密县考古发现一套《风后八阵兵法图》，绘有天覆阵、地载阵、风扬阵、云垂阵、龙飞阵、虎翼阵、鸟翔阵、蛇蟠阵等八阵，可参考。

⑤鹅鹳：泛指多种水鸟。这一句的意思是，即便水落石出，沙平迹现，八阵图遗址也只是有多种水鸟自由来去，再也看不出八种阵式了。

⑥动势：对什么造成变动的威力。这一句的意思是，千古长江波翻涛涌，并不具备根本改变八阵图的不可抗威力。其潜台词为，尽管诸葛亮创制过八阵图，却只用于用兵布阵，根本不可能在鱼腹浦用石头布阵。他的怀疑不无道理。

⑦鳞介：泛指有鳞甲或有介壳的水生动物，亦即鱼鳖之类。余威：剩余未尽的威力和声势。如贾谊《过秦论》："始皇既没，余威震于殊俗。"这一句的意思是，尽管传说中的诸葛亮布置的八阵图阵式不复存在，但鱼鳖之类仍会畏惧它的余威，自动避开。这一句承接上句，无异于黑色幽默。

⑧会有：推定语，应该有。知兵者：真正懂兵法的人。

⑨临流：面对长江江流。指是非：辨明和揭示有关八阵图的真伪正误。结尾两句亮明了见解，只相信诸葛亮传承过轩皇的八阵图，创制过八阵图，但不相信他在鱼腹浦布置过八阵图，其间的是非不能靠传说者众决定，而应该交给知兵者作结论。见解独立，颇见精神。

# 畲田行①

何处好畲田，团团缦山腹②。

占龟得雨卦③，上山烧卧木④。

惊麕走且顾⑤，群雉声咿喔⑥。

红焰远成霞，轻煤飞入郭⑦。

风引上高岑⑧，猎猎度青林⑨。

青林望靡靡⑩，赤光低复起⑪。

照潭出老蛟⑫，爆竹惊山鬼⑬。

夜色不见山，孤明⑭星汉间。

如星复如月，俱逐晓风灭⑮。

本从敲石光⑯，遂至烘天热⑰。

下种暖灰中，乘阳坼芽蘖⑱。

苍苍一雨后，茗颖如云发⑲。

巴人拱手吟，耕耨⑳不关心。

由来得地势㉑，径寸有馀金㉒。

**注释**

①畲（shē，音奢）田：一种火种方式，即先焚烧田地的草木，然后用草木灰作肥料耕种庄稼。唐宋时期的三峡地区还盛行烧畲下种。刘禹锡关注这一落后生产方式，用歌行体诗描写烧畲情景及农事效应。

②团团：形容圆的形态。此指畲田为一团又一团。缦：缦田，古代一种不设沟渠、土垄区隔的耕种方式。山腹：山腰。

③占龟：一种巫风习俗，指用龟甲占卜，预测吉凶。雨卦：显示出将会下雨的卦象。

④卧木：春初砍倒的备焚的树木。

⑤麇（jūn，音君）：同"麕"，俗称为獐子。走且顾：边逃跑边回头看。

⑥雉：野鸡。咿喔：叫唤声。

⑦轻煤：随风而轻飘的烟灰。郭：在城邑外围加筑的一道城墙，即外城，这里代指城邑。

⑧高岑：相对高的小山。

⑨猎猎：象声词，形容风声及草木燃烧的响声。也可作形容词，形容物体随风飘拂。此处二义既可以单用，也可以兼用，都讲得通。

⑩靡靡：草随风倒伏相倚的样子。这一句的意思是，热风过处，连未被焚烧的草也倒伏了。

⑪低复起：指火苗时低时高。

⑫照潭：指烧畲的火光照亮了山间的深潭。出：因惊吓出离深潭，飞升天空。蛟：中国古代传说中，栖息在湖渊深处的，综合了鳄鱼、蟒蛇等形象的一种动物，常与龙合称蛟龙。《说文解字》说："蛟龙，龙之属也。池鱼满三千六百，蛟来为之长，能率鱼飞。"蛟升于空，可司降雨。逼迫蛟龙升空降雨，也是一种巫风习俗。如杜甫诗《火》中所写："旧俗烧蛟龙，惊惶致雷雨。"这一句的意思是，烧畲达到了逼蛟降雨预期。

⑬山鬼：山间土神。连山间土神也被惊动，进一步表明烧畲的效果好。但从上下句来看，"出老蛟""惊山鬼"并非刘禹锡亲眼所见实景，而应是山民对他讲述的烧畲功效。

⑭孤明：烧畲后的余烬，星星点点仍然明亮。

⑮逐：追。这一句的意思是，烧畲的余烬都追随着晓风全熄灭了。
⑯敲石光：意指烧畲起始于敲石取火。
⑰烘天热：形容烧畲过程中，火如烘天，环境极热。以上20句，充分描述了烧畲的全过程，形象生动，绘声绘色。
⑱坼（chè，音彻）：裂开，特指植物的胚房绽开。芽蘖：植物嫩芽，蘖又作櫱。
⑲苕（tiáo，音条）颖：禾穗。云发：女子浓黑的头发，此比喻禾穗浓密。例如李白《古风》四四："玉颜艳红彩，云发非素丝。"即用本义。第21句至第24句，略写畲田"火种"中的"种"，与前20句详写"火"相济。
⑳耕耨（nòu，音褥）：本义指耕田除草，亦泛指农田耕种。《管子·治国》："耕耨者有时，而泽不必足。"
㉑由来：向来，一直以来。地势：本指地面高低起伏的形势，代指土质条件。
㉒馀：义为多余的、剩下的。馀金：多余的钱。这一句的意思是，只要土质条件好，收获以后，除了养家糊口，还有多余的钱。最后四句借"巴人"口吻，讲出畲田火种的收获状况也还不错，显见自给自足之乐。整首诗叙述脉络清晰，描述详略分明，止于所当止处，并没有表达出诗人自己如何看待这样的风俗民情。

# 别夔州官吏①

三年楚国巴城守②，
一去扬州扬子津③。
青帐联延喧驿步④，
白头俯伛⑤到江滨。
巫山暮色常含雨，
峡水秋来不恐⑥人。
惟有九歌词数首，
里中留与赛蛮神⑦。

**注释**

①长庆四年（824）夏末，刘禹锡调任和州（今安徽和县）刺史，秋初离夔州，这首七律即为他的留别之作。

②三年：刘禹锡在夔州的实际在任时间的概数。楚国：荆楚地域。从历史沿革看，夔州之地在春秋中叶隶属庸国，前611年成为巴国鱼邑，前361年至前277年又属楚国黔中郡辖地；由汉至隋多有变动，在唐代，夔州于贞观年间属山南道，开元、天宝年间属山南西道，元和以降属荆南节度使使司，所以认同"楚国"是准确的。但历史建置更迭当中，归属巴渝的时间不少，所以认同"巴城"也合情合理。

③扬子津：古渡口名。扬州古有扬子桥，历来都是滨江要津。调任去和州，必经过扬州，这一句是点明去向。

④青帐：青色的供帐，古代特供迎送接待的临时设施，可作"帐饮"。联延：连绵，形容青帐之多。驿步：水驿的停船处，代指夔州江滨码头。这一句的意思是，送别的夔州官吏甚多，以至青帐连绵，整个码头上人声鼎沸，"喧"字用得颇有张力。

⑤白头：白发长者。俯伛：弯腰曲背，犹言伛偻。此句"白发"对上句"青帐"，不只是色彩感强，尤其反映出人去官声显，送行见真情，连白发长者都来送行，更遑论其他。

⑥𤍠：闷热，使人有如傍火炉、如在蒸笼之感。自古及今，巴渝地区盛夏时节气温高叠加湿度高，早晚犹自难变凉，如斯闷热便称之为"𤍠"。刘禹锡注意学习方言俗语，并能活用，此见其一斑。

⑦九歌：非屈原《九歌》，特指他自己所创作的竹枝词，亦即《竹枝词九首》和《竹枝词二首》。但与屈原《九歌》有关。其《竹枝词九首引》写得明白："昔屈原居沅湘间，其民迎神，词多鄙陋，乃为作《九歌》，至于今荆楚鼓舞之。故余亦作竹枝词九篇，俾善歌者扬之，附于末。后之聆巴歈，知变风之自焉。"赛蛮神：荆楚地区的迎神活动，歌舞乐一体，联唱竹枝词。刘禹锡明确表示，要把他的竹枝词留给夔州士民，供作迎神之用。告别者之情，毫不亚于送别者之情，这首诗写"别"真别开生面，韵味醇厚。

## [唐] 韦处厚诗2首

韦处厚（773—828），字德载，京兆万年（今陕西西安）人。元和初年，举进士第，授校书郎，历任右拾遗、左补阙、礼部员外郎、翰林侍讲学士，以忠厚宽和、耿直无私著称。元和十一年（816）受宰相韦贯之被贬牵连，被贬为开州（今属重庆）刺史，在任约三年，勤于政务，且有诗作《盛山十二景》传世。长庆元年（821）还朝后，历任户部郎中、中书舍人、兵部侍郎，终官中书侍郎同平章事，为中唐名相之一。平生好学，藏书万余卷，著述有《六经法言》《德宗实录》《宪宗实录》《大和国计》《翰苑集》等。

## 盛山十二景（选二）①

### 竹岩

不资冬日秀②，为作暑天寒③。
先植诚非凤④，来翔定是鸾⑤。

### 茶岭

顾渚吴商绝⑥，蒙山蜀信稀⑦。
千丛因此始，含露紫英肥⑧。

**注释**

①盛山：山名，在开州城内，位于今重庆市开州区汉丰街道北部，已辟为盛山公园。韦处厚作《盛山十二景》，韩愈为之作序，赞赏"读而歌咏之，令人欲弃百事，往而与之游"。选诗为其第三首、第九首。

②不资：无可计数。秀：本指谷类作物刚抽穗开花，引申为指美丽、茂盛的事物，这里用引申义。这一句的意思是，岩上的翠竹一眼望不到边，在冬天里也生长得十分茂盛。

③为作：着意造成。暑天寒：盛暑炎天也清凉宜人。由冬写到夏，凸显翠竹对人施予的益处。

④先植：原先的种植，指植竹初心。凤：凤凰。非凤：并不是为了引凤来仪。典出《书·益稷》："箫韶九成，凤皇来仪。"

⑤来翔：飞来栖息。鸾：传说中凤凰一类的鸟。《广雅》："鸾鸟，凤凰属也。"这一句的意思是，盛山竹林果真招徕了鸾凤。实即比喻竹不仅造福于人，而且对鸟类也大有益。

⑥顾渚：山名，位于今浙江省长兴县顾渚、金山两村，为中华茶文化发源地。"茶圣"陆羽曾在此开辟茶园，并撰《顾渚山记》，其山以"茶生其间，尤为绝品"著称。吴商：吴越茶商。绝：断。这一句的意思是，顾渚山虽然产茶誉延于世，吴越茶商却不再到那里去了。

⑦蒙山：山名，即蒙顶山，位于今四川省雅安市名山区。蒙山种茶始于西汉，世为贡茶，素有"扬子江中水，蒙山顶上茶"之誉。蜀信：蜀地信息。稀：少。这一句的意思是，蒙顶山虽然号称"仙茶故乡"，但关于它的信息如今也很稀少了。起始两句贬顾渚山茶和蒙顶山茶，以为后面两句抬盛山名茶张本。

⑧紫英：名茶名。典出唐苏鹗《杜阳杂编》卷下："其酒有凝露浆、桂花醑，其茶则绿华、紫英之号。"此借紫英名号，代指盛山之茶。肥：形容茶叶正长势繁盛。开州龙珠茶兴于唐代，或许与韦处厚作诗宣扬有关联。

## [唐]李远诗2首

李远（生卒年不详），字求古，夔州云安（今重庆云阳）人。大和五年（831）进士及第，开成年间（836—840）任当涂县尉，会昌年间（841—846）任监察御史，大中年间（847—859）历任越州刺史、建州刺史、江州刺史，终御史中丞，后归家闲居。为人闲散疏放，作诗多咏山川风物、馈赠留别，许浑《寄当涂李远》诗称其"赋拟相如诗似陶"，时人又称"浑诗远赋"，实际并不如许浑所说。曾著有《李远诗集》1卷，《全唐诗》及补编存其诗35首，为巴渝本籍诗人厕身全国诗人之列第一人。

### 及第后送家兄游蜀[1]

人谁无远别，此别意多违[2]。
正鹄虽言中[3]，冥鸿不共飞[4]。
玉京烟雨断[5]，巴国梦魂归[6]。
若过严家濑[7]，殷勤看钓矶[8]。

**注释**

[1]及第：指李远本人于大和五年（831）及进士第。家兄：对他人提称自己的兄长。游蜀：游历蜀地，此处代指返回蜀地。按约定俗成，巴蜀之地若单言，悉称为蜀。从诗题不难看出，李远的胞兄同他一起赴京应试，但落榜了，故尔李远赋诗赠别。

[2]违：背，反，不合乎心意。意多违：即事与愿违。

[3]正鹄：箭靶的中心，引申指行为的目标。义本《礼·中庸》："子曰：'射有似乎君子，失诸正鹄，反求诸其身。'"郑玄注："画布曰正，栖皮曰鹄。"合言或析言均同为一义。这里借喻自己应试得中进士。

[4]冥鸿：高飞的鸿雁。见扬雄《法言·问明》："鸿飞冥冥，弋人何篡焉。"这里借喻兄弟二人。不共飞：喻指兄与己未能同中进士。

[5]玉京：本为道家对天帝所居之处的称谓，常泛指仙都，也借指帝都。此指帝都长安，用如孟郊《长安旅情》："玉京十二楼，峨峨依青翠。"烟雨：蒙蒙细雨，借指帝都景色。断：

隔绝。这一句的意思是，兄弟俩不能一起观赏帝都的景象了，惜别之情寓于其间。

⑥巴国：巴地，代指他俩故乡，因为云安曾为巴国、巴郡辖地。梦魂归：意为从今往后，自己只能在梦里回到故乡，与胞兄重新同处同游了。

⑦严家濑：云安近郊江畔的一处地名。濑为水流沙石的地方，结合下句看，兄弟俩曾在那里钓过鱼。

⑧殷勤：参见白居易《别东坡花树二绝》注③。钓矶：钓鱼时常坐的江畔礁石。提请胞兄经常去到那里看一看，意思是借以重温兄弟情谊，见其景而如见其人。以之作结，情挚韵永。

# 慈恩寺避暑①

香荷疑散麝②，风铎似调琴③。
不觉清凉晚，归人满柳荫④。

**注释**

①慈恩寺：全名大慈恩寺，唐太宗贞观二十二年（648）太子李治为追念生母文德皇后（即长孙氏），祈求冥福，报答慈恩，而下令兴建，位于长安城晋昌坊（今陕西西安市南）。至高宗永徽三年（652），玄奘法师又于其端门建大雁塔。一千多年来，慈恩寺（含大雁塔）一直是长安城内最著名、最宏丽的佛寺。大雁塔于1961年成为全国重点文物保护单位，2014年列入《世界遗产名录》。大慈恩寺于2001年被评为全国首批4A级旅游景区。

②疑：本指迷惑，引申为猜疑。散麝：散发麝香。麝即香獐，胆囊内分泌麝香，可作香料，也可以入药。这里用麝香喻荷香。

③风铎：古代寺庙或塔的檐下悬挂的一种风动体鸣乐器。如清徐珂《清稗类钞·物品类》所说："风铎，寺庙、塔檐悬之物，因风成声者也。"调琴：调和琴声。似调琴：指风铎因风而动，发出乐音，好像有人调拨出的琴声一般谐和动听。

④归人满柳荫：意指避暑的人多，直至清凉向晚，方才络绎归去。小诗写得清新自然。

## [唐] 李涉诗 2 首

李涉（生卒年不详），自号清溪子，洛阳（今属河南）人。早岁客梁园，逢兵乱避地南方，与弟李渤同隐庐山香炉峰下。后出山做幕僚，宪宗时为太子通事舍人。未久，贬为峡州（治今湖北宜昌）司仓参军，在三峡地区蹭蹬十年。文宗大和（827—835）中任国子博士，故世称"李博士"。有集 2 卷，《全唐诗》存其诗 1 卷。

## 竹枝词四首（选二）①

### 其一

巫峡云开神女祠②，绿潭红树影参差③。
下牢戍口④初相问，无义滩头⑤剩别离。

### 其二

石壁千重树万重，白云斜掩碧芙蓉⑥。
昭君溪⑦上年年月，偏照婵娟色最浓⑧。

**注释**

①李涉所作四首竹枝词，每一首都是贯通三峡上下、内外写景感怀，并非专注一时一地。所选诗为其第二、三首。

②神女祠：即神女庙。最早见诸文字的是宋玉《神女赋》：楚怀王"旦朝视之，如言，故立主庙，号曰朝云"。实际始建于唐高宗上元三年（676），原址在今重庆市巫山县江南飞凤峰麓，地名青石。清顾祖禹《读史方舆纪要》记载："巫山亦曰巫峡，在夔州府巫山县东三十里，下有神女庙。"

③红树：红色树叶的树。巫峡一带山岭多有黄栌树，至秋叶红，堪比枫叶，今誉为"巫山红叶"。由红树可知，此句写秋景。绿潭映红叶，色彩感极强。参差：形容长短、高低不齐。例见《诗·周南·关雎》："参差荇菜，左右流之。"影参差：指红树倒映于绿潭中，平添动感。

④下牢戍口：指下牢关。其原址在今湖北省宜昌市西北二十五里处。文字记载始见于北齐颜之推《颜氏家训·杂艺》："（刘岳）后随武陵王入蜀，下牢之败，遂为陆护军画支江寺壁，与诸工巧杂处。"

⑤无义滩头：无义滩前。滩在今湖北省秭归县东黄牛峡中。明杨慎《竹枝词（九首）》之九写道："无义滩头风浪收，黄云开处见黄牛。"可证。结尾两句，上句说"初相问"，下句说"剩别离"，足见这一首为赠别友人之作。再回看开头两句，不难体味友人将溯江而上，特寄意友人赏巫峡秋景。

⑥碧芙蓉：原本指绿荷，常喻指青翠葱茏的山峰，此用喻义。喻指的对象为巫山诸峰，非特指十二峰或某一峰。

⑦昭君溪：即香溪。王昭君（约前54—前19）名嫱，字昭君，西汉南郡秭归（今湖北宜昌市兴山县）人。传王昭君生长于时属秭归县、今属兴山县的宝坪村，村址即在香溪畔，昭君常在溪边梳洗，溪水因而变香，故得其名。

⑧婵娟：本为形容人或物的姿态妙曼，常借以形容月色明媚或者代指明月，也常借代美女。代指美女例如唐方干《赠赵崇侍御》："却教鹦鹉呼桃叶，便遣婵娟唱竹枝。"此代指王昭君。末句紧承上句"年年月"而来，由"偏照"至"色最浓"，借月之多情抒人之多情，表达出了年年岁岁、世世代代人都怀念王昭君的隽永的意韵。

## [唐] 李群玉诗1首

李群玉（808—862），字文山，澧州（今湖南澧县）人。《湖南通志·李群玉传》称其"居住沅湘，崇师屈宋"，颇有诗才。早年杜牧游澧时，劝他应试科举，他考一次不中即弃去。裴休任湖南观察使时，郑重邀请他作诗。大中八年（854）游长安，献诗三百首，颇得宣宗欣赏。时裴休为相，荐授其宏文馆校书郎，三年后即辞官归里，死后追赠进士及第。一生好交游，足迹遍及大江南北及今河南、河北、陕西。著有《李群玉诗集》前集3卷，后集5卷，《全唐诗》为其编诗3卷。

## 云安①

滩恶黄牛吼②，城孤白帝秋。
水寒巴子国③，歌廻竹枝愁④。
树倚荆王宫⑤，云昏蜀客舟。
瑶姬⑥不可见，行雨在高邱⑦。

**注释**

①云安：指云安郡，非云安县。据《旧唐书·地理志》，夔州于"天宝元年（742）改为云安郡，至德元年（756）于云安置七州防御使，乾元元年（758）复为夔州"。李群玉作诗时虽然已复为夔州，但仍以云安郡名代指夔州。

②黄牛：黄牛滩，后通称黄牛峡，在西陵峡中段。《水经注·江水》记载："江水又东，经黄牛山，下又滩，名曰黄牛滩。南岸重岭叠起，最外高崖间有石，如人负刀牵牛，人黑牛黄，成就分明，既人迹所绝，莫得究焉。此岩既高，加以江湍纡回，虽途逶信宿，犹望见此物。故行者谣曰：'朝发黄牛，暮宿黄牛，三朝三暮，黄牛如故。'言水路纡深，回望如一矣。"未到白帝城，先写黄牛滩，一显行路之难，二示溯江而上。

③巴子国：指巴国故地，实即夔州。

④廻：掉转，扭转。这里是形容竹枝歌声缭绕、回荡。上句一"寒"字，此句一"愁"字，暗寓作者心境。

⑤荆王宫：楚王宫，即《神女赋》所写楚襄王梦见巫山神女的离宫（行宫）遗迹。据陆游《入蜀记》，巫山"楚故离宫，俗谓之细腰宫。有一池，亦当时宫中燕游之地，今湮没略尽也。三面皆荒山，南望江山奇丽"。或许晚唐时遗迹犹存，故有此描述。

⑥瑶姬：传说中的巫山神女，本为赤帝（炎帝）之女，名为媱姬。其说最早见于《山海经·中次七经》："又东二百里，曰姑媱之山。帝女死焉，其名曰女尸。化为䔄草，其叶胥成，其华黄，其实如菟丘，服之媚于人。"至北魏郦道元《水经注·江水》引郭景纯（郭璞）说："丹山在丹阳，属巴。丹山西即巫山者也。又帝女居焉，宋玉所谓天帝之季女，名曰瑶姬，未行而亡，封于巫山之台。精魂为草，实为灵芝，所谓巫山之女，高唐之姬。"

⑦高邱：即高丘，"邱""丘"音义皆相同。此指巫山。第五句至第八句，着重描述途经巫山的一段感受，触景生情，联想神女故事，几多惆怅。

## [唐]李频诗1首

李频（818—876），字德新，睦州寿昌（今浙江建德）人。少时与同里方干为友，有诗名。慕姚合之名，不远千里求教，姚以女妻之。大中八年（854）进士及第，授校书郎，累迁侍御史、都官员外郎、建州刺史，卒于任。举进士之前，曾在黔中府做过幕僚，存巴渝诗十首。有《建州刺史集》（又称《梨岳集》）1卷，《全唐诗》为其存诗3卷。

### 黔中罢职将泛江东①

黔中初罢职，薄俸亦无残②。
举目乡关③远，携家旅食难。
野梅将雪竞④，江月与沙寒⑤。
两鬓愁应白，何劳把镜看⑥？

**注释**

①黔中罢职：指被免去黔中府的幕僚职，事不详。泛：本义为漂浮，多指泛舟，亦即行船。如《诗·邶风·柏舟》："泛彼柏舟，在彼中河。"江东：古指九江以下长江以东地区，又称江左、江南，大致范围为今江苏省、安徽省、上海市、浙江省、江西省等沿江部分地区。泛江东：意即乘船返家乡。

②薄俸：微薄的俸禄，即做幕僚的些许收入。无残：没有剩余。足见穷窘。

③乡关：故乡。如隋孙万寿《早发扬州还望乡邑》诗："乡关不再见，怅望穷此晨。"

④将：这里是副词，与下句的"与"相对，意为将要。将雪竞：将要与雪比赛谁更白，意谓即将进入严冬。宋卢钺《寒梅》诗："梅须逊雪三分白，雪却输梅一段香。"可证。

⑤江月：此江指唐代涪水，即乌江（元代始有此称）。黔中府治所在今重庆彭水县，濒临涪水，故此江月为涪水江头月。与沙寒：跟江畔的沙一起透着寒意。"寒"不仅属月，属沙，也属人，意象凄凉。

⑥把镜：拿着镜子。愁语作结。无一字涉及人事，却深寓人情冷暖。

## [唐] 许棠诗1首

许棠（生卒年不详），字文化，宣州泾县（今属安徽）人。出身寒微，苦心诗文，应试科举二十多年犹未得中。在长安广结诗友，与郑谷、张乔等合称"咸通十哲"。当时诗名甚大，同时诗人林宽曾称誉他"日月所到处，姓名无不知"。咸通十二年（871），年过半百的许棠重入考场，获主考官李频赏识，得中进士。初为泾县尉，后为江宁丞，最终辞官隐居。虽平生困穷，却雅好行游，足迹遍于大江南北、大河上下。《全唐诗》存其诗2卷。

## 寄黔南李校书[①]

从戎巫峡外[②]，
吟兴更应多[③]。
郡响蛮江涨[④]，
山昏蜀雨过[⑤]。
公筵饶趣味[⑥]，
俗土尚巴歌[⑦]。
中夜怀吴梦[⑧]，
知经滟预波。

**注释**

①黔南：唐代黔州南部地区，即今重庆市彭水县以南的酉阳、秀山，以及今贵州省北部的沿河、道真一带。校（jiào，音叫）书：官职名，多为军营中掌文书的下级官吏。李校书：生平不详，当为许棠未仕前的穷朋友之一。

②从戎：从军。巫峡外：此巫峡概指长江三峡。古人习惯以京城作为中心，区分各地的内外关系。黔南比三峡距离京城更远，故言巫峡外。起句即点明李校书是到黔南从军。

③吟兴：吟咏诗歌的兴趣和情怀。多：胜，超过从前或者他人。义见《礼·檀弓》："曾子曰：'多矣乎予出祖者！'"注曰："曾子闻子游丧事有进无退之言，以为胜于己之所说出

祖也。"这里是鼓励李校书的话。中间两联诗意,全由此句引出。

④郡:黔中郡。黔南地区,战国时期先后为楚黔中郡、秦黔中郡,两汉、魏晋属涪陵郡,唐改置为黔中道,辖黔州、施州、溪州、辰州、思州、珍州、南州等50余州,治在黔州。这里借郡代指黔南。蛮:黔中自古为少数民族聚居之地,从《汉书·西南夷列传》《后汉书·南蛮西南夷列传》以降,便被称之为蛮夷之地。蛮江:泛指黔南大小河流。

⑤过(读 guō,音锅),义为过往。

⑥公筵:官家或军中的公务宴饮。饶:多,指名目多和经常有。趣味:使人愉悦的情趣或滋味。

⑦巴歌:本指巴族歌谣,这里泛指广及多民族的巴渝民歌民谣。以上四句,从多角度开导李校书,激发其"吟兴"。

⑧中夜:半夜。吴梦:吴地之梦。许棠本人为吴人,李校书大概也是吴人,所以借"吴梦"以示自己将会梦见同乡的友人,梦越三峡前去重聚。结句便描绘这样的梦境。特标"滟预波",表明了不畏险阻,亦将会友,情浓可触。

## [唐] 贯休诗1首

贯休（832—912），俗姓姜，字德隐，婺州兰溪（今属浙江金华）人。7岁时出家于和安寺，日读经书千字而过目不忘。受具足戒后即入浙东五泄山，修禅十年。诗名高节，尝有句云"一瓶一钵垂垂老，万水千山得得求"，故时称之"得得和尚"。善绘佛像，又擅篆、隶、草书，草书时称"姜体"。天复年间（901—904）入蜀，前蜀主王建礼遇有加，赐紫衣，封"禅月大师"。五代后梁乾化二年（912）圆寂，世寿81岁。著有《西岳集》，弟子昙域更名《禅月集》，《全唐诗》为其存诗30卷。

## 晚春寄张侍郎①

遥想涪陵②岸，
山花半已残。
人心何以遣③，
天步④正艰难。
鸟听黄袍小⑤，
城临白帝寒。
应知窗下梦，
日日到江干⑥。

**注释**

①从诗意看，这首诗作于夔州白帝城，寄给时在涪陵的张侍郎。张侍郎：生平不详。

②遥想：遥念。涪陵：地名，今重庆涪陵区。春秋后期至战国中期属巴国地，为巴国最早都邑，称作枳邑，《华阳国志·巴志》说："巴王陵墓多在枳。"秦汉时期隶属巴郡。东晋永和三年（347）置涪郡，为区境建郡之始。隋置涪陵县，为区境得名涪陵之始（原涪陵郡治在彭水）。唐置涪州。贯休这是沿用旧名。遥想涪陵岸：遥念的对象即时在涪陵的张侍郎。

③人心：世人之心，与"国运"对。遣：排遣，打发。从这一句不难看出，贯休虽为出

家人,却仍关注着世道人心。

④天步:天之行步,代指时运、国运。语出《诗·小雅·白华》:"天步艰难,之子不犹。"朱熹《集注》说:"步,行也。天步,犹言时运也。"晚唐年间,藩镇割据,内外患交织,李氏王朝已濒临覆亡,确属国运维艰,贯休故有此叹。

⑤黄袍:黄鸟别名。黄鸟亦即黄鹂。见《诗·周南·葛覃》:"维叶萋萋,黄鸟于飞。集于灌木,其鸣喈喈。"三国吴陆玑《毛诗草木鸟兽虫鱼疏》说:"黄鸟,黄鹂留也……或谓之黄袍。"小:此指鸣声小。这一句的意思是,彼时彼际,只听得到黄袍鸟儿细小的叫声。但由于要与下句相对,平仄相协,乃将构句字词交错组合了,颇得造句之妙。

⑥江干:江畔,江岸。《诗·魏风·伐檀》:"坎坎伐檀兮,寘之河之干兮。""河之干"即河之岸。人不能见面尽诉心曲,所以只能"日日到江干",千言万语在不言中。

## [唐]郑谷诗1首

郑谷（848—911），字守愚，袁州宜春（今属江西）人。咸通、乾符年间屡举进士不第，在长安常与许棠、张乔等酬唱，并称"咸通十哲"。广明元年（880）黄巢陷长安，郑谷奔巴蜀，寄居六年。光启三年（887）中进士，历官至都官郎中，故人称"郑都官"。七律《鹧鸪》为当时传诵，又称"郑鹧鸪"。有《云台编》3卷，外集1卷，《全唐诗》存其诗4卷。

### 峡中尝茶[1]

簇簇新英摘露光[2]，
小江园里火煎[3]尝。
吴僧漫说鸦山[4]好，
蜀叟休夸鸟觜[5]香。
合座半瓯轻泛绿[6]，
开缄数片浅含黄[7]。
鹿门病客不归去[8]，
酒渴更知春味长[9]。

**注释**

①峡中：郑谷于光启二年（886）出蜀，经三峡欲下江陵，转赴长安应进士试。逢荆州兵乱，暂寓于夔州，有其《峡中寓止二首》所写"荆州未解围，小县结茅茨"为证。夔州在三峡内，故称峡中。

②新英：本指新开放的花，这里是代指茶树嫩叶。摘：采摘。摘露光：采摘于晨露露珠犹在之时。采茶必须取时于晨，其叶最佳。

③小江：指奉节梅溪河，为长江小支流。火煎：升火炒茶煮茶。

④鸦山：山名，在今安徽省郎溪县南，以产茶闻名。这里以山名代指鸦山茶。宋梅尧臣有《答宣城张主簿遗雅山茶次其韵》诗："昔观唐人诗，茶韵雅山嘉。鸦衔茶子生，遂逐山

名鸦。"唐人诗即指此诗，后两句来自俗传，说鸦山茶为鸦衔茶子而生，故山、茶同名。

⑤乌觜：茶名，盛产于蜀。唐薛能《蜀州送使君寄乌觜茶因以赠答八韵》写道："乌觜撷浑牙，精灵胜镆铘。"上句及此句，是以安徽名茶、蜀中名茶与峡中新茶作比较，赞赏峡中新茶。吴僧、蜀叟均为假托，漫说、休夸意思相近。

⑥瓯：盆盂类陶器，此指盛着茶水的盆。轻：副词，微微地。这一句写茶水的颜色，合座共尝也颇见民俗风情。

⑦开缄：拆开某物之封，多指拆开信函，也指拆开物品。前如李白《久别离》："况有锦字书，开缄使人嗟。"后如欧阳修《读张李二生文赠石先生》："病眸昏浊乍开缄，灿若月星明错落。"此指拆开旧茶的包装。浅含黄：旧茶茶叶的颜色。上一句写尝新茶，这一句写品旧茶。

⑧鹿门病客：本指庞德公、孟浩然、皮日休等隐士，此借代自喻。庞德公为汉末荆州襄阳名士，曾称诸葛亮为"卧龙"，庞统为"凤雏"，司马徽为"水镜"，时誉为知人，晚年隐居鹿门山，采药而终。孟浩然为盛唐诗人，也是襄阳人，40岁前曾隐居于鹿门山。皮日休为晚唐诗人，复州竟陵（今湖北天门）人，晚年亦隐居于襄阳鹿门山，自号"鹿门子"，且嗜茶，诗作有《茶中杂咏》十首。不归去：不离去。显见意兴正酣。

⑨酒渴：酣饮。尝茶后，主人又待之以酒，酒兴亦酣。春：指曲米春，一种产于云安的美酒。杜甫《拨闷》写道："闻道云安麹米春，才倾一盏即醺人。"味长：酒味长，茶味长，人情味更长，皆由"尝茶"来。

## [五代] 李珣词 2 首

李珣（855—930），字德润，其祖先为波斯人，移居于梓州（治今四川三台）。早年曾漫游吴越、岭南，留寓于湖湘。其妹李舜弦为前蜀后主王衍昭仪，李珣乃以秀才预宾贡，时与孙光宪、毛熙震合撰《曲谱》。前蜀亡，不复仕。所著《琼瑶集》已佚，今存词 54 首，见《花间集》《尊前集》。近人李冰若《栩庄漫记》评论："李德润词大抵清婉近端己（韦庄）。其写南越风物，尤极真切可爱。在《花间集》词人中，自当比肩和凝，而深秀处似过之。"

# 河传①

去去②，何处？迢迢巴楚③，山水相连。朝云暮雨，依旧十二峰④前，猿声到客船。

愁肠岂异丁香结⑤？因离别，故国⑥音书绝。想佳人花下⑦。对明月春风，恨应同。

**注释**

①河传：词牌名。又名怨王孙、庆同天、月照梨花、秋光满目。宋王灼《碧鸡漫志》引《脞说》说："水调河传，调名始于隋代，词则创自唐代温庭筠。"

②去去：愈行愈远。曹植《杂诗》："去去莫复道，沈忧令人老。"

③迢迢：形容路途遥远。巴楚：泛指巴山楚水之地，包括今四川省东部、重庆市东北部、东南部、湖北省及湖南省地域。如刘禹锡《酬乐天扬州初逢席上见赠》："巴山楚水凄凉地，二十三年弃置身。"

④十二峰：巫山十二峰。元刘壎《隐居通议》据《蜀江图》指其名为：独秀、笔峰、集仙、起云、登龙、望霞（即神女峰）、聚鹤、栖凤、翠屏、盘龙、松峦、仙人。但历来说法不一，别说无独秀、笔峰、盘龙、仙人，而有朝云、净坛、上昇、圣泉。上阕聚焦于巫峡上下描写物象，突出路远和景凄。

⑤愁肠：指愁苦悲凉的心情，或郁结苦闷的心绪。语出东晋傅玄《云歌》："青山徘徊，为我愁肠。"丁香结：本为丁香的花蕾。丁香的花蕾常结而不绽，借代成为一个文学的意象，

诗词当中多喻化解不开的愁结。如唐牛峤《感恩多》词："自从南浦别,愁见丁香结。"此意涵与之同。

⑥故国:故乡,故土。例如杜甫《上白帝城》所写:"取醉他乡客,相逢故国人。"

⑦佳人:才与貌双全的女子,多用以指怀念中的女子。杜甫《佳人》:"绝代有佳人,幽居有空谷。"这里是虚拟自己所怀念的女子也在花前月下思念自己,以宾代主,衬托自己的离愁别绪。经此营构,愈见宛转。

# 巫山一段云①

有客经巫峡,停桡向水湄②。楚王曾此梦瑶姬③,一梦杳无期④。

尘暗珠帘卷,香消翠幄⑤垂。西风回首不胜悲,暮雨洒空祠⑥。

**注释**

①巫山一段云:词牌名。又名巫山一片云、金鼎一溪云。原为唐教坊曲名,后用作词调名,以唐昭宗李晔《巫山一段云·蝶舞梨园雪》为正体。初始多为咏巫山神女故事,如李珣此词,后来题材不拘。

②水湄:水边,水岸。见《诗·秦风·蒹葭》:"所谓伊人,在水之湄。"

③这一句用楚襄王梦巫山神女故事,参见李群玉《云安》注⑥。

④杳:本义为太阳落山,天色昏暗,引申为极远,又由极远引申为寻找不到踪影。这里即用再引申义。无期:无穷尽,无限度。《诗·小雅·白驹》:"尔公尔侯,逸豫无期。"俞樾《群经平议·毛诗三》说:"《诗》中言'无期'者,如《南山有台》篇'无寿无期',及此篇'逸豫无期',皆谓无穷极也。"此句合用"杳无期",复沓兴叹,意指楚襄王梦巫山神女故事太邈远,只能给后人留下无穷无尽的遐想。

⑤翠幄:用翠羽装饰的帐幔。晋左思《吴都赋》:"蔼蔼翠幄,嫋嫋素女。"此与上句"珠帘"相配,代指眼前的神女庙内景,已是"尘暗""香消"之状,根本不能与故事中的阳台相比拟。

⑥空祠:指神女庙。整首词上阕追述楚襄王梦神女故事,下阕抒写拜谒神女庙的情境和感慨,历史传说与现实观感形成强烈反差和对照,由点及面寄托了盛衰兴亡之叹。

## [五代] 齐己诗2首

齐己（863—937），晚唐、五代诗僧，俗姓胡，名得生，潭州益阳（今属湖南宁乡）人。因家境贫寒，少年时出家为僧。成年以后云游天下，自号"衡岳沙弥"。后梁龙德元年（921）欲入蜀，途经江陵，被荆州节帅高季兴挽留，担任龙兴寺僧正。当时东川、山南西、荆南、黔中之地均被王建所建前蜀所兼并，故齐己可以就近游及。有《白莲集》10卷，外集1卷，《全唐诗》编其诗10卷。

### 送周秀游峡①

又向夔城去，知谁动旅魂②？
自非亡国客③，何虑断肠猿④。
滟预分高仞⑤，瞿塘露浅痕⑥。
明年期此约，平稳到荆门⑦。

**注释**

①周秀：生平不详。当为齐己俗世友人。

②旅魂：旅情，远行作客于他乡的心情。杜甫诗《夜》写道："露下天高秋水清，空山孤夜旅魂惊。"用义同此。

③亡国客：因国灭而流亡者。

④断肠猿：此用典，其原义见晋干宝《搜神记》："有人入山，得猿子，便将归。猿母自后逐至家。此人缚猿子于庭中树上以示之。其母便抟颊向人，欲乞哀状，直谓口不能言耳。此人既不能放，竟击杀之。猿母悲唤，自掷而死。此人破肠视之，寸寸断裂。"这里以猿与人相比较，意谓周秀并没有类似猿的断肠痛事，尽可畅怀游峡。与上句形成流水对。

⑤仞：古代的长度单位，周制八尺，汉制七尺。高仞：代指高山，即瞿塘两岸山。分高仞：意指滟预堆地势险要，浑似直将瞿塘两岸山分隔开来。

⑥浅痕：水浅迹象。当时时令当为冬季，峡水变浅。

⑦荆门：山名，在今湖北荆门县南。《水经注·江水》记载："江水又东，历荆门、虎牙

之间。荆门在南，上合下开，暗彻山南。有门像虎牙在北，石壁色红，间有白文，类牙形。并以物像受名。此二山，楚之西塞也。"此连接上句，与周秀约定重聚的时间和地点，语实意切。

## 巫山高

巫山高，巫女妖①。
雨为暮兮云为朝②，楚王憔悴魂欲销③。
秋猿嗥嗥④日将夕，红霞紫烟凝老壁⑤。
千岩万壑花皆坼⑥，但恐芳菲无正色⑦。
不知今古行人行，几人经此无秋情⑧。
云深庙远不可觅⑨，十二峰头插天碧⑩。

**注释**

①巫女：本指女巫。中华巫文化启始于女巫，后渐有男巫。析言女巫称巫，男巫称觋，合言统称巫觋。巫是中华传统文化发展史上最早一代文化人，负责卜筮、祭祀、书史、历算、教育、医药等事务，又称巫史、巫祝。这里特指巫山神女。妖：这里是形容词，指艳丽、妩媚。宋玉《神女赋》中有句："近之既妖，远之有望。"李善注："近看既美，复宜远望。"曹植《美女篇》里写道："美女妖且闲，采桑歧路间。"即为显例。

②这一句化用"朝为行云，暮为行雨"，借以指巫山神女行踪。

③憔悴：意指人的形容黄瘦，脸色难看。例如《三国志·于禁传》："帝引见禁，须发皓白，形容憔悴。"魂欲销：意即欲销魂。销魂本义为人因过度刺激而神思茫然，若魂离体，多用以形容悲伤愁苦。如江淹《别赋》："黯然销魂者，别而已矣。"说楚王因神女而憔悴，而魂欲销，立意颇别致。

④嗥嗥：兽类叫声。用于猿，亦别致。

⑤老壁：古壁，旧壁。此特指巫山历尽岁月风霜的崖壁。

⑥坼：意指植物的种子或者花芽绽放。花皆坼：多种多样的花都已经绽放，花开遍野。唐沈千运《感怀弟妹》："今日春气暖，东风杏花坼。"即为好例。

⑦芳菲：本指花草的芳香，多代指香花芳草。此指香花芳草。白居易《大林寺桃花》：

"人间四月芳菲尽，山寺桃花始盛开。"即用此义。正色：纯正的颜色。《庄子·逍遥游》："天之苍苍，其正色邪？"是谓天以青色为正色。这里用"但恐"领起，透露出了诗人的担忧，那就是杂花异草太多，玷辱了巫山神女之"妖"。齐己作为僧人，确比不少凡夫俗子意淫于"朝云暮雨"那种秽事，高尚得太多。

⑧此：指巫山。秋情：因秋光秋色而动的情怀。如宋吴文英《诉衷情·秋情》："西风先到岩扃，月笼明。金露啼珠滴翠，小银屏。一颗颗，一星星，是秋情。"

⑨庙：神女庙。不可觅：寻不到遗踪。

⑩插天碧：浑如碧芙蓉插入云天。见唐李端《巫峡》："云巅巫山洞壑重，参天乱插碧芙蓉。"即极状巫山之高之美。碧芙蓉参见李涉《竹枝词四首（选二）》注⑥，这首《巫山高》，不仅情真意永，而且用杂言句式，用骚体句式，不避险词，交错换韵，突破了五、七言古体模式，有创新性。

## [五代] 刘隐辞诗1首

刘隐辞（生卒年不详），唐末五代人，生长于巴蜀。前蜀时事奉高祖王建，官至员外郎。王建养子王宗宪任宁江节度使，驻节夔州，征召刘隐辞任节度掌书记。据《十国春秋·列传·刘隐辞》记载，王宗宪恣横暴虐，刘隐辞数谏遭叱，辞官又不许，遂咏《白盐山》《滟滪堆》刺之。王宗宪大怒，于江边宴饮时令壮士拽隐辞离席，絷手足于砂石上，威胁其"待吾饮罢，投入水中"。刘隐辞不屈，厉声道："昔鹦鹉洲致溺祢处士，今滟滪堆欲害刘隐辞，我虽不及祢衡，足下争同黄祖？岂有不存天子，涂炭贤良？但得留名死，亦宜矣！"王宗宪怒渐解，良久释之。刘隐辞虽存诗仅二首，却彰显骨鲠节气，令人钦佩。今选《白盐山》，略存其风貌。

### 白盐山①

占断②瞿塘一峡烟，危峰迥出众峰前③。
都缘顽梗擅浮世④，者莫峥嵘倚半天⑤？
有树只知因鸟雀⑥，无云不易驻神仙⑦。
假饶突兀高千丈⑧，争及平平数亩田⑨。

**注释**

①白盐山：山名，与赤甲山同为夔门两大山之一，隔瞿塘峡相对耸峙。今白盐山在长江南岸，汉唐时期所指认的白盐山却在长江北岸，即今之赤甲山。《方舆胜览》说：白盐山"在城东十七里，崖壁五十余里，其色炳耀，状若白盐"。而更早的《水经注·江水》则说："江水又东，经广溪峡……北岸山上有神渊，渊北有白盐崖。"白盐崖即白盐山。

②占断：占尽，全部占有。如唐吴融《杏花》："粉薄红轻掩敛羞，花中占断得风流。"此喻指王宗宪独霸夔州，专横跋扈，不可一世。

③危峰：高峻的山峰，此指白盐山。谢灵运《山居赋》："傍危峰，立禅室；临浚流，列僧房。"迥出：高远耸立，超越、超出。如萧绎《巫山高》："巫山高不穷，迥出荆门中。"此喻指王宗宪高居人上，擅权独尊，暴虐无道。

④缘：缘于，因为。顽梗：愚妄狂悖，固执专断。既可用于人，也可用于物，如《续资治通鉴·宋徽宗崇宁二年》："其地在大河之南，连接河岷，部族顽梗。"这里语义双关，既指白盐山，又指王宗宪。揎：本义为捋起衣袖，露出胳膊，犹如今所言撸起袖子干。浮世：人世，人间。旧时多认为，人世间是浮沉聚散没有定数的，故有此称。揎浮世：在人间横行霸道。这一句已经进一步揭示王宗宪的骄横本性。

⑤者莫：疑问语词，犹言什么、怎么、如何，又作遮莫、者末。峥嵘：形容山势高峻突兀。这一句仍是语义双关，托言白盐山，诘问王宗宪为什么会依仗特权，目中无人，恣肆骄横。

⑥因：本字为"裀"，指近身衣。由近身衣而引申出亲的意思。见《广雅·释诂》："因，亲也。"鸟雀：泛指小鸟，借指小人。因鸟雀：亲小人。此句借树喻人，指斥王宗宪亲信小人而结党营私。

⑦神仙：代指德行高超的人。此句借云喻人，讽刺王宗宪无德无行，注定容留不了德行高超的人。

⑧假饶：假设性副词，意即使、纵或。唐李山甫《南山》："假饶不是神仙骨，终抱琴书向此游。"突兀：指高耸的形态。高千丈：极言突兀的程度。这一句依然为双关语，似言白盐山，实言王宗宪，意谓即使其人位高权重而独尊一方。

⑨争及：怎及。平平：形容治理有序。语出《书·洪范》："无党无偏，王道平平。"孔颖达注："言辩治。"数亩田：借代指称治下只有一小块地方。平平数亩田：意谓把小地方治理得颇好。唐杜荀鹤《田翁》："官苗若不平平纳，任是丰年也受饥。"这一句与上一句形成流水对，用强烈对照作出批评，抨击王宗宪尽管唯我独尊，权霸一方，却远不及良吏治理小地方有序有绩值得称道。整首诗都是借山喻人，冷嘲热讽，鞭辟入里，写得极痛快淋漓。

## [五代] 孙光宪诗1首

孙光宪（901—968），字孟文，自号葆光子，陵州贵平（今属四川仁寿）人。少年时游历资州、成都等地，以文会友，结识了前蜀官场中的毛文锡、牛希济、李珣等"花间派"诗人，开始崭露出诗歌才华。前蜀灭亡后，从嘉州乘船沿江出蜀，避难江陵，历任后唐陵州判官，南平文献王高从海幕府书记，累官荆南节度副使、检校秘书少监，迁御史中丞。归顺北宋后，任黄州刺史，太祖乾德六年（968）去世。著有《北梦琐言》传世，《荆台集》《橘斋集》已佚，《全唐诗》存诗8首。

## 竹枝词二首（选一）

门前春水白蘋①花，
岸上无人小艇斜。
江女经过江欲暮，
撒抛残食饲神鸦②。

**注释**

①白蘋：一种浮生草本植物。须根长，根茎可横布，叶呈十字形，外沿半圆形，花白色，具三枚花瓣。多生于湖泊、池塘、河流的浅水区，或水田、沼泽、沟渠之中。其幼叶柄可以当作蔬菜食用。宋郑樵《通志》曾说："蘋，水菜也，叶似车前，《诗》所谓'于以采蘋'是也。"

②神鸦：旧时称乌鸦为神鸦，又称神鸟。杜甫《过洞庭湖》诗谓："护堤盘古人，迎棹舞神鸦。"仇兆鳌注释为："《岳阳风土记》：'巴陵鸦甚多，土人谓之神鸦，无敢弋者。'……吴江周篆曰：'神鸟在岳州南三十里，群乌飞舞舟上。或撒以碎肉，或撒以豆粒，食荤者接肉，食素者接豆，无不巧中。如不投以食，则随州数十里，众鸟以翼沾泥水，污船而去，此其神也。'"这首竹枝词，前两句白描写景，后两句即景叙事，自然而然地描绘出一幅水乡风情画。

## [宋] 王周诗 2 首

王周（生卒年不详），明州奉化（今属浙江）人。出生于五代后期，主要经历在北宋前期，旧说多指为晚唐人或五代人，不确定。真宗大中祥符五年（1012）中进士，乾兴元年（1022）以大理寺丞知无锡县，仁宗宝元二年（1039）又以虞部员外郎知无锡县。从其《自喻》诗有句"瞿唐抵巴渝，往来名揽辔"看，曾在夔州、渝州为官，文献失考。清康熙年间所辑《唐人五十家集》有《王周诗集》。

## 会哙岑山人（戊寅仲冬六日）①

渝州江上忽相逢，

说隐西山②最上峰。

略坐移时③又分别，

片云孤鹤一枝筇④。

**注释**

①会：聚合，会合，引申为相会、相逢，此诗指相逢。哙（kuài，音快）岑：姓名。哙为姓，岑为名。哙与"蒯"一音之转，或即蒯。其人生平不详。山人：多指隐士、高人。王勃《赠李十四》："野客思茅宇，山人爱竹林。"戊寅：北宋太宗太平兴国三年（978）。仲冬：指农历十一月。

②西山：指中梁山。中梁山为华蓥山余脉，北起今重庆北碚区柳荫镇附近，南迄于今重庆江津区西湖镇附近，南北长约100公里，东西宽约2—7公里，跨今重庆北碚区、渝北区、沙坪坝区、九龙坡区、大渡口区、江津区，在主城西部。海拔高度为400至1000米，大抵为北高南低。究竟指其间哪一座山，无可考。

③移时：一会儿，经历一小段时间。可见王周与哙岑无深交，但又敬重其人，故尔有此。

④片云：极少的云，浮云，常喻不足恋的浮世。如梁萧纲《浮云》诗谓："可怜片云生，暂重复还轻。"孤鹤：孤单的鹤，常喻孤单避世、志行高洁的人。如唐武元衡《立秋日与陆华原于县界南馆送邹十八》诗谓："风入昭阳池馆秋，片云孤鹤两难留。"筇（qióng，音穷）：

指筇竹。这种竹实心,节高,适宜作拐杖。一枝筇:一根筇竹作拐杖,常喻隐士、高人持杖特立独行。如宋马知节《送张无梦归天台山》诗谓:"只依三事布,唯有一枝筇。"这一句卒终见志,集中称许哙岑山人的遗世特立,德行可风。

# 夔州病中

隐几经旬疾未痊①,
孤灯孤驿若为眠②。
郡楼昨夜西风急③,
一一更筹④到枕前。

**注释**

①几:古人坐时凭依,或者搁置物件的小桌。古人习惯席地而坐,坐时两脚底及臀部着地,两膝上耸,称"踞坐"。这样坐累了,即依伏几上,谓之"凭几""依几""隐几",其状半卧。《庄子·齐物论》:"南郭子綦隐几而坐,仰天而嘘。"成玄英注疏说:"隐,凭也。子綦凭几坐忘,凝神遐想。"这里是因"疾未痊",精力不济,故只好凭几半卧。经旬:十天为一旬,经过一旬即指十余日,点明卧病已久。

②孤驿:孤寂的驿站。宋林景熙《道中》诗谓:"乱山愁外笛,孤驿梦中家。"若:顺,将就。若为眠:只好将就着入眠。身在孤驿中,以孤灯为伴,足见孤独寂寞已甚。

③郡楼:夔州城楼。西风急:西风骤。时在深秋,境况萧瑟。宋田锡《塞上曲》:"大漠西风急,黄榆凉叶飞。"与之同调。

④更筹:古时夜间报更用的记时竹签,又叫"更签"。梁庾肩吾《奉和春夜应令》诗谓:"烧香知夜漏,刻烛验更筹。"此处指从郡楼传来的报更声。与第二句相呼应,表明病中难以入眠,只能一遍又一遍地卧听报更声,不仅孤寂,而且凄凉。呼应第一句,则见其病中乃是白昼隐几,黑夜卧枕,连续十余日都备受折磨,寓情于叙,寄悲于辞。

## [宋] 张先词3首

张先(990—1078),字子野,湖州乌程(今浙江吴兴)人。仁宗天圣八年(1030)进士,以秘书丞知吴江县。晏殊为京兆尹,辟为通判。皇祐三年(1051)以屯田员外郎知渝州,约四年之后又知虢州。累官至尚书都官郎中致仕,年88岁辞世。《石林诗话》称其"能诗及乐府,至老不衰"。词与柳永齐名,擅长小令,亦作慢词,为宋婉约派的代表人物之一。清陈廷焯《词坛丛话》评价:张先"才不大而情有余,别于秦、柳、晏、欧诸家,独开妙境,词坛中不可无此一家"。有《安陆词》1卷,《张子野词》2卷。

## 少年游·渝州席上和韵①

听歌持酒且休行。云树几程程②。眼看檐牙③,手搓花蕊④,未必两无情⑤。

拓夫滩上闻新雁⑥,离袖掩盈盈⑦。此恨无穷,远如江水,东去几时平⑧?

**注释**

①少年游:词牌名。又名玉腊梅枝、小阑干。调见宋晏殊《珠玉词》,因晏殊词中有"长似少年时"句,故取作词调名。和韵:步韵唱和。这首词作于渝州任上,为送别友人,即席步他人之词韵而作。

②云树:本指高耸入云的树木,常借喻友朋阔别远离,这里用借喻义。如白居易《早春西湖闲游怅然兴怀寄微之》诗谓:"云树分三驿,烟波限一津。"程程:叠韵词,犹言一程又一程,以况路途遥远。如金董解元《西厢记诸宫调》曲谓:"程程去也,相见何时却。"张先词虽作在前,命意却与之相近。几程程:犹问路途有多么遥远。即此一句,点明赠别。

③檐牙:屋檐上像牙一样排列的滴水瓦,借指时下的居处,有惜别意。

④搓:本指两个手掌反复来回摩擦,也指把东西放在手掌间揉来揉去,此用后义。花蕊:种子植物有性生殖器官的一部分,分雄蕊和雌蕊,统称花蕊;又指含苞未放的花,此用后义。范成大《瑞香花》:"酒恶休拈花蕊嗅,花气醉人酴胜酒。"不忍闻,只是搓,亦状惜

别。这一细节十分传神。

⑤两无情：指送别者与离别者之间的感情，用"未必"设疑，是"有"不是"无"。这是假借女子口吻，提出疑问。前两句均为女子情态，这一句再加质疑，点出"情"字，类同点睛。本是男性友朋之间的离别唱和，却偏要借用男女之间依依惜别来描述，婉约委曲，略见一斑。

⑥拓夫滩：即遮夫滩，又名望夫石、夫归石、启母石，原在重庆朝天门外略偏南岸一侧的大江中。典出于《华阳国志·巴志》所载禹娶于涂山，婚后四日即离去，涂山氏之女常立石上望夫，歌唱"候人兮猗"的传说故事。元贾元《涂山禹庙碑记》记述大禹遗迹说："至今洞曰涂洞，村曰涂村，滩曰遮夫，石曰启母。"乾隆《巴县志》说："朝天门外江心巨石，或曰遮夫滩，又名望夫石，涂后故迹也。"此借用涂山氏女思念大禹，望夫归来，喻指女子对于离人的深情期盼。闻新雁：即盼得鸿雁传书。

⑦离袖：离人衣袖，用以淹泪；又叫"离袂"。南朝鲍照《吴兴黄浦亭庾中郎别诗》："本景易有穷，离袖安可挥。"盈盈：形容充满，此指眼中充满泪水。

⑧平：参见刘禹锡《竹枝词二首（选一）》注②。指离愁别恨不知何时方得以平息。试比较一下五代李煜《虞美人·春花秋月何时了》的结尾两句"问君能有几多愁，恰似一江春水向东流"，便不难领悟张先这首词的结尾三句意韵多深长。

# 渔家傲·和程公辟赠别①

巴子城头青草暮②，巴山重叠相逢处③。燕子占巢花脱树④。杯且举，瞿塘水阔舟难渡⑤。

天外吴门清霅路⑥，君家正在吴江住。赠我柳枝情几许⑦？春满缕⑧，为君将入江南去⑨。

**注释**

①渔家傲：词牌名。又名荆溪咏、游仙咏、绿蓑令。始自晏殊，因其词中有句"神仙一曲渔家傲"得名。程公辟（1009—1086）：北宋名臣，名师孟，字公辟，号正议，苏州吴县（今江苏苏州市）人。时任夔路提点刑狱。皇祐五年（1053）春，张先在渝州任满将去，程师孟赠词相送，词中有句"折柳赠君君且住"，故赋此答和。

②巴子城：指当时渝州巴县。古代重庆称渝州始于隋开皇三年（583），当时撤楚州巴郡、东阳郡、七门郡、涪陵郡，改楚州为渝州，州治为巴县（治今重庆渝中区）。北宋初仍置，崇宁元年（1102）改为恭州；南宋淳熙十六年（1189）升格为重庆府。称为巴子城，盖因渝州之前身江州曾为巴子国的都邑。青草暮：表明为暮春时节。

③相逢处：彼此相遇相交的地方。特意点出，见交谊深。如宋黎廷瑞《秦楼月》："罗浮暮，青松林下相逢处。相逢处，缟衣素袂，沈吟无语。"

④燕子占巢：燕子为候鸟，相传于立春后清明前从南方飞回北方，重住入旧巢。花脱树：花瓣从树上脱落。此句描画暮春景象。

⑤水阔：水流汹涌。舟难渡：字面意涵颇浅白，却暗含着深意。瞿塘峡所在夔州，正是程师孟任职之地，却难停舟面别。

⑥吴门：苏州别称，程师孟的故乡。清霅（zhà，音炸）：指霅溪，在今浙江吴兴县，代指吴兴。程师孟于景祐元年（1034）中进士，初任光水、钱塘县令，钱塘与吴兴均属于三吴胜地，故以"清霅路"代指其从政之始。熟知过往，足见了解甚深。

⑦几许：多少，若干。《古诗十九首·迢迢牵牛星》："河汉清且浅，相去复几许？"

⑧春满缕：刚折的柳枝春意盎然，借喻程师孟折柳赠别的情意盎然。

⑨将入：拿到，带到。江南：吴门和清霅均在江南地，此用以代称程师孟故乡。这一句的意思是，要把柳枝带到程师孟的故乡去，插柳再生，永志厚谊。整首词扣住暮春物象即景抒情，意象虽常见，却做到了宛转挚切。

# 天仙子·别渝州①

醉笑相逢能几度，为报江头春且住②。主人今日是行人③，红袖舞④，清歌女⑤。凭仗东风教点取⑥。

三月柳枝柔似缕，落絮仅飞还恋树⑦。有情宁不忆西园⑧，莺解语⑨，花无数。应讶使君何处去⑩。

**注释**

①天仙子：词牌名。原唐教坊曲，后用作词调。唐段安节《乐府杂录》记载："天仙子本名万年斯，李德裕进，属龟兹部舞曲。因皇甫松词有'懊恼天仙应有以'句，取以为名。"

这一首词与上一首词同时，为张先离开渝州时的留别之作，留别对象当是渝州官场同好。

②为报：报答，请告知，含有祈使义。如苏轼《江城子·密州出猎》："为报倾城随太守，亲射虎，看孙郎。"且住：暂时留住。惜春实为惜别。

③主人：此指张先本人，是他为主，设宴留别。行人：官名。《周礼·秋官·讶士》："邦有宾客，则与行人送逆之。"分大行人及小行人，掌管接待宾客的礼仪，或奉使前往四方诸侯。《国语·晋语八》："秦景公使其弟针来求成，叔向命召行人子员。行人子朱曰：'朱也在此。'"韦昭注："行人，掌宾客之官。"此处也代指张先本人，全句意思是向客人们宣布，今日由我作东，定会把大家接待好。

④红袖：本来指古代女子的襦裙长袖，后成为美女代称。红袖舞：即美女席间献舞。元稹《遭风》："唤上驿亭还酩酊，两行红袖拂尊罍。"

⑤清歌：本指不用乐器伴奏的歌唱，亦指清亮的歌声。清歌女：即美女席间献歌。谢灵运《拟魏太子邺中集诗·魏太子》："急弦动飞听，清歌拂梁尘。"

⑥凭仗：凭借，依靠。东风：春风，代指宴席气氛。教：使，指令。点取：选择留取。这一句的意思是，请与宴宾客随意点舞点歌，保证尽兴。上阕描写主人接待宾客的热忱，渲染席间劝客尽兴的欢快，绘声绘影，淋漓尽致。

⑦落絮：指飘落的柳絮，借代即将离去的人，即其自己。仅：勉强，才将要。仅飞：勉强飘飞，实为谦词。树：指柳树，代指渝州。惜别之情随句托出。

⑧宁：岂，难道。西园：渝西园林，当是张先在渝期间常与友朋聚会处，具体何所指失考。

⑨解语：通达人意，领悟话语。唐司空图《杏花》："解笑亦应兼解语，只应慵语倩莺声。"下句"花无数"，花亦能解语，与此兼通。花鸟均解语，又何况人呢？明面与暗里意涵相浑融。

⑩讶：讶异，感到颇惊奇。使君：此指张先本人。下阕借柳絮抒情，借花鸟言别，无怨无愁，殷切自然。

## [宋] 周敦颐诗3首

周敦颐（1017—1073），字茂叔，号濂溪，道州营道（今湖南道县）人。康定元年（1040）任分宁主簿，历任南安军司理参军、郴州令，在郴州开始兴教讲学。嘉祐元年（1056）改太子中舍，签书署合州（今重庆合川）判官，前后共五年。其后累官国子监博士，永州通判，虞部郎中，广南东路提点刑狱，熙宁五年（1072）辞官归隐于庐山莲花峰下。为北宋理学开山鼻祖，所提出的无极、太极、至诚、无欲等概念，构成理学重要基点。谥号元，称"元公"，著有《太极图说》《通书》，后人编入《周元公集》。存诗38首。

# 游大林寺①

三月山房②暖，林花互照明。
路盘层顶③上，人在半空行。
水色云含白④，禽声谷应清⑤。
天风拂襟袂⑥，缥缈⑦觉身轻。

**注释**

①大林寺：宋渝州巴县佛寺。据近人彭伯通《重庆题咏录》，寺"在大霖山半腰，左老林寺，右崇风寺，前石华寺。在县城西北一百七十里。原属祥里六甲，后划归璧山县"。

②山房：泛指山中的房舍，也时常指山中的寺宇，此为寺宇，即大林寺。唐温庭筠《宿白盖峰寺》诗："山房霜气晴，一宿遂平生。"

③顶：本指人头最上端。《说文解字》："顶，颠也。"引申为最上部，此指山顶。层顶：一重又一重，有如层层相叠的山坡顶部。渝州一带的山多为丘陵或低山，故形成这种地形地貌。

④云含白：白云倒映于水中。一个"含"字，用得甚活。

⑤谷应清：在山谷里响起清亮的回声。"应"是回应的意思，也用得甚活。

⑥拂：轻轻地擦过。襟袂：衣襟衣袖。唐杜牧《偶题》诗："劳劳千里身，襟袂满行尘。"

⑦缥缈：形容隐隐约约，若有若无。杜甫《白帝城最高楼》："城尖径仄旌旆愁，独立缥缈之飞楼。"整首诗白描，浅近自然而饶有情趣。

# 宿崇圣院①

公程②无暇日,暂得宿清幽③。

始觉空门客④,不生浮世愁⑤。

温泉喧古洞⑥,晚磬度危楼⑦。

彻晓⑧都忘寐,心疑在沃州⑨。

**注释**

①崇圣院:周敦颐自注"渝中温泉佛寺"。据乾隆《巴县志》记载,古渝州温泉计有五处:一为观音寺温泉,在"县南五十里介石场西"(即今界石温泉);一为神龙山温泉,在"县东南一百六十里"(即今东泉);一为桶井峡温泉,在"县东北一百八十里桶井场西"(即今统井温泉);一为宝峰山温泉,在"县西北一百里"(即今西泉);一为温汤峡温泉,在"县西北一百二十里"(即今北泉)。其中南泉、北泉均有温泉寺,南泉之温泉寺建于明万历年间,北泉之温泉寺建于南朝刘宋年间,因而此处应为北泉温泉寺。"温泉喧古洞"之句,也可作实证。

②公程:因公务外出的旅程。从中可看出,周敦颐从合州到渝州,是有公务,途中借宿于崇圣院。

③清幽:清静幽深,这里代指寺内环境。

④空门:佛门。空门客:临时寄托于佛门的人,此处指周敦颐。唐张祜《题惠山寺》诗:"旧宅人何在,空门客自过。"

⑤浮世:人间、人世。旧时认为人世间浮沉聚散不定,故称为浮世。浮世愁:人生世间难免的愁苦。

⑥喧:大声响。陶潜《饮酒》:"结庐在人境,而无车马喧。"古洞:指温泉寺附近的乳花洞,今犹存北泉公园内。喧古洞:乳花洞内的地下水流动声音于洞外可闻。

⑦磬:中国古代的一种打击乐器。晚磬:傍晚时从寺院传出来的磬声。孟郊《终南龙池寺》诗:"晚磬送归客,数声落遥天。"度:越过。危楼:高楼。

⑧彻晓:通夜,从黑夜到天明。

⑨沃州:山名,在今浙江省新昌县东,上有放鹤亭、养马坡,相传为晋代高人支遁的放鹤养马处。齐己《寄湘东诸友》诗:"沃州高卧心何僻,匡社长禅兴亦孤。"这一句的意思是,借宿于温泉寺内,受寺内清幽环境的感染,使他产生了超脱浮世、忘形自适的人生体验。同样运用了白描手法,却比《游大林寺》更显得冲淡平和,见心见志。

# 题丰都观二首（选一）①

久厌尘坌乐静元②，俸微犹乏买山钱③。

徘徊真境④不能去，且寄云房⑤一榻眠。

**注释**

①丰都：县名，今属重庆。其地周时属巴国，曾一度设为"巴子别都"。秦汉均属巴郡枳邑。东汉和帝永元二年（90）始置县，因治所倚平都山（即今名山），县名平都。统属关系历屡次变更，于隋恭帝义宁二年（618）称丰都。北宋时隶忠州南宾郡，南宋高宗绍兴元年（1131）复置丰都县，此处系以旧名称之。丰都观：泛指丰都的道观，并非实名。据传说，西汉王方平及东汉阴长生先后在平都山修炼成仙，白日飞升，故平都山又名仙都山。东汉末年五斗米道于此设立"平都治"，为建观之始。民国《酆都县志》记载："唐曰仙都，宋改景德，亦称白鹤观。按李唐主老聃，俗多好道。沿及宋季，道书误将阴、王连读，遂为地狱之说，谓阴司在丰。且引李白诗'下笑世上士，沉魂北罗丰'证之，于是皆信丰都为'鬼国'。"一直以道教为主，从南北朝起掺入佛教，渐次演变为道、释、儒及民俗文化共融共存。周敦颐所题当为景德观。

②尘坌（bèn，音笨）：本义指灰尘、尘土，引申指世俗或者世俗之人，此指世俗。唐吕岩《七言》诗之四："药就功成身羽化，更抛尘坌出凡流。"静元：道教所追求的"精存自生，其外安荣，内脏以为泉源，浩然和平，以为气渊"的养生之道。

③买山钱：为隐居而购买山林所需要的钱，喻指归隐。典出南朝宋刘义庆《世说新语·排调》："支道林（即前《宿崇圣院》注⑨提到的支遁）因人就深公买印山，深公答曰：'未闻巢由买山而隐。'"

④真境：道教之地。唐王昌龄《武陵开元观黄炼师院》诗之三："暂因问俗到真境，便欲投诚依道源。"此处指景德观。

⑤云房：僧道或隐者所居的房舍。唐韦应物《游琅琊山寺》诗："填壑跻花界，叠石构云房。"此处指景德观道士的居处房。这首诗直吐胸臆，表达出了厌烦俗世、羡慕归隐的意向。

## [宋] 张俞诗1首

张俞（生卒年不详），字少愚，又字才叔，益州郫（今四川成都郫都区）人。隽伟有大志，游学四方，屡举不第。仁宗宝元初（1039），西夏事起，曾上书朝廷陈攻取十策，乃经人举荐，除试秘书省校书郎。辞不就，愿将此官职让给其父，已仍隐居。文彦博治蜀期间，为其出资买得青城山白云溪之杜光庭故居安置，故自号"白云先生"。七诏不起，周游天下三十余年。又办"少愚书院"，亲授儒学经典。有《白云集》，已佚。

### 越公堂①

越公作隋藩②，烈烈耀威武③。

驻马白帝城，营堂压巴楚④。

俯瞰万里流⑤，徘徊览千古⑥。

鬼工役精魂⑦，梓制炫刀斧⑧。

四阿无栾栌⑨，大厦惟柱础⑩。

峥嵘露节角⑪，庨豁转櫩庑⑫。

丹漆久磨灭，风云尚吞吐⑬。

**注释**

①越公堂：参见前杨素生平简介。杨素所建越公堂，历经隋、唐、五代至北宋，渐次残破。杜甫曾作《陪诸公上白帝城头宴越公堂之作》诗一首："此堂存古制，城上俯江郊。落构垂云雨，荒阶蔓草茅。柱穿蜂溜蜜，栈缺燕添巢。坐接春杯气，心伤艳蕊梢。英灵如过隙，宴衍愿投胶。莫问东流水，生涯未即抛。"与之相比较，张俞所见越公堂已近毁圮，故兴浩叹。南宋中期曾重建越公堂。陆游《入蜀记》写白帝庙后，即写道"又有越公堂，隋杨素所创，少陵为赋诗者，已毁。今堂近岁所筑，亦甚宏壮"。今已荡然无存。

②作隋藩：亦见前杨素生平简介。

③烈烈：本用以形容猛火炎炽的形态，引申为形容人物的功业、德行显赫，或形象威

武,此于杨素兼而有之。例如《晋书·祖逖传赞》:"祖生烈烈,夙怀奇节。"杨素在终结从三国至六朝长达369年的分裂分治局面,重建中华民族统一国家的历史进程当中功不可没,本人指挥对陈作战,坐在黄龙战船的船头顺江而进,陈人叹为"清河公真江神也",功业和形象都当之无愧。

④压巴楚:极言越公堂形胜。堂近白帝庙,清人傅作楫《白帝城》诗谓:"西控巴渝收万壑,东连荆楚压群山。"可作参照。

⑤万里流:指长江。

⑥徘徊:本义指在一个地方来回走动,既可以比喻犹豫不决,又可以比喻人或物在某个范围内来回浮动或起伏,似在求解某一个道理,此用后一喻义。这一句的意思是,越公堂俯瞰万里长江,阅尽千秋历史,仍在倾诉越公杨素的历史功业。前六句既景仰其人,又盛赞其堂,颂人颂堂浑融如一。

⑦鬼工:指技艺高明,如鬼斧神工。李贺《罗浮山父与葛篇》中有句:"博罗老仙时出洞,千岁石床啼鬼工。"役:这里意思是排列。语出《诗·大雅·生民》:"禾役穟穟,麻麦幪幪。"朱熹《集注》说:"役,列也。"精魂:精神魂魄。西汉王充《论衡·书虚》:"筋力消绝,精魂飞散。"这一句的意思是,越公堂原先的建筑构架工艺极高超,将"压巴楚"的精气神韵充分体现了出来。

⑧梓:木工。梓本指梓树,古代多用梓木制作器具,故代指木工。《孟子·尽心下》:"梓、匠、轮、舆,能与人规矩,不能使人巧。"梓制:木工建房。炫:夸耀或者显示自己的长处。这一句紧承上句,意谓当年的木工都曾炫耀过自己的技艺,越公堂不愧为宏丽的建筑。其实这两句都是张俞的主观推想,以与实见的毁圮状况作对比。以下六句尽显荒凉。

⑨四阿(ē,音婀):屋宇四周的供水四面流下的檐溜。《周礼·考工记·匠人》:"四阿重屋。"郑玄注:"四阿,若今四注屋。"贾公彦疏:"此四阿,四溜者也。"栾栌:"屋中柱顶承梁之木;曲者为栾,直者为栌。"刘禹锡《武陵观火》诗:"腾烟透窗户,飞焰生栾栌。"这一句直写,屋柱、檐溜都不复存在。

⑩柱础:承受屋柱压力的垫基石,俗称磉盘。这一句直写,只剩下了柱础石。

⑪节角:本指文字笔画方正所显露的棱角和曲折处,借指房屋残余部件露出来的棱角。韩愈《石鼓歌》:"剜苔剔藓露节角,安置妥帖平不颇。"可参用。

⑫㦂(xiāo,音消)豁:本形容开阔豁达,此用以表示露出大的豁口。檐:屋檐,房顶伸出墙壁的部分。庑:堂下周围的廊屋。这一句的意思是,上至于屋檐,下至于廊屋,全都荡然无存了。

⑬风云:自然界的风和云变幻莫测,常借以比喻动荡变化的社会局势,此处二义兼用。尚:这里是犹的意思。吞吐:吞进和吐出,比喻出纳、隐现、聚散等变化,此用喻义。唐卢仝《月蚀》诗:"奈何万里光,受此吞吐厄。"这一句的意思是,天地自然和社会历史全都变化莫测,越公堂迄今仍在遭受吞吐厄。全诗前六句与后六句构成强烈反差,对于历史兴废的感慨喷如涌泉,沉郁苍凉。

## [宋] 苏洵诗1首

苏洵（1009—1066），字明允，号老泉，眉州眉山（今属四川）人。27岁始发奋读书，究古今治乱得失，文多政论。仁宗嘉祐元年（1056）带二子苏轼苏辙进京应试，谒见翰林学士欧阳修，其《衡论》《权书》《几策》均深受赞赏。嘉祐四年（1059）带全家乘船出峡，再赴京师，途中有诗作。次年经韩琦推荐，任秘书省校书郎，再任霸州文安县主簿，与姚辟同修太常因革礼书，成《太常因革礼》100卷。其散文"博辨宏伟"，"纵横上下，出入驰骤，必造于深微而后止"（欧阳修语），列名唐宋八大家，并与二子合称"三苏"。诗不多，叶梦得《石林诗话》评谓"精深有味，语不徒发，正类其文"。有《嘉祐集》15卷。

## 题白帝庙

谁开三峡才容练①，长使②群雄苦力争。
熊氏凋零余旧族③，成家寂寞闭空城④。
永安就死⑤悲玄德，八阵劳神⑥叹孔明。
白帝有灵应自笑⑦，诸公皆败岂由兵⑧？

**注释**

①练：本指白绢，可喻指水流、江河。南齐谢朓《晚登三山还望京邑》诗谓："余霞散成绮，澄江静如练。"此将三峡比作白绢，有小看意。

②长使：本为名词，汉女官名。发展成动词，意思为致使，居然使得。如杜甫《蜀相》诗："出师未捷身先死，长使英雄泪满襟。"此用义同。

③熊氏：楚王姓氏。《史记·楚世家》记载："熊丽生熊狂，熊狂生熊绎。熊绎当周成王之时，举文武勤劳之后嗣，而封熊绎于楚蛮，封以子男之田。"凋零：本指花草凋谢零落。此用引申义，指战国末年秦灭楚后，楚国熊氏王族已经败亡离散，虽仍有熊姓后裔，但已没有王室地位。

④成家：指东汉初年公孙述政权，见《后汉书·公孙述传》："（公孙述）自立为帝，号成家。"寂寞：本义为孤独冷清，引申指寂然无闻，此处用引申义。如刘向《九叹·忧苦》：

"巡陆夷之曲衍兮，幽空虚以寂寞。"成家政权覆亡时，公孙氏家已被灭族，故有此说。空城：空空荡荡的城，指子阳城。

⑤就死：接受死。语出司马迁《报任少卿书》："而世又不与能死节者比，特以为智穷罪极，不能自免，卒就死耳。"苏洵这样说刘备之死，实别出心裁，发人深思。

⑥劳神：费神。苏洵这样说诸葛亮布八阵图，也有不屑意，至少是认为太不值得，毫不管用。

⑦白帝：指公孙述。自笑：自我哂笑。盖白帝城为公孙述据蜀所首建，所以单举公孙述，暗含白帝城犹在，建其城者却早已经身死名灭之深意。

⑧岂由兵：难道是因军力不济所造成的吗。结句不啻千古一问，其间更有深意藏焉，犹言决定因素不在"兵"，而在"势"，即贾谊《过秦论》强调的那个"势"。犀利独到，难得一遇。政论小诗，独具一格。

## [宋]苏轼诗6首

苏轼（1037—1101），字子瞻，一字和仲，自号东坡居士，眉州眉山（今属四川）人。嘉祐二年（1057）与弟苏辙同登进士第，旋丁母忧，回籍守制两年多。嘉祐四年（1059）十月，服丧期满，三苏取道水路再出蜀赴京。嘉祐六年（1061）试制科，授签书凤翔府节度判官厅事。父苏洵病故，乃扶丧归里。熙宁二年（1069）还朝任职后，除判官告院兼判尚书祠部，累官历知密州、徐州。元祐元年（1086）迁中书舍人，改翰林学士，其后历知杭州、颍州、扬州、定州。绍圣元年（1094）贬惠州，四年（1097）贬儋州，徽宗即位始得赦还，建中靖国元年（1101）逝于常州。诗词、散文、书画均为卓然大家，有《东坡集》40卷，《东坡后集》20卷，《和陶诗》4卷。

### 渝州寄王道矩①

曾闻五月到渝州②，水拍长亭砌下流③。
惟有梦魂长缭绕，共论唐史更绸缪④。
舟经故国岁时改⑤，霜落寒江波浪收⑥。
归梦不成冬夜永⑦，厌闻船上报更筹⑧。

**注释**

①王道矩：苏轼友人，生平不详。嘉祐四年十月三苏父子出蜀，沿岷江、长江而下，经嘉州（今四川乐山）、戎州（今四川宜宾）于十一月到渝州，然后出峡已至年终。

②曾闻：曾经听说。五月到渝州：当是王道矩曾有经历，先前已对苏轼说过。

③水拍：波浪冲击。长亭：古代在城外路旁每隔十里设置的，可供行人休息或饯别亲友用的亭子。北周庾信《哀江南赋》："十里五里，长亭短亭。"此指渝州城外沿江岸上之亭。砌：岸上的阶梯，多用石料、砖块垒砌粘合而成。砌下流：江水就在阶梯下奔流。此句可见山城特色。

④共论唐史：当是王道矩曾与苏轼讨论交流的一段往事。绸缪：缠绵。

⑤故国：故地，此指渝州，是对于王道矩而言。岁时改：季节改变了。五月为仲夏，十

一月为仲冬,渝州江畔物象大不一样了,下句即为写实。

⑥收:本指拘捕人,引申为没收、收藏。波浪收:波浪已被收藏起来了,实即波汹浪涌之状业已消失。

⑦归梦:归乡之梦。此借指与王道矩再相聚谈天说地。永:长。

⑧更筹:参见王周《夔州病中》注④。整首诗写的渝州冬夜江边船上无限思友,情调颇低沉,在苏诗中难得一见。

# 题平都山二首(选一)①

平都天下古名山②,自信山中岁月闲③。
午梦任随鸠唤觉④,早朝又听鹿催班⑤。

**注释**

①平都山:即今之名山。名山之得名即源自本诗。

②天下古名山:普天之下自古以来就有名的山。如此认定,依据有四。其一,据《华阳国志·巴志》记载,"巴子时虽都江州,或治垫江,或治平都,后治阆中"。平都曾为"巴子别都"。其二,据西汉刘向《列仙传》记载,西汉东海人王方平弃官后隐居于平都山,后修炼成仙,白日升天。另据晋代葛洪《神仙传》记载,东汉阴长生亦在平都山学道求仙,亦白日羽化升天。其三,东汉后期道教兴起,南方最大教派为五斗米道,始创于蜀鹤鸣山,设立二十四治(传教中心),在平都山设"平都治"。其四,魏晋以后五斗米道渐成为全中华的最大道教组织,尊始祖张陵为张天师,改教名为天师道。唐代崇道,改平都观为天都观。依刘禹锡《陋室铭》说,"山不在高,有仙则名"。称平都山为天下名山,固其宜。后人据此一诗句,改称平都山为名山,今已名播于遐迩。

③岁月:光阴、日子。岁月闲:日子过得很悠闲恬淡。这是自庄子以来,崇尚道家思想的人追求的一种生存状态。

④鸠唤:斑鸠鸣叫。自古是一种清幽的情境。见《诗·小雅·小宛》:"宛彼鸣鸠,翰飞戾天。"因鸠鸣而觉醒,文人雅士多有吟咏。如宋王茂孙《高阳台·春梦》所写:"无端枝上啼鸠唤,便等闲,孤枕惊回。"苏诗即用此义。

⑤早朝:清晨所作法事。听鹿:听到鹿鸣。与平都山相对,有双桂山,常闻鹿鸣。据苏洵《题仙都山鹿》,"至丰都县,将游仙都观,见知县李长官云:'固知君之将至也。此山有

鹿甚老，而猛兽、猎人终莫能害。将有客来游，鹿辄放鸣。故常以此候之，而未尝失.'予闻而异之，乃为作诗"。苏轼亦作有《仙都山鹿》诗。催班：指道教法事即将开始的一种预告程式。这一句的意思是，一大早就听到了鹿鸣，宛若在替道观催班。双桂山因之后称鹿鸣山。从诗中不难看出，苏轼思想中也有道家成分，即时即景自然流露。

## 竹枝歌（九首选二）①

### 其一

海滨长鲸径千尺②，食人为粮安可入③？
招君不归海水深④，海鱼岂解哀忠直⑤！

### 其二

三户亡秦信不虚⑥，一朝兵起尽欢呼⑦。
当时项羽年最少，提剑本是耕田夫⑧。

**注释**

①三苏经忠州，苏辙先作《竹枝歌（九首）》，苏轼亦作九首唱和。其前有"引"发凡："竹枝歌本楚声，幽怨恻怛，若有所深悲者。岂亦往者之所见有足怨者与？夫伤二妃而悲屈原，思怀王而怜项羽，此亦楚人之意相传而然者。且其山川风俗，鄙野勤苦之态，固已见于前人之作与今子由之诗，故特缘楚人畴昔之意，为一篇九章，以补其所未道者。"今选第四首及第七首，分别为"悲屈原"及"怜项羽"，略见其如何借诗论史。

②径：指体长。径千尺：极力夸张鲸体之长大。可参见《庄子·逍遥游》："北溟有鱼，其名为鲲。鲲之大，不知其几千里也。"

③入：指入海。

④君：指屈原。招君：自屈原自投汨罗而死，民间便有驾船追屈原招其归来，并用竹筒装入糯米饮喂鱼，以避免其遗体遭鱼所食的习俗，终演变成端午习俗。海水深：意与江河比，海洋水深鱼大，且惯"食人为粮"，更为屈原遗体被食深为忧虑。

⑤忠直：忠诚正直，也指忠诚正直的人。语出《书·伊训》："敢有侮圣言，逆忠直，远

眷德，比顽童，时谓乱风。"此代屈原。《史记·屈原列传》："屈平正道直行，竭忠尽智，以事其君。"质疑"海鱼岂解哀忠直"，自可直照文句意思作诠释，但何尝没有寄寓对于楚怀王之类昏君，以及子兰、上官大夫之类佞臣不能"哀忠直"的抨击？

⑥三户：三户人家，极言其少。三户亡秦：语出《史记·项羽本纪》："自怀王入秦不反，楚人怜之至今。故楚南公曰'楚虽三户，亡秦必楚'也。"信不虚：真不假。秦末天下大乱，致秦速亡的历史证明，最终亡秦者的确为楚人，亦即项羽及其部众。

⑦一朝兵起：意指秦末陈胜、吴广率先起义。尽欢呼：代指各方面势力纷起响应。汉贾谊《过秦论》："（陈胜吴广）斩木为兵，揭竿为旗，天下云集响应，赢粮而景从。"

⑧提剑：仗剑，代指起兵。语出《史记·高祖本纪》："吾以布衣提三尺剑取天下，此非天命乎？"本言刘邦，此由"本是"转言项羽。耕田夫：代项羽。《史记·项羽本纪》："然羽非有尺寸，乘势起陇亩之中，三年遂将五诸侯灭秦。"苏轼果真是倾情"怜项羽"。参见李清照之《夏日绝句》："生当作人杰，死亦为鬼雄。至今思项羽，不肯过江东。"不难体味心气相通。

# 白帝庙①

朔风催入峡②，惨惨去何之③？
共指苍山④路，来朝白帝祠。
荒城秋草满，古树野藤垂。
浩荡荆江⑤远，凄凉蜀客⑥悲。
迟回问风俗⑦，涕泗闵兴衰⑧。
故国⑨依然在，遗民⑩岂复知！
一方称警跸⑪，万乘拥旌旗⑫。
远略初吞汉⑬，雄心岂在夔⑭？
崎岖来野庙，闵默⑮愧当时。
破甑蒸山麦，长歌唱竹枝。
荆邯真壮士⑯，吴柱本经师⑰。

失计虽无及⑱，图王固已奇。

君余帝王号⑲，皎皎⑳在门楣。

**注释**

①白帝庙：明曹学佺《蜀中名胜记》记述："白帝城，公孙述所筑也。""城中有白帝庙。"据《后汉书·公孙述传》，"建武元年（25）四月，遂自立为天子，号成家。色尚白，建元曰龙兴元年"。又"成都郭外有秦时旧仓，述改名白帝仓"。白帝庙系公孙述败亡以后，鱼复士民为纪念他而建的专祠。

②朔风：北方吹来的寒风。三苏至鱼复时，已值十二月寒冬。催入峡：意谓催促三苏一行快进入三峡。开头一句交代时令，点明是在即将入峡前拜谒白帝庙。

③惨惨：本指忧闷、忧愁，也指昏暗的状态，引申为形容阴森萧瑟，此处用引申义。汉王粲《登楼赋》："风萧瑟而并兴兮，天惨惨而无色。"李善注："《通俗文》曰：'暗色曰黪。'惨与黪古字通。"之：往。

④苍山：青色的山，指白帝山。

⑤荆江：长江中游一段，在今湖北枝江至湖南岳阳城陵矶之间，长约430公里，因其地域古属荆州而得名。此代指荆州，其所以特地提及荆州，既因三苏出峡即到达荆州，更因公孙述成家政权曾据有荆州，一语而双关。据《后汉书·公孙述传》记载，建武九年（33）"遣田戎及大司徒任满、南郡太守程汛将兵下江关，破虏将军冯骏等，拔巫及夷陵、夷道，因据荆门"。由此引出后之评赞。

⑥蜀客：苏轼为蜀人，故以此自称。

⑦迟回：徘徊。风俗：特定区域的人群相沿积久而形成的风尚、习惯的总和。《史记·乐书》："博采风俗，协比音律。"入境问俗，旨在"观风俗，知得失"。

⑧涕泗：涕泪俱下。闵：同"悯"，指为什么而悲悯或忧伤。兴衰：兴替盛衰，多用于往事或历史。衰：此读 cuī（音崔），支韵。

⑨故国：故地，此指夔州。公孙述据蜀期间，田戎、任满曾驻军鱼复，故有此称。

⑩遗民：本指亡国之民，或改朝换代不仕新朝的人，后泛指后裔、后代。此处即指先民后裔。这两句合在一起，有岁月不居、物是人非之意。

⑪警跸：古代帝王出入时，于所经路途必设侍卫警戒，并且清道止行，出为警，止为跸，合称警跸。参见《史记·淮南衡山列传》："厉王以此归国益骄恣，不用汉法，出入称警跸，称制自为法令，拟于天子。"此用以特指公孙述称帝。

⑫万乘：本指万辆兵车。古时兵车，一车四马，称作一乘。按周制，天子地方千里，兵车万乘，故用以代称天子。这里仍是指公孙述称帝。反复描述，以显其盛。

⑬远略：深远的谋略。晋陆机《辨亡论下》："洪规远略，固不厌夫区区者也。"初：始，犹言初心。吞汉：吞灭东汉政权，一统天下。《后汉书·公孙述传》记载："功曹李熊说述曰：'方今四海波荡，匹夫横议。将军割据千里，地什汤武，若奋威德以投天隙，霸王之业成矣。宜改名号，以镇百姓。'述曰：'吾亦虑之，公言起我意。'于是自立为蜀王，都成都。"此即其初。

⑭雄心：远大的抱负和理想。岂在夔：岂止局限于夔州以内，亦即岂止割据一方。以上四句，都是赞扬公孙述成就及宏图的话。

⑮闵默：忧郁不语。南梁吴均《送归曲》："送子独南归，揽衣空闵默。"此为苏轼即时性心情，实以眼前景衬托过往事，对公孙述终究未能实现远略，且"遗民岂复知"而倍加惋惜。

⑯荆邯：公孙述部属，官任骑都尉。据《后汉书·公孙述传》，荆邯曾进言公孙述：刘秀政权已处"东方将平，兵且两向"之势，因而"臣之愚计，以为宜及天下之望未绝，豪杰尚可招诱，急以此时发国内精兵，令田戎据江陵，临江南之会，倚巫山之固，筑垒坚守，传檄吴、楚，长沙以南必随风而靡。令延岑出汉中，定三辅，天水、陇西拱手自服。如此，海内震摇，冀有大利"。公孙述最初采纳了荆邯的谋略，"欲悉发北军屯士及山东客兵，使延岑、田戎分出两道，与汉中诸将合兵并执"。所以苏轼夸"荆邯真壮士"。

⑰吴柱：公孙述部属，官任博士。经师：汉代讲授经书的学官。《汉书·平帝纪》："郡国曰学，县、道、邑、侯国曰校，校、学置经师一人。"意指吴柱只会照搬经书，不懂军国大事，是一个书呆子。据《后汉书·公孙述传》，吴柱反对荆邯的建言，建议公孙述效法周武王"先观兵孟津"故事，"还师以待天命"。但公孙述最终未发两路兵，并非听了吴柱的话，而是由于"蜀人及其弟（公孙）光以为不宜空国千里之外，决成败于一举，固争之，述乃止"。这两句诗，明面上赞誉荆邯，不屑吴柱，内涵也叹息公孙述未能明断，坐失机遇。

⑱失计：失策，谋断失误。晋葛洪《抱朴子·行品》："见成事而疑虑，动失计而多悔者，暗人也。"无及：形容事态发展已无挽回余地。《左传·哀公六年》："作而后悔，亦无及也。"这一句是为公孙述惋叹的话。

⑲君：敬称公孙述。余：遗留的意思。帝王号：指白帝。

⑳皎皎：形容洁白、明亮。《诗·小雅·白驹》："皎皎白驹，在彼空谷。"这一句赞扬公孙述的功业皎若日月，光耀汗青。全首诗至此而主旨毕见，表明苏轼具有独立之精神，自由之思想，不受正统朔逆、成王败寇观念的束缚，对公孙述这样一个割据英雄作了充分的肯定，对其未能一统天下报以深长的痛惜。

## 永安宫①

千古陵谷②变,故宫③安得存?

徘徊问耆老④,惟有永安门⑤。

游人杂楚蜀,车马晚喧喧⑥。

不见重楼好,谁知昔日尊⑦?

吁嗟⑧蜀先主,兵败此亡魂⑨。

只应法正死⑩,使公去遭燔⑪。

**注释**

①永安宫:蜀汉章武二年(222)夏六月,刘备兵败于夷陵,"先主自猇亭还秭归,收合离散兵,遂弃船舫,由步道还鱼复,改鱼复县曰永安"(《三国志·先主传》)。永安宫即为所建之行宫,其故址在已被淹没的奉节县城内。苏轼所见,当为遗迹。

②陵谷:本义为丘陵和山谷,多用以比喻自然界或人世间所发生的巨变,义近沧海桑田。《诗·小雅·十月之交》:"高岸为谷,深谷为陵。"毛亨传:"言易位也。"此即用喻义。

③故宫:指永安宫原貌。

④耆老:古以六十为耆,七十为老,合在一起通指老人。

⑤永安门:永安宫宫门。合为耆老告诉苏轼,宫门还是原先模样。

⑥喧喧:形容声音混杂喧闹。

⑦昔日尊:指永安宫当初有过的行宫尊严。这以上四句诗描写苏轼所见永安宫败残状况,有不胜巨变之感。

⑧吁嗟:感叹词,可表赞美、忧伤或哀叹,此表哀叹。《楚辞·卜居》:"吁嗟默默兮,谁知吾之廉贞!"

⑨此亡魂:指刘备于章武三年(223)四月病逝于永安宫内。《三国志·先主传》:"夏四月癸巳,先主殂于永安宫,时年六十三。"

⑩只应:当是因为。法正:字孝直,蜀汉尚书令,为刘备称汉中王后最信赖、最倚重的重臣。法正死:指法正于刘备称帝前已死,蜀汉失去了说话能让刘备听的人,连诸葛亮也大不如。事见《三国志·法正传》:"先主立为汉中王,以正为尚书令、护军将军。明年卒,时年四十五。先主为之流涕者累日。"

⑪公:指刘备。燔:本义为焚烧,引申为烧烤,此指刘备伐吴,遭陆逊火攻而惨败逃

回。此句当与上句连解,意谓假若法正未死,当能阻止刘备伐吴,因为他已死,无人能阻止刘备伐吴,致令刘备惨遭烧烤。亦见《三国志·法正传》:"先主既即尊号,将东征孙权以复关羽之耻。群臣多谏,一不从。章武二年,大军败绩,还往白帝。亮叹曰:'法孝直若在,则能制主上,令不东行;就复东行,必不倾危矣!'"这首诗从兴亡巨变的视角切入,作今古对比,揭示刘备败亡原因,见识犀利,结论警奇。

## [宋] 苏辙诗4首

苏辙（1039—1112），字子由，一字同叔，晚号颍滨遗老，眉州眉山（今属四川）人。嘉祐二年（1057）与兄苏轼同举进士。嘉祐六年（1061）又举才识兼茂明于体用科，乞侍父未仕。治平二年（1065）出为大名府留守推官，历任地方职。元丰二年（1079）受兄牵连，坐贬监筠州盐酒税。哲宗元祐元年（1086）入为右司谏，迁起居郎、中书舍人、尚书右丞，擢门下侍郎，位列执政。绍圣元年（1094）复以党人落职，出知汝州、袁州，连贬数地，直至化州别驾，雷州安置。徽宗即位后，复大中大夫，政和二年（1112）辞世，追复端明殿学士、宣奉大夫。生平学问深受其父兄影响，文擅政论和史论，苏轼称其散文"汪洋澹泊，有一唱三叹之声，而其秀杰之气终不可没"。诗力图追步其兄，风骨淳朴，但文采稍逊。有《诗传》《春秋传》《栾城集》等行世。

## 竹枝歌（九首选二）①

### 其一

可怜楚人②足悲诉，岁乐年丰③尔何苦？
钓鱼长江江水深，耕田种麦畏狼虎④。

### 其二

山深瘴暖霜露干⑤，夜长无衣犹苦寒。
平生有似麋与鹿⑥，一旦白发已百年⑦。

**注释**

①苏辙《竹枝歌（九首）》，标明"忠州作"。从其内容看，除与唐代文人竹枝词一样关注民物风情、竹枝特色之外，突出表现为悲悯民生疾苦，反映社会黑暗。从其形式看，打破了唐代文人竹枝词习用平声韵的惯式，九首中有五首用仄声韵。这两点均为他的独特贡献。仅就竹枝词而言，成就在苏轼之上。此选其第三首和第六首。

②楚人：指忠州一带人。通常认为该是巴人，但称楚人亦有理由。《华阳国志·巴志》

即说："江州以东，滨江山险，其人半楚，姿态敦重。"而在地域历史上，战国中晚期曾归属楚黔中，由汉至唐也曾几度划归荆州管辖，语言、民俗巴楚交融。这组竹枝词第一首即为："舟行千里不至楚，忽闻竹枝皆楚语。楚言啁哳安可分，江中明月多风露。"由此即可视为楚人。苏轼的和作歌咏楚史人物，表明也是认同的。

③岁乐：犹言乐岁，亦即丰年。《孟子·梁惠王上》："是故明君制民之产，必使仰足以事父母，俯足以畜妻子，乐岁终身饱，凶年不免于死亡。"年丰：年成好，庄稼大丰收。又叫岁丰年稔。

④狼虎：狼与虎均为凶兽，比喻凶恶残暴的人，多指官府横征暴敛的官吏差役，以及恶霸、土豪。杜牧《上李太尉论江贼书》："追逮证验，穷根寻叶，狼虎满路，狴牢充塞。"对于贫苦农民的同情，对于人世狼虎的憎恶，尽凸显在字里行间。

⑤瘴暖：瘴指瘴气，旧指南方地区山林当中湿热蒸郁、致人疾病的疫气，以其湿热而谓之瘴暖。霜露：寒霜和露水，连用常不实指，而是比喻艰难困苦的生存条件。如苏洵《六国论》："思厥先祖父，暴霜露，斩荆棘，以有尺寸之地。"霜露干：喻一无所有。

⑥麋与鹿：山林当中两种草食性弱小动物，随时都可能被恶兽所噬，借喻山民处境险恶。

⑦百年：死的婉词。如陆机《吊魏武帝文》："今乃伤心百年之际，心哀无情之地，意者无乃知哀之可有，而未识情之可无乎！"此指死期到了。全句意思是，好不容易苦熬到头发变白，却又死期已至。这首竹枝词，自始至终贯穿对于山民生存状态的悲悯。

# 滟滪堆

江中石屏①滟滪堆，
鳌灵夏禹不能摧②。
深根百丈夏敢近，
落日纷纷凫雁③来。
何人磊落④不畏死，
为我赤脚登崔嵬⑤。
上有古碑刻奇篆⑥，
当使尽读磨苍苔⑦。

此碑若见必有怪⑧,

恐至绝顶⑨遭风雷。

**注释**

①石屏:屏指屏风,石屏即礁石形成的屏风,喻指滟滪堆。设喻颇为新奇。

②鳖灵:传说中的上古蜀王。扬雄《蜀王本纪》记载:"望帝积百余岁,荆有一人名鳖灵,其尸亡去,荆人求之不得。鳖灵尸随江水上至郫,遂活,与望帝相见,望帝以鳖灵为相。时玉山出水,若尧之洪水,望帝不能治,使鳖灵决玉山,民得安处。鳖灵治水去后,望帝与其妻通,惭愧,自以德薄不如鳖灵,乃委国授之而去,如尧之禅舜。鳖灵即位,号曰开明帝。"鳖灵与夏禹都善治水,故相提并论。不能摧:不能折。意指都不能折断滟滪堆。

③凫雁:水鸟名,即野鸭与大雁。唐储光羲《观竞渡》诗:"下怖鱼龙起,上惊凫雁回。"

④磊落:形容襟怀坦荡。《后汉书·蔡邕传》:"连横者六印磊落,合纵者骈组流离。"

⑤崔嵬:本指岩石错落的土山。见《诗·周南·卷耳》:"陟彼崔嵬,我马虺隤。"此代称滟滪堆。

⑥古碑:古人所立之碑。苏辙于诗题下自注:"或云上有古碑。"奇篆:奇异的篆文字。

⑦当使:尝使,试使。《韩非子·人主》:"当使虎豹失其爪牙,则人必制之矣。"陈奇猷《集释》引于省吾说:"按当、尝古字通。当使,即尝使,犹言试使也。"此处指试使"何人"所称人。磨苍苔:磨去碑上多年所积的青苔,以便"尽读"碑上奇篆。

⑧必有怪:一定会有怪异的事情发生。这是一种推测,犹如清人纪晓岚《阅微草堂笔记》之所说:"事出反常必有妖,人若反常必有刀。"滟滪堆上居然有古篆碑刻,于情于理皆反常,且无文献可据,因而苏辙质疑。

⑨绝顶:指山之最高峰。此指滟滪堆的顶部。这一句所言"只恐",即为担心"有怪"导致的人身灾殃。其先其后写滟滪堆者多矣,惟独苏辙是因一条传闻而引生矛盾心态,既想让人一探究竟,又怕事出反常致使他人遭祸。情致一波三折,写得格外耐读。

# 入峡

舟行瞿唐口,两耳风鸣号。

渺然①长江水,千里投一瓢②。

峡门石为户，郁怒水力骄③。

扁舟落中流，浩如一叶④飘。

呼吸信⑤奔浪，不复由⑥长篙。

捩柂破溃旋⑦，畏与乱石遭。

两山蹙相值⑧，望之不容舠⑨。

渐近乃可入⑩，白盐最雄高⑪。

草木皆倒生⑫，哀叫悲玄猱⑬。

白云缭⑭长袖，零露⑮如飞毛。

缅怀浑水年⑯，惨蹙病有尧⑰。

禹益决岷水⑱，屡与山鬼鏖⑲。

摧冈转大石，破地疏洪涛。

巉巉当道山⑳，斩截肩尾销㉑。

峭壁下无趾㉒，连峰断修腰㉓。

破处不生草，上不挂鸟巢。

水怪不尽戮㉔，下有龙与鳌㉕。

辽哉㉖千万年，禹死遗迹牢。

岂必见河洛㉗，开峡斯已劳㉘。

**注释**

①渺然：形容广远。唐刘长卿《送秦侍御外孙张篆之福州谒鲍大夫》诗："万里闽中去渺然，孤舟水上入寒烟。"

②投一瓢：意思是恍如倾入了一瓢水，极状峡口水流猛急。

③郁怒：形容气势盛结待发。傅毅《舞赋》："或有宛足郁怒，般桓不发。"李善注："郁怒，气迟留不发也。"骄：强大。

④浩：水势盛大。浩如：盛大的水势当中；如在这里是形容词尾，相当于然。如《史记·司马相如列传》："及臻厥成，天下晏如也。"一叶：形容舟小。

⑤信：听凭，其意同成语"信马由缰"。

⑥由：听从，与"信"义相近。

⑦挒（liè，音列）：转，转动。柂：同"舵"，即船舵。溃旋：亦作"溃漩"，指漩流汹涌的水流。

⑧蹙：紧迫、收缩的状态。相值：相遇，相敌。南朝江淹《知己赋》："始于北府相值，倾盖无已。"

⑨舠：小船。

⑩渐近：逐步前进。乃可入：指方才可以入峡。

⑪白盐：白盐山。雄高：宏伟高大。《水经注·江水》说："山上有神渊，渊北有白盐崖，高可千余丈，俯临深渊。"按：唐宋所指白盐山，乃指今之赤甲山，实测海拔高度为1388米，在瞿塘峡口的确"最雄高"。

⑫倒生：意指藤萝倒挂。

⑬玄：玄色，即黑色。玄猱：一种黑毛猴子。

⑭缭：缠，缭绕。

⑮零露：降落的露水。《诗·郑风·野有蔓草》有句："野有蔓草，零露溥兮。"郑玄注："零，落也。"

⑯泽水：洪水。《史记·夏本纪》记载："当帝尧之时，鸿水滔天，浩浩怀山襄陵，下民其忧。"泽水年即指此。

⑰惨戚：悲伤惨怛。病：困苦，困扰。有尧：尧，"有"为修饰词。病有尧：使尧深为洪水泛滥而困苦难安。

⑱禹益：指大禹和伯益。相传伯益助大禹治水。决岷水：据《史记·夏本纪》记载，大禹治水十三年，首功即"岷山导江，东别为沱"。

⑲山鬼：代称各种魔怪。鏖：即鏖战，激烈争斗。《山海经·海外北经》记述："共工之臣曰相柳氏，九首，以食于九山。相柳所抵，厥为泽溪。其血腥，不可以树五谷种。禹厥之，三仞三沮，乃以为众帝之台。在昆仑之北，柔利之东。"九首人面的相柳，即为此诗"山鬼"之所本。

⑳巉巉：形容山势峭拔险峻。唐张祜《游天台山》诗："巉巉割秋碧，娲女徒巧补。"当道：挡道。当道山：指阻挡江河顺流的山。

㉑斩截：形容坚定不移，干脆利落。销：除掉。这一句的意思是，把挡道的山都除掉。

㉒趾：本指脚指头，这里借指山脚处的礁石、岩石之类。下无趾：意思是经过疏凿之后，再无礁石、岩石存在。

㉓修腰：修长的腰，喻指山与山之间的连接带。断修腰：将那种修腰斩断，也是代指疏凿。

㉔水怪：江中水的怪物。不尽戮：意思是区别对待，恶者必除，善者保留。瞿塘峡中曾

有锁龙柱和斩龙台,传说便是大禹治水时,征服、惩治恶龙所遗。据《巫山县志》,"斩龙台,治西南八十里,错开峡一石特立。相传禹王导江时,一龙错行水道,遂斩之。故峡名错开,台名斩龙"。

㉕这一句承"不尽戮"而来,意谓大禹治水过程中,对于不危害治水工程及民众生命的水里动物还是注意保护的,"龙与鳌"即代表。

㉖辽:远,辽远。这一句的意思是,大禹治水的意义长远,犹如今说"功在当代,利在千秋"。

㉗河洛:河即黄河,洛指洛水,均为大禹疏通之流。这一句的意思是,没有必要引黄河、洛水为证。

㉘开峡:凿通长江三峡。劳:功劳,功绩。这一句以上计十八句,全都是描述、颂扬大禹治水之功,十分切题,失在把话说得太尽。相比较而言,前二十句铺张式描写入峡之际,即时性所见的山光水色和观感印象,独特的审美感悟相当新奇,情景相融,更富诗意。

121

## [宋] 黄庭坚诗词7首

黄庭坚（1045—1105），字鲁直，自号山谷道人，洪州分宁（今江西修水）人。治平四年（1067）中进士，授叶县尉，历任国子监教授、知吉州太和县、秘书郎，迁著作佐郎，加集贤校理，至元祐八年（1093）任国史编修。时与张耒、秦观、晁补之同游学苏轼门下，并称"苏门四学士"。因坐"诋毁先帝""修实录不实"之罪，于绍圣元年（1094）十二月被贬为涪州（今重庆涪陵）别驾，黔州（治在今重庆彭水）安置。绍圣五年（1098）春，奉诏移戎州（今四川宜宾）安置，实在涪州、黔州近三年，故自号"涪翁""黔安居士"。元符三年（1100）始获赦还。诗与苏轼并称"苏黄"，并为江西诗派"一祖三宗"的"三宗"之首，词亦在苏轼、辛弃疾之间功如桥梁。又工书法，与苏轼、米芾、蔡襄并称为"宋四家"。有《山谷集》《豫章先生文集》《山谷琴趣外编》等传世。

### 梦李白相见（三首选一）[①]

命轻人鲊瓮头船[②]，
日瘦鬼门关外天[③]。
北人堕泪南人笑[④]，
青壁无梯闻杜鹃[⑤]。

**注释**

[①]原题为《予既作竹枝词夜宿歌罗驿梦李白相见于山间曰予往谪夜郎于此闻杜鹃作竹枝词三叠世传之不予细忆集中无有请三诵乃得之》，太繁，今截取关键词作标题。歌罗驿：驿站名，在今重庆黔江境内。原作竹枝词三首，今选第三首。

[②]命轻：命运太差。按旧传袁天罡命理学，命以重四两为分界线，四两以上为重，以下为轻。以借指被诬获罪，远谪荒州，也不无怨命之意。鲊（zhǎ，音拃）：本指腌制的鱼，后泛指用米粉、面粉加盐及辣椒等佐料拌制的肉或菜，可以储存，随需取用。其中肉品称为鲊肉（即粉蒸肉），生时储存，需再蒸熟。人鲊：人体作的鲊肉。瓮：一种盛水盛物用的大陶器。人鲊瓮：险滩名，原在旧秭归县城外江中。陆游《入蜀记》记述："十六日到归州……归之为州，才三四百家，负卧牛山，临江。州前即人鲊瓮。"此瓮非陶器，而是指急流涡漩；

巴蜀人将急流涡漩称为"瓮子水",行船一旦卷入瓮子水,极有可能船毁人亡。顾名思义,异常恐怖。瓮头船:指乘船经过人鲊瓮,命悬一线。

③日瘦:日渐消瘦。鬼门关:古关名,在今重庆奉节县境内。嘉庆《四川通志》记载:"奉节县鬼门关,在县江北三十里。"鬼门关外天:代指比鬼门关距离京城更远僻的古黔州一带。黄庭坚于绍圣元年被贬,其长兄元明护送他离京,取道夔州,转往黔州,四月底才到达贬所。这组竹枝词作于歌罗驿,还在途中。

④北人:北方人。堕泪:流眼泪,代指北方人不习惯在巴渝地区穷山恶水中长途跋涉,无奈而哭。南人笑意与之相对。

⑤青壁:青墨色的崖壁。柳宗元《永州崔中丞万石亭记》:"其上青壁斗绝,沉于渊源,莫究其极。"闻杜鹃:听到杜鹃的叫声。古传杜鹃叫如"不如归去",此即托意思归,却不可得,委曲悲伤。刘辰翁《金缕曲·闻杜鹃》:"听长亭,青山落日,不如归去。"可资参用。

# 竹枝词二首（选一）①

撑崖拄谷蝮蛇愁②,

入箐攀天猿掉头③。

鬼门关外莫言远④,

五十三驿是皇州⑤。

**注释**

①此《竹枝词二首》,即《梦李白相见》原题所谓"予既作竹枝词"之所指,二者为姊妹篇,而此二首时在其先,本当列《梦李白相见》之前。惟因《梦李白相见》选诗更反映出黄庭坚当时当地的真实心境,故错位安排,于作品无伤。选诗为第一首。

②撑崖:手撑着崖壁。拄:手扶着拐杖。拄谷:手扶拐杖走过谷地。两个行为合起来,描状跋涉路途之危险艰难。蝮蛇愁:(这种路途)连蝮蛇也要为之发愁,衬托人行之难。那一带山区有地名为"蛇倒退",故先用蛇比。

③箐（qìng,音庆）:山间大竹林,亦泛指树木丛生的山谷,此用后义。入箐:穿过树木丛生的山谷,也是描状跋涉路途之危险艰难,树林当中更易迷路。那一带山区有地名为"猢狲愁",所以再用"猿掉头"衬托。

④莫言远：字面意思极明白，但深层意涵却一言难尽。其中包含着，被皇命贬谪不能妄议，不敢抱怨，自己遭贬受难原本是讨来的，何须嫌路途远等等。

⑤五十三驿：从歌罗驿倒数计算的已经过的驿站数，是实写，非虚推。一站一站都记得清清楚楚，足见是刻骨铭心。古代通例，官道上每三十里设置一个驿站，五十三驿合计1590里，不可谓不远，数字当中含着多少苦。皇州：京城，指北宋京师汴梁（今河南开封）。人到歌罗驿，距京城已有五十三驿之远，抵达黔州还须经过更多驿站，却要"莫言远"，颇有一些聊以自宽的黑色幽默。

# 木兰花令①

黔中仕女游晴昼②，花信轻寒罗袖透③。争寻穿石道宜男④，更买江鱼双贯柳⑤。

竹枝歌好移船就⑥，依倚风光垂翠袖⑦。满倾芦酒指摩围⑧，相守与郎如许寿⑨。

**注释**

①木兰花令：原唐教坊曲名，后用作词牌，又叫减字木兰花。柳永《乐章集》入仙吕调，为双调小令。这首词写于黔州安置期间，描绘出了一幅极生动的仕女游春图，并反映出民风民俗。

②黔中：唐代黔中为全国十五道之一，道的治所在黔州，辖彭水、石城（治今重庆黔江区联合镇）、洪杜（治今贵州务川县洪渡镇）、盈隆（治今重庆彭水县龙洋乡）、信宁（治今重庆武隆区江口镇）、都濡（治今贵州务川县灌水乡）六县；黔州的州治为彭水县（治今重庆彭水县郁山镇）。黄庭坚黔州安置，便安置在郁山镇，遗址绿荫轩迄今仍可见。因此这里的黔中是从道一级而言，落到实处当指彭水县郁山镇。仕女：古代指官宦人家的女子。游：指游春、踏春。晴昼：晴朗的大白天。一作"清昼"，语义相近。

③花信：花信风的简称。古代认为花有诚信，乃就百花开放的季节从小寒至谷雨，跨八个节气二十四候（五天一候），每一候选取了一种花为代表，合称"二十四番花信风"。这里代指春风。罗袖透：意思是春风带着花香，灌进了仕女的衣袖。

④穿石：一种巫风遗俗。游春时，特别是人日（正月初七）踏碛时，女子相约到江畔沙

碛上寻找有孔的小石，寻得便用红绳穿起来，相信有利于生养男孩。"宜男"意即指此。

⑤双：指两条。贯柳：用柳枝条串联起来。这一句所写也属于巫风遗俗。鱼腹多子，古人相信人感应以后也会多子，所以要买鱼。一买就是两条，体现好事成双。"柳"与"留"谐音，寓意怀孕以后留得住胎儿。合起来，直接关联到生殖繁衍，人丁兴旺，还有驱邪意指。三、四两句集中描画了三个情节，对仕女游春当中着意求子，表现得活灵活现，洋溢着生命情趣。

⑥竹枝歌好：民歌竹枝词唱得极动听。唱歌者为末句的"郎"。但叙事抒情主体仍然是仕女，下阕所写仍是其所闻所见及所为所愿。移船就：慢慢地移动船靠近岸，意指即将上岸相会。

⑦依倚：依靠，依傍。汉辛延年《羽林郎》："依倚将军势，调笑酒家胡。"翠袖：青绿色的衣袖。苏轼《芍药》："倚竹佳人翠袖长，天寒犹着薄罗裳。"这一句的意思是，女子依借江畔明媚的风光，垂下翠袖，迎向男子。

⑧芦酒：将芦管插入酒具而饮的酒，即咂酒。明杨慎《艺林伐山·芦酒》："芦酒，以芦为筒，吸而饮之，今之咂酒也。"摩围：山名。摩围山在彭水县南部，海拔1394米，相对高度1170米，高大雄秀，为彭水县最高山，今为4A景区。在彭水县城可以望见摩围山山峰。黄庭坚被谪至彭水时，先寓居于开元寺摩围阁，临江遥对摩围峰。此句尽是女子所为。

⑨相守：亲人（尤其夫妻）之间的相互厮守。如许：如此，像这样的。朱熹《观书有感》："问渠那得清如许，为有源头活水来。"寿：年纪大，活得长久。此处指愿意与郎结为夫妻，白头偕老，相守得像摩围峰一样历久不衰。设誓之辞，因景而生，既真挚，又浓烈。

# 阮郎归①

黔中桃李可寻芳②，摘茶人自忙。月团犀䐒斗圆方③，研膏入焙香④。

青箬裹⑤，绛纱囊⑥，品高闻外江⑦。酒阑传碗舞红裳⑧，都濡春味长⑨。

**注释**

①阮郎归：词牌名。又名碧桃春、醉桃源、濯缨曲、宴桃源。得名源自《神仙记》："刘

晨、阮肇入天台山采药,遇二仙女,留住半年,思归甚苦。既归,则乡邑零落,经已十世。"有多种调式,常用以抒写凄凉情感,黄庭坚的这首词特写黔中茶事风情,格调却清健超逸。

②寻芳:游赏美景。朱熹《春日》:"胜日寻芳泗水滨,无边光景一时新。"

③月团:一种茶叶制作模式。宋初制贡茶,通兴制成饼,形成颇似圆月,故有此称。犀胯:块状茶叶,即今砖茶。斗:指比赛争胜。月团茶形圆,犀胯茶形方,故戏言"斗圆方"。

④研膏:研磨茶叶成团,属于制茶工艺。唐李郢《茶山贡焙歌》:"蒸之馥之香胜梅,研膏架动轰如雷。"焙:用微火烘烤,特指焙茶,为研膏后的进一步工艺。入焙香:经焙制而使茶叶味香。北宋蔡襄《茶录》记述:"茶焙,编竹为之,裹以箬叶,盖其上,以收火也,隔其中,以有容也。纳火其下,去茶尺许,常温温然,所以养茶色、香味也。"

⑤青箬:青色的箬竹叶。元李衎《竹谱详录》说:"箬竹又名篛竹,出江浙及闽广,处处有之。叶类簝竹,但多生傍枝。干如箭竹,高者不过五七尺。江西人专用其叶为茶罨,云不生邪气,以此为贵。"青箬裹:见注④引文"裹以箬叶"。

⑥绛纱:红色细绢。囊:这里是名词作动词用,意谓置入囊中。绛纱囊:意思是将用箬叶包裹的各型成茶再置入绛纱做的囊中,实则为包装工艺。唐韦应物《萼绿华歌》:"仙容矫矫兮杂瑶佩,轻衣重重兮蒙绛纱。"

⑦品:品性,引申为等级。闻:扬名于。外江:旧时称长江以南为外江,此处代指江南地区。

⑧阑、尽:酒阑:酒兴将尽。传碗:传递已空酒碗,表明茶农们功成以后是大碗喝酒,尽兴方休。舞红裳:让红装女子歌舞。

⑨都濡:县名。参见《木兰花令》注②。结句点出此县名,可见黄庭坚是在黔州所辖的都濡县内观察到茶事全过程,并用词歌咏之的。从上阕到下阕,从摘茶、制茶、焙茶写到包茶,再写茶农饮酒庆功,形同一则记事的韵文小品,但却写得情趣盎然。

# 画堂春①

摩围小隐枕蛮江②,蛛丝闲锁③晴窗。水风山影上修廊④,不到晚来凉⑤。

相伴蝶⑥穿花径,独飞鸥舞春光。不因送客下绳床⑦,添火炷炉香⑧。

**注释**

①画堂春：词牌名。调始见于秦观《淮海集》，咏画堂春色，取其意为调名。黄庭坚用以咏谪居时光。

②摩围：指摩围阁。黄庭坚安置于黔州时，寓居于开元寺摩围阁。小隐：隐居山林。晋王康琚《反招隐》诗："小隐隐陵薮，大隐隐朝市。"这种人并不同于真隐士，如陆游诗《寓叹》所言："小隐终非隐，休官尚是官。"黄庭坚的自我定位是准确的，他当时尚有涪州别驾的虚职。而按晋庾亮《答郭逊书》所说，"别驾，旧典与刺史别乘，周流宣化于万里者，其任居刺史之半，安可任非其人"。作为州一级副职官员，他的社会地位并不低。枕：这里是动词，意指头枕在什么东西上，例如"枕戈待旦"。蛮江：此指今之乌江及其支流郁江。乌江古称涪江，唐宋时又称黔江，元代始改用今名。据南宋祝穆《方舆胜览》，"涪江者，自思州之上费溪发源，经五十八节名滩，方至黔州溉。自黔州溉与施州江会流九十里，经彭水、武隆二县，凡五百余里，与蜀江（长江）会于州之东。以其出于黔州，又呼黔江，亦名内江"。郁江为其东来支流，流经郁山镇后汇入。故有"枕蛮江"之言，亦见其心性气派。

③闲锁：闲戏遮挡，随意阻隔。指蛛丝密布，却说成蜘蛛闲来无事，戏谑为之。由这一句，既见其疏懒，亦见其旷达。

④修廊：长廊。

⑤由这一句可见，是在白日闲坐，参见下阕，是闲坐在"绳床"之上。

⑥相伴蝶：成双成对的蝴蝶。一写闲坐所见。下句再写闲坐所见。

⑦绳床：古代一种可以折叠的轻便坐具，唐代从印度传入，也叫胡床，后叫交椅。《资治通鉴·唐纪》有注："绳床，以版为之，人坐其上，其广前可容膝，后有靠背，左右有托手可以阁臂，其下四足着地。"今亦有木制、竹制、藤制诸种，习称为躺椅。不下床送客，既显出懒散，也不无官架子。

⑧这一句的意思是，香炉里的香已经燃尽，只好续香重点。《晋书·佛图澄传》记载："坐绳床，烧安息香。"这是一种生活方式，也寄寓着生活情趣。陆游《夏日杂题》诗谓："午梦初回理旧琴，竹炉重炷海南沉。"可资参证。香需再添，足见坐久。其孤寂无聊，尽在不言中。

# 和答元明黔南赠别①

万里相看忘逆旅②,三声清泪落离觞③。

朝云往日攀天梦④,夜雨何时对榻凉⑤。

急雪脊令相并影⑥,惊风鸿雁不成行⑦。

扁舟天际常回首⑧,从此频书慰断肠⑨。

**注释**

①元明:黄庭坚长兄的字,其名与生平不详。黄庭坚被贬,元明一直护送到黔州。黄庭坚在《书萍乡县厅壁》文中追述:"(元明)送余安置于摩围山之下,淹留数月不忍别。士大夫共慰勉之,乃肯行。掩泪握手,为万里无相见期之别。"元明当时有赠别之诗,分离日久,庭坚孤寂不能忘,乃作此诗追和。

②万里相看:指兄弟睽别,相距极远,但往昔情景历历在目,犹如隔空而相互凝望。逆旅:客舍,旅店。《左传·僖公二年》:"今虢为不道,保于逆旅。"杜预注:"逆旅,客舍也。"忘逆旅:意指忘记了远谪处境。

③三声清泪:化用"猿鸣三声泪沾裳"之典,追忆注①引文"掩泪握手"的情境。离觞:离怀,借代指离别的酒宴。唐王昌龄《送十五舅》:"夕浦离觞意何已,草根寒露悲鸣虫。"

④朝云:早晨之云。晨为离别时,常寓离别意,如汉末应玚《别诗》中所写:"朝云浮四海,日暮归故山。"攀天:登天,代指科举得意,仕途通畅。攀天梦:意指当初的登天之梦已破灭了,暗指遭贬之事。

⑤对榻:指兄弟俩同处一室,床榻对着床榻,极亲切地谈心。参见刘克庄《解连环·戊午生日》:"况弟兄对榻,儿女团坐。愿世世相守茅檐,便宰相时来,二郎休作。"句以"夜雨"领起,暗用一个典故,即白居易《雨中招张司业宿》:"能来同宿否,听雨对床眠。"所以这一句不是忆往,而是问来,亦即什么时候兄弟俩能在夜雨中重温对床长谈的好梦。

⑥脊令:水鸟名,亦作"脊鸰",即鹡鸰。常喻兄弟友爱,急难相顾。典出《诗·小雅·鹿鸣之什》:"脊令在原,兄弟急难。"毛亨传:"脊令,雝渠也。飞则鸣,行则摇,不能自舍耳。急难,言兄弟之相救于急难。"这一句以"急雪"喻急难(即遭贬事),以"脊令"喻元明和自己,以"相并影"喻兄弟俩在急难中相扶相携,共度劫波,主旨在感激兄长对自己的关爱呵护。

⑦惊风:猛烈、强劲的风,常喻由不可抗力引生的重大变故。见曹植《箜篌引》:"惊风飘白日,光影驰西流。"此指在朝被诬之事。鸿雁:此喻兄弟。不成行:鸿雁高飞必成行,

不成行则喻指离散。这一句的意思是，咱兄弟俩原本不会离散的，是朝廷的错判误断而导致了长相分离。

⑧扁舟：小船。天际常回首：意思是相信兄长，无论一别相距多远，都会回头望黔南，始终关怀自己。不写己如何，而写兄如何，尤显兄弟情笃。

⑨频书：频频寄来书信。断肠：形容极度思念或悲痛，及人则为断肠人，这里代指本人。如曹丕《燕歌行》："念君客游思断肠，慊慊思归恋故乡。"这一句寄望兄长常来信。整首诗写得缠绵悱恻，情深意切，彰显出兄弟之间患难与共的骨肉真情。

# 戏题巫山县用子美韵①

巴俗深②留客，吴侬但③忆归。

直知难共语④，不是故相违⑤。

东县闻铜臭⑥，江陵换裌衣⑦。

丁宁⑧巫峡雨，慎莫暗朝晖⑨。

**注释**

①这首诗作于元符三年（1100）秋。当年徽宗即位，起用黄庭坚为监鄂州税，他即离戎州沿江东下，经巫山而作。终于结束了长达六年的贬谪生活，心态大不一样，故有"戏题"。子美韵指杜甫诗《巫山县汾州唐使君十八弟宴别兼诸公携酒乐相送率题小诗留于屋壁》："卧病巴东久，今年强作归。故人犹远谪，兹日倍多违。接宴身兼杖，听歌泪满衣。诸公不相弃，拥别借光晖。"

②巴俗：巴地风俗。深：形容词，本指从上到下或从外到里的距离大，引申为指表达感情的力度大。用之于留客，即意谓苦苦相留。

③吴侬：吴人。黄庭坚故乡古属吴地，吴地人自称叫我侬，他称叫渠侬、个侬、他侬，因称人称己多用侬字，故以吴侬指吴人。此为黄庭坚指称他自己。但：副词，相当于只、仅。

④直知：彻知，完全晓得。共语：一起交谈。陆游《共语》："乔岳成尘巨海枯，欲求共语一人无。"这里是指主客之间难以沟通。

⑤相违：彼此违背。陶渊明《归去来兮辞》："世与我而相违，复驾言兮焉求？"这里是向主人作解释，你们执意挽留，但我急于离去，不是我故意违背你们的好意，而是我遭贬六

年，早就想离蜀东去。

⑥东县：泛指三峡以东的县。黄庭坚赴任监鄂州税，鄂州即今湖北武汉，方位在三峡以东，去途所经县均可称作东县。铜臭（xiù，音秀）：指铜钱的气味，喻指贪图钱财，或者贿赂公行，深含贬义。监鄂州税为监管税务的官，经手财货，自然与铜臭相关。黄庭坚故意贬损自己，说虽然尚未到达鄂州，却已经闻到东县的铜臭了，因而迫不及待要赶到鄂州去上任了。此即为"戏"，戏谑的戏。

⑦江陵：荆州，前往鄂州必经之地。袷（jiá，音夹）衣：有夹层的衣服，亦即夹衣。说要赶到江陵换袷衣，寓意金秋到来，要过舒心日子，同样是戏言。

⑧丁宁：叮咛，同音替代，意为再三嘱咐。宋康与之《满江红·杜鹃》词："镇日叮咛千百遍，只将一句频频说，道不如归去不如归，伤情切。"转而叮咛巫峡雨，不再对主人解释，也是一个戏谑举动。

⑨慎莫：谨防，千万不要。如杜甫《丽人行》："炙手可热势绝伦，慎莫近前丞相嗔。"暗：昏暗，日月无光。这里是使动用法，即使得朝晖难出，天昏地暗。这便是叮咛巫峡雨的话，名说给雨听，实说给人听。其意思等同宣告，明晨即离巫山县，务请诸位莫再阻挡。如斯"戏题"，别有滋味。而用寻常语写身边事，抒心中情，这首诗比前六首诗词更为典型。诗中有我，诗即其人，品读黄庭坚七首诗词，可以多侧面地认知和欣赏他这一个诗人。

## [宋] 李复诗2首

李复（1052—？），字履中，号潏水先生，原籍开封（今属河南），生于长安（今陕西西安）。神宗元丰二年（1079）进士，元丰五年（1082）摄夏阳令。哲宗元祐（1086—1094）、绍圣（1094—1098）年间，历知潞、亳、夔等州，元符二年（1099）以朝散郎管勾熙河路经略安抚司机宜文字。徽宗崇宁初（1102）迁直秘阁、熙河转运使，历知郑、陈、冀等州，终官河东转运副使。靖康之难后卒。有《潏水集》存世，凡16卷，其中诗8卷。

## 登夔州城楼

夔州楼高城崔嵬①，浮空绕槛②云徘徊。

百川东会③大江出，群山中断三峡开。

关塞最与荆楚近④，舟帆远自吴越来。

雄心乘险争割据⑤，功业俯仰⑥归尘埃。

**注释**

①崔嵬：形容高峻。

②槛：栏杆。王勃《滕王阁序》："阁中帝子今何在？槛外长江空自流。"绕槛：指浮云在城楼的门窗外缭绕，呼应"楼高"。

③会：聚合，会合。《尔雅·释诂三》："会，聚也。"

④关塞：边关，边塞。夔州远在中央王朝的僻远地带，自汉代设置扞关，历朝都是军事要隘，故有此称。杜甫《伤春》："关塞三千里，烟花一万重。"荆楚：原指楚人部族，多指特定地域，即今湖北省全境及周边地区。

⑤这一句特指公孙述故事。《后汉书·公孙述传》记载：东汉建武九年（33），已称帝的公孙述"又遣田戎及大司徒任满、南郡太守程汎将兵下江关，破虏将军冯骏等，拔巫及夷陵、夷道，因据荆门"。

⑥俯仰：俯为低头，仰为抬头，合喻时间短暂。阮籍《咏怀》："去此若俯仰，如何似九秋？"公孙述称帝割据，建立"成家"，历时十二年即身死国灭，故称"功业俯仰"。

# 大江

西南水会大江出，万里奔激①瞿塘开。

神宫龙府②云雾暗，涡转峡盘天地回③。

岷山发源四渎长④，庐峰白浪九道来⑤。

刳舟济涉万世赖⑥，积金覆舟吁可哀⑦。

**注释**

①奔激：奔腾激荡。晋潘岳《沧海赋》："详察波浪之来往，遍听奔激之音响。"

②神宫：古星名，属尾宿；常用以称神仙宫殿，此代指天。龙府：龙王水府，此代指地。全句意指瞿塘峡内天地昏暗。

③涡转：涡即激流中的涡漩；涡漩在激流中不断地旋转，意指汹涌的江水奔激不止，险象环生。峡盘：峡谷盘旋曲折。回：转，旋转。《诗·大雅·云汉》："倬彼云汉，昭回于天。"朱熹《集注》："回，转也。"天地回：连天地也在旋转。这一句紧承上句而来，写的是天昏地暗、天旋地转的峡江景象，全属李复个人的独特感受。

④岷山发源：古人普遍认为，长江发源地在岷山。今已勘察明，长江发源于唐古拉山。此处意思为，大禹治水是从岷山导江开始的。典见《书·禹贡》："岷山导江，东别为沱。"四渎：我国古代对于江、河、淮、济等四条独流入海的大河的统称，见《尔雅·释水》："江、河、淮、济为四渎。四渎者，发源注海者也。"四渎长：指经过大禹疏通，江、河、淮、济得以流长。典见《史记·封禅书》："昔禹疏九江，决四渎。"这一句暗用两典，转入颂扬大禹的治水丰功。

⑤庐峰：庐山。庐山在今江西九江市境内，九江古代称浔阳、柴桑、江州（元至正二十一年即1361年方改江州路为九江府），为"吴头楚尾"，即长江中、下游连接处。由瞿塘跳到庐峰，即由上游跳到中、下游，扣住"大江"题。白浪：翻滚着白色浪花的波涛，代指大江的中、下游。九道：九条河流，即注④所引"禹疏九江"的九江。见《水经注·济水》："昔禹脩九道，《禹》录其功。"九道又称九派，见刘向《说苑·君道》："禹凿江以通于九派，洒五湖而定东海。"而郭璞《江赋》写得更明白："源二分于崌崍，流九派乎浔阳。"这一句的意思是，大禹不仅凿通了三峡，而且白浪滔滔会聚九江于庐山之下也是因之而来。

⑥刳（kū，音枯）：剖，剖开。刳舟：刳木作舟。济涉：渡过水面。这两组词集中概指大禹治水过程中表现的艰苦卓绝。事见《史记·夏本纪》："禹伤先人父鲧功之不成受诛，乃劳身焦思，居外十三年，过家门不敢入。薄衣食，致孝于鬼神，卑宫室，致费于沟淢。陆行

乘车，水行乘船，泥行乘橇，山行乘樏。"万世：世世代代。语出《书·太甲中》："惟朕以怿，万世有辞。"赖：依赖，仰仗。万世赖：世世代代都仰仗（大禹历尽千辛万苦，终于疏通大江之功）。

⑦积金：积聚金钱，或聚积的金钱，此用后义。覆舟：翻船。吁：叹息，怨叹。可哀：可怜可悲。这一句的意思是，某些人不懂得感念大禹疏通大江的旷世功德，却为自己积聚的钱财有可能因翻船尽失而叹息，未免太可悲了。结尾之奇兀，令人难想到。

## [宋] 冯时行诗词7首

冯时行（1101—1163），字当可，自号缙云子，恭州巴县洛碛（今重庆渝北洛碛镇）人。北宋宣和六年（1124）进士。南宋建炎初任奉节尉，历官南浦令、左奉议郎。因力主抗金，反对议和一再上书，于绍兴十一年（1141）罢职。返乡后隐居达十余年，曾在缙云山授徒讲学。其学以儒家思想为主，也兼及佛、道，朱熹谓"议论伟然，而所论人主、正心、亲贤，为所谓建极者"。绍兴二十七年（1157）复官，先知彭州，旋擢右朝请大夫、提点成都府路刑狱，卒于任所。《缙云集》43卷已佚，《缙云文集》为今人所辑，内有诗词307首。在巴渝本籍诗人当中，他是有较大影响的第一人。

## 温泉寺①

借问禅林②景若何，半天楼殿冠嵯峨③。

莫言暑气此中少，自是清风高处多。

岌岌九峰④晴有雾，瀰瀰一水⑤远无波。

我来游览便归去，不必吟成证道歌⑥。

**注释**

①指温汤峡之温泉寺。参见周敦颐《宿崇圣院》注①。

②禅林：初指僧人的陵地，后多借指佛家修行的寺院。见北周庾信《陕州弘农郡五张寺经藏碑》："春园柳路，变入禅林。"倪璠注："言本住宅，改为佛寺。"此特指温泉寺。

③冠：动词，意思为什么之首，犹言冠绝。如《史记·灌夫传》："夫名冠三军。"嵯峨：形容山势高峻。《楚辞·淮南小山》："山气巃嵷兮石嵯峨，谿谷崭岩兮水曾波。"王逸注："嵯峨巍崿，峻蔽日也。"这里是借以夸饰温泉寺楼殿之高。

④岌岌：形容十分危险。九峰：指缙云山九座山峰，自北向南依次为朝日峰、香炉峰、狮子峰、聚云峰、猿啸峰、莲花峰、宝塔峰、玉尖峰、夕照峰。其中玉尖峰最高，海拔1050米。按此句诗意，系从温泉寺自下而上仰望眺望，故会产生岌岌之感。

⑤瀰瀰：形容水深且满，亦即水势浩大。《诗·邶风·新台》："新台有泚，河水瀰瀰。"

朱熹《集注》:"瀰瀰,盛也。"一水:指嘉陵江。

⑥证道歌:唐代高僧永嘉玄觉禅师悟道后,将其心得精华吟咏成一道杂言歌行,凡247句,即《证道歌》。这一句的意思是,自己不是来参禅悟道的,只是来游览的,乘兴而来,尽兴即归。率性直言,超脱潇洒。

# 西山①

有客征清赏②,携筇上翠微③。

雨差肥水面④,春恰染山衣⑤。

破绿苔迎屐⑥,藏寒竹拥扉⑦。

云融开别浦⑧,天净见孤飞⑨。

语响留舟壑⑩,杯光艳落晖⑪。

**注释**

①西山:在万州,即太白岩所属山。南宋王象之所撰《舆地纪胜》说:"(万县)县西有太白岩,在西山上,即绝尘龛也。"明孙克宏所撰《碑目》说:"绝尘龛三字,在西山石壁。"

②征:行,正行。《诗·小雅·小明》:"我征徂西,至于艽野。"毛亨传疏说:"征,行也。许分别之,征为正行,迈为远行。"清赏:指幽雅的景致。征清赏:边走边观赏幽雅的景致。

③筇:筇竹杖。翠微:本指青绿的山色,引申为泛指青山。此指西山。

④差(chā,音叉):差可,大致上如何。例如成语"差强人意"。肥:使肥沃、丰满。此处将水面当成了活体,意谓较前看涨。

⑤恰:正好,刚刚好。山衣:以山为衣。庾信《周大将军琅琊庄公马裔墓志铭》:"松风云盖,白水山衣。"这里指代山。染山衣:把整座山都染成春天的色彩了。

⑥屐(jī,音机):木屐,用木质材料做底的鞋。古人雨天出行,习惯穿木屐,有利于践泥。如李白《梦游天姥吟留别》:"脚著谢公屐,身登青云梯。"

⑦扉:本指门扉,引申指屋舍,这里用引申义。

⑧云融:意指乌云消散,雨过天晴。开:敞亮出。别浦:河流入江海处称浦,又称别

浦。杜甫《奉送卿二翁统节度镇军还江陵》："嘹唳吟笳发，萧条别浦清。"这里指万州西山下的河流注入长江处，即第九句之"留舟壑"。开别浦：意思是别浦亮出来了，从山上回首可以望见了。

⑨天净：天宇澄澈。孤飞：暗用典故，即骆宾王《滕王阁序》"落霞与孤鹜齐飞"，意指天色向晚了。

⑩语响：语声响起，代指催归之声传来。壑：深沟，溪壑。留舟壑：停泊来时乘船的溪沟。

⑪艳落晖：与落晖争艳。这一句的意思是，游兴未尽，仍在西山上对着落晖举杯畅饮。

这一首五言歌行叙事纪游，即景抒情，颇见亲近自然、乐而忘返的人生情趣。

# 落花十绝（选二）①

## 其一

万翠千红锦一张②，春秋何处不芬芳？
谁教无赖③狂风雨，收作年华入鬓霜④。

## 其二

朝来酌酒尚芳菲，醉眼醒时已觉稀⑤。
苦护妖娆莺拂下⑥，解怜飘泊燕衔归⑦。

**注释**

①咏物言志，诗人常情。冯时行与众不同，选择了十种落花形态切入，咏成《落花十绝》。花犹人，人亦花，不同的落花形态对应不同的人生际遇，形象描画中寄寓世相和感悟。此选其第三首和第十首。

②万翠千红：犹言万紫千红，喻指百花盛开。锦：本指有彩色花纹图案的丝织品，常代指美好的事物，引申指美好。此用本义。一：这里是完全、整个的意思。张：张开。锦一张：比喻百花像大幅锦缎一样全部放开。

③无赖：本指没有出息，无所依赖，引申为指放刁撒泼，蛮不讲理。《新五代史·梁文

惠皇后王氏传》:"太祖壮而无赖,县中皆厌苦之。"这里将引申义用之于狂风雨。

④收作:收拾。年华:本指年岁、年纪,也指岁月、时光,引申为指春光。宋周邦彦《过秦楼》:"叹年华一瞬,人今千里,梦沉书远。"即指岁月。唐张嗣初《春色满皇州》:"何处年华好,皇州淑气匀。"即指春光。这里兼用岁月、春光之义,既对花而言,亦就人而言。收作年华:意指狂风暴雨将岁月、春光都摧损殆尽。鬓霜:发鬓如霜,喻指衰老。联系社会人生,喻意十分深重。

⑤稀:疏,指事物间的间隔大,此指残花极少。陶潜《归园田居》:"种豆南山下,草盛豆苗稀。"一、二两句反差极大,对照强烈,犹言繁花似锦不过转瞬即逝。同样是兼写花事与人生。

⑥苦护:苦心保护。妖娆:娇艳美好。唐何希尧《海棠》:"著雨胭脂点点消,半开时节最妖娆。"此处兼指花和人的美好时光。拂:轻轻地掠过。下:落下。莺拂下:莺翅掠过花便纷纷凋落了。这一句的意思是,人的苦心保护敌不过莺翅一拂,以花之容易凋落喻人的生命危浅。

⑦解怜:懂得珍惜。飘泊:随波漂流或停泊,比喻生活不安定,居无定所。燕衔归:指燕子衔泥归来。唐韦应物《燕衔泥》:"衔泥燕,声喽喽,尾涎涎。秋去何所归,春来复相见。"这一句的意思是,无论人命如何危浅,也要懂得珍惜自己的生命,学习燕子适应难以安定的生存环境,依物候变化而迁徙自保。整体"十绝"结于这一句,反映出冯时行非但不厌世自弃,而且还执念能逆境独善。

# 题王与善隐轩①

苦节风尘际②,甘心季孟间③。
禄微几饮水④,眼冷只看山⑤。
江绿鸥千点⑥,檐疏月半环⑦。
饱谙⑧清净趣,浑未觉天艰⑨。

**注释**

①王与善:生平不详。当是冯时行结识的一位"小隐",参见黄庭坚《画堂春》注②。隐轩:王与善居室名。这首诗便紧扣"隐轩"抒发感慨。

②苦节：本指俭约过甚，后多用以指称坚守节操，矢志不渝。《汉书·苏武传》："以苏苦节老臣，令朝朔望，号称祭酒，甚优宠之。"此用以赞扬王与善。风尘：本指被风扬起的尘土，后有多种比喻义，其一是喻宦途、官场，此即喻指官场。晋葛洪《抱朴子·交际》："驰骋风尘者，不懋建德业，务本求己。"这一句赞扬王与善在官场中仍坚守苦节。

③季孟：本指春秋时期鲁国的贵族季孙氏和孟孙氏，他们是兄弟，由兄弟而引申出指伯仲之间，不相上下。唐罗隐《途中逢刘知远》诗："吴楚烟波里，巢由季孟间。"此再引申为指志同道合的人，彼此德行不相上下，实即赞扬王与善所结交的人德行与己相近。

④几：这里意思是几乎、将近。几饮水：几近只能够喝水度日，形容俸禄微薄，仅能勉强维持生存。实则赞扬安于清贫。

⑤眼冷：目光冷静、理智。犹言冷眼静看。唐徐夤《上卢三拾遗以言见黜》诗："冷眼静看真好笑，倾怀与说却为冤。"只看山：意谓只乐意观赏山水，不肯让官场污浊进入自己的眼界。"只"字还透露，平日里无人来往。三、四句合在一起，赞扬王与善的品德高洁。

⑥这一句写远望所见。千点：形容鸥鸟多，但只能望见星星点点。当是白昼所见。

⑦这一句写仰望所见。檐疏：屋檐稀疏，代指住在郊野，邻居很少。当是夜晚所见。五、六句合在一起，反映王与善隐轩的僻远和清幽，也体现出了王与善的情趣。

⑧谙：意思是熟悉，体验深刻。白居易《忆江南》："江南好，风景曾旧谙。"饱谙：非常熟悉，体验极深。

⑨浑：都，皆，全然。杜甫《春望》："白头搔更短，浑欲不胜簪。"天艰：天步艰难，意指时运不济。语出《诗·小雅·白华》："天步艰难，之子不犹。"朱熹《集注》："步，行也。天步，犹言时运也。"这一句的意思是，王与善将时运不济置之度外。全诗多视度、多层级地赞扬了王与善的小隐品行，同时更传达出了冯时行本人对小隐的认知和诉求。追寻古训，说穿了便是《淮南子·主术训》揭示的"非澹泊无以明志，非宁静无以致远"。

# 蓦山溪·村中闲作①

艰难时事②，万事休夸会③。官宦④误人多，道是也、终须⑤不是。功名事业，已是负初心，人老也，发白也，随分⑥谋生计。

如今晓得，更莫争闲气。高下⑦与人和，且觅个、置锥之地⑧。江村僻处，作个老渔樵⑨，一壶酒，一声歌，一觉醺醺⑩睡。

**注释**

①蓦山溪：词牌名。又名上阳春。有不同诸格调，俱为双调。这首词是冯时行被贬还乡之后所作，表面悉为与世无争、随分放旷的歇气话，实际是反话，表达出了他对"艰难时事"的愤激不平。

②时事：近期内的大事。艰难时事：困窘危险的近期内大事。其实际所指在于，从绍兴十一年（1141）四月罢免岳飞、韩世忠、张浚三大将兵权，十一月与金国签订"世世子孙谨守臣节"的投降"和议"开始，长达二十余年间，以高宗赵构和权奸秦桧为代表的南宋统治集团一直奉行对外屈辱事敌，对内残酷打压抗战派人士，甚至杀害岳飞、贬抑胡铨的祸国政策，他本人也被罢官。

③会：本义为积聚禾谷，引申出聚合、会合、符合等义，由符合义再引申出理解、领悟、擅长等义。此处即用擅长义，犹如今言会什么。休夸会：不要炫耀自己擅长做什么。

④官宦：泛指做官的人，此借以指做官的事。

⑤终须：终究。

⑥随分：意思是安分，守本分。唐李端《长门怨》："随分独眠秋殿里，遥闻笑语自天来。"

⑦高下：高低，犹言不管怎样都要。

⑧置锥之地：本义为锥尖般细的一小点地方，常喻指极小的安身之处。语出《庄子·盗跖》："尧舜有天下，子孙无置锥之地。"成语通说立锥之地。

⑨渔樵：本指打鱼砍柴，常代称渔人和樵夫。唐高适《封丘县》："我本渔樵孟诸野，一生自是悠悠者。"

⑩醺醺：酣醉形态。唐岑参《送羽林长孙将军赴歙州》："青门酒楼上，欲别醉醺醺。"整首词都用日常口语写出，却处处反语，意涵自深。

# 青玉案·和贺方回青玉案寄果山诸公①

年时江上垂杨路②。信拄杖③，穿云去。碧涧步虚声④里度。疏林小寺，远山孤渚⑤，独依阑干⑥处。

别来无几春还暮⑦。空记当时锦囊句⑧。南北东西知几许⑨？相思难寄，野航蓑苙⑩，独钓巴江雨⑪。

**注释**

①青玉案：词牌名。又名横塘路、西湖路、青莲池上客。调名取自张衡《四愁诗》："美人赠我锦绣段，何以报之青玉案。"贺方回：指北宋词人贺铸。其《青玉案》词为："凌波不过横塘路。但目送，芳尘去。锦瑟年华谁与度？月桥花院，琐窗朱户，只有春知处。碧云冉冉蘅皋暮。彩笔新题断肠句。试问闲愁都几许？一川烟草，满城风絮，梅子黄时雨。"因其结句而世称"贺梅子"。果山：山名，在今四川南充市顺庆区境内。明曹学佺《蜀中名胜记》记载："（顺庆）西北有果山。《寰宇记》：'在州西八里，层峰秀起，松柏生焉。'《方舆》云：'果山以郡得名，陈寿隐居于此。'"按：南充夏为有果氏之地，春秋时为充国之地，秦汉以降为巴郡属县，唐为果州治所，北宋因之，果山即得名于果州。绍兴二十七年（1157）冯时行复出，即任知蓬州（今四川南充蓬安县）一年。蓬州地近果州，故能与"果山诸公"相交，这首词即为别后寄赠。

②年时：去年。卢挚《清平乐》："年时寒食，直到清明节。"江上：此指嘉陵江边。垂杨路：垂杨即垂柳，古诗文中杨柳通。垂杨路即指垂柳依依的道路。古人习以折柳枝送别，此代指相别。谢朓《入朝曲》："飞甍夹驰道，垂杨荫御沟。"

③信：副词，指随意。拄杖：拄着竹杖。

④步虚：一种宗教仪式。指道士在醮坛时一边唱诵词章，一边在法坛内围绕神座游走。步虚声：道士唱诵词章的声音。

⑤渚：水中的小片陆地，即小型江心岛或者滩涂。《尔雅》："渚，小洲也。"孤渚：孤零零的小江心岛。

⑥阑干：栏杆。李白《清平调》词："解释春风无限恨，沉香亭北倚阑干。"

⑦无几：不多，很少，此指时间不久。暮：本指日落以后的傍晚时分，引申为指将尽。春还暮：春将尽。

⑧锦囊：锦缎制的袋子。锦囊句：借指苦心吟得的佳句。《唐文粹》录李商隐《李贺小传》："（李贺）恒从小奚奴，骑距驴，背一古破锦囊，遇有所得，即书投囊中。及暮归，太夫人使婢受囊出之，见所书多，辄曰：'是儿要当呕出心乃已尔！'"这里代指去年诸公吟诗相酬。

⑨南北东西：犹言四面八方。几许：多少。知几许：谁知有多少。这里代指交谊难得。

⑩野航：村野间的过渡小船。语出杜甫《南邻》："秋水才深四五尺，野航恰受两三人。"王嗣奭《杜臆》释："野航乃乡村过渡小船，所谓'一叶杭之'者，故'恰受两三人'。"蓑笠：蓑衣斗笠，樵夫及渔民用以遮风挡雨的器物，士民广有应用。如柳宗元《江雪》："孤舟蓑笠翁，独钓寒江雪。"联系下一句可知，这里是写作者本人当下的境况。

⑪巴江：泛指巴地江河，这里指嘉陵江。《三巴记》说："阆、白二水东南流，自汉中至始宁城下，入涪陵，曲折三回，有如巴字，曰巴江。"阆水和白水均为嘉陵江的上游源流，

蓬州和果州均在嘉陵江的中游（阆中得名于此），阆水亦为嘉陵江的古称。这一句与柳宗元《江雪》中"独钓寒江雪"酷似，意境亦酷似。联系上两句，意指作者披着蓑衣，戴着斗笠，独自在一村野间的过渡小船上，冒着雨垂钓，不知怎样向别后的友朋倾诉自己的相思之情。心境之孤清，意韵之隽永，不在《江雪》之下。

## [宋] 王十朋诗7首

王十朋（1112—1171），字龟龄，号梅溪，乐清左原（今浙江乐清梅溪村）人。少即学通经史，诗文远近闻名，胸怀忧世济民之志。33岁在家乡创建梅溪学馆，讲学授徒，后六赴太学。绍兴二十七年（1157）由高宗亲擢进士第一，初授左承事郎，历任绍兴佥判、秘书省校书郎。孝宗时迁国子司业、起居舍人、侍御史，力排众议弹劾主和派宰相史浩，使之罢职，并力荐老将张浚、刘锜主持抗金。后张浚北伐失利，频遭主和派非议，自劾出知饶州。乾道元年（1165）出知夔州，两年任内颇多善政。终以龙图阁学士致仕，年六十而卒，追谥"忠文"。朱熹称"海内有志之士闻其名，诵其言，观其行，而得其人，无不敛衽心服"，赞其诗"浑厚质直，思恻条畅，如其为人"。《四库全书总目》说"十朋立朝刚直，为当代伟人"。有《梅溪先生文集》传世，存诗达1700多首。

### 初到夔州①

分甘易守不劳麾②，梦③已先余到古夔。
谶语瑞符楚东韵④，忠怀雅合杜陵诗⑤。

**注释**

①诗前原有小序："某甲申十月至饶州，以表谢上云：'虽才非太公，不能五月报政，然忠犹杜甫，未尝一饭忘君。'既而与诸公唱和，有夔字韵诗，果有易夔之命，人以为谶。方力丐祠，梦观八阵图。乙酉十一月朔至夔，水落沙露，宛然在目，所历山川皆少陵诗中景物也。因成一绝，用楚东韵。"其中乙酉年为孝宗乾道元年（1165），即其知夔州始年。其余文字均十分重要，为解诗锁钥。

②分甘：本义是分享甘美之味，常喻指获得尊长所施予的慈爱、恩惠，此指承蒙皇恩。语出《后汉书·杨震传》："虽有推燥居湿之勤。"李贤注引《孝经援神契》说："母之于子也，鞠养殷勤，推燥居湿，绝少分甘。"易守：易理外格象素之一。象阴阳合和，吉祥福厚，主天、地、人万物形成之数，暗示丰盛自立，建业官禄，大利子孙、家运。这里指小序所述"与诸公唱和，有夔字韵诗，果有易夔之命，人以为谶"。第三句"谶语瑞符"亦指此。不劳：不烦，不需要，用不着。麾：本指军队用以指挥的旗帜。用作动词，与"挥"同义，亦

即挥动旗帜。这一句的意思是，既蒙皇恩，又有吉兆，到夔州就任便用不着谁挥旗指引了。直接引出下句"先……到"。

③梦：即小序所述之"梦观八阵图"。这一句只言先到，未及后到，但暗含着小序所述之"乙酉十一月朔至夔，水落沙露，宛然在目，所历山川皆少陵诗中景物"的意思，切扣了诗题。

④谶语：事后应验的话。瑞符：吉祥性的应验，亦称瑞应、符应。合见②③两注。楚东：楚地东部。王十朋到夔州前，任职知饶州；饶州在今江西波阳，正是楚东之地。当时他与洪迈等人结楚东诗社，以诗筒传递方式次韵唱和，唱和诗歌后辑成《楚东酬唱集》。因此，楚东韵指楚东诗社同仁习用的诗韵，其间可能有当地方音韵脚，比唐宋律诗通用的韵略宽，如小序声明"用楚东韵"，即指此而言，也寓意着身在夔州仍与楚东诗友相互唱和不辍。

⑤忠怀：忠诚的情怀，特指每饭不忘君。即小序述及的"忠犹杜甫，未尝一饭忘君"。语出苏轼《王定国诗集叙》："古今诗人众矣，而杜子美为首，岂非以其流落饥寒，终身不用，而一饭未尝忘君也欤？"雅合：正相吻合。雅合杜陵诗：即与如苏轼所说的杜甫诗旨相吻合，犹言"忠犹杜甫"。当时王十朋身处贬谪状态，而且比先前贬得更远，写这首诗除了继续与楚东诗友唱和，也如饶州"表谢"一样有对当朝表明心态的意思。

# 题诸葛武侯祠①

八阵图旁丞相祠，风云惨淡会当时②。
功成岂止三分叹③？才大非惟十倍丕④。
渭上忽传司马走⑤，蜀中长起卧龙思⑥。
我来再拜⑦瞻遗像，泪满襟如老杜诗⑧。

**注释**

①《蜀中名胜记》引三山林栗诗序说："诸葛武侯祠旧在西山，岁久摧圮，永嘉王詹事帅夔日，移置阵碛，淳熙漕使张著庭重修。"《方舆胜览》则说："武侯庙在八阵图之卧龙山上，时州理白帝，故少陵诗云'犹有西郊诸葛庙，卧龙无首对江渍'也。"永嘉为西晋怀帝年号，时段在307—313年。淳熙为南宋孝宗年号，时段在1174—1189年。综合看可知，王十朋所题诸葛武侯祠，乃是西晋永嘉年间所移建，址在鱼腹浦的八阵图旁之卧龙山上。

②风云：本指天时、气候、物候，多喻指变幻动荡的局势。惨淡：本指天色暗淡无光，常喻指苦费心力的经营。会：聚。当时：特指汉末三国时期。这一句的意思是，诸葛亮恰巧遇到了汉末三国时期那样一个动荡局面，不得不尽心竭力，惨淡经营。

③这一句是假设性的话，意思是按诸葛亮的抱负、谋略和才能，他如能大功告成，当是恢复汉室，重建一统，而不是仅让蜀汉三分天下有其一。

④这一句典出《三国志·诸葛亮传》："章武三年春，先主于永安病笃，召亮于成都，属以后事，谓亮曰：'君才十倍曹丕，必能安国，终定大事。若嗣子可辅，辅之；如其不才，君可自取。'亮涕泣曰：'臣敢竭股肱之力，效忠贞之节，继之以死！'"这里意思是，刘备所说的"君才十倍曹丕"仍嫌估计不足，诸葛亮的才干超过曹丕远不止于十倍。

⑤渭上：渭南地区，为诸葛亮北伐的目标地。司马：指司马懿。走：跑，逃走。事见《三国志·诸葛亮传》："（建兴）十二年（234）春，亮悉大众由斜谷出，以流马运，据武功五丈原，与司马宣王对于渭南……相持百余日。其年八月，亮疾病，卒于军，时年五十四。及军退，宣王案行其营垒处所，曰：'天下奇才也！'"裴松之注引《汉晋春秋》："杨仪等整军而出，百姓奔告宣王，宣王追焉。姜维令仪反旗鸣鼓，若将向宣王者，宣王乃退，不敢偪。于是仪结陈而去，入谷然后发丧。宣王之退也，百姓为之谚曰：'死诸葛走生仲达。'"这一句概言其事，借以赞诸葛亮了不起。

⑥蜀中：巴蜀地区。长起：长期出现。卧龙思：对诸葛亮的缅怀纪念。据《三国志·诸葛亮传》记载，"景耀六年（263）春，诏为亮立庙于沔阳。秋，魏镇西将军钟会征蜀，至汉川，祭亮之庙，令军士不得于亮墓所左右刍牧樵采。亮弟均，官至长水校尉。亮子瞻，嗣爵。"

⑦再拜：连拜两次，表达敬意。

⑧这一句的意思是，他个人对诸葛亮的功业未竟所持有的追怀和惋叹，与杜甫诗完全一致。杜甫《蜀相》："出师未捷身先死，长使英雄泪满襟。"其中的"泪满襟"，兼有他本人现场的痛悼。

# 呈同官①

樽前记得少陵诗②，好向江头尽醉归③。
此日风光真可惜④，古来乐事巧相违⑤，
细看八阵图犹在，欲问⑥三分迹已非。
惟有年年古夔国，竹枝声里日晖晖⑦。

**注释**

①同官：同一官署任职的人，犹称同僚。按宋代官制，州一级长官为知州事或者权知州事，其副手为通判州军事（通判），所属机构有录事、司户、司法、司理等各曹参军。

②樽：古代盛酒的一种器具。樽前：酒席宴上。少陵诗：特指杜甫诗《曲江二首》。

③好向：宜向，合向。江头：江边，江岸。此指大江岸边。杜诗《曲江二首》有句："朝回日日典春衣，每日江头尽醉归。"此用其意。

④可惜：可珍，可爱。杜诗《曲江二首》有句："传语风光共流转，暂时相赏莫相违。"此句及下句同化用其意。

⑤乐事：让人高兴的事，或者乐于从事的事。巧：本指高超的技能，常引申出灵巧、工巧、精致、美妙等义项，由美妙义又引申出恰巧、偏巧。此即义指偏巧。相违：彼此违背。这一句的意思是，从古至今人生乐事总是多种多样的，同一时间内往往偏巧会有违背，只能择一而从。杜诗《曲江二首》还有关键两句："细推物理须行乐，何用浮荣绊此身？"王十朋实即启发大家，宁肯选择饮酒作乐，也不要让"浮荣绊此身"。

⑥欲问：拟问。如李白《江夏行》："适来往南浦，欲问江西船。"五、六两句言浅意深，浑如说，八阵图虽然依旧存在，但其赖以生成的三分鼎立故事却早已经浮荣扫尽、物是人非了。连诸葛亮的功业也尚且如此，我等州郡官员又算得什么呢？仍然扣住主旨陈言，也仍然是引而不发。

⑦晖晖：形容日光灼灼，艳丽光明。结尾两句也言浅意深，犹如说亘古以来，任何官场浮荣都是过眼云烟，只有丽日下唱竹枝词似的平凡生活才令人向往。与其说他是在宣扬及时行乐的价值取向，不如说是借题浇胸中块垒，怨而不悱。

# 修垒①

莫将逆旅视居官②，直作吾家活计看③。
墙壁时时为修葺④，安知劳苦是平安⑤。

**注释**

①垒：军营的墙壁或工事。《说文解字》："垒，军壁也。"这里指夔州城墙的墙壁。夔州是古城，城墙难免有破损，故王十朋督令修葺。他有自注："夔城颇恶予修之，虽雉堞一新，然土城易坏，兵有守城者，勿它役，随坏而补，则城常固矣。"这首诗便是对于非议者作的

解答。

②逆旅：本指寒舍、旅店，常喻指人生某一处驿站，乃至喻指整个人生。如李白《春夜宴从弟桃花园序》："天地者，万物之逆旅也；光阴者，百代之过客也。"苏轼《临江仙·送钱穆父》："人生如逆旅，我亦是行人。"居官：在位做官。《国语·鲁语上》："贤者疾病而让夷，居官者当是不避难，在位者恤民之患，是以国家无违。"这一句的意思是，要明白每个人都只不过是天地过客，不要成天只想着当官混日子，而要对得起人生的机遇，为官一任，造福一方。

③直：宜，应当。《诗·魏风·硕鼠》："乐国乐国，爰得我直。"朱熹《集注》："直，犹宜也。"直作：理当视作。活计：本指手艺，泛指各种体力劳作。这里指官员该做的差事。这一句俗语入诗，浅显明白，表达出了王十朋的为官理念是干活，能干活，肯干活。

④修葺：修补。

⑤安知：怎么知道。如王安石《金陵怀古四首》有句："豪华尽出成功后，逸乐安知与祸双。"这一句的意思是，要怎样才会知道，辛勤刻苦地多做实事，方能换来平安呢。这简直就是教训非议者。而今而后，这首诗仍可启迪当官者。

# 七夕①

去年佳节吴头②见，今夕秋声峡内闻。

桂魄渐看成半璧③，银河犹自掩微云。

晒书空有便便腹④，乞巧初无怪怪文⑤。

为向天边牛女道⑥，夫耕妇织莫辞勤。

**注释**

①七夕：中华民间传统节日，又称七巧节、七姐节、女儿节、乞巧节。七夕节系由星宿崇拜演化而来，原初意义是为七姐诞日作祭拜，后加入了牛郎织女的民间传说，于农历七月七日晚举行，以祈福许愿、乞求巧艺、祈祷姻缘为主题。今渐演变成"中华情人节"。这首诗，当为王十朋在夔州的第一个七夕节所作。

②吴头：代指江西北部地区。春秋时期，那一带为吴、楚两国交界的地方，处于吴地长江的上游，楚地长江的下游，若首尾衔接。宋王象之《舆地纪胜》将其称为"吴头楚尾"。

③桂魄：代称月亮。《尚书》注说，月轮无光之处为魄。又据《酉阳杂俎》，"月中有桂，高五百丈，下有一人常斫之，树创随合"。唐骆宾王《伤祝阿王明府》："轮销桂魄，骊珠毁见阙之前；斗散紫氛，龙剑没延年之水。"半璧：半块美玉，比喻七夕半轮月亮。

④晒书：典出《世说新语·排调》："郝隆七月七日出日中仰卧。人问其故，答曰我晒书。"便（pián，音骈）便腹：典出《后汉书·边韶传》："边韶字孝先……以文章知名，教授数百人。韶口辨，曾昼日假卧，弟子私嘲之曰：'边孝先，腹便便，懒读书，但欲眠。'韶潜闻之，应时对曰：'边为姓，孝为字。腹便便，《五经》笥（意谓装满《五经》）。但欲眠，思经事。寐与周公通梦，静与孔子同意。师而可嘲，出何典记？'嘲者大惭。"这里叠用二典，均取其满腹经史之意，无关乎眠卧。其实是借代，喻指自己是空有满腹诗书，奈何难伸其用。前一典恰有七月七日，由其引出，用得实在巧。

⑤初无：从来没有。怪怪文：指柳宗元《乞巧文》。其文开篇写道："柳子夜归自外庭，有设祠者，衍食饵馨香，蔬果交罗，插竹垂绥，剖瓜犬牙，且拜且祈。怪而问之。"随后以与祠者的问答展开，说出了不少奇妙怪异的话，且散行文言与四言诗句交构而成文，故称为"怪怪文"。这一句的意思是，自己从未写过乞巧文。

⑥牛女：牛郎织女。道：言，寄语。结句便是所寄之语。全诗写得从容自在，不落窠臼。

# 人日游碛①

好遨②蜀风俗，夔人贫亦遨。
今日日为人③，倾城出江皋④。
遨头老病守⑤，呼宾酌春醪⑥。
归来及初鼓⑦，繁灯照霜毛⑧。

**注释**

①人日：农历正月初七。游碛（qì，音器）：通称踏碛，又作踢碛，一种颇富于地域特色的民俗活动。从唐代开始，每逢人日，夔州士民便倾城出游，到鱼腹浦的沙碛上踏春宴乐，官员也要与民同乐。宋张晋《踏碛》诗描绘过这一民俗风情画："夔国先年有旧风，来看踏碛莫匆匆。只缘岁稔民康乐，才到春初气郁葱。生怕背篮挨舞袖，不妨腰鼓闹歌钟。元戎小队临江浒，要与遗黎一笑同。"张诗是客观描绘，王诗为主观体验，对照着读尤见风情。

②好：喜好。遨：本来指游逛，此指出游。

③日为人：日子正好是人日。

④江皋：江岸，江边地带。屈原《九歌·湘夫人》："朝驰余马兮江皋，夕济兮西澨。"这里指鱼腹浦。

⑤遨头：遨游的领头人。据陆游《老学庵笔记》记载，"四月十九日成都谓之浣花，遨头宴于杜子美草堂沧浪亭，倾城皆出，锦绣夹道，自开岁宴游至是而止"。其俗为宋代成都自正月初到四月十九为浣花节，太守出游，士女纵观，称太守为"遨头"。但这里只是借用此称呼。老病守：指诗人自己。王十朋任知夔州，年届54岁至55岁，当时属老。其任职次年有《食薏苡粥》诗谓："夔州再见夏，炎瘴侵我肌。两股忽浮肿，百药竟未治。"可知当年确实病重。州郡长官汉代称太守，后世沿用之，所以他可以自称"老病守"。这一句的意思是，领头游迹的人乃是我这既老且病的太守。

⑥春醪：春酒。此特指瞿唐春，即夔州所属云安特产美酒曲米春。瞿唐春见其诗《会同僚于郡斋煮惠山泉烹建溪茶酌瞿唐春》："锡泉龙焙忽飞来，春著瞿唐初泼醅。"曲米春见其诗《登诗史堂观少陵画像》："敬瞻遗像观诗史，一酹云安曲米春。"杜甫《拨闷》一诗写过："闻道云安曲米春，才倾一盏即醺人。"

⑦初鼓：初更，时对应于今之晚七时至九时。只此一句便能看出，他与民同乐至入夜始归。联系前之"老病守"，其爱民情怀自在不言之中。

⑧繁灯：缤纷而明亮的灯光。刘克庄《生查子·元夕戏陈敬叟》："繁灯奇霁华，灯鼓侵明发。"与此诗所写的均为农历大年期间，所以城内的大街小巷繁灯夺目。霜毛：白发。此指他自己的满头白发。全诗至此戛然而止，是何意韵颇耐咀嚼。

# 十贤堂栽竹①

六月修篁带雨移②，
丁宁护取岁寒枝③。
十贤清节④高千古，
不是此君谁与宜⑤？

**注释**

①十贤堂：光绪《奉节县志》记载："奉节十贤堂为宋庆历（1041—1048）时建，祀先贤仕蜀者。郡守王十朋有《十贤》诗并序，序曰：'初名岁寒堂，一名忠孝堂，祀屈原、诸葛亮、严挺之、杜甫、陆贽、韦昭范、白居易、柳镇、寇准、唐介十人，画像于堂中，外栽竹，林栗有记。'"今存《梅溪后集》内《夔路十贤》诗，十贤为屈原、严颜、诸葛亮、杜甫、陆贽、韦处厚、白居易、柳公绰、寇准、唐介，与光绪《奉节县志》所记略有差异。这首诗为王十朋在夔州任内，主持给十贤堂添栽竹后所作。

②修篁：修竹、长竹。唐吴巩《白云溪》："山径入修篁，深林蔽日光。"带雨移：趁着下雨时移植。

③丁宁：叮咛，再三嘱咐。护取：本义为获取，占有，引申出拥有、掌握等义，再由掌握义引申出把握好、护理好等义。此处指护理好。岁寒枝：松、竹、梅世称"岁寒三友"，此特指竹。

④清节：参见《赞谯玄》注②。

⑤此君：指竹。谁与：与谁。宜：合宜，适当，这里指相配。范仲淹《岳阳楼记》："微斯人，吾谁与归？"竹有节，象征贤人的清节，故有此言。梁刘孝先《竹》："竹生空野外，梢云耸百寻。无人赏高节，徒自抱贞心。"唐孙岘《送钟员外赋竹》："万物中潇洒，修篁独逸群。贞姿曾冒雪，高节欲凌云。"皆可为据。敬十贤，重清节，推情于竹，亦反映出他本人的坚贞情怀。

## [宋] 陆游诗 7 首

　　陆游（1125—1210），字务观，号放翁，越州山阴（今浙江绍兴市）人。自幼好学不倦，"年十二能诗文"，早立"上马击狂胡，下马草军书"之志。绍兴二十三年（1153）应试第一，却因秦桧孙埙居次，抑置为末。秦桧死后，绍兴二十八年（1158）始为福州宁德主簿。孝宗即位，迁枢密院编修官，赐进士出身。旋因论龙大渊、曾觌揽权植党，出为镇江通判。乾道元年（1165）力说张浚用兵，被罢官，回山阴闲居。乾道六年（1170）复官，入蜀通判夔州。乾道八年（1172）春，入四川宣抚使王炎幕府，投身于军旅。淳熙二年（1175）范成大帅蜀，用为成都路安抚司参议官。其后三度被劾罢职。嘉泰三年（1202）诏同修国史，实录院同修撰，兼秘书监。开禧三年（1207）进爵渭南县伯。有《渭南文集》50卷、《剑南诗稿》85卷传世。今存诗约 6500 首，其中巴渝诗 115 首。

## 谒巫山庙①

真人翳凤驾蛟龙②，一念何曾与世同？
不为行云求弭谤③，那因治水欲论功④？
翱翔想见虚无里⑤，毁誉谁知溷浊中⑥？
读尽旧碑成绝倒⑦，书生惟惯诒王公⑧！

**注释**

　　①原题为《谒巫山庙两庑碑版甚众皆言神佐禹开峡之功而诋宋玉高唐赋之妄予亦赋诗一首》。今取前四字为题，并非无视于其余文字。其余文字概述了作诗由来，对解诗至关重要，不可忽视。另据陆游《入蜀记》，"二十三日过巫山凝真观，谒妙用真人祠。真人即世所谓巫山神女也。议者谓太华衡庐皆无此奇观。然十二峰者不可悉见，所见八九峰，惟神女峰最为纤丽奇峭，宜为仙真所托"。可知巫山庙即为神女庙。

　　②真人：妙用真人，亦即巫山神女。五代杜光庭《墉城集仙录》记述："瑶姬，西王母之女，称云华夫人。助禹驱鬼神，斩石疏波，有功见纪。今封妙用真人。"翳（yì，音易）：本义为华盖，即装有羽饰的车伞，又称羽葆。此为名词作动词用。翳凤：将凤作为华盖。驾

蛟龙：驾驭蛟龙，即将蛟龙作为拉车的驷马。这一句的意思是，巫山神女早已乘着以凤为华盖、以蛟龙为驷马的飞车远去了。

③行云：代指宋玉的《高唐赋》及其故事。弭（mǐ，音米）：止、息、消除的意思。弭谤：禁止非议，消除批评性的言论。《国语·周语》："厉王虐，国人谤王……王喜，告邵公曰：'吾能弭谤矣，乃不敢言。'邵公曰：'是障之也。'"这里指原题里的"诋宋玉高唐赋之妄"，诋与谤义近。这一句的意思是，不打算为宋玉及其《高唐赋》所遭诋毁作出辩护。"不为"的主体为诗人自己。

④那因：岂因，难道要为。主体也是诗人自己。对应的是原题里的"皆言神佐禹开峡之功"，即巫山神女帮助大禹开凿三峡的殊功。这一句的意思是，也不打算就这个话题说三道四。

⑤翱翔：展翅凌空飞翔，即第一句之"翳凤驾蛟龙"。虚无：有而若无，实而若虚，道家用以指称"道"的本体。《庄子外篇·刻意》："夫恬淡寂寞，虚无无为，此天地之平，而道德之质也。"此引申指虚无缥缈，用如白居易《长恨歌》："忽闻海上有仙山，山在虚无缥缈间。"这一句的意思是，神女故事原来属于虚无缥缈的神话传说，犯不着为之多花费心思。

⑥毁誉：毁损与赞誉，否定与肯定。对应原题，各有实指。溷（hùn，音混）浊：污浊。语出屈原《离骚》："世溷浊而不分兮，好蔽美以嫉妒。"这里正用《离骚》原意。

⑦旧碑：指原题之"两虎碑版甚众"。绝倒：前仰后合，纵情大笑。如成语"令人绝倒"。这一句的意思是，旧碑里所有毁誉之辞，无不令人绝倒。

⑧书生：泛指读书人，这里特指那些并无真知灼见、只会拾人牙慧的书呆子们。惟惯：只习惯于。诙王公：对王公大人谀辞诙媚。如《后汉书·袁绍传》："何意凶臣郭图，妄画蛇足，曲辞诙媚，交乱懿亲。"这是皇权专制社会流布已久的一种恶劣根性，陆游借题加以抨击，其胆识可见。全诗四层意思连环式地推进，悉用诘问句或感叹句结之，颇见穿透力。

# 入瞿塘登白帝庙

晓入大溪口①，是为瞿塘门②。

长江从蜀来，日夜东南奔。

两山③对崔嵬，势如塞乾坤④。

峭壁空仰视，欲上不可扪⑤。

禹功何巍巍，尚睹镌凿痕。

天不生斯人，人皆化鱼鼋⑥！

於时仲冬月，水各归其源。

滟滪屹中流⑦，百尺呈孤根⑧。

参差层颠屋，邦人祀公孙。

力战死社稷⑨，宜享庙貌⑩尊。

丈夫贵不挠⑪，成败何足论？

我欲伐巨石，作碑累千言。

上陈跃马壮⑫，下斥乘骡昏⑬，

虽惭豪伟词，尚慰雄杰魂。

君王昔玉食⑭，何至歆鸡豚⑮？

愿言⑯采芳兰，舞歌荐清樽⑰。

**注释**

①大（dài，音代）溪：又作黛溪，既是溪名，又是地名。在今巫山县境内，地处长江南，大溪文化遗址所在。

②瞿塘门：瞿塘峡上起夔门，下迄大溪。陆游赴任系溯江而上，故视为入峡之门。

③两山：指瞿塘峡两岸的山。

④塞：阻隔，堵住。乾坤：天地。塞乾坤：隔断天与地，极言"崔嵬"之"势"。

⑤扪：本义指执持，引申指抚摸。《史记·高祖本纪》："乃扪足曰：'虏中吾指。'"司马贞《索隐》："扪，摸也。"

⑥鼋：团鱼。鱼鼋：泛指鳞介水族，犹言鱼类。《左传·昭公元年》："天王使刘定公劳孟于颖，馆于雒汭。刘子曰：'美哉禹功！明德远矣！微禹，吾其鱼乎？吾与子弁冕端委，以治民临诸侯，禹之力也！'"前12句写入瞿塘峡的即时性观感，因物联想而称颂禹功。

⑦中流：江河中央，水流当道之处。《汉书·贾谊传》："是犹度江河，亡维楫，中流而遇风波，船必覆矣。"

⑧孤根：独生的根，引申指独立的根基，借喻冬天的滟预堆。杜甫《滟预》："滟预既没孤根深，西来水多愁太阴。"两诗所喻为一，只是时令不同。

⑨社稷：本指土神与谷神，后通常代称国家。死社稷：为国家利益而死。据《后汉书·公孙述传》记载，东汉主将吴汉部将戚宫军攻至成都咸门，公孙述"乃自将数万人攻汉（汉军主将吴汉），使延岑拒宫。大战，岑三合三胜，自旦及日中，军士不得食，并疲。汉因令壮士突之，述兵大乱，（公孙述）被刺洞胸，堕马。左右舆入城。述以兵属延岑，其夜死"。

⑩庙貌：庙宇以及所祀神像。《诗·周颂·清庙序》郑玄笺："庙之言貌也，死者精神不可得而见，但以生时之居，立宫室象貌为之耳。"此指白帝庙以及公孙述神像。

⑪丈夫：犹言大丈夫，指有所作为的人。宋张思光《门律自序》："丈夫当删诗书，制礼乐，何至因循，寄人篱下？"不挠：刚正不屈。联系下一句，陆游不以成败论英雄，称颂公孙述为刚正不屈的大丈夫，评价之高超越了所有前人。

⑫上陈：上文陈述。跃马壮：公孙跃马而称帝的壮举和功业。晋左思《蜀都赋》："公孙述跃马而称帝，刘宗下辇而自王。"

⑬下斥：下文痛斥。乘骡昏：指刘禅投降丑行。《三国志·后主传》记载：刘禅"用光禄大夫谯周策，降于艾（魏军将领邓艾）"。裴松之注引《晋诸公赞》说："刘禅乘骡车诣艾，不具亡国之礼。"以见刘禅在位既昏，降魏亦昏。此用刘禅作对比，衬托公孙述之壮。

⑭君王：对公孙述的尊称。玉食：尊贵的饮食。如成语"锦衣玉食"。

⑮何至：为什么能。歆：本指祭祀时鬼神享用祭品的香气，引申为指享受祭礼。鸡豚：鸡猪，代指三牲祭礼。按照民俗，鸡鸭鱼为小三牲，猪牛羊为大三牲，统称三牲。这一句的意思是，公孙述身后犹能长久享用三牲祭礼，或许是他生前也未曾料到的。

⑯愿言：殷切思念，心心念念想要怎样。《诗·卫风·伯兮》："愿言思伯，甘心首疾。"郑玄笺："愿，念也。我念思伯，心不能已。"

⑰荐：本指孝子致极爱亲之心的草席，引申出进献、祭献等义，此指祭献。清樽：本指酒器，代指清酒。与上句连在一起，意思是心心念念都想采来芳兰，引来歌舞，奉上清酒，为公孙述作更为隆重的祭祀。很明显，这是对于"力战死社稷""丈夫贵不挠"的认同和追念，与他一直力主抗金、反对投降密切相关。引出刘禅，拿战与降两个帝王作正反教员，现实针对性是很强的。而且从诗里不难看出，他是一出瞿塘峡便登白帝庙的，这首诗之不容忽视毋庸置疑。轻重对衬尤为突出，纪行从属于咏史，咏史则意在讽今。

153

# 玉笥斋书事①

莫笑新霜②点鬓须，老来却得少功夫③。

晨占上古连山易④，夜对西真五岳图⑤。

叔夜曾闻高士啸⑥，孔宾岂待异人呼⑦？

眉间喜色谁知得，今日新添火四铢⑧。

**注释**

①玉笥：饰有珠玉的书匣或书箱。玉笥斋：陆游为其居所特取的名号。书：写，记述。书事：把事情写出来，犹言记事。

②新霜：喻指新长出来的白发和白须。

③功夫：本指工程夫役，引申为指作事所费的精力和时间。少功夫：即少年时期为增益学识、才干而下的功夫，有造诣之意。

④占：占卜。连山易：上古时期的"三易"之一。"三易"即三部易经，都是用"卦"的形式讲解宇宙间的万事万物循环变化之道的巫筮典籍，分为《连山》《归藏》《周易》。据《周礼·春官·大卜》，"太卜掌三易之法，一曰连山，二曰归藏，三曰周易"。传说神农氏又称连山氏，轩辕氏又称归藏氏，故指《连山》为神农年代的筮书，《归藏》为黄帝年代的筮书；后夏用《连山》，商用《归藏》，周代所用之筮书即加"周"字而称《周易》。这一句所记事为，清晨即依照《连山》的筮理和筮法练习占卜。

⑤西真：指西王母。五岳图：特指《五岳真形图》。此图为道教符箓，传说系太上道君所传，具有免灾致福之效。晋葛洪《抱朴子·遐览》："道书之重者，莫过于三皇文、五岳真形图也。古人仙官至人尊秘此道，非有仙名者不可授也。"与西王母相联系，见《太平广记》所引《汉武帝内传》："（武帝）问：'此书是仙灵之方耶？不审其目，可得瞻盼否？'王母出以示之曰：'此五岳真形图也……诸仙佩之，皆如传章；道士执之，经行山川，百神群灵，尊奉亲迎。'"这一句所记事为，夜里细细品赏《五岳真形图》，代指研习道教经典。

⑥叔夜：指晋"竹林七贤"之嵇康，盖嵇康字叔夜。高士：志趣、品德高尚的人，多指隐士。阮籍亦为七贤之一，与嵇康志同道合，都为一时之高士。《世说新语·栖逸》注引《魏氏春秋》记载："阮籍常率意独驾，不由径路，车迹所穷，辄恸哭而反。尝游苏门山，有隐者莫知其名，有竹实数斛，杵臼而已。籍闻而从之，谈太古无为之道，论五帝三王之义，苏门先生翛然，曾不眄之。籍乃嘐然长啸，韵响嘹亮，苏门先生乃逌尔而笑。籍既降，先生

喟然高啸，有如凤音。"这里是合而用之，意谓陆游本人仰慕嵇康、阮籍、苏门先生的高士之行，日常也喜欢与高士交往。

⑦孔宾：指晋人祁嘉。异人：奇人，大多为方士。《太平御览》引王隐《晋书》："祁嘉字孔宾，酒泉人也。少清贫好学。年二十余，夜闻空中有声呼曰：'祁孔宾，隐去来！修饰人间甚苦不可谐。所得未锱铢，所丧如山崖！'旦而逃去，至燉煌，依学宫诵书。贫无衣食，为书生都养以自给。遂博通经传，精究大义，而教授门生百余人。张重华征为儒林祭酒，称为先生，而不名之。以寿终。"这里是化用典故，意谓陆游本人也喜欢亲近孔宾之类异人。

⑧添火：特指炼丹过程中的加料助燃。宋释真净《寄无为居士》诗："丹灶忘添火，云庵懒著关。"铢：古代的一个重量单位，二十四铢等于一两。这里是用加铢多少，代指炼丹添火时加的原料多少，持续的炼丹时间多久。如《云笈七签》说："取锡十斤，于铁镬熬之半日，投四蕊紫华一铢合搅，须臾成萎蕤金；紫金屈伸在人而用之，谓初成之时耳。投二铢成紫蕊玉。投三铢成玄梨绿景玉。"所炼虽不同，但可资参考。这一句指明"今日"，"新添火四铢"表明添火四次，持续时久。所记事为炼丹。全诗记的事涉及多个方面，但合起来即可见，陆游公余在家爱做哪些事情，而其共同点则在不与流俗相厮混，情趣高雅，洁身自好。

# 蹋碛①

鬼门关②外逢人日，蹋碛千家万家出。
竹枝惨戚③云不动，剑器④联翩日将夕。
行人十有八九瘿⑤，见惯何曾羞顾影？
江边沽酒沙上卧⑥，峡口月出风吹醒。
人生未死信难知⑦，憔悴夔州生鬓丝。
何日画船摇桂楫⑧，西湖却赋探春诗⑨。

**注释**

①蹋碛：参见王十朋《人日游碛》注①。
②鬼门关：参见黄庭坚《梦李白相见》注③。

③惨戚：悲伤凄切。特指民歌竹枝词的"怨苦"基调。如白居易《竹枝词》所写的"竹枝苦怨怨何人，夜静山空歇又闻""怪来调苦缘词苦，多是通州司马诗"，即为佐证。

④剑器：唐代健舞曲之一。杜甫《观公孙大娘弟子舞剑器行》序言："开元五载，余尚童稚，记于郾城观公孙氏舞剑器浑脱，浏漓顿挫，独出冠时。"诗中句有："昔有佳人公孙氏，一舞剑器动四方。观者如山色沮丧，天地为之久低昂。"剑器及浑脱均为健舞曲。民歌竹枝词系歌、舞、乐三位一体，剑器在这里代称歌舞。前四句写主要观感。

⑤瘿（yǐng，音影）：长在颈部的囊状肿瘤，俗称"大脖子病"。在西北、西南山区，这曾经是饮水不良而引发的地区性常见病。

⑥沽酒：买酒。沙上卧：烂醉如泥而睡倒沙碛。这是一种陋习。陆游将其与瘿连在一起写，显然是视作病态，透露出了悲悯情怀。

⑦人生：人的一生。韩愈《合江亭》诗："人生诚无几，事往悲岂奈？"这里与之意涵相近，是就诗人自己而言。信：诚，真的。难知：此处特就命运而言。

⑧画船：装饰华美的游船。韦庄《菩萨蛮》："春水碧于天，画船听雨眠。"桂楫：桂木制成的船桨。晋王嘉《拾遗记》："桂楫松舟，其犹重朴。"这里合指还乡之船。

⑨西湖：杭州西湖。山阴地近杭州，西湖代指故乡。刘禹锡《竹枝词九首》之一："白帝城头春草生，白盐山下蜀江清。南人上来歌一曲，北人莫上动乡情。"陆游虽为南人，却也闻竹枝而动乡情了。前八句写人，后四句及己，他在夔州只是个副职，抱负得不到施展，因而受到特定环境的触动，期盼返回故乡去。

# 自咏

朝衣无色如霜叶①，将奈云安别驾何②？
钟鼎山林俱不遂③，声名官职两无多④。
低昂未免闻鸡舞⑤，慷慨犹能击筑歌⑥。
头白伴人书纸尾⑦，只思归去弄烟波⑧。

**注释**

①朝衣：朝服，又称具服，指在大祀、庆成、正旦、冬至、圣节以及颁诏、开读、进表、传制等重大典礼中官员按制应穿的礼服。此处代指官员章服，即按品级制度官员应穿的

具有底色、图纹区分的公服。宋代品官的章服底色，一至四品为紫色，五品、六品为绯色，七至九品为绿色。散州通判为从七品或正八品，章服底色为绿色，陆游属之。无色：意指由于时间久，洗涤多，章服褪色，失去原色。霜叶：深秋经霜后变黄的树叶。绿色衣物褪色严重时，就会由绿而变黄，淡黄近白。这一句是用章服严重褪色，喻指从镇江通判到夔州通判，长期位沉下僚。

②将：副词，相当于又、且。奈……何：古代汉语中反诘句式的一种语词组合，意为能拿……怎么办，或者能把……怎么样。如项羽《垓下歌》："骓不逝兮可奈何，虞兮虞兮奈若何？"即用前意。此用后意。别驾：官名，别驾从事史（亦称别驾从事）的简称。汉代始设，历朝均置，但官品、职能不完全一样。唐代在州一级置别驾，为州守佐官，相当于副职，并具有监察权，为从五品。宋代仍有别驾，用以安置外流官员（如黄庭坚）。与唐代州别驾相对应的官职是州通判，虽品级低于唐，但职能与唐同，因而习用别驾称通判。云安别驾：这里陆游代称自己。用"云安"冠之，属故意贬抑。这一句的意思是，又能把云安别驾怎么样呢。以下诗句即为回答。

③钟鼎：钟和鼎，喻富贵荣华。《国语·晋语》："先主为重器也，为国家之难也。"韦昭注："重器，圭璧钟鼎之属。"山林：指有山和林木之处，借喻归隐。贾谊《惜誓》："或偷合而苟进兮，或隐居而深藏。"王逸注："或有修行德义，隐藏深山，而君不照知也。"不遂：不如意，不成功。

④多：本义是指数量大，引申出胜过、超出等义，再引申为赞许、称美。《后汉书·冯异传》："诸将皆言愿属大树将军，帝以此多之。"这里用称美意。无多：无可称美。颔联两句承诘问而来，意指无非就是导致这一切都太不堪罢了。

⑤低昂：起伏，时高时低。本指道路状况，亦喻精神状态，此用喻义。闻鸡舞：典出《晋书·祖逖传》："（祖逖）与司空刘琨俱为司州主簿，情好绸缪，共被同寝。中夜闻荒鸡鸣，蹴琨觉曰：'此非恶声也。'因起舞。"后为成语"闻鸡起舞"，以之比喻爱国志士奋发不已。此喻自己与祖逖、刘琨一样有壮志。

⑥慷慨：充满正气，意志昂扬。击筑歌：典出《史记·刺客列传》：荆轲将刺秦，"太子及宾客知其事者，皆白衣冠以送之。至易水之上，既祖，取道，高渐离击筑，荆轲和而歌，为变徵之声，士皆垂泪涕泣。又前而为歌曰：'风萧萧兮易水寒，壮士一去兮不复还！'复为羽声伉慨，士皆瞋目，发尽指冠。于是荆轲就车而去，终已不顾"。此喻自己也有荆轲、高渐离一样的豪情，甘愿为国家舍身取义。颈联两句正面转换，犹如庄严地宣言，长期位沉下僚并不能使自己改变初心，消磨壮志，后来的军旅生涯证明了他决然不是空托大言，自欺欺人。

⑦头白：发白。当年陆游已生白发，故以之而代指自己。伴人书纸尾：指他作为通判，不能不按制在知州签署的文件上副签，即将自己的姓名写在知州署名之后。其间流露出屈辱

和无奈。

⑧烟波：本指烟雾苍茫的水面，喻指避世隐居的江湖。弄烟波：指避世隐居，忘形江湖。陆游另有诗《寄周洪道参政二首》，其一中写道："半生篷艇弄烟波，最爱三湘欸乃歌。"证明他确有两种打算，如果终究不能遂志，就干脆归隐江湖。结于此，反映出他的矛盾心态。联系《蹋碛》不难判定，他多次思归，甚至放言归隐，根本的原因即在本诗所写。

# 苦热

万瓦鳞鳞①若火龙，日车②不动汗珠融。

无因羽翮氛埃外③，坐觉蒸炊釜甑中④。

石涧寒泉空有梦，冰壶团扇欲无功⑤。

余威向晚犹堪畏⑥，浴罢斜阳满野红⑦。

**注释**

①鳞鳞：形容词，形容物体像鱼的鳞片一样密集闪亮。常用以形容云彩、水波、屋瓦或田垅。这里形容屋瓦，十分形象。宋周密《癸辛杂识·西湖好处》："独东遍无山，乃有鳞鳞万瓦，屋宇充满，此天生地设好处也。"可助体味。

②日车：喻指太阳。传说太阳女神名羲和，她是驾驭六龙拉动的车巡行天宇的。见《淮南子·天文训》："爰止羲和，爰息六螭，是谓悬车。"注称："日乘车驾以六龙，羲和御之，日至此而薄于虞泉，羲和至此而回六螭。"

③无因：无缘凭借。羽翮：鸟的翅膀，代指鸟类。氛埃：本指尘埃弥漫的大气，喻指污浊的尘世。唐独孤申叔《终南精舍月中闻磬》诗："精庐残夜景，天宇灭氛埃。"此喻指酷热的环境。

④釜：古代的一种炊具，坛形，小口大腹，圆底无足，必须放在炉灶上或其他支撑物上，用来煮、炖、煎、炒食物。甑：古代另一种炊具，陶制品，底部有许多透气的小孔，放在鬲上蒸煮食物；后来也有木制品的桶状甑蒸饭。釜甑合用，统指炊具。这里主要是借用甑的功能，比喻和形容人像坐在甑内被蒸一样的闷热难耐。巴渝地区的闷热，比一般"火炉"还折磨人。

⑤欲：将会，将要。无功：没有成效。《史记·五帝本纪》："四岳举鲧治鸿水，尧以为

不可，岳强请试之，试之而无功，故百姓不便。"

⑥向晚：傍晚。这一句的意思是，直到傍晚也不会退热，令人难熬。

⑦斜阳满野红：巴渝地区称作"火烧云"。只要见到火烧云，那就注定第二天照样酷热，照样闷热。诗题标作《苦热》，这首诗将其苦之烈写透了，其先其后无诗可过之。

## 涪州道中①

远客②喜归路，清游逾昔闻③。

雨添山翠重④，舟压浪花分。

洛叟经名世⑤，张侯勇冠军⑥。

怀人不可觌⑦，袖手对炉熏⑧。

**注释**

①涪州：宋代涪州隶属夔州路，崇宁元年（1102）以降辖涪陵（治今涪陵城区）、乐温（治今长寿区内）、武龙（治今武隆区内）三县，州治在涪陵。道中：行经路途当中。淳熙五年（1178）春，陆游奉诏调任提举福建及江南西路常平茶盐公事，结束军旅生涯，乘船离蜀东归，途经涪州时作诗三首，此为其一。

②远客：远方来客，陆游自指。

③清游：清雅的游赏。潘岳《萤火赋》："翔太阴之玄昧，抱夜光以清游。"逾昔闻：超过既往听说的情况。

④山翠：山间翠色，代指沿途见到的满山遍野的树木。重：形容雨后的树木仿佛沾雨而重，更加苍郁。这个"重"字用得好，与杜甫《春夜喜雨》之"晓看红湿处，花重锦官城"有异曲同工之妙。

⑤洛叟：指程颐。程颐为洛阳人，与其兄程颢并称"二程"，同为宋明理学创始人，其学世称"洛学"。绍圣四年（1097）受元祐党祸牵连，被削籍遣送涪州，前后历时将近四年。在涪州期间，得到涪籍弟子谯定的帮助，他在白岩普净院讲学授徒，并在院西石洞（后世称"点易洞"）注释《易经》。至元符二年（1099），终撰成《伊川易经》4卷，成为其平生重要代表作。经：即《伊川易经》。名世：名显于世。

⑥张侯：指张飞。张飞谥"桓侯"，世称"张桓侯"，简称"张侯"。北宋曾巩《阆州张

侯庙记》写道："阆州于蜀为巴西郡,蜀车骑将军领司隶校尉西乡侯张名飞,字益德,尝守是州。州之东有张侯之冢,至今千有余年,而庙祀不废。"是知张飞可称张侯。据曹学佺《蜀中名胜记》记载,长寿县亦有张桓侯庙,蜀汉时始建,址在乐温山。北宋时修葺,安刚中作《张桓侯庙记》,称张飞为"万夫之雄",庙塑神像"迄今千岁,英灵之气森耸如在"。故陆游于涪州道中得闻传诵。勇:勇武。冠军:冠绝三军。《三国志·张飞传》记载:"曹公入荆州,先主奔江南。曹公追之,一日一夜,及于当阳之长阪。先主闻曹公卒至,弃妻子走,使飞将二十骑拒后。飞据水断桥,瞋目横矛曰:'身是张益德也,可来共决死!'敌皆无敢近者,故遂得免。"此即勇冠三军之据。又,《三国志·张飞传》还有记载:"先主入益州,还攻刘璋,飞与诸葛亮等泝流而上,分定郡县。"当时涪陵为巴郡枳县,长寿(乐温)尚未建县,都在"分定郡县"范围内。今长寿区犹存桓侯宫,为原张桓侯庙在清代维修后所遗存。

⑦怀人:本指思念远行的人,亦指思念家乡的人,引申而泛指所缅怀的人。此指怀念程颐、张飞。觌(dí,音狄):意思是相见。曹植《洛神赋》:"尔有觌于彼者乎?"

⑧袖手:藏手于袖。对炉熏:面对着火炉烤火取暖。两个行为均是取暖,意味着当时春寒料峭,船行(舟压浪花分)尤冷,不得不借此两个行为御寒取暖。紧接"怀人不可觌"而来,如此收结传递出惆怅情绪,意味倍加悠长。

## [宋] 晁公遡诗2首

晁公遡（生卒年不详），字子西，号嵩山居士，济州钜野（今山东巨野县）人。绍兴八年（1138）进士。历官左迪功郎、梁山（今重庆梁平区）县尉、施州通判，绍兴末知梁山军。乾道初改知眉州，后任提点潼川府路刑狱，累官至朝散大夫。工诗文，以雄深雅健著称。所著《抱经堂稿》已佚，今存其《嵩山居士集》54卷，有巴渝诗20余首。

### 巴城[①]

比从关塞历巴城[②]，不复衣冠立汉庭[③]。
越嶲江寒嗟独往[④]，瞿塘硖险骇初经[⑤]。
双崖石立县[⑥]深翠，万岭排空[⑦]送远青。
久抗尘容驱俗驾[⑧]，往来吾亦愧山灵[⑨]。

**注释**

①巴城：泛指巴蜀山城。
②比：并肩。从：随后。比从：并肩行进。关塞：关口上的要塞。历：经历。这一句的意思是，依凭考察关塞而经历过不少的巴蜀山城。
③衣冠：本指古代士以上阶层的人的帽子和衣服，代称缙绅、士大夫。《汉书·杜钦传》："茂陵杜邺与钦同姓，俱以材能称京师，故衣冠谓钦为'盲杜子夏'以相别。"颜师古注："衣冠谓士大夫也。"汉庭：汉代朝堂。这一句的意思是，历经千余年历史磨洗，所有的巴城都已不是汉代的那个样子，颇有沧海桑田、物是人非之感。
④越嶲：郡名。汉武帝元鼎六年（前111）始置，治所在邛都（今四川西昌东），辖境覆盖今四川省木里、石棉、甘洛、雷波以南，今云南省丽江以东、祥云以西的大片地区，隶属益州刺史部。隋唐亦曾重设越嶲郡，唐末其地入南诏。江：指今金沙江，流经越嶲郡境。独往：独自去过。
⑤硖：与"峡"同。这一句暗指巴东白帝城。
⑥县：与"悬"同。

⑦排空：凌空，冲向天空。明王琼《九日登长城关楼》："绝塞平川开堑垒，排空斥堠扬旗旌。"中间两联，分别以蜀西的越巂城和巴东的白帝城作为巴城代表，极力描画其危险和高峻。

⑧尘容：指世间尘俗的容态。抗尘容：抵制尘俗的容态。典出南齐孔稚珪《北山移文》："焚芰制而裂荷衣，抗尘容而走俗状。"俗驾：驾本指车驾，代指驾车人，俗驾犹言俗人。金房皞《送王升卿》诗："我欲从君觅隐居，却恐山灵嫌俗驾。"这一句的意思是，长久以来他都拒斥尘俗规矩和世俗小人，独立特行，以多"历巴城"为乐。

⑨山灵：见上引房皞诗。山灵即山神，见班固《东都赋》："山灵护野，属御方神。"李善注："山灵，山神也。"这一句的意思是，他还未能遍"历巴城"，因而有愧于山神。雄深雅健，由此诗可略见一斑。

# 登梁山县亭①

举觞自起劝西风②，吹尽千林木叶红③。
遮断前山④浑不见，恐防极目送飞鸿⑤。

**注释**

①梁山：今重庆梁平区从西魏至宋元时期名称。西魏元钦二年（553）始置梁山县，以境内有高梁山得名。宋开宝三年（970），以万州石氏屯田置梁山军，领梁山县，军治在今梁山镇。元至元二十年（1283），升格为梁山州。县亭：指飞雪亭，在蟠龙山。据南宋祝穆《方舆胜览》，"蟠龙山在城东二十里，孤峙秀杰，突出众山之上。下有二洞，洞有二石，龙状，首尾相蟠，故名。旁曰喷雾岩，洞中之泉下注，垂岩约二百余丈，喷薄如雾"。明曹学佺《蜀中名胜记》又记："有飞练亭，与之相对。旧取徐凝诗句，东坡以为恶，乃易名飞雪亭。"其地正处在古成万驿道。蟠龙山今属梁平区城南镇，距城12公里，有公路通过，亭已不存。

②劝：本义为奖勉，引申为鼓励、说服别人做什么。此指劝酒。劝西风：拟人化表达，名为劝西风喝酒，实指自己在西风中纵情饮酒。同时点出时令。

③木叶：树叶，在古代诗歌中特别代指落叶。典出屈原《九歌·湘夫人》："袅袅兮秋风，洞庭波兮木叶下。"这是一种古代诗歌常用的审美意象，让人联想到经秋叶落，营造凄清、落寞之感。但这里还用一个"红"字，点出了地域秋叶特征。盖渝东地区多黄栌树，人

秋而叶红，艳比枫叶，今"三峡红叶"即沿于黄栌。

④遮断：阻断，截断。指下句"极目"的目被阻断。前山：即蟠龙山。

⑤恐防：极须防备，犹言谨防。这是一个巴俗语词，古今都通用。例如王建《宫词》之二："骑马行人长远过，恐防天子在楼头。"极目：用尽目力远眺。古人常用"目送飞鸿"或"目断飞鸿"的审美意象比喻对友人离去的依依不舍，前者如宋戴复古《木兰花慢·莺啼啼不尽》之"落日楚天无际，凭栏目送飞鸿"，后者如宋吴端礼《望海潮·高阳方面》之"正望迷平野，目断飞鸿"。这里是登亭望远，目光被山遮断而产生的一种即时性联想，无涉眼望友人远去，身影消失。

## [宋] 范成大诗7首

范成大（1126—1193），字至能，号石湖居士，平江吴县（今江苏苏州市）人。绍兴二十四年（1154）中进士，除徽州司户参军，累官礼部员外郎兼崇政殿说书。乾道六年（1170）以起居郎假资政殿大学士使金，不辱使命而还，迁中书舍人。淳熙二年（1175）任敷文阁待制、四川安抚制置使，在蜀近两年。淳熙四年（1177）权礼部尚书，次年拜参知政事。晚年退居石湖，加资政殿大学士。工诗文，与杨万里、陆游、尤袤合称南宋"中兴四大诗人"，又称"南宋四大家"。有《石湖集》《揽辔录》《吴船录》《吴郡志》《桂海虞衡志》等著作传世。

### 劳畬耕①

峡农生甚艰，斫畬②大山巅。
赤埴无土膏③，三刀财④一田。
颇具穴居智⑤，占雨⑥先燎原。
雨来亟下种，不尔生不蕃⑦。
麦穗黄剪剪⑧，豆苗绿芊芊⑨。
饼饵了长夏⑩，更迟秋粟繁⑪。
税亩不什一⑫，遗秉得餍餐⑬。
何曾识粳稻⑭，扪腹尝果然⑮。
我知吴农事，请为峡农言：
吴田黑壤腴⑯，吴米玉粒鲜。
长腰匏犀瘦⑰，齐头珠颗圆。
红莲胜雕胡⑱，香子馥秋兰。
或收虞舜余，或自占城传。

早籼穤⑲与晚，滥吹甑䰝间⑳。

不辞春养禾，但畏秋输㉑官。

奸吏㉒大雀鼠，盗胥众螟螣㉓。

掠剩增釜区㉔，取盈折缗钱㉕。

两钟致一斛㉖，未免催租瘝㉗。

重㉘以私债迫，逃屋无炊烟。

晶晶云子饭㉙，生世不下咽。

食者定游手㉚，种者长流涎。

不如峡农饱，豆麦终残年。㉛

**注释**

①劳：慰问，如劳军。劳畲耕：原题《劳畲耕并序》，义皆见序。序为："畲田，峡中刀耕火种之地也。春初斫山，众木尽蹶。至当种时，伺有雨候，则前一夕火之，藉其灰以粪。明日雨作，乘热土下种，即苗盛倍收。无雨反。是山多硗确，地力薄，则一再斫烧，始可蓺。春种麦豆，作饼饵以度。夏秋则粟熟矣。官输甚微，巫山民以收粟三百斛为率，财用三四斛了二税。食三物以终年，虽平生不识粳稻，而未尝苦饥。余因记吴中号多嘉谷，而公私之输顾重，田家得粒食者无几。峡农之不若也，作诗以劳之。"宜与刘禹锡《畲田作》参照，尤有认识价值。

②斫：砍。斫畲：刀耕火种。

③埴：黄色的砂质土壤。《释名·释地》："土黄而细密曰埴。"此指土壤。赤埴：红色砂土。膏：肥沃。无土膏：指土质贫瘠。

④财：通"才"，意为仅、只有。这一句的意思是，仅需三刀便能耕出一块田，极状山区田块很小。在巴渝山区，山坡上的田地多为零星分散的小块。

⑤穴居：指上古先民住在天然洞穴里。《易·系辞下》："上古穴居而野处，后世圣人易之以宫室。"穴居智：指巫山山民的认知水平还滞留在穴居先民的阶段。

⑥占雨：占卜祈雨。

⑦不尔：不那样作。蕃：茂盛，长势好。

⑧剪剪：形容齐整整的状态。清曹垂灿《插秋词》："针苗剪剪绿初齐，如卦行行立畛畦。"

⑨芊芊：形容草木生长茂盛。《列子·力命》："美哉国乎，郁郁芊芊。"

⑩饼饵：块状食物，如今云南犹有"饵块"。这里指原序所言"春种麦豆，作饼饵以度"。

⑪更（gēng，音耕）：改变。迟：迟至。秋粟：秋季成熟的谷类植物的泛称。这两句的意思是，山民总是靠麦子、豆子作的饼饵度过春夏，一直要到秋天谷类植物收获了才能改变饮食方式。

⑫税亩：我国古代按土地面积征收赋税的制度，此指计税比例。什一：古代税制，即按十分之一比例征收赋税。《孟子·滕文公上》："夏后氏五十而贡，殷人七十而助，周人百亩而彻，其实皆什一也。"不什一：指在巫山山区没有按什一税制征收赋税，山民纳税较少，负担较轻。

⑬秉：成束的谷物。《说文解字》："秉，禾束也。"遗秉：遗留下的禾束。《诗·小雅·大田》："彼有遗秉，此有滞穗。"孔颖达疏："彼处有遗余之秉把，此处有滞漏之禾穗。"这里指缴纳赋税以后遗留的谷物。餍：饱，满足。

⑭粳稻：一种水稻，有粘性和不粘的两种，即今所称粳米和糯米。这一句的意思是，巫山地区从来不种植水稻，对于粳稻一无所知。

⑮果然：像果子般圆鼓鼓的，形容肚子饱了。《庄子·逍遥游》："适莽苍者，三餐而反，腹犹果然。"以上十六句，描述巫山地区的畲耕方式，以及山民们赖以生存的基本状况。以下部分联想而及"吴（今之江浙地区）农事"，形成强烈的反差，比历史教科书更具体、更生动，也更有历史穿透力。

⑯腴：本指腹下肥，引申为指肥沃。

⑰长腰：由此句至第27句，长腰、齐头、红莲、香子、虞舜、占城、秈穤均为吴中米品名或者米品代称。见其自注："长腰米狭长，亦名箭子。齐头白圆，净如珠。红莲色微赤。香子亦名九里香，斗米入数合作饭，芳香满案。舜王稻焦头无须，传瞽瞍烧种以与之。占城种来自海南。秕秈米价最贱。以上皆吴中米品也。"瓠犀：指瓠瓜子，其排列整齐，色泽洁白，常喻美人牙齿。见《诗·卫风·硕人》："齿如瓠犀，螓首蛾眉。"瓠犀瘦：比喻长腰米洁白狭长。

⑱雕胡：菰米。上古曾供食用，但宋代以降，只有饥岁才采来食用。

⑲秈（xiān，音仙）：一种早熟的水稻。穤（bà，音罢）：一种晚熟性水稻。合即自注所说"秕秈"。

⑳滥吹：胡乱吹嘘，名不副实。甑甗（yǎn，音演）：均为上古蒸食用的厨具，此代厨房。这一句的意思是，秕秈米不及前几种米的品质好，只能在厨房吹嘘吹嘘。

㉑输：本指运输、运送，引申出缴纳义；特指缴纳赋税。范成大《四时田园杂兴》："笺诉天公休掠剩，半偿积债半输官。"

㉒奸吏：枉法营私的官吏。

㉓盗胥：盗匪一般的小吏（胥即小吏）。螟蟊：螟虫之类害虫。这两句将大大小小的贪官污吏比喻为恶鸟、硕鼠、害虫。称"大"称"众"，意指他们比恶鸟、硕鼠、害虫危害更大，作恶更多。

㉔掠剩：劫夺剩余之物。指按制收纳赋税之外还巧立名目，劫夺更多的剩余的东西。釜：古代炊具。区（ōu，音欧）：小盆或杯碗。釜区连用，犹今之言坛坛罐罐。

㉕取盈：取足赋税。《孟子·滕文公上》："凶年，粪其田而不足，则必取盈焉。"这里是算尽算绝的意思。折：折合，折算。缗钱：本指用绳穿连成串的铜钱，千文结成一串即一缗，代指税金。这一句的意思是，奸吏、盗胥将其必欲劫夺的实物折算成税金，以饰其合法。

㉖钟：与斛皆为古代的计量单位。《左传·襄公二十九年》："饩国人粟，户一钟。"杜预注："六斛四斗曰钟。"致：达到。两钟米而变成一斛米，足见被官输劫掠之甚。

㉗瘢：创口愈合以后留下的痕迹，亦即瘢痕。这里是借喻官租给农民所造成的严重损害。

㉘重：重复，再加上。

㉙云子饭：白米饭。杜甫《与鄠县源大少府宴渼陂》："饭抄云子白，瓜嚼水精寒。"

㉚食者：能吃上白米饭的人。游手：闲荡不务正业的人。

㉛结尾点明题意。这两句的意思是，你们好歹还让肚子吃得饱，吴农的日子还不如你们。不难看出，他对苛政猛于虎感受极深，对民生疾苦也多悲悯，但身为封疆大吏，他也无力改变如此严酷的社会现实，只好这样说以宽慰峡农。刘禹锡只记事，不表态，原因当与他相近。

# 鱼复浦泊舟望月①

月出赤甲如金盆，蹲龙呀口吐复吞②。

长风浩浩挟之出，影落半江沉复翻。

天高夜静四山寂，惟有滩声喧水门③。

高斋诗翁不可作④，我亦不眠终夕看。

**注释**

①原题为《鱼复浦泊舟望月出赤甲山山形断缺如鼍龙坐而张颐月自缺中腾上山顶》，今

取前七字作题。省略部分的文字，交代了作诗沿起，对于解诗不可或缺。鼍（tuó，音驮）。龙：鳄鱼之一种，俗称猪婆龙。颐：颌，下巴。张颐：张口。

②蹲龙：比喻月出时的赤甲山形如"鼍龙坐"。呀口：张开大口。人发"呀"字声，口必张开，故称作呀口。吐复吞：喻指月亮从赤甲山的山形断缺处出来，时而显，时而隐，显现就像龙口吐出来，隐没就像龙口吞进去。这样的自然景观要由月亮、山形以及人的眺望视角几重因素所决定，可遇而不可求，范成大捕捉到了，并且形象生动地摹写出来了。

③水门：临水的城门。杜甫《宿阁》："暝色延山径，高斋次水门。"夔州城在赤甲山的西北面，古城的大南门（明代以降称依斗门）既临大江，又遥对赤甲山，水门当指夔州大南门。

④高斋：杜甫在夔州的三处书斋用名。陆游《东屯高斋记》："少陵先生晚游夔州，爱其山川不忍去，三徙居皆名'高斋'。质于其诗，曰'次水门'者，白帝城之高斋也；曰'依药饵'者，瀼西之高斋也；曰'见一川'者，东屯之高斋也。故其诗又曰'高斋非一处'。"高斋诗翁：特指杜甫。作：本义为开始治卜龟，引申出起、始、为、制等义项，此用为义。不可作：不可为，即编造不出来。意思是这种自然奇观难得一遇，连诗翁杜甫都编造不出来，由之而引出结句。

# 夔州竹枝歌九首（选二）①

## 其一

白头老媪簪红花②，黑头女娘三髻丫③。
背上儿眠上山去，采桑已闲当采茶④。

## 其二

百衲畲山青间红⑤，粟茎成穗豆成丛。
东屯平田粳米软⑥，不到贫人饭甑中⑦。

**注释**

①此选其第五首和第六首。第五首所写妇女打扮及背儿采茶，极具地域风情，他人未及。第六首可以视作《劳畲耕》补充之作，见贫苦民众仍没有饭吃。

②老媪（ǎo，音袄）：老年妇女，同"老妪"。杜甫《石壕吏》："老妪力虽衰，请从吏夜归。"簪（zān，音糌）：通"簪"，古代用来挽住头发的一种首饰；名词用作动词，意为插、戴。此即指插。

③女娘：分而言之，女指未成年女性，娘指成年未婚及已婚女性；合而言之，通指年轻女性。从下句看，此指已婚妇女。髻丫：盘于头顶左右两边的发髻。苏轼《送笋芍药与公择》："还将一枝春，插向两髻丫。"各地通常都为两髻丫，夔州却兴三髻丫，独具地域风情特色。重庆中国三峡博物馆藏有三髻丫陶俑，三髻丫盘于头顶左中右。

④采桑已闲：采桑季节已过。农村养蚕，春季采桑，四月最忙，称为"蚕月"。蚕月过了便相对空闲，若农闲之闲。采茶则不限于春季，但也要讲时令，故分十四节气茶，即明前茶（清明前）、清明茶（清明至谷雨）、谷雨茶（谷雨至立夏）、立夏茶（立夏至小满）、小满茶（小满至芒种）、芒种茶（芒种至夏至）、夏至茶（夏至至小暑）、小暑茶（小暑至大暑）、大暑茶（大暑至立秋）、立秋茶（立秋至处暑）、处暑茶（处暑至白露）、白露茶（白露至秋分）、秋分茶（秋分至寒露）、寒露茶（寒露后）。这一句的意思是，从老年妇女到中青年妇女，除了要承担家务，还要承担诸如采桑、采茶之类的户外劳动，一年四季都不得闲。

⑤百衲：百衲衣，由不同颜色的布料拼接组合而成。这里比喻生长着多种多样的农作物，绿色红色等多种颜色相错杂的畬田。

⑥东屯：奉节东瀼农耕地区。公孙述部将任满曾在那一带屯田，故名。东屯为夔州重要产粮地。粳米：不粘的米，俗称饭米。粳米软：指粳米煮成饭后，质软可口；借喻稻米已收获了，夔州人理当都有饭吃了。

⑦甑：蒸饭的炊具。这一句的意思是，贫苦民众仍旧得不到饭吃。悲悯之情，溢于言表。

# 云安县

春暮子规①少，日斜红鹄②飞。

两山多布水③，一岛几柴扉④。

蚓吐无穷壤⑤，人地不断矶⑥。

巴阳⑦昨夜雨，滩上水先肥⑧。

**注释**

①子规：杜鹃鸟。杜甫《子规》："峡里云安县，江楼翼瓦齐。两边山木合，终日子规啼。"

②红鹄：鹄指鸿鹄，即天鹅。其羽毛纯白或黑色，通常所见为纯白，无红色。此言红鹄，系夕阳映照白色天鹅，给人以红色天鹅之感。

③两山：指五峰山和飞凤山。参见杜甫《放船》注③。云安县城在五峰山麓，位于长江以北，隔江与南岸的飞凤山相望。布水：瀑布。李邕《嵩岳寺碑》："菱镜漾于玉池，金虹飞于布水。"

④一岛：指江心龙脊石。参见杜甫《放船》注③。几：几近。柴扉：柴门，用树条编做的门。柴门通常贫而小，比喻暮春时节露出水面的龙脊石光秃秃的，体量甚小。

⑤蚓：蚯蚓。蚓吐：像蚯蚓那样显示出来，意谓极细。无穷：无尽，无限，代指天空没有尽头。《礼记·中庸》："今夫天，斯昭昭之多，及其无穷也，日月星辰系焉，万物覆焉。"壤：地。《说文解字》："壤，柔土也。"无穷壤：指天地之间。这一句的意思是，云安县处在两山夹峙的峡谷中，立在地面仰望天空，天空就像一条蚯蚓露出地面那样的细长。

⑥矶：露出水面的岩石或石滩，此处指石滩，即云安县城江畔的石滩。

⑦巴阳：巴阳峡。参见杜甫《放船》注②。

⑧肥：喻水涨。

# 妃子园①

露叶风枝②驿骑传，华清天上一嫣然③。
当时若识陈家紫④，何处蛮村更有园⑤？

**注释**

①妃子园：荔枝产地，在涪州。《方舆胜览》记载："城西十五里有妃子园，其地多荔枝，昔杨妃所嗜。当时以马递驼载，七日七夜至京，人马多毙于路，百姓苦之。"苏轼《荔支叹》亦说："天宝岁贡取之涪。"

②露叶风枝：带露的叶子，临风的枝条，比喻荔枝十分新鲜。苏轼《荔支叹》中有句："飞车跨山鹘横海，风枝露叶如新采。"

③这一句即杜牧《过华清宫》所写"一骑红尘妃子笑，无人知是荔枝来"的同一意思。

④陈家紫：福建荔枝的名品。范成大自注言："涪陵荔子，天宝所贡，去州里所有此园。

然峡中荔子不及闽中远甚，陈紫又闽中之最也。"其《吴船录》言之更细："唐以涪州任贡，杨太真所嗜。去州数里，有妃子园，然其品质不高。今天下荔枝，当以闽中为第一，闽中以莆田陈家紫为最。川、广荔枝生时，固有厚味多液者，干之肉皆瘠，闽产则否。"

⑤蛮村：泛指蛮荒偏远之地。这一句连接上句，隐含着讽喻意味，犹言当年杨贵妃如果知道闽中的陈家紫，或者更蛮荒僻远的地方有比涪陵荔枝品质更优的荔枝，不知道会怎样地劳师动众，累死多少驿卒驿马。

# 恭州夜泊①

草山硗确强田畴②，村落熙然③粟豆收。

翠竹江村非锦里④，青溪夜月⑤已渝州。

小楼高下依磐石⑥，弱缆东西⑦战急流。

入峡初程⑧风物异，布裙跣足总垂瘿⑨。

**注释**

①恭州：重庆曾经用名之一。宋徽宗崇宁元年（1102），宋国子博士、渝州人赵谂回乡省亲，被人告发"与其党李造、贾士成等宣言欲诛君侧"，遂以"反逆"罪被诛。朝廷认为渝州之字义不祥，乃取"恭州天罚"意，改渝州为恭州。宋光宗淳熙十六年八月甲午（1189年9月18日），按照潜藩升府的惯例，将恭州升格为重庆府。用恭州名八十七年。淳熙四年（1177）范成大因病离蜀，经恭州出峡东归，留下此诗。

②硗确：形容土地坚硬瘠薄。强：勉强。田畴：田地。强田畴：勉强开辟出一些田地。

③熙然：形容气氛和乐融怡。

④锦里：代指成都。成都又称锦官城，里为人众居住处，故可合而称为锦里。

⑤青溪夜月：借李白《峨眉山月歌》典故，代指自己到达渝州。前四句描述沿途所见的山野、村落景象，以及与成都相对的观感。从中看得出，当年渝州远不及成都兴盛繁华。

⑥高下：上下高低参差错落。依：依托。磐石：厚实而巨大的石体。宋玉《高唐赋》："磐石险峻，倾崎崖隤。"这里是指层层叠叠的小楼浑若建立在硕大的坚石上，历代诗文中，此为第一次描绘出了重庆山城的建筑特征。

⑦弱缆：细弱的缆绳，代指船。东西：东去或西往，借指船只往来。长江流经恭州城，

的确是由西向东流向，这一概指是切当的。五、六两句集中写出恭州城的大体印象。第五句写陆上，第六句写水上，有独特画面感。

⑧入峡初程：指两年以前初入三峡时。

⑨跣足：赤脚。垂瘤：三峡地区的大脖子病，参见陆游《踢碛》注⑤。这一句紧承上句"风物异"而来，指在恭州看不到三峡地区那么多的穿着布裙，打着赤脚，留着瘿肿的贫病民众，暗指经济社会状况虽不及成都，却好过夔州。

## [宋]李壁诗2首

李壁（1159—1222），字季章，号雁湖，又号石林，眉州丹棱（今属四川）人。绍熙元年（1190）进士，次年除秘书省正字，累官校书郎、著作佐郎、权礼部郎官。后出知间州、汉州，夔州路提点刑狱。嘉泰三年（1203）除秘书少监，权中书舍人，累迁权礼部侍郎。开禧元年（1205）使金，还言未可轻易用兵。次年为韩侂胄起草出师诏书，权礼部尚书，拜参知政事。韩侂胄兵败受诛，李壁亦谪居抚州。死谥文懿。著有《雁湖集》，已无存。

## 留题东屯诗（选二）①

### 其一

连峰叠嶂拥峥嵘②，个里谁知掌样平③？
还有人家留客醉，石榴花下听啼莺④。

### 其二

早日皋夔许致身⑤，最怜一饭不忘君⑥。
飘零岂意穷山里⑦，目断长安隔戍云⑧。

**注释**

①东屯：杜甫在夔州三高斋之一，汉末为公孙述部属屯田之地。明曹学佺《蜀中名胜记》引《舆地纪胜》："城东有东瀼水，公孙述于水滨垦稻田，因号东屯。东屯之田可得百许顷，稻米为蜀第一。"又引王龟龄诗云："少林别业古东屯，一饭遗忠畎亩存。我辈月叨官九斗，须知粒粒是君恩。"东瀼水即今奉节草堂河。原诗共四首，此选第二首和第四首。

②连峰叠嶂：山峰连绵不断，山崖错落相接。犹言重岩叠嶂。《水经注·江水》："自三峡七百里中，两岸连山，略无阙处。重岩叠嶂，隐天蔽日，自非亭午夜分，不见曦月。"这里指东屯周边都是那样的群山。峥嵘：形容高峻。

③个里：个中，这当中，这其间。谁知：孰料，谁想得到。掌样平：形容东屯就像群山

之间巴掌大的一小块平地。

④啼莺：黄莺啼啭。王维《闺人赠远五首》之四："啼莺绿树深，语燕雕梁晚。"与石榴花开合在一起，表明是初夏时节，花红鸟鸣，光景明媚。

⑤早日：昔日，系对杜甫而言。皋夔：皋陶和夔，均为舜臣。致身：献身。《论语·学而》："事父母能竭其力，事君能致其身，与朋友交言而有信。"这里是概指杜甫昔日的政治抱负。如《奉赠韦左丞丈二十二韵》："致君尧舜上，再使风俗淳。"如《自京赴奉先县咏怀五百字》："许身一何愚，窃比稷与契。"此之皋夔犹彼之稷契。

⑥饭不忘君：语出苏轼《王定国诗集叙》："古今诗人众矣，而杜子美为首，岂非以其流落饥寒，终身不用，而一饭未尝忘君也欤？"此借苏轼对于杜甫忠君的评价，为杜甫忠君不得报偿深为慨叹。

⑦岂意：怎能料到。这一句系为杜甫漂泊于巴蜀地区深致同情。

⑧目断：犹望断，望而不得见。这一句化用杜甫《秋兴八首》之二"夔府孤城落日斜，每依北斗望京华"的句意，可怜杜甫的一厢情愿。既敬且惜，感情挚真。

## [宋] 李垍诗2首

李垍（约1161—1238），字季允，号悦斋，眉州丹棱（今四川眉山市丹棱县）人。李壁之弟，与父李焘合称"三李"。绍熙元年（1190）进士，历官秘书省正字、知潼川府、知常德府，于庆元中（1197年前后）改知夔州，时与士子讲学，夔人爱之。内召累迁为礼部侍郎，正色立朝，为权臣所忌。出为沿江制置副使，兼知鄂州，整治舟师甚力。与诸司争曲直不相能，请罢，诏令改知遂宁府。蜀事日坏，擢任四川制置使，兼知成都府，乃以安静镇之，蜀中稍治。后以礼部尚书召还，累迁资政殿学士，以同签书枢密院事督视江淮京湖军马，卒谥文肃。著有《皇宋十朝纲要》25卷存世，另著《悦斋集》已佚。

# 巫山竹枝词（二首选一）

阳台门前六律山①，女郎吹笛翠微②间。

日斜酒散同归去，笑插花枝满鬓鬟③。

**注释**

①阳台：即楚阳台。见宋玉《高唐赋》："妾在巫山之阳，高丘之阻，旦为朝云，暮为行雨，朝朝暮暮，阳台之下。"据光绪《巫山县志》记载，"城西北半里许，山名高都，为阳台故址，旧有古高唐观"。六律山：疑即高都山。

②翠微：本指青绿山色，亦代指苍翠的青山。《尔雅·释山》郝懿行疏："翠微者……盖未及山顶屃颜之间，葱郁葢菡，望之芊芊青翠，气如微也。"此处指绿树丛生的山间。司马光《和范景仁谢寄西游行记》："八水三川路渺茫，翠微深处白云多。"这一句所写"女郎吹笛"，不是个别偶遇，而是巫山地区的一种特色民俗风情。见《蜀中名胜记》引《本志》云："琵琶峰下女子，皆善吹笛。嫁时，群女子治具吹笛，唱竹枝词送之。"因此，这就是一场送嫁仪式当中，群女子吹笛唱竹枝以送新娘出嫁，三、四两句可证之。

③鬓鬟：指女子头上的一头鬓鬟，相当于今发型。如《全元散曲·一枝花》："鬓鬟梳绿云，肌瘦消红玉。"这首竹枝词写得活泼清新，颇具张力地反映出了唐宋时期巫山地区民间女子的自由奔放，以及别具一格的为女友送嫁情境，不可多得。

# 离巫山晚泊跳石滩[①]

黄昏风雨阻江滨，翠绾群峰莫色匀[②]。

一夜子规啼到晓[③]，孤舟愁杀未归人。

**注释**

①别本题作《离巫山晚泊棹石滩下》。棹石滩即跳石滩，址在巫峡中，以滩上多大鹅卵石得名。

②绾：绾结，把长条的东西盘绕起来打成髻。翠绾：本指发髻盘绕，饰以珠翠，借喻山峰拥翠簇绿。明何景明《巫山高》："巫山高极青冥间，翠绾参差十二鬟。"这里"翠绾群峰"与何诗意涵相同。莫色：莫为"暮"的同音假借字，莫色即暮色。匀：均匀。莫色匀：即一片暮色。

③子规：指杜鹃鸟。子规啼：传说杜鹃鸟鸣声如同"不如归去"，令人思归。一见梅尧臣《杜鹃》："不如归去语，亦自古来传。"二见李白《蜀道难》："又闻子规啼夜月，愁空山。"这里兼有二诗意涵。羁旅行役，触景生情，小诗写得婉曲多致。

## [宋]杨甲诗2首

杨甲（生卒年不祥），字鼎清，又字嗣清，昌州大足（今属重庆）人。乾道二年（1166）对策，言恢复之志不坚者二事，致孝宗不悦，仅赐文林郎，后贬嘉陵教授。一生郁郁不得志，沉抑下僚，遂日与山水相携。晚年寓居于遂州（今四川遂宁市）灵泉山。诗学陶渊明，著有《棣华馆小集》及《六经图》，已佚。

### 寒食游学射山①

疾风吹沙天茫茫，日落未落原野黄②。
山空无人不碌碌③，路长马饥石啮足④。
荒台古林翳云族⑤，何人刳岩⑥缚层屋？
当时万骑填山谷⑦，至今拾宝多遗镞⑧。
故国山川愁远目，人世悲欢风雨速。
凌高举酒天为蹙⑨，手攀岩树叩云木。
何人唱我凄凉曲，兴亡一眼冥冥绿⑩，
野水平芜飞雁鹜⑪。

**注释**

①寒食：节令名，在农历清明节前一日或二日。南朝梁家懔《荆楚岁时记》："去冬节一百五日，即有疾风甚雨，谓之寒食。"古代风俗，于寒食前后禁火三天，据说是为了纪念春秋时的晋国大夫介子推。学射山：今成都凤凰山，在金牛区北郊。据《太平寰宇记》，"学射山，因蜀汉后主刘禅曾习射于此，故名。古名斛石山、星宿山、升仙山、威凤山"。

②日落未落：由于阴云密布，太阳时隐时现。黄：指入目所见到的颜色。起始两句用平声阳韵，其余十三句兼用仄声屋、沃韵。

③碌碌：形容石头很多。常用以喻指人平庸无为。此用本义。

④啮足：足似被啃或咬，极言嗑足之甚。刘禹锡《和仆射牛相公寓言二首》中有句：

"雕鹗腾空犹逞俊,骅骝啮足自无惊。"与此意同。

⑤荒台:已废弃的屋基之类。翳:遮蔽,被遮掩。云族:云层。这一句的意思是,接近荒台古林处,云层似被林木遮蔽,状写阴森。

⑥刳岩:挖空岩石。意谓有人凿洞而居。

⑦当时:泛指过去发生某件事的时候。成都历史上经历过多次战争,这一句的后五个字即代指战争。

⑧镞:箭头。遗镞:遗留的箭头,这里代指兵器遗物。

⑨蹙:本义为脚步变小变碎,引申指紧迫、急促,再引申为困窘、愁苦,此指愁苦。天为蹙:意谓天也要因前述那些"人世悲欢"而愁苦。

⑩一眼:满眼。冥冥:形容昏暗。《诗·小雅·无将大车》:"无将大车,维尘冥冥。"朱熹《集注》:"冥冥,昏晦也。"冥冥绿:形容两眼昏暗得发绿。巴蜀民间俗语有眼睛发绿之语,看来其义古已有之了。

⑪野水:野外的水流,此指学射山下实有的溪流。宋钱昭度《野水》诗谓:"野水光如壁,澄心不觉劳。"平芜:草木丛生的平旷原野,此指在学射山上能望见的成都北郊的平旷田野。这一句以望远所见结束纪游。整首诗由小及大,由今及古,着眼于"故国山川",寄托了他"凄凉"的"兴亡"之慨。由此看得出,杨甲虽放迹山川,却对国家兴亡仍然满怀关注。

# 灵泉道中①

荒鸡②不知林,落日鸣鸦背③。

山行曲折尽,稍出乔木④外。

前峰近相向⑤,秃缺不可盖⑥。

泉石微断续,渚泽亦多派⑦。

牛羊深墟落⑧,稚子翳蓬艾⑨。

稻秧碧剡剡⑩,遮陇无疆界。

今年田夫喜,饱饭我亦快。

犹惭食无功⑪,举箸再三歇。

何当磨腰镰⑫，助尔芟穖稗⑬。

**注释**

　　①灵泉：灵泉山，在今四川遂宁市船山区。据明孙克宏《碑目》记载，"县东七星灵泉山，壁间刊'七泉'二字，东坡笔"。《遂宁县志》亦记载："县东七里灵泉山，数峰壁立，绝顶有泉，绀碧甘美，不溢不涸。"隋开皇年间（581—600）在山上建灵泉寺，隔涪江与广德寺相望，为佛教圣地。现为4A级景区。

　　②荒鸡：三更前啼叫的鸡，旧说主恶声，不祥。苏轼《召还至都门先寄子由》："荒鸡号月未三更，客梦还家得俄顷。"此应指野放在外的鸡。

　　③鸦：乌鸦，毛黑色。鸣鸦背：夕阳照亮了乌鸦的背。古人多以鸦背喻指夕照景象。宋魏了翁《送郑侍郎四川制置分韵得盖字》："蜀山在何许，斜阳点鸦背。"但也可喻指晨光景象，如宋陈与义《早起》："初阳上林端，鸦背明纷纷。"此处是指夕照景象。

　　④稍出：渐出。乔木：高大的树木，此代指树林。

　　⑤相向：相对。

　　⑥秃缺：无发为秃，少齿为缺，这里喻指无植被的土石丘坡。盖：覆盖，这里指没有植被覆盖。

　　⑦渚泽：洲中积水的洼地。汉贾谊《新书·大政下》："渚泽有枯水，而国无枯士矣。"派：水的支流。晋应贞《临丹赋》："览丹源之冽泉，眷悬流之清派。"这一句的意思是，低洼地带有较多的小水流。

　　⑧墟落：村落。王维《渭川田家》："斜光照墟落，穷巷牛羊归。"这一句与之意境全相同。

　　⑨翳：这里意思是躲藏。蓬艾：蓬蒿和艾草，这里是泛指丛生的杂草。宋苏舜钦《猎狐》："何暇正丘首，腥臊满蓬艾。"这一句的意思是，儿童们在杂草丛中捉迷藏。连接上句，好一幅农村风情画。

　　⑩煔（yǎn，音眼）煔：形容光泽闪烁。屈原《离骚》："皇煔煔其扬灵兮，告余以吉故。"

　　⑪食：指食禄。无功：没有功劳。食无功：没有功劳却得到食禄。陆游《示儿子》诗："禄食无功我自知，汝曹何以报明时？"这一句与之意涵全一致。

　　⑫腰镰：弯形镰刀。

　　⑬芟：本义为铲除杂草，此指割除穖稗。穖稗：即俗称之稗子。《孟子·告子上》："五谷者，种之美者也；苟为不熟，不如穖稗。"朱熹《四书章句集注》说："穖稗，草之似谷者，其实亦可食，然不能如五谷之美也。"古今种稻均需除稗。这一句的意思是，愿意帮助田夫割除田里的穖稗。整个这首诗，从内容到形式，都可见到杨甲学陶的影子。

[宋] 度正诗 2 首

度（duó，音夺）正（1167—？），一作庹正，字周卿，号性善，合州巴川（今重庆铜梁区）人。少从朱熹学，将朱熹倡导的道统及格物致知、正心诚意传入巴渝地区，传布理学颇有建树。绍熙元年（1190）举进士，历任益昌学官、知华阳县、通判嘉定军、权知怀安军，迁知重庆府。后入朝为国子监丞、太常少卿，官至礼部侍郎，兼同修国史、实录院同修撰，为官能以天下为己任。传承文以载道、文以贯道的理学观念，诗、记、表、启、书、跋等辑成《性善堂集》《性善堂后集》《周子年谱》《夷白斋诗话》，均已佚。清四库馆臣据《永乐大典》辑为《性善堂稿》15 卷，其中诗 4 卷 150 余首。

## 奉谒夔州何异侍郎①

浩荡江南春更和②，几回风月又婆娑③。
夔门外户千钧重④，滟滪中流一节高⑤。
蜀国移花⑥今日事，上林种柳旧年窠⑦。
残膏余馥⑧知何恨，徒倚江皋揖晋波⑨。

**注释**

①何异：字同叔，绍兴二十四年（1154）进士，为官有政绩。在朝曾任太常少卿，秘书监实录院检讨官，代理礼部侍郎。因与韩侂胄意见不合，庆元五年（1199）八月被免职。后起为知夔州，兼本路安抚使，为输解民食之困有所作为。嘉泰四年（1204）转知潭州。这首诗当是何异知夔州期间，度正拜见他后所作。

②浩荡：形容广阔、壮大。和：指风和景明。

③风月：清风明月，代指景色。婆娑：本指盘旋舞动。《诗·陈风·东门之枌》："子仲之子，婆娑其下。"毛传："婆娑，舞也。"这里是用引申义，形容花草树木枝叶纷披的景象。宋司马光《忆同寻上阳故宫路》："常时秋天落宫槐，今此婆娑皆合抱。"写景开头，暗点时令。

④外户：本指从外面关闭的门，引申为喻指屏障或出入要地。子虚子《湘事记》："其城与岳州犄角，又为湘之外户。"此喻夔州的地位重要，犹如宋之西部屏障。"千钧重"即由此

而来。这是恭维何异的使命非常之重要。

⑤中流：河流中央。这里暗用"砥柱中流"典故。典出《晏子春秋·内篇·谏下》："吾尝从君济于河，鼋衔左骖，以入砥柱之中流。"滟滪中流：此将滟滪堆与砥柱比拟，喻何异为三峡地区中流砥柱。节：这里指符节。古代称高级官员出任要职为持节，在某地执行重要公务为驻节。因此，"一节高"即为称许何异在三峡地区职位最高，作用最大。三、四两句不乏恭维意，但更寄寓着期望。

⑥蜀国移花：暗用刘禅投降典故。据《三国志·后主传》记载，刘禅降魏后"举家东迁，既至洛阳"，魏元帝曹奂将他封为安乐县公，"食邑万户，赐绢万匹，奴婢百人，他物称是"。裴松之注又引《汉晋春秋》说："司马文王（指司马昭）与禅宴，为之作故蜀伎，旁人皆为之感怆，而禅喜笑自若……他日，王问禅曰：'颇思蜀否？'禅曰：'此间乐，不思蜀。'"此用"移花"喻这些事。而"蜀国移花"之后接以"今日事"，表明了是在以蜀喻今。

⑦上林种柳：暗用汉武帝刘彻上林苑逸乐典故。上林苑本为秦代所建园林，阿房宫即在上林苑内。从汉武帝建元三年（前138）开始，因其旧址大规模扩建36苑、12宫、21观，如后来张衡《西京赋》（司马相如作《上林赋》时，上林苑尚未建成）所述："上林禁地，跨谷弥阜。东至鼎湖，邪界细柳。掩长杨而联五柞，绕黄山而款牛首。缭垣绵联，四百余里。"此用汉武帝不顾国力，不恤民艰，穷奢极侈地兴建上林苑一事，影射南宋君主一方面媚敌投降，一方面耽于声色，纵情享乐。窠：本指昆虫、鸟兽的巢穴，借指人安居或聚会之所。旧年窠：代指老一套。暗寓终有一天享受不成之意。这两句是想引起何异的共鸣。

⑧残膏：残余的灯油。余馥：剩余的花香。借喻当时人事。

⑨徒倚：只有依靠，只能凭借。江皋：江岸，江边地，此代指夔州。揖：本指拱手礼，亦即作揖；这里是致敬、仿效的意思。晋波：晋人祖逖中流击楫典故。《晋书·祖逖传》："中流击楫而誓曰：'祖逖不能清中原而复济者，有如大江！'"这一句真叫卒章显志，寄望何异效法祖逖，率师北上以收复中原。叠用五个典故，都能切扣诗旨。

# 题锦屏山①

积翠浮金老不枯②，英灵③今此定何如。

万章松柏还蒙密④，千载风云颇阔疏⑤。

一气周汉⑥无间断，四时变化有盈虚⑦。

凭高极目怀嵩华⑧，此愤何时可一摅⑨。

181

**注释**

①锦屏山：即阆山、阆中山，在今四川阆中市城南。素有"天下第一江山"美誉。唐吴道子绘《嘉陵江山图》，即以锦屏山为轴心。战国时期，阆中曾作巴国别都。秦灭巴蜀后，阆中为巴郡治所。蜀汉亦为巴西郡治所，张飞镇阆中。唐宋年间，杜甫、李商隐、陆游等诗人及张栻等理学家均游览过锦屏山，并留有题咏文字。南宋抗金名将张宪为阆中人，后世在锦屏山麓建有张烈文侯祠。

②积翠：翠色重叠，形容草木繁茂，常用代指青山，此即代锦屏山。浮金：水面闪耀波光，即反射日光或月光。杜牧《金陵》："风清舟在鉴，日落水浮金。"此指阆水（嘉陵江）波光耀金。老不枯：指山上松柏苍劲不枯，隐喻下句"英灵"。

③英灵：英华灵秀所聚之气，多用以代指才能出众的人，尤其是已逝者，犹如称英魂。唐星相学家袁天纲曾在锦屏山八仙洞题"此山磨灭英灵乃绝"八个大字。此泛指与阆中相关的历代名人及其英魂。

④万：众多，非确数。章：此指山。《尔雅·释山》疏："山形上平者曰章。"万章：万山，此处概指锦屏山及其周围的山。蒙密：草木茂密。如庾信《小园赋》："拨蒙密兮见䴏，行欹斜兮得路。"

⑤阔疏：本指粗疏、不严密，引申为指距离远，此即用引申义，概指历代英灵相距年代久远。

⑥一气：一次呼吸，以形容声气相贯通。一气周汉：概指如注①所述，从先秦巴国到秦汉巴郡的阆中历史。

⑦盈虚：月亮盈满或虚空，喻世事发展变化、盛衰成败。元钱惟善《八月望日登江楼观潮》："顾兔盈虚端不爽，神龙变化意何如。"颔联与颈联四句合在一起，意思是锦屏山上松柏依旧，但从周汉到唐宋千余年的风云变幻，已然物是人非，今非昔比。

⑧嵩华：嵩指嵩山，华指华山，代指靖康之变后沦为金国辖土的中原大地。

⑨愤：因不满而忿怒或怨恨。此愤：指中原长期沦丧，南宋王朝偏安江南，久不能恢复而产生的怨恨。摅（shū，音书）：本义为张舒，引申为指排解。汉班固《西都赋》："摅怀旧之蓄念，发思古之幽情。"整首诗多写登临怀古，至结尾两句生发表述现实忧愤，实为全诗意旨所在。

## [宋] 张缜诗1首

张缜（？—1207），字季长，晚号饰庵，蜀州唐安（今四川崇州市东南）人。隆兴元年（1163）进士。曾与陆游同在四川宣抚使王炎幕府，官任秘书省正字。淳熙九年（1182）为夔州路转运判官，后历官提点利州路刑狱，大理寺少卿。绍熙五年（1194）失官归里，专事著述。庆元六年（1200）征还朝复任秘书省职，辞不就。其存诗中有巴渝诗数首。

### 题三峡堂①

群山危立②接云天，一水东朝③会百川。
泱漭堪舆④无此壮，崔嵬疏凿⑤定何年。
千秋跃马⑥兴亡梦，一点飞凫上下船。
时有刚风来浩渺⑦，起余高兴⑧九霄边。

**注释**

①三峡堂：明曹学佺《蜀中名胜记》引南宋成都吕隐商说："城隅有堂曰三峡堂，规模甚敞，松柏皆古……据峡口俯瞰洪流，震撼滟滪，真为伟观。"据宋肇《三峡堂二首》自注"堂下临滟滪堆"，三峡堂址当在奉节大南门附近。

②危立：耸立，耸峙。

③一水东朝：用杜甫《长江二首》意："众水会涪万，瞿塘争一门。朝宗人共挹，盗贼尔谁尊？"

④泱漭：形容水势浩瀚浑急。晋陆元《南征赋》："飞烽戢煜而泱漭，乃有熊罴之旅，虓阚之将，雄声泉涌，逸气风亮，超三军以奔厉。"堪舆：天地。汉扬雄《甘泉赋》："属堪舆以壁垒兮，捎夔魖而抶獝狂。"李善注引许慎《说文》："堪，天道也。舆，地道也。"后以堪舆代称天地。

⑤疏凿：此指大禹治水，开凿疏通三峡。

⑥跃马：用公孙述典故，参见陆游《入瞿塘登白帝庙》注⑫。

⑦刚风：罡风，高天强劲的风。范成大《玉华楼夜醮》："紫云顶洞千柱浮，刚风八面寒

飕飕。"浩渺：这里形容风势极大。李益《送归中丞使新罗册立吊祭》："浩渺风来远，虚明鸟去迟。"

⑧起：激起。高兴：高雅的兴致。杜甫《北征》："青云动高兴，幽声亦可悦。"整首诗都即景抒情，气韵沉雄。

## [宋] 洪咨夔诗2首

洪咨夔（1176—1236），字舜俞，号平斋，临安（今属浙江杭州）人。嘉定二年（1209）进士，授如皋主簿，迁饶州教授，曾向主管淮东安抚司事的崔与之献扬州防备之策。其为人鲠亮忠直，屡上书指陈弊政，得罪权贵，十年不调。后任成都路通判，知龙州（地在今陕西北部，时属金占区，此为虚职），曾力请制置、漕运司免民戍边及运粮苦役。入朝后历秘书郎、金部员外郎、考功员外郎，因触犯权臣史弥远而被劾落职，居家七年，潜心读书。复职后累官监察御史，殿中侍御史、吏部侍郎兼给事中、刑部尚书、翰林学士、知制诰，加端明殿学士，卒谥忠文。著有《春秋说》3卷，及《两汉诏书揽钞》《平斋文集》《平斋词》等。

### 十月晦过巫山（二首选一）①

客里年华老，舡头日色曛②。

天寒催雨雪，地远隔飞云。

为吏徒三尺③，于民未一分④。

重惭豪杰士，度外立奇勋⑤。

**注释**

①晦：晦日，农历每月的最后一天。诗作于赴任成都路通判入蜀途中。原诗共二首，今选第二首。

②舡头：船首，船头。曛：日落的余光。日色曛：指一抹夕阳，天将近晚。

③徒：徒然，枉自，白白地。三尺：本为长度单位，古代也借指剑与法。其中，古代将法律条文写在三尺长的竹简上，故法律称"三尺法"，简称"三尺"。《史记·酷吏列传》："周曰：'三尺安出哉？'"裴骃集解引《汉书音义》："以三尺竹简书法律也。"这一句的意思是，一般官吏白白地知道执法而已，亦即只知照章办事。

④一分：本为计量单位，犹言量少。《宋史·道学传·邵雍》："新法固严，能宽一分，则民受一分赐矣。"这一句意涵与之相同，犹言那些官吏尚未能体察民情，多办实事，从而让黎民百姓获得较多实惠。

⑤度外：本指心意计量之外，例如成语"置之度外"。又特指法度之外，即不按常法、不依常规办事。《三国志·杨阜传》："曹公有雄才远略，决机无疑，法一而兵精，能用度外之人，所用各尽其力，必能济大事者也。"这里即用此义。这一句的意思是，为政之人如果真想民众多得到实惠，就要大胆地突破陈法陈规，以建立奇特功绩。洪咨夔的为官理念，值得后人深切体味。

# 开济堂①

鱼复平沙②涨夕阴，红旗影底老蛟吟③。
穷今亘古三分恨④，托地撑天一寸心⑤。
过雨断云闲绝壁⑥，凉风归鸟急平林⑦。
江山难着醒时眼⑧，有酒如渑⑨放手斟。

**注释**

①开济堂：在奉节鱼复浦旁卧龙山上诸葛武侯祠内。《蜀中名胜记》引《方舆胜览》记武侯庙后，又记："有堂曰开济堂。何鲁仲《开济堂小记》云：'堂阅岁久，垂压矣。'淳熙疆圉作噩，渎山河耆仲假守，举而新之。因访善本，重肖侯像，摘老杜'两朝开济老臣心'之句以字堂。巫山尉任份来董事，春二月乙亥落成。"由是可知，堂即武侯祠内诸葛亮供堂，始建时已无准确记载。南宋淳熙年间大修葺，始据杜甫《秋兴八首》"两朝开济老臣心"诗意命名。

②平沙：指广阔的沙原。南朝梁何逊《慈姥矶》诗："野雁平沙合，连山远雾浮。"

③红旗：开济堂外红色旗幡。老蛟：蛟为古代传说中的鳄鱼状神物，综合了鳄鱼、大鱼、蟒蛇、水牛等形态，诗文中常写到。如宋琬《新滩歌》："老蛟昼号猿夜啸，估客万里伤心魂。"老蛟吟：犹言龙吟，实则喻指江涛声。

④穷今亘古：贯穿今古，又作极古穷今、空古绝今、穷尽古今。三分恨：指天下三分，未能一统的大遗憾。此特对诸葛亮而言。

⑤一寸心：即一片诚心。唐贺遂良《赠韩思彦》："意气百年内，平生一寸心。"此特指诸葛亮一片诚心复兴汉室。

⑥闲：闲散的状态。闲绝壁：闲散无序地经过悬崖峭壁。名为写景，实为咏史，喻指各

种历史人事如过雨，如断云，都早已经烟消云散。

⑦急：本指无耐心，焦躁的状态，引申指因想把什么事情尽快做好而激动不已，如急人之难、急公好义，此即用引申义。平林：平地上的林木。李白《菩萨蛮》词："平林漠漠烟如织，寒山一带伤心碧。"这一句同样是名为写景状物，实则咏史喻今，喻指从古到今，总有些人如凉风，如归鸟，急于做好某件事情。诸葛亮诚为那样的人，洪咨夔也是那样的人。

⑧江山：喻指国家或者国家大事。着眼：举目，入眼，把什么事物放在心目中。明唐寅《警世》诗："措身物外谢时名，着眼闲中看世情。"着醒时眼：把警醒时人放在心目中。一个"难"字，感慨横生。

⑨渑（shéng，音绳）：指渑水，在今山东临淄市附近。《左传·昭公十二年》："有酒如渑，有肉如陵。"这一句的意思是，国家大事太令人心急，只好借酒浇愁。多少感慨和无奈，尽付"放手斟"三字。

## [宋] 阳枋诗词 3 首

阳枋（1187—1267），字正父，原名昌朝，字宗骥，合州巴川（今重庆铜梁区）人。早年从朱熹门人暖渊、度正学习理学，称大阳先生。端平元年（1234）乡试第一。嘉熙二年（1238）起，因蒙古军累攻蜀，先后避地南川、清溪、夜郎、泸南。淳祐元年（1241）以蜀难免入对，赐同进士出身。淳祐四年（1244）应余玠之请，分教广安，历监昌州酒税、大宁理掾、大宁监司法参军、绍庆府学官。宝祐三年（1255）主教涪州北岩书院，士子信从者众。晚年避兵锋，先后涉居于嘉州、涪州、荆州、峡州。有诗词、讲义 12 卷，已佚。清四库馆臣据《永乐大典》为之辑《字溪集》12 卷。

## 读《易》书怀

家家住坐长安道①，日问长安何草草②。
春到骊山渭水深，拂石临流苦不早③。
万户千门镇日④开，无边风月⑤随人好。
满城花柳断莺肠⑥，芳菲易歇天难老⑦。

**注释**

①住坐：居住。道：道路。长安道：长安的大道。唐卢照邻《长安古意》："长安大道连狭斜，青牛白马七香车。"此化用卢诗诗意，以长安大道喻指繁华安逸的生活环境。

②草草：粗率，不认真，不细致。辛弃疾《永遇乐·京口北固亭怀古》："元嘉草草，封狼居胥，赢得仓皇北顾。"

③拂：轻轻地擦过，例如春风拂柳。拂石：轻擦石头，代喻游山。临流：身临水际，代喻玩水。宋林逋《中峰行乐却望北山因而成韵》："拂石玩林壑，旷然空色秋。"可知拂石、临流即及时行乐。苦不早：苦于未能早知道。这一句承上一句，合起来的意思是，浑浑噩噩的世间众人一向只知及时行乐，直到渭水涌春潮，方才感到世事多变，年华易逝，悔之莫及。

④镇日：整天，从早到晚。朱熹《邵武道中》："不惜容鬓凋，镇日长空饥。"

⑤无边：无际，无限。风月：清风明月，代指美景。无边风月：形容风景无限美好。朱

熹《六先生画像赞·濂溪先生》："风月无边，庭草交翠。"这一句承上一句，合起来的意思是，人们日复一日地因循苟且，极容易被各自心目中的无边岁月迷惑，安不思危，乐不知悲，"苦不早"实咎由自取。

⑥断莺肠：使黄莺肠断。唐郑谷《蜀中赏海棠》："浓淡芳春满蜀乡，半随风雨断莺肠。"两诗意涵相似。黄莺鸣啭于春日丽景本为常态，但春光易逝，芳草花柳都会"半随风雨"而凋败，致令黄莺为之悲痛，借以比喻社会人生同样多变。

⑦芳菲易歇：喻指春光美景易逝。天难老：化用李贺《金铜仙人辞汉歌》句意："衰兰送客咸阳道，天若有情天亦老。"结句借以点明了诗旨，社会人世循环往复，一切美好的具象存在都会由盛变衰，甚而至于转瞬即逝，惟有天道才能够亘古长存。阳枋形象地宣讲了这个《易》学道理，哲理深邃，却颇通透。

# 临江仙·涪州北岩玩《易》有感①

乐意相关莺对语②，春风遍满天涯。生香不断树交花③。个中皆实理④，何处是浮华⑤？

收敛回来还夜气⑥，一轮明月千家。看梅林用⑦隔窗纱。清光辉皎洁，疏影自横斜⑧。

**注释**

①临江仙：词牌名。又名谢新恩、雁后归、画屏春、鸳鸯梦、庭院深深。玩：本指用不严肃的态度对人对事，故《说文解字》称"玩，弄也"。引申为指可供赏玩的物品，如古玩、珍玩。由此再引申出观赏、研习之义，此即用研习义。意本《易·系辞上》："是故君子居则观其象而玩其辞，动则观其变而玩其占。"

②关：关关的省字。关关本为鸟的和鸣声，见《正字通》："关关，鸟鸣声。"《诗·周南·关雎》："关关雎鸠，在河之洲。"传："关关，和声也。"这里名词作动词用，关即关关地叫。相关：彼此和鸣。对语：对话，相互倾诉。

③生香：散发香气。唐薛能《杏花》诗："活色生香第一流，手中移得近青楼。"交：交错。交花：交错开放着多种鲜花。

④个中：其间，这当中。实理：指《易》学之理。朱熹将"理"认作他的理论体系的最

高范畴，"理"是先于、高于、超越于万事万物的现象存在。他明确宣称："宇宙之间，一理而已，天得之而为天，地得之而为地，而凡生于天地之间者，又各得之以为性。"（见《御纂朱子全书》卷六十）这一句的意思是，前三句所写物象均各为"性"（具体事物的特征示现），寓于其间的实质一概在"理"。题中"玩《易》"落实于此。

⑤浮华：表面上华美动人，实际上空虚无用的现象或状态。《太平经》说："欲致善者，但正其本，本正则应天文，与圣辞相得。再转应地理，三转为人文，四转为万物；万物则生浮华，浮华则乱败矣。"

⑥收敛：约束身心，修身养性。《汉书·陈汤传》："陈汤傥荡，不自收敛，卒用困穷，议者闵之。"回来：回归本性。夜气：夜间清凉之气，喻指修养而成的清正澄明的心境。《孟子·告子上》："梏之反覆，则其夜气不足以存。夜气不足以存，则其违禽兽不远矣。"

⑦用：以，因为。《诗·小雅·小旻》："谋夫孔多，是用不集。"这里的意思是，因为间隔着窗纱，只能看见月下梅林的疏影。

⑧疏影：疏朗的身影。见宋林逋《山园小梅》："疏影横斜水清浅，暗香浮动月黄昏。"这首词上阕以流莺对语、春风天涯、交花生香喻天生万物，结出都归"理"，下阕再以夜气清凉、明月清辉、梅影横斜喻自我修养，体现出了"君子居则观其象而玩其辞"，抒发了玩《易》感悟。情生于景，理存于象，哲理诗词能臻于其境，颇难得。

# 瞿塘峡

壁绝昼昏明①，猿高仿佛②音。
不关天宇窄，自是峡流深。
既晓迟朝日③，未西还夕阴④。
扁舟平⑤涉险，凭取有孚心⑥。

**注释**

①昏：昏暗。明：明亮。昏明：时暗时明。昼昏明：大白天也会时暗时明。明王守仁《传习录》："贤人如浮云天日，愚人如阴霾天日，虽有昏明不同，其能辨黑白则一。"

②仿佛：好像，似乎，这里是隐隐约约的意思。陶渊明《桃花源记》："林尽水源，便得一山。山有小口，仿佛若有光。"

③既晓：已晓。宋赵蕃《是夕雨大作复呈潘提举》："中宵犹飒沓，既晓尚纷披。"迟：晚，延迟。《广雅》："迟，晚也。"这一句的意思是，虽然已经破晓天亮了，但由于山谷太深，仍然迟迟见不到朝阳。

④未西：意指太阳尚未偏西，亦即下午。还：副词，相当于复、又。《说文解字》："还，复也。"夕阴：傍晚时的阴晦气象。唐储光羲《临江亭五咏》之四："古木啸寒禽，层城带夕阴。"这一句的意思是，太阳还没有向西倾斜多少，由于峡谷太深，峡内又变得如傍晚时的阴暗了。与上一句合起来，铺写"昼昏明"之状。实即《水经注·江水》描述的"重岩叠嶂，隐天蔽日，自非亭午夜分，不见曦月"景象。

⑤平：这里是易的意思。《尔雅·释诂》："平，易也。"

⑥孚：信。《尔雅·释诂》："孚，信也。"孚心：犹言孚信，亦即信用、信誉。《易·中孚》："有孚挛如。"孔颖达疏："处于尊位，为群物之主，恒须以中诚交物，孚信何可暂舍。"这一句的意思是，以上所写的一切景象变化，都是真实可信的。

## [宋] 余玠诗2首

余玠（1199—1253），字义夫，号樵隐，蕲州蕲春（今属湖北）人。少时家贫，学于白鹿洞书院，后投淮东制置使赵葵幕下从军，以功补进义副尉，又擢将作监主簿。端平三年（1236）至淳祐元年（1241）之间屡次抗蒙建功，由知招信军兼淮东制置司参议官，晋升为大理少卿，淮东制置副使。同年十一月受命入蜀，任兵部侍郎、四川制置使兼知重庆府，全面主持四川军政。镇蜀期间，主持建立了全蜀山城防御体系，多次挫败蒙古军，对整顿财赋、加强军备、奖掖人才、惩处腐败多有建树。宝祐元年（1253）遭权臣诬告，被诏令还朝，七月暴卒于蜀。死后被枉加七罪，削去一切官职，家属及亲信均遭迫害。直至宝祐六年（1258）十一月，理宗方下诏追复官职。

### 黄葛晚渡①

龙门东去水和天②，
待渡行人暂息肩③。
自是晚来归兴急④，
江头争上夕阳船。

**注释**

①黄葛：指重庆江南黄葛渡。《蜀中名胜记》引《图经》："涂山之足，有古黄葛树，其下有黄葛渡。"王尔鉴《黄葛晚渡》诗小记说："南纪门外大江对岸，南城坪有黄葛古树，偃盖渡旁。江横大洲，曰珊瑚坝。舟子曲折行，乃达彼岸。雨余月际，遥睇江烟苍茫间，舴艋往来，飘如一叶，亦佳趣也。"按：南纪门为明初筑城始有的名称，南城坪即今重庆南岸南坪中心地带。借今名述之，黄葛渡位于今石板坡长江大桥南桥头下，南滨路滨江带配有"黄葛晚渡"指示牌处。由黄葛渡下船后，沿石阶梯上行，过古黄葛树，至今后堡即入南城坪。当年余玠所设四川制置司衙署位于今渝中区西三街，登城楼南望，即可见到诗中情境。

②龙门：指龙门浩。龙门浩与黄葛渡同在江南一侧，处在黄葛渡下游，为长江中重要标识。和天：与天相和，寓含水天一色之意。这一句的意思是，长江水映着云天，流经龙门

浩，向东奔腾而去。

③息肩：让肩头得到休息。此处实指放下肩头的担子，在渡口暂时休息，等待渡船启动。

④归兴：归思。归兴急：归家的心思相当急迫。从这一句看，息肩行人当是挑着担子进城做小买卖，换钱养家糊口的农民或手工业者。其所以急迫，盖为天已向晚，如果赶不上最后一趟过江的"夕阳船"，当天就回不去家里了。这样的心情，在重庆城有过江大桥以前，连现代人都不能免。余玠不仅看到了一幅风情图画，而且体察到了民情和民心，此诗因而可贵。

# 觉林寺晓钟①

木鱼②敲罢起钟声，
透出丛林万户惊③。
一百八声方始尽，
六街三市④有人行。

**注释**

①觉林寺：佛教寺庙，在今重庆南岸区莲花山下，其地属下浩。乾隆《巴县志》记载："觉林寺，廉里七甲莲花山下。宋绍兴间建，明末毁于兵。康熙二年，僧雪痕重建。乾隆二十二年，僧月江复增山门、莲池、亭子、桥梁、石塔。""其地风景绝佳，为县南诸寺冠。"重建之觉林寺亦已毁，今仅存略倾之报恩塔。晓钟：晨钟。佛教禅宗寺庙晨鸣钟，暮鸣鼓，用以报时，合称晨钟暮鼓。"觉林晓钟"曾与"龙门浩月""黄葛晚渡"等并列为"巴渝八景"，清乾隆年间王尔鉴厘定"巴渝十二景"，对旧"八景"汰四增八，以"觉林晓钟，清远也，何地无钟"为由，将其汰除。

②木鱼：一种法器。传说鱼昼夜均不合目，故刻木象鱼形，用于佛教、道教的功课与法会，击之以警诫僧众、道众应当昼夜思道。这一句的意思是，僧众已先起敲木鱼作功课，随后才响起钟声。

③丛林：佛教名词，通常指禅宗寺院，亦称禅林。据《禅院清规》，"丛林之设，要之本为僧众，是以开示僧众"。后世教、律等其他各宗寺院，也有仿照禅宗丛林制度称作丛林的。

此特指觉林寺。惊：惊觉，惊醒，闻钟而醒来。

　　④六街三市：唐代都城长安有六条大街，即六街，后泛指闹市。古代称早市、午市、晚市为三时之市，即三市，亦泛指闹市。合在一起，代指城市中的繁华街区。此所指范围，不限于今南岸区下浩一带，还包括长江以北能够听到钟声的城区滨江地带。这首诗扣住"晓钟"，反映出了当时觉林寺影响之大。

## [元] 汪元量诗3首

汪元量（1241—1317），字大有，号水云，亦自号水云子、楚狂、江南倦客，钱塘（今浙江杭州）人。宋度宗时以晓音律、善鼓琴而供奉内廷。德祐二年（1276）临安陷落，随三宫迁往大都（今北京市），出入宫中，侍奉元主，曾至狱中探望文天祥。元世祖至元二十五年（1288），出家为道士，获准南归，次年抵钱塘。后往来于江西、湖北、四川等地，终老湖山。诗多记录南宋国亡前后事，时人比之为杜甫，诗亦有"诗史"之雅誉。著有《水云集》《湖山类稿》，词集《水云词》。

## 夔门

赤甲山连白帝山，三巴三峡百牢关①。

孤舟行客愁无那②，十二峰前十二滩③。

**注释**

①三巴：历史地域概念。汉末兴平元年（194），益州牧刘璋将巴郡一分为三，垫江（今重庆合川区）以北为巴郡，江州（今重庆主城区）至临江（今重庆忠县）为永宁郡，朐忍（今重庆云阳县）至鱼复（今重庆奉节县）为固陵郡，合称为"三巴"。建安六年（201）此巴郡改称巴西郡，此永宁郡改称巴郡，此固陵郡改称巴东郡，仍合称"三巴"。百牢关：在今奉节县城东。杜甫《夔州歌》："白帝高为三峡镇，夔州险过百牢关。"《方舆纪要》说夔州百牢关在"府东十里。王氏曰：'关盖古名，后人所增置'"。疑即江关。

②无那：无奈，无可奈何。王维《酬郭给事》："强欲从君无那老，将因卧病解朝衣。"

③十二峰：巫山十二峰。十二滩：瞿塘十二滩。见刘禹锡《竹枝词九首》："瞿塘嘈嘈十二滩，此中道路古来难。"巫山十二峰可确指为望霞、翠屏、朝云、松峦、集仙、聚鹤、净坛、上升、起云、飞凤、登龙、圣泉等峰，瞿塘十二滩则为概指。这首诗一、二、四句复沓性地列举了与夔门相关的山、地、关、峰、滩，无一字涉及历史兴替，却将山河依旧、国已不国的兴亡之慨凝聚到了第三句的"愁无那"，表达方式迥异他人。

# 万州

槎牙鸟道没人烟①,狼虎交横②马不前。

回首青山藏白跖③,万州城下草连天。

**注释**

①槎牙:亦作槎枒、槎岈,形容树木枝杈歧出,引申为指山石树木错杂不齐。王安石《虎图》诗:"槎牙死树鸣老乌,向之俯嚼如哺雏。"鸟道:比喻险峻的山路,只有飞鸟才可以掠过。李白《蜀道难》:"西当太白有鸟道,可以横绝峨眉巅。"没(mò,音莫):消失,见不到。马中锡《中山狼传》:"未闻刃没而利存。"没人烟:即荒无人烟。

②狼虎:代指野兽。交横:纵横交错。《楚辞·九辨》:"叶菸邑而无色兮,枝烦挐而交横。"狼虎交横:极言野兽随处出没。四川军民抗御蒙(元)军的战争持续四十多年,万州天生城,以及上游忠州皇华城,下游云安磐石城、奉节白帝城等均为山城防御体系当中的重要关隘,拉锯争夺,十分惨烈,直接导致了人口锐减,土地荒芜,野兽横行。是否真遇到虎不可考,但巴渝地区历史上是华南虎的聚生地,虎患直至20世纪中期才绝迹,因而此处决非虚夸。

③白跖:使用白弩的大盗,指唐人苏涣。《新唐书·艺文志》:"涣少喜剽盗,善用白弩,巴蜀商人苦之,号'白跖'以比庄蹻。后折节读书,进士及第。"此用白跖代指匪盗。藏白跖:隐藏着匪盗。长期战乱以后的万州惨状,在此诗中得到触目惊心的集中扫描,视为"诗史"确不为过。

# 重庆府

铁作篙师铁作舟①,风撞浪涌可无忧。

林间麋鹿②遥相望,峡里蛟龙横不休③。

目断吊桥空悄悄④,头昏伏枕自悠悠⑤。

锦城⑥秋色追随尽,好处山川⑦更一游。

**注释**

①篙师：撑船能手。在川江行船，过滩或遇到礁石，必由撑船人用竹制长篙（篙头配有铁制的带钩尖）或撑开，或钩住，以期安全行进，故称篙师。宋叶适《上滩》诗："篙师上滩时，面作石皤样。及其进尺寸，乃在一偃仰。"用"铁作"修饰篙师及舟，意谓撑船人及所乘船均极坚强，经得住川江激流的任何考验，下一句即点明此意。

②麋鹿：鹿类动物，头狭长似马，角似鹿又与鹿略不同，蹄宽大如牛，尾细长如驴，俗称为"四不像"。这里代指林间动物。这一句写船上观景所见。

③峡：泛指船所经过的峡谷。蛟龙：借喻江水汹涌。横不休：指水流激荡无休无止。这一句写乘船过峡感受。

④目断：望断，竭尽目力远望。丘为《登润州城》："乡山何处是，目断广陵西。"吊桥：悬索桥。据《盐源县志》记载，"周赧王三十年（前285）秦置蜀守，固取笮，笮始见于书。至李冰为守（前256—前251），造七桥"。"笮"指竹篾拧成的索，笮桥即竹索桥。后来还有了铁索桥。空：枉自，白白地。悄悄：本指不声不响，引申为指暗中担忧。《诗·邶风·柏舟》："忧心悄悄，愠于群小。"空悄悄：意谓对吊桥高悬，晃晃荡荡，白白地担忧会有危险。这一句写乘船望远心态。

⑤悠悠：形容悠闲自在。王勃《滕王阁序》："闲云潭影日悠悠，物换星移几度秋。"这一句写在船上体验以上诸般情景之后，终伏枕休憩，心境归于冲淡闲静。

⑥锦城：指成都。至此句方点出自成都而来。

⑦好处：指美好的地方。郑谷《舟行》："村逢好处嫌风便，酒到醒来觉夜寒。"山川：江河山岳。杜甫《宿凿石浦》："早宿宾从劳，仲春江山丽。"好处山川：代指山水壮美的重庆府。诗题"重庆府"，却一直铺陈描写所经所历，所见所感，结尾方如此点到题上，构章命意相当别致。

## [元] 王师能诗1首

王师能（生卒年不详），河南开封祥符（今开封祥符区）人。元至元年间进士，大中大夫，才兼文武。至元十一年（1274），随元龙虎卫上将军、中书左丞杨文安攻蜀，任帅府管军总管。次年领兵破开州，降达州，定万州，升任万州安抚使。至元十五年（1278）奉命领兵攻绍庆府（治今重庆彭水县），力克宋将鲜龙，定绍庆，任知绍庆府。时民力疲困，郡帑空乏，乃多方修复府治，百废俱举，作有《绍庆府治记》。其王氏一脉定居彭水，今仍传。

### 长溪九曲①

锦水萦纡绕翠峰②，一湾一折碧溶溶③。
野凫贴浪飞之字，兰桨挑波转画䑠④。
倒映层峦云影乱⑤，凉生夹岸树阴浓。
凭高远眺添幽兴⑥，忘却山头报晚钟⑦。

**注释**

①长溪：指彭水长溪河。长溪河为乌江的一级支流，古名濡水、都濡水、都江水，也叫九曲河。光绪《彭水县志》："每春涨初平，邑人乏舟游泳，为八景之一。"即长溪九曲为彭水八景之一。

②锦水：锦缎似的河流，此特指长溪河。萦纡：盘旋弯曲，回旋曲折。白居易《长恨歌》："黄埃散漫风萧索，云栈萦纡登剑阁。"此指长溪河水流弯曲转折，弯道甚多，故称之九曲，例同九曲黄河。

③溶溶：形容明净清亮。许浑《冬日宣城开元寺赠元孚上人》："林疏霜摵摵，波静月溶溶。"许诗形容月光，此诗形容水光。碧溶溶：像碧玉一样明净清亮。

④䑠（qióng，音穷）：一种小船。《玉篇》释䑠字："小船也。"画䑠：画船，装饰较华丽的游船。黄庭坚《木兰花令》中"竹枝歌好移船就"的"船"，即此诗"画䑠"，二诗词尽可互参，体味其相关意蕴。

⑤云影：云倒映河中形成的影像。叶梦得《满江红》："云影淡，天容窄。晓风漪十顷，

暖浮晴色。"能倒映云影以及层峦，再写"锦水""碧溶溶"。乱：散乱，波动大。这一句的意思是，画船过处，"兰桨挑波"打破了江面平静，使原先倒映的层峦云影都散乱开来了。三、四、五句连起来，活现出好一卷动态风景画。

⑥幽兴：幽雅的兴味。裴迪《木兰柴》："缘溪路转深，幽兴何时已。"

⑦晚钟：寺庙傍晚报时的钟声。一般是晨钟暮鼓，但也不乏晓钟与晚钟兼用。杜甫《惠义寺送王少尹赴成都得峰字》："骑马行春径，衣冠起晚钟。"结尾两句的意思是，乘船游览及登高望远无不令人兴味盎然，以至于乐而忘归。全诗写得情景交融，浏丽清畅，反映出王师能怡情的另一面。

## [明] 宋濂诗1首

宋濂（1310—1381），字景濂，号潜溪，别号龙门子、玄真遁叟，金华潜溪（今浙江义乌）人。元末明初著名政治家、文学家、史学家，与高启、刘基并称"明初诗文三大家"，与章溢、刘基、叶琛并称为"浙东四先生"。佐朱元璋起兵，建立明朝，累官翰林学士承旨，朱元璋曾誉为"开国文臣之首"，主修《元史》。洪武十三年（1380）坐胡惟庸案，被流放茂州（治今四川茂汶），途至夔州卒。著有《潜溪集》《宋学士全集》。正德《夔州府志》存有此诗。

## 入峡①

世传三峡险，吾身适屡往②。
荡舟趋回流③，惊涛漾轻桨。
巑峰开复合④，青天细如掌。
浪急先期程⑤，谷空答渔响⑥。
回顾上濑人⑦，吾行若平壤⑧。
日夕下夷陵⑨，祝酒相忻赏⑩。

**注释**

①从诗的内容看，系下水行舟，从夔州入瞿塘峡。宋濂曾多次到过三峡，此指哪一次，文献失考。可以肯定不是流放途中写的诗，因为走向正相反。

②适：副词，意思为恰好。屡往：多次前往。

③趋：奔向。回流：涡流，有涡漩的激流。

④巑（cuán，音攒）峰：峻峭的山峰，巑组词为巑岏，见刘向《九歌·忧苦》："登巑岏以长企兮，望南郑而窥之。"王逸注："巑岏，锐山也。"巑岏与巑峰同。开复合：分开又合拢，形容高低错落，此起彼伏，连绵不断。

⑤期程：预计时间路程。张说《蜀道后期》："客心争日月，来往预期程。"此与张诗意涵一致。

⑥答：回应。渔：渔歌。答渔响：响起渔歌的回声。王勃《滕王阁序》："渔舟唱晚，响穷彭蠡之滨。"

⑦濑：湍急的流水。上濑：越过湍急的流水。王褒《九怀》："蛟龙兮导引，文鱼兮上濑。"王逸注："巨鳞扶已渡涌湍也。"上濑人：此指三峡中逆流而上的人。

⑧平壤：平地。

⑨夷陵：古地域名，战国时期楚国所置。《战国策·秦策四》："（白起）拔鄢、郢、夷陵。"地在今湖北宜昌市东南。这一句与李白《早发白帝城》"千里江陵一日还"意境相同。

⑩忻赏：忻同"欣"，忻赏犹言欣赏，意指用喜悦的心情享受美好的事物，体味其中的意趣。陶潜《移居》之二："奇文共欣赏，疑义相与析。"这里引申为庆贺平安出峡。全诗写得清健而自然，当是早年游三峡所作。

## [明] 胡子昭诗1首

　　胡子昭（1362—1402）原名志高，字仲常，重庆府大足县人。元末大乱，大足骚乱，随父移居荣县（今属四川），就读东川书院。20岁左右"举明经，深谙诸子百家"，得蜀王朱椿赏识，荐于时任汉中教授的大儒方孝孺门下。学成后，朱椿再荐于朝廷，朱元璋"新试延访，甚为满意"，赐名子昭。历官翰林院检讨，刑部侍郎，参与修《太祖实录》。建文四年（1402）九月靖难之役中，因是方孝孺门生，且不归顺于朱棣，被杀于南京，时年41岁。临刑色不变，从容赋此诗。

### 丹心诗①

金声催急鼓声忙②，监斩官催上法场。
烙铁火烧红焰焰，钢刀磨利白茫茫。
两间正气归泉壤③，一点丹心在帝乡④。
寄语满朝朱紫客⑤，铁人⑥无泪也心伤。

**注释**

①胡子昭临刑赋诗，原无题。今取诗中有"丹心"二字，标题"丹心诗"。
②金声：钲声。《汉书·李陵传》："闻鼓声而纵；闻金声而止。"颜师古注："金谓钲也，一名镯。"钲为古代一种铜制的乐器，形似钟而狭长，有长柄可执，口向上以物击之即鸣响。又称作铙。金声和鼓声本为行军退止或者进击的信号。此处金声代指锣声，行刑时鸣锣击鼓，也是动刑的信号。先后三遍，一遍比一遍紧急，故用"催急""忙"形容。
③两间：天地之间。正气：中医本指人的元气，引申为指人在社会中光明正大的气质品格。文天祥《正气歌》："天地有正气，杂然赋流形。"此即用文天祥《正气歌》原意以自况。泉壤：犹泉下、地下，指墓穴。潘岳《寡妇赋》："上瞻兮遗象，下临兮泉壤。"归泉壤：视死如归的意思，暗寓着自信"虽没泉壤，尸且不朽"（见《晋书·孙绰传》）之意。
④丹心：赤心，忠心。文天祥《过零丁洋》："人生自古谁无死，留取丹心照汗青。"此亦用这两句诗意以自励。帝乡：本为神话中天帝所住的地方，引申为指人间皇帝所住的地

方,亦即京城。杜甫《承闻河北诸道节度入朝欢喜口号》:"衣冠是日朝天子,草奏何时入帝乡。"此处实指南京,时称应天,为朱元璋定的大明王朝京城。这一句的意思是,自己是为大明尽忠而死的,赤胆忠心留在京城,自信可以光耀汗青。

⑤朱紫客:指朝廷中的高级官员。古代官员的朝服必有品级规定,高级官员着红色官服,紫色绶带,亦即所谓"朱衣紫绶"。

⑥铁人:铁石心肠的人。曹操《敕王必领长史令》:"忠能勤事,心如铁石,国之良吏也。"结尾两句连起来,意谓希望他的死能够感动朝廷中的高级官员,继续效忠于建文皇帝,不要依附于燕王朱棣。尽管这个遗愿并没有变成现实,但他视死如归的浩然正气,百代之下仍然可以感染后人。宁死不屈,气节可风。

[明] 李实诗1首

李实（1413—1485），字孟诚，号虚庵，四川合州（今属重庆）人。正统七年（1442）进士，历官礼部给事中、礼部都给事中，屡次上书针砭时弊。正统十四年（1449）明英宗朱祁镇被瓦剌太师也先俘虏，史称"土木之变"；次年也先遣使议和，李实主动请行，擢礼部右侍郎出使瓦剌，议和成功，得见朱祁镇。回朝后说服明代宗朱祁钰，遣使迎回朱祁镇。李实第二次出使瓦剌，再一次不辱使命，进右都御史，巡抚湖广。景泰八年（1457）英宗复位后，因忌恨李实先前谏言，将其免官。明宪宗朱见深继位后，于成化八年（1472）驿诏赴阙，复职致仕，终老田园。著有《虚庵集》，为第一个诗纪出使经历的本籍诗人。

## 使北迎上皇即事①

重整衣冠拜上皇，备闻天语②重凄凉。
腥膻充腹非天禄③，草野为居异帝乡④。
始信奸臣移国柄⑤，终教逆道叛天常⑥。
至今天使通和好，翠辇南旋省建章⑦。

**注释**

①使北：指第一次出使瓦剌。上皇：本指天帝，楚人用以称东皇太一，后为太上皇的简称。此指朱祁镇。即事：以当前事物为题材的诗。魏庆之《诗人玉屑·命意》："凡作诗须命终篇之意，切勿以先得一句一联，因而成章，如此则意不多属。然古人亦不免如此，如述怀、即事之类，皆先成诗，而后命题者也。"

②备闻：尽知。鲍照《升天行》："备闻十帝事。委曲两都情。"李周翰注："两汉都两京，各十余帝，其中情事，尽已知之。"天语：本指上天的告语，引申为指天子诏谕或者皇帝说的话，此即指朱祁镇当面对他说过的话。苏轼《用王巩韵赠其侄震》："朝廷贵二陆，屡闻天语温。"

③腥膻：指牛、羊肉的又腥又膻的刺鼻气味，代指牛、羊肉食。天禄：天赐的福禄。《书·大禹谟》："四海困穷，天禄永终。"后常代指帝位。这里代指皇帝所该吃的食物。

④帝乡：参见胡子昭《丹心诗》注④。这里代指皇帝所该住的地方。

⑤国柄：国家大权。《管子·立政》："大德不至仁，不可以授国柄。"移国柄：国家大权转移到他人之手，或谓大权旁落，或谓被人取代。此指后者，即英宗朱祁镇的皇权被代宗朱祁钰取代。相关史实为，李实当时面见朱祁镇，曾直言其走到被瓦剌人俘虏的地步，多是因为在位期间宠信太监王振，恳请朱祁镇获释回京之后，主动承担责任，并且引以为戒。殊不知，这一谏言却已种下朱祁镇对他忌恨的种子，复位以后将其免官。

⑥逆道：叛逆行为。《史记·李斯列传》："今高有邪佚之志，危反之行，如子罕相宋也；私家之富，若田氏之于齐也。兼行田常、子罕之逆道，而劫陛下之威信，其志若韩玘为韩安相也。"天常：天的常道，常指君臣、父子、夫妇、兄弟、朋友间的天生不变的伦理纲常。判天常：判的意思是分开，如柳宗元《封建论》所谓"遂判为十二，合为七国"；天常被分开意即三纲五常被撕裂了，亦即造成朝纲混乱了。此意承接上句"奸臣移国柄"而来，说得颇尖锐，为后被免官留下了祸根。

⑦翠辇：饰有翠羽的帝王车驾。李贺《追赋画江潭苑》："行云沾翠辇，今日似襄王。"旋：返回。南旋：返回到南方，意指回到北京。省：省去，不需要。建章：建章宫。《汉书·武帝纪》："二月，起建章宫。"文颖注："越巫名勇，谓帝曰：'越国有火灾，即复大起宫室，以厌胜之。'故帝作建章宫。"即太初元年（前104）二月，汉武帝听信巫勇的话，在长安城未央宫西兴建建章宫，以期用巫术"厌胜"之法镇住越国火灾。这里是借用这个典故，告诉朱祁镇车驾南归以后，原有的宫阙照旧，根本用不着另建皇宫。换一句话说，回去将复辟，不用担心。全诗紧扣住"迎上皇"展开，叙议结合，情理浑融，辞切意周，却又决无诡颜媚态。

## [明] 邹智诗2首

邹智（1466—1491），字汝愚，号立斋，又号秋囧，四川合州（今属重庆）人。性聪颖，12岁能文，15岁考取生员，成化二十二年（1486）乡试第一。翌年中进士，入翰林院为庶吉士。恨宦官弄权，宵小横行，上书孝宗求其亲君子，退小人。遂遭宦官刘吉、万安等迫害，下锦衣卫狱，虽严刑拷打，仍力驳诬陷之词。经正直士大夫营救而得免死罪，被贬至广东雷州石城千户所作吏目。总督秦纮檄召修书，乃居会城。闻陈献章讲道于新会，往受业，为学益精。弘治四年（1491）十月染疾遽卒，年仅26岁。天启初年，追谥"忠介"。

### 过惶恐滩[①]

惶恐滩名熟几年[②]，
今朝也自到滩前。
死生未必能惶恐[③]，
惶恐微诚未格天[④]。

**注释**

①惶恐滩：滩名，为赣江十八险滩之一，位于今江西万安县城外五公里的江面上。文天祥《过零丁洋》有句云："惶恐滩头说惶恐，零丁洋里叹零丁。"邹智被贬往广东，途经江西，写下这首纪行诗。但他不是写所见景象，而是仿效文天祥诗所用的谐音写心方式，凭即时感受浇胸中块垒。

②惶恐滩名：暗指文天祥《过零丁洋》诗，因起句中有惶恐滩滩名。熟几年：几年前便烂熟于心了。

③死生：借指死生荣辱。《史记·鲁仲连邹阳列传》："今死生荣辱，贵贱尊卑，此时不再至，愿公详计而不与俗同。"惶恐：兼有惊恐、害怕或惭愧、难为情等意涵。《史记·万石张叔列传》："建为郎中令，书奏事。事下，建读之曰：'误书！马者与尾当五，今乃四，不足一。上谴死矣！'甚惶恐。"未必能惶恐：并不一定能使人惶恐。因为儒家历来相信"死生有命，富贵在天"（见《论语·颜渊》子夏语）。这里暗用其意，犹言死生荣辱是由天命注定

的，无必要或不值得为之惊恐害怕。实则表明了坦然面对遭贬远谪，可能身死荒远之地的心迹，不失幽默、旷达。

④微诚：微小的诚意。陆机《谢平原内史表》："臣之微诚，不负天地。"格天：感通于天。《书·君奭》："在昔成汤既受命，时则有若、伊尹，格于皇天。"未格天：并没有感通于天。这一句的意思是，惶恐也不管用，感动不了上天的。天暗喻当今皇上，深层意思更在看穿当今皇上不可能收回成命，所以自己不必枉自惶恐不安。怨而不愤，实诗之道，分寸感还是体现其间的。

# 留别南徼诸友①

大江东下势如军，万里秋光此夜分。
去国元非章子厚②，立朝只合范希文③。
荷衣太薄从新制④，兰畹将芜趁早耘⑤。
众口是非何日定⑥，自将尧舜致吾君⑦。

**注释**

①南徼：南方边远地区。曹丕《述征赋》："镇江汉之遗民，静南徼之遐裔。"明代的雷州，即今广东雷州市一带，位于中国大陆最南端的雷州半岛中部。会城，今隶属于广东江门市新会区。对于中原王朝而言，包括雷州、会城在内的整个广东均属南徼。这里的南徼，当指广东的省城广州。

②去国：国指京城，去国即为离开京城。这里特指出狱后被贬往广东一事。元非：原本不是。章子厚：指北宋章淳。章淳字子厚，北宋中期政治家，在新旧党争中属新党，元祐八年（1093）为相后恢复王安石的免役法、保甲法、青苗法，对司马光等多所排斥。元符三年（1100）哲宗驾崩后，反对立端王赵佶为储。赵佶继位为徽宗，章淳失势，迭被贬谪，崇宁四年（1105）十一月卒于湖州团练副使贬所。其人品差，《宋史》列入《奸臣传》，后世亦有"交友莫交章子厚"之说。

③立朝：在朝为官。只合：只会是，必当是。范希文：指北宋范仲淹。范仲淹字希文，也是北宋政治家。宋仁宗时拜参知政事，发起"庆历新政"，推行改革（为王安石变法前奏）。新政受挫后，自请贬官，到地方历任数州知州。皇祐四年（1052）病逝于改知颍州途

中。知邓州时作《岳阳楼记》，名言"先天下之忧而忧，后天下之乐而乐"传之千古仍不朽。细审颔联不难发现，邹智拒斥章淳，景仰范仲淹，与是否致力改革无关，他注重的是其人道德情操高下如何。

④荷衣：本指荷叶，代指荷叶般的衣裳。典出屈原《离骚》："制芰荷以为衣兮，集芙蓉以为裳"，荷衣之类的香草乃是忠贞的表征，此即喻指忠贞。荷衣太薄：比喻忠贞犹有不足。从新制：比喻将在新的环境里提高修养，让忠贞达到更高的水平。

⑤兰畹：种兰草的苑圃。典出屈原《离骚》："余既滋兰之九畹兮，又树蕙之百亩。"滋兰九畹意谓培养众多君子。兰畹将芜：比喻时下君子偏少。趁早耘：比喻将珍惜年华，为多出君子尽心和尽力。

⑥众口：众人的言论，即舆论。《战国策·秦策三》："三人成虎，十夫楺椎，众口所移，无翼而飞。"成语也有"众口铄金"。是非：对与错，正确与谬误。众口是非：舆论当中的是非，原本就真假难辨，代指自己遭到构陷。暗寓忧谗畏讥之意，如陶潜《拟挽歌辞》之"得失不复知，是非安能觉"。定：有定评，犹言得出公正结论。

⑦这一句借用杜甫《奉赠韦左丞丈二十二韵》"致君尧舜上，再使风俗淳"句意，表明自己一如既往忠诚效力的心志。全诗灵活用典，反复致意，忠奸分明，既是向诸友交心，更是借熟典明志，真如《四库全书》评其"诗文多发于至性，不假修饰之功，虽间伤朴遫，而直气横溢"。

## [明] 王廷相诗5首

王廷相（1474—1544），字子衡，号平厓、浚川，别号河滨丈人，开封府仪封县（今河南兰考县仪封乡）人。弘治十五年（1502）进士，历任兵部给事中、四川佥事、山东副使等职，嘉靖初年以右副都御史巡抚四川，累迁南京兵部尚书，后入朝拜左都御史，升兵部尚书，累加太子太保。哲学上宗张载"气一元论"，倡导"为有用之学""治己之学"，与王尚纲合称"气学二王"。文学上工于古文诗赋，提倡复古，与李梦阳、何景明等并称"前七子"。在天文学、音韵学及农业方面也有所成就。嘉靖二十年（1541）受郭勋案牵连，被罢黜为民，嘉靖二十三年（1544）卒于乡里。穆宗即位后追赠少保，谥"肃敏"。遗著多收入《王氏家藏集》。

### 发白崖[①]

霜青沙塞欺我衣[②]，蛮方岁暮还思归[③]。
苍山冥冥落日尽，古渡渺渺行人稀。
可怜生事尚羁旅[④]，何日宦情真息机[⑤]？
沧洲鸥鹭同萧散[⑥]，魏阙动华绝是非[⑦]。

**注释**

①发：出发，即始离。白崖：本指白崖山，山有白崖寺，因传说建文帝靖难后为僧至重庆，隐于白崖寺而改称龙隐寺，山亦改称龙隐山。镇因山得名，始称白崖镇，后改称龙隐镇。民国《巴县志》："龙隐、石壁二山之间为龙隐镇，水陆交汇，极便舟车，为城西重镇，陶器甲全县，故里人胡曰磁器口。"故今之磁器口镇，即前之龙隐镇，早之白崖镇。这里的白崖实指白崖镇。

②霜青：霜成青白色，本代指秋霜，此指岁暮严霜很重。沙塞：沙子塞入衣内。欺我衣：指严霜打湿了衣服，寒风挟着嘉陵江畔的沙子塞入了衣内。首句点出环境，略见萧瑟气氛。

③蛮方：泛指当时川、滇、黔地区少数民族聚居的地方。岁暮：岁末，一年将近之时。杜甫《岁暮》："岁暮远为客，边隅还用兵。"这里即用杜甫诗意。因为嘉靖初年王廷相奉命

以右副都御史巡抚四川,是为了讨平芒部、沙保。芒部位于今云南昭通市镇雄县西北部,为彝族聚居地,沙保位于今贵州黔南罗甸县一带,为苗族、布依族聚居地。岁暮之时还承担着边隅用兵的重任,所以产生了思归之念。

④生事:惹起麻烦,制造事端。《公羊传·桓公八年》:"遂者何?生事也。"这里指芒部、沙保少数民族叛乱,必须用兵讨平的麻烦事务。羁旅:长久客居异乡。《周礼·地官·遗人》:"野鄙之委积,以待羁旅。"郑玄注:"羁旅,过行寄止者。"这一句抱怨,因大麻烦而客居异乡。

⑤宦情:做官的志趣或意愿。陆游《宿武连县驿》:"宦情薄似秋蝉翼,乡思多于春茧丝。"这里即暗用陆诗意。息机:息灭机心。见佛教《楞严经》卷六:"息机归寂然,诸幻成无性。"这一句表露,他对这样做官已失去兴趣,期盼着尽早复归于常态。

⑥沧洲:滨水的地方,常喻指隐士居处。杜甫《曲江对酒》:"吏情更觉沧洲远,老大悲伤未拂衣。"鸥:鸥类水鸟。鹭:鹭类水鸟。鸥鹭代表着自由自在的各种水鸟。萧散:犹言潇洒、消洒,形容无拘无束,闲散舒适。这一句承接"息机"而来,流露出了宁肯隐居的心思。

⑦魏阙:古代宫门外两边高出的楼观,楼观之下常为悬布法令之所。亦常借指朝廷。《庄子·让王》:"身在江海之上,心居乎魏阙之下。"动:不觉,不经意。高适《别杨山人》:"不到嵩阳动十年,旧时心事已徒然。"华:动词,从当中剖开。例见《礼·曲礼上》:"为国君者华之。"郑玄注:"华,中裂之,不四拆也。"动华:意指朝廷不经意间便能判断。绝:戒,杜绝。《论语·子罕》:"子绝四:毋意、毋必、毋固、毋我。"绝是非:杜绝发生孰是孰非的争论。如此结尾既陡峭,又婉曲,表明王廷相心理极矛盾,所以全诗调子低沉。从全诗的意绪看,受命用兵分明有违其本心,但他不敢言透,只好模糊了之。

# 登瞿唐城望杜工部故迹①

杜子东归滞三峡,秋风茅屋瀼西东②。
卧龙跃马③几回梦,赤甲白盐相对雄。
骥足如存看历块④,凤翎崛起耻因风⑤。
长歌激烈悲生事,吾道扁舟异代同⑥。

注释

①瞿唐城:南宋淳祐四年(1244)筑,在今重庆奉节县东的白帝山下。道光《夔州府

志》引《元一统志》:"宋淳祐二年,以兵火,仍州治白帝。四年,余玠命韩宣城瞿唐。至元二十二年,仍还瀼西旧治。"此瞿唐城,即余玠所建抗蒙山城防御体系中的新白帝城。

②秋风茅屋:借杜甫在成都所作《茅屋为秋风所破歌》,代称杜甫流寓夔州期间的三处故宅。瀼:瀼溪,即今梅溪河。瀼西东:指杜甫的三处故宅都位于瀼水以西、瀼水以东。杜甫《从瀼西移居东屯》诗有句:"东屯复瀼西,一种住青溪。来往皆茅屋,淹留为稻畦。"

③卧龙跃马:概指三国时诸葛亮、东汉初公孙述在白帝城发生的故事,于唐宋人诗中多有注,兹不复注。

④骥足:比喻高才。《三国志·庞统传》:"吴将鲁肃遗先主书曰:'庞士元非百里才也,使处治中、别驾之任,始当展其骥足耳。'"历块:形容疾速,喻称骏马,引申为指不羁之才。《汉书·王褒传》:"过都越国,蹶如历块。"颜师古注:"如经历一块,言其疾之甚。"杜甫《大历三年春白帝城放船出瞿塘峡》诗有句:"出城皆野鹤,历块匪辕驹。"这一句叠用二典,盛赞杜甫为不羁高才。

⑤凤翎:禽羽的美称。萨都剌《同伯雨游凝神庵因观宋高宗赐蒲衣道士白羽扇》诗:"蒲衣道士无人识,羽扇年多落凤翎。"此借指凤凰、大鹏之类不凡的鸟,实喻指杰出人才,特喻杜甫。因风:凭借风力。权德舆《祗命赴京途次淮口因书所怀》:"因风试矫翼,倦飞会归林。"这一句的意思是,杜甫原本是不凡大才,尽可以崛然而起搏击云天的,但他耻于去巴结权贵借助风力,因而终其一生也未能施展大才。简言之,就是赞美杜甫自由自在的特立品格。

⑥吾道:我的学说或者主张。《论语·里仁》:"子曰:'参乎,吾道一以贯之。'"引申为指我的追求或者意趣。杜甫《屏迹》:"用拙存吾道,幽居近物情。"此即用杜诗意。扁舟:小船。李白《宣城谢朓楼饯别校书叔云》:"人生在世不称意,明朝散发弄扁舟。"此兼用李诗意。异代同:指与杜甫虽然未能生活于同一世代,但在追求自由自在上,价值取向是相同的。由这一首诗,反观《发白崖》第五、六、七句,足以认定王廷相果真有"人生在世不称意,明朝散发弄扁舟"的人生意向,绝非矫情的故作高深。

# 昭烈庙①

汉家王气衰微②久,帝胄经营更不疑③。
海岳神灵归篡窃④,西南天险总支离⑤。
卧龙那拟⑥三分国?流马空怜两出师⑦。
千载君臣遗庙貌⑧,风云想象见当时⑨。

**注释**

①昭烈：刘备谥号。昭烈庙：刘备庙。唐代以降，庙在今奉节县城东六里，与武侯祠各别。明嘉靖十二年（1533），四川安抚司副使张俭毁白帝山"三功祠"，改塑刘备、诸葛亮像于其间，更名"义正祠"。此诗所写昭烈庙，当指"义正祠"。

②汉家：汉朝。《史记·太史公自序》："是岁天子始建汉家之封，而太史公留滞周南，不得与从事。"王气：象征帝王运数的祥瑞之气。《东观汉记·光武帝纪》："望气者言，舂陵城中有喜气，曰：'美哉王气，郁郁葱葱！'"汉家王气：代指刘氏家天下的统治地位。衰微：衰落，衰败。

③帝胄：皇族。麻革《密国公挽词》："人知尊帝胄，我但识儒冠。"此处特指刘备。《三国志·先主传》："先主姓刘，讳备，字玄德，涿郡涿县人，汉景帝子中山靖王胜之后也。"经营：谋划、安排。《战国策·楚策一》："夫以一诈伪反覆之苏秦，而欲经营天下，混一诸侯，其不可成也亦明矣。"这里概言刘备如何终成帝业。更不疑：尤其无可置疑，意谓刘备乃是"汉家王气"正统。

④海岳：大海与高山，代称天下。《抱朴子·逸民》："吕尚长于用兵，短于为国，不能仪玄黄以覆载，拟海岳以博纳。"神灵：神祇，天神与地神，泛指神明。《汉书·郊祀志上》："神灵之休，祐福兆祥。"海岳神灵：借指整个天下社稷、祖宗基业。篡窃：篡夺窃取。指汉室政权已被曹操篡夺窃取了。

⑤西南：地域概念。汉代的西南，与今之西南不全一样，据《汉书·西南夷列传》《后汉书·南蛮西南夷列传》所指，除包括与今相重合的滇、黔、川西南、渝东南而外，还包括鄂西、湘西、湘南等所谓"武陵蛮"聚居地。支离：分散，分裂。这一句暗寓一个意思，那就是诸葛亮受刘备托孤之命以后，不得不先"五月渡泸，深入不毛"（见《三国志·诸葛亮传》），以解除蜀汉南方后顾之忧。

⑥那拟：哪里是打算要。意思是诸葛亮辅佐刘备的初衷决非三分天下，而是如其《出师表》所说："今南方已定，兵甲已足，当奖率三军，北定中原，庶竭驽钝，攘除奸凶，兴复汉室，还于旧都。此臣所以报天下，而忠陛下之职分也。"（见《三国志·诸葛亮传》）

⑦流马：代指木牛流马。《三国志·诸葛亮传》记载："亮性长于巧思，损益连弩、木牛、流马，皆出其意。""九年，亮复出祁山，以木牛运。"此以流马代指诸葛亮曾六出祁山，积极北伐。空怜：空喜欢。两出师：指《出师表》及《后出师表》。

⑧庙貌：庙宇及神像。《诗·周颂·清庙序》郑玄笺："庙之言貌也，死者精神不可得而见，但以生时之居，立宫室象貌为之耳。"这一句的意思是，时越千年，刘备与诸葛亮君臣同祀于"义正祠"内。

⑨这一句紧承上一句，意思是历尽千年风云变幻，仍然引人遐想，仿佛若见三国时期他们固有的风貌。追仰之情，溢于言表。但标题《昭烈庙》，却主颂诸葛亮，足见王廷相心自有所属。

# 巴人竹枝歌六首（选二）

## 其一

野鸭唼唼①一双飞，飞到侬池不肯归②。

莫共鸳鸯斗毛羽③，鸳鸯情性④世间稀。

## 其二

郎在瞿塘侬自愁，生憎风水⑤打船头。

江灵若解渠⑥侬意，郎若来时水不流⑦。

**注释**

①唼（shà，音煞）唼：象声词，形容鱼、鸟吃东西时的声音，这里是形容野鸭的叫声。陆游《长歌行》："野鸭嘴唼唼，朝浮杜若洲，暮宿芦花夹。"

②侬：我。不肯归：不肯飞回原处去。一、二两句的"野鸭"，喻指别处来的野男子，来了就赖着不走，用言语、歌声挑逗自己。

③莫共：不要同。李商隐《无题四首》："春心莫共花争发，一寸相思一寸灰。"斗毛羽：争比谁的羽毛美。这里的"鸳鸯"借喻自己爱上的男子。这一句是正告"野鸭"。

④情性：本性，情意。鸳鸯情性：据民间传说，鸳鸯总是雌雄偶居、不离不弃的，爱情十分坚贞。这一句承上一句，进一步表明自己与爱人的爱情十分坚贞，警告"野鸭"不要抱有非分之想。整首竹枝歌以女主"侬"为表现主体，以两种鸟喻两种人，以鸳鸯情性喻爱情坚贞，其拒斥挑逗风趣纯正，声情形态若在目前。

⑤生憎：十分厌恶。卢照邻《长安古意》："生憎帐额绣孤鸾，好取门帘贴双燕。"风水：风浪。这一句直白表达对"渠"安危的担心。

⑥江灵：江神。渠：他，特指下句的"郎"。

⑦水不流：江水不再流。语义双关：一是江神保佑，风平浪静，让郎平安到来；二是从此一切固定，郎将不再离去。语言直白，想象奇特，与前一首各臻其妙。

## [明] 何景明诗3首

何景明（1483—1521），字仲默，号白坡，又号大复山人，信阳（今属河南）人。弘治十五年（1502）进士，授中书舍人。弘治十八年（1505）出使滇南，一年后返京，途次经由三峡。正德十三年（1518）升任陕西提学副使，三年后辞官归里，病逝于乡。一生性耿直，淡名利，致力于明代文学改革，为明代"文坛四杰"之一，"前七子"之一。著有辞赋32篇，诗1560首，文137篇，辑有《大复集》38卷。

### 义正祠①

漂泊依刘②计，间关③入蜀身。
中原无社稷④，乱世有君臣⑤。
峡路元通楚，岷江⑥不向秦。
空山一祠宇，寂寞翠华春⑦。

**注释**

①义正祠：参见王廷相《昭烈庙》注①。

②漂泊：随流漂流或停泊，多喻生活不固定，居无定所。语出庾信《哀江南赋》："下亭漂泊，高桥羁旅。"依刘：依附刘表。都是概述诸葛亮的早年身世。见《三国志·诸葛亮传》："诸葛亮字孔明，琅琊阳都人也……亮早孤，从父玄为袁术所署豫章太守，玄将亮及亮弟均之官。会汉朝更选朱皓代玄，玄素与荆州牧刘表有旧，玄卒，亮躬耕陇亩。"

③间关：本为象声词，形容车行声或鸟叫声，引申喻指旅途崎岖、辗转、艰辛。《后汉书·邓骘传》："遂逃避使者，间关诣阙。"李贤注："间关，犹崎岖也。"这一句的意思是，诸葛亮的早年人生之旅充满了崎岖转折，直至刘备三顾茅庐后方才大变，导致跟随刘备入蜀。

④中原：本意为"天下至中的原野"，概指以河洛为中心的黄河中下游地区，又称华夏、中土、中州，泛指中国。社稷：本指古代帝王、诸侯所祭祀的土神和谷神，多代称国家。《礼·曲礼下》："国君死社稷。"无社稷：意指曹操"挟天子以令诸侯"，刘氏汉朝的国家实际上不复存在。

⑤乱世：动荡混乱不安定的年代，特指东汉末年军阀割据，战乱不已，终至魏、蜀、吴

三分天下的动荡年代。有君臣：特夸刘备与诸葛亮之间建立起了合乎君君臣臣纲常的良好关系。

⑥岷江：长江。古人以为长江发源于岷山，故称为岷江。这一句及上一句，表层意思是即地描述三峡以至长江的自然流向，深层意思却在于借喻诸葛亮和刘备走的是顺天之道，而非逆天之道，从而暗点"义正"。

⑦翠华：古代帝王仪仗中以翠羽为饰的旗帜或车盖，代称帝王。陆游《晓叹》："翠华东巡五十年，赤县神州满戎狄。"此代指刘备建立的帝业。翠华春：帝业的春天。这一句承上一句，合起来的意思是：刘备的帝业春天早已是过眼烟云。点出"祠宇"。与王廷相《昭烈庙》比较，虽同时代人同题作诗，何景明的不同处在于，他关注的不是历史人物的功业德行，而是历史长河中的兴废无常。

# 秋兴八首（选一）①

蜀中形胜②千年在，峡树江花照使袍③。
神女庙深虚暮雨，汉王台迥落④秋涛。
渔人东望沧浪阔⑤，客子西来⑥滟滪高。
不见啼猿系舟处，风波遥夕梦魂劳⑦。

**注释**

①秋兴：因感秋而寄兴。杜甫在夔州有《秋兴八首》。何景明这一组同题诗，不排除有追效杜诗的缘起，但二者之间无直接关联。此录其第四首。

②形胜：意指山川壮美之地。柳永《望海潮》："东南形胜，三吴都会，钱塘自古繁华。"此处代指名胜古迹，即三、四句的神女庙和汉王台。

③照：映照，光耀。使袍：使臣所穿的袍服。当时何景明是出使滇南后返京复命，具有使臣身份，故用此概念。

④汉王台：本为汉中南郑的汉代张鲁祠宇。民国《续修南郑县志》中的《舆地志·山脉》记述："又东居龙头山下者，曰汉王台，相传张鲁遁迹处。"此处借用其名称，代称东汉初年公孙述、东汉末年刘备遗留于奉节的祠宇，即白帝庙（义正祠、先主庙）。迥：远。落：通"络"，联络。《庄子·秋水》："落马首，穿牛鼻，是谓人。"《淮南子·原道》"落"字作"络"。迥落：远远地相联络。

⑤沧浪（láng，音狼）：古水名，有汉水、汉水之别流（均水）、汉水之下流、夏水诸说。《孟子·离娄上》："有孺子歌曰：'沧浪之水清兮，可以濯我缨；沧浪之水浊兮，可以濯我足。'"沧浪阔：指今湖北省一带。此句借喻即将东下。

⑥客子：离家在外的人。王粲《怀德》："鹳鹉在幽草，客子泪已零。"此指诗人自身。西来：自西而来。

⑦遥夕：长夜。鲍照《游思赋》："结中州之云梦，托绵思于遥夕。"此即暗用鲍赋意。劳：辛劳，劳苦。宋濂《送东阳马生序》："坐大厦之下而诵诗书，无奔走之劳矣。"梦魂劳：梦做得非常辛苦。整首诗由神女庙之深、汉王台之迥触发感慨，再叠加沧浪之阔、滟滪之高，终引向遥夕梦劳，反复寄兴地抒发出了思归之情。

# 竹枝词

十二峰头秋草荒①，冷烟寒月②过瞿塘。
青枫江上孤舟客③，不听猿声亦断肠④。

**注释**

①荒：荒芜。秋草荒：代指山头树木失去了苍翠之色，时令已至秋天。暗寓着曹丕《燕歌行》"秋风萧瑟天气凉，草木摇落露为霜"之意。

②冷烟：晓雾。顾夐《虞美人》："晓帷初卷冷烟浓。"寒月：清冷的月光。李白《望月有怀》："寒月摇清波，流光入窗户。"

③青枫：苍翠的枫树。辛弃疾《沁园春·有美人兮》："觉来西望崔嵬，更上有青枫下有溪。"枫树在深秋叶将变红，而叶色尚青，意味秋尚未深。孤舟客：孤船之上的客子，独在异乡寓意其间。陆鈇《泊舟》："远道孤舟客，荒村独树烟。"孤独凄清，意境相同。

④这一句明白如话，却极具颠覆性以及震撼力。历来三峡民谣如《女儿子》唱的都是"巴东三峡猿鸣悲，夜鸣三声泪沾衣"，这一传统意象被其颠覆了。杜牧诗《猿》有句"三声欲断疑肠断，饶是少年今白头"，犹是推拟辞，远不如此句肯定决绝，因而倍加震撼人心。写三峡孤旅凄苦愁绝，历来诗歌无如此作夸张到极致。

## [明] 杨慎诗 5 首

杨慎（1488—1559），字用修，号升庵，四川新都人。11岁能诗，14岁入京作《黄叶》诗，获李东阳赞"此非寻常子所能"。正德六年（1511）中状元，授翰林院修撰，参与修《武宗实录》，秉性刚直，仕途多舛，嘉靖三年（1524）因"议大礼"冒死直谏，触怒世宗，遭廷杖，削籍谪戍云南永昌卫（今保山市），居三十余年不得返乡，逝于戍所。其间曾两度上下于三峡。一生博学，于文学为优，《明史》本传称"明世记诵之博，著作之富，推慎为第一"。现存著作298种，诗约2300首，主要作品多收入《升庵集》，凡81卷。同辈薛蕙《升庵诗序》称赞其诗"唐之四杰不能过也"。

## 竹枝词九首（选二）①

### 其一

日照峰头紫雾②开，雪消江面绿波来。
鱼复浦边晒网去，麝香山③上打柴回。

### 其二

青江白石女郎神④，门外往来祈赛频⑤。
风沾青旗香雨⑥歇，山桂花开瑶草⑦春。

**注释**

①竹枝词九首：杨慎经三峡所作。今录其第二首和第五首。焦竑评论："似雅似俗，最得竹枝之体，刘禹锡后独此公耳。"

②峰头：指夔门赤甲山和白盐山。古夔州十二景首列赤甲晴晖，次列白盐曙色。紫雾：红色云霞。

③麝香山：山名，在奉节县城东四十里。杜甫《入宅》："水生鱼复浦，云暖麝香山。"这首竹枝词语调鲜活，色彩浓丽，形象地再现了夔州渔民和樵夫的勤劳。

④青江：水色清澈的江河，即清江，又名夷水。发源于今湖北省恩施州利川市之齐岳山

（七曜山），流经利川、恩施、宣恩、建始、巴东、长阳、宜都七县市，在宜都陆城汇入长江。传说江有盐水女神。此借指三峡地区的江河，并非确指夷水。白石：传说中神仙的粮食。刘向《列仙传·白石生》："白石生，中黄丈人弟子，彭祖时已二千余岁……尝煮白石为粮。"女郎神：扮作神祇从事祈赛活动的女巫。

⑤祈赛：一种巫风遗俗，泛指谢神佑助的祭典。孙光宪《菩萨蛮》："铜鼓与蛮歌，南人祈赛多。"祈赛频：谓"祈赛多"。

⑥青旗：酒旗。元稹《和乐天重题别东楼》："唤客潜挥远红袖，卖炉高挂小青旗。"香雨：花雨；雨带花香，故名。不特定指某一种花，如孟郊《清乐曲》之"樱桃花参差，香雨红霏霏"，刘景翔《如梦令》之"独立荷汀烟渚，一叠锦云香雨"，随四季而变。这一句写祈赛活动后，乡民们聚集酒肆狂欢庆祝。

⑦瑶草：神话传说中的仙草，如灵芝等；亦泛指珍美的草。元好问《春风来》诗："春风来时瑶草芳，绿池珠数宿鸳鸯。"这里以山桂花开代指秋天，瑶草春代指春天，犹言一年四季。按巫风遗俗，诸如端午节"采艾以为人，悬门户上，以禳毒气"（见《荆楚岁时记》），中秋节"乞子者，潜入人园圃摘瓜以归，曰摸秋，戚友或以彩红包瓜，送入望子之家，曰送瓜，盖取瓜瓞绵绵之意"（见光绪《大宁县志》），多与植物相关联。因此，这一句意指一年四季都有巫风活动。这首竹枝词集中反映三峡地区的巫风民俗，并且写得摇曳多姿，别具风采。

# 万县元日①

官烛光中饮颂花②，村鸡声里换年华。

寥寥人语水乡市③，统统鼓音山县④衙。

江上春风先入棹，客边元日倍思家。

去程回望⑤各千里，翠壁青林寒雨斜⑥。

**注释**

①万县：今重庆万州区。西魏废帝二年（553）置鱼泉县，为区境设县之始。北周武帝天和初（约567年及其后），置万川郡，后鱼泉县亦改称万川县，郡、县同治于万川县，为区境有"万"字之始。历隋、唐、宋、元，县名为南浦、武宁，属万州。明洪武六年

(1373)十二月,降万州为县,始称万县。这首诗作于被谪戍云南之初。

②官烛:官府提供给官吏办公用的蜡烛。《初学记》引三国时期吴人谢承《后汉书》:"巴祗为扬州刺史,与客坐暗中,不然官烛。"颂花:本指赞美花的诗句,这里代指吟诗。饮颂花:饮酒吟诗。

③水乡:指河多、湖多的地方。万县滨临长江,且多大小支流,故此代指万县。市:交易的场所。市场本是人多语杂的场所,时下却是人语寥寥了,表明绝大多数人都已回家过年了,反衬旅人孤舟寂寥。

④纨(dǎn,音胆):象声词,特用于击鼓之声。欧阳修《御街行》:"乳鸡酒燕,落星沉月,纨纨城头鼓。"山县:万县为山城,故以此称之。只能听到县衙报时的鼓声,进一步渲染孤舟寂寥。由三、四句的叠加衬托,引出五、六句,更凸显"客边元日倍思家"。

⑤去程:指去云南永昌卫还将跋涉的里程。回望:指万县与北京之间。如此计算里程,心境何其悲凉!

⑥结句描写自然环境,突出"寒"意。元日本是天下生民共同享有的欢乐节日,此诗却于乐时写悲情,句句寂寥,层层凄清,倍增的情意岂限于思家?其无字处更加令人感慨万千。

# 铜罐驿①

金剑山头寒雨歇②,铜罐驿前朝望通③。
天转山移回合异,春添江色浅深同④。
巴农麦陇层云上,楚客枫林返照中⑤。
水底鲤鱼⑥长尺半,寄书好到锦亭⑦东。

**注释**

①铜罐驿:明代开始设置的一个水驿,地属今重庆九龙坡区,东连大渡口区跳磴镇,东南临长江,与江津区隔江相望,西与西彭镇接壤,北与陶家镇毗邻。杨慎谪戍云南达三十几年,其间曾几次获准回川省亲,其中一次于重返戍地的途中过铜罐驿而有此作。确切时间说不准,第二句注有推测。

②金剑山:主要在今重庆璧山区境内,西南麓入大渡口区跳磴镇,与铜罐驿邻近。《巴

县志》记其山"壁立江上，乱石磊砢，松柏峭拔。沿岭建寺，故极崇闳"。寒雨：冷雨。王昌龄《芙蓉楼送辛渐》："寒雨连江夜入吴，平明送客楚山孤。"这里应是春寒料峭时节的一场冷雨。寒雨歇：冷雨停止；隐喻朝内出现转机，详见下句。

③朝望：指朝廷中有威望的大臣。《陈书·到仲举传》："及文帝崩，高宗受遗诏为尚书令入辅，仲举与左丞王暹、中书舍人刘师知、殷不佞等，以朝望有归，乃遣不佞矫宣旨，遣高宗还东府。"通：通达，传递信息而有所了解。杨慎被谪后，嘉靖十七年（1538）十一月，礼科给事中顾存仁上疏，请求世宗赦免所有因议大礼而被流放的大臣；嘉靖三十二年（1553），黔国公沐朝弼帮助杨慎，欲让他举家迁回四川。顾存仁或沐朝弼，均可能为朝望通所指。

④这两句写在铜罐驿所望见的山水实景，明面上的"天转"和"春添"，山势的变化和水色的变化，都暗喻朝廷中的形势正在起变化，向着天地回春的方向好转。产生这种感觉的动因，正是上一句的"朝望通"。

⑤这两句不是写实景，而是写展望，写闻"通"的憧憬。"巴农"明面写巴地农民夏收之喜，"楚客"明面写楚地商人秋还之喜，暗喻或夏或秋，自己便能如愿以偿，美梦成真。

⑥鲤鱼：代称"鲤鱼传书"故事。汉乐府诗："客从远方来，遗我双鲤鱼。呼儿烹鲤鱼，中有尺素书。长跪读素书，书中竟何如？上言长相思，下言加餐饭。"

⑦锦亭：锦江亭，代指成都。七、八两句的意思是，要赶紧修书，把大好消息告诉亲人。整首诗既非纪游，也非写景，而是在铜罐驿突闻朝廷信息后的喜悦心情的集中表达。只可叹，终为一场空欢喜，至终老仍未能还乡。

# 钓鱼城王张二忠臣词①

钓鱼城下江②水清，荒烟古垒气犹生③。
睢阳百战有健将④，墨翟九守⑤无降兵。
犀舟曾挥白羽扇⑥，雄剑几断曼胡缨⑦。
西湖日夜尚歌舞⑧，只待崖山⑨航海行。

**注释**

①王张：王坚、张珏。王坚，南宋抗蒙名将，任兴元府都统兼知合州期间，与副将张珏

一起统领军民坚守钓鱼城，多次击退蒙军，对方蒙哥大汗亦于钓鱼城下中炮风之后不治身亡。张珏，南宋抗蒙名将，继王坚历任兴元府都统兼知合州，四川制置副使兼知重庆，坚守钓鱼城和重庆城直至景炎三年（1278）二月重庆失守，被俘殉难。二人事迹见《重庆历史名人典》。

②江：指嘉陵江和渠江。渠江于钓鱼城南注入嘉陵江。

③古垒：指钓鱼城遗迹。气：气象，借指王坚、张珏领导、指挥钓鱼城保卫战的英雄气概和精神遗传。生：生机。

④睢阳：今河南商丘市。唐代安史之乱中，于肃宗至德元年（756）发生了睢阳之战，唐军主将主客郎中张巡和睢阳太守许远指挥不足8000人坚守睢阳十个月，抵抗以尹子奇为首的18万叛军的围攻，为保卫唐王朝作出了重要贡献。健将：英勇善战的将领，指张巡、许远。韩愈《张中丞传后叙》赞扬张许"守一城，捍天下，以千百就尽之卒，战百万日滋之师，蔽遮江淮，阻遏其势，天下之不亡，其谁之功也！"这一句借用此典，以张巡、许远喻王坚、张珏，以睢阳保卫战喻钓鱼城保卫战，赞扬王张及其领导、指挥的钓鱼城保卫战"守一城，捍天下"，延续南宋国祚的重大贡献。

⑤墨翟：先秦墨家创始人墨子的姓名。墨翟九守：战国前期楚国企图侵略宋国，公输盘助楚造攻城器械（云梯），墨子闻讯从北方赶到楚国，在攻守模拟战中九胜公输盘，阻止了战事发生。典出《墨子·公输》："子墨子解带为城，以牒为械，公输盘九设攻城之机变，子墨子九距（通拒）之。公输盘之攻械尽，子墨子之守圉有余。"这一句借用此典，赞扬王张依凭钓鱼城防御体系，多次挫败了进犯的蒙军，保卫了钓鱼城。

⑥犀舟：犀舟劲楫，指坚固的船和强劲的桨。语出《后汉书·张衡传》："虽有犀舟劲楫，犹人涉卬否，有须者也。"白羽扇：用鸟类羽毛做成的扇子，简称为羽扇。汉末、魏晋时期盛行于江东，传蜀诸葛亮、晋顾荣皆有持白羽扇指挥众军的故事，陆机、傅咸均有《羽扇赋》。苏轼《念奴娇·赤壁怀古》："遥想公瑾当年，小乔初嫁了，雄姿英发，羽扇纶巾，谈笑间，樯橹灰飞烟灭。"这一句借用周瑜指挥东吴水军，取得赤壁之战胜利的典故，以周瑜喻王坚、张珏，以白羽扇喻指挥若定，赞扬王张的军事才能和将帅风范。

⑦雄剑：本指春秋时期吴人干将、莫邪所铸的名剑之一。《太平御览》引《烈士传》："干将、莫邪为晋君作剑，三年而成。剑有雄雌，天下名器也。"泛指宝剑。几：几近，差不多。曼胡：亦作缦胡，指粗而没有文理的帽带，武士冠缨。借指兵卒。曼胡缨，亦作缦胡缨，义同。李白《侠客行》："赵客缦胡缨，吴钩霜雪明……闲过信陵饮，脱剑膝前横。将炙啖朱亥，持觞劝侯嬴……千秋二壮士，烜赫大梁城。"这一句假借李白诗意，实用《史记·信陵君列传》典故，以信陵君发现和重用侠客侯嬴、朱亥，在其帮助下取得兵权、实现救赵，喻称和赞扬王坚、张珏在钓鱼城保卫战中也善于发现和重用能人，差一点就取得了最终胜利。一个"几"字，曲尽惋惜。

⑧这一句化用宋人林升《题临安邸》诗意："山外青山楼外楼，西湖歌舞几时休？暖风熏得游人醉，直把杭州作汴州。"其间暗含着一层深意，那就是南宋统治集团醉生梦死，注定亡国，王张尽忠归根结底白费了。

⑨崖山：又作厓山，亦称厓门山、崖门，在今广东新会县海中。南宋末年，张世杰奉幼帝赵昺困守于斯，兵败后陆秀夫背负赵昺跳海而死，正式宣告南宋灭亡。全诗以此作结，连同上一句，意在强调王张尽忠挽救不了南宋的灭亡。从第三句起，一句用一典，每一典都切入了一个侧面，从而多侧面地对王张作了历史评价。见深论宏，言剀意切，历代钓鱼城诗当以之为翘楚。

## [明] 喻时诗1首

喻时（1506—1571），字中甫，号吴皋，河南光州（今河南潢川）人。嘉靖十七年（1538）进士，初任吴江（今属江苏）令，擢为浙江道监察御史、应天府（今南京市）丞，严于治吏，取信于民，民称之"喻青天"。再转南京太仆寺卿，巡检都御史，巡按山西、四川。后升任操江提督漕运总督，兼凤阳巡抚，主掌皇畿"中都"事务。再转总督陕西三边军务，御边有功，官至兵部右侍郎。因触怒权贵，迁为南京兵部右侍郎，隆庆五年（1571）逝于户部左侍郎任上。遗著有《海上老人集》2卷，《吴皋先生文集》4卷。

## 重庆①

一片石头二水环，天镛城阙破愁颜②。
逐家岚气生衣上③，隔市江光入座间。
莺羽晴歌明月峡④，树林春点缙云山。
玉珍未必能胜此⑤，收拾清朝拟重关⑥。

**注释**

①此诗诗碑今存重庆罗汉寺藏经阁内，其末署"嘉靖岁壬子首夏吴皋"。嘉靖壬子年为嘉靖三十一年（1552），其时正巡按四川。吴皋为其号，不能与元人吴皋相混。

②镛：大钟。《尔雅·释乐》："大钟谓之镛。"天镛：天生的大钟。城阙：本指城门两旁的瞭望楼台，多代指城市。王勃《送杜少府之任蜀州》："城阙辅三秦，风烟望五津。"这里将重庆城比喻成一口天生的大钟，想象新奇，意象独特。愁颜：愁容，人愁眉苦脸的样子。这里是借喻重庆城过去残破不堪的状态。破愁颜：破除了愁容，比喻重庆城旧貌换新颜。历史背景为，南宋彭大雅主持修筑的重庆城，经历了长达五十多年的宋蒙（元）之战，以及元末政府军与农民军的反复争夺战，至明初业已残破不堪。明洪武八年（1375），重庆卫指挥使戴鼎重新主持筑城，按九宫八卦设九开八闭十七道城门，以石筑城，筑成了远超旧城规模的"高十丈，周二千六百六十丈七尺，环江为池"（乾隆《巴县志》）的新重庆城，故称"破愁颜"。

③岚气：山中雾气。谢灵运《晚出西射堂》："晓霜枫叶丹，夕曛岚气阴。"生衣上：仿佛从人的衣裳上面生发出来，形容雾多雾浓。王维《敕借岐王九成宫避暑应教》："隔窗云雾生衣上，卷幔山泉入镜中。"重庆山城由于两江环绕，四面多山，冬春季节多雾，曾被称作"雾都"。喻时第一个以诗揭示了这一特点。

④莺羽：有华丽羽毛的鸟儿。语出《诗·小雅·桑扈》："交交桑扈，有莺其羽。"明月峡：在今重庆南岸区广阳坝一带，又称明月沱。《华阳国志·巴志》："巴郡东广德屿，有明月峡。"

⑤玉珍：明玉珍，元末红巾军徐寿辉部将，至正十七年（1357）引军攻占重庆，至正二十二年（1362）称帝，国号"大夏"，定都重庆。至正二十六年（1366）病殁，其子明昇即位。明洪武四年（1371）明太祖朱元璋派汤和、傅友德率军分水、陆二路进攻重庆，明昇降。胜（shēng，音生）：能承担，犹言胜任。晁错《论贵粟书》："数石之重，中人弗胜。"此：指重新筑重庆城。历史上的明玉珍，称帝是想有所作为的，但仅38岁便死了，故喻时如此评论。

⑥收拾：整顿、整治。岳飞《满江红》："待从头、收拾旧山河，朝天阙。"清朝：清明的朝廷。《后汉书·列女传·班昭》："吾性疏顽，教道无素，恒恐子谷负辱清朝。"这里指明王朝。重关：重深而险要的关塞。曹植《美女篇》："青楼临大路，高门结重关。"拟重关：俨然是一座巍峨雄关。这一句的意思是，只有进入明王朝治理时期，才能致力整治，由戴鼎主持将重庆城修筑成一座险要雄关。作诗之时距戴鼎筑城已达150年左右，但喻时能从历史的大视野写重庆城的废兴及新貌，立意别具一格，显得十分大气。

## [明] 来知德诗5首

来知德（1525—1604），字矣鲜，号瞿塘，夔州府梁山县（今重庆梁平区）人。嘉靖三十一年（1552）举人，屡上公车不第后"杜门谢客，穷研经史"，成为理学一大家。万历二十七年（1599）完成《易经集注》，面世后"名动京师"，士林誉扬。万历三十年（1602）朝廷特授翰林院待诏，以老疾辞，诏以所授官致仕。逝后建来子祠，万历御赐"崛起真儒"匾额。其理学著述还有《大学古本章句》《理学辨疑》《心学晦明解》《省觉录》《瞿唐日录》等。诗文亦颇丰，诗辑有《釜山虬溪诗稿》，游记有《华山》《峨眉》等。

## 溪上春兴八首（选一）

孤径通幽谷，三山翠作堆①。

鸟非缘客②唤，花似为人开。

田父将书③至，门生载酒来。

更妨车马④到，蹋破一湾苔⑤。

**注释**

①作堆：凑在一起，又作"做堆"。陆游《观梅至花泾高端叔解元见寻》："春暖山中云作堆，放翁艇子出寻梅。"这个语词带有长江流域方言的俗语色彩，来知德信手拈来。

②缘客：缘的意思是因为、由于，缘客指专为客人。杜甫《客至》："花径不曾缘客扫，蓬门今始为君开。"这一句的深意在，鸟儿不是专为客人到来才叫唤，而是自由自在，想叫就叫，暗喻人亦如此。

③田父：种田的老农民。《史记·项羽本纪》："项王至阴陵，迷失道，问一田父。"将书：手持书信。老农民代传书信，表明日常相处极融洽，乐意帮忙，想来就来。

④更妨：尤碍，特别讨厌。陈造《再次韵》："浩歌已减落梅曲，苦思更妨颓醉山。"车马：车和马，借喻乘车骑马的达官贵人。

⑤蹋：通"踏"。苔：苔藓，巴蜀俗语称青苔。少车马往来，土路才能长出青苔。连同上一句作结，表明了忌与达官贵人往来之意。全诗恬淡自然，颇有陶潜风致，构句亦见杜甫影响。

# 村居

野服黄冠对竹根①，鸡声雀语送晨昏。

有田只种陶潜秫②，无事常关泄柳门③。

白石鸟来留篆迹④，青溪雨过带潮痕。

蒲团才到忘言⑤处，又被鸬鹚叩钓轮⑥。

**注释**

①野服：村野平民服装。《礼·郊特牲》："大罗氏，天子之掌鸟兽者也，诸侯贡属焉。草笠而至，尊野服也。"孔颖达疏："尊野服也者，草笠是野人之服。"黄冠：古代指箬笠之类黄色冠帽，亦借指农夫野老之服。《礼·郊特牲》："黄衣黄冠而祭，息田夫也。野夫黄冠；黄冠，草服也。"孔颖达疏："黄冠是季秋之后草色之服。"竹根：竹子的根，亦指竹根制作的酒器，此即指酒器。李贺《始为奉礼忆昌谷山居》："土甑封茶叶，山杯锁竹根。"王琦汇解引《太平寰宇记》："段氏《蜀记》云：'巴州以竹根为酒注子，为时珍贵。'"这一句自述日常山野穿着，以及用竹根酒器独自饮酒。

②秫：古代指有黏性的谷物，巴蜀地区多指可做烧酒的高粱。陶潜秫：陶潜嗜酒，作《饮酒二十首》，传其为制酒而多有秫田。李端《晚春过夏侯校书值其沉醉戏赠》："阮籍供琴韵，陶潜馀秫田。"这一句的意思是，自己也像陶潜一样嗜酒，因而只种秫，以自给自足。

③泄柳门：泄柳字子柳，春秋时期鲁国人。鲁缪公闻其贤，往视之，曾闭门不纳。时公仪休为相，延揽贤者，泄柳与孔伋（子思）同受礼遇，参预国政，尊称"子柳"。《孟子·公孙丑下》说："泄柳、申详无入乎缪公之侧，则不能安其身。"这里只借泄柳闭门不纳鲁缪公故事，表明自己拒斥达官贵人的隐士态度。

④白石：白色的石头。鸟来留篆迹：比喻山路曲折艰难如同鸟道。这里拆解并活用了"鸟篆"概念。鸟篆为篆书的一种表现形式，其笔画由鸟形替代。这一句既勾勒出了村居所在山坡多白石、多鸟道的特征，又表达了自己常在这样的山上信步。

⑤蒲团：用蒲草编织而成的圆形、扁平的坐垫，多为僧道打坐用，也供世人闲坐用。忘言：心有所会，尚未及言语表达的精神状态。陶潜《饮酒》之五："此中有真意，欲辨已忘言。"这一句描述，自己常闲坐在蒲团上沉思默想，进入陶诗所写那种精神状态。

⑥鸬鹚：一种水鸟，别名鱼鹰或水老鸦。钓轮：钓鱼竿上的转轮，轮上缠络钓线，既可以放远，也可迅速收回。这一句紧承着上一句，描述常溪边垂钓，坐在蒲团上沉思默想时往往忘记了钓鱼，鱼已着钩犹浑然不知，鸬鹚来啄鱼触动钓轮，方才回过神来。整首诗具象生

动,用典恰切,既是一卷村居生活画,又是一篇隐士言志书,比《溪上春兴八首(选一)》更凸显出他追效陶潜。

# 对酒

屏迹①诗成癖,寻虚学近禅②。

曲溪蟠瘦石③,白屋敞朱弦④。

宣甫思浮海⑤,韩琦欲捧天⑥。

天高兼海阔,何地可投玄⑦?

**注释**

①屏迹:泛指避匿、敛迹,特指隐居,此即隐居。韩偓《卜隐》:"屏迹还应减是非,却忧蓝玉又光辉。"这首诗当是放弃科举,选择隐居初始期间所作,思想倾向与前所选两诗不完全一样,对照着读更知其人。

②虚:与"实"相对的一个哲学概念。鬼谷子《命书纪要》说:"以无入有,向实寻虚,五行生化、明暗虚实有序也。"其中"实"指五行四柱中看得见的官杀,"虚"指五行四柱中看不见的印星,"寻虚"意谓也要当能看见对待。引申到一般哲学含义,"实"指具体存在的"物","虚"指格物致知的"理","寻虚"即为探究"理"。禅:佛教用语,"禅那"的简称,意指静思。这一句的意思是,在学理上,习理与习佛是相近的。

③曲溪:曲折的溪流。蟠:蟠踞,也写作盘踞。瘦石:峭削之石。叶梦得《为山亭晚卧》:"瘦石聊吾伴,遥山更尔瞻。"这一句择重描写隐居处的周边环境,显现出僻远幽深。

④白屋:用干茅草覆盖的房屋,即茅屋。何景明《寿许司马》:"不屈朱门贵,能怜白屋贫。"敞:这里意思是显露。朱弦:用练丝(即熟丝)制作的琴弦,泛指琴瑟类弦乐器。杨冠卿《秋琴咏》:"古音拂朱弦,一倡千虑涤。"这一句择重描写隐居屋的内外特色,颇有刘禹锡《陋室铭》的意味。

⑤宣甫:指北宋人苏缄,字宣甫。举进士出身,任广州南海主簿。得罪上司,迁阳武县尉,后转知英州、廉州。宋神宗即位后,迁广东兵马钤辖、知邕州(今广西南宁市),熙宁九年(1076)抗击交趾人进犯,以身殉国。浮海:乘桴浮海,即坐在小木排上在海上漂流。喻指隐逸。《论语·公冶长》:"子曰:'道不行,乘桴浮于海,从我者其由欤?'"《宋史·苏

缄传》并无其"思浮海"的记载，但时人唐介《碧落洞》诗有句："太守苏宣甫，邀我访奇迹。西山有石室，疑是灵仙宅。"可见"思浮海"并非空穴来风。

⑥韩琦：北宋中期名相。仁宗天圣五年（1027）进士。与范仲淹镇守陕西，防御西夏有功，并称"韩范"。入朝任枢密副使，与范仲淹、富弼等主持"庆历新政"。仁宗末年再度入朝，迭任枢密使、宰相。神宗即位后，因反对王安石变法，于熙宁八年（1075）逝于永兴节度使任上。神宗亲撰"两朝顾命定策元勋"之碑，追赠尚书令，谥"忠献"。欲捧天：比喻韩琦一生致力于赵宋王朝强盛，同时暗寓其志终未能实现之意。韩琦比苏缄早逝一年，为同时代人，两人的成就、结局不一样。来知德举出他俩为例，似有当官也不能实现抱负之意。

⑦投玄：投向玄远之境。典出元人王哲《解红》："叹嗟浮世，被荣华，驱策名和利，人人作机心起……早早悟，前途不如意。急回头便许，脱了生死。投玄访妙，搜微密察幽秘。管取自然，神气双全分明见，元初个真真圆性，诚恁似。"结合上一句的意思是，像韩琦、苏缄那样追求天高海阔俱不足法，还是投玄访妙足取。"对酒当歌，人生几何？"以《对酒》为题，宣示的便是这样一种人生选择。

# 云安尝酒①

贾浪仙，孟东野，文章亦是寻常者。②
小鱼彭越味非珍③，纵然哺噪腄胶④寡。
惟余铜斗一篇歌⑤，高出清僧稍古雅⑥。
自种韩愈桃李门⑦，声名不在维参⑧下。
流水高山一曲琴⑨，悠悠世上孰知心？
千年贺若归何处⑩，广陵⑪自抱自呻吟。
生平策足叹駃马⑫，胼胝盐车岁月深⑬。
长向北风嘶楢草⑭，伯乐⑮一顾即千金。
君不见，
曲米⑯原是夔州产，未必⑰醺人刚一盏。
假令方之快活春⑱，伯仲之间争耳眼。

止为诗名重⑲酒名，遂将白水传青简⑳。

**注释**

①云安：今重庆云阳县。

②贾浪仙：唐代诗人贾岛字浪仙。孟东野：唐代诗人孟郊字东野。文章：古代泛指各种文体作品，这里特指诗。寻常者：对于孟郊、贾岛诗作水平的评估，暗指苏轼《祭柳子玉文》所说的"郊寒岛瘦"。苏说影响大，几近成定论，以至严羽《沧浪诗话》进一步说："李杜数公如金鹎擘海，香象渡河。下视郊岛辈，直虫吟草间耳。"

③彭越：秦末汉初人，与韩信、英布并称"汉初三大名将"。起兵反秦以前，常渔钜野泽中。小鱼彭越：借指苏轼《读孟郊诗二首》之一所作评价："初如食小鱼，所得不偿劳。"味非珍：以小鱼味喻孟郊诗味，指非珍品，即上文"寻常"。

④哺（bō，音播）喋（jí，音集）：咀嚼体味。脄（wèi，音畏）脮（tuí，音颓）：形容肥美。这一句系从上句引申而来，意指按苏评"初如食小鱼"所说，那么孟郊诗就太缺乏韵味。

⑤铜斗一篇歌：指孟郊诗《送谈公三》，其头两句为"铜斗饮江酒，手拍铜斗歌"。苏轼《读孟郊诗二首》之二："尚爱铜斗歌，鄙俚颇近古。"苏对此诗稍有肯定。

⑥清僧：指贾岛。贾岛少年即出家为僧，法名"无本"。高出清僧：即高出贾岛。《读孟郊诗二首》之一有句："要当斗僧清，未足当韩豪（韩愈）。"稍古雅：即注⑤所引"鄙俚颇近古"。这一句是拟苏诗语意而来，指苏轼认为孟郊高于贾岛。

⑦桃李门：即桃李门墙，意指他人的学生，或其所栽培的后辈。这一句的意思是，自己主动投奔到韩愈门下，甘认韩愈为师。事属贾岛。元和五年（810）贾岛32岁时，携诗赴长安先拜见张籍，未得到赏识；次年在洛阳再拜见韩愈，得到了赏识。贾岛《携新文诣张籍韩愈途中成》起头两句为："袖有新成诗，欲见张韩老。"此即"自种……桃李门"意，韩愈于他亦师亦友。

⑧维：指唐代诗人王维。参：指唐代诗人岑参。韩愈《赠贾岛》诗："孟郊死葬北邙山，从此风云得暂闲。天恐文章浑断绝，更生贾岛著人间。"由是孟郊、贾岛声名大振。很明显，从第一句至第八句，来知德对比了苏轼与韩愈对孟郊和贾岛的不同态度、不同评价，不动声色地揭示出了其间知诗、知人的明显差异。从中看得出，他对苏轼有微词，赞同韩愈。

⑨这一句及下一句均用伯牙、钟子期故事。典出《列子·汤问》："伯牙善鼓琴，钟子期善听。伯牙鼓琴，志在登高山，钟子期曰：'善哉，峨峨兮若泰山！'志在流水，钟子期曰：'善哉，洋洋兮若江河！'伯牙所念，钟子期必得之。伯牙游于泰山之阴，卒逢暴雨，止于岩下。心悲，乃操琴而鼓之。初为霖雨之操，更造崩山之音。曲每奏，钟子期辄穷其趣，伯牙乃舍琴而叹曰：'善哉，善哉，子之听夫！志想象犹吾心也，吾于何逃声哉？'"用于此，突

出的是知琴更需要知心。

⑩贺若：琴曲名；相传出于唐代琴师贺若夷，或云出于隋代琴师贺若弼，故名。宋人朱翌《猗觉寮杂记》："琴曲有贺若，最古谈。东坡云：'琴里若能知贺若，诗中定合爱陶潜。'以贺若比潜，必高人。"千年……归何处：意谓千载以下谁如苏轼知贺若。人之于琴，突出的是知琴。

⑪广陵：广陵散，又名广陵止息，中国古代的十大古琴曲之一。魏晋时期，"竹林七贤"之一的嵇康善鼓此曲。据《太平广记》，一次嵇康夜宿月华亭，起坐抚琴，琴声打动一幽灵，遂传授广陵散于嵇康，约定此曲不得教人。263年嵇康被司马昭所害，临刑前惋叹："袁孝尼尝请学此散，吾靳固不与，广陵散于今绝矣！"用于此，比上一句更进一层，意谓无人再知此琴曲。

⑫策足：骑乘牲口代步赶路。生平策足：喻指人生一世所追求的目标。騢（jiǎ，音假）：古代一种赤白毛相杂的名马。这一句典出《艺文类聚·兽部·马》："马援击交趾，谓官属曰：'从弟少游，常哀吾多大志'，曰：'士生一世，但取衣食足，乘下泽车，御欵騢马，为郡吏，守坟墓，乡里称善人，斯可矣。求益盈余，但自苦耳！'"叹騢马：为騢马惋叹。意思是騢马沦为无大志者代步的牲口，不值得，未遇到知马者。

⑬胼胝：俗称老茧，指人的足底或手掌长期受摩擦和压迫引起的皮肤角质层增厚；这里是喻指拉盐车的老骥生理的变化。盐车：典出《战国策·楚策四》："汗明曰：'君亦闻骥乎？夫骥之齿至矣，服盐车而上太行。蹄申膝折，尾湛胕溃，漉汁洒地，白汗交流，中阪迁延，负辕不能上……'"岁月深：许多年如此。这一句描述老骥未遇知马者前的身世艰厄。暗喻人才不遇。

⑭榙草：通作"宿草"，隔年的草。《礼·檀弓上》："曾子曰：'朋友之墓，有宿草而不哭焉。'"孔颖达疏："宿草，陈根也，草经一年陈根陈也。"这一句是来知德特加的，形容老骥的草料之劣。暗喻人才未遇之前生存艰难。

⑮伯乐：古代传说中的善于相马的人，比喻善于发现人才的人。注⑬所引《战国策·楚策四》省略号文字为："伯乐遭之，下车攀而哭之，解纻衣以幂之。骥于是俛而喷，仰而鸣，声达于天，若出金石声者，何也？彼见伯乐之知己也。"第九句至第十六句，相继从知心知琴、知马知人两个视度，比前八句更进一层，张扬了真知的重要性。

⑯曲米：曲米春，夔州所属云安产的一种清酒。

⑰未必：不一定，在川渝、湖北一带方言中还有难道的意思，这里即如此。杜甫《拨闷》："闻道云安曲米春，才倾一盏即醺人。"这一句的意思是，难道真像杜甫所说的那样，只饮一盏曲米春酒便能让人微醉吗。质疑杜甫，语义明显。

⑱方之：比之，较之。快活春：来知德自建书房名"快活庵"，自酿清酒名"快活春"。见其自注："予'快活庵'中所造之酒，名'快活春'。"

⑲止为：只因。重：指音强。《尔雅·释诂》："宫谓之重。"孙星衍注："宫音浊而迟，故曰重也。"这一句的意思是，只是杜甫的诗名大，才使得曲米春的名声大。言下之意，名不副实。

⑳白水：形容曲米春的含酒精度不高，淡如白水。青简：竹简，借指青史、史册。诗题中的"尝酒"，即尝的曲米春。结果尝出白水滋味，因而否定杜诗所言。最后这几句，实则指出杜甫并非真知曲米春酒的品质，鼓吹有误。这是全诗切题之点。但通览全诗，前十六句自由挥洒那么广，似与此点毫不沾边。其实不然，来知德只不过借酒题发挥，多向度地渲染真知的重要性，对人对诗对琴对马以及对酒无不需要真知。这正是此诗奇妙之所在。

# 白帝城二首（选一）

巫峡云堆十二鬟①，楼台倒影峡之湾②。

阴崖乱点龙蛇窟③，叠嶂雄封虎豹关④。

万里有怀频极目，百年何事不怡颜？⑤

可怜前度杖藜者⑥，衣短钗长鬓更斑⑦。

**注释**

①鬟：古代中国女性的一种环形发式。杜甫《月夜》："香雾云鬟湿，清辉玉臂寒。"十二鬟：喻指巫山十二峰。如此起句，奇妙有三：一为将巫山十二峰比喻为云鬟，出人意表；二为将写白帝城，先写十二峰，点染了白帝城所处的大环境；三为与结句有照应关系。

②楼台：指白帝城楼阁。峡之湾：白帝城位于瞿塘峡以上瀼水汇入长江处，点出小环境。

③阴崖：背阳的山崖，指夔门雄峙的赤甲山、白银山等山崖。乱点：随意点染。龙蛇窟：比喻山崖上的弯曲狭窄的道路以及洞穴之类。杜甫《同诸公登慈恩寺塔》："仰穿龙蛇窟，始出枝撑幽。"

④虎豹关：在今浙江泉州永春县西北剧头岭上，为军事防御关隘。明代守丞丁少鹤有诗谓："孤城三面鱼龙窟，大岞双峰虎豹关。"其三面环水，双峰耸峙，有似白帝城。杜甫《夔州歌十绝句》有句："白帝高为三峡镇，夔州险过百牢关。"此处虎豹关代指白帝城。

⑤这两句诗借用杜甫《登高》诗意："万里悲秋常作客，百年多病独登台。"怡颜：指使

容颜喜悦。陶潜《归去来兮辞》:"引壶觞以自酌,眄庭柯以怡颜。"何事不怡颜:对应《登高》末两句:"艰难苦恨繁霜鬓,潦倒新停浊酒杯。"

⑥杖藜者:拄拐杖的人,特指杜甫。杜甫《漫兴九首》之五:"肠断春江欲尽头,杖藜徐步立芳洲。"

⑦衣短:见杜甫《夜》:"独坐亲雄剑,哀歌叹短衣。"钗长:见杜甫《春望》:"白头搔更短,浑欲不胜簪。"鬓更斑:即注⑤所引"艰难苦恨繁霜鬓"。写白帝城诗独忆杜甫,且对杜甫身世艰困满怀着痛惜之情,是此诗的过人之处。结句人之"鬓更斑",对应起句峰之"鬟"长"堆",痛惜之情尤见浓郁。

## [明] 张佳胤诗6首

张佳胤（1526—1588），字肖甫，初号罏山，后改号崌崍山人，重庆府铜梁县人。嘉靖二十九年（1550）进士，补大名府滑县县令。隆庆五年（1571）擢右佥都御史，巡抚应天十府。万历七年（1579）任兵部右侍郎，累官至兵部尚书，加太子少保，进太子太保。万历十四年（1586）告老还乡，居住于巴川山元天宫，居室名"静庐"。一生工诗文，为"嘉靖后五子"之一，与余日德、张九一并称"三甫"，在巴渝诗歌史上是第一个成为全国文学流派重要人物的本籍诗人。逝后追谥"襄宪"。著有《崌崍山房集》。

### 天生桥二首（选一）①

清溪百丈断②青山，天造虹梁③锁碧湾。
莫是星宫机下物④，落从银汉⑤出人间。

**注释**

①天生桥：一种喀斯特地质结构形成的地貌奇观，基本状态是天然石桥连接两崖，桥下有深壑，壑谷常有溪流。在今重庆境域内，最著名的是武隆仙女山的"天生三桥"，三峡地区也不少见。张佳胤所作存于道光《夔州府志》，当为嘉靖二十九年（1550）出峡应试中进士之前过奉节之作。原诗共二首，录其第一首。

②断：隔断。破题即点出，所见天生桥跨越两座青山之间，穿流壑谷的清溪比较大。

③虹梁：本指高架而拱曲的屋梁。班固《西都赋》："因环材而究奇，抗应龙之虹梁。"李善注："应龙虹梁，梁形如龙，而曲如虹也。"引申为指拱桥。后蜀何光远《鉴诫录·高僧谕》："双飞碧水头，对语虹梁畔。"这里把所见天生桥称为虹梁，凸显了桥的拱桥特征。

④莫是：莫非是。星宫：天宫。范成大《乾道乙丑守括被召再过钓台癸巳元日雪晴复过之再用旧韵》："浮生渺渺但飞埃，问讯星宫又独来。"机：通"几"，用以放置物品或供人倚靠的小桌。《易·涣》："涣奔其机，悔亡。"王弼注："承物者也。"机下物：几案下部形状的物品。"几"形与天生桥形相近，故以之喻天生桥。这一想象相当奇特。

⑤银汉：银河。这一句的意思是，人间这座天生桥，是从银河落下来的天宫的机下物。整首诗紧扣"天造"，飞驰想象，形象生动，张扬了浪漫情怀。

# 三峡堂①

舣舟下席楚云生②,落日清霜白帝城。

踏碛难忘诸葛阵③,野田曾为杜林耕④。

休言天地终陈迹⑤,翻使江山借重名⑥。

事业文章看二子⑦,风流无限古今情⑧。

**注释**

①三峡堂:《蜀中名胜记》记述,夔州"城隅有三峡堂,规模甚微,松柏皆古……不知岁月落成而未考也"。其原址在奉节县东瞿塘关。据《全蜀艺文志》所收《夔州重葺三峡堂记》,宋元祐九年（1094）,宋肇以朝奉郎充夔州路转运判官,改"锁江亭"为"三峡堂",并作《三峡堂》诗二首。

②舣舟:停船靠岸。下席:末座,犹言叨陪末座。古人以居下席表示谦敬。沈约《侍宴谢朏宅饯东归应制》:"饮和陪下席,论道光上筵。"这里当指停船上岸后,在三峡堂与人宴饮,当时的张佳胤自称"饮和陪下席"。楚云生:楚地的云彩舒卷自如。夔州历史上几度属楚,故用词"楚云",与下句的"落日清霜"合在一起渲染环境。

③踏碛:参见王十朋《人日游碛》注①。诸葛阵:参见桓温《八阵图》注①。这一句和下一句,概述席间众人谈论的话题。

④杜林耕:杜甫的果园、农田。据近人曹慕樊《杜甫在夔州东屯的经济状况》一文考证,杜甫寓居夔州期间,"在瀼西有果园四十亩（其中有柑林,有菜地）,在东屯有田"。杜诗《行官张望补稻畦水归》中所谓"东屯大江北,百顷平若案"之"百顷",实为代管的公田百顷,杜甫私田只有十一亩。

⑤天地:天和地,指自然界和社会。《庄子·天地》:"天地虽大,其化均也。"陈迹:遗迹,过去的事物。《庄子·天运》:"老子曰:'幸矣,子之不遇治世之君也! 夫六经,先王之陈迹也,岂其所以迹哉!'"这一句和下一句,记录张佳胤本人听了上述议论,即时产生的普泛性感慨。

⑥翻使:反而使得。江山:喻指国家。重名:盛名,指很高的名望。《后汉书·孔融传》:"孔文举有重名,将军若造怨此人,则四方之士引领而去矣!"

⑦二子:诸葛亮和杜甫。

⑧风流:这里指遗风,即流风余韵。欧阳修《跋永城县学记》:"唐世执笔之士,工书者十八九,盖自魏晋以来风流相承,家传少习,故易为能也。"古今情:淹贯古今都令人崇敬

的影响和传承。结尾两句合在一起,由衷礼赞诸葛亮和杜甫名垂千古,流传深远。三峡堂仅是一个引子,追怀"二子"才是全诗的主旨。寄兴真挚,收放自如,殊非应景诗所可以比拟。

# 赴雁门闻虏退去呈杨中丞①

驱车九月度飞狐②,万里霜凄塞草③枯。

白马俩来逢使者④,黄沙何处走单于⑤?

胡云夜动双龙匣⑥,汉日秋悬八阵图⑦。

一自雁门留李牧⑧,边关烽火至今无。

**注释**

①雁门:雁门关,万里长城的重要关口之一,在今山西忻州市代县县城以北20公里处的雁门山中。虏:此指蒙古军。杨中丞:不详。隆庆四年(1570),张佳胤由大名府兵备副使迁任山西按察使,其间有此作。

②度:越过。飞狐:古代要隘名,在今河北涞源县北蔚县南,为河北平原与北方边塞之间的交通咽喉。这里借指赴雁门经过的险要关隘。

③塞草:塞外的草。塞外指长城以北地区,包括今河北、山西北部以及内蒙古、宁夏、甘肃等省、区。这一句写雁门关外秋草枯黄、霜天万里的肃杀景象。

④使者:指雁门关明军报讯息的军使。

⑤走:逃跑。单于:汉代匈奴人对其首领的称号,这里代指明代蒙古人的首领。走单于:单于走,即单于率众逃跑了。

⑥双龙匣:龙指龙剑,古代名剑。刘禹锡《武陵观火》:"晋库走龙剑,吴室荡燕雏。"双龙:即双龙剑。匣:指剑匣。柳宗元《闻歌》:"翠帷双卷出倾城,龙剑破匣双月明。"夜动双龙匣:喻指蒙古军曾经企图夜袭用兵。

⑦八阵图:借诸葛亮八阵图,喻指明军的雁门关统帅早有周密的应对安排,挫败了蒙古军,迫使其退去。

⑧李牧:战国时期的赵国将领,与白起、王翦、廉颇并称"战国四大名将"。其主要功业为在赵国北部抗击匈奴,重创敌军而未尝败,后又在宜安之战重创秦军,受封为武安君。史称"李牧死,赵国亡"。这里是借李牧北拒匈奴的功绩,比喻明军雁门关统帅。以诗呈事,言简意赅,引喻举功尤为公允。

# 登函关城楼①

楼上春云雉堞齐②，秦川芳草共萋萋。

黄看雨后河③流急，青入窗中华岳低④。

客久独凭三尺剑⑤，时清何用一丸泥⑥？

登高眺极乡心⑦起，关树重遮万岭西⑧。

**注释**

①函关：函谷关。秦代始建的函谷关位于今河南三门峡灵宝市函谷关镇，寓意为"关在谷中，深陷如函"。《灵宝县志》称其"西据高原，东临绝涧，南接秦岭，北塞黄河"。其地处秦岭山脉东段峡谷崤函古道的咽喉之处，西距西安180公里，东距洛阳135公里，控扼住了关中平原与中原地区的必经要道，秦汉时期一直是两地之间最重要的军事关隘。万历七年（1579）张佳胤以右副都御史身份巡抚保定、陕西等地，因得以登函谷关城楼。

②雉堞：古代城墙上如锯齿状的矮墙，又称齿墙、垛墙、战墙。齐：指垛的形制，以及垛口与垛口之间的距离整齐。

③河：函谷关东临弘农河，弘农河由南向北注入黄河，为黄河的一级支流。这一句写登楼所见，由"黄"起头，盖因颜色最先入目，故由大印象的色黄，及于细观察的流急。下句的"青"同此。

④华岳：西岳华山。华岳低：华山也比函谷关南北的崤山显得低。这一句写登楼所感，以华岳低衬托山势高，从而渲染函谷关地势险要，暗含"一夫把关，万夫莫开"之意。

⑤客久：客居在外已久，此为自叹之语。三尺剑：古剑长通为三尺，故有此称。《史记·高祖本纪》："吾以布衣，提三尺剑取天下，此非天命乎？"独凭三尺剑：独自倚仗着宝剑。略抒客久孤寂之感。

⑥时清：时世清平。一丸泥：一小颗泥丸，比喻仅用极少的力量，便能防守险要的关隘。典出《东观汉记·隗嚣载记》："（王）元请以一丸泥，为大王东封函谷关，此万世一时也。"此处为借喻其本人。句为反问句，意思是设若时世清平，哪里用得着我来巡抚呢。其历史背景为，当时蒙古军常有南下侵扰，不得不加强防备。

⑦乡心：思念家乡的心情。刘长卿《新年作》："乡心新岁切，天畔独潸然。"

⑧关树：关中的树木。刘禹锡《酬元九侍御赠壁竹鞭长句》："何时策马同归来，关树扶疏敲镫吟。"重遮：重重遮挡。万岭西：万重山岭以西，指家乡巴蜀所在。这首诗流露出了对于军旅生涯的厌倦情绪，因之而登楼思乡，极真实，亦颇苍凉。七年后辞官还乡，据此可知决不是偶然。

# 登岱（四首选一）①

天鸡听罢曙将分②，剑倚峰头接斗文③。
仿佛白知山下水④，升腾红放海东云⑤。
烟霄身拥三千丈⑥，封禅书传七十君⑦。
怪底衣裙常五色⑧，由来岳气已氤氲⑨。

**注释**

①岱：指泰山。泰山又名岱山、岱宗、岱岳、东岳、泰岳。张佳胤一生好游名山大川，登泰山不止一次，以《登岱》名诗凡四首，此录其中之第三首。

②天鸡：神话传说中天上的神鸡。任昉《述异记》："东南有桃都山，上有大树……上有天鸡。日初出，照此木，天鸡则鸣，天下鸡皆随之鸣。"曙将分：曙色将分出昏晓。

③斗文：剑鞘上的星纹图案。李涉《送魏简能东游》："孤亭宿处时看剑，莫使尘埃蔽斗文。"此处引申而具双关义，既指剑鞘上的星纹图案，又指空中的晨星布若图纹。接斗文：意谓剑纹与星纹相映。开头两句点明，登岱时在拂晓。

④白：白色，五行学说中五色之一。五色指青、赤、白、黑、黄五种正色。《书·虞书·益稷》："以五采彰施于五色，作服，汝明。"孙星衍疏："五色，东方谓之青，南方谓之赤，西方谓之白，北方谓之黑，天谓之玄，地谓之黄，玄出于黑，故六者有黄无玄为五也。"五色又与五行相对应。《黄帝内经》："东方木，在色为苍；南方火，在色为赤；中央土，在色为黄；西方金，在色为白；北方水，在色为黑。"水克金，故黑色与白色也有相生相克关系。知：知会，即告知。山下水：泰山下诸水。泰山东望大海，西向黄河，南有汶、泗、淮水。曙光初现则东方天际呈鱼肚白色，故而这一诗句说，仿佛是告知山下诸水，天已见晓。

⑤升腾：意指太阳喷薄而出。红放：红日放射光芒。红放海东云：染红大海东边的朝云。

⑥烟霄：山的高处。皇甫曾《赠鉴上人》："律议传教诱，僧腊老烟霄。"这里是指泰山绝顶。身：指泰山主峰山体。三千丈：形容泰山何其高。泰山主峰玉皇顶海拔约1545米。

⑦封禅：古代帝王到泰山祭祀天地的典礼。《史记·封禅书》张守节《正义》："此泰山上筑土为坛以祭天，报天之功，故曰封。此泰山下小山上除地，报地之功，故曰禅。"书传：典籍记载。七十君：据古籍记载，秦汉以前曾有无怀氏、伏羲氏、神农氏、炎帝、黄帝、颛顼、帝喾、尧、舜、禹、汤、周成王、鲁僖公、鲁宣公、齐灵公、吴王夫差等七十二位君主到过泰山，此七十举其约数。

⑧怪底：难怪不得。亦作"怪得"。曹唐《小游仙》诗："怪得蓬莱山下水，半成沙土半

成尘。"衣裙常五色：参见注④，这里意思为衣裙的五色是由天地的五色决定的。

⑨由来：事物之所由起，亦即根源、来源，犹言源自。岳气：岳指泰山；气为中国古代哲学的一个概念，指称事物存在的一种精气，可称元气。岳气即泰山的元气。氤氲：形容烟或元气弥漫，亦作"烟煴""洇缊"。这一句承上一句，意思为泰山象征天地元气，历来影响巨大而深远，不止于衣裙五色而已。这一首《登岱》不同凡响之处，就在于超越了一般的写景和志感，而是从自然、历史、人文多视度放言书怀。如朱彝尊《静志居诗话》所评，其诗真"闳博纵肆，凌驾前人"。

# 静庐①

此心不敢负青山②，十载相逢一再攀③。

乘兴尚能盘鸟道④，贪奇何处识龙颜⑤？

歌从天上清樽⑥在，履入峰头紫气⑦环。

名岳灵尊如问答⑧，岩边流水正潺潺⑨。

**注释**

①静庐：又作"靖庐"。万历十四年（1586）张佳胤辞官还乡，据钱镜塘藏《明代名人尺牍》所收《张佳胤致某人书》所述，起因为其帮助"直谏忤上，廷杖为民"的礼部员外郎卢洪春，得罪文书房宦官，被迫所致。还乡后，即"买田巴岳玄天宫，为靖庐，延道士与共居"。

②青山：长满绿色植物的山，此特指巴岳山。

③十载相逢：喻指十年以来便钟情于巴岳山了。可见得罪宦官，被迫辞官，只是触机而已。一再攀：喻指已不止一次攀登。

④盘：攀爬。鸟道：只有飞鸟才能过的道路，喻极其险峻难行的山路。李白《蜀道难》："西当太白有鸟道，可以横绝峨眉巅。"

⑤龙颜：眉骨突起似龙，多比喻帝王的容貌。《史记·高祖本纪》："高祖为人，隆准而龙颜，美须髯，左股有七十二黑子。"这里是借喻巴岳山的奇绝风景。用词大胆。

⑥从：向，直入。杜甫《闻官军收河南河北》："即从巴峡穿巫峡，便下襄阳向洛阳。"清樽：酒器，借指清酒。这一句颇有"白日放歌须纵酒"之意。

⑦紫气：紫色云气，古代以为祥瑞之气。刘向《列仙传》："老子西游，关令尹喜望见有紫气浮关，而老子果乘青牛而过也。"这里于明面上实指朝霞或晚霞，于内心里也视之为远离朝堂是非之地以后的祥瑞之气。

⑧名岳：名川大岳，即著名的山川。灵尊：青云山的镇山神兽，代指名川大岳中的神灵风物。答：回话，应对。范仲淹《岳阳楼记》："渔歌互答，此乐何极？"这一句的意思是，如果与"名岳灵尊"相问答，巴岳山的风光景象能否相比较。

⑨潺潺：形容水流动的响声。结句以山溪水的潺潺声响回应上一句，不尽如人意，引人遐想。从中不难体味到，张佳胤的心真是静下来了，不再以家乡山水以外的种种"灵尊"为意了。他在《复友人论时学》中说过："某惟诗者持也，个人亦云持人性情。三百之蔽义归无邪而已。夫人禀七情，有触斯发，对境咏志，天籁自鸣。"这首诗充分体现出了他的真性情。

## [明] 郭棐诗2首

郭棐（1529—1605），字笃周，号梦兰，广东南海（今属佛山市）人。嘉靖四十一年（1562）进士，授礼部主事。因疏陈十事，数忤当道，嘉靖末年外调为夔州知府。后历任湖广道屯田副使，四川提学，广西右江副使，云南右布政使，累官至光禄寺卿。在夔州知府任上，力振大宁盐务，开设仰高、夔龙二书院，选青年学子入学，并亲自授教。重视地方志修纂，除为广东纂成《粤大志》《岭南名胜记》之外，还为四川纂成万历《四川总志》，与修万历《夔州府志》。有《梦菊全集》《齐楚滇蜀诸稿》，《夔州府志》收其巴渝诗20多首。

## 谒张桓侯庙①

古木苍藤覆庙庭，画船箫鼓泊沙汀②。
长镖③自壮英雄气，短剑孤悬客子情④。
醑酒奠君⑤江月白，篇诗吊古晚峰青。
蜀中山水依然在，回首桃源思杳冥⑥。

**注释**

①张桓侯庙：指云阳张飞庙。始建于蜀汉末期，历宋、元、明、清均有扩建，址在云阳县治对岸飞凤山上。曹学佺《蜀中名胜记》记载："《方舆胜览》云：'飞凤山，与县治相对，古刻凤凰岩三字，瀑布泉出焉，注于白玉池，产太乙玄精石。'按张恒侯祠，设在此山之脊，冯当可所称武烈祠也。"

②沙汀：水边或水中的平沙地。江淹《灵丘竹赋》："郁春华于石岸，艳夏彩于沙汀。"原云阳张飞庙出庙门沿石阶而下，江岸边有一片沙石地。

③长镖：镖本为古代刀剑末端的铜饰物，亦指一种投掷的暗器（飞镖）。巴蜀俗语将古代长枪称作镖枪，故此处长镖即指长枪，特指张飞所使用的丈八蛇矛。

④短剑：与长镖相对，指张飞佩剑。孤悬：孤零零地悬在腰间；此为庙中塑像所见。客子：指代诗人自己。客子情：身为客子谒张飞庙所引生的思古之幽情。

⑤醑酒：美酒。《玉篇·酉部》："醑，美酒。"君：指张飞。

⑥桃源：桃园故事。此借用《三国演义》描写的刘备、关羽、张飞桃园三结义故事，代指张飞的生平功业。杳冥：本指天空，高远之处。用于形容心理，即指高远而渺茫的状态，这里即用此义。如宋之问《游云门寺》："投迹一萧散，为心自杳冥。"这首诗妙就妙在，谒张飞庙思绪万千，究竟想到些什么却并没有明说，读者尽可以作多种猜测。

# 春日偕高贞菴节推游岑公洞①

岑公古洞碧山旁，忍草禅棱②幽思长。
泉喷玉龙珠滴滴③，霜凝金雀④树苍苍。
来游喜信春初艳，览境偏怜鬓易霜⑤。
最爱能诗有高适⑥，不辞刻漏到华觞⑦。

**注释**

①高贞菴：不详。节推：节度推官的略称。为节度使属官，掌管勘问刑狱。苏洵《与杨节推书》："节推足下：往者见以先丈之埋铭，示之以程生之行状。"明代无此官职，高贞菴或为掌刑狱之官。岑公洞：在万州江南翠屏山下，已有1300多年历史。曹学佺《蜀中名胜记》引《图经》："岑公名道愿，本江陵人。隋末避地，隐此岩下。百余岁，肌肤若冰雪。积二十年，尸解去。"又引《方舆胜览》："岑公洞在大江之南，广六十余丈，深四十余丈，石岩盘结如华盖，左右方池，有泉涌出岩檐，遇盛夏注水如帘。松篁藤萝，郁葱苍翠，真神仙窟也。"万州古十景，"岑公水帘"列第一。

②忍草：忍辱草。佛经《涅槃经》引《师子吼菩萨》说：雪山有草，名为忍辱，牛羊食之，则成醍醐。禅棱：修禅的灵威。棱的古义之一：神灵之威为棱，如《汉书·李广传》："威棱憺乎邻国。"在这里，忍草禅棱喻指岑公的避世修行。

③这一句描画"岑公水帘"的喷龙溅珠形象。

④金雀：全名金雀儿，为蝶形花科锦鸡儿属植物，落叶灌木，株高0.8—2.5米，花期在5月至7月之间。这里代指岑公洞的松篁藤萝。

⑤鬓易霜：喻指人易老。

⑥高适：盛唐著名诗人。此处是借"高"姓，对偕游友人发"能诗"感慨。

⑦刻漏：古代一种记时方式，又称"漏壶"。按照等时性原理，利用一种特殊容器（如

壶之类）盛水及滴水，凭滴水记时，水滴完为一刻。此处刻漏代指时间。华觞：华丽的酒杯，喻酒宴。韦应物《夏至避暑北池》："于焉洒烦抱，可以对华觞。"这里的意思是，不管时间早晚，也要邀请高贞荖一起饮酒赋诗。从全诗看，诗眼在"幽思长"，郭棐并不想学岑公避世隐居，而是有感于人生易老，要珍视春光，及时行乐。

## [明] 傅光宅诗2首

傅光宅（1547—1604），字伯俊，号金沙居士，山东聊城人。万历五年（1577）进士。初知吴县，甚有政绩。万历十三年（1885）擢河南道监察御史，上疏万历请求重新起用戚继光，"众论快之"。因秉公行事，结交文士，得罪当道，被降职一级为行人司正，迁南京兵部郎中。出为知重庆府，转知遵义府，在万历二十八年（1600）平播之役中"为治粟转输出纳均，平民皆安"。翌年以四川按察副使分巡遵义，改督学政，卒于官。平生博闻强识，贯穿百家，诗文学盛唐、中唐，颇莹洁俏逸。书仿黄庭坚，苍郁有致，为时人所珍。

## 禹庙①

披云载酒碧山②头，俯仰江天散旅愁。
一水西来分瀚海③，万峰东去绕④神州。
樽前雨色笼禅院⑤，树外晴光射郡楼⑥。
终古平成思⑦禹绩，乾坤谁信等浮沤⑧？

**注释**

①禹庙：指今重庆南岸区涂山曾有之禹王庙。晋常璩《华阳国志·巴志》记述："禹娶于涂山，辛壬癸甲而去，生子启，呱呱啼不及视，三过其门而不入室，今江州涂山是也。帝禹之庙铭存焉。"又记："涂山有禹王庙及涂后祠。"二庙至清代已无存，始建于何时，建于山上或山麓均已失考，从本诗看当在山上。

②披云：拨开云层。嵇康《琴赋》："天吴踊跃于重渊，王乔披云而下坠。"碧山：春色盎然的山，此指涂山。从这一句看，禹庙应是建在涂山山头上。

③一水：特指长江。瀚海：含义随时代而变，由汉至唐悉指北方的大湖，西夏特指灵州（今宁夏灵武市西南）南的沼泽地，元指今新疆古尔班通古特沙漠，明以后专指戈壁沙漠。分瀚海：这里是喻指划分南北。

④万峰：泛指长江两岸的山。东去：指长江东去。绕：指长江在万峰之间弯曲地流过。领联两句气势甚博大，系从涂山禹庙观长江，将长江放在整个中国疆域当中描述，从而为尾

联两句张本。

⑤禅院：借指涂山禹庙。

⑥郡楼：重庆城的楼阁。颈联的两句收回诗思，描述涂山禹庙内外的即时观感。

⑦终古：古来已久，犹言自古以来。平成：地平天成，喻指万事安排妥当。语出《书·大禹谟》："地平天成，六府三事允治，万事永赖，时乃安。"此即用其义，指大禹治水之功。思：追怀。

⑧乾坤：此指天地，犹言天地之间。浮沤：水面上的泡沫。以其易生易灭，多比喻变化无常的世事以及短暂的生命。范成大《石湖中秋二十韵感今怀旧而作》："水天双对镜，身世一浮沤。"这一句的意思是，无论天地之间万物怎样变化无常，都没有人相信大禹治水之功会与浮沤等同。尾联两句淹贯时空，赞颂大禹治水之功永不磨灭。整首诗开阖自如，雍容大气，洋溢着俏逸之概。

# 谒宣公墓①

江山长护孤臣②墓，社稷谁分圣主③忧？
地下肝肠明晓日④，天涯涕泪⑤洒春流。
方书本是关民瘼⑥，谏草犹堪佐庙谋⑦。
最是伤心不忍去，断云疏雨击归舟⑧。

**注释**

①宣公：指陆贽，中唐名相。贞元十一年（795）被贬为忠州别驾，二十一年（805）逝于忠州，朝廷追赠兵部尚书，谥号"宣"，故世称"陆宣公"。参见《重庆历史名人录》。宣公墓：陆贽衣冠墓，在忠州江南翠屏山。《蜀中名胜记》："南山，即翠屏也，在对岸二里。山中有禹庙、陆宣公墓、玉虚观、朝真洞、望夫台、仙履迹诸胜。"引《方舆胜览》："玉虚观南三十步，有陆宣公墓。"又引《旧经》："陆宣公贽，藁葬于此。"

②孤臣：孤立无助或不受重用的远臣，代指陆贽。

③社稷：国家。圣主：对当代皇帝的尊称，对应指唐德宗李适及唐顺宗李诵。

④肝肠：肝和肠，借喻人的某种心绪或者情感，这里指陆贽对唐王朝的忠肝热肠。明晓日：明鉴于晓日，犹言天日可鉴。

⑤天涯：天的边缘处，喻距离很远。涕泪：眼泪。天涯涕泪：借指陆贽在忠州的悲伤。

⑥方书：医书，专门记载或论述方剂的著作。陆贽在忠州期间，有感于当地气候恶劣，疾疫流行，于是广为调查，研习医术，搜集古方名方，编成《陆氏集验方》50卷，供人治病使用。民瘼：民生疾苦。孙樵《武皇遗创录》："民瘼其瘳，国用有加。"这一句切入典型事例，称颂陆贽在个人被贬"天涯"之际，仍然关心民生疾苦。

⑦谏草：谏书的草稿，也代指谏书。《三国志·贾逵传》裴松之注引鱼豢《魏略》："逵受教，谓其同僚三主薄曰：'今实不可出，而教如此，不可不谏也。'乃建谏草，以示三人。"这里以谏草代指陆贽的奏议。《陆宣公集》收录了陆贽在朝所拟的制诰和奏议，集中反映了他的政治理念，如"理乱之本，系于人心""治乱由人，不在天命""立国之权，居重驭轻""求才贵广，考课贵精"等。庙谋：庙算，即朝廷对重大事务作的决断。王谠《唐语林·政事上》："每有朝运重事，庙谋未决者，必资于韦公。"佐庙谋：指陆贽在德宗朝任翰林学士，兵部侍郎，直至贞元八年（792）任中书侍郎同平章事（副宰相）期间，克己奉公，极谏匡正，对朝廷处理若干重大事务都起到了重要作用。上一句写其谪居后竭诚为民，这一句写其在朝时公忠体国，不啻对其一生贤德高度概括。

⑧断云：零散的云。疏雨：稀疏的雨。归舟：指诗人自己返城乘的船。这一句描画出了一幅凄凉意境，连同上一句，充分表达出了对陆贽横遭贬谪的无比伤心。虽与陆贽异代不同时，但他的爱憎美恶，已浑融于八句之间。

## [明] 刘綎诗2首

刘綎（1558—1619），字省吾，江西新建人。万历年间中武状元。万历十年（1582）抗击缅甸有功，擢云南副总兵。万历二十年（1592）及二十五年（1597），两度抗倭援朝，大败日军，授临洮总兵。万历二十八年（1600）改任四川总兵，回川参与平定杨应龙叛乱，建"平播第一功"，进左都督。回师驻军重庆，作凯旋诗二首，镌佛图关石壁（惜已风化）；作述怀诗二首，镌碑于城内马王庙（惜已无存）；树纪功铁桅于涂山绝顶，涂山绝顶因之而称铁桅峰，桅尚存。万历四十六年（1618）任左府佥书，次年二月率川滇军赴辽东抗击后金，萨尔浒战役任明军左路主将，阵亡后追赠少保。世有"晚明第一猛将"之称，绰号叫"刘大刀"。

## 佛图关纪事二首（选一）①

当年先业树蚕丛②，奕叶③何堪振父风？
自信承家惭长子，敢云报国绍元戎④。
儿童旧颂平蛮绩⑤，父老新传剿播功⑥。
武烈谬叨绵世泽⑦，孤忠一脉贯长虹。

**注释**

①即凯旋诗二首，选录其第一首。

②先业：先人的事业。《国语·晋语九》："及景子长于公宫，未及教训而嗣立矣，亦能纂修其身，以受先业。"这里特指父业。其父刘显，为明代抗倭名将，与戚继光、俞大猷齐名，因功累官都督同知、左军府都督、太子太保。万历乙亥（1875）镇四川，平定九丝夷。蚕丛：蚕丛氏，古代神话传说中的蚕神，也是传说中的首位蜀国国王。李白《蜀道难》："蚕丛及鱼凫，开国何茫然。"这里用蚕丛代指四川。

③奕叶：累世，代代。蔡邕《琅琊王傅蔡郎碑》："奕叶载德，常历宫尹，以建于兹。"这里是指下一代，即指其本人。

④绍：继承。《说文解字》："绍，继也。"元戎：指其父刘显。平定九丝夷，刘显职任左军府都督，为四川明军的统帅。

⑤平蛮绩：指平播以前刘綎本人征讨外族建立的军功，诸如万历初年随父入川平定九丝夷，万历十年（1582）抗击缅甸，万历十三年（1585）平定罗雄之乱，万历二十年（1592）及二十五年（1597）两度援朝抗倭等等。

⑥剿播功：在平播之战中，明军兵分八路，刘綎为第一路綦江路的统兵主将，指挥部属消灭了杨应龙叛军的主力，夺取娄山关，占领海龙囤，《明史》称其"平播功第一"。

⑦武烈：武功。《国语·周语下》："成王能明文昭，能定武烈者也。"韦昭注："烈，威也。言能明其文，使之昭，定其武，使之威也。"缪叨：谦词，亦作"缪叨"，有错承、忝列的意思。王延禧《制胜楼》："守土惭非称，提兵亦缪叨。"绵：延续。世泽：祖先的遗泽，此指第二句"父风"。这首凯旋诗，全从父子相继建功而立言，主旨在结句"孤忠一脉贯长虹"，精神价值亦在于斯。

# 凯旋驻师渝州述怀二首（选一）①

逆竖频烦西顾忧②，简书重命运前筹③。

斩关聊施赢驴技④，破囤应消汗马⑤愁。

一念孤忠悬日月，千年公论付春秋。⑥

太平自是无征战，且脱戎衣归马牛。⑦

**注释**

①此选其二。

②逆竖：对叛逆者的憎恶性称呼。《宋书·沈文秀传》："何故背国负恩，远同逆竖。"这里指杨应龙。杨应龙为唐代播州（今贵州遵义市）宣慰司宣慰使杨端的第二十九代孙，杨氏为播州世袭土司，杨氏家族历朝历代都有割据一方的倾向。杨应龙于隆庆五年（1571）袭播州宣慰使职，万历十四年（1586）升任都指挥使，加骠骑将军，万历二十七年（1599）起兵作乱，陷綦江，逼近重庆。频烦：通作"频繁"，犹言频频，形容次数很多。西顾：回头向西看。《诗·大雅·皇矣》："乃眷西顾，此维与宅。"西顾忧：皇帝回头西看产生的忧虑，代指杨应龙的起兵作乱。

③简书：文书，指万历二十八年（1600）兵部右侍郎兼四川总督李化龙给四川总兵刘綎的军事文书。重命：指朝廷任命刘綎担任第一路主将。运前筹：指受任后的用兵策划。

④斩关：指夺取娄山关。聊施：略用。羸驴：疲弱的驴子。柳宗元《牛赋》："不如羸驴，服逐驽马。"羸驴技：此为谦词，犹黔驴之技，比喻极普通的小技。这一句的意思是，略施小技便夺取了娄山关，不无得意。

⑤破囤：指攻占海龙囤。汗马：意指战马奔走而出汗，喻指劳苦征战。这一句的意思是，攻占海龙囤后，杨应龙自缢而死，平播之战就此大功告成，明军即将班师凯旋。前四句都是纪事，为后四句述怀作铺垫。

⑥五、六两句为述怀的第一层意思，即自信一心一意尽忠报国，天日可鉴，身后如何评价，且让历史作检验。

⑦七、八两句为述怀的第二层意思，即并不希望征战不止，而是渴求天下太平，天下太平后自己就解甲归田。正是有了这一层意思，才能显出刘綎的思想境界，这一首诗也比前一首诗更有思想深度。

## [明] 钟惺诗1首

钟惺（1574—1625），字伯敬，号退谷，湖广竟陵（今湖北天门市）人。万历三十八年（1610）进士，授行人，掌诗诰及册封事宜。次年，以奉节使臣出使成都。万历四十三年（1615）赴贵州主持乡试，迁工部主事。至天启初年，累官至福建提学佥事。后因父丧，回家守制，天启五年（1625）病逝于家。生前与同里谭元春共选《唐诗归》及《古诗归》，名扬一时，创立"竟陵派"，世称"钟谭"。撰著《楞严经如说》，宣传华严的四大佛学主张，亦有影响。后人将其诗文辑为《隐秀轩集》。

## 上白帝城望杜少陵东屯居止遂有此歌

白帝山水何参差①，欹侧升降相蔽亏②。
拳石勺水细已甚③，无有不历落欹崎④。
杜陵野老虽间关⑤，不肯卜居不经奇⑥。
胸中眼底足相发⑦，其人其诗皆似之⑧。
天生夔州此山水，不住此老欲住谁⑨？

**注释**

①参差：长短、高低不齐。《诗·周南·关雎》："参差荇菜，左右流之。"

②欹侧：倾斜、歪斜，形容山势。杨衒之《洛阳伽蓝记·闻义里》："自此以西，山路欹侧，长阪千里，悬崖万仞，极天之阻，实在于斯。"此用其义。升降：上升、下降，形容山间云气之势。谢惠连《雪赋》："凭云升降，从风飘零。"此用其义。蔽亏：形容因遮蔽而半隐半现。孟郊《梦泽行》："楚山争蔽亏，日月全无辉。"此近其义。

③拳石：小石块。陆游《老学庵笔记》："剑门关皆石，无寸土；潼关皆土，无拳石。"勺水：指少量的水。《礼·中庸》："今夫水一勺之多，乃其不测，鼋鼍蛟龙鱼鳖生焉，货财殖焉。"细：小。细已甚：小到了极致。

④无有：没有。不历：佛学用语。意谓没有过这些经历。语出《佛说四十二章经》："不历诸位，而自崇最。"钟惺这是把俗语"无有"与佛词"不历"合在一起，意若无所不包或

一无例外，指称第一、二句的大山大水及第三句的细石细流。落：这里意思是归属。嶔崎：比喻品格卓异不凡。黄梦得诗《句》中写道："北望三湘西九嶷，个中无处不嶔崎。"此处意同。

⑤杜陵野老：杜甫自称。杜甫祖籍杜陵，他也在杜陵附近居住过，故常自称杜陵野老、杜陵野客、杜陵布衣。间关：本为象声词，形容宛转的鸟鸣声；引申为指旅途艰辛，道路崎岖。《后汉书·邓骘传》："遂逃避使者，间关诣阙。"李贤注："间关，犹崎岖也。"此即用引申义，概指杜甫多年漂泊，旅途艰难。

⑥卜居：择地居住。杜甫《寄题江外草堂》："嗜酒爱风竹，卜居必林泉。"不肯卜居：意指杜甫不肯定居东屯。不经奇：不肯经历奇异的山水。这是钟惺的臆断，以为杜甫之所以不肯定居东屯，是因为他喜欢成都浣花溪畔那样的林泉之地，不愿长久羁留于雄奇的白帝山水之间。

⑦胸中：指五、六句胸间所臆。眼底：指前四句入眼所见。相发：互相印证。沈约《上注制旨连珠表》："连珠者，盖谓辞句连续，互相发明，若珠之结排也。"这一句是钟惺直抒个人的见解，互相印证的意涵即下一句。

⑧其：称杜甫。之：指前四句所写的白帝山水，尤其是第四句归结的"嶔崎"。言下之意为，杜甫的人品、诗品全都嶔崎磊落，原本该在同一品格的白帝山水间定居下来的。

⑨反诘句作结，表现出对杜甫未能定居夔州的极度失望，崇杜之情溢于言表，切入角度也颇奇崛。同时，"竟陵派"所倡扬的"幽深孤峭"诗风，即刻意雕琢字句，过分求新求奇，致使语言流于艰涩佶屈的长短得失，也在这首诗中得到充分的表现。

## [明] 刘时俊诗2首

刘时俊（？—1629），字尹升，号勿所，明四川隆昌（出生地在今重庆荣昌区内）人。万历二十六年（1598）进士，曾观政户部，历知庐、桐、吴江等县，主持兴修吴江至嘉兴的八十里长桥塘路，民称"刘公堤"。后任南京兵部主事、刑科给事中、太仆寺卿等职，直声动天下。天启元年（1621）受命督师征讨四川永宁宣慰使奢崇明叛军，屯兵佛图关，连战皆捷，收复重庆，后升兵部右侍郎。崇祯三年（1630）追录其收复重庆之功，赠兵部尚书。其著述甚丰，有《三邑人文》《居官水镜》《大易统要》等。

## 驻军佛图关

军驻严关扼上头①，凭栏百里望皆周②。

群山翠点③高低列，两水清涵④上下流。

地险我何妨进退，孤城彼自受羁囚⑤。

一时纵目还生喜，釜底游鱼可待休⑥。

**注释**

①严关：险要的关隘。《乐府诗集·郊庙歌辞》："严关重闭，星回日穷。"此处指佛图关。扼：控扼，指利用险要地形据守。扼上头：佛图关在重庆城西的鹅项岭上，地势比重庆城高，故有此说。破题即写驻军形势。

②百里：形容视野开阔广远，不是确数。周：遍，穷尽。望皆周：指极目四望，一览无余。

③翠点：翠色点染。苏轼《戚氏》："望长安路，依稀柳色，翠点春妍。"这里是居高临下，纵目望远，对苍翠的逶迤群山所产生的总体印象。

④两水：长江和嘉陵江。清涵：指清而深的水。虞集《后续》："濯饵千日期，冰胪复清涵。"这里是俯瞰两江产生的总体印象。不急于写用兵，而先写观山水，可见已有必胜把握，敢于享受亲情逸趣。

⑤孤城：当时的重庆城在今渝中区通远门以内，东、南、北三面环江，西面陆路被佛图

关控扼住，明军已成围困之势，故称孤城。彼：指奢崇明部将樊龙、张彤及其所部的叛军。受羁囚：像囚犯一样被关押着。当时的明军方面，川东兵备副使徐如珂、总兵杜文焕以及石砫宣抚使女将秦良玉等已经连克白市驿、马关、二郎关、佛图关，合围重庆城，故有此喻。

⑥釜底：锅底，亦指锅灶。釜底游鱼：比喻被围的叛军，就像锅灶旁边仍在游的鱼，随时可以捕来下锅。可待休：只等着了结。末句点出胜利在望。全诗洋溢着自信和轻松。

# 喜二子自江南来携硝磺到渝助军①

专征久已愧庸才②，家事何尝复念哉？
江外忽惊双桨至，膝前乍见两儿来。
勤王早觉亲恩重③，赴难还将国用裁④。
移孝作忠⑤惟此际，一番喜动转成哀⑥。

**注释**

①江南：长江以南。硝磺：硫磺，古代为军需品，制炸药用。

②专征：古代指受命自主征伐，即掌握军旅全权，不待天子命令，即可以专自征伐。班固《白虎通·考黜》："赐以弓矢，使得专征。"征讨奢崇明叛军，刘时俊任明军督师，徐如珂、杜文焕、秦良玉等诸路兵马均受其节制，故自称专征。愧庸才：为自谦之辞。

③勤王：泛指尽力于王事，特指君主统治受到威胁时起兵救援，这里用泛指义。《晋书·谢安传》："夏禹勤王，手足胼胝。"亲恩：父、母双亲的养育之恩。早觉亲恩重：指二子早就感念亲恩重如泰山，一心一意要作报答。

④赴难：赶去拯救国家、民族的危难。《后汉书·郑玄传》："玄唯有一子益恩，孔融在北海，举为孝廉；及融为黄巾所围，益恩赴难陨身。"这里指二子犯难冒险，携硝磺到渝助军之举。国用：为国所用。《荀子·大略》："口能言之，身不能行，国用也。"杨倞注："国赖其言而用也。"裁：裁夺，即考虑决定，作出判断。还将国用裁：指二子还能够作出大是大非的判断，把为国所用放在第一位。第五句言孝，第六句言忠，都是对二子行为的赞许。

⑤移孝作忠：把对父母的孝敬之心，转为对于国君的尽忠之行。袁立可《张家瑞墓志铭》："为亲而出，为亲而处。出不负君，移孝作忠。处不负亲，忠籍孝崇。"在中华传统文化中，一向讲究家国同构，忠孝同伦。但自西汉始，讲的"百善孝为先"；直至北宋始，变

252

为"百德忠为首",形成"移孝作忠"观念。刘时俊任南京兵部主事后,与袁立可同起尚宝丞,观念一致。所以这里用"移孝作忠"对二子行为定性,不啻最高的肯定。

⑥转成哀:不禁仍有所伤感。因为二子此来,确有生命危险,悲喜交集正是慈父情的自然流露,无所掩饰。这首诗情理交融,儒雅从容,颇耐人品味。

## [明] 曹学佺诗5首

　　曹学佺（1574—1646），字能始，号石仓，别号雁泽、雁泽居士、西峰居士，福建侯官（今福州市）人。万历二十三年（1595）进士，授户部主事，后调任南京添注大理左寺正，累官至南京户部郎中。万历三十七年（1609）任四川右参政，颇有政声，两年后升任四川按察使。遭蜀王中伤，万历四十一年（1613）被削职放归故里，蜀民遮道挽留，数日不散，几不得发。回闽后，在福州洪塘妙峰山下造石仓园，藏书万卷，以诗歌文章为乐，文人学士为之倾倒，致"闽中文风颇盛"。天启二年（1622）复出，任广西右参议，在桂林开设漓江书院，著书讲学。天启六年（1626）秋，升任陕西布政副使，尚未赴任即被诬陷其所著《野史纪略》"私撰国史，淆乱是非"而遭免职，书版亦被毁。崇祯元年（1628）起用为广西布政副使，力辞不就，居乡而服务乡梓。隆武二年（1646）清军陷福州，自缢殉节。毕生好学，于地理、天文、禅理、音律、诸子百家皆通，尤擅于诗词。在四川著《蜀中广记》108卷，含《名胜记》《方物记》等12记。

## 登涂山绝顶

百折①来峰顶，三巴此地尊。
层城如在水②，裂石即为门③。
涧以高逾疾④，松因怪得存。
瑞堵金翠色⑤，人世已黄昏。

**注释**

　　①百折：极言登峰曲折之多。据王士禛《蜀道驿程记》记述，"初九日，饭后游涂山……操小舟，由龙门登岸。龙门者，江滨积石中断如门，俗谓龙门浩。……浩之上瀑布如练，数折入江右，即粉水，亦曰清水穴，穴右即海棠溪。溯瀑而上，石濑泓然。茅屋十余，架阁以居，略彴通往来。山半时有稻畦。凡八里，屡折益峻，东倚奔峭，西俯绝涧。至一天门，更上二里许，度回龙桥，抵真武观。遵西麓而上，登铁桅峰，即涂山绝顶"。王《记》作于清康熙十一年（1672），所述登峰之路径曲折同于明末，可见曹诗并非虚夸。

②层城：重庆城依金碧山山势而建，城中房屋高低错落，层叠而上，故有此称。如在水：重庆城南、东、北三面环水，又时值秋天，水势犹盛，在铁桅峰上俯瞰，就会产生城在水中的感受。如王士禛《蜀道驿程记》所记："渝城孤峙江中，宛如龟之曳尾。"而今两江四岸高楼大厦太密集，已难再有同样的体验。

③即注①所引王《记》中有关龙门浩至一天门一带的相关景象。

④涧：王《记》所记"浩之上瀑布如练"，久已无存。以：因。逾疾：流速更快，流势更猛。

⑤堦：台阶；这里指从龙门浩至真武观沿途的登山石阶。瑞堦：玉石般明丽的石阶。金翠色：金指金黄，翠指翠绿，金黄与翠绿相错杂的颜色。曹植《洛神赋》："戴金翠之首饰，缀明珠以耀躯。"因为是时近黄昏，夕阳照在石阶上，秋天的落叶有黄有绿，故呈现金翠色，瑞堦也因之得以称。用这样的画面描绘夕照下的山路，足显诗人登顶极目，心情极佳。全诗除首联略叙登顶行踪，颔联、颈联及尾联前句都各描画一个登顶所见景观特征，精妙形象，生动传神。

# 涪州①

枳县当②三峡，巴梁对两渠③。

丹台④秦妇筑，刁斗汉军书⑤。

李渡牵诗思⑥，涪江咏谪居⑦。

溯舟如⑧可入，便问武陵渔⑨。

**注释**

①参见陆游《涪州道中》注①。

②枳县：今重庆涪陵区最早建置名号。"枳"最早见于东周初年，战国时一度曾为巴国都邑，《华阳国志·巴志》称"巴王陵墓多在枳"。战国中后期楚国攻占枳，设枳邑，今涪陵区境为枳邑的一部分。秦昭襄王二十七年（前280）秦占枳，三年后置枳县，属巴郡，为今涪陵置县之始。历秦、汉、三国、西晋，悉仍之。东晋永和三年（347）设涪郡，辖枳县。隋设涪陵县，唐宋置涪州，元、明、清三代均称作涪州。当：向着，面对着。首句即从历史、地理两个向度破题，点明涪州的历史源流和地域大势。

③巴梁：指涪州地域的黄草山、武陵山两大山系。两渠：指长江及其支流乌江。此句勾勒出涪州的山水大势。

④丹台：指秦始皇为巴妇清所筑的"女怀清台"。今重庆长寿区江南镇龙山寨有"怀清台"遗迹。今长寿区地域从先秦起一直属枳县，蜀汉章武年间（221—223）始建常安县后仍属巴郡枳县，唐武德二年（619）复置乐温县后，历唐、宋、元一直属涪州。明玉珍大夏天统元年（1363）改称长寿县，仍属涪州，至明洪武六年（1373）方改属重庆府。曹学佺熟知历史，故将今长寿区地域属古之枳县的人事归属于涪州。巴妇清史事见《史记·货殖列传》："巴寡妇清，其先得丹穴，而擅其利数世，家亦不訾。清，寡妇也，能守其业，用财自卫，不见侵犯。秦始皇以为'贞妇'而客之，为筑'女怀清台'。"

⑤刁斗：古代军队中用的一种器具，又称金柝、焦斗，白天可供一人烧饭，夜间敲击以巡更。军书：军中的公文。汉军书：关键在"汉"字，军书与刁斗合而代指军事行动，汉代的军事行动特指蜀汉张飞随诸葛亮引军入蜀。《三国志·张飞传》："先主入益州，还攻刘璋，飞与诸葛亮等泝流上，分定郡县。至江州，破璋将巴郡太守严颜，生获颜。"其"分定郡县"中，即有时之枳县。曹学佺所撰《蜀中名胜记》卷十八"长寿县"条目中，引宋人安刚中所撰《张桓侯庙记》所记："迄今千岁，英灵之气，森耸如在；庙食百世，在礼固宜。""惟是庙宇兴建岁久，行廊烂颓，往来咨嗟……郡宁李公……至郡未几，首议修缮，自捐金帛，众趋成之。"安刚中《庙记》作于北宋元祐六年（1091），岁在辛未，乃为修缮落成而作。从中可知，"千岁"前的蜀汉年间，已在今长寿之乐温山为张飞立庙。故可认定此指张飞。据康熙《长寿县志·古迹门》引《乐温志》，"废乐温县，治东四十里乐温山下，唐武德四年置，元省入涪州"。今人考证，乐温旧城及乐温山在今长寿龙溪河畔，1956年建狮子滩水电站形成长寿湖后已不复存。与巴妇清一样，张飞可归涪州。参见陆游《涪州道中》。

⑥李渡：今涪陵李渡镇。牵：牵连，牵扯到。诗思：作诗的思路或情致。李渡古称洪州城，又称五龙镇，为涪州西部一大重镇，也是长江一大渡口。李白因参与李璘起兵，于乾元元年（758）被判长流夜郎，作《窜夜郎于乌江留别宗十六璟》诗。后人不知此乌江为江西浔阳江，今乌江在唐时尚称涪水、涪江，传说李白于此处渡过长江，转往夜郎，乃改原镇名为李渡。曹学佺知道这一民间传说不合史实，故用了"牵"字；但又不避采传说入诗，也为涪州增添了一段人文佳话。

⑦涪江：即今乌江。《方舆胜览》记述："涪江者，自思州之上费溪发源，经五十八节名滩，方至黔州溉。自黔州溉与施州江会流九十里，经彭水、武隆二县，凡五百余里，与蜀江（长江）会于州（涪州）之东。以其出于黔州，又呼黔江，亦名内江。"及至元代四川设省，为避与嘉陵江支流涪江重名，始改称乌江。但直至民国年间，文人作诗犹常称涪江。谪居：指北宋绍圣二年（1095）黄庭坚因修《神宗实录》，称"铁龙爪案"被诬，谪授涪州别驾，黔州安置，其间至白岩见程颐，题"钩深堂"；绍圣四年（1097）程颐因"元祐党案"被

"转送涪州编管,以示惩艾",后白岩点易授徒,于元符二年(1099)撰成《伊川易传》,谪居于涪州长达四年。中间两联四句,以年代先后为序,列举了五位与涪州相关的名人逸事,意在展示涪州的人文历史悠久不俗。

⑧溯舟:乘船溯涪江而上。如:用这一个假设性副词,表明尚不能确定。

⑨武陵渔:借用陶潜《桃花源记》:"晋太元中,武陵人捕鱼为业。缘溪行,忘路之远近。忽逢桃花林,夹岸数百步,中无杂树,芳草鲜美,落英缤纷。渔人甚异之,复前行,欲穷其林。"连同上一句,表达出了欲溯涪江探访桃花源之意,结得自然流畅,旷达悠远。

# 忠 州

客问云根驿①,名之自少陵②。

淙淙鸣玉涧③,白傅到来登④。

楼⑤上阴垂荔,杯中渌引藤⑥。

南宾不寂寞⑦,诗赋共崚嶒⑧。

**注释**

①云根:深山云起之处。杜甫在忠州尝居龙兴寺,有《题忠州龙兴寺所居院壁》诗,头两句为:"忠州三峡内,井邑聚云根。"仇兆鳌注:"张协诗'云根临八极'注:五岳之云触石出者,云之根也。"驿:驿站。杜甫客寓于忠州,忠州有临时驿站性质,故以之代忠州。

②名之:为之命名,指称忠州为"聚云根"之"井邑",即"云根驿"。

③鸣玉涧:鸣玉溪。《蜀中名胜记》引《寰宇记》说:"鸣玉溪在州西十里,上有悬岩瀑布,高五十余丈,潭洞幽邃,古木苍然。前刺史房式嘉其幽绝,特置兰若,凡有五桥以渡。"

④白傅:白居易晚年官至太子少傅,故世称"白傅"。登:向高处攀升;此处意思为名声大提高。白居易任忠州刺史期间,于东坡种花,东涧种柳,并有《东坡种花二首》《东涧种柳》等诗,以此鸣玉溪泛指东坡、东涧诸忠州名胜。

⑤楼:荔枝楼,又称西楼。《蜀中名胜记》说:"乐天刺史兹邦,风流暇豫,日声游赏。其踪迹最著者,有东楼、荔枝楼、鸣玉溪、龙昌寺、东坡、东涧诸胜。"又说:"荔枝楼在治西南隅,即西楼也。公既作荔枝图以寄亲友,又建楼以赏之。"白居易《西楼》诗云:"悄悄复悄悄,城隅隐林杪。"这一句即写荔枝楼情景。

⑥渌：同"醁"，美酒，也作渌酒、绿樽。杯中渌：指代与宾客宴饮。黄庭坚《四贤阁记》说："乐天由江州司马除刺史，为稍迁，故为郡最暇豫有声尔。又其在州时诗见传，东楼以宴宾佐，西楼以瞰鸣玉溪。"是知白居易常在东楼与宾客、属官宴饮作乐。其《东楼招客夜饮》诗有句："唯有绿樽红烛下，暂时不似在忠州。"引藤：牵藤。钱起《晚归蓝田旧居》诗有句："引藤看古木，尝酒呢春鸡。"此即其意，指白居易除招客宴饮之外，还常与客一起观赏鸣玉溪、东坡、东涧的花木藤萝，凸显他的闲情逸趣。

⑦南宾：忠州曾经用名之一。唐贞观八年（634），改临州为忠州，辖临江、丰都、南宾、垫江、桂溪五县。天宝元年（742）改忠州为南宾郡，仍领五县。乾元元年（758）复为忠州，领县不变。寂寞：形容孤单冷清。不寂寞：意指忠州因有杜甫、白居易其人其诗，名声远播，不再冷清。

⑧诗赋：泛指杜甫、白居易在忠州作的诗文。崚嶒：比喻特出不凡。这首诗题名《忠州》，前六句却在追记杜甫、白居易，特别是白居易在忠州的一些相关诗作和行止，似游离于题之外。其实不然，诗旨就在结尾的两句，意谓忠州是因杜甫、白居易及其诗文而名声大振。

# 武侯八阵图

鼎足三分事已成，图开八阵旧知名①。
喧豗②峡浪终难破，错落③江沙若不明。
人日尚传来踏碛④，将星遥映在行营⑤。
至今千载无人识，独有桓温鉴别精⑥。

**注释**

①旧知名：长久以来即广为人知，犹言久已闻名。李商隐《无题》："照梁初有情，出水旧知名。"

②喧豗（huī，音灰）：形容轰响。李白《蜀道难》："飞湍瀑流争喧豗，砯崖转石万壑雷。"这一句的意思是，尽管千百年来峡江水轰响如雷，汹涌激荡，也未能将八阵图冲毁。

③错落：交错混杂。这一句的意思是，江沙与八阵图的石垒混杂在一起，八阵图阵形已不大明显。

④参见王十朋《人日游碛》注①。这一句的意思是，每到人日，夔州士民仍旧还照老风俗来鱼腹浦踏碛，很少有人再关注八阵图。

⑤将星：命理学的术语。出自《三命通会》卷二："将星者，如将札中军也，故以三合中位谓之将星……凡将星常欲吉星相扶，贵煞加临，乃为吉庆。"古人认为将星为吉星，命中出现将星的人，于文于武皆可以掌权居官，故有古谚"将星文武两相宜，禄重权高位可知"。这里指诸葛亮。行营：统帅出征时办公的营帐或者房屋。据《三国志·诸葛亮传》，自建兴"三年（225）春，亮率众南征"，到建兴"五年（227），率诸军北驻汉中"，直至建兴"十二年（234）八月，亮疾病，卒于军"，诸葛亮都处于南征、北伐的军旅行营当中。这一句的言下之意是，诸葛亮本人自离开永安后，十年间一直在遥远的南中或汉中操劳军务，早已经无暇顾及这里的八阵图。

⑥参见桓温《八阵图》诗及其注释。这首诗与既往诸多同题诗的不同处在于，并没有联及三国时势对八阵图或者诸葛亮作出评说，直至结句才表明赞同桓温诗的"识真"态度。

# 夔府竹枝词四首（选一）①

早看东南暮看西②，
蜀天只怕上头低③。
东边日出全无用，
云暗上头三尺泥④。

**注释**

①此选其第一首。这首竹枝词全用民间俗语，形同白话，记述巴蜀民间关于观察识别天气变化的民间经验，实堪称别开生面。

②民谚：早看东南，晚看西北。相关民谚还有：1）早看东南明，来日雨纷纷；晚看西北明，来日天定晴；2）早霞不出门，晚霞行千里；3）云自东北起，必定有风雨；4）早看东无云，日出见光明。等等。早晚观察云霞的状态如何，是民间辨晴雨的关键，故以此句开头。

③上头低：指云层压低。这一句进而写大白天的天气预兆。民谚叫做有雨天边亮，无雨顶上光（或顶上空）。如果头顶上乌云密布，就是云层压低了，预兆随之便会下雨。这是早

晚看不出来的，所以说"只怕"。

④三尺泥：形容雨下得既大且久，致道路泥泞，举步难行。范成大《大雨宿仰山翌日骤霁混融云无乃开仰山》："向来三尺泥，有足似羁滞。"第三、四两句合在一起，意思是不能只看东边日出，还要留意大白天的天气变化，一旦发现乌云在顶，就要谨防大雨骤至，道路泥泞。

## [明] 喻思慥诗 2 首

喻思慥（1568—1650），字似枣，重庆府荣昌县人，著名廉吏，明刑部尚书喻茂坚（见《重庆历史名人典》）曾孙。万历三十一年（1603）中经魁，万历四十六年（1618）知获鹿县，天启六年（1626）升大理寺评事，转大理寺正。崇祯元年（1628）鞫魏珰、张体乾、谷应选等逆案，三等定罪，迁户部郎中。后任云南曲靖兵备道，金腾兵备道，平定昆左土司叛乱，士民为之建生祠于小关岭。南明永历三年（1649）任贵州巡抚兼都察院右副都御史，复调护理四川巡抚印务，晋右都御史，翌年八月卒于官。集有《宦游小草》《自力楼四律》《奏疏文集》《赋役全书》等，惜多已散失。《荣昌县志》收录其诗5首。

### 别思恂弟掌枢要二首（选一）①

花萼楼②高把酒倾，乍惊岁月又将更③。
乱离苦我全家累④，富贵伴君万里行。
心醉非干棠棣咏⑤，神怡共对紫荆⑥生。
阳关三唱⑦登枢要，切莫忘今患难情。

**注释**

①思恂弟：其弟喻思恂。掌枢要：指担任中央政权机要部门的主要官职。喻思恂在崇祯朝历任诸多重要官职，后以兵部右侍郎致仕。南明隆武帝即位，加尚书，总督川、湖、云、贵，兼户部左侍郎，时在隆武元年（1645）。掌枢要即指此。

②花萼楼：花萼相辉楼，建于唐开元八年（720），在唐长安兴庆宫内。建楼的缘起在于，景龙四年（710）临淄王李隆基与太平公主发动宫廷政变，杀韦后及安乐公主，拥立其父唐睿宗李旦复位。李旦欲立李隆基为太子，但不合旧礼，颇为犹豫。嫡长子李宪深明义理，主动请辞，李隆基始得立为太子，旋继位为玄宗。为感念李宪的德行义举，唐玄宗特建花萼相辉楼于兴庆宫内，不时与宁王李宪、岐王李范、薛王李业等兄弟登临宴饮。此以花萼楼喻指饯别酒楼，同样喻兄弟情深之义。

③更（gēng，音庚）：改变。这一句看似平常，其实深藏着岁月不居、能否再聚之意。

261

那一年，喻思恂已届74岁，次年便忧愤而卒，喻思慥已届77岁，五年以后亦与世长辞，兄弟俩果真未能再相聚。

④乱离：泛指明末李自成、张献忠等多部农民起义，川黔等地杨应龙、奢崇明等多处少数民族起兵叛乱，以及1644年清军入关等大动乱。全家累：概指兄弟俩都为以上大动乱所累，不得不多年奔波于戎马倥偬之际。

⑤心醉：心里陶醉。棠棣咏：指《诗·小雅·棠棣》。其诗首章即云："棠棣之华，鄂不韡韡。凡今之人，莫如兄弟。"全诗凡八章，以棠棣之华（即花）比喻兄弟亲情。这一句的意思是，心醉与兄弟亲情不相干，关键在于心忧天下。

⑥神怡：精神愉快。紫荆：紫荆花，常象征家庭团圆，兄弟和睦。杜甫《得舍弟消息》："风吹紫荆树，色与春庭暮。"这一句的意思是，令人神怡的，终究还是兄弟情深。似乎与上一句相抵牾，其实不然，恰好更真实地表达出了彼时彼际在君国大义与兄弟之情两者间的难以兼顾的心态。

⑦阳关三唱：阳关三叠。本为王维《送元二使安西》诗的诗句："渭城朝雨浥轻尘，客舍青青柳色新。劝君更进一杯酒，西出阳关无故人。"后谱成琴曲，称《阳关三叠》，又叫《阳关曲》《渭城曲》，用于送别。这里是借以点明全诗的题旨。按儒家思想传统，父慈子孝、兄友弟恭、夫义妇顺同属于孝道，但宋以降更讲移孝作忠，所以这首诗便在兄友弟恭与移孝作忠之间反复游移，终归于移孝作忠，情致颇缠绵，意旨却极明白。

# 赴任滇南趋谒先君寻甸遗爱祠并追溯自力楼遗泽四首（选一）①

稽首②当年自力楼，今朝复睹旧松楸③。
寝苦长抱终天恨④，负米何能百里游⑤。
明发有怀悲罔极⑥，承颜无及愧前修⑦。
一声号泣通冥漠，欲效斑斓信莫由⑧。

**注释**

①赴任滇南：崇祯五年（1632）喻思慥调任云南曲靖兵备道，此指其事。先君：已亡故的父亲。其父喻应台，字葛川，生前曾任黎平（今贵州黎平县，隶属黔东南苗族侗族自治

州）知府，余不详。从此诗看，亦曾在寻甸为官。寻甸：县名。今云南寻甸回族彝族自治县隶属于昆明市。遗爱祠：古代为有德政的官员修建的纪念性祠堂。自力楼：荣昌喻氏家族世居路孔镇（今改名万灵镇），故居有楼取名自力楼。遗泽：传留下的德泽。《宋书·孝武帝纪》："阐扬遗泽，无废厥心。"这里主要指喻茂坚传留下的喻氏家训和家风。喻氏家庙有喻茂坚撰联："衍祖宗一脉真传，克忠克孝；教子孙两行正路，惟读惟耕。"耕读为本，或许即楼名"自力"之意涵。

②稽首：古代九拜中最隆重的一种跪拜礼，臣对君或子对父，跪下并拱手至地，随之头也叩至地。

③松楸：松树和楸树，多植于墓地，因而代称坟墓。特指父母坟茔。这里指寻甸遗爱祠里的先君遗迹，仿佛让他重新见到了亡父原有的坟茔。

④寝苫：古代守孝礼仪之一。《礼·丧大记》："父母之丧，居倚庐不涂，寝苫枕块，非丧事不言。"寝苫意为睡在草荐上，枕块意为头枕着土块，用于此代指为父守孝。终天：终身。终天恨：终身的憾恨，意指未能在父亲生前多尽孝。

⑤负米：背米，特指子路为亲背米。典出《孔子家语·致思》："子路见于孔子曰：'负重涉远，不择地而休；家贫亲老，不择禄而仕。昔由也，事二亲之时，常食藜藿之实，为亲负米百里之外。亲殁，南游于楚，从车百乘，积粟万钟，累褥而坐，列鼎而食，乃叹曰虽欲食黍薯之食，为亲负米百里之外，不可得也。'有诗曰：负米供甘旨，宁辞百里遥？身荣亲已没，犹念旧劬劳。"百里游：指为亲负米百里之外。何能百里游：指父母亡故以后，心想为亲负米百里之外已不可再得。这一句是借子路为亲负米故事深自感叹，尽心尽力地孝养父母必须是在父母生前，以免落得"子欲养而亲不待"。

⑥明发：黎明，平明。明发有怀：黎明不寐，怀念父母。典出《诗·小雅·小宛》："明发不寐，有怀二人。"朱熹《集传》："明发，谓将旦而光明开发也。二人，父母也。"罔极：形容对父母的哀思没有穷尽。

⑦承颜：顺承尊长的颜色，即侍奉尊长。这里特指侍奉父母。《颜氏家训·勉学》："未知养亲者，欲其观古人之先意承颜，怡声下气，不惮劬劳，以致甘软，惕然惭惧，起而行之也。"承颜无及：侍奉父母做得不太到位。前修：前贤，前代有修德的贤士。这里指前孝子的典范，例如子路。

⑧斑斓：形容色彩灿烂绚丽，比喻孝养父母。唐徐坚《初学记》引西汉刘向《孝子传》："老莱子至孝，奉二亲。行年七十，着五彩褊斓衣，弄雏鸟于亲侧。"引申出成语"斑衣戏彩"，为二十四孝故事之一。信莫由：确知没有可能了。意思是父亲早已亡故，即便自己想要效法老莱子，70岁了还常穿着五彩斑斓的衣裳逗更年老的父母一笑，已然绝无可能了。整首诗一以贯之就是追怀先君，极言孝道，追悔自己在先君生前尽孝不够。两首选诗照应着看，上一首体现"克忠"，这一首体现"克孝"，喻氏家风昭然可风。

## [明] 李养德诗2首

李养德（1593—?），字涵初，号伯存，重庆府铜梁县人。万历四十七年（1619）己未科庄际昌榜二甲六十四名，赐进士出身。天启元年（1621）授工部屯田司主事，转任工商员外郎、工部营缮司郎中、知衡阳府、光禄寺少卿、光禄寺正卿加通政使，至天启七年（1627）擢工部尚书，加太子太保。寻致仕归里，崇祯年间卒于家。其人文思敏捷，办事干练，操守廉洁，老成持重。著有《秋英墅诗》13卷。迹见《铜梁历史名人录》。

### 田翁筑成①

卜居简易②竟谁同？巴岳临西巴水③东。
筑室不更前代月④，汙椎犹具古人风⑤。
檐栽沃土无秋白⑥，门踞高山见晓红。
每值酒香鸡黍熟⑦，二三野叟⑧发蓬蓬。

**注释**

①筑成：修盖房屋，业已落成。

②卜居：择地居住。杜甫《寄题江外草堂》："嗜酒爱风竹，卜居必林泉。"简易：简单容易。《史记·刘敬叔孙通列传》："高帝悉去秦苛仪法，为简易。"这一句破题点出田翁择地居住的与人不同之处。

③巴岳：指巴岳山。临西：面对西部。巴水：巴地河流均为巴水，在铜梁，涪江及其支流琼江、小安溪、平滩河、久远河、淮远河、巴川河、白羊河、侣俸河、穆家河乃至众多次生级支流均属巴水，此特指哪条河流不详。总而言之，这一句写明田翁所筑之室西临山，东临水的山水特点。

④不更：不改。前代月：既往年代的月亮。张若虚《春江花月夜》："江畔何人初见月？江月何年初照人？人生代代无穷已，江月年年望相似。"这里的意思与张诗相同。不更前代月：喻指田翁所筑之室仍在以前居住的地方。

⑤汙：本指停积不流的水，引申为指脏、不洁净。椎（chuí，音锤）：捶击的工具，如木

椎、铁椎、鼓椎等，这里特指筑室夯土用的木椎。汗椎：污脏的椎，意谓夯土的木椎乃是长期使用过的，所以表面污脏了。古人风：古人的风气。打夯必须几个人协力劳作，边打边唱着打夯民谣，巴蜀谓之打夯号子，即古人风所指。

⑥檐栽：在屋檐下栽种，犹言屋边墙角栽种。吴芾《梅亭盖旧太守徐公禋所作传者谓公得庾岭梅移》："遐想风流犹仿佛，更将梅绕四檐栽。"此指田翁在屋边墙角种瓜菜之类。秋白：秋季白藏。按五行学说，秋色为白，为收获、贮藏季节，故曰"白藏"。《尔雅·释天》："秋为白藏。"郭璞注："气白而收藏。"无秋白：意为瓜菜之类都随种随食，不需要收藏。

⑦鸡黍：以鸡作菜，以黍作饭，用以表达对朋友、邻居的情意真率。语本《论语·微子》："止子路宿，杀鸡为黍以食之。"鸡黍熟：借喻朋友、邻居关系成熟了，便会常来常往。孟浩然《过故人庄》："故人具鸡黍，邀我至田家。"

⑧野叟：村野老人。全诗由择居、筑室次第写来，后四句才描绘出筑成情境，田园意趣扑面而来，相当自然清新。

# 纪见①

旧国旧都②虽畅然，经眸迥异七年前。
风流有客皆王谢③，意气何人匹窦田④？
贵宅黄金宵布地⑤，官衢白日午经天⑥。
环郊贼过青葱少⑦，窭室于今一望穿⑧。

**注释**

①纪见：即时记录所见所闻。李养德于天启元年（1621）离乡做官，天启七年（1627）任工部尚书、加太子太保后不久致仕归里，所见所闻为奢崇明叛乱对重庆地区造成的破坏。永宁宣抚使奢崇明于天启元年以援辽为名，先派其婿樊龙、部将张彤等领马、步卒两万余人进驻重庆，随于当年九月十七日发动叛乱，攻合江，破泸州，陷遵义，然后以重庆为"东都"建立"大梁"政权，设丞相、五府等官。既而与其子奢寅率军西向，占富顺、内江、资阳、简州、新都、龙泉，围成都。明朝官军调多路人马平叛，天启二年（1622）二月解成都围，五月收复重庆，至天启三年（1623）四月攻克永宁。奢崇明父子败退水西龙场（位于当时四川叙永县东南，今属贵州省），联合贵州安邦彦继续作乱，直至崇祯二年（1629）八月

奢崇明兵败被杀，"奢安之乱"方告结束。李养德归里之际，乱犹在，但重庆地区已无战事，唯余兵燹以后人口锐减、田园荒芜的满目疮痍。

②旧国旧都：故乡，桑梓之地。《庄子·则阳》："旧国旧都，望之畅然。"成玄英疏："少失本邦，流离他邑，归望桑梓，畅然喜欢。"此用其义。

③风流：一时间的风云人物。客：外来者。王谢：王导、谢安，均为东晋掌朝重臣，事见二人《晋书》本传。这一句的意思是，不少追随奢崇明父子叛乱的人，摇身一变成为了"大梁"政权的权臣新贵。

④意气：本指志向与气概，此指不可一世的气势作派。窦田：窦婴、田蚡，均为西汉擅权外戚，事见《史记·魏其武安侯列传》。这一句的意思是，在"大梁"统治下，樊龙等外戚尤为飞扬跋扈，气焰熏天。

⑤贵宅：概指"大梁"新贵、外戚们的府邸。布地：散于地上。夜里还将金银珠宝散布于地上清点、欣赏，足见奢党新贵、外戚们巧取豪夺、横征暴敛之甚。以上三句集中写城内见闻，突出叛乱者们的恶行劣迹。

⑥官衢：通衢，康衢，犹言大道。陈恩《后湖纪事和同僚联句韵》："玄武有方通甬道，奚奴无马戏官衢。"白日：白色的太阳。经天：出现于天际。古人认为白日经天会显示出某种征兆。江总《哭鲁广达》："黄泉虽抱恨，白日自留名。悲君感义死，不作负恩生。"鲁广达为陈朝金陵守将，至德二年（584）隋军贺若弼部攻金陵时曾率众苦战不息，兵败被俘，陈亡以后愤慨而死。《陈书·孝行传》记载，鲁广达死后，"尚书令江总抚柩恸哭，乃命笔题其棺头"。这一句借用江诗意涵，以白日经天喻指在大路上，在大白天，也曾有不少人为明王朝而死难。以下三句转而写城外见闻，由大道、郊野写到深山，集中反映奢乱对人民生命和社会生产造成的严重伤害。

⑦环郊：四周田野。青葱少：绿的颜色少，喻指田园荒芜，少见庄稼。

⑧窔（yào，音要）室：建筑在深山的房屋。司马相如《上林赋》："岩窔洞房，俯杳眇而无见，仰攀橑而扪天。"岩窔指称山的深处。一望穿：一眼便可以望穿。连深山里的房屋也多年无人居住，破残不堪，一望可穿，凸显出了民众死亡流离，人口锐减。兵燹之后的城乡萧条，民生凋残，于最后三句愈显愈烈。全诗起于还乡原本该有的"畅然"，所见所闻却适为其反，只由"迥异"一转，不着一个"悲"字，而尽黍离之悲。

## [明] 破山诗6首

　　破山（1597—1666），法名海明，号破山、懒愚、双桂老人，俗姓蹇，名栋宇，为明初忠定公蹇义后裔，祖籍重庆巴县（今渝中区），出生于四川大竹。19岁出家为僧，往来于湖北、江西、浙江等地，后皈依于天童禅派，成为密云圆悟的嗣法弟子、临济正宗传人。明崇祯五年（1632）返回四川，先后在万县广济寺、梁平太平寺、万年寺讲经说法，刊刻经书，振兴禅院，名声大振。清顺治十年（1653）在梁平建双桂禅院，大开法堂，广纳门徒，丕振宗纲，门下弟子遍西南诸省，双桂堂被尊为"西南禅宗祖庭"，其本人亦被尊为"小释迦"。诗歌创作达五十余年，自题诗集《双桂草》，后人将其诗歌、语录辑为《破山海明禅师语录》21卷，存诗1300余首，无愧巴渝第一"诗僧"。

### 为寂开剃发①

金锄削尽千峰雪②，露出天涯星月③孤。
照得世间人廓④彻，都来依样画葫芦⑥。

**注释**

　　①这首诗作于川外游历期间，记其为一个法号寂开的弟子剃度。
　　②金锄：《周易六十四卦》第三十五卦、佛教《观音八签》第七签"锄地得金"的省称。佛签解语谓："受佛禁戒，信而奉行，不念诳妄，奉孝畏慎……"喻指受戒剃度。千峰雪：语出许浑《赠郑处士》诗："寒云晓散千峰雪，暖雨晴开一径花。"为初春的景象，与一径花交融，使人心境愉悦，借喻凡俗情态。削尽千峰雪：比喻剃发削尽了凡根。
　　③天涯：天的边缘处，很远的地方。张九龄《望月怀远》："海上生明月，天涯共此时。"星月："星月菩提"省称。原本为热带植物黄藤的种子，生长于今印度中部、马来群岛、巴布亚新几内亚以及中国南部，颜色为灰白、灰、绿、棕等。采撷来修形打磨成珠，就成为佛珠，具有了菩提"无上佛道"之义，佩戴能增长智慧，除烦辟邪。原本种子胚芽的部位形成圆形孔洞，周围黑点如繁星密布，呈众星捧月之势，故得名。天涯星月：指星月菩提来自于远方。这里是借星月菩提的圆形以及光溜，比喻剃发以后的脑袋。
　　④人廓：人间城郭，与"世间"为同义复词。这一句巧用双关语义，表面上描述星月光

辉照亮人间,实际上比喻刚剃发后和尚脑袋光洁发亮。

⑤依样画葫芦:古今俗语,也是成语,始见于魏泰《东轩笔录》:"陶穀久在翰林,意稀大用,乃讽其党因事荐引,言穀在词禁宣力实多,微伺上旨。太祖笑曰:'翰林草制皆检前人旧本,改换词语,所谓依样画葫芦耳,何宣力之有?'"这里是将剃发比喻为依样画葫芦。这首诗多方设喻,全写"剃发",极尽诙谐、幽默之能事,反映出极快活、极自在的"狂禅"情趣。如此之个性贲张,放诞不羁,与他在江南一带深受晚明士风影响分不开。

# 送微言之蜀①

竹方床上几经秋②,忽地翻身问话头③。
走起欲拈行脚事④,草鞋先到楚云楼⑤。

**注释**

①微言:其禅友名,生平不详。这首诗当作于湖北。

②方床:卧榻。《南史·贺革传》:"有六尺方床,思义未达,则横卧其上,不尽其义,终不肯食。"竹料制作的称作竹方床。经秋:经年。古人常用春秋代表年,经历一秋或一春即为经历一年。如岑参《送人赴安西》:"早须清黠虏,无事莫经年。"几经秋:几度经历了秋天,犹言经历几年。佛教莲宗十二祖彻悟大师有一偈:"故乡一别久经秋,切切归心不暂留。我念弥陀佛念我,天真父子两相投。"这里正是引用此偈语义,向微言表达不暂留之意。

③忽地:忽然,亦作"忽的"。如王建《华清宫前柳》:"杨柳宫前忽地春,在先惊动探春人。"话头:通常指说话的头绪。陆游《送绰侄住庵吴兴山中》:"目光犹射车牛背,不用殷勤举话头。"佛教禅宗往往拈取一句成语或古语,作为启发问题的参究,特称话头。《五灯会元·黄檗运禅师法嗣·乌石灵观禅师》:"曹山举似洞山,山曰:'好箇话头,祇欠进语。何不问为甚么不道?'"此处话头即指后者。

④走起:巴渝俗语,意思是开始干或一起干某件事情。行脚:又作游方、游行,指僧侣为寻师求法游食四方。《古尊宿语录》卷六:"老僧三十年来行脚,未曾置此一问。"欲拈行脚事:打算拿行脚的事来说一说。微言非僧人,先拿僧人行脚事来说,即为话头。

⑤草鞋:借代行途。巴蜀人行路习惯于穿草鞋,故以草鞋代人的行走,此处特指微言之蜀。云楼:耸入云霄的楼。这里是以云楼代指湖北与四川(含今重庆)间的大巫山。先到云楼,犹言先到巫山。言下之意,然后便是四川。以替微言指划"之蜀"路线作结,戛然而

止。从头至尾以禅入诗，表现出洒脱自然、超逸空灵的情意。

# 太白崖①

太白危崖②路，凌风独杖藜③。
家家松影合④，处处竹烟迷⑤。
云懒归秋壑⑥，风高落晚溪⑦。
骚坛诗骨⑧在，传与夜乌啼⑨。

**注释**

①太白崖：又作太白岩，在今重庆万州区主城北部，原名西山、西岩。传说李白仗剑出蜀，途经万州，曾在西岩饮酒弈棋，留下了"谪仙醉乘金凤去，大醉西岩一局棋"的佳话。后人因称之太白岩。这首诗作于返川之初，在万县广济寺期间。

②危崖：高峻的悬崖。徐宏祖《徐霞客游记·游嵩山日记》："两旁危崖万仞，石脊悬其间，殆无寸土。"太白崖山峰海拔405米，一些部位势若危崖。

③杖藜：原为一种草本植物，老茎可以制作拐杖用，称杖藜。名词作动词用，意谓手挂藜杖。苏轼《鹧鸪天》："村舍外，古城旁，杖藜徐步转斜阳。"

④松影：松树的树荫。白居易《桥亭卯饮》："松影过窗眠始觉，竹风吹面醉初醒。"合：闭合，这里是笼罩的意思。

⑤竹烟：竹林的雾霭。姚合《游春》："苔痕雪水里，春色竹烟中。"迷：迷蒙，形容雾霭迷漫的状态。

⑥云懒：形容云低沉，不飘动。此为暮云状态。归：指从崖高处下至低处。秋壑：秋天里的山谷；借此既点出时令，又标出行径。

⑦风高：风大。杜甫《湖中送敬十使君适广陵》："秋晚岳增翠，风高湖涌波。"落：指从前低处进一步往下行。晚溪：入晚时的山溪；借此进一步点出归途时刻，并标出已到崖底。以上六句悉为纪游，从登崖（一、二句）、观景（三、四）直写到下崖（五、六句），境与情都颇为苍凉。

⑧诗骨：诗的风骨。孟郊《戏赠无本》："诗骨耸东野，诗涛涌退之。"这里是由"太白"而生发开去，包括李白，但不限于李白，思寻诗歌应有的风骨。

⑨传与：传给。乌：乌鸦。《说文解字》释乌为"孝鸟也"。忠孝同伦，故"夜乌啼"为忠孝的声音。杜甫《过南岳入洞庭湖》："莫怪啼痕数，危樯逐夜乌。"这一句的意思是，"骚坛诗骨"已"传与"了"夜乌啼"；以乌喻人，意即诗骨后继有人。这首诗写于清初，尊前明为正统的破山忠犹在明，因而诗风转为沉郁。但结尾两句抒发情怀，借诗骨传承，也透露出了异代之后的思想倾向。

# 和澄灵禅师山居①

因僧②问我西来意，话及居山有数年。

折脚铛煨三合米③，烂麻绳补一条肩。

云根每见穿危石④，月渚常流透碧泉⑤。

恍惚不通方外术⑥，时添草料瞎驴⑦前。

**注释**

①澄灵禅师：推测当是广济寺的住持高僧。山居：山中的住所，也指居住于山中，此用前义。谢灵运《山居赋序》："古巢居穴处曰岩栖，栋宇居山曰山居。"山居者为破山本人，澄灵禅师派遣僧人来问讯，乃作诗应答。

②因：凭，依凭别人办成事情。《史记·平原君虞卿列传》："毛遂曰：'众等录录，所谓因人成事者也。'"因僧：凭僧，依凭僧人；意思是特意派遣僧人来。

③铛：烙饼或者做菜用的平底浅锅。杜牧《阿房宫赋》："鼎铛玉石，金块珠砾，弃掷迤逦。"折脚铛：用三足支撑的铛。煨：用微火慢慢地煮。合（gě，音舸）：为古代量粮食的度量单位，十勺为一合，十合为一升，十升为一斗。折算成公制计量单位，每合重为150克。三合米：形容每天的粮食很少；意谓每天除了熬稀粥充饥，就没有别的饮食。此句写吃，下句写事，集中代表生活清贫。

④云根：深山云起之处，这里代称流云。危石：高大的岩石。穿危石：从高大的岩石间穿过。朱熹《涉涧水作》："幽保溅溅小水通，细穿危石认行踪。"这一句的意思是，白天每每望见流云从危石之间穿过，实即形容山居破烂，四壁皆空。

⑤月渚：月亮照着的水中的小块陆地，代称月色、月光。月渚常流：月光常常流泻。碧泉：清澈的泉水。这一句的意思是，夜晚常常望见月光从碧泉当中透过，与上句意同，复沓

渲染，更凸显出山居之破。

⑥恍惚：形容迷茫，心神不宁。方外：城外。《史记·三王世家》："远方殊俗，重译而朝，泽及方外。"方外术：域外传入的道术，代指佛学、佛法。宋代释正觉《颂古一百则》："借有道人方外术，了无俗人眼前看。"此用其义。这一句的意思是，山居数年，自己似乎已不通佛法，异变成一个赖活着的俗人了。

⑦瞎驴：佛教语，比喻最愚蠢的人。唐人郭天锡《临济语录序》："末后将正法眼藏，却向瞎驴边灭却。"这一句承上一句意，自责已变成最愚蠢的人，成天只像按时添草料的牲畜一样活着。全诗不仅从吃、穿、住三个基本生存角度极形象地描述了艰难困顿的生活情况，而且卒章显志，表达出了对于脱离佛门的极不甘心，因而是一首诉苦诗，更是一首明志诗。

# 示颖凡禅人①

一个蒲团一座山②，经行坐卧得心安③。
蓝氍破衲④蒙头睡，一任佛来天地间⑤。

**注释**

①颖凡：未详。禅人：泛指修持佛学、皈依佛法的人。《古尊宿语录·慈明禅师》："杖林山下竹筋鞭，南北禅人万万千。"破山于顺治十年（1653）创建双桂禅院以后，致力于佛学传播，建立和完善双桂禅派，不仅培养了一众佛门弟子，而且广结各方禅人。他以禅宗的态度对待社会人生，对朝代改易、民族兴衰保持任运自然的恬淡心境，诗风也因之圆融于超脱、自在、旷放、通达。

②蒲团：用蒲草编织而成的圆形、扁平的坐垫，又称圆座。为修行人坐禅及跪拜时所用之物。佛学认为静坐便有净土，谓"静坐于蒲团，一念一清净，心如莲花开"。一个蒲团：代指一人打坐参禅。一座山：比喻打坐参禅时心寂如定，端坐如山。

③经行：佛教徒因养身散除郁闷，旋回往返于一定范围内，叫做经行。属于四念住修行中身念住的修行方法。据《十诵律》五十七，"经行法者，比丘应直经行，不迟不疾。若不能直，当画地作相，随相直行，是名经行法"。心安：佛教禅宗讲"心安便是福"。《景德传灯录》记载：南梁时期，禅宗二祖慧可比丘拜谒正在面壁宴坐的菩提达摩大师，曰："我心未宁，乞师与安。"达摩曰："将心来，与汝安。"比丘曰："觅心，了不可得。"达摩从容道："我与汝安心竟。"是知心安为佛教修行的一大境界。

④鬖鬖（sān，音三）：形容毛发或枝条纷披的样子。陈琏《晚发广陵》："秋老荷香寂寞，烟消柳色鬖鬖。"这里借喻打坐以后身心松散。破衲：破烂的僧衣。宋代释善珍《破衲》："破衲襜襂两鬓霜，耳边谁管俗雌黄。"这里的用破僧衣蒙头睡，便暗喻不管凡俗是非的意思。

⑤一任：听凭。陆游《卜算子·咏梅》："无意苦争春，一任群芳妒。"佛来天地间：按佛学所宣扬，佛是不生不灭的，天地众生则是有生有灭的，故佛来天地间是为超度众生的。这首诗体现出《华严经》所说的"早闻佛法，明心见性"，修行达到了"顿悟"的境界，时根尘识俱变成佛性，无所谓佛，无所谓众生，无所谓众生成佛，生死涅槃犹如昨梦，菩提烦恼同是空花。相应地，遣词造句亦纯出自然，大俗大雅，理趣浑然。

# 栽秧勉众①

三家村里老农忙②，未得天明开普梆③。
垢面④去随泥水净，闲身来逐鼓锣狂⑤。
歌声大发佬人胆⑥，竺影横遮散雨光⑦。
双桂住持非刻薄⑧，要将底事胜诸方⑨。

**注释**

①勉：勉励，鼓励。众：众人，这里指双桂堂的僧众。经过明末清初数十年兵连祸结，清初"移民填四川"以前，巴渝地区原人口十存其一，田园荒芜，虎患成灾，寺院也缺少生活来源。破山组织双桂堂僧众生产自救，自己也与弟子们一起栽秧种谷，乃有此诗。

②三家村：偏远地区人口很少的村庄，此喻指双桂堂。老农：破山自比。

③梆：梆子，用竹筒或挖空木头做成的发声器，又称饭梆、木鱼、鱼鼓、鱼板、鱼梆、鸣鱼。在古代禅林中，敲梆以通知僧众入浴、斋食。开普梆：敲响堂内的全部梆子，催促僧众起床栽秧。

④垢面：脏面孔，此指尚未洗过的面孔，这一句的意思是，不用在堂内洗脸，到秧田里随手将就掬一把田水便算洗脸了。

⑤闲身：古代指无官职者的身躯，代指僧众。鼓锣：指栽秧前敲锣打鼓，唱民歌，喊号子，俗称"栽秧锣鼓"。这是一种巫风遗俗，民歌一般用竹枝词唱法。来逐鼓锣狂：表明僧

众栽秧的积极性高。

⑥大发：大大激发。倦人：疲倦的人，这里特指栽秧的持续时间久了，感到疲累的僧人。胆：胆量，勇气，这里指勇气。这一句的意思是，栽秧过程中唱一唱栽秧歌，就能使疲困的僧众勇气倍增。

⑦竺影：竹影。此处竺、竹音义皆同，见《广雅》王念孙疏："竺、竹同声字；方言有重轻，故又谓竹为竺也。"此用竹影喻指竹丛、竹林。横遮：横遮竖挡，比喻严密遮挡。散雨光：比喻雨停了。这一句的意思是，一旦遇雨，便就近避入竹丛、竹林，直至云散雨止。

⑧双桂住持：破山自指。刻薄：不厚道，冷酷无情。见《史记·商君列传》："商君，其天资刻薄人也。"

⑨底事：此事。林希逸《题达摩渡芦图》："若将底事比渠侬，老胡暗中定羞杀。"这里指栽秧这件事。诸方：各地方。《晋书·何劭传》："每诸方贡献，帝辄赐之，而观其占谢焉。"这里特指各地方的禅林，参见其另诗《示松溪值岁》："做就庄稼活，田园五谷丰。诸方禅衲子，共享太平风。"这首诗充分展现破山提倡的"农禅"精神，其个人形象亦活灵活现。

273

## [明] 刘道开诗3首

　　刘道开（1601—1681），一名远鹏，字非眼，别号了庵居士，重庆府巴县（今重庆江北区刘家台）人。崇祯十三年（1640）会试副榜，授贵州思南府推官未就。张献忠军入川，携家至涪陵，后转徙垫江、梁平之间。清初由达州迁至阆中，四川巡抚李国英荐其为官，以死誓坚辞，从当地离指和尚遁藏。顺治十七年（1660），其子刘如汉迎至京师赡养，闭门精修二十余年，不与人交往。卒时遗命以僧服入殓，不用清衣冠。毕生勤于著述，汇《金刚经》《楞严经》编纂成《楞严说通》10卷，另著有《自怡轩诗文集》《痛定录》《拟寒山诗》《蜀人物志》，诗入选《四百家遗民诗》。其讽刺抨击权贵邪恶之诗，为汉代《刺李盛》以降历代巴渝讽刺诗极品。

### 大狱叹①

翻天覆地闹如麻，纷纷抄劫侍郎家。
借问侍郎有何罪，生儿不类②招众诛。
一封奏上九重③准，本头归来胜昼锦④。
营谋积聚⑤许多年，毁巢取子⑥在俄顷。
惨如岸贾入下宫⑦，烈似吴兵破楚封⑧。
抱衾⑨未免妻妾辱，胠箧⑩岂惟财帛空？
骈伽叠锁趋犴狴⑪，腹心爪牙⑫立名字。
罗钳吉网应募⑬出，杀人媚人等儿戏⑭。
白头老子⑮泣斜阳，僮仆散尽身郎当⑯。
空庭有鬼抛砖瓦，破屋无人送米浆。
绣衣使者惟将顺⑰，曲直是非焉敢问。
侍郎拦街跪不怜⑱，夫人升屋喊不听。

满城占风望气[19]徒,一时化作假虎狐[20]。

阶下果然多子密[21],坐上何曾有灌夫[22]?

时移势异应相让[23],未必无风能起浪[24]?

介弟虽然善推敲[25],谁其主之大丞相[26]。

丞相耳目密于鳞[27],开口不如闭口人。

相逢且谨不平语[28],此语若闻丞相嗔[29]。

**注释**

①大狱:重大案件,多指牵涉面广而处罚严厉者。《后汉书·梁商传》:"大狱一起,无辜者众,死囚久系,纤微成大。"此诗叹倪斯蕙之冤。倪斯蕙为重庆乡贤,多年在朝为官,致仕前为南京吏部侍郎。因不满魏宗贤党当政,上书乞休,以尚书服色致仕归里,营西湖精舍于治平寺。其子倪天和曾倚父势横行,与权贵王应熊之弟王应熙积有宿怨,互相争斗。王应熊于崇祯六年(1633)任吏部尚书兼东阁大学士,居相位。《明史》本传称其博学多才,熟谙掌故,敢于任事,但又秉性强狠,人多畏之。因结党、受贿,屡被弹劾,于崇祯八年(1635)上疏乞退,被削籍归家。崇祯十二年(1639),王应熙嗾使倪斯蕙从孙倪大成赴京控倪斯蕙在籍不法,遂酿成大狱,破其家,囚其子,年逾75岁的倪斯蕙忧愤而死。舆论为之哗然,乡人赴京击登闻鼓,讼王应熙居不法凡四百八十事,亦涉及王应熊。刘道开因之而作此诗,原诗小序为:"相弟王应熙挤公子倪天和,激众叩阍,破及千家也。"事由与指向甚明。

②不类:不善。《诗·大雅·瞻卬》:"不弔不祥,威仪不类。"毛传:"类,善。"这一句为倪斯蕙惋惜,其所生子倪天和不善,导致此事。

③九重:九重天,喻朝廷。这里指倪斯蕙上书乞休获准。

④本头:奏章。复指上句意涵。昼锦:富贵还乡。典出《汉书·项籍传》:"富贵不归故乡,如衣锦夜行。"

⑤营谋:为达某一目的而想方设法。《聊斋志异·促织》:"为人迂讷,遂为狡胥报充里正役,百计营谋不得脱。"积聚:逐渐聚集。这一句的意思是,倪斯蕙在乡敦品励节,形成名望,以及构置巴字园、营建西湖精舍等私家园林、房舍已经下了许多年功夫。

⑥毁巢取子:巢,鸟巢;子,鸟卵。犹言巢倾卵破,比喻大人遭难,祸及子女。典出《后汉书·孔融传》:"左右曰:'父执而不起,何也?'答曰:'安有巢毁而卵不破乎?'"比喻倪斯蕙被诬,导致子被囚,家被毁。

⑦岸贾:屠岸贾,春秋时期晋国的一个权奸,历仕晋灵公、晋景公两朝。据《史记·赵

世家》记载，晋景公即位以后，他主谋并且出面，将晋卿赵盾及其子赵朔满门抄斩。入下宫：赵朔的夫人庄姬，本为晋成公之女，时已怀孕。屠岸贾发现庄姬不在，便入宫搜索，意图斩草除根。传说戏曲《赵氏孤儿》即演其事。此借喻倪家被满门追杀。

⑧楚封：楚地。这一句借用伍子胥为报父兄仇，借吴兵攻楚，鞭楚平王尸的故事，进一步描述倪家遭祸的惨烈。故事见《史记·伍子胥列传》："及吴兵入郢，伍子胥求昭王，既不得，乃掘楚平王墓，鞭之三百，然后已。"

⑨抱衾：抱衾裯，见《诗·召南·小星》："抱衾与裯，实命不犹。"《小星》序说："夫人无妒忌之行，惠及贱妾，进御于君。"后因以"抱衾裯"为侍寝，这里借指男子与妻妾恩爱。这一句的意思是，倪家男子不管对妻妾如何恩爱，也已无力保护妻妾，免受污辱。

⑩胠箧：撬开箱箧。出自《庄子·胠箧》。这一句的意思是，倪家的财产横被劫掠一空。

⑪犴（àn，音按）狴（bì，音闭）：监狱。宁调元《书感》："天阴雨骤昼闻雷，犴狴重重即夜台。"这一句的意思是，倪天和被戴上重重枷锁而关入监狱。

⑫腹心：心腹，亲信。爪牙：古义指得力的帮手，属于褒义。《汉书·李广传》："将军者，国之爪牙也。"这一句的意思是，举凡倪家的亲信与帮手，如管家、仆人之类，也被列入了打击的名单。

⑬罗钳吉网：汉语成语，意思是用以酷虐诬陷的人和手段。语出《资治通鉴·唐玄宗天宝四载》："李林甫欲除不附己者，重用酷吏罗希奭、吉温，二人皆随林甫所欲深浅，锻炼成狱，无能自脱者，时人谓之'罗钳吉网'。"应募：响应招募。这一句的意思是，按照王应熙的需要，出面诬陷、迫害倪家人的人层出不穷。

⑭这一句的意思是，上一句所包括的那一类人，对杀害倪家人、谄媚王家人全都视若儿戏，毫无道义。

⑮白头老子：指倪斯蕙。

⑯身：身份，地位，这里指身家财产。郎当：形容破败。徐大椿《洄溪道情·寿吴复一表兄六十》："常只是少米无柴，境遇郎当，你全不露穷愁情状。"这一句的意思是，倪斯蕙的身家破败了。

⑰绣衣使者：西汉武帝元鼎二年（前115）开始设置的一种监察官职，相当于秘密警察。这些人身穿绣衣，手持节杖和虎符，四处巡视督察，发现不法问题可代天子行事。武帝给他们冠名"绣衣使者"，又称"绣衣御史""绣衣直指""绣衣执法""直指绣衣""直指绣衣使者"。这里借指明朝各级执法官员。将顺：顺势促成。《孝经·事君》："将顺其美，匡救其恶，故上下能相亲也。"这一句的意思是，各级执法官员都顺着王应熙（背后是王应熊）的意思办事。

⑱侍郎：指倪斯蕙。拦街：指倪斯蕙在大街上拦住上面来的官员的车驾，欲自白申冤。跪不怜：跪地也得不到官员的怜悯。

⑲占风：本为占卜的一种，指观风势、占气候、卜丰歉的活动，这里代指在这场大狱中不问是非，只看风向。望气：古代方士的一种占候术，通过观察云气，预测吉凶，用在这里与占风为同义复指，喻多数人都在观望。

⑳假虎狐：狐假虎威。指在看风向的人当中，一些见风使舵者还变过脸，假王家虎威而不惜做坏事。

㉑阶下：堂阶之下，代指仆人。子密：不义仆的典型人物。据《艺文类聚》《渊鉴类函》等记载，东汉初年，刘秀旧友彭宠因功封为"建忠侯"。但彭宠破蓟城后，自立为"燕王"，公开与刘秀政权分庭抗礼。建武五年（29）的一天，彭宠斋戒后卧床休息，家奴子密突然袭击，杀死彭宠夫妇，携其头及金银珠宝逃往洛阳投奔刘秀，刘秀特封子密为"不义侯"。这一句借此故事，喻指倪斯蕙府中也有家仆卖主求荣，为虎作伥。

㉒坐上：座席上，此代指朋友。灌夫：西汉人，武帝时曾任淮阳太守，入为太仆，徙燕相，因醉酒打窦甫而罢官。其人尚游侠，性刚直，与外戚窦婴相友善。窦婴被另一外戚田蚡倾陷后，灌夫不平，于丞相府使酒骂坐，被田蚡所劾，旋赐死。事见《史记·魏其武安侯列传》。这一句惋叹，倪斯蕙没有敢为之仗义执言的朋友。

㉓时移势异：汉语成语，意思是时代、情势已发生变化。这里指倪斯蕙致仕后，已无先前的权势。应相让：指倪天和应该与王应熙相礼让，不该继续倚父权势骄横凌人。

㉔无风能起浪：意指倪天和也有责任。

㉕介弟：对他人之弟的敬称，或对己之弟的爱称。语出《左传·襄公二十六年》："夫子为王子围，寡君不责介弟也。"此从王应熊角度称王应熙。推敲：反复琢磨，反复斟酌。这里的意思是算计别人。

㉖大丞相：指王应熊。明代自胡惟庸案后不设丞相，以殿阁大学士行宰相职权，王应熊归里前为东阁大学士，故按古例称为大丞相。这一句用自问自答的句式表述，意指王应熊为王应熙背后的主使者。

㉗耳目：替人打听消息的人，泛指密探、奸细、监视者、告密者。密于鳞：比鱼身上的鳞甲还要密集，犹言耳目众多，防不胜防。

㉘平语：不相对偶的语句。岳珂《桯史·汤岐公罢相》："洪文安（遵）在翰苑当直，例作平语，谏官随而击之。"不平语：即缄口不言，道路以目。

㉙嗔：生气，责怪。杜甫《丽人行》："炙手可热势绝伦，慎莫近前丞相嗔。"这里与杜诗意涵全相同。全诗铺张扬厉地描述了大狱的方方面面，对倪天和也有所指责，但倪斯蕙之冤表达得淋漓尽致。揭露、嘲讽王应熊尽管只有寥寥数语，但少少许胜多多许，与原序相呼应，实则主旨明确，义愤强烈。最妙的是，结在"此语若闻丞相嗔"一句，却偏写出洋洋洒洒的三十六句，无异于向王应熊挑战，嘲讽意味尤为深长。

## 高门行①

高门成,高门坏,三十年间生变态②。
当时骑马不敢过,何况乘舆并张盖③。
门外青衣④意气横,门内主人官职大⑤。
电光石火⑥不须臾,海市蜃楼⑦竟安在?
春风蝴蝶飞过墙⑧,食他一院好青菜⑨。
君不见汾阳之府改为寺⑩,马燧之府化为园⑪?
古来甲第⑫皆如此,何必唏嘘叹此门⑬。

**注释**

①高门:门户高大、宽敞。刘孝标《广绝交论》:"高门旦开,流水接轸。"这里特指王应熊别墅"涵园"故宅的大门。据乾隆《巴县志》,"涵园……即今之莲花池也,亭台遗址尚存。"又云:"莲花池在莲花坊通远门内,巴蔓子墓在其侧,系邑人王应熊'涵园'也。昔有亭榭台阁,上下二池皆种莲花,故号为莲花池。"这首诗作于清康熙年间。

②生:副词,硬是,硬生生。变态:改变了原来的形态。这里指涵园之地屡易其主,基本状态也有大改变。据乾隆《巴县志》记载,涵园先属马氏,继属蹇氏,王应熊崇祯八年(1635)乞休归里后据有之,诗称"三更主"。南明弘光元年(1645)复出,任兵部尚书兼文渊阁大学士,总督川、湖、云、贵军务,至永历元年(1647)卒于毕节卫(今属贵州)。其后涵园落入原农民军将领、先投明继降清的刘维凤之手,变成刘维凤的牧马场。刘道开《涵园二首》有句"又见王园作牧场",且自注"降寇刘维凤牧马王园"。此句"三十年间生变态",即指历马、蹇、王而至于刘期间发生的变异。

③乘舆:古代特指天子和诸侯乘坐的豪车,此指王应熊乘坐的豪车。张盖:张开车上伞盖。这一句借车乘之豪华,表现王应熊当年之"炙手可热势绝伦"。

④青衣:黑色的衣服,此处代指王家的恶奴。门外青衣:指看守涵园高门的恶奴。

⑤大(tài,音太):意涵仍为与"小"相对的大。指王应熊生前两度身居相位。

⑥电光石火:汉语成语,电光指闪电,石火指燧石火花,合在一起比喻事物转瞬即逝。释道原《景德传灯录》:"石火电光,已经尘劫。"

⑦海市蜃楼:汉语成语,原指海边或沙漠中,由于光线的反射和折射,空中或地面出现

虚幻的楼台城郭，多比喻虚无缥缈的事物。语出《史记·天官书》："海旁蜃气象楼台，广野气成宫阙然，云气各象其山川人民聚积。"其中的"蜃"指海蛤蜊，古人以为蜃吐气能化成城郭楼台。这一句和上一句连在一起，喻指王应熊的权势以及涵园的风光迅速幻灭。

⑧蝴蝶：非采花蝴蝶，而是指螟蛾，白色，似蝶，常成群地啮食蔬菜。

⑨青菜：绿色蔬菜。螟蛾集群贪食蔬菜，寓意园内已无人管理，任凭附近居民开荒种蔬菜。这两句借螟蛾贪菜的独特意象，比喻高门坏后的涵园业已一片荒凉。纯俗语入诗，嘲讽味极强。

⑩汾阳之府：指唐代名将郭子仪的汾阳王府。郭子仪由于平息安史之乱功勋卓著，于宝应元年（762）晋封为汾阳郡王。改为寺：郭子仪辞世以后，其汾阳王府被改为法雄寺。张籍《法雄寺东楼》诗："汾阳王府今为寺，犹有当年歌舞楼。"

⑪马燧：唐朝中期名将，平息安史之乱及抵御吐蕃皆有大功，生前任司徒兼侍中，死后绘像凌烟阁。化为园：马燧死后，其子马畅因惧唐德宗猜忌，于贞元末年将其在长安安邑坊内的府邸捐赠朝廷，改名"奉诚园"。

⑫甲第：豪门贵族的宅第。

⑬唏嘘：本意是哭泣后不由自主地急促呼吸，多指称无奈、叹息，此指叹息。这结尾两句，将豪门破败提升到了普泛性的历史高度，颇具备警世性。较之刘禹锡《乌衣巷》里的"旧时王谢堂前燕，飞入寻常百姓家"，其穿透力和震撼力毫不逊色。应之全诗，尤为深沉。

# 畴昔①

畴昔干戈②里，飘零剩此身。
一生九死客，两代六朝③人。
路未通新朔④，归应少旧邻。
涂山与字水⑤，回首亦伤神。

**注释**

①畴昔：往日，从前。《礼·檀弓上》："予畴昔之夜，梦坐奠于两楹之间。"这首诗为其晚年在北京的忆旧怀乡作。

②干戈：干和戈都是古代常用的兵器，比喻战争。文天祥《过零丁洋》："辛苦遭逢起一

经,干戈寥落四周星。"此与之意同。刘道开的大半生,都在明末清初巴蜀地区近半个世纪的战乱中度过。

③两代:指明代和清代。六朝:指明代万历、泰昌、天启、崇祯,清代顺治、康熙。

④路:归路,还乡路。新朔:指农历每月初一,也特指农历新年正月初一。元稹《月三十韵》:"蓂叶标新朔,霜毫引细辉。"这里代指新的一年。路未通新朔:意谓定不下来哪一年还乡。

⑤字水:巴江别称。谯周《三巴记》:"阆、白二水合流,自汉中至始宁城下入武陵,曲折三曲,有如'巴'字,亦曰巴江。"尽管所述并不是十分精确,但巴江所指大体在于嘉陵江及其一级支流渠江,是后世认同的。故嘉陵江及渠江都别称"字水"。乾隆年间王尔鉴厘定"巴渝十二景",因之而有"字水宵灯"。在这里,涂山和字水代指他的故乡重庆。全诗平实而凝重,怀乡之情似压抑,却具喷之欲出之势。

## [清] 王士禛诗5首

王士禛（1634—1711），字贻上，号阮亭，又号渔洋山人，山东新城（今桓台县）人。顺治十五年（1658）进士，授江南扬州推官，擢礼部主事，累迁为户部郎中。康熙十一年（1672）六月奉命典四川乡试，后丁母忧归里。复出后，任翰林院侍讲、侍读，入直南书房，于康熙三十七年（1698）迁左都御史，四十三年（1704）至刑部尚书，颇有政声。平生诗、词、文皆工，力倡"神韵说"，作诗3000余首。有诗论《带经堂诗话》《渔洋诗话》，笔记《池北偶谈》，诗文集《渔洋诗集》《渔洋续集》《渔洋文略》等，在四川作《蜀道集》《蜀道驿程记》等。典乡试后自成都沿江而下，十月八日抵重庆，十日东下，经三峡出川，沿途多有诗文遗世。

## 渝州夜泊

涂山斜月落，巴国曙鸡鸣。

乱艇烟初合①，三江②夜潮生。

霜寒催晓角③，石气肃④高城。

不寐闻猿啸⑤，迢迢入峡声⑥。

**注释**

①乱艇：形容江边所停泊的大小船只数量多，形不一。烟：指晓雾。初合：开始聚合。重庆两江的晓雾，通常是在今时6点左右开始聚合，变得愈来愈浓的。

②三江：古人关于重庆城两江汇合的一种说法。王士禛《蜀道驿程记》有言："《水经》'江水又东北至巴郡江州县东，强水、涪水、汉水、白水、宕渠水合流左注之'。庾仲雍谓：江州县对二水口，右则涪内水，左则蜀外水，即是水也。盖岷江自叙、泸西南来，涪江自绵、梓、遂诸州西北来，嘉陵江自阆、果诸州、巴江自蓬、渠诸州东北来，至合州同会涪江南下，至渝州东北朝天门与岷江会，故曰郡承三江之会。实四水也。"实即今人所说的长江、嘉陵江两江汇流。

③晓角：报晓的号角声。沈佺期《关山月》："将军听晓角，战马欲南归。"

④石气：环绕于山石的雾气。虞集《赋石竹》："龙嘘石气千年润，鹤过林阴一径斜。"肃：缩，收缩。《诗·豳风·七月》："九月肃霜，十月涤场。"朱熹《集传》："肃，缩也、霜降而收缩万物。"这一句的意思是，环绕于山城的雾气如霜一般寒冷，仿佛使这座高大的城池也凝缩住了。中间两联，都极力描述农历十月的渝州凌晨霜雾重，寒气重，以之烘托下一句的"不寐"。

⑤闻猿啸：只是"夜泊""不寐"的感觉，并非实况。因为是丁母忧而还乡，三峡为离渝之后必经之处，所以用此指代通夜都在冥想过三峡，闻猿啸。

⑥迢迢：形容遥远。古诗："迢迢牵牛星，皎皎河汉女。"入峡声：三峡的浪潮之声仿佛进入耳鼓。其家乡远在山东新城，故谓之迢迢。峡声加猿啸声声入耳，写活了"不寐"状态，更显示出还乡尽孝心情之迫。唯其如此，所写景那样凄冷也就不难理解了。

# 涂山绝顶眺望①

飞瀑落长虹，登临见禹功②。

山围巴子国③，苔没夏王宫④。

峒俗乌蛮近⑤，畲耕⑥白帝同。

渝州天堑地，感慨大江东⑦。

**注释**

①参见曹学佺《登涂山绝顶》诗注，尤其是所引《蜀道驿程记》相关文字。

②禹功：指夏禹治水的功绩。《左传·昭公元年》："美哉禹功，明德远矣。微禹，吾其鱼乎！"这里特指登涂山所见夏禹的遗迹。

③巴子国：先秦巴国的都邑，代指重庆。《华阳国志·巴志》："巴子时虽都江州（今重庆主城核心区），或治垫江（今重庆合川区）、平都（今重庆丰都县）、阆中（今四川阆中市）。先王陵墓多在枳（今重庆涪陵区）。"

④苔：苔藓，隐花植物的一类，根、茎、叶区别不明显，常贴在阴暗潮湿的地方生长。没：淹没，埋没。李华《吊古战场文》："积雪没胫。"夏王宫：夏王指夏禹；夏王宫即禹王宫，此指涂山禹庙。禹庙已被苔藓所埋没，可见多年失修，几近毁圮了。

⑤峒（tòng，音动）：唐宋以来壮、侗、苗、黎等民族的社会组织形式，亦代指西南地

区少数民族。峒俗：西南地区少数民族所具有的风俗习惯。乌蛮近：此与下句"白帝同"均化用杜甫《渝州候严六侍御不到先下峡》句意，参见杜诗注。

⑥畲耕：参见范成大《劳畲耕》注①。

⑦大江东：大江向东方奔流不息。这首诗只有前四句实写眺望所见，后四句则虚写眺望所思，比《渝州夜泊》更显示出了思乡情切。结于"大江东"，余韵更悠长。

# 舟出巴峡①

曲折真成字②，沧波十月天③。
云开见江树，峡断望人烟。
新月数声笛④，巴歌⑤何处船？
今宵羁客⑥泪，流落竹枝前⑦。

**注释**

①巴峡：巴江之峡均称巴峡。巴郡有长江小三峡，即铜锣峡、明月峡、黄草峡，皆为巴峡。王士祯《蜀道驿程记》记述："（十日）午刻解缆出巴峡，王右丞诗'际晓投巴峡'即此。过明月、铜锣二峡……晚抵木洞驿野宿。"据此诗之第四句可知，所"出"之峡为明月峡，"望人烟"处为木洞驿居民聚居的地方。据乾隆《巴县志》，"按县东六十里，江水南旋，停聚一大湾，名明月沱。沱之首，石壁高峙，名鸡公嘴，昔人以此为明月峡"。但王士祯说"王右丞诗'际晓投巴峡'即此"，属误解，参见王维《晓行巴峡》相关注释。

②参见刘道开《畴昔》注⑤。

③沧波：碧波。李白《古风》十二："昭昭严子陵，垂钓沧波间。"十月天：点时，亦意指秋高气爽，水天一色。

④新月：农历每月上旬的月相，即上弦月。数声笛：若干竹笛声，当与下句合解。

⑤巴歌：指竹枝歌。巴人民间唱竹枝歌，常用竹笛伴奏。见刘禹锡《竹枝词九首引》："里中儿联歌竹枝，吹短笛，击鼓以赴节。"

⑥羁客：旅人，此称自己。鲍照《代櫂歌行》："羁客离婴时，飘飘无定所。"

⑦流落：远离家乡，在外漂泊。竹枝前：竹枝歌的歌声、笛声所及处。刘禹锡《竹枝词九首》有句："南人上来歌一曲，北人莫上动乡情。"此用其意，暗寓悲怆。王士祯力倡"神

283

韵说",认为"大抵古人诗画,只取兴会神到",在艺术表现上追求"略具笔墨""伫兴而就"的境界(见《带经堂诗话》《渔洋诗话》)。这一首诗比前两首诗体现更充分。

# 长寿县吊雪庵和尚①

枳县秋风怆客魂②,金川遗事③忍重论。
谁从鱼服悲宗国④,唯有乌朝⑤恋旧恩。
叶下沅湘愁北渚⑥,芜生鄢郢哭东门⑦。
至今松柏滩⑧头水,呜咽寒潮吊屈原⑨。

**注释**

①雪庵和尚:俗姓叶,名希贤,号雪庵。明洪武年间举贤良,任监察御史。曾上书明惠宗要求惩治权臣李景隆死罪,未获准。建文四年(1402)六月"靖难"事发后,逃至四川,隐姓埋名,削发为僧,号雪庵和尚,在松柏滩建观音寺,朝夕诵经,终时年逾百岁。王士禛《蜀道驿程记》记述:"枳县,靖难时雪庵和尚遁迹于此,与隐士杜景贤往来白龙山中。山有松柏滩,滩水清驶,篁萝交映,结庐其间。每夜梵诵琅然,人或窥之,乃《易·乾卦》也。时棹小舟中流,携《楚辞》诵之,诵一叶,辄投一叶于水,投已辄哭之,人莫能测也。"这首诗即据所记传说以追吊雪庵和尚。

②枳县:长寿建县前属巴郡枳邑,建县以后也长期隶涪州,故以枳县代指长寿。怆:悲伤。怆客魂:使游子心情悲伤。此客即其本人。

③金川遗事:代称明初"靖难之变"。明洪武三十一年(1398)朱元璋逝世,皇太孙朱允炆继位,是为建文帝。燕王朱棣于建文元年(1399)起兵南下,至建文四年(1402)六月攻占帝都应天(今南京市),史称"靖难之役""靖难之变"。据《明史·成祖本纪》记载,"乙丑,至金川门,谷王橞、李景隆等开门纳王,都城遂陷"。朱棣军自金川门入,故称"金川遗事"。战事中朱允炆下落不明,或说自焚于宫中,或说由地道逃出后隐藏于云、贵、川一带为僧,重庆建文峰、龙隐路、龙隐寺均附会为僧说。拥护建文帝的文臣武将齐泰、黄子澄、方孝孺、练子宁、陈迪等先后被杀,亦"遗事"内容之一。

④鱼服:语出张衡《东京赋》:"白龙鱼服,见困豫且。"其典出自刘向《说苑·正谏》:"昔白龙下清泠之渊,化为鱼,渔者豫且射中其目。白龙上诉天帝……天帝曰:'鱼,固人之

所射也。若是，豫且何罪？'"鱼服语意为穿着鱼的服装，借喻"化为鱼"。这里用鱼服代指朱允炆横遭"靖难之变"。宗国：本指与天子同宗的诸侯国，亦代指祖国，兼称国家、朝廷。《孟子·滕文公上》："吾宗国鲁先君莫之行也，吾先君亦莫之行也。"赵岐注："滕鲁同姓，俱出文王。"朱棣与朱允炆为叔侄，因而这里是用宗国的本义。全句的意思是，谁能追随建文帝，跟他一起为这场同宗间的变难悲悼呢。

⑤乌朝：乌指乌鸦，朝指朝拜。传说朱允炆出家后作有《金竺长官司罗永庵题壁》诗二首，其第二首为："阅罢楞严磬懒敲，笑看黄屋寄昙标。南来瘴岭千层迥，北望天门万里遥。款段久忘飞凤辇，袈裟新换衮龙袍。百官此日知何处，惟有群乌早晚朝。"这里的意思是，昔日的百官都已不在朱允炆身边，再也不能像乌鸦那样朝拜，但在心底还是"恋旧恩"的，自然包括雪庵和尚。何以见得？颈联即借屈原设喻。

⑥这一句化用屈原《九歌·湘夫人》："帝子降兮北渚，目眇眇兮愁予。袅袅兮秋风，洞庭波兮木叶下。"屈原之愁也是雪庵和尚之愁。

⑦这一句化用屈原《九章·哀郢》："发郢都而去闾兮，怊荒忽而焉极。楫齐扬以容与兮，哀见君而不再得。""当陵阳之焉至兮，淼南渡之焉如。曾不知夏之为丘兮，孰两东门之可芜。"屈原之哀亦是雪庵和尚之哀。

⑧松柏滩：见注①。今四川邻水县御临镇御临河畔有松柏滩，御临河亦流经长寿区境，当年雪庵和尚建观音寺的松柏滩是否即此，待考。

⑨吊屈原：暗喻吊雪庵和尚。借屈原比拟雪庵和尚，妥帖与否，可以评说，但充溢于字里行间的仰慕雪庵和尚的真挚情怀，确是感人的。

# 登高唐观①

西上高唐观，阳台对旧台②。
瑶姬③何处所，望远独徘徊。
恍惚荆王梦④，芳华⑤宋玉才。
细腰宫畔柳⑥，并作⑦楚人哀。

**注释**

①高唐观：战国时楚国所建台馆，因宋玉《高唐赋》得名。《高唐赋·序》："昔者楚襄

王游于云梦之台，望高唐之观，其上独有云气。"历史上至少经历过三次重建。明代高唐观遗址位于今重庆巫山县西北部的巫峡镇高唐村三组，长江北岸高丘山的来鹤峰上，于巫山县城隔大宁河可以望见。

②阳台：指阳台山。据《巫山县志》，"阳台山，下有土主庙"。旧台：传说中的楚怀王梦神女阳台故址。清光绪十四年（1888），候选县学训导周宪斌撰《阳台高唐解》说："阳台故址无存，末由稽考。惟据宋赋，知此台当在高丘山上，古高唐观后，而城北之阳台山，实非阳台也明甚。夫高丘山上有阳台，山半又有高唐，由来久矣。"王士禛所见高唐观为明代重建的高唐观，当时或许尚存有阳台遗迹。

③瑶姬：又作"姚姬"，传说的巫山神女名。《高唐赋》李善注引《襄阳耆旧传》："赤帝女姚姬未行而卒，葬于巫山之阳，故曰巫山之女。楚怀王游于高唐，昼寝，梦见与神通，自称巫山之女，王因幸之。遂为置观于巫山之南，号为'朝云'。"

④恍惚：形容迷离，难以捉摸。语出宋玉《神女赋》："精神恍惚，若有所喜。"荆王梦：楚王梦，指楚怀王梦神女事。这一句的意思是，楚怀王梦神女的故事其本身就扑朔迷离，难以尽信。王士禛以此表达出怀疑。

⑤芳华：亦作"芳花"，泛指香花。语出屈原《九章·思美人》："芳与泽其杂糅兮，羌芳华自中出。"这里是比喻宋玉的才华。《史记·屈原列传》："屈原既死之后，楚有宋玉、唐勒、景差之徒者，皆好辞而以赋见称，然皆祖屈原之从容辞令，终莫敢直谏。"这一句的意思是，巫山神女自荐枕席的故事，原本是宋玉附从楚顷襄王的意向，凭其才华撰写《高唐赋》《神女赋》编造出来的。否定之意尽寓其间。

⑥细腰宫：又称"楚王宫"，楚国在巫山地区设置的一所离宫。陆游《入蜀记》："日晚，游楚故离宫，俗谓之'细腰宫'。有一池，亦当时宫中燕游之地，今湮没略尽矣。"其故址在巫山县城东北女观山西侧小山顶。据《墨子·兼爱中》记载，"昔者楚灵王好士细要（腰），故灵王之臣，皆以一饭为节，胁息然后带，扶墙然后起。比期年，朝有黧黑之色"。《管子·七臣七主》《荀子·君道》《晏子春秋·外篇》《韩非子·二柄》《尹文子·大道》等均有"楚王好细腰，国中多饿人"的述记。柳：比喻腰之细。这一句生发开去，无异于说，楚国从春秋时的灵王以来，到战国时的怀王、顷襄王，全都是荒淫佚乐、失度失德的昏君。

⑦并作：一起发生、出现。枚乘《七发》："榛林深泽，烟云暗莫，兕虎并作。"这一句的意思是，楚怀王遇神女的故事和楚灵王好细腰的故事一样，都是楚人的悲哀之事。整首诗都为瑶姬辨诬，怀疑千载陈说，否定前人名篇，主要指向揭示楚王家族世代传袭的荒淫无耻，在历代同题材的诗作中吹来一股清风。含而不露，尤显神韵。

## [清] 傅作楫诗5首

傅作楫（1656—1721），字济庵，号圣泉，祖籍巫山，生于奉节。康熙二十六年（1687）中举人，任黔江教谕。历任花县知县，政声远播，功绩卓异，康熙三十五年（1696），选任直隶良乡知县。次年康熙出巡，道经良乡，有太监纵马践踏青苗，傅作楫扣留御马，杖击太监。直隶巡抚郭世隆缚之请罪，康熙以为有"御史风骨"，笑释内用。历官御史、太常寺少卿、左佥都御史，于康熙四十二年（1703）五月升任都察院左副都御史。在京多与王士祯、陈廷敬等相唱和。两年后，因直言上谏，遭遇诬陷，被褫夺公职，流放辽东。康熙五十四年（1715）获赦回京，康熙五十六年（1717）随靖逆将军富宁西征新疆，在军中督办军粮。未及一年，蒙温旨还乡，康熙赐以御书六言诗（今存白帝城博物馆碑林）。平生诗文创作颇丰，有《雪堂诗钞》等存世。

## 白帝城

瞿唐峡口彩云间，白帝城南不可攀。

西控巴渝收①万壑，东连荆楚压②群山。

花开香锁鱼凫国③，月上寒侵虎豹关④。

别后天涯漫留恋，几回搔首鬓毛斑。⑤

**注释**

①控：控制，节制。王勃《滕王阁序》："襟三江而带五湖，控蛮荆而引瓯越。"此处意涵与之相同。收：聚集，收集。《诗·周颂·维天之命》："假以溢我，我其收之。"毛传："聚也。"

②压：威逼，压制。《国语·鲁语下》："夫栋折而榱崩，吾惧压也。"颔联两句将白帝城置于巴渝地区与荆楚地区的山水大势之间，揭示其区位的重要性，视野宏阔，语词精当，超前启后，的确是佳联。

③鱼凫：古史传说中的第三代古蜀王。扬雄《蜀王本纪》："蜀王之先，名蚕丛、柏灌、鱼凫、蒲泽、开明……从开明上至蚕丛，积三万四千岁。"鱼凫国：传说中的古鱼凫国位于

今成都平原腹心地带，今成都温江区城北约八公里有"古鱼凫城"遗址，这里代指成都。因为建立白帝城，始于公孙述在成都称帝，自号为"白帝"。这一句追溯奉节白帝城的历史渊源，直追到成都，"花开香锁"意谓历史渊源久远。

④寒侵：寒气侵袭。张孝祥《念奴娇》："冻合龙冈，寒侵铜柱，碧海水澌结。"虎豹关：虎豹九关的省称。语出宋玉《招魂》："魂兮归来！君无上天些。虎豹九关，啄害下人些。"九关本指九重天门。后世用以喻指防卫森严的朝廷或关塞。萨都剌《越台怀古》："越王故国四围山，云气犹屯虎豹关。"此处代指白帝城，并揭示白帝城的历史作用。

⑤尾联两句语词明白，意涵深邃，充分表达出诗人多年在外为官，对故乡眷恋不已的赤子情怀。《国朝全蜀诗钞》评其"诗宗少陵，格高气爽，一气浑成"，于此诗即可见一斑。

# 永安宫

当年此处遗明诏①，卖履分香一字无②。

嗣子不才③君可取，老臣如此罪当诛④。

艰难力尽三分鼎，始终恩酬六尺孤⑤。

今日西陵抚松柏⑥，青青依旧鸟空呼⑦。

**注释**

①当年：蜀汉章武三年（223）。明诏：英明的诏示。语出《史记·苏秦列传》："臣请令山东之国奉四时之献，以承大王之明诏。"这里指刘备永安宫托孤。《三国志·先主传》："先主病笃，讬孤于丞相亮，尚书令李严为副。"

②卖履分香：又作"分香卖履"，指曹操临终《遗令》对于妻妾的安排。见陆机《吊魏武帝文》所记曹操《遗令》："吾婢妾与伎人皆勤苦，使著铜雀台，善待之。于台堂上安六尺床施繐帐，朝晡上脯糒之属，月旦、十五日自朝至午，辄向帐中作伎乐。汝等时时登铜雀台，望吾西陵墓田。余香可分与诸夫人，不命祭。诸舍中无所为，可学作组履卖也。"后借喻对相关人物的具体的关爱。一字无：片言只语都没有；意谓刘备永安托孤，并没有表现出像曹操《遗令》那样的对诸葛亮的一丝一毫的关爱之情。换言之，这是在质疑相关史实，从而对《三国志》中留下的托孤话语作真相求索，由此引出颔联。

③嗣子：古代诸侯之子居丧期间自称"嗣子"。《礼·曲礼下》："大夫、士之子不敢自称，曰嗣子某。"后称皇帝的嫡长子当嗣位者为"嗣子"，此指刘禅。不才：没有才能，这一句模拟刘备永安托孤说的话。《三国志·诸葛亮传》："章武三年春，先主于永安病笃，召亮于成都，属以后事。谓亮曰：'君才十倍曹丕，必能安国，终定大事。若嗣子可辅，辅之；如其不才，君可自取。'亮涕泣曰：'臣敢竭股肱之力，效忠贞之节，继之以死！'"

④这一句代拟诸葛亮的回答，与上一句构成流水对。所拟回答与注③所引不同，是傅作楫据《三国志·诸葛亮传》裴松之注作出的推断。裴注引东晋史学家孙盛的评论："夫杖道扶义，体存信顺，然后能匡主济功，终定大业。语曰弈者举棋不定犹不胜其偶，况量君之才否而二三其节，可以摧服强邻、囊括四海者乎？备之命亮，乱孰甚焉！世或有谓备欲以固委付之诚，且以一蜀人之志。君子曰不然，苟所寄忠贤，则不须若斯之诲；如非其人，不宜启篡逆之塗。是以古之顾命，必贻话言；诡伪之辞，非托孤之谓……谓之为权，不亦惑哉！"显而易见，傅作楫服膺孙盛的评论，认为刘备那样说是权诈之术，是诡伪之辞，是在试探诸葛亮，并非"体存信顺"。罪当诛：论罪为篡逆，当天下共击之。见《汉书·张陈王周传》："高后欲立诸吕为王，问（王）陵。陵曰：'高皇帝刑白马而盟曰：非刘氏而王者，天下共击之！今王吕氏，非约也。'"诸葛亮如果取而代之，就会像西汉初诸吕、西汉末王莽那样，落得论罪当诛的下场。代拟的回答更加合乎诸葛亮的即时心理，也是"涕泣"（《三国演义》第八十五回更演义写成"汗流遍体，手足失措，泣拜于地"）的根本原因。

⑤六尺孤：喻指没有成年的孤儿。语出《论语·泰伯》："可以托六尺之孤，可以寄百里之命，临大节而不可夺也。"此用其义。颈联两句赞扬诸葛亮所托之后，的确做到了"竭股肱之力，效忠贞之节，继之以死"。但只赞诸葛亮之忠，不言刘备如何，足见他不信刘备对诸葛亮深信不疑，从而对历来将永安托孤誉为忠信佳话的普泛认知有所否定。

⑥西陵：见注②，本为曹操《遗令》所指其"西陵墓田"。这里借指诸葛亮的陵地。《三国志·诸葛亮传》："亮遗命葬汉中定军山，因山为坟，冢足容棺，敛以时服，不须器物。"汉中定军山位于今陕西汉中市勉县；武侯墓今犹存，为第四批全国重点文物保护单位。松柏：陵墓周围多种松柏。刘禹锡《魏宫词二首》之二："日映西陵松柏坡，下台相顾一相思。"此用其义。

⑦青青：代指松柏。鸟空呼：暗喻千百年以降，定军山武侯墓很少有人凭吊了。这首诗翻了永安托孤"忠信"旧案，有文献依据，有独立思考，别出心裁而特具魅力。敢于怀疑陈说，精神尤为可贵。起承转合，收放自如。

# 八阵图

千里连营①制胜难，十年生聚漫摧残②。

北山猛兽③何时缚？东浦孤雏不可弹④。

劫火只今余石垒⑤，风云空自涌江湍⑥。

伤心八阵图边水，呜咽隆中⑦泪未干。

**注释**

①千里连营：借指刘备率军伐吴。《三国志·先主传》："初，先主忿孙权之袭关羽，将东征，秋七月，遂帅诸军伐吴……（章武二年）二月，先主自秭归率诸将进军，缘山截岭，于夷道、猇亭驻营，自佷山通武陵，遣侍中马良安慰五豀蛮夷，咸相率响应。镇北将军黄权督江北诸军，与吴军相拒于夷陵道。"

②十年生聚：本为春秋时，越王勾践为报吴王夫差的灭国之仇，卧薪尝胆，十年生聚，十年教训，终得灭吴兴越故事。《左传·哀公元年》："越十年生聚，而十年教训，二十年之外，吴其为沼乎！"此借指诸葛亮《隆中对》设计的"跨有荆益，保其岩阻，西和诸戎，南抚夷越，外结好孙权，内修政理；天下有变，则命一上将将荆州之军以向宛洛，将军身率益州之众出于秦川"（《三国志·诸葛亮传》）战略构想，以及从建安十七年（212）赤壁之战至章武二年（222）夷陵之战的十年期间蜀汉阵营如何地积聚力量。漫摧残：白白地遭到严重损害。这是对刘备悍然征吴作历史否定。

③北山猛兽：喻指控制了北方地域的曹魏阵营。

④东浦孤雏：喻指控制了江东地域的孙吴阵营。其中"孤雏"特指孙权；因为建安五年（200）其兄孙策遇刺身亡时，他刚18岁，全靠张昭、周瑜等人扶持继位。不可弹（tán，音谈）：不能够用弹弓打。雏为幼鸟，故言及"弹"。这里比喻孙吴阵营不可战胜。

⑤劫火：本为佛教语，指坏劫之末所燃起的大火。见《仁王经》："劫火洞然，大千俱坏。"这里借指吴蜀夷陵之战，陆逊指挥的吴军火烧蜀军连营，逼迫刘备率残部退守永安。石垒：指鱼腹浦的八阵图石群。

⑥江湍：江中急流。这一句的意思是，经过千百年历史风云变幻，八阵图战阵形态早已不复存在，只剩下一些沙滩砾石而已。

⑦隆中：指《隆中对》。这一句的意思是，由于刘备破坏了《隆中对》的既定方略，直接导致夷陵惨败，诸葛亮的一切心血都白费了，连长江水也为他呜咽。否定刘备蛮干，痛惜

诸葛亮枉自竭尽忠诚，实为借八阵图而咏史，堪称《永安宫》的姊妹篇。较之杜甫《八阵图》的"江流石不转，遗恨失吞吴"，这首诗的历史反思更为通透。

# 巫山

奇峰高十二，一叶下巴东①。

冷碧出云上②，空青落镜中③。

江声疏密雨④，树色往来⑤风。

峡路苍茫⑥里，寒猿听不穷。

**注释**

①一叶：一片树叶，比喻小船。李商隐《无题》："万里风波一叶舟，忆归初罢更夷犹。"巴东：三峡中有巴东县，历来属湖北。这里代指奉节以下峡江地区。

②冷碧：冰凉的青绿色，比喻寒秋里苍绿的碧峰，即巫山十二峰。白居易《龙昌寺荷池》："冷碧新秋水，残红半破莲。"此句写仰望景。

③空青：天空的青绿色，比喻高耸入云的巫山十二峰。镜：比喻峡江水。落镜中：指巫山十二峰倒映入峡江水中。此句写俯视景。

④疏密：稀疏与稠密，指时疏时密。何晏《景福殿赋》："斑闲赋白，疏密有章。"这里指雨时小时大。此句写舟行巫山下的听觉与视觉两种实感。

⑤往来：去与来，宋玉《招魂》："雄虺九首，往来儵忽。"这里指风时停时起。此句进一步写舟行巫山下的另两种实感。

⑥峡路：峡谷中的道路或航道。庾信《奉和赵王途中五韵》："峡路沙如月，山峰石似眉。"这里特指行舟三峡的出峡之路。苍茫：空旷、迷茫，亦指匆忙。杜甫《北征》："杜子将北征，苍茫问家室。"这里即用杜诗意，代指匆忙地出峡求仕，远离故乡。全首诗写景为主，情融景中，描述得声情并茂。对照李白《早发白帝城》的"两岸猿声啼不住，轻舟已过万重山"，不难体味傅作楫对故乡的难舍难离的缱绻深情。

# 将出关寄内①

楼边杨柳绿荫齐,
小帐遥怜昼景凄②。
莫打③黄莺怨惊梦,
征夫④犹未到辽西。

**注释**

①出关：出山海关。康熙四十四年（1705），时任副都御史的傅作楫直言上谏，参奏通仓粮米亏空九十余万石一案，被侍御史王鸿绪诬为"狂妄"，密奏陷害，引起康熙震怒，褫夺傅作楫公职，流放辽东奉天（今辽宁沈阳市）戍边。此诗写于流放途中。

②小帐：指流放途中所住的帐篷。昼景：白天的日光。独孤及《苦热行》："昼景艳可畏，凉飙何由发。"凄：凄凉。这一句"遥怜"的对象为其妻子，设想妻子因自己横遭流放，心情悲伤，连大白天日光朗照也感觉分外凄凉。

③莫打：意为劝谕妻子切勿挂念自己。这一句及下一句，化用金昌绪《春怨》诗意："打起黄莺儿，莫教枝上啼。啼时惊妾梦，不得到辽西。"

④征夫：行人，出门远行的人。《诗·小雅·皇皇者华》："駪駪征夫，每怀靡及。"毛传："征夫，行人也。"此处指他本人。这是一首离别诗，他写得深为妻子着想，宽慰有加，诗风仍显"格高气爽，一气浑成"。

## [清] 王恕诗2首

王恕（1682—1742），字中安，又字瑟斋，号楼山，世称楼山先生，重庆府铜梁县人。康熙六十年（1721）进士，改翰林院庶吉士。雍正元年（1723）补吏部员外郎，升郎中，次年任会试同考官，未久任广东道监察御史，转兵部给事中，九年（1731）升江南、江安粮道。乾隆元年（1736）升广东按察使，四年（1739）升广东布政使，次年五月任福建巡抚，有政绩。乾隆七年（1742）三月解职降调，到京候旨，寻补浙江布政使，十一月病卒。为官廉洁，治事不苟。有《楼山诗集》6卷，兼擅各体，以五律、七绝、七律为多。

## 农家

筑场①方九月，播种已千村。
作苦②农家事，年丰望外恩③。
所欣租税毕，不受茧丝喧④。
一饱携妻子，墙东负夕暄⑤。

**注释**

①筑场：筑造场地。《诗·豳风·七月》："九月筑场圃，十月纳禾稼。"朱熹《集传》："场圃同地。物生之时，则耕治以为圃，而种菜茹；物成之际，则筑坚之以为场，而纳禾稼。"这一句的意思是，九月筑场为纳禾稼作准备。

②作苦：耕作辛苦。杨恽《报孙会宗书》："田家作苦，岁时伏腊，烹羊炰羔，斗酒自劳。"田家即农家，此处用其意。

③外恩：意外之恩，包括天时、地利、人和诸多方面，无所确指。

④茧丝：本指蚕丝，代称赋税。敛赋如抽丝于茧，故茧丝泛指赋税。《国语·晋语》："赵简子使尹铎为晋阳。请曰：'以为茧丝乎？抑为保障乎？'"韦昭注："茧丝，赋税；保障，蔽捍也。"喧：大声说话，声音嘈杂；此处指催收赋税。

⑤负：背倚，背靠着。《庄子·逍遥游》："背负青天而莫之夭阏者，而后乃今将图南。"夕暄：夕指夕阳，暄指阳光的温暖，夕暄即夕阳的温暖。这一句承上一句，意思是一家人坐

在东墙根下,让夕阳晒背,享受天然的生活乐趣。此亦"外恩"之一。整首诗写"康乾盛世"从农忙到农闲的农家生活,不事藻绘,出之自然,平淡中透着清夷之气。

## 滟滪石

高峰缥缈白云屯①,云气冥蒙昼欲昏②。

江带蜀山奔楚峡,天留巨石捍夔门。

蛟龙窟穴根③无极,象马分明水有痕④。

劫火几回⑤燃又熄,瞿塘依旧一卷尊⑥。

**注释**

①屯:聚,聚集。《正韵》:"聚也,敕兵而守曰屯。"

②冥蒙:形容幽暗、不明。左思《吴都赋》:"岛屿绵邈,洲渚冯隆,旷瞻迢递,迥眺冥蒙。"昼欲昏:白天也显得昏暗。

③蛟龙窟穴:比喻滟滪堆一带的大江激流,水深浪急。根:物体的下部、基部。白居易《早春》:"满庭田地湿,荠叶生墙根。"这里指滟滪堆石体的底基部。

④象马:滟滪堆水势大小在石体显示出来的两种形象。六朝《滟滪堆歌》:"滟滪大如马,瞿唐不可下。滟滪大如象,瞿唐不可上。"水有痕:水大水小都在石上留下了痕迹。

⑤劫火:本为佛教语,指坏劫之末所燃起的大火。见《仁王经》:"劫火洞然,大千俱坏。"借指兵火、战乱。顾炎武《恭谒天寿山十三陵》:"康昭二明楼,并遭劫火亡。"劫火几回:概指明末清初约半个世纪在三峡地区频繁发生的大小战事。

⑥一卷:一排。尊:地位崇高。这一句的意思是,兵连祸结的战乱破坏并没有能够伤及滟滪石,滟滪石在瞿塘峡上的崇高地位依旧不可动摇。本是描写自然风光的一首诗,却由尾联延伸到人世兴废,遣怀便显得雄厚俊迈。

## [清] 龙为霖诗3首

龙为霖（1689—1756），字雨苍，号鹤轩，重庆府巴县人。康熙四十五年（1706）进士，时年18岁。初官云南太和知县，后升石屏知州、广东肇庆府同知、潮州府知府。在任所惩奸邪，均徭役，兴学设教，政绩卓著。后为流言诽谤去官，潮人追思，立祠以祀。乾隆元年（1736）召见起用，坚辞，请终养返里，奉母家居二十年。工书法，善诗文，与同邑周开丰、忠州陈龙崖、平都易半山等人创为诗社，极诗酒酬唱之乐。晚年好静，居九龙滩别业以终。著有《荫松堂诗集》10卷、《读书管见》刊行，《本韵》《橐陀集》等未刊行。

## 宿香国寺[①]

把炬寻山寺[②]，江干一线通[③]。

高楼停月小，疏竹倚天空。

香篆浮金鸭[④]，灯花缀玉虫[⑤]。

坐谈清净理[⑥]，茗饮听清风。

**注释**

①香国寺：寺庙名。乾隆《巴县志》记述："香国寺，礼里二甲皈峰山。万历四十三年建，郡守陈邦器题'第一名山'。有荔枝、龙眼二树。"又记："皈峰山，礼里二甲，城北七里，高半里，周三里。自大龙山发源，跨嘉陵江北岸，形如浮龟。山顶香国寺，云壑泉流，声连清梵，为城西第一胜地。"寺庙建筑已于1964年"工业学大庆"运动中拆除，其原址地今属重庆江北区华新街街道。

②把炬：手持火炬。山寺：皈峰山顶的香国寺。

③江干：江边，江畔。《诗·魏风·伐檀》："坎坎伐檀兮，寘之河之干兮。"朱熹《集传》："干，厓也。"一线通：指沿着江畔一条山路可以通达。

④香篆：梦香时所起的烟缕；因其曲折似篆文，故名之。范成大《社日独坐》："香篆结云深院静，去年今日燕来时。"金鸭：金铸的鸭形香炉。苏轼《寒食夜》："沉麝不烧金鸭冷，淡云笼月照梨花。"浮金鸭：香烟在炉上浮游。

⑤灯花：旧时点油灯或蜡烛，灯芯燃烧时结成的花状物，或爆发的火花，均称灯花。庾信《对烛赋》："刺取灯花持桂烛，还却灯檠下烛盘。"玉虫：喻指灯花，形容其状似虫状的玉雕首饰。韩愈《咏灯花同侯十一》："黄里排金粟，钗头缀玉虫。"此句即用其意。

⑥清净：心境洁净，不受外扰。《战国策·齐策四》："斶愿得归，晚食以当肉，安步以当车，无罪以当贵，清净贞正以虞。"清净理：特指佛教提倡的远离恶行、烦恼的佛理。南朝梁王僧孺《礼佛唱导发愿文》："愿现前众等，身口清净。"这是一首纪行诗，描述了在香国寺的主要的体验，清夷自然，颇具禅意。

# 月下登澄鉴亭观渝城夜景①

渝州形胜本崚嶒②，向夜清幽③觉倍增。
欲揽全城露中景，宁辞绝巘④晚来登？
一夜明月双江影，半槛疏光万户灯⑤。
独惜鸣钟人尽睡⑥，探奇何处觅高僧⑦？

**注释**

①澄鉴亭：重庆南岸铁桅峰上曾有亭名。乾隆《巴县志》记述："澄鉴亭，在涂山绝顶，真武宫之左，王渔洋《登涂山记》所云铁桅峰是也。峰峻亭豁，凭栏一览，三江抱城如孤屿，又如浮叶。"建于何时已失考。《巴县志》引《四川通志》说：澄鉴亭"在县涂山绝顶。乾隆二十五年川东道张九镒改名'览胜'"。亭久已不存，峰唯留铁桅。

②形胜：指山川壮美。陆游《秋思》："中原形胜关河在，列圣忧勤德泽深。"崚嶒：指高耸突兀。沈约《钟山诗应西阳王教》："郁律构丹巘，崚嶒起青嶂。"此处与之意同。

③向夜：近夜，入夜。施肩吾《幼女词》："向夜在堂前，学人拜新月。"清幽：清静幽深。刘因《游源泉》："丛祠郁苍翠，万古藏清幽。"

④宁辞：岂可放弃。赵师侠《鹧鸪天·丁巳除夕》："残蜡烛，旧桃符，宁辞末后饮屠苏？"绝巘：极高的山峰。张协《七命》："于是登绝巘，溯长风。"此指铁桅峰。

⑤半槛（jiàn，音见）：半栏。代指人家。盖已入夜，家家关门闭户，故以半槛代称。半槛疏光：从人家透出的稀疏灯光。万户灯：由家家户户的稀稀灯光汇集成万家灯火。

⑥鸣钟：寺庙敲钟报时，此指夜间鸣钟。铁桅峰右临真武庙，左近老君洞，夜间会按时

鸣钟。人尽睡：所有人均已睡觉，意谓已经夜深人静。

⑦这一句的意思是，连真武庙的高僧也入睡了，想一起"探奇"绝无可能了。这首诗是继曹学佺《登涂山绝顶》、王士祯《涂山绝顶眺望》之后又一首写登涂山绝顶观山城景的好诗，且为写观山城夜景的第一首诗。重庆城依托两江而形成的万家灯火独特夜景，集中映现其句里行间，明白晓畅，若在目前。

# 踏青过巴蔓子墓①

刎颈高风悬日月②，存城旧事邈山河③。

行经西路孤坟惯④，思入东风芳草多⑤。

得如此臣真足矣，无降将军更如何⑥？

廉颇立懦归忠魂⑦，岁岁游人莫浪过⑧。

**注释**

①踏青：一种民俗，指在清明节左右到郊野游玩。巴蔓子墓：乾隆《巴县志》记述，此墓在"治西通远门内。雍正间郡守张光鑻修立碑表，之后圮。乾隆二年县民周尚义捐修，砌以石"。其墓俗称"将军坟"，位于今重庆市渝中区七星岗街道莲花池渝海大厦下方，今存一拱形石洞，墓碑为辛亥元老但懋辛于1922年所题之"东周巴将军蔓子之墓"。巴蔓子事迹见《华阳国志·巴志》："周之季世，巴国有乱，将军蔓子请师于楚，许以三城。楚王救巴。巴国既宁，楚使请城，蔓子曰：'借楚之灵，克弭祸难。诚许楚王城，将吾头往谢之，城不可得也！'乃自刎，以头授楚使。王叹曰：'使吾得臣若巴蔓子，用城何为？'乃以上卿礼葬其头。巴国葬其身，亦以上卿礼。"

②高风：高尚的风致和节操。《北史·王罴王思政等传论》："运穷事蹙，城陷身囚，壮志高风，亦足奋于百世矣！"悬日月：可以与日月并悬。李白《江上吟》："屈平辞赋悬日月，楚王台榭空山丘。"

③邈山河：邈远得如隔山河。谭嗣同《邹砚铭叙》："而断金之谊，遂邈以山河，可云悲哉！"首联两句，上句对巴蔓子的尽忠气节作出崇高评价，下句对巴蔓子的久被淡忘表达深切遗憾，在历来咏巴蔓子诗中最到位，因而至今常被引用。下句的遗憾自有其据，从晋代常璩《华阳国志·巴志》特记巴蔓子事，至清初重葺巴蔓子墓，时距1400余年，的确是"邈

若山河"。其根本原因在于，中华忠文化经历了四个发展阶段，先秦时期忠为从属于仁的所有人都必须以诚相待的一种美德，西汉以降"百善孝为先"忠从属孝，宋代以降"百德忠为首"忠才成为忠、孝、节、义第一美德，明清时期则集中讲究爱国必须忠君，忠君才能爱国，因而巴蔓子重新得到重视。

④西路：指出通远门以西行之路。明代所筑重庆城，九开门中惟通远门扼西行陆路。孤坟惯：指对孤零零的巴蔓子墓已见惯不惊。

⑤思：指对于巴蔓子的缅怀。东风：春风。芳草多：指巴蔓子墓周边新草甚多。

⑥降将军：指汉末严颜。见《三国志·张飞传》："至江州，破（刘）璋将巴郡太守严颜，生获颜。飞呵颜曰：'大军至，何以不降而敢拒战？'颜答曰：'卿等无状，侵夺我州，我州但有断头将军，无有降将军也！'飞怒，令左右牵去斫头。颜色不变，曰：'斫头便斫头，何为怒邪？'飞壮而释之，引为宾客。"更如何：又怎么样呢。意思是，若拿后世不惧砍头的严颜与刎颈存城的巴蔓子相比较，谁的高风亮节更加令人景仰呢。

⑦廉颇：战国时赵国名将，与白起、王翦、李牧并称"战国四大名将"，见《史记·廉颇蔺相如列传》。立懦：汉语成语"廉顽立懦"，典出《孟子·万章下》："故闻伯夷之风者，顽夫廉，懦夫有立志。"意涵为高尚的节操可以激励人振奋向上。疑"颇"字即"顽"字，传抄有误。归忠魂：属于忠肝义胆的英灵。陈杰《挽雷尚书丧归二首》："扶起彝伦千古痛，唤醒忠魄九原悲。"这一句的意思是，巴蔓子以及严颜都是具备高风亮节的忠义先烈，他俩的节操足以激励巴渝后人尽忠报国，殒身不恤。

⑧浪过（guō，音锅）：轻率、随意地经过。言下之意为，后之来者应对巴蔓子心存敬畏，永志不忘。整首诗立意高远，寄慨雄深，后来的同题诗无一能及之。

## [清] 刘慈诗2首

刘慈（生卒年不详），字康成，号鹭溪，重庆府巴县人。康熙四十一年（1702）举人，授福建将乐县令。好古力学，有《鹭溪集》《滇行日记》。诗作多写重庆风光，可资存验。

## 海棠溪①

清溪窈窕兰桡②轻，荡入溪中烟雨③平。
两岸海棠睡梦醒④，一村春酿香风生⑤。
儿童树底逐金弹⑥，少妇楼头吹玉笙⑦。
乱后⑧凄凉有明月，芦花处处渔歌声。

**注释**

①海棠溪：重庆南岸曾有溪流名。王尔鉴厘定"巴渝十二景"，有"海棠烟雨"，小记云："海棠溪在大江对岸涂洞之下，左黄葛渡，右龙门浩。溪水出南坪山坞，沿壑带涧，曲折入江。江水涨时，兰桡轻棹，直溯溪源，两壁石崖秀削。溪边昔多海棠，骚人每舣咏其间。相传壁有蜀汉徐庶诗刻，没灭不能读。溪之右结为高阜，竹树阴森，时当春晓将曒，淡烟微布，细雨如丝，溪流映带。其山娟秀，绰约如微姬十五，闲立于素绡帷中，含睇微笑。烟雨神情，此山为独擅也。"溪于20世纪末建南滨路后不复存在，其原流溪道在今南岸区海棠溪街道罗家坝一带。

②窈窕：形容山水幽深。兰桡：对小舟的美称。罗隐《苏小小墓》："应侍吴王宴，兰桡暗送迎。"

③烟雨：像烟雾那样的细雨。杜牧《江南春》："南朝四百八十寺，多少楼台烟雨中。"这里即王尔鉴所记"时当春晓将曒……此山为独擅也"描绘的风光画景。

④海棠睡梦醒：典出《太真外传》："上皇登沉香亭，诏太真妃子。妃子时卯醉未醒，命力士从侍儿扶掖而至。妃子醉颜残妆，鬓毛钗横，不能再拜。上笑曰：'岂是妃子醉，真海棠睡未足耳！'"后世以"海棠睡"形容美人醉睡风韵。如袁宏道《宫簟》："华清日高海棠睡，一片温玉沉秋云。"这里反其意而用之，以杨贵妃醉睡风韵，比喻海棠花盛开的鲜艳

迷人。

⑤春酿：春季酿酒。苏轼《赵郎中往莒县逾月而归复以一壶遗之》："门前人闹马嘶急，一家喜气如春酿。"香风生：酒香凝透了春风。这种农村风情，久已不复得见。

⑥金弹：金制的弹子。语出李商隐《富平少侯》诗："不收金弹抛林外，好惜银床在井头。"冯浩笺注引《西京杂记》："韩嫣好弹，常以金为丸，所失者日有十余。长安为之语曰：'苦饥寒，逐金丸。'儿童每闻嫣出弹，辄随之；望丸之所落，辄拾焉。"这里是借喻儿童在树下追逐游戏。

⑦玉笙：饰玉的笙，亦为笙的美称。陆游《狂吟》："秋风湘浦纫兰佩，夜月猴山听玉笙。"颈联两句集中描画民生情态，形神兼备，声情并茂。

⑧乱后：指明末清初的战乱之后。这首诗描写的是康乾年间海棠溪的自然风光及民俗风情，清新流丽，诗中有画，折射出了当时的重庆民众已经安居乐业。

# 渝州杂感七首（选一）

大州名胜蜀江边，楚客吴商满市廛①。
蓬旅簟成难计日②，堕林粉出不胜钱③。
花边画舫洪崖④下，郭外青楼⑤大道前。
回首可怜消灭尽⑥，只今惟有旧山川。

**注释**

①市廛：指店铺集中的市区。《宣和遗事》："由后载门出市私行，可以恣观市廛风景。"从这一句起，至颈联两句，主体五句都追忆描述明代重庆城的繁华景象。清代经过大移民填川，重庆城的景象恢复在乾隆后期，直至嘉庆年间方才超越明代。

②蓬旅：旅人所居篷帐。簟：竹席。蓬旅簟：喻指各地客商在重庆的聚集处。难计日：意谓形成第二句那种盛况非止一朝一夕之功。

③堕林粉：重庆历史上一种特产。曹学佺《蜀中名胜记》引谯周《三巴记》："县下有清水穴，巴人以此为粉，则膏辉鲜芳，贡粉京师，因名粉水，故世谓'江州堕林粉'也。"清水穴下有清水溪，位于今重庆南岸区境内，溪已不存，设有清水溪步道，起于一天门，止于加勒比海水世界，全长约3千米。这里是用堕林粉代指重庆的土特产。不胜钱：意谓成交额

很大,钱都数不过来。

④洪崖:指洪崖门。重庆九开八闭十七门,沿嘉陵江有朝天、翠微、千厮、洪崖、临江诸门。此因洪崖门下蚁聚着画舫,代指重庆的两江沿岸船舶极多,为商贸、航运繁盛的一大特征。

⑤青楼:代指妓院。杜牧《遣怀》:"十年一觉扬州梦,赢得青楼薄倖名。"旧时代妓院为合法存在。妓院多,而且设在大道前,也代表着城市繁华。

⑥消灭尽:意谓明代重庆城的繁华景象,被明末清初的战乱不已破坏殆尽。这首诗可以当作一份野史佚文,略见明清之际重庆城的兴衰和交替。

## [清] 周开丰诗2首

周开丰（生卒年不详），字骏声，号梅厓，重庆府巴县人。龙为霖表兄。康熙五十九年（1720）举人，官福建龙岩州同知。与龙为霖等结成诗社唱和，龙为霖辞世后继之以主持诗社。曾为川东书院主讲。王尔鉴修撰《巴县志》，周开丰为之校定，搜集之力甚多。诗歌创作与刘慈相近，以描写巴渝风物为主，颇喜作集句诗。

### 桶井峡猿①

桶井多奇胜，寻源景不穷。

好山偏窈窕②，曲径③更葱笼。

挂树千猿跃④，窥天一线通⑤。

桃源花落处，几度诳渔翁。⑥

**注释**

①桶井峡猿：为其《巴渝十二景》诗之一。王尔鉴亦作《巴渝十二景》，其《桶井峡猿》小记说："桶井场在仁里四甲。场西有温塘峡，峡中温泉二，一在溪湄，水涨则没，一在溪岸，冬可沐浴。从桶井行二里许，至峡口，两岸攒锁，潺潺溪水从峡出。登小舟溯流而入，曲折宛转，忽暗忽明。两壁峭削，窥天仅一线。溪边棕竹森蔚，两崖古木虬蟠，瞥见溪波跳涌，疑有水怪出没。谛视之，乃硐猿挂树之倒影也。百十成群，呼云啸雨，携臂上下，洵如少陵'猿挂时相学'之咏。舟行约四五里，幽深窅静，寒色慄人。忽穿峡，舍舟登岸，回望烟云层叠，几不能复识，其桃源别景欤？"桶井今作统景，属重庆渝北区，为4A级风景区。统景温塘峡在御临河支流，非北碚嘉陵江温塘峡。

②窈窕：参见刘慈《海棠溪》注②。以之形容桶井温塘峡，比形容海棠溪更精准。

③曲径：弯曲多折的小路。常建《题破山寺后禅院》："曲径通幽处，禅房花木深。"此处用其曲径通幽义，但特指峡间水道。

④此句所写即王尔鉴小记描述的"溪边棕竹森蔚……洵如少陵'猿挂时相学'之咏"。

⑤此句所写即王尔鉴小记描述的"至峡口……窥天仅一线"。

⑥结尾两句与王尔鉴小记"其桃源别景欤"意同。意境都取自陶潜的名篇《桃花源记》。这首诗写得冲淡自然,质朴醇和,细品有余味。同时地的王尔鉴、周绍缙、姜会照等都有同题诗作,有兴趣者可对照读,以见同异之妙。

# 海棠溪赠友集唐句①

静者心多妙(杜甫)②,未尝出户庭(杜甫)③。

山中一夜雨(王维)④,江上数峰青(钱起)⑤。

小洞穿斜竹(张祜)⑥,寒潮落云汀(吴融)⑦。

开筵且共赏(韦应物)⑧,扶汝醉初醒(杜甫)⑨。

**注释**

①集唐句:集唐人诗句。集句是一种作诗的方式。严羽《沧浪诗话·诗体》:"有拟古,有连句,有集句,有分题。"袁枚《随园诗话》卷七:"集句,始傅咸。傅咸有《回文反复诗》,又作《七经诗》;其《毛诗》一篇皆集经语,是集句所由始矣。"所署杜甫、王维、钱起、张祜、吴融、韦应物都确属唐代诗人,故称之集唐句。周开丰颇喜作集句诗,且录其一,以聊备一格。

②此句集自杜甫《寄张十二山人彪三十韵》:"静者心多妙,先生艺绝伦。"静者:深得清静之道、超然恬静的人,语出《吕氏春秋·审分》:"得道者必静,静者无知。"心多妙:内心多有奇妙的追求。集于此,系指其本人和诗友们即多妙静者,因而一起诗酒唱和。

③此句出自南朝诗人鲍照《上浔阳还都道中作》:"未尝违户庭,安能千里游。"署杜甫误,"出"字亦误。户庭:户外庭院,亦常泛指门庭、家门。陆机《拟明月皎夜光》:"朗月照闲房,蟋蟀吟户庭。"违户庭:离开户庭,即离开家门。"出户庭"意相同。集于此,表明他们这些静者平时轻易不出门,出门特为与友相聚。

④此句集自王维《送梓州李使君》:"山中一夜雨,树杪百重泉。"集于此,意指重庆周边的山昨夜下过雨,今天雨过天晴,诗友方才欢聚。

⑤此句集自钱起《省试湘灵鼓瑟》:"曲终人不见,江上数峰青。"集于此,特指于海棠溪能望见的长江以南的多座山峰一派苍翠,与上一句一起描绘聚会的大环境。

⑥此句集自张祜《题惠山寺》:"小洞生斜竹,重阶夹细莎。"其中"穿"字小误,但是

303

意象更佳。集于此，描绘海棠溪聚会处的小环境，表明周边有石有洞，篁竹丛生，极为雅静。

⑦此句集自吴融《西陵夜居》："寒潮落远汀，暝色入柴扉。"其中"云"字小误，但是意象无改。寒潮：指夜间的冷气。云汀：指云气（夜雾）迷漫的小洲。杜甫《奉酬薛十二丈判官见赠》："羽毛净白雪，惨澹飞云汀。"从海棠溪能望见江中珊瑚坝，此为实景感受。与上句一起，由近及远描绘聚会处的小环境，更添诗情画意，且表明聚会已由昼入夜。

⑧此句集自韦应物《早春对雪寄前殿中元侍御》："闻闲且共赏，莫待绣衣新。"其中"开筵"二字非原诗用词，或因宋代无名氏《瑶台月》有句"开筵共赏，南枝宴会"而误。集于此，大意为一边开筵饮酒，一边共同赏景吟诗，诗酒唱和。

⑨此句集自杜甫《路逢襄阳杨少府入城戏呈杨四员外绾》："兼将老藤杖，扶汝醉初醒。"集于此，大意为诗友之间乘兴劝酒，声言你若醉了，我便扶你归去。绘声绘色，情趣盎然。整首诗集句天衣无缝，意境浑融，极尽诗酒唱和之情景意趣，可遇而不可求。虽有小误，盖即兴赋诗，记忆不太准所致，无伤整体大雅。

## [清] 王尔鉴诗4首

  王尔鉴（1703—1766），字在兹，号熊峰，河南卢氏县人。雍正八年（1730）进士，历任山东邹县、益都县、滕县知县，济宁州知州。乾隆十六年（1751）降级调任重庆府巴县知县，乾隆十八年（1753）被免职；乾隆二十一年（1756）复任巴县知县，直至乾隆二十六年（1761）升任资州知州，乾隆二十八年（1763）转任忠州知州。在任所关心民生疾苦，廉洁奉公，仁而有断，政绩颇丰，有民望。出任巴县县令未久，即着手修撰《巴县志》，于乾隆二十五年（1760）修成。其间将巴渝旧传八景汰三增七，厘定"巴渝十二景"。善书工诗，诸体皆备。

### 洪崖滴翠①

洪崖肩许拍②，古洞③象难求。
携得一樽酒，来看五色浮④。
珠飞⑤高岸落，翠拥大江⑥流。
掩映斜阳里，波光点石头⑦。

**注释**

  ①洪崖：洪崖洞，在今重庆市渝中区沧白路下方。此诗为其《巴渝十二景》组诗之一，诗前有小记："洪崖洞在洪崖厢，悬城石壁千仞，洞可容数百人，上刻'洪崖洞'三大篆字，诗数章，漫灭不可读，城内诸水踊堞，抹崖额而下，夏秋如瀑布，冬春溜滴，汇为小池入江。石苔叠翠，池水翻澜，夕阳返照，五色陆离，莫可名状。至若渔舟唱晚，响答崖音，又空色之别趣也。"其景今已不存，名"洪崖洞"者为仿古建筑群，形成了网红景点。

  ②肩许拍：许拍肩。拍肩本义为轻拍别人的肩膀，表示友好或者爱护。唐孙华《双凤村居诗以志之》："拍肩同辈多零落，陇畔何人许耦耕？"这里借喻洪崖洞的风景值得亲近。

  ③古洞：指旧之洪崖洞。象难求：原有的风貌难以寻求。曹学佺《蜀中名胜记》引《旧志》云："城西雉碟下有洞曰洪崖，覆以巨石，其下嵌空，飞瀑时至，亦名滴水崖。有元丰时苏轼、任仲仪、黄庭坚题刻。嘉泰中，成绘于中起吏隐亭，洪思又起轻红亭焉。"难求之

象即苏、任、黄题刻,以及吏隐亭和轻红亭。小记仅以"诗数章,漫灭不可读"略作记述。

④五色浮:即小记所写"石苔叠翠……莫可名状"。

⑤珠飞:水珠飞溅。这一句所描述的,即小记所写"城内诸水踊堞,抹崖额而下,夏秋如瀑布"的景象。

⑥翠拥:成语"珠围翠拥"之省。语出高明《琵琶记》:"烛影摇红,帘幕瑞烟浮动,画堂中珠围翠拥。"其意指华丽的装饰。用于此,借指小记所写"夏秋如瀑布……莫可名状"等一系列"洪崖滴翠"景象,浑如大江的华丽装饰。大江:指嘉陵江。

⑦石头:指嘉陵江畔及水中的岩石。这首诗描写当年尚能见到的洪崖滴翠自然景象。清新健朗,颇耐品读。

# 铁山见焚林开石者而叹之①

维地之平艺五谷②,维山之峻树③材木。

蓄梁栋,牧禽畜;袅风云,障平陆④。

峙天竖地可矗矗,虫蚁蠕动气相属⑤。

胡为伐木燎其毛⑥,剥石撑其骨⑦?

童而山头却无肉⑧,蚁穴虫窟无遗族⑨。

不见青山真面目,啾啾风雨鬼神哭⑩!

**注释**

①铁山:铁山坪,铜锣山中段,今属重庆市江北区,已建成4A级风景区。

②维:以,因为。《诗·郑风·狡童》:"维子之故,使我不能餐兮。"艺:种,种植。《孟子·滕文公上》:"树艺五谷,五谷熟而民人育。"五谷:五种谷物。所指不一,《周礼》郑玄注说"五谷,麻、黍、稷、麦、豆也",《孟子》赵岐注说"五谷谓稻、黍、稷、麦、菽也",可以认定泛指粮食。

③树:种,种植,与"艺"同义。《孟子·滕文公下》:"所食之粟,伯夷之所树与?"起始两句以平地种植粮食、高山种植树木对举,先声夺人地强调指出高山植树的重要性。

④袅:袅娜,形容草木柔弱细长的样子。萧纲《赠张缵》:"洞庭枝袅娜,沣浦叶参差。"袅风云:形容树木生长于风云之间,增添大地美色。障:屏障。平陆:平原,陆地。齐己

306

《江上值春雨》："江皋正月雨，平陆亦波澜。"障平陆：充满平原、陆地的绿色屏障。铁山坪之于重庆城区，正是东边的绿色屏障。连用四个三字句，从四个特定层面点示，山上的林木对于人的生活需求及生态环境的重要价值。

⑤虫蚁：代指各种野生动物。气：气息。相属：相连接。《三国志·张辽传》："辽还屯雍丘，得疾。帝遣侍中刘晔将太医视疾，虎贲问消息，道路相属。"这一句的意思是，各种野生动物都与山上的林木气息相通，命运与共。

⑥胡为：何为，为什么。燎：放火焚烧。毛：指地面所生草木。《左传·隐公三年》："涧溪沼沚之毛。"杜预注："草也。"

⑦剥：去掉物体外层的皮。撑：撑开，使张开。撑其骨：比喻开石不仅是剥去岩石表层，而且是开采无度，凿得深而宽，仿佛将岩石的骨架子都撑开了。描画极形象，诘问极愤慨。

⑧童：山无草木，光秃秃一片。《荀子·王制》："故山林不童，而百姓有余材也。"此句化用其意。无肉：比喻铁山树木伐尽，没有余材。

⑨遗族：泛指后代、子孙。韩琦《啄木》："忽尔破奸穴，种类无遗族。"此用其意，叹息铁山上的野生动物全被烧死，濒临灭绝。

⑩啾啾：象声词，泛指各种凄切尖细的声音。屈原《九歌·山鬼》："雷填填兮雨冥冥，猨啾啾兮狖夜鸣。"这里是形容鬼神的哭声。整首诗悲愤填膺，对焚林开石、破坏生态的恶行及恶果作出控诉，穿越时空仍然具有沉痛的震撼力。

# 介石早发喜雨①

昨夜诗催雨，今朝雨催诗②。

奔雷掣电③何淋漓，大珠小珠④飞参差。

远山云暗近山低，坂田⑤水向沟田移。

界道泉飞溜而澌⑥，悬崖瀑布虹影垂。

卧者已起槁者⑦兹，烟笼竹树云迷离⑧。

农夫拍手歌农歌，牧童牛背唱竹枝⑨。

老夫狂喜不自胜，倚马敲镫⑩为赋喜雨辞。

**注释**

①介石：界石。时为巴县界石乡，即今之巴南区界石镇。

②催：促使某事物产生。柳永《雨霖铃》："都门帐饮无绪，留恋处兰舟催发。"起始两句，上句言昨夜还在写诗祈使降雨，下句言今朝已被降雨促成写诗。句式回旋跳跃，显见喜在其中。

③奔雷掣电：汉语成语，又作"驱雷掣电"，形容雷电交加，大雨倾盆。

④大珠小珠：大大小小的珍珠，将降雨比喻为降珠玉。王尔鉴作有《巴民望雨谣》："巴之民，叩天公，雨我珠，雨我玉，不如雨我粟。天雨粟，不可食，不如雨雨与雨雪。雨雨雨雪粟不竭，胜似苍天雨珠玉。"

⑤坂田：坡田，地势较高的水田。

⑥界道：水流成道形成疆界。孙绰《游天台山赋》："赤城霞起而建标，瀑布飞流以界道。"李善注："谓为道疆界也。"界道泉飞：化用孙绰"瀑布飞流以界道"意，描述强降雨后地面形成的水流，在田间地界翻涌不已，涌流之处有如泉飞。溜：顺溜。澌：澌灭，亦即流尽。赵汝回《期平叔兄不至》："河水流澌雪风恶，梧桐渡口孤舟泊。"溜而澌：形容地面滴流如泉飞的小股水流得很顺溜，消尽得也快。只有实地观察过，才能捕捉到如此细节。第三句至第八句，铺张描绘强降雨及经雨形成的山野田间即时景象，绘声绘形，痛快淋漓。

⑦卧者：病卧在床的人。寒山《诗三百三首》："卧者渠自卧，行者渠自行。"槁者：形容枯槁的人。杨士奇《瑞星诗》："槁者濡之，仆者植之。"这一句的意思是，由于喜雨，连那些老弱病残的人也起而出门了，其他人自然不在话下。

⑧这一句描绘的是雨霁后的山乡景象。

⑨农歌：关于农事的民歌。竹枝：民歌竹枝词。包括界石在内的重庆巴南区历来为民歌之乡，巴南民歌已列入国家级非物质文化遗产名录。这两句用两个典型性情景，极状界石乡民们喜雨盛况。

⑩镫：马鞍镫。敲镫：手敲鞍镫，以为节拍。"狂喜不自胜"宜为全诗诗眼，整首诗一气呵成，酣畅淋漓，充分表现出他这一个巴县知县以农之喜为己喜的为官之道和仁者之情。较之杜甫《春夜喜雨》，实有过之而无不及。

# 川东道署古黄葛树长句①

维山有木资梁栋②，维木有材世所重③。
梗楠杞梓松柏桐④，匠石得之慰祷颂⑤。

倘易其地弗能良，弗得其所难为用⑥。
罗致恐被鸠庀⑦伤，酾林羞与凡林⑧共。
惟兹黄葛钟气雄⑨，盘结磈磊俨神工⑩。
拔地本耸屹⑪山岳，凭虚根起蟠虬龙⑫。
几经风露与霜雪，柯古⑬不改排长风。
密叶天覆暖翁蔚⑭，万间广厦青荫浓。
斧斤不创众材逊⑮，无为之乡非正论⑯。
坚心不容蝼蚁穿，老干岂受风雷震？⑰
为溯厥初不计年⑱，疑历无怀与葛天⑲。
笑他蒲柳⑳霜一折，拟彼灵椿㉑寿八千。
风月于今庆有主㉒，朝看曳云暮霏雨。
高枝凡鸟不敢栖，看擢椅梧待凤举㉓。

**注释**

①川东道署：清代重庆府属川东道，康熙八年（1669）起统名川东兵备道，乾隆《巴县志》记川东道署"在东水门内，府城隍庙左"。据彭伯通编《重庆题咏录》，"原道署背靠今新华路，前抵今解放东路口。大堂东向，遥对南岸；东辕门北向，迳出陕西街；西辕门南向，出重庆府城隍庙前过道"。1926年刘湘驻重庆时，已辟为第一模范市场。今陕西街与解放东路连接处有道门口，即原川东道署西辕门所在地带。黄葛树：树种名。据《中国植物志》，黄葛树为桑科榕属落叶大乔木，树高可超过30米，树根、树干、树冠皆相当独特。非黄桷树。据《中国植物志》，黄桷树为木兰科含笑属常绿乔木，树高不超过20米，根、冠、干均不同于黄葛树。由于巴蜀地区方音读"桷"为gé（音阁），与"葛"音同，自20世纪40年代以降，渐多有人用"黄桷树"指代"黄葛树"，迄今习非成是。实则不仅在植物学上属于谬误，而且在语言学上也不靠谱，义既不同，音亦相左，按普通话语音"桷"为jué（音决），读来颇搞笑。重庆古今地名中，凡今写作"黄桷×"，均应为"黄葛×"，因为都是以树得名。

②维：参见《铁山见焚林开石者而叹之》注②。资梁栋：赖以产生出梁栋之材。

③材：材木，树干。《孟子·梁惠王上》："斧斤以时入山林，材木不可胜用也。"世所

重：为世人所看重。指木材之用主要在树干，树干材质好便可以制梁栋，制用具，故论树优劣，悉凭材质。

④所举七种树均优质材木。

⑤祷颂：祈祷祝颂。曾巩《贺杭州赵资政冬状》："素积依归之望，弥深祷颂之勤。"慰祷颂：喻指满足了心愿。

⑥这两句换了一个角度，点出那些优质材木能不能为世所重，都有两条客观限制。一是第五句所示，如果换到不适宜于生长的地方种植，便长不成良材。二是第六句所示，如果不能获得适宜的安排使用，也难发挥它的长处。

⑦罗致：搜罗，招致。鸠庀（pǐ，音匹）：成语"鸠工庀材"省称。李方郁《修中岳庙记》："岂可不成耶？遂鸠工庀材，四旬而就。"其中，鸠工指招集工匠，庀材指处理材料。这一句的意思是，如果搜罗到了大量材质优良的木材，还要防范招集的工匠水平不高，处理材料的方法不当，导致良材被损坏了。

⑧酣林：长势茂盛的树林。凡林：长势一般的树林。前者总体茂盛，那么单株树木的材质也会好，后者反之。这一句的意思是，即便同一种树木，生长于不同树林材质也会有差异。前八句写其他树木，尤其是七种良木，以其材质本身以及应用中的长短得失，为第九句至二十四句赞美黄葛树作陪衬和铺垫。

⑨钟气：凝聚天地间的灵秀之气。李东阳《三寿图歌》："布衣韦带相萧疎，禀形钟气非二初。"雄：宏伟，有气魄，特指居于首位，超群绝伦。《左传·襄公十年》："有夫出征，而丧其雄。"这一句提纲挈领式地总写，黄葛树所凝聚的天地灵秀之气居于各种树木之首。

⑩盘结：盘绕，连接。苏舜钦《别邻几予赋高山诗以见意》："高山扶层巅，下与地盘结。"魁磊：形容树木多节，不平直。《尔雅·释木》作"魁瘣"，郭璞注："谓树木丛生，根枝节目盘结魁磊。"这里描述黄葛树的整体形象。俨神工：俨然是神奇的创造。沈约《到著作省谢表》："路遥难聘，才弱未胜，而神工曲造，雕绚弥叠。"

⑪本：草木的根或茎干。《国语·晋语一》："伐木不自其本，必复生。"这里指黄葛树主干。拔地本耸：形容黄葛树的主干浑如拔地而起，巍然耸起。屹：直立高耸。

⑫凭虚：凌空。张孝祥《菩萨蛮·登浮玉亭》："此意何翩翩，凭虚吾欲仙。"凭虚根起：形容黄葛树的根浑如凌空长出来。虬龙：传说中一种有角的龙。《广雅·释鱼》："有鳞曰蛟龙，有翼曰应龙，有角曰虬龙，无角曰螭龙。"蟠虬龙：像虬龙一样盘曲着。

⑬柯：树枝。贾思勰《齐民要术·园篱》："交柯错叶。"柯古：树枝生长的年代很久远。从"拔地"至"长风"，对黄葛树的树干、树根、树枝作了传神的描述，既凸显特征，又张扬品格。

⑭暧（ài，音爱）：昏暗不明的状态。屈原《远游》："时暧曃其曭莽兮，召玄武而奔属。"翁蔚：浓密、茂盛。张衡《南都赋》："晻暧翁蔚，含芬吐芳。"李善注："晻暧翁蔚，言草木

阇暝茂盛也。"这里"暖"与"翁蔚"并用，实即张衡赋"晻暧翁蔚"之省。这一句进而写黄葛树的树叶。天覆暖翁蔚：从天而降地覆盖阇暝茂盛，实即对黄葛树伞状树冠的形象描绘。下一句的"青荫浓"，便指黄葛树的伞状树冠对于千家万户的荫护功用。两句合起来，意谓黄葛树凭其伞状树冠所具有的特殊功用，远远超过了其他名贵木材的充其量作梁栋而已。

⑮不创：不能损伤，与第七句形成反差。众材逊：其他诸多木材都逊色。

⑯无为之乡：无何有之乡，指空无所有的地方。语出《庄子·逍遥游》："今子有大树，患其无用，何不树之于无何有之乡，广莫之野？"成玄英疏："无何有，犹无有也。莫，无也。谓宽广无人之处，不问何物，悉皆无有，故曰无何有之乡也。"正论：正确合理的言论。叶适《祭黄尚书文》："常扶正论，独引大体。"这一句借驳庄子之说，实即驳斥关于黄葛树为无用的大树的固有说法。

⑰坚心：喻指黄葛树坚实的材质。老干：特指黄葛树生长年限极长的树干。这两句合在一起，意谓黄葛树经受得住任何灾患，殊为其他树木所不及。至此，对黄葛树的赞美已然无所不包，达到了极致。

⑱厥初：最初，开头，亦即起源。《诗·大雅·生民》："厥初生民，时维姜嫄。"计年：计算岁月多久。不计年：无法计算岁月有多久。白居易《上阳白发人》："莺归燕去长悄然，春往秋来不计年。"从此句起的四句，再进一层咏叹黄葛树的生存历史悠久和生命历程久长。

⑲无怀与葛天：无怀氏和葛天氏，中华古史传说中的两个最古远的君主。罗泌《路史》说："无怀氏，帝太昊之先。其抚世也，以德存生，以德安刑。"又说："葛天氏，葛天者，极天也。爰拟旋穹，作权象，故以葛天为号。其为治也，不言而自信，不化而自行。"这一句的意思是，黄葛树的起源比出现无怀氏和葛天氏还要早。甚或还隐含一个意思，黄葛树的"葛"得自于"葛天氏"，"黄"则得自于比葛天氏晚的"轩辕氏"即"黄帝"。

⑳蒲柳：水杨，一种入秋便凋零的树木。刘义庆《世说新语·言语》："蒲柳之姿，望秋而落；松柏之质，经霜弥茂。"这一句的意思是，黄葛树的生命决不会像蒲柳那样的短暂。

㉑灵椿：大椿，古代传说中的长寿之树。语出《庄子·逍遥游》："楚之南有冥灵者，以五百岁为春，五百岁为秋；上古有大椿者，以八千岁为春，八千岁为秋。"这一句的意思是，黄葛树的生命可以与大椿相比拟，长寿至八千岁。生命力极旺，可以生长几百年之久，确实是黄葛树的一个突出的特点，只能生长几十年的黄桷树不可以同日而语。

㉒风月：清风明月，泛指美好的景色，也常引申指风情。李白《赠王判官》："会稽岁月好，却绕剡溪回。"这里由"风情万种"义借喻川东道署内的古黄葛树。庆有主：庆幸有了道署作主人，不是郊野无主之树。

㉓擢：擢升。椅梧：椅树和梧桐树。颜延之《秋胡诗》："椅梧倾高凤，寒谷待鸣律。"椅树和梧桐树为凤凰栖息的树木。凤举：凤凰高飞。曹植《王仲宣诔》："翕然风举，远窜荆

311

蛮。"这一句的意思是，古黄葛树由于置身道署内，地位也随之提升，能像椅梧那样招徕凤凰。结尾这四句，表现出了官本位意识，未能免俗。尽管如此，从"惟兹"到"八千"的主体部分，铺张扬厉地礼赞黄葛树，由树干、树根、树枝、树叶、树冠而至于功用、材质、寿命巨细无遗，精到形象，终已经洵美洵善，前无古人。黄葛树今为重庆市树，欲知市树，不可不读这首诗。

## [清] 周煌诗2首

周煌（1714—1785），字景垣，号绪楚，别号海山，涪州（今重庆涪陵区）人。乾隆二年（1737）进士，选翰林院庶吉士，历任《八旗通谱》纂修官、山东乡试副考官、顺天乡试同考官、云南乡试主考官、云南按察使司副使。乾隆二十一年（1756）任侍讲，旋为琉球册封使副使，出使琉球国，册封尚穆为中山王，归国后上奏《琉球国志略》。迁左春坊左庶子，侍讲学士，刑部侍郎，兵部侍郎，至乾隆四十四年（1779）任《四库全书》总裁，工部尚书，后转兵部尚书。乾隆四十九年（1784）任都察院左都御史，次年以病乞休，授兵部尚书加太子少傅致仕。卒赠太子太傅，谥号"文恭"。学博而精，工诗善书，著有《应制集》《海东集》《豫章草》《琉球国志略》《海山诗稿》等。

## 悼亡四首（选一）①

莫从锦瑟问华年②，促柱难留廿五弦③。
天上有期终托月④，人间无路更穷泉⑤。
梦回尚忆他生语⑥，病去空成未了缘⑦。
我本恨人惊不语，为君肠断九回⑧前。

**注释**

①悼亡：追悼亡人。周煌妻早逝，作《悼亡四首》，此为其一。

②锦瑟：古代一种弦乐乐器。《周礼·乐器图》："雅瑟二十三弦，颂瑟二十五弦，饰以宝玉者曰宝瑟，绘文如锦者曰锦瑟。"李商隐《锦瑟》诗："锦瑟无端五十弦，一弦一柱思华年……此情可待成追忆，只是当时已惘然。"华年：青春年华。《魏书·王叡传》："渐风训于华年，服道教于弱冠。"

③柱：琴瑟上系弦的木条。促柱：急弦。弹瑟时，将系弦的木条移近弦，弦便会绷紧，弹出的乐音便会急促，故称急弦。马融《长笛赋》："若絚瑟促柱，号钟高调。"廿五弦：借代指亡妻。开头两句借用李商隐《锦瑟》诗意，表达对于亡妻的追忆之情。

④有期：有重聚的日子。托月：托给月亮。这一句暗用晏殊《临江仙·梦后楼台高锁》

词意："琵琶弦上说相思。当时明月在，曾照彩云归。"

⑤穷泉：穷尽黄泉。这一句暗用白居易《长恨歌》句意："上穷碧落下黄泉，两处茫茫皆不见。"

⑥梦回：从梦中醒过来。他生：来生，下一辈子。他生语：关于下一辈子再结缘的话。周亮工《得儿书深悯其意作此寄之》："善恶不知何所教，他生与尔再为缘。"这里指下一辈子再作夫妻之类的话。

⑦病去：病愈之后。陆游《病去》："病去身差健，秋高气渐寒。"从此语词可见，周煌曾因妻子早逝悲伤成病。未了缘：佛教用语，指此生没有了却的因缘。高启《效香奁体二首》："扬州梦断十三年，底事犹存未了缘。"这一句的意思是，尽管自己与亡妻因缘未了，但终究不再是真实存在了。"空成"较之"犹存"，更见失落之深。

⑧肠断九回：九回肠断，汉语成语。语出司马迁《报任少卿书》："是以肠一日而九回，居则忽忽若有所忘。"形容痛苦、忧伤、愁闷到了极点。这首诗写得情深意切，哀惋悱恻，其真挚感人不亚于苏轼追悼亡妻的名词《江城子·乙卯正月二十日夜记梦》。

# 八月二十九日东北大风雨下如注平地水且尺许倒溅齐簷飞沙拔树或曰即台也询之球人云每岁中亦不常有者①

初如天马踏帘栊②，覆雨翻云气旋雄③。
水有三千真欲立④，沙无亿万更何穷⑤？
蕉心纵定⑥闻雷后，鹤梦⑦难禁警露中。
借问孤帆何处是，海天一碧断飞鸿⑧。

**注释**

①周煌于乾隆二十一年（1756）出使琉球国（今日本冲绳县），当年六月初二由福建启程，次年二月十六日返国，均有日记记录。这首诗如题所示，乃记八月二十九日在琉球遇台风的特殊经历。

②天马：中国古代神话传说中的一种神异动物。见《山海经·北山经》："又东北二百里，曰马成之山，其上多文石，其阴多金玉。有兽焉，其状如白犬而黑头，见人则飞，其名曰天马。"帘栊：亦作"帘笼"，窗帘和窗牖，也泛指门窗的帘子，或指窗户。江淹《杂体诗·效张华〈离情〉》："秋光映帘笼，悬光入丹墀。"这里比喻台风来势凶猛，直冲门窗。

③旋雄：旋转反复，势大力沉。这一句概括描写台风肆虐的过程中，暴雨倾盆，乌云翻滚，一阵又一阵，破坏力极大。

④水有三千：出自成语"弱水三千"。"弱水"本指涓细的水流，承载力极差。始见于《山海经》"昆仑之北有水，其力不能胜芥，故名弱水"。后来用弱水泛指湍急细长、不能行船的河流，并且与数字联系起来，极言其多。如《西游记》"八百流沙界，三千弱水深"，苏轼《金山妙高台》"蓬莱不可到，弱水三万里"。这里借指大小河流。真欲立：真像要站立起来，比喻大小河流猛涨，亦即"平地水且尺许，倒溅齐簷"。

⑤沙无亿万：形容台风刮起了许多物件，亦即"飞沙拔树"，"无亿万"极言其多，且数不清。更何穷：不知何时能休止。

⑥蕉心：芭蕉心，比喻层层叠叠的忧愁。语见吴藻《花帘词》："一寸蕉心重叠卷，任吹多少东风软。"纵定：安静、稳定。这一句的意思是，听到雷声以后，重重忧虑才得以消解，心情渐次安定下来。因为雷声大作了，预示即将有雨无风了。

⑦鹤梦：指超凡脱俗的向往。司空图《与李生论诗书》："地凉清鹤梦，林静肃僧仪。"警露：因白露降临而相警戒。皇甫湜《鹤起鸡群赋》："安知警露之质，岂诚凌云之意。"相传鹤性机警，"至八月白露降，流于草上，滴滴有声，因即高鸣相警，移徙所宿处，虑有变害"（《艺文类聚》卷九十引周处《风土记》）。这一句的意思是，台风终于消止以后，一方面禁不住地产生了某些美妙的向往，另一方面仍然保持着对灾害的警戒心态。

⑧飞鸿：飞雁；古代常以鸿雁传书，故以飞鸿代指音信。《西洲曲》："忆郎郎不至，仰首望飞鸿。"断飞鸿：望断飞鸿，喻指巴望有音信传来。这一句连同上一句的"问孤帆"，都表达出台风之后盼望归国，或者获得祖国音信的迫切心意。特殊的经历引生出了特殊的诗作，状台风之虐如在目前，写心境之真亦在理中，既纵横奇变，又雅训有致，委实难得。

## [清] 李天英诗1首

李天英（1733—1803），字星九，号药庵，又号蓉塘，重庆府永川县（今永川区）人。乾隆二十一年（1756）举人，补贵州开泰知县，为官清廉，有政声。后因米案蒙冤罢官，贬回原籍。遂遍游江苏、浙江，流连于山光水色。乾隆四十四年（1779）春，在杭州西湖过访袁牧，互有诗作唱和，袁牧赞"其诗有奇气"。晚年先后任重庆东川书院、四川泸州书院山长，致力于培养人才。有《居易堂诗抄》10卷行世。

### 宿夜郎箐①

乱风回合②带斜阳，客向云中指夜郎。
鸟道盘空天一握③，马蹄踏叶数千张。
箐深景短人心速④，风紧篱穿野店荒。
且买村醪温冻厴⑤，醉来不异在宽乡⑥。

**注释**

①夜郎：古国名。《史记·西南夷列传》："西南夷君长以什数，夜郎最大。"亦地名，汉唐年间其地域广及黔北、湘西南、滇西北，宋代在今贵州桐梓县置夜郎县，自兹夜郎多指桐梓一带。箐（jīng，音京）：山间的大竹林，常借指竹木丛生的山谷，此即用借指义。夜郎箐：夜郎境内一个竹木丛生的山谷。李天英蒙冤被贬，回川途中经过其地，作此诗。

②乱风：本指坏风气。《书·伊训》："敢有侮圣言，逆忠直，远耆德，比顽童，时谓乱风。"这里借喻自然环境的恶风。回合：缭绕，环绕，此指风刮过一阵，又刮起一阵。如李端《巫山高》："回合云藏日，霏微雨带风。"

③鸟道：只有鸟能飞过的道路，比喻极其险峻难行的山路。李白《蜀道难》："西当太白有鸟道，可以横绝峨眉巅。"盘空：绕空，凌空。袁桷《隐居图赋》："伯阳一去而不返，玄鹤盘空而将还。"一握：犹言一把，常喻微小、微少。《易·萃》："若号，一握为笑，勿恤。"孔颖达疏："一握者，小之貌也。自比一握之间，言至小也。"天一握：犹言巴掌大的一块天。由山谷间望天，只能望见极小的一片天。

④箐：这里指竹林。箐深：竹林幽深。景短：日影短，喻指白昼将近，天即将黑了。通作"短景"。杜甫《阁夜》："岁暮阴阳催短景，天涯霜雪霁寒宵。"心速：心跳加快。写情态，颇传神。

⑤村醪：村酒。陆游《今年立冬后菊方盛开小饮》："野实似丹仍似漆，村醪如蜜复如齑。"冻靥（yè，音叶）：冻僵的脸。靥本指脸上的酒窝儿，此处代指脸。

⑥宽乡：人少田多的地区。《隋书·食货志》："天保八年，议徙冀、定、瀛无田之人，谓之乐迁于幽州、范阳宽乡以处之。"《新唐书·食货志》："田多可以足其人者为宽乡，少者为狭乡。"对照前之"心速"，实见此已心宽。独特的境遇，写景孤绝峭拔，抒情舒放自然，的确有奇气。

## [清] 李调元诗2首

李调元（1734—1802），字羹堂，又字雨村，号童山，别署童山蠢翁，绵州罗江（今四川德阳罗江县）人。乾隆二十八年（1763）进士，历任翰林院编修、吏部主事、广东乡试副主考、吏部考功司员外郎、提督广东学政、直隶通永兵备道等职。为官清正，人称"铁员外"，得罪权臣和珅，遭诬陷下狱，遣戍伊犁。乾隆四十九年（1784）以母老赎归，退隐居家，著述终老。凡经史百家、稗官野乘无不博览，史地、金石、诗词、书画、戏曲、民俗皆通，与张问陶、彭端淑合称为"清代蜀中三才子"。有《童山全集》《雨村曲话》《雨村剧话》《蠢翁词》等存世。

### 巫山高①

巫山高，高入云。

云中十二峰，五色何氤氲②？

琪花玉树纷难详③，遥见碧城开天阊④。

黄金为门白玉墙，中有云鬟明月珰⑤。

含情弄态如相望，亦犹藐姑射山⑥旁。

飘飘似仙云中翔，阳台⑦何山无斜阳？

为云为雨山之常，底事⑧诬山诬襄王？

**注释**

①此诗作于乾隆戊辰（1748），时李调元年15岁。他当时不一定已到过巫山，诗中之景可能出自实感，也出自前人作品，以及个人想象。

②氤氲：形容烟云弥漫。《白虎通·嫁娶》引《易》说："天地氤氲，万物化淳。"张九龄《湖口望庐山瀑布泉》："灵山多秀色，空水共氤氲。"

③琪花：仙境中的玉树之花。亦作"琪华"。曹唐《小游仙诗》："万树琪花千圃药，心知不敢辄形相。"玉树：神话传说中的仙树。李白《怀仙歌》："仙人浩歌望我来，应攀玉树

长相待。"详：清楚地知道。陶潜《五柳先生传》："亦不详其姓字。"从这一句起至第十句，都是想象描述巫山十二峰在阳光映照下，与云天相融合的迷离惝恍的情景。

④碧城：仙人所居之处。《太平御览》卷六七四引《上清经》："元始（天尊）居紫云之阙，碧霞为城。"天闱：天上的门。张居正《圣人出》："龙飞清汉，矫翼天闱。"

⑤云鬟：高耸的环形发髻。花蕊夫人《宫词》："年初十五最风流，新赐云鬟使上头。"明月珰：用明月珠（夜光珠）串成的耳饰。《古诗为焦仲卿妻作》："腰若流纨素，耳著明月珰。"云鬟和明月珰合在一起，借喻年轻美丽的女子。连同上一句，是将阳光映照下的巫山云的舒卷飘舞，想象成为仙境，其中还有时隐时现的仙女。

⑥藐姑射山：神话传说中的仙山。《庄子·逍遥游》："藐姑射之山有神人焉，肌肤若冰雪，绰约如处子，不餐五谷，吸风饮露，乘云气，御飞龙而游于四海之外。"连同上一句，进一步形容巫山云的仙女幻象就恍若在藐姑射山之间风姿绰约地相互打望。从"琪花"至"山旁"的六句诗，想象力极其鲜活，同时暗中否定了巫山之女的存在。

⑦阳台：指阳台山，参见王士禛《登高唐观》注②。

⑧底事：何事，关什么事。刘肃《大唐新语·酷忍》："天子富有四海，立皇后有何不可，关汝诸人底事，而生异议！"后四句诗连发两问，质疑历代关于巫山神女与楚王的云雨故事，理直而气盛，充分表现出青年李调元的独立思考和怀疑精神。

# 渝州登朝天城楼

五鼓城头画角催，四山云雾黯然①开。
三江②蜀艇随风下，万里吴船卷雪来③。
剩有小舟来卖酒，更无诗客共衔杯④。
少年壮志无人识，袖手寒天寂寞⑤回。

**注释**

①黯然：心神沮丧、情绪低落的样子。刘禹锡《西塞山怀古》："王濬楼船下益州，金陵王气黯然收。"这里用于形容云雾散开的样子，用词奇。而重庆山城冬日多晨雾，晨雾消散意指早晨。

②三江：蜀之三江。杨慎《病榻手呓》一书，指岷江（长江）为外江，涪江为中江，沱

江为内江，外、中、内江合为"蜀之三江"。犹言川江。

③吴船：吴越之船，代指长江中、下游的商船。卷雪：卷起雪花。姚鹄《送友人出塞》："入河残阳雕西尽，卷雪惊篷马上来。"这里以雪比喻浪花。卷雪来：形容船破浪而来。颔联两句写城楼所见，晨雾消散后，各地商船便启动了。这是朝天门码头最为典型的情状。

④诗客：诗人。白居易《朝归书寄元八》："禅僧与诗客，次第来相看。"衔杯：饮酒。李白《广陵赠别》："系马垂杨下，衔杯大道间。"这一句点出诗人颇孤寂。

⑤袖手：藏手于袖。韩愈《石鼎联句》序："道士哑然笑曰：'子诗如是而已乎？'即袖手耸肩，倚北墙坐。"袖手寒天：因天寒而将手交藏于衣袖中。寂寞：孤独冷清。曹植《杂诗》之四："闲房何寂寞，绿草被阶庭。"这首诗为李调元早年所作，从"三江蜀艇""万里吴船"的交通繁忙写到小舟卖酒、个人独饮，再写到寂寞而回，充分再现了"少年壮志无人识"的孤清与无奈。结句"寂寞回"，恰呼应了前之"黯然开"，主、客合一，浑融无间。

## [清] 张乃孚诗1首

张乃孚（1758—1825），字西村，号闲宾，又号南津，别号小白华山人，合州（今重庆合川区）人。乾隆四十八年（1783）举人，三次赴京考进士不中，后以母老多病，不再求取仕进。嘉庆元年（1796）举孝廉方正，例授六品职衔，辞不受。道光三年（1823）选授蓬州学正，不久告归终养，两年后卒于家。能文善诗，与杨士铼、彭世仪、冯镇峦合称"合州四子"。著有《合州志》、《闲滨余草前编诗》12卷、《续编诗》8卷。

## 鹦鹉①

公子呼名出陇春②，生来野性最难训。

能言③尚不离飞鸟，学语④何尝解骂人？

鼓吏赋题谁后继⑤？玉奴经卷悟前因⑥。

会当摆脱金丝去⑦，绿树青山自在身⑧。

**注释**

①鹦鹉：鸟名，又叫鹦哥。是鹦形目攀禽，有2科82属358种，世界各地的热带地区均有分布。中国自先秦即知鹦鹉。《山海经·西山经》记述："又西百八十里，曰黄山……有鸟焉，其状如鸮，青羽赤喙，人舌能言，名曰鹦鹉。"

②公子：中国古代对别人的一种敬称。先秦称诸侯的儿子为公子，女儿为女公子。汉至唐，公卿之子谓公子。自北宋以降，豪门士族的年轻男子，或其他有学识的人，皆可称为公子。此处特指北宋著名画家李昉。呼名：称呼名号。李昉酷爱养鹦鹉，称呼其庭院中养的鹦鹉为"陇客"。梅尧臣《和刘原甫白鹦鹉》："雪衣应不妒，陇客幸相绕。"出陇春："陇客"这个名号出自于陇山之春。据《旧唐书》《资治通鉴》等文献记载，唐代鹦鹉主要来自于陇右、岭南、交趾。陇右位于今陕西与甘肃交界的陇山之中，又称陇西。陇山为六盘山南段的别称，古代又称作陇阪、陇坻、陇首。白居易《鹦鹉》："陇西鹦鹉到江东，养得经年嘴渐红。"

③能言：即《山海经·西山经》之"人舌能言"。

④学语：学习说话。此处意为"鹦鹉学舌"，语出释道原《景德传灯录·越州大殊慧海和尚》："如鹦鹉学人语，话自语不得，为无智慧故。"此句即用其义，谓鹦鹉即便学会说骂人话，也根本不懂得骂人的意思。

⑤鼓吏：掌鼓的小官吏，此处特指东汉末年名士祢衡。刘义庆《世说新语·言语》："祢衡被魏武谪为鼓吏，正月半试鼓。"赋题：祢衡有《鹦鹉赋》，盛赞鹦鹉"惟西域之灵鸟兮，挺自然之奇姿；体全精之妙质兮，合火德之明辉"。谁后继：谁会既后继承祢衡作赋继续赞鹦鹉。

⑥玉奴：杨贵妃曾用名，或说是其小名。俞樾《茶香室丛钞·玉奴》引邝露《赤雅》："杨妃井在容州云陵里。妃姓杨，名玉奴，别字玉环，号太真。"经卷：指《心经》，又称《多心经》或《金刚经》。据《明皇杂录》《杨太真外传》等野史记载，岭南进献一只白鹦鹉，杨贵妃极喜爱，取名"雪衣女"。教其念《心经》，几遍即精熟。后上与妃游别殿，置雪衣女于步辇竿上同去，突有鹰至，搏之而毙。上与妃叹息久之，将其葬于苑中，呼为"鹦鹉冢"。杜甫《鹦鹉》即写其事。悟前因：解悟为什么而死。意思是，这只白鹦鹉纵有杨贵妃宠爱，能熟诵《心经》，也难免于恶禽的伤害，它亦不能解悟前因。

⑦会当：应当，该当。杜甫《望岳》："会当凌绝顶，一览众山小。"金丝：指金丝笼。去：离开，即远走高飞。来鹄《鹦鹉》："年年锁在金笼里，何以陇山闻处飞？"

⑧自在身：佛教语，指心离烦恼，舒适自在的身躯。白居易《池上闲吟》："高卧闲行自在身，池边六见柳条新。"李调元《雨村诗话》称《鹦鹉》一诗"最有意味"。其意味深长就在托物咏志，以鹦鹉喻人，张扬摆脱束缚、获得自由之旨，深得寓言诗之三昧。

## [清] 张九镒诗1首

张九镒（生卒年不详），字权万，号橘洲，湖南湘潭人。乾隆五十二年（1787）进士，授编修，改庶吉士，历官河南汝光道、四川川东道。性刚直，为官清正，尝发夔州知府侵蚀关税状。寻引疾归里，筑园曰"退谷"。工诗，著有《退谷诗钞》24卷。

## 九日偕书太守登涂山即景二首（选一）[①]

览胜亭边石磴盘[②]，天风吹上碧云端。

深秋雁字三湘[③]远，古寺烟钟[④]九日寒。

岂效登临工作赋[⑤]？从来清白重居官[⑥]。

周巡好换茱萸景[⑦]，满路棠阴次第[⑧]看。

**注释**

①九日：农历九月初九日，重九之日。书太守：不详，或为书姓之时任重庆知府。即景：就眼前的景物即兴创作的诗。何景明《望郭西诸峰有怀昔隐兼发鄙志》："兴性感弥深，即景无与适。"

②览胜亭：涂山绝顶铁柺峰上原澄鉴亭（见龙为霖《登涂山绝顶》），张九镒将其改名"览胜亭"。据张九镒另有《览胜亭》诗，写其改名事："旧额澄鉴书大字，面目假借非真容。如此山川足遥睇，易云览胜无雷同。"石磴：石台阶。萧统《开善寺法会》："牵萝下石磴，攀桂陟松梁。"石磴盘：石阶梯盘旋而上，从一天门至真武庙，石磴盘上，迄今犹存。

③三湘：潇湘、蒸湘、沅湘的简称，借以称湖南。鸿雁传书，见雁思乡，故生此感。其《览胜亭》诗中有句："我家衡岳麓山侧，回怀七十有二峰。"适值九月九日登高，更加怀念家乡亲友。

④古寺：指铁柺峰右邻之真武庙。烟钟：寺内的香烟及钟声，代指寺庙物象。

⑤岂效：岂是模仿。登临工作赋：暗指王维名诗《九月九日忆山东兄弟》："独在异乡为异客，每逢佳节倍思亲。遥知兄弟登高处，遍插茱萸少一人。"否认模仿王维思亲，实则表达人同此心，心同此理。

323

⑥清白：志洁行芳，没有污点。屈原《离骚》："伏清白以死直兮，固前圣之所厚。"居官：担任官职，做官。《仪礼·士相见礼》："与居官者言，言忠信。"重居官：重于做官，比做官重要。这一句承上一句而来，意思是既然为官在外，固然免不了重九思亲，但更应该时时刻刻警醒自己，保持清白的人格和官品，将其看得比做官更重要。从他不久后便引疾归里，可证非自欺欺人。

⑦周巡：周围巡绕。钮琇《觚賸续编·季氏之富》："其居绕墙数里，中有复道周巡。"这里指在览胜亭的周围绕着圈走。茱萸景：遍插茱萸的类似景观。

⑧棠阴：棠树树荫。戴叔伦《抚州对事后送外生宋垓归饶州觐侍呈上姊夫》："石壁转棠阴，鄱阳寄茅屋。"常用以比喻惠政或者良吏的惠行。典出《史记·燕召公世家》："周武王之灭纣，封召公于北燕……召公巡行乡邑，有棠树，决狱政事其下，自侯伯至庶人各得其所，无失职者。"此用比喻义。满路棠阴：形容棠树极多，夹道而生。同样是用比喻义，比喻随处都有需要引起地方主政官员关注的人和事，意在对包括书太守在内的随行人员作喻导，点示惠政的重要性。次第：一个接一个地。即景为引子，喻理为旨趣，正是这首诗的不同寻常之处，绕的弯子确乎比较大，但并不晦涩，并且而今而后仍具启示价值。

## [清] 王汝璧诗词4首

王汝璧（1741—1806），字镇之，号铜梁山人，重庆府铜梁县人。王恕之子。乾隆二十七年（1762）四川乡试解元，乾隆三十一年（1766）进士，授吏部主事。历官礼部郎中、吏部郎中、保定知府、正定知府、山东按察使、江苏布政使、安徽巡抚，于嘉庆八年（1803）以年力就衰，召回京授内阁学士兼礼部侍郎衔。嘉庆十年（1805）任刑部右侍郎，同年夏出使河南，中暑失明，因病乞休，次年卒于京邸。善为文，尤工诗词，词为蜀大宗，巴渝本籍词无出其右。著有《铜梁山人集》《易林》《注汉书考证》《夏小正传考》《星象勾股》《脂玉词》《莲果词》等，《国朝全蜀诗钞》录其诗320首。

## 和林格尔道中口号①

茸茸草色绿难支②，深比盘螺浅似眉③。
无限销魂④烟雨里，也如南浦别人时⑤。

**注释**

①和林格尔：草原名，位于今内蒙古呼和浩特市南部。乾隆五十五年（1790）王汝璧任保定知府期间，因承审建昌县盗匪马十等行劫钱铺一案，于劫盗重索延时较久，且未亲审，被革职发往军台效力。路过和林格尔草原，此诗即纪途中观感。口号："号"的意思是随口吟诵，"口号"指随口吟成的小诗。王昌会《诗话类编·诸体》说："口号者，或四句或八句，草成速就，达意宣情而已也。"

②茸茸：形容柔细浓密，多指又短又软又密的草。郑刚中《濛濛雨中春》："茸茸庭前草，新旧已相杂。"难支：难以支撑。王通《文中子·事君》："大厦将颠，非一木所支也。"汉语成语"独木难支"。绿难支：意谓草色并非单一的"绿"字所能概括。

③盘螺：一种内齿螺科圆盘螺属的软体动物，螺壳小，盘状，螺环圆形，壳色深黑与浅褐相间，主要生存于西伯利亚和中国大陆河北、陕西一带的潮湿灌木草丛中、石块落叶下及土石缝隙中。这里比喻深墨绿色。眉：借代指春柳。温庭筠《定西番·细雨晓莺春晚》："人似玉，柳如眉，正相思。"这里比喻淡翠绿色。

④销魂：形容因过度刺激而神思茫然，仿佛魂将离体。李清照《醉花荫》："莫道不销

魂,帘卷西风,人比黄花瘦。"这里指他个人充溢内心的悲伤和痛苦。

⑤这一句借用白居易《南浦别》的诗意:"南浦凄凄别,西风袅袅秋。一看肠一断,好去莫回头。"唯其随口吟成,愈见伤情之甚。用典顺手拈来,亦见学识功夫。

# 归署日遇雨志喜①

去冬归路雪霏霏②,此日言旋③雨满衣。
自是逢时成巧遇,便如有约得先几④。
行来快睹民声乐⑤,喜剧浑忘客路⑥饥。
尽日天瓢倾洒⑦处,淋漓元气透车帏⑧。

**注释**

①归署:重归官署。王汝璧于乾隆五十五年(1790)被革职发往军台效力后,终得乾隆准其赎罪,降补同知,于次年任直隶宣化府同知,乃得重归官署。归途遇雨,视作双喜"逢时成巧遇",赋此诗。

②霏霏:形容词,用于形容雨、雪、烟、云等极盛极密。雪霏霏:形容大雪纷纷扬扬,很密集;暗用汪元量《忆秦娥·雪霏霏》词意:"未成曲调心先悲。心先悲,更无言语,玉箸双垂。"这里意指为雪所阻,归路断绝。以"去冬"之悲,衬"此日"之喜。

③旋:返回,归来。李白《寄东鲁二稚子》:"桃今与楼齐,我行尚未旋。"

④先几:预先洞悉细微。沈德符《野获编·神仙·仙姑避迹》:"何廷玉、罗万象等数十辈,皆以失旨伏诛,仙姑明哲先几,即谓之仙亦可。"颔联两句将"归署"与"遇雨"两件事情联系起来,既称"逢时成巧遇",又称"有约得先几",集中表达个人之喜。

⑤快睹:先睹为快。黄淮《戊戌元夕》:"黎庶嬉游溢城阙,快睹争先恣欢悦。"民声:民众的声音。《礼·乐记》:"礼节民心,乐和民声。"民声乐:指民众遇雨而发出的欢快声音及其情景。

⑥剧:甚,极,厉害,严重。喜剧:喜极。浑忘:全然忘记。客路:旅途。颈联两句转进一层,描述因民众之喜,忘个人之饥。"喜剧"加上"浑忘",表明他不但以民之喜为己之喜,而且将民众之喜看得更重,仁者情怀溢于言表。

⑦尽日:终日,一整天。天瓢:神话传说中天神行雨用的瓢。苏轼《二十六日五更起行

至磻溪天未明》:"安得梦随霹雳驾,马上倾倒天瓢翻?"天瓢倾洒:意指瓢泼大雨。

⑧淋漓:语义双关,既指大雨倾泻,又指心情痛快。元气:语义双关,既指天地自然之气,又指个人精神、精气。《鹖冠子·泰录》:"天地成于元气,万物成于天地。"车帏:车厢四旁挂的帏帐。透车帏:形容元气充溢于车厢,暗喻他已物我两忘,喜不自胜。历来喜雨诗多矣,这一首喜雨诗的背景独特,意境浑圆,殊非凡响。徐世昌《晚晴簃诗汇》评价"其诗专学昌黎,戛戛独造,力洗凡庸",此为显例。

# 念奴娇·观演赤壁赋①

洞箫声里②,乍销凝、一片江山人物③。铁绰铜琶都付与④,今日旗亭画壁⑤。添个吴娘⑥,歌他水调⑦,舞袖真回雪⑧。文章何处,秋风老尽豪杰。

谁料八百余年⑨,尊前人唱⑩,又清风徐发⑪。赋手摩空凭吊处⑫,滚滚秋涛明灭⑬。逝者如斯⑭,谁能解此,千丈晞予发⑮。周郎一顾⑯,三生同此明月⑰。

**注释**

①念奴娇:词牌名,又名百字令、酹江月、壶中天等。观演:观看演唱。赤壁赋:指苏轼于元丰年间所作前、后《赤壁赋》及《念奴娇·赤壁怀古》词。

②洞箫:一种吹管乐器,管身竹制,正面五个音孔,背面一个音孔,上端开一吹孔,可用于合奏或独奏。苏轼《前赤壁赋》:"客有吹洞箫者,倚歌而和之,其声呜呜然,如怨如慕,如泣如诉,余音袅袅,不绝如缕。"洞箫声里:指现场演唱赤壁赋的伴奏器乐声。

③销凝:销魂凝神。白朴《绿头鸭·洞庭怀古》:"黯销凝,楚天风物凄清。"一片江山人物:苏轼《念奴娇·赤壁怀古》词:"大江东去,浪淘尽、千古风流人物。"此处借指正在演唱这首词。

④铁绰铜琶:均为乐器。《历代词余》引《吹剑录》记述,一幕士善歌,东坡因问曰:"我词何如柳七(柳永)?"幕士对曰:"柳郎中词,只合十七八女郎执红牙板,唱'杨柳岸晓风残月';学士词,须关西大汉抱铜琵琶、执铁绰板唱'大江东去'。"东坡为之绝倒。付与:

交给。

⑤旗亭：市楼，古代指挥市集交易之地。张衡《西京赋》："旗亭五重，俯察百隧。"多指酒楼，因其楼外悬旗，故称"旗亭"。孟称舜《桃花人面》第一出："店舍无烟花满树，旗亭唤酒蚤凉时。"此指酒楼。画壁：绘饰有图画的墙壁。温庭筠《生禖屏风歌》："画壁阴生九子堂，阶前明月铺花影。"这里借指酒楼内堂。旗亭画壁：演唱所在的酒楼的内堂。连同上句，指点出演唱承续了关西大汉的豪放风格。

⑥吴娘：古代歌妓吴二娘。杨慎《升庵词话》："吴二娘，杭州名妓也。有《长相思》一词云：'深花枝，浅花枝，深浅花枝相间时，花枝难似伊。巫山高，巫山低，暮雨潇潇郎不归，空房独守时。'"泛指歌伎，又作"吴姬"。这里代称演唱的歌伎。

⑦水调：水调歌头。苏轼有《水调歌头·明月几时有》词。意指还演唱了这首词。

⑧舞袖：舞蹈表演中挥动的长袖。刘希夷《春女行》："纤腰弄明月，长袖舞春风。"这里代指歌伎所表演的舞蹈。真回雪：借用施肩吾《句》诗"颠狂楚客歌成雪，媚赖吴娘笑是盐"句意，形容观演者们被歌舞乐一体的表演刺激得如痴如狂。

⑨谁料八百余年：苏轼于元丰五年（1082）作《赤壁赋》，距王汝璧作此诗约为八百年。

⑩尊前：酒席筵前。尊前人唱：语出甄龙友《霜天晓角·峨眉仙客》词："但见尊前人唱，前赤壁，后赤壁。"此处借以抒发感慨。

⑪又清风徐发：苏轼《前赤壁赋》有言："苏子与客泛舟，游于赤壁之下，清风徐来，水波不兴。"这一句的意思是，现前听歌伎演唱，对于清风徐来恍若感同身受。

⑫赋手：借指苏轼。摩空：接于天际。于谦《和梅花百咏》之三十："铁干摩空经岁月，冰魄入梦隔音尘。"此为赞美苏轼思接云天，逸兴奋飞。凭吊处：指苏轼当年凭吊赤壁。

⑬明灭：忽明忽暗地闪动着。王维《山中与裴迪秀才书》："夜登华子冈，辋水沦涟，与月上下，寒山远火，明灭林外。"这里是想象苏轼游赤壁时，正值长江的秋水波光忽明忽暗。

⑭逝者如斯：借用《论语·子罕》"子在川上曰：'逝者如斯夫，不舍昼夜！'"感叹时光像江水般流逝而不复返，上承苏轼，下启周瑜。

⑮晞：通"曦"，指将旦之时。《诗·齐风·东方未明》："东方未晞，颠倒衣裳。"孔颖达疏："曦，谓将旦之时，日之光气始升。"千丈晞：比喻升高的晨光。予发：予发曲局，语出《诗·小雅·采绿》："予发曲局，薄言归沐。"朱熹《集传》："局，卷也，犹言首如飞蓬也。"意思是我的头发卷曲得乱蓬蓬了。千丈晞予发：意谓欲解"逝者如斯"的真谛，自己由夜晚一直思索到次日天晓，头发都搔得乱蓬蓬了，仍然未如愿。其实他自有解，要义就在结句。

⑯周郎：周瑜。周郎一顾：代指周瑜赤壁破曹，即苏轼《念奴娇·赤壁怀古》所咏："遥想公瑾当年，小乔初嫁了，雄姿英发。羽扇纶巾，谈笑间，樯橹灰飞烟灭。"

⑰三生：佛教用语，指前生、今生及来生。同此明月：借用苏轼《前赤壁赋》本意：

"惟江上之清风，与山间之明月，耳得之而为声，目遇之而为色，取之不尽，用之不竭……而吾与子之所共适。"意思是，要像苏轼那样通透旷达，既卓有成就，又能与明月清风为伍，享受人生，而不像周瑜独为功业过早地辞世。全词旨意，浓缩此句。上阕绘观演情境，情溢于事；下阕发思古幽情，理见乎辞。闲适旷达，意远格高。

# 江城子·玉簪花①

玲珑屈戌月胧明②。倚银笙，拨银筝③。簇簇娇鬟④，十二玉楼春⑤。不用金钗⑥歌宛转，敲冷月，下花阴。

唾壶风入远山颦⑦。是春声，是秋声。玉自坚牢，花自不胜情⑧。惆怅瑶簪天外梦⑨，三峡雨，一窝云⑩。

**注释**

①江城子：词牌名，又名江神子、水晶帘等。玉簪花：又名白萼、白鹤仙，百合科玉簪属的多年生宿根植物。秋季开花，花单生或二三朵簇生，白色，芳香，具有较高的观赏价值，也有药用价值。

②玲珑：形容明彻光洁如玉。鲍照《中兴歌》之四："白日照前窗，玲珑绮罗中。"屈戌：门窗上的环纽、搭扣。李商隐《娇儿》："凝走弄香奁，拔脱金屈戌。"这里代指窗户。胧明：微明。元稹《嘉陵驿》："仍对墙南满山树，野花撩乱月胧明。"起句即点出，开放在窗户外的玉簪花被微明的月光照着，显得如玉一般的光洁明丽。

③银笙：银字笙。李群玉《腊夜雪霁月彩交光命家仆吹笙》："桂酒寒无醉，银笙冻不流。"倚银笙：依照银笙的声律节奏。银筝：用银装饰的筝。吴伟业《赠冯子渊总戎》："十二银筝歌芍药，三千练甲醉葡萄。"拨银筝：用手指弹拨银筝。这是两个动人的比喻，借指玉簪花在月光下不仅色亮如银，而且有风吹拂，仿佛还有依稀的乐声萦绕。浑是一派诗情画意。

④簇簇：一丛丛，一堆堆。娇鬟：美丽的环状发鬟。冯延巳《菩萨蛮》词："娇鬟堆枕钗横凤，溶溶春水杨花梦。"这一句形容玉簪花开放得很茂盛，就像女子的发鬟一般堆珠族玉。

⑤十二：借指多，非确数。玉楼：华丽的楼，白居易《听崔七妓人筝》："花脸云鬟坐玉

楼，十三弦里一时愁。"玉楼春：玉楼内春光融曳。白居易《长恨歌》："金屋妆成娇侍夜，玉楼宴罢醉和春。"这里是借"十二玉楼春"进一步形容玉簪花开遍布庭院，令人心醉，成人专宠。

⑥金钗：石斛别名。见李时珍《本草纲目·石斛》："石斛名义未详。其茎状如金钗之股，故古有金钗石斛之称。今蜀人栽之，呼为金钗花。"石斛为兰科植物，根茎为名贵中药，花亦入药，花色亦白。这里用石斛泛指白色花。从"不用"到"下花阴"，意谓有了玉簪花，其他白色花一概被冷落。

⑦唾壶：承唾器具。《世说新语·豪爽》："王处仲每酒后辄咏'老骥伏枥，志在千里，烈士暮年，壮心不已'，以如意打唾壶，壶口尽缺。"这里借击唾壶比喻人因怀远而发歌吟。颦：皱眉头。远山颦：借用杨慎《浣溪沙》词意："离亭别宴柳毵毵，远山颦映别眉尖。"指思念远人而愁锁眉尖。

⑧不胜情：经受不住别离情。

⑨瑶簪：玉簪，借指美女。柳永《瑞鹧鸪》词："宝髻瑶簪，严妆巧，天然绿媚红深。"天外梦：喻相距天远，常在梦中。及此句方知为什么对玉簪花情有独钟。"玉簪"与"瑶簪"，花与人合一，全词意象尽从"玉"生。

⑩三峡雨，一窝云：寓意梦中与情人重欢会。上阕赞花，下阕怀人，寓情寄情，别致新奇。洪梧《铜梁山人诗集序》评价其词"肖姜夔"，此词确有姜词清空高洁的审美格调，与前一首各具特色。

## [清] 龚有融诗2首

龚有融（1755—1831），字晴皋，号绥山樵子、退溪，晚号拙老人、避俗老人，重庆府巴县西里冷水场（今九龙坡区华岩乡）人。乾隆四十四年（1779）举人，后屡试不第，以游幕、馆课为生。嘉庆十一年（1806）大挑一等，选山西崞县知县，在官三年多惠政。后得罪抚军，称病辞官还乡，薄置田宅，自题宅旁小溪为"退溪"，于石碾房课徒讲学，名"碾斋书营"。潜心书画，名驰京城，时有"家无晴皋画，必是俗人家"之说。其间亦作诗，常不存稿，其从弟龚有晖于咸丰二年（1852）辑其诗120首，编为《退溪诗集》。《巴县志》称："县三百年来，极高逸文艺之誉者，有融一人而已。"

### 九盘山观瀑二首偕学中诸子（选一）①

看他起手②先不同，奇开生面山之中。
如劈一朵红莲瓣，如截一段青天铜③。
遮且不能贮安得④？隐现出没垂白虹⑤。
下临深潭立怪石，石上云气生濛濛。
远石曲折乳窦⑥通，去势又见琱镂工⑦。
夜来清梦斋之东，文心将无⑧增奇雄？

**注释**

①九盘山：位于今重庆綦江区境内，当地人称"九盘子"，系大娄山东翼北沿的延伸山脉。山间有瀑，得诗二首，第一首写瀑，第二首因瀑而讲书法，此选其第一首。

②起手：巴渝俗语，意谓动手、下手。这里将瀑布拟人化了，喻其泻下为动手、下手。

③铜：金属名。淡紫红色，故古人称"赤金"。青天铜：蓝天下的铜。大娄山脉多丹霞地貌，岩石土壤呈现赭红色，上句的"红莲瓣"和此句的"青天铜"，都喻指瀑布两旁的赭红色山崖。

④遮且：宋元以来俗语，犹言暂且。辛弃疾《玉楼春·用韵答傅岩叟叶仲洽赵国兴》："黄花不插满头归，定倩白云遮且住。"贮：积存。《吕氏春秋·乐成》："我有衣冠，而子产贮之。"安得：怎样才能求得。杜甫《茅屋为秋风所破歌》："安得广厦千万间，大庇天下寒士俱欢颜。"这一句的意思是，飞泻的瀑布时断时续，怎样才能使它长泻而不断呢。

⑤白虹：日月周围的白色晕圈，白光。《后汉书·郎𫖮传》："凡日傍气，色白而纯者，名为白虹。"这里比喻瀑布如同时隐时现的白虹。

⑥乳窦：钟乳石形成的山洞，如南泉乳花洞。这一句及下一句由近及远，转而描绘九盘山观感。

⑦琱镌：雕刻，亦作"雕镌"。琱镌工：好似鬼斧神工雕刻出来的。白居易《游悟真寺》："逼观疑鬼功，其亦非雕镌。"

⑧文心：为文之用心，也指文章或文思。刘勰《文心雕龙·序志》："夫文心者，言为文之用心也。"这里引申泛指为文为书为画的神思及技法，故第二首即写书法。将无：疑问副词，难道不会。段廷琛《退溪诗集序》引龚有融语："作诗与作文异。文以明道，非宋儒语录不为功；诗以言情，非抒写惟灵无由空。群而拔俗，眼前境地，口头言语，即是佳诗。"这首诗用口头语，写眼前景，抒真性情，即践行其言之作，诗中有画，生动活泼。

# 戏遣①

残年差喜未全枯②，小技何妨任自娱。
文不直钱诗有债③，书嫌恶札画尤粗④。
竹将吟屋深深掩，茅为山亭密密铺。
纵有关心谁可语，仍于石砚课朝晡⑤。

**注释**

①戏：戏谑，调笑。《诗·卫风·淇奥》："善戏谑兮，不为虐兮。"遣：排解，发泄，诸如遣兴、遣闷，此为遣兴。

②残年：晚年，暮年。《列子·汤问》："以残年余力，曾不能毁山之一毛。"差喜：据杨树达《词诠》："差，标度副词。仅也，略也，较也。"差喜的意思为还算比较满意。王国维《题友人小像》："差喜平生同一癖，宵深爱读剑南诗。"未全枯：泛指关于诗文书法的兴趣及

能力还没有完全枯竭。戏谑遣兴之辞，定下"戏遣"基调。

③直钱：值钱，价钱高，有价值。《汉书·食货志下》："黄金重一斤，直钱万。"有债：喻指有所亏欠，答应过别人却尚未兑现。

④恶札：技法拙劣。《海岳名言》："柳公权师欧（欧阳询），不及远甚，而为丑怪恶札之祖。"龚有融书先学颜真卿、欧阳询，后自成家，严整遒劲，筋骨开张，古拙妩媚兼而有之。如此自谑，实为自信。粗：粗陋，不精致。《广雅》："粗，大也。凡不精者皆曰粗。"龚有融画师法自然，写意传神，尤尚泼墨。其山水画宗北宋，随意挥洒能自成一格。善画云峰栈道，纯用干笔，饶有生趣。又长于花卉、翎毛，特喜作石与芭蕉。自谑遣兴，实多得意。

⑤石砚：石制的砚台。江淹《为建平王谢赐石砚等启》："奉敕赐石砚及法书五卷，天旨又以臣书小进，更使勤习。"作书画均须石砚磨墨，故以之代称作书作画。课：指教学，亦即课徒。朝（cháo，音巢）晡（bū，音逋）：朝时（辰时）至晡时（申时），借指一日间两餐之食。又作"朝铺"。《宋史·钱颛传》："后自衢徙秀州，家贫母老，至丐贷新旧以给朝晡，而怡然无谪官之色。"这一句的意思是，仍然依凭教弟子学习书画，换得吃饭钱以维持生计。戏谑至此，达到极致。从整首诗看，既是实况的写照，更是虽清贫却坦然处之的心态的宣示，唯有充溢自信心和自信力的大智者，才能如此诙谐幽默地面对人生，面对社会。

333

## [清] 张问陶诗5首

张问陶（1764—1814），字仲冶，号船山，又号蜀山老船、蜀山老猿，四川潼川州遂宁县（今四川遂宁市）人。乾隆五十五年（1790）进士，改庶吉士，历官翰林院检讨、江南道监察御史、吏部郎中。嘉庆十五年（1810）出任山东莱州知府，次年莱州大灾，因动用存粮赈济灾民，被巡抚责难，遂称病辞官，离居于苏州虎邱山塘。嘉庆十九年（1814）三月初四日病卒于寓所。自幼聪颖，诗才横溢，平生作诗4000余首，有《船山诗草》20卷。与袁枚、赵翼合称清代"性灵派三大家"。孙桐生《国朝全蜀诗钞》称：其诗"专主性灵，独出新意，如神龙变化，不可端倪。近体超妙清新，雅近义山；古体奔放奇横，颇近太白。卓然为本朝一大名家，不止冠冕西蜀也"。

## 重庆①

腊鼓鼕鼕②岁又残，巴渝东望尽波澜。
风林坐爱相思寺③，云水遥怜不语滩④。
一字帆樯⑤排岸直，满城灯火映江寒。
西行便是还乡路，惭愧轻弹贡禹冠⑥。

**注释**

①乾隆五十九年（1794）冬，张问陶携带妻女，与兄问安一同往京城赴任。途经重庆，作诗数首，此为其一。

②腊鼓：古人于腊日或腊前一日击鼓驱疫，因有此称。梁宗懔《荆楚岁时记》记述："十二月八日为腊日，谚曰：'腊鼓鸣，春草生。'村人并击细腰鼓，戴胡头，乃作金刚、力士以驱疫。"鼕鼕：象声词，指鼓声。顾况《公子行》："朝游鼕鼕鼓声发，暮游鼕鼕鼓声绝。"

③坐爱：因为喜爱。杜牧《山行》："停车坐爱枫林晚，霜叶红于二月花。"相思寺：缙云寺古称，在北碚缙云山。《蜀中名胜记》引《感恩录》说："缙云寺即古相思寺也。以此山（指北碚缙云山）有相思岩，生相思竹，形如桃钗；又有相思鸟，羽毛绮丽，巢筑树间，食

宿飞鸣，雌雄相应，笼其一则其一随之。"

④不语滩：黄草峡内险滩名，在今长寿区詹家沱附近。据《长寿县志》，"不语滩在县东八里……旧传乘舟过此毋妄语，语则江涛作"。又记："蜀汉先主攻刘璋，桓侯溯流而上，驻兵于此，因立庙祀之。"

⑤帆樯：代指各种船只，一字帆樯：形容排列形状，十分生动形象。

⑥贡禹冠：成语"贡禹弹冠"的省称。典出《汉书·王吉传》："吉与贡禹为友，世称'王阳在位，贡公弹冠'。言其取舍同也。"王吉字子阳，与贡禹结交为友，贡禹见王吉在位，也弹冠相庆，愿意为官，比喻乐意辅佐志向相同的人。用于此，仅取其志在入仕为官之意，以应上句不顾"还乡"。细品全诗，颔联之"相思""不语"也都有双关语意，并非只写两个节点。

# 瞿塘峡

峡雨蒙蒙竟日闲①，
扁舟真落画图间②。
纵将万管玲珑笔③，
难写④瞿塘两岸山。

**注释**

①竟日：终日，从早到晚。欧阳修《桃源忆故人》："眉上万重新恨，竟日无人问。"闲：喻心境宽广。李白《望庐山瀑布》："而我乐名山，对之心益闲。"此即用其意。

②扁舟：小船。《史记·货殖列传》："范蠡既雪会稽之耻，乃喟然而叹曰：'计然之策七，越用其五而得意，既已施于国，吾欲用之家。'乃乘扁舟浮于江湖。"扁舟真落：暗用苏辙《入峡》句意"扁舟落中流，浩如一叶飘"。画图间：喻指瞿塘峡山水之间。

③玲珑笔：九曲玲珑笔之省。九曲玲珑笔为传说中的一种神奇画笔。

④写：描绘。李播《周天大象赋》："坟墓写状以孤出，哭泣含声而相召。"传统中国画称"写"不称"画"。明代屠隆《画笺》指出："评者谓士大夫画，世独尚之。盖士气画者，乃士林中能作隶家，画品全法气韵生动，不求物趣，以得天趣为高。观其曰写而不曰画者，盖欲脱尽画工院气故耳。"故传统中国画重写意。此诗用文字描绘瞿塘峡，亦得写意神韵。

# 风箱峡绝壁上穴居人家①

峡人轻似玃②,曳索上青霄③。

贴壁鹰巢④陡,穿空鼠穴⑤遥。

衣冠秦木客⑥,面目古山魈⑦。

老死风箱峡,生涯太寂寥⑧!

**注释**

①风箱峡:瞿塘峡上段一小段峡之名。从白帝城下行约两公里,在江北岸黄褐色的险陡峭壁上,有几条断崖裂缝;其中一条较大缝隙中,搁着一叠长方形灰黑色的方形木匣,远望若风箱。民间传说为鲁班所遗风箱,遂称那一小段峡为风箱峡。1971年田野考察揭开谜底,所谓"风箱"实为战国或秦汉时的岩棺,共发现两具。洞穴中还有巴式铜剑、铜斧,以及木剑鞘、草鞋,汉初四铢半两钱等一批文物。穴居:在洞穴里居住。《汉书·东夷传·挹娄》:"处于山林之间,土气极寒,常为穴居。以深为贵,大家至接九梯。"这里的穴居,系利用天然洞穴栖身,如此人家显为极贫。

②轻:形容动作轻快、灵巧。玃(jué,音决):一种大猴,亦泛指猿猴。《汉书·扬雄传》:"张罗罔罝罦,捕熊罴豪猪虎豹狖玃狐菟麋鹿。"颜师古注:"狖似猕猴,仰鼻而长尾。玃亦猕类也,长臂善搏。玃身长,金色。"疑玃为长臂猿。

③曳索:牵引绳索、藤蔓等物。青霄:青天,高空。

④鹰巢:老鹰的窠巢。这里借喻穴居的洞穴,突出其险其陡。

⑤鼠穴:老鼠的地洞。这里亦喻穴居的洞穴,突出其小其遥。

⑥衣冠:衣服帽子,泛指衣着、穿戴。钱澄之《客祁门寓十王寺杂咏》:"颇羡村翁古,衣冠似汉年。"此用其意。木客:传说中的深山精怪。《太平御览》卷八八四引晋代邓德明《南康记》:"木客,头面、语声亦不全异人,但手脚爪如钩利,高岩绝峰然后居之。"这一句的意思是,穴居人家的人就像秦代的深山精怪一样,身上披的可能是兽皮、禽羽、草茎之类。

⑦面目:面貌,形态。山魈(xiāo,音消):神话传说中的山间独脚鬼怪。见《山海经·海内经》:"南方有赣巨人,人面长臂,黑身有毛,反踵,见人笑亦笑,臂蔽其面,因即逃也。"又见《正字通》引《抱朴子·登涉篇》:"山精形如小儿,独足向后,夜喜犯人,名曰魈。"这一句的意思是,穴居人的面貌、形态就像古代的山魈一样,具有面黑、身矮等特征。颈联两句当是远望所见的大致形象,折射出了穴居人们衣着状况、身体状况都与正常人存在差异。系震惊,非丑化。

⑧生涯：此指生活、生计。李商隐《无题》："神女生涯原是梦，小姑居处本无郎。"寂寥：形容空虚，无声无闻。刘向《九叹·惜贤》："声嗷嗷以寂寥兮，顾仆夫之憔悴。"王逸注："寂寥者，空无人民之貌也。"用于此，实即叹息穴居人家的极贫，民众生计悲惨，无论生死都无人关注。这是一个千百年间无人涉及的特殊题材，张问陶敏锐地发现了，并表现出悲悯情怀。正因为具有这种情怀，后来在莱州知府任上，宁肯受责辞官，也要放粮赈济灾民。

# 由三分水至楠木园出巫峡（四首选一）①

石走山飞气不驯②，千峰忽作乱麻皴③。
变化三峡成画图，万古终无下笔人④。

**注释**

①三分水：泉名，多称三分泉。位于巫峡西段，时属四川巫山县，在今重庆巫山县县城以东25公里的长江北岸边，三峡库区蓄水后已淹没。泉自山根出，分三派。俗传"水盛则丰，水枯则歉"，即据泉水流出之多少，可以预测当年农业的丰歉。陆游《入蜀记》有记："过三分泉，自山窦中出，止两派。俗云：'三派有年，两派中熟，一派或绝流饥馑。'"楠木园：地名，以盛产金丝楠木而得名。位于巫峡东段，时属湖北巴东县，为由四川转入湖北的第一个水码头。今湖北巴东县官渡口镇犹有楠木园村。原诗共四首，此为第二首。

②气：气势。不驯：不受拘束，横行无忌。汉语成语"桀骜不驯"。这一句将静态的山峰和石崖拟人化地作动态描写，实为船在动，人在动，移步换景，心灵感受恍若山峰和石崖在动。

③皴（cūn，音村）：传统中国画写山石、峰峦、树木表皮脉络纹理的一种技法，大致先勾出轮廓，再用淡干墨侧笔描画。写山石、峰峦的主要有披麻皴、雨点皴、卷云皴、解索皴、牛皮皴、大斧劈皴、小斧劈皴等。写树木表皮的主要有鳞皴、绳皴、横皴等。乱麻皴：近似披麻皴，异在笔线捷而密，线间有交搭如故乱之麻，以其形近而得名。所谓乱，并非漫无法理，而是如书法中的大草，以捷而不乱、一气不断为妙。这一句用画法中的乱麻皴，进一步比喻巫峡诸峰"石走山飞"的气势。这两句都想象新奇，气势夺人。

④这一句的意思是，历经万古，终究无人能将巫峡诸峰的气势全都描绘出来。孙桐生所谓"专主性灵，独出新意，如神龙变化，不可端倪"，于这一首诗体现得格外充分。

## 蜀道难

蜀道古来难，遥如青天不可攀。

但见前者失歧路①，我辈山高徒盘桓②。

盘桓多苦颜，清夜猿鸣啼杜鹃③。

海风吹落云间月，奔流朝东逝百川④。

我愿化为凌霄鹤⑤，乘风徘徊上九天。

奈何时哉不我与⑥，天乎天乎弃我去⑦！

感此郁悒⑧不能言，悲歌绸缪起长叹⑨。

蜀道古来难，且须美酒斗十千⑩。

君不见买臣非是蓬蒿人⑪，韩信终得入青云⑫。

吾观二豪始寒微⑬，左右相薄⑭嗤其贫。

一旦草木遇阳春，恭奉相迎何殷勤⑮？

蜀道古来难，劝君莫惜千回醉。

世事由来如浮云⑯，何用荣华与富贵。

不见魏武铜雀台，黄昏乌啼可堪悲⑰？

悲来抚膺欲断肠⑱，天涯路远蜀道长。

愁听山河风吹雨⑲，晓看晨日挂扶桑⑳。

君不见百炼铁成钢㉑，花含春风自然香。

请看鸿鹄待一飞㉒，天空万里任翱翔。

**注释**

　　①歧路：岔路，从大路上分出来的小路。曹植《美女篇》："美女妖且闲，采桑歧路间。"失歧路：迷失于歧路，因岔路多而摸不清方向。《列子·说符》："大道以多歧亡羊，学者以多方丧生。"此用其意。

②徒：空，徒然，白白地。盘桓：徘徊，滞留。班固《幽通赋》："承灵训其虚徐兮，竚盘桓而且俟"。李善注："盘桓，不进也。"

③这一句借用白居易《琵琶行》句意："其间旦暮闻何物？杜鹃啼血猿哀鸣。"

④百川：泛指江河。《诗·小雅·十月之交》："百川沸腾，山冢崒崩。"逝百川：借用苏轼《初秋寄子由》"百川日夜逝，物我相随去"句意夔门为汇集众水、朝宗向东之处，可知这里特指出三峡。起始八句集中指述蜀中山道、水道之难，为以下转而写人生道路之难作铺垫。

⑤凌霄鹤：凌云高飞的天鹤。古人以鹤为天上的瑞鸟。《诗·小雅·鹤鸣》："鹤鸣于九皋，声闻于天。"朱熹《集传》："皋，泽中水溢出所为坎，从外数至九，喻深远也。"由此推定，张问陶自述心志，是在尚未为官的行经三峡期间，故而将此诗列入巴渝诗。

⑥时：时机，时间。我与：是"与我"的倒装。不我与：没有时间给我了；意谓如果错过机会，就会追悔莫及。成语"时不我与"，又作"岁不我与"，语出《论语·阳货》："日月逝矣，岁不我与。"屈原《离骚》"汩余若将不及兮，恐年岁之不吾与"，义亦同。

⑦这一句化用李白《宣州谢朓楼饯别校书叔云》句意："弃我去者，昨日之日不可留；乱我心者，今日之日多烦忧。"紧承"时不我与"而来。

⑧郁悒：忧愁，苦闷。司马迁《报任少卿书》："顾自以为身残处秽，动而见尤，欲益反损，是以独郁悒而谁与语！"此用其意。

⑨绸缪：缠绵，殷切。吴质《答东阿王书》："奉所惠贶，发函伸纸，是何文采之巨丽，而慰喻之绸缪乎？"吕延济注："绸缪，谓殷勤之意也。"从"我愿"至"长叹"凡六句，转入对其个人人生际遇的感叹，寄托胸藏大志，但却还未得到机遇，生怕有志难伸之意。乾隆五十九年（1794）张问陶经三峡出川，进京赴任时，年届28岁，已近而立，故生此叹。

⑩且须：尚待。美酒斗十千：取意于李白《行路难》中的"金樽清酒斗十千，玉盘珍羞直万钱"。但旨趣在其《将进酒》中的另两句："人生得意须尽欢，莫使金樽空对月。"

⑪买臣：朱买臣，西汉吴县人。家贫好学，卖柴为生。经同乡严助推荐，得拜中大夫。向汉武帝进献平定东越之策，获信任，出任会稽太守。平定东越叛乱有功，授主爵都尉，位列九卿。蓬蒿人：埋没于草野，无所作为的人。李白《南陵别儿童入京》："仰天大笑出门去，我辈岂是蓬蒿人？"

⑫韩信：秦末淮阴人。早年家贫，常从人寄食。秦末参加反秦举事，先投项羽，后投刘邦。经萧何推荐，拜为大将，伐魏取赵，降燕破齐，封齐王，灭项羽于垓下。西汉初改封楚王，与萧何、张良并称"汉兴三杰"。后被诬谋反，为吕后诛杀。青云：比喻官高爵显。

⑬二豪：指朱买臣和韩信。寒微：指家世，出身贫苦，社会地位低下。

⑭左右：泛指身边的人。相薄：轻视，鄙薄。左思《咏史》之七："主父（主父偃）宦不达，骨肉还相薄。"李善注："薄，轻鄙之也"。韩信及朱买臣早年家贫，都曾被人瞧不起

过,分别见《史记·淮阴侯列传》《汉书·朱买臣传》。

⑮这两句写"二豪"官高爵显之后,人们对他们阿谀奉承的世俗表现。从"君不见"到"何殷勤"六句,举朱买臣和韩信为例,揭示人生道路之难。

⑯浮云:飘移不定的云。《古诗十九首》:"西北有高楼,上与浮云齐。"

⑰黄昏乌啼:代指曹操诗《短歌行》。其中有句:"月明星稀,乌鹊南飞。绕树三匝,何枝可依?"但取旨在开头四句:"对酒当歌,人生几何?譬如朝露,去日苦多。"悲:指"去日苦多",人生苦短。这两句再举曹操为例,表达了须知人生苦短,更应珍惜,以期有所作为之意。

⑱膺:胸。抚膺:抚摸或者捶拍胸口,表示惋惜、哀叹、悲愤之类的情绪。李白《蜀道难》:"扪参历井仰胁息,以手抚膺坐长叹。"借用此句回到本题《蜀道难》上。

⑲风吹雨:形容风雨交加。张乔《远离曲》:"瑟瑟复悽悽,日暮风吹雨。"明写自然,暗喻人生,"山河风吹雨"既表现蜀道行路常遇风雨,又暗指人生行路也会如斯。

⑳扶桑:古代神话中的海外大桑树,借指太阳升起的地方。屈原《九歌·少司命》:"暾将出兮东方,吾槛兮扶桑。"这一句亦是语意双关,既指太阳终将升起来,亦喻人生会有美好的日子。

㉑百炼铁成钢:比喻久经锻炼而成为意志坚强可堪大任的人。刘琨《重赠卢谌》:"何意百炼钢,化为绕指柔。"李善注引应劭《汉书》注:"说者以金取坚刚,百炼不耗。"这里借喻自己能经得住人生道路或将遇到的各种艰难的考验和锻炼,成为一个意志坚强的人。

㉒鸿鹄:天鹅,常比喻志向高远的人。待一飞:等待着高飞翱翔。丘迟《与陈伯之书》:"弃燕雀之小志,慕鸿鹄以高翔。"结尾这四句不仅进一步明志,显示出不仅不怕难,而且有信心迎难而上,以期实现自己的鸿鹄之志。这首诗只是与李白《蜀道难》同题,旨趣却判然有别,是一首心知困难却昂扬奋发的言志诗。格调奔放奇横,的确"颇近太白";但情致深蕴,缠绵顿挫,又将李商隐作近体诗的特色移植到了古体诗。

[清] 陈镇诗1首

陈镇（？—1812），字殿邦，号静斋，夔州府奉节县人。乾隆四十二年（1777）拔贡，乾隆四十八年（1783）副榜。历任珙县知县、绛州知府、潮州知府、广州知府，在任内惩治寇盗，缉拿海盗，曾对外人有所震慑。亦重视文教，在潮州创修韩山书院，育才甚众。后升任道台，病逝于任所。

## 白鹿盐泉①

盐井平分五灶烟②，引从白鹿忆当年。
行郊曾应③随车雨，逐野欣逢涌地泉④。
天遭霜蹄通潋滟⑤，人从云麓觅清涟⑥。
出自已备和羹用⑦，玉液功名鼎鼐先⑧。

**注释**

①白鹿盐泉：位于今重庆巫溪县宁厂古镇宝源山麓后溪河畔，今犹存宁厂盐泉。四千多年前，当地已发现天然盐泉，至迟从周慎靓王五年（前316）已设灶熬盐，历代因盐而设立监、州、县，明清时成为中国十大盐都之一。宁厂盐泉在宝源山麓龙君庙内，有一洞嵌于其上，洞口有置于北宋淳化二年（991）的石龙头，清泉便从龙口喷出，年自溢含盐量约1.6万吨。有传说称古代一猎人追逐白鹿，乃发现此泉，故称"白鹿盐泉"。曹学佺《蜀中方物记》引宋代《朝野杂记》记述："大宁监宝山有洞穴，咸泉流出如瀑。故老相传：其初，属民袁氏因猎于山下，逐一白鹿，入洞不见，得泉饮之。自后置镬煎盐，盖神所启云。"今宁厂古镇为第五批全国历史文化名镇，宁厂盐泉为县级文物保护单位。此诗为其《大宁八景》之第六首。

②五灶烟：五座盐灶的烟囱冒出的烟。乾隆三十七年（1772），宁厂全镇沿宝源山麓后溪河畔计有盐灶336座，煎锅1008口，号称"万灶盐烟"。此五灶当指龙君庙内一处所置，五灶会有十五口煎锅，同时用柴烧火煎盐，冒出的白烟亦浑似云烟，煞是可观。

③行郊：郊行，行于郊野。应：受，遇到。

④逐野：靠近山野。涌地泉：从地底涌出来的泉水。

⑤霜蹄：马蹄。语出《庄子·马蹄》："马蹄可以践霜雪。"引申为像霜一样的东西。霜色白，这里借以喻指盐灶所出的云烟。天遭霜蹄：比喻"万灶盐烟"弥漫。潋滟：水波荡漾的形态。木华《海赋》："浟湙潋滟，浮天无岸。"李善注："潋滟，相连之貌。"这里借指后溪河。通潋滟：指空中的"万灶盐烟"与河中的荡漾水波连成了一片，形成了一景。

⑥云麓：云烟缭绕的山脚或山脚林木。《水经注·漳水》："麓者，林之大者也。"人从云麓：人到山脚的大树林中去。清涟：风吹水面而形成的微波。《诗·魏风·伐檀》："河水清且涟猗。"朱熹《集传》："涟，风行水成文也。"这里借指盐泉的源头。

⑦和羹：调和羹汤。和羹用：指盐是作为一种调味品，专为调和羹汤用的。

⑧玉液：琼树花蕊的汁液。王逸《九思》："从邛遨兮栖迟，吮玉液兮止渴。"原自注："玉液，琼蕊之精气。"此借指盐泉水。功名：泛指功业和名声；本用于人，此用于盐泉。鼎鼐：本为两种烹饪器具，这里代指烹饪。鼎鼐先：在烹饪中第一位重要。全诗自然而平实，具有野史稗乘的价值。

## [清] 陶澍诗2首

陶澍（1779—1839），字子霖，号云汀，晚号髯樵，湖南安化人。嘉庆七年（1802）进士，授庶吉士，任翰林编修，升御史。嘉庆二十四年（1819）出任川东兵备道，在重庆清理积讼，平反冤狱，畅达交通，发展工商有突出建树。一年后迁任山西按察使，历官江苏巡抚、两江总督。道光十九年（1839）卒于官，赠太子太保，谥"文毅"，入祀贤良祠。其学识渊博，于经史考据、文章诗赋、音韵之学无所不通，为经世派代表人物，对曾国藩、左宗棠等影响甚大。一生勤于著述，著有《印心石屋诗抄》《蜀輶日记》《陶文毅公全集》等传世，今人为之辑《陶澍全集》。

## 泊重庆

江洗三面绕嶙峋①，龙虎门高字水②滨。

石是一磐曳龟尾③，廛将万瓦次鱼鳞④。

山川自昔雄巴峡，风欲于今半楚人⑤。

何处渝歌中夜发，竹枝声古调翻新⑥。

**注释**

①江洗三面：重庆主城依金碧山山势而建，长江西来，嘉陵江北注，两江水绕流山城东、南、北三面，唯西向通远门通陆路。嶙峋：形容山石突兀、重叠，此指由江面泊舟之处仰望，重庆城基及市廛建筑总体形象高大雄峻，如二、三、四句所描绘。

②龙虎：比喻重庆城的城墙大势如龙似虎，虎踞龙蟠。明初所建重庆城依循九宫八卦布局，多沿两江设置九开八闭十七门，故有如此大势。门：城门，特指朝天门。字水：参见刘道开《畴昔》注⑤。

③磐：磐石，大石。《广韵》："磐，大石。"石是一磐：比喻重庆城的城基浑如硕大无比的巨石，犹言城在石上。曳龟尾：比喻今渝中半岛前端形如龟尾伸入水中。王士祯《蜀道驿程记》："渝城孤峙江中，宛如龟之曳尾。"

④廛（chán，音缠）：古代一户人家所占的房地。《孟子·滕文公上》："愿受一廛而为

氓。"这里指市廛,亦即店铺集中的市区。将:携带。次鱼鳞:鳞次栉比,形容建筑物像鱼鳞或梳齿那样密集、整齐地排列。陈贞慧《秋园杂佩·兰》:"自长桥以至大街,鳞次栉比,春光皆馥也。"

⑤风欲:风俗民情。文天祥《二十四日》:"岁时如有水,风欲不同天。"半楚人:一半与楚人相同。见《华阳国志·巴志》:"江州以东,滨江山险,其人半楚。"

⑥古调翻新:曲调仍是古代(齐梁以降)的,内容却已因时变新了。这首诗写得清健而舒朗,将清代嘉庆以后全面复兴的重庆城的市貌和民风表现得精准而形象。

## 长寿县①

水曲流巴字②,山长幻寿文③。
峰峦曾不断,点画若为分④。
毅魄嗟猿化⑤,炎黎尚鸟耘⑥。
悬崖碉砦满⑦,指点认斜曛⑧。

**注释**

①长寿县:今重庆长寿区。蜀汉章武年间(221—223)始置县,称常安县,后主延熙十七年(254)撤销。唐武德二年(619)分巴县地置乐温县,属涪州,五代、两宋仍之。元至元二十年(1283)复撤县。大夏天统元年(1363)以原乐温县改置长寿县,仍属涪州。明洪武六年(1373)改属重庆府。所写全为郊野观感。

②流巴字:参见刘道开《畴昔》注⑤。长寿不属嘉陵江、渠江流域,本无涉。但谯周《三巴记》有言"自汉中至始宁城下入武陵",武陵山在涪州境内,故此句于文献亦有据。

③幻:佛学概念,指幻象、幻化。《演秘钞》四说:"幻者化也,无而忽有之谓也。"幻寿文:幻化出"寿"的字形。曹学佺《蜀中名胜记》引《乐温志》说:"乐温山下有乐温滩,在县南四十里,元时置涪陵巡检司,因唐县址也。地气常温,禾稼早熟,因之得名。"又说:"《志》以此山人多耆耇,亦名长寿山。"幻寿字之说本此。

④点画:指汉字的点、横、直、撇等笔画。分:区分。若为分:仿佛是能区分出字形来的。这一句连上一句,均为伸说第二句"幻寿文"之"幻"的由来。

⑤毅魄:英灵。语出屈原《九歌·国殇》:"身既死兮神以灵,魂魄毅兮为鬼雄。"猿化:

猿的本性风气。据《华阳国志·巴志》，蜀将"（邓）芝征涪陵，见玄猿缘山。芝性好弩，手自射猿，中之。猿拔其箭，卷木叶塞其创。芝曰：'嘻，吾违物之性，其将死矣！'"嗟猿化：邓芝见猿中箭以后，自卷木叶塞住伤口的无畏表现而发出的感叹。这一句以猿喻人，指称长寿县的人武勇剽悍，争强好斗，从不畏死。长寿县在历史上长期归属涪州，这个典故运用得毫不牵强。

⑥炎黎：炎黄九黎，古史传说中的上古炎帝部落、黄帝部落、九黎部落，此喻指原始民。鸟耘：古史传说中的舜耕历山，群鸟为之耕耘。左思《吴都赋》："象耕鸟耘，此之自与。"这一句的意思是，长寿县的生产水平还处于原始阶段，非常落后。

⑦碉砦（zhài，音寨）：碉指碉堡或者碉楼。砦通"寨"，指守卫用的栅栏，营垒。如《宋史·宗泽传》："今河东西不从敌国而保山砦者，不知其几。"悬崖上面布满了碉堡、栅垒，意谓占山为王的土匪众多。

⑧指点：指示，点明。李白《相逢行》："金鞭遥指点，玉勒近迟回。"这里的意思是，把悬崖上的碉砦指示给人看。斜曛：落日余晖。周亮工《同箬庵酌第二泉竟》："轻舟能暂泊，扶老送斜曛。"如此结尾，显见惆怅。前四句写山势山形，扣住"长寿"，情致颇放松。后四句由山转入体察民风民情、农耕生产，进一步发现土匪众多，情绪也随之陡转，变得沉滞凝重。直面社会矛盾，使这首诗的认知价值得到了升华。

[清] 李惺诗1首

李惺（1785—1864），字伯子，号西沤，顺庆府垫江县（今属重庆）人。嘉庆二十三年（1818）进士，选翰林院庶吉士，历任翰林院检讨、国史馆纂修、文渊阁校理、国子监司业、詹事府左赞善等职。器识宏远，忧国忧民，在官均以国家大计、天下安危、民生疾苦为怀。目睹道光帝昏庸无能，深感国事难为，遂于道光十五年（1835）托辞祖母老病，辞官返川。他将拯济时艰的重任寄托于青衿学子，先在成都锦江书院主讲二十年，后又在三台、剑阁、眉山、泸州讲学七年。主张"问即是学，好问即是好学，善问即是善学""学贵知疑，小疑则小进，大疑则大进"的治学之道。一时才望多出其门，有民谣"天下翰林皆弟子，蜀中进士尽门生"。嗜古力学，博及群书，于文学、哲学、书法皆造诣宏深。有《西沤全集》10卷等著述传世。

## 舟过黄州对月怀坡公①

黄州船过不得泊，黄泥阪②前有所思。
嗟我来时惟有月③，自公去后更无诗。
大江东去流难尽④，一鹤西飞⑤究是谁？
把酒临风浇赤壁⑥，当年乐事只渠知⑦。

**注释**

①黄州：地名，今湖北黄冈市。坡公：对苏轼的尊称。因"乌台诗案"牵连，苏轼在被逮系狱103天之后，于元丰三年（1080）十一月被贬为黄州团练副使，本州安置，至元丰七年（1084）始得离开。他在黄州写出了《赤壁赋》《后赤壁赋》《念奴娇·赤壁怀古》等名作。

②黄泥阪：地名，在今黄冈市东。苏轼《后赤壁赋》有句："二客从予，过黄泥之阪。"正因此地名想到《后赤壁赋》，进而怀念苏轼，故称"有所思"。

③惟有月：双关语，既写实况，又寄怀念之意，切入题义。苏轼《赤壁赋》多写月之句，如"少焉，月出于东山之上，徘徊于斗牛之间"，如"苏子曰：客亦知乎水与月乎……

惟江上之清风，与山间之明月，耳得之而为声，目遇之而成色，取之无尽，用之不竭"。

④大江东去：亦双关语。语本出自苏轼《念奴娇·赤壁怀古》："大江东去，浪淘尽，千古风流人物。"亦表示怀念苏轼这首词。流难尽：仍为双关语，既写大江流日夜，又寓苏轼及其作品未被"浪淘尽"之意。

⑤一鹤西飞：语出苏轼《醉落魄·席上呈元素》词："西望峨嵋，长羡归飞鹤。"这里用苏词原意设问，意若不知谁如归飞鹤回到家乡峨眉，实指愧叹苏轼晚年命运多舛，如其《自题金山画像》所写："心似已灰之木，身如不系之舟。问汝平生功业，黄州惠州儋州。"

⑥浇赤壁：在黄州赤壁酹酒祭奠苏轼。

⑦乐事：欢愉之事。当年乐事：语出元代边元鼎《偶题》："当年乐事叹今衰，人事空惊日未移。"这里借以指苏轼当年在黄州的悲与欢。渠：他。只渠知：只有他知道。这一句的意思是，当年苏轼谪居于黄州，有没有过欢愉之事，只有他本人才知道。整首诗紧扣"怀"字抒发追慕、痛惜之情，既深致，又婉转，言有尽而意无尽。

## [清] 李士棻诗5首

　　李士棻（1821—1885），字重叔，号芋仙，别号二爱仙人。四川忠州（今重庆忠县）人。20岁前志学于家乡鸣玉溪，博学工诗。20岁西上成都，入文翁石室，师从李惺。30岁入京，以孝廉为曾国藩所知，延于幕府数年。同治中后期至光绪六年间，在江西彭泽、临川、南城、东乡任县令，"誉望日隆"，终以狂罢官。去官后流寓上海，结社题诗闻名一时，有"小杜甫"之称。友人何栻评价李诗"其骨骼似杜而貌似乐天，其胎息似苏而神似诚斋，兼采其长而善藏其短"。著有《同讴馆随笔》8卷，《天瘦阁诗半》6卷，《天补楼行记》1卷，今存古近体诗1066首。

### 鸣玉溪晚泛①

溪头雨歇水平坳②，两岸人家竹树交③。
要趁晚凉还泛月④，一钩新挂绿杨梢⑤。

**注释**

①鸣玉溪：《蜀中名胜记》引《寰宇记》："鸣玉溪在州西十里，上有悬岩瀑布，高五十余丈，源洞幽邃，古木苍然。前刺史房式嘉其幽绝，特置兰若，凡有五桥以渡。"其故址在今忠县城西。泛：水上浮。《说文解字》："泛，浮貌。"这里指雨后溪水上涨。

②坳：低凹的地方或山间的平地。这里指鸣玉溪沿岸地势较低的地方。水平坳：溪水上涨后与坳地处在同一水平线上，点出一个"泛"意。

③交：交叉，连接。犹《孔雀东南飞》"枝枝相覆盖，叶叶相交通"意象。

④趁晚凉：赶着夜晚天凉爽之时，意指热天的夜晚在凉快通风的地方休息，俗称乘凉、歇凉。清爱新觉罗·弘历（乾隆皇帝）有《趁凉》诗，其前四句为："谁云广厦不知暑，偶陟高台亦趁凉。竹解纳风还蔽日，心存无逸却非忙。"泛月：月亮从云层中浮现出来。点出又一个"泛"意，并释放"晚泛"意象。

⑤一钩：形容新月如钩。宋人惠洪诗《秋夕示超然》："一钩窥隙月，数叶搅眠秋。"绿杨梢：亦即柳梢头。清人顾太清《忆江南》之五："江南好，明月绿杨梢。"整首小诗句句写景，句句融情，平和自然，清新宜人。当是20岁前所作。

# 七夕同内子夜坐①

迢迢银汉四②无声，织女黄姑相向明③。

一世夫妻辛苦够④，更无心绪祝他生⑤。

**注释**

①七夕：七夕节，又称七巧节、七姐节、女儿节、乞巧节、七娘会、牛公牛婆日。七夕节由星宿崇拜演化而来，农历七月七日晚上拜七姐，故称作七夕。内子：对自己妻子的称呼，又称内人、贱内。

②银汉：银河。四：指四面八方。

③织女：织女星，共三星，位于牛宿以北。黄姑：牵牛星。在古代的星宿体系中，牛宿由六颗星组成，位于银河的东边，像两个倒置的三角形。下面的小三角正好处在黄道上，形似一只上有两角、下仅三足的牛，故名牵牛。始于上古，盛于西汉，由之产生了牛郎织女的神话传说。牵牛亦称黄姑，见萧衍《东飞伯劳歌》："东飞伯劳西飞燕，黄姑织女时相见。"相向明：面对面地发着光。也映射着夫妻二人夜坐静望。

④辛苦够：含辛茹苦受苦受累够多了。够，有达到极限的意思，用在这里很沉重。只包含妻子一人。盖其长期在外，夫妻聚少离多，侍奉公婆、养育子女、操持家务多靠妻子，真正可谓辛苦够了。愧疚之情，隐含其间。

⑤他生：来生，下辈子。李商隐《马嵬》："海外徒闻更九州，他生未卜此生休。"祝他生：祝愿来生再作夫妻的意思。正由于愧疚，故更无心绪，不是绝情，而是不忍。结得如此奇崛，等闲难以一遇。唯其反常，倍增余韵。

# 追哭先师太傅曾文正公二十四首（选一）①

十八诗人集②，百家经史钞③。

眼光随处到④，心力此中抛。

足掩昭明选⑤，能将众制包⑥。

披吟充腹笥⑦，孤陋免相嘲⑧。

**注释**

①先师太傅曾文正公：指曾国藩。道光三十年（1850），李士棻赴京应试，适遇曾国藩为阅卷大臣。曾对李之才华极欣赏，亲列其为会试第一名。但廷试时李意外落选，曾深以为惜，遂资助李命游太学，李即终身视曾为师。同治十一年二月初四（1872年3月12日）曾逝于南京两江总督任上，朝廷为之辍朝三日，追赠太傅，谥文正。当时李在江西作官，闻耗乃有追哭之作。诗凡五律二十四首，每一首均从一个特定视度追怀和品评先师，合为一组。在中华传统文化中，数字二十四是一个大数，为追怀一人而一气赋诗二十四首，古今罕见。选诗为其第十七首。

②指曾国藩选编的《十八家诗钞》。十八家为魏晋南北朝的曹植、阮籍、陶潜、谢灵运、鲍照、谢朓六家，唐代的王维、孟浩然、李白、杜甫、韩愈、白居易、李商隐、杜牧八家，宋代的苏轼、黄庭坚、陆游三家，金代的元好问一家，合计选古、近体诗6599首，有少量的评点和校注。所选皆名家，颇具特色。

③指曾国藩选编的《经史百家杂钞》。全书分列论著、词赋、序跋、诏令、奏议、书牍、哀祭、传志、叙记、典志、杂记十一类，道与文结合，将义理、考据、词章统归属于经济，成为超越先前《古文观止》《古文辞类纂》的历代古文选本，共26卷。开头两句点出两部书，意在追怀曾国藩在传承历代诗文上的独具只眼和杰出贡献。

④眼光：视线，引申为形容观察、判断、分析、鉴定事物的能力。见《楞严经》卷一："若无眼人，全见前黑，忽得眼光，还于前尘，见种种色。"到：至，达到。此指眼光独到，见解与众不同。苏轼《仆曩于陈汉卿家见吴道子画佛后复见之于鲜于子骏家子骏以见遗作诗谢之》："觉来落笔不经意，神妙独到秋毫颠。"随处到：到处都体现眼光独到。这一句称颂两个选本随处可见不同凡响处。

⑤足掩：足以超过。昭明选：指《昭明文选》。南朝梁萧统称昭明太子，生前组织人选编这一古诗文选本，收录自周代至南梁八百年间130多人的700余篇诗文，标榜"事出于沉思，义归乎翰藻"，为中国文学史上第一部按体区分、规模宏大的文学总集。足掩二字，即指二书超过《文选》。

⑥众制：各种文体。语出萧统《文选序》："碑碣志状，众制锋起，源流间出。"包：容纳，总括于其间，这一句的意思是，曾国藩两种选本都已臻于众体兼备，十分完善。

⑦披吟：披指披览，亦即翻阅、展读；吟指吟咏，亦即吟诵诗文。合为一词，意为饱读诗书，通晓成诵。充：充满。腹笥：喻指腹中所贮的书籍和学问，犹言满腹诗书、满腹经纶。典出《后汉书·边韶传》："边为姓，孝为字，腹便便，五经笥。"其中笥指书箱，腹笥意谓大腹便便有如书籍。这一句的意思是，曾国藩满腹经纶，故能编纂二书。仍为赞美。

⑧孤陋：泛指孤陋寡闻的人。免相嘲：不要对二书说三道四。如此结句，颇有杜甫《戏为六绝句》中"尔曹身与名俱灭，不废江河万古流"之意。

# 旅述八首（选一）①

行路古今同一难②，出门天地果谁宽③。

淫于服乃称佳士④，多得钱才显好官⑤。

瓦釜雷鸣诸乐哑⑥，金尊酒满美人欢⑦。

白衣倏忽成苍狗⑧，此等浮云我倦看⑨。

**注释**

①旅述：旅途述怀。李士棻在江西数地做县令，政绩颇著，声望日隆，却遭到两江总督兼南洋通商大臣刘坤一及同僚刘秉璋的嫉恨，乃于光绪六年（1880）"抵冠于地，攘臂趋出"，愤而辞官。在转往上海途中，回忆往事，随感述怀，写出了一组七律，合称《旅述八首》。所录为第七首。

②这一句化用李白《行路难》诗意："行路难，行路难！多歧路，今安在？""行路难，归去来！"

③这一句化用孟郊《赠崔纯亮》诗意："出门即有碍，谁谓天地宽？"

④淫于服：拆"淫服"而来。淫服：见《司马法·定爵》："立法，一曰受，二曰法，三曰立，四曰疾，五曰御其服，六曰等其色，七曰百宾宜，无淫服。"淫是恣肆、放纵的意思，服指官服；历朝历代都按品级对官服的颜色、图饰有明确规定，不按规定穿官服就叫淫服。在这里，淫是名词作动词用，意涵为恣意妄为；淫其服指放纵自己乱穿官服，比喻不按规章办事，犹言徇私枉法。佳士：品行或者才学优良的人。《三国志·杨俊传》："同郡审固、陈留卫恂，本皆出自兵伍，俊资拔奖致，咸作佳士。"这一句抨击官场黑幕，结党营私，朋比为奸，把恣意枉法的亲信作佳士提拔重用，对真正的佳士却排斥打击。

⑤这一句的意思是，愈是贪渎腐败、捞钱极多的人反被称誉为好官。上句借用典故，此句纯用俗语，将官场丑恶揭露得淋漓尽致。

⑥瓦釜：陶制砂锅，比喻德才平庸的人。瓦釜雷鸣：砂锅发出雷鸣般的声响，比喻庸才窃据高位，自鸣得意。诸乐哑：指黄钟大吕之声喑哑不鸣，比喻德才兼备的真正俊士横遭弃置，难得其用。典出《楚辞·卜居》："世浑浊而不清，蝉翼为重，千钧为轻，黄钟毁弃，瓦釜雷鸣，谗人高张，贤士无名。"

⑦这一句又用俗语指述，意谓官高位尊的得势小人花天酒地，声色犬马，其抨击力度不亚杜甫《丽人行》。

⑧这一句化用杜甫《可叹》诗意："天上浮云如白衣，斯须改变如苍狗。"成语叫做"白

351

衣苍狗""白云苍狗",比喻世事变幻无常。杜诗的"斯须",即此处"倏忽",意谓顷刻之间。

⑨此等浮云:概指中间两联句意。倦看:懒得看了。苏轼《题过所画枯木竹石三首》:"倦看涩勒暗蛮村,乱棘孤藤束瘴根。"结句显志,明确表达与官场决绝的傲岸态度。全诗慷慨明志,如见肝胆。构句雅俗相济,自然浑成。

# 留别杜芳洲①

去门十步邈山河②,更欲回车奈若何③?
死别可将生别例④,壮年深惜少年⑤过。
江州白傅千行泪⑥,京兆何郎一曲歌⑦。
缘分尚思来世有⑧,天涯良会岂无多⑨。

**注释**

①杜芳洲:名蝶云,晚清名伶。据今人陈仁德考索,杜芳洲乃男性,为"全福"昆腔班创始人杜步云之弟,近代京剧旦行大师王瑶卿就是师从杜芳洲学习刀马旦的。李士棻中年在北京时,便结识了年方13岁的杜芳洲,成就一段特殊情缘。晚年流寓上海时,与之重逢,旧情如故,寄寓于杜芳洲家。黎庶昌在为李士棻写的墓志铭中记述:"初,君在京师,放纵诗酒,与伶人杜蝶云者昵。及是,蝶云亦老,流寓沪上,仍倚歌曲为生涯。君之一二故人,始频数数资给君,君挥霍不顾,金入立尽。久之无继,落魄甚,依蝶云以居。蝶云奉君三年,无失礼,斯足以愧天下士矣!"

②去门:出门,离开家门。十步:形容距离极短。邈:指距离遥远。邈山河:形容距离遥远得如同隔山隔水。这一句化用陆游《连日大雨门外湖水渺然》诗意:"乐处却嫌儿辈觉,出门十步即烟波。"意谓一别之后,两人将长久分离,咫尺天涯。

③更欲:再想。回车:掉转车头,让车回转。《史记·司马相如列传》:"道尽涂殚,回车而还。"此指重新相聚。奈若何:拿你怎么办。项羽《垓下歌》:"骓不逝兮可奈何!虞兮虞兮奈若何?"这里是不知怎么面对你的意思。

④死别:永别。《古诗为焦仲卿妻作》:"生人作死别,恨恨那可论!"生别:生生别离。沈佺期《拟古别离》:"奈何生别者,戚戚怀远游。"例:视作同一类,成语"一例相看"。杜

甫《梦李白》："死别已吞声，生别常恻恻。"死别与生别都会使人悲伤不已，故宜于一例相看。

⑤壮年：壮盛之年，古代多指30至40岁的年龄段。深惜：深深惜恋、怜惜。苏轼《蝶恋花·密州上元》："深惜今年正月暖，灯光酒色摇金盏。"少年：古代多指介于童年与青年之间的年龄段，即10至18岁。这一句的意思是，最令人珍惜的少年、壮年时期都已过去了，我们都老了，不必再如少壮那样儿女情长了。

⑥江州白傅：指白居易。白居易曾经任职江州司马，晚年时官至太子少傅，故如此称。千行泪：典出白居易《琵琶行》："座中泣下谁最多？江州司马青衫湿。"此用千行泪形容泣下之多，意在借此劝喻杜芳洲不要痛哭不已。

⑦京兆：汉代京畿的区域名称，为三辅之一，在今陕西省西安至华阴之间，下辖十二县。后指京都。何郎：何晏。东汉大将军何进之孙，曹操纳其母尹氏为妾，收为养子，宠爱有加。其仪容俊美，雅好修饰，粉白不去手，形步顾影，人称"傅粉何郎"。喜好老庄之学，与夏侯玄、王弼等同为魏晋玄学创始人。娶曹操之女金乡公主，曹爽秉政时累官侍中，吏部尚书。后被司马懿所杀，夷三族。钟嵘《诗品》将其诗列入中品，称"平叔鸿鹄之篇，风规见矣"。一曲歌：指何晏之《言志诗》，其起句为："鸿鹄比翼游，群飞戏太清。"这里借喻自己仍期鸿鹄远游。全句意为请杜芳洲体察自己的鸿游志趣，吟唱此曲为自己送行。

⑧这一句有两重意涵。一为向杜芳洲表达，自己希望来世仍与其有缘分。二为向杜芳洲暗示，此生缘分到此为止。对比《七夕同内子夜坐》，不难看出与何人用情更深。

⑨良会：美好的聚会。典出曹植《洛神赋》："悼良会之永绝兮，哀一逝而异乡。无微情以效爱兮，献江南之明珰。"这是宽慰情人的话。整首诗再三致意，足见"留别"充盈着"深惜"。

## [清] 陈汝燮诗2首

陈汝燮（1830—1904），字达泉，号答猿，四川酉阳州（今重庆酉阳县）人。属土家族。多年重诵读，醉心于科举，却止步于秀才。中年在雅州知州罗次垣府内做过幕宾兼教习，在酉阳州衙门担任过保甲事务，后主持二酉书院讲席，以授业解惑终老乡梓。尽管应试求仕一直不得意，但诗歌创作成就不俗，成为晚清土家族诗人的代表之一。著有《答猿诗章》8卷，现存诗歌近900首。

### 过秀城①

斗大方城镇蜀陬②，公然黔楚此咽喉③。

远山雄秀开荒徼④，原树青苍入早秋。

问字空寻扬子宅⑤，筹边正筑李公楼⑥。

多云指点⑦频回首，拼作征鸿客燕俦⑧。

**注释**

①秀城：指秀山县。清初其地分属百里四司，即平茶洞长官司、邑梅洞长官司、石耶洞长官司、地坝洞副长官司。雍正十三年（1737）改土归流，四司归附，请置流官；至乾隆元年（1736）始置秀山县，隶酉阳直隶州。今属重庆。

②斗大：形容其小。方城：春秋时楚国北部的长城，为古九塞之一；后多代指山川险要。陬（zōu，音邹）：本指山的角落，后泛指边远偏僻的地方。这一句开篇点明，秀山只是一个镇守巴蜀边僻地方的弹丸关塞。

③黔：指贵州者。楚：指湖南省。咽喉：比喻形势险要的交通要道或重要城邑。这一句形容秀山县在蜀、黔、楚三省间的重要地位。

④荒徼（jiào，音叫）：荒远的边域。杨衡《送人流雷州》："不知荒徼外，何处有人家？"前四字所写远山之雄伟挺秀，与后三字所写近处荒远边域即秀山城，分明构成强烈反差。

⑤问字：向人请教。陆游《小园》："客因问字来携酒，僧趁分题就赋诗。"空寻：白白寻找。扬子：指汉代思想家、辞赋家扬雄；扬雄字子云，扬子为其尊称。扬子宅：扬雄的故居。《汉书·扬雄传》："扬季官至庐江太守。汉元鼎间，避仇复溯江上，处岷山之阴曰郫，

有宅一区，世世以农桑为业。"扬雄是扬季的五世孙，宅以扬子名。左思《咏史》："寂寂扬子宅，门无卿与舆。"又称扬雄宅，权德舆《数名》："一区扬雄宅，恬然无所欲。"又称子云宅，李白《淮南卧病书怀寄蜀中赵征君蕤》："朝忆相如台，夜梦子云宅。"后世也泛指文士的住宅，许浑《冬日登越王台怀旧》："河畔雪飞扬子宅，海边花盛越王台。"当时秀山城里找寻不到扬子宅，意味着文治尚无所成。

⑥筹边：筹划边境事务。正筑：正在着手建筑。李公：指唐代政治家、军事家李德裕。李公楼：指李德裕于大和四年（830）任剑南西川节度使时所建筹边楼。事见《资治通鉴·唐纪六十》："德裕至镇，作筹边楼。图蜀地形，南入南诏，西达吐蕃，日召老于军旅，习边事者，虽走卒、蛮夷无所间，访以山川、城邑、道路险易广狭远近，未逾月，皆若身尝涉历。"薛涛作《筹边诗》："平临云鸟八窗秋，壮压西川四十州。请将莫贪羌族马，最高层处见边头。"这一句借用李德裕建筹边楼典故，比喻秀山置县后，渐次有人筹划边境事务了，亦即武备正在起步。

⑦云：说，成语"人云亦云"。多云：多种说去，众说不一。指点：用手指或其他物作点示。李白《相逢行》："金鞭遥指点，玉勒近迟回。"多云指点的主体当是秀山本地人；陈汝燮"问字"，他们就开口言说，随手指点。频回首的主体则为陈汝燮，他对众说不一也半信半疑，因而频频回头观望指点之处。

⑧拼作：硬是当成。征鸿：远飞的大雁。刘基《自都回至通州》："西风吹青冥，征鸿暮萧萧。"客燕：作客的燕子。姚燮《客燕》："客燕如无家，食息安大造。"征鸿和客燕比喻远方来客和客居的人，即不了解情况的人。俦：俦侣，俦类，即征鸿、客燕一类的人。这一句承上一句，"拼作"的主体为当地人，"拼作"的对象自是陈汝燮。深层意涵是，当地人看走眼了，不知道我本是酉阳人，对秀山的事情有相当了解，决然不会你们怎么说，我就怎么信。回视前六句即能体味，对于当时秀山文治尚无所成，武备则在起步，与"咽喉"地位极其不相称，他的内心是不满的。但讽而不刺，只旁敲侧击。

# 结屋①

山人结屋小于舟②，
妙看青山绕屋稠③。
屋就地偏多转角④，
山如人傲不低头⑤。

**注释**

①结屋：构筑屋舍。晋无名氏《莲社高贤传·慧远法师》："师乃与弟子数十人适荆州，居上明寺，念旧，与同门慧永约，结屋于罗浮。"这首诗借咏物以明志，既称颂隐居高士不向社会邪恶势力低头的品格，也寄托自己相近的情怀。

②山人：住在山里的人，通常指避世隐居山间的高士。孔稚珪《北山移文》："蕙帐空兮夜鹄怨，山人去兮晓猿惊。"此处即指隐居于山间的某位高士。小于舟：所结屋比船还小。以结屋之小，暗寓高士处境困穷且生活简朴之意。

③妙看：细看。妙有细微、精微义，见《老子》："常无欲以观其妙。"王弼注："妙者，微之极也。"稠：形容多而密。《诗·小雅·都人》："彼君子女，绸直如发。"绸与稠通。朱熹《集传》："密直如发也。"这一句意指高士结屋在环绕的青山间。

④屋就：屋舍结成。地偏：地位偏僻。转角：指走马转角，土家族吊脚楼建筑中的一种特色性构形。吊脚楼为木质结构，楼上设置绕楼的曲廊，曲廊配栏干。曲廊绕楼即形成转角，故又通称转角楼。这一句当中，"地偏"寓意远离尘嚣，避世隐居，"多转角"则凸显土家族建筑特色，言辞通俗，言简意丰。

⑤这一句更加通俗明白，但似浅实深，曲尽其妙。妙就妙在，拆开了"山人"二字，写山亦写人。本是人如山，偏记山如人，既旷达，又幽默。"不低头"，即全诗意旨所在。

## [清] 钟祖棻诗2首

　　钟祖棻（1847—1911），字云舫，号铮铮居士、落落居士，以字行，重庆府江津县人。同治六年（1867）考取秀才，补廪生后迁居县城，设馆授徒达二十余年。一生中博览经史百家，工诗文词曲，尤擅对联。为人刚直不阿，疾恶如仇，光绪年间撰联嘲讽县令朱锡藩专横贪婪，遭迫害，避祸于成都。1903年被构陷入狱，在狱中创作《拟题江津县临江城楼联》，被誉为中华第一长联。1905年回到江津，编校自己的诗文对联作品，成《振振堂集》8卷。

### 过折柳桥①

折柳桥边折柳枝，
条条暗绪②动相思。
无情最是江③边水，
只管朝朝送别离。

**注释**

　　①折柳桥：古桥名，位于今四川省简阳市城区西北部。原名情尽桥，据乾隆《简州志》，"折柳桥，州北二里，初名情尽桥。唐刺史雍陶题诗其柱，改为折柳"。雍陶为成都人，大和八年（834）中进士，授国子毛诗博士。后出任简州刺史，作《题情尽桥》诗："从来只有情难尽，何事名为情尽桥？自此改名为折柳，任他离恨一条条。"钟祖棻避祸成都，途经简阳，触景生情，循雍陶诗意作出此诗，以寄思念亲人及家乡的离情别绪。

　　②条条：指柳枝，用雍诗"离恨一条条"之意。暗绪：绪指心情，暗绪即深藏心底的愁思。这里指离别情，亲人、家乡尽在其间。

　　③无情：借用苏轼《蝶恋花·春景》"多情却被无情恼"句意。江：指沱江。以水之无情衬托人之有情。名为恨水无情，实则恨朱锡藩之类官僚恶势力无情。

# 推车叟[1]

推车叟，日日推车出场走[2]。坡长车重腕力弱，头童齿豁衣蓝缕[3]。问翁何故苦如斯，欲博青钱豢[4]我儿。一车一步一汗滴，一文一刻计工资[5]。饥肠辘辘[6]不欲食，私心切切念儿饥。儿饥翁心裂，儿饱翁力竭。儿有力时翁岂存，衰年养子终何益[7]？

**注释**

[1]推车叟：推车的老头。从诗中看，车为手推独轮车，巴蜀地区民间多称鸡公车。车有两木把，推车人两手各握一把，凭臂腕力推车前进。车上置有木架，可以承载货物。诗中的老头是一个小商贩，靠推车赶场做一点小生意挣来微薄铜钱，养育年幼的儿子。

[2]出场：出门赶场。四川、贵州、湖南等地说的赶场，亦即北方人说的赶集，浙江、福建、广东人说的赶圩。场镇交易有固定场期，或一、四、七，或二、五、八，或三、六、九（天天都开场的极少），必须按场期到不同的场镇去作买卖或者购物。走：指在不同的场镇赶来赶去，巴蜀农村称作"赶溜溜场"。

[3]头童：头发脱落。姚鼐《题梦楼集》："与君交久无如我，泣到头童白颔髭。"齿豁：牙齿已缺。韩愈《上兵部李侍郎书》："发秃齿豁，不见知己。"头童、齿豁都是年老的典型特征，可见此叟已相当年老。蓝缕：本指破烂的衣裳，也用以形容衣裳破烂。《左传·昭公十二年》："昔我先王熊绎，辟在荆山，筚路蓝缕，以处草莽，跋涉山林，以事天子。"

[4]博：换取，取得。青钱：青铜钱。俗称铜钱、铜板、铜元。杜甫《北邻》："青钱买野竹，白帻岸江皋。"豢：泛指喂养。《礼·月令》："仲秋按刍豢。"注："养牛马曰刍，犬豕曰豢。"可见豢一般用于喂养猪狗，此用于喂养儿子，可见养得颇贱。"豢"字用得触目惊心。

[5]一文：一个铜板的面值；一千文铜钱合一两白银，可见挣的是渣渣钱、辛苦钱。计：计算。工资：工指耗费的时间、体力、成本，资指换得的收入，与今之薪酬概念不相同。像这样"一文一刻"地"计算"，反映出推车叟挣钱何等辛苦不易，自己如何省吃俭用。

[6]饥肠辘辘：汉语成语，形容肚子饿得咕咕直响，饥饿到极点。

[7]衰年：衰老之年。仇远《衰年》："衰年六十喜平头，微禄虚名老可羞。"衰年养子：将推车叟的所作所为归结为已经衰老，还心心念念挣钱"养我儿"。终何益：到底有什么好处。对比白居易的《卖炭翁》，只看写老人的辛苦可以说各有千秋，此诗甚至有所过之；但若论深刻到指示社会原因，此诗则大不及，结句尤其难说高明。着眼前者，录入此诗。

[近代] 张朝墉诗4首

张朝墉（1860—1942），字白翔、伯翔、白墙，号半园老人，四川奉节（今属重庆）人。工诗文，精书法，誉称"夔门才子"。光绪十四年（1888）拔贡，在成都、蓬溪、宜宾等地任教谕，清末赴黑龙江任知府，入程德全幕府作文牍。民国二年至三年（1913—1914）任黑龙江省公署总务处科长、通志局纂修，编纂《黑龙江物产志》。民国六年（1917）到浙江，任省长齐燮元之机要秘书。民国八年（1919）至北京，任国史馆誊录，获书法比赛全国第三名。民国十六年（1927）重返黑龙江，先后组织"龙城诗社"及"清明诗社"，在诗坛颇有影响。"九·一八"事变后迁居北京，任宋哲元主持的晋察政务委员会顾问。"七·七"事变后拒任伪职，以卖菜、卖字、卖画为生，直至辞世。有《半园诗稿》十一集，从庚申至庚午按年编次。

## 偕友人登白帝城①

人事匆匆日月忙，抽闲游遍水云乡②。
新春天气晴难得，故国河山梦未忘③。
古柏尚含前岁④雨，野梅时送隔庭⑤香。
登城不听寒砧急⑥，何处笳声⑥闹夕阳？

**注释**

①诗原为二首，曾刻碑藏于白帝城西碑林。碑末有记："旧历甲寅（1914）正月初四日，偕蔡郁裳、屠鹤年、舒季福、刘用衡、邱采彰、序西昆仲、陶小明、亮丞乔梓，并王笃之、姚笃臣诸君登白帝城感赋，白翔张朝墉。"此选其第一首。

②水云乡：泛指水云弥漫、风景清幽的地方。苏轼《南歌子·别润守许仲途》："一时分散水云乡。惟有落花芳草断人肠。"傅榦注："江南地卑湿而多沮泽，故谓之水云乡。"此代称白帝城。

③故国：此指故乡。曹松《送郑谷归宜春》："无成归故国，上马亦高歌。"梦未忘：指常年在外，梦中亦常见故乡，未敢忘怀。盖张朝墉自清末赴黑龙江任职，至当时已五年以

上，故有此诗句。

④前岁：可指去年、前年及前几年，此处指前几年，即身不在故乡的那些年。白居易《花前叹》："前岁花前五十二，今年花前五十五。"由此句可见恋乡情之深。

⑤隔庭：隔着庭院。白帝城内有多个庭院，彼此间有墙隔断，这一句写实感。以野梅时送香来构句，借喻故乡的野花也眷顾自己，借宾写主，亦是抒发其恋乡情之深。

⑥碪（zhēn，音珍）：砧为捶、砸、剁、切东西时，垫在底下承放东西的器具，如砧板、铁砧等；亦特指捣衣石。寒砧：多借指寒风中的捣衣声。杜甫《客旧馆》："风幔何时卷，寒砧昨夜声。"此处意涵与杜诗相似。寒碪急：寒风中传来的捣衣声十分急促。不听寒碪急：意思是没有听到以往听惯了的故乡的捣衣声，引出结句。

⑦笳声：胡笳之声，即胡笳吹奏的乐调，常喻边地之声。钱起《送王相公赴范阳》："代云横马首，燕雁拂笳声。"此处指边地之声，即黑龙江边境之声，句中的"何处"即指黑龙江。黑龙江与俄罗斯毗邻，沙俄军队时有侵凌，故由和平的捣衣声转向险恶的边地声，由此及彼、由近及远的结句于突兀中愈见深沉。

# 南岗杂诗（八首选一）①

一群蛮女②笑声哗，
何似游蜂正放衙③。
新式近来多不帽④，
缠头锦绣⑤艳于霞。

**注释**

①南岗：地名，即今哈尔滨南岗区。这一组杂诗作于1927年，张朝墉重返黑龙江后住在哈尔滨，借住于老友马忠骏建在马家屯（今哈尔滨香坊区）私家园林"循园"内的"四照轩"，地近南岗，以七言四句小诗书写杂感。所选诗为其第三首。

②蛮女：原本是中国古代对于少数民族女子的歧视性称呼。清陆士炜《送家平仲之思州二首》之二："锦屏山畔多蛮女，笑看东吴白面郎。"但这里仅是借用，特指寓居于哈尔滨的白俄女子。1917年苏维埃政权建立之后，大量俄罗斯人流亡来中国，也称为"白俄"，哈尔滨为白俄一大聚居地，蛮女即是对白俄女子的鄙视性称呼。

③游蜂：飞来飞去的蜜蜂。宋梅尧臣《刑部厅海棠见赠依韵答永叔》："不为游蜂挠，即为狂蝶过。"游蜂及狂蝶，常喻指轻浮躁动，容易招是非的女子，犹形容浪。放衙：古代官府属吏早晚参谒主官，听候差遣，叫做"衙参"，退衙即称"放衙"。苏轼《入峡》："放衙鸣晚鼓，留客荐霜柑。"放衙的官吏群出衙门，嘻嘻哈哈，闹闹喳喳，有如一窝蜂。用于此处，复合式地比喻白俄女子成群结队，喧闹轻佻，招摇过市。

④新式：时髦的装扮方式。不帽：帽在这里是名词作动词用，意谓不戴帽子。

⑤缠头锦绣：用锦缎缠在头上作头饰，实即头巾包头。仇远《兵间有歌舞者》："野战已酣红帕首，涂歌犹醉锦缠头。"三、四两句突出特征，描写白俄女子们时兴包艳丽头巾。这于俄罗斯女子本为装扮常态，但张朝墉1917年已到浙江，1927年方重返黑龙江，故见之觉得新奇时髦，以诗记之。

# 岁除祭诗（二首选一）①

诗仙诗鬼并诗妖②，税驾同来享一瓢③。
我自呕心君④自快，一年一度一相招⑤。

**注释**

①岁除：除夕。除字意为去、易、交替，岁指一年，年终之日即为除夕。王安石《元日》："爆竹声中一岁除，春风送暖入屠苏。"祭诗：据唐冯贽《云仙杂记》引《金门岁节》记述，"贾岛常以岁除取一年所得诗，祭以酒脯，曰：'劳吾精神，以是补之'"。是为祭诗起源。后世诗人亦有仿效。贾岛是以诗祭己，张朝墉则是以诗祭人。原诗二首，此为其二。诗作于1928年。

②诗仙：特指李白。杨万里《望谢家青山太白墓》："六朝陵墓今安在，只有诗仙月下坟。"此泛指像李白那样诗风飘逸如谪仙的诗人。诗鬼：特指李贺。叶廷珪《海录碎声》："世传杜甫诗，天才也；李白诗，仙才也；李贺诗，鬼才也。"此泛指像李贺那样诗风诡奇如精灵的诗人。诗妖：特指古代怨谤性的谣谶歌谣。《汉书·五行志中之上》："君炕阳而暴虐，臣畏刑而柑口，则怨谤之气发于歌谣，故有诗妖。"此泛指像这一类民歌民谣那样敢于揭露或嘲讽时政弊端的诗人。合在一起，泛指历代风格有异、成就不凡的代表性诗人。

③税：通"捝（tuō，音脱）"，意思是脱去、脱掉。驾：古代指马拉的车，犹言车驾。税驾：解开车驾，让马休息，引申为指停车。《史记·李斯列传》："物极则衰，吾未知所税

驾也。"司马贞《索隐》："税驾，犹解驾，言休息也。李斯言已今日富贵已极，然未知向后吉凶，正泊在何处也。"此处意思是恳请诗仙、诗鬼及诗妖各种诗人都停下车。享：本义是向鬼神献祭品，引申为享用祭品，此即用引申义。一瓢：指"一瓢饮"。《论语·雍也》："贤哉回也！一箪食，一瓢饮，在陋巷，人不堪其忧，回也不改其乐。"此代喻菲薄的祭品，亦即祭诗。

④呕心：借用李贺相关典故。李商隐《李贺小传》记："（李贺）背一古破锦囊，遇有所得，即书投囊中。及暮归，太夫人使婢受囊出之，见所书多，辄曰：'是儿要当呕出心始已耳！'"此借喻自己的祭诗为呕心之作，实意指诚心诚意。君：指诸位诗仙、诗鬼、诗妖。

⑤招：召引，打手势召引人来。《楚辞·招魂序》："招者，召也。以手曰招，以言曰召。"这一句的意思是，敬献祭诗将形成惯例。一片至诚尽迸放于寻常语中。

# 庚辰元旦发笔①

莫将岁事溯龙躔②，阳历已交二月天③。

立定脚跟穷不怕④，放开笔胆大如椽⑤。

三巴信渺⑥云山外，一线⑦春回杨柳边。

蓬户自安闲亦好⑧，无须手板贺官年⑨。

**注释**

①庚辰：指庚辰年。按干支纪年，公元1940年适值庚辰。元旦：元为始，旦为日，年之始日即为元旦，中华传统以农历正月初一为元旦，又称元日、元正、元辰、元春、元朔、上日。孙中山任临时总统的中华民国政府定1912年1月1日为民国元年元旦，中华人民共和国政府建政之初定公历1月1日为元旦，均与传统的元旦不同。发笔：本为书法用语，发意为发起，发笔即起笔、落笔、兴笔、引笔、下笔，此处代指赋诗。

②岁事：一年中应做的事，常指称年节祭祀，此处即指庆贺元旦应做的事。溯：回溯，追溯。龙躔（chán，音缠）：躔指日月星辰运行的度次，中国古代历法以青龙（太岁）运行轨迹作为参照，见《后汉书·律历志下·历法》："昔者圣人之作历也，观璇玑之运，三光之行，道之发敛，景之长短，斗纲之建，青龙所躔，参伍以变，错综其数，而制术焉。"故龙躔代称年岁的更替。这一句的意思是，不要关注这一度年岁更替，暗寓在日伪统治之下，庚

辰元旦不足以引人欢度之深意。

③阳历：太阳历，即以地球绕太阳公转的周期为依据而制定的历法，简称阳历。当今世界通行的公历便是一种阳历，中国人习惯称公历为阳历，以与称农历为阴历相对应。已交：已进入。二月天：当年庚辰元旦对应1940年2月8日，故有此说。从干支纪年说到公元纪时，意谓一天一天算日子，暗寓在日伪统治之下，令人无时无刻不度日如年之深意。

④穷不怕：不怕穷。体现出"贫贱不能移""穷且益坚，不坠青云之志"的坚强节操。

⑤笔胆：比喻文士们笔下生花的神机妙用。椽：房屋建筑檩子上承载屋瓦的条木。大如椽：喻笔大如椽。典出《晋书·王珣传》："珣梦人以大笔如椽与之，既觉，语人曰：'此当有大手笔事。'俄而帝崩，哀册谥议，皆珣所草。"常用以喻文采出众。这里是自述明志，犹言仍将凭生花妙笔、如椽大笔写诗作画，以卖字、卖画维持生计，绝不会向日伪屈服。

⑥三巴：指汉末巴西郡、巴郡、巴东郡地区。小而言之，张朝墉为奉节人，地属巴东郡，三巴即故乡。大而言之，抗战首都在重庆，地属巴郡，三巴喻故国。因而三巴犹言家国。信渺：音讯渺茫。这一句表达对于家国的系念。

⑦一线：形容极其细微。这一句的意思是，尽管时下的杨柳只露出了一线春色，但终喻示着春光回归。自然景象给了他一线希望，暗寓他对亡国奴境遇终将过去，家国一定能够复兴的执着信念。

⑧蓬户：用蓬草编成的门户，犹言茅屋、陋室。典出《庄子·让王》："原宪居鲁，环堵之室，茨以生草，蓬户不完。"好：指洁身自好。这一句的意思是，尽管屈居于陋室，自己仍能安之若素，洁身自好。

⑨手板：朝笏，古代官员上朝所执。《隋书·礼仪志》："笏，晋宋以来谓之手板。"后来下属见上司或门生见老师所用的名帖亦称手板，又叫手书。王维《送方城韦明府》："若见州从事，无嫌手板迎。"贺官年：向官员贺禧拜年。这一句的意思是，绝不用任何形式去给日伪官员献媚拜年。整首诗沉郁之间更显慷慨，表现出了高尚节操和家国情怀。

## [近代] 赵熙诗5首

赵熙（1867—1948），字尧生，号香宋，四川荣县人。光绪十八年（1892）进士，历任翰林院国史馆编修、江西道监察御史，以刚正不阿、抗直敢言著称。工诗，善书，偶一作画，被誉为蜀中"晚清第一词人"。又是晚清至民初蜀学领袖之一，学富望重，吴玉章、黄复生、谢持、向楚等皆出其门下。平生抱负难得施展，遂寄情山水之间，曾五出夔门，五寓重庆。1912年寓居礼园（今之鹅岭公园），受园主李湛阳重托为园内数十处亭台池馆命名题诗，今犹承之。一生作诗3000多首，今有《香宋诗前集》存世。

### 重庆[①]

万家灯火气如虹，水势西回复折东。

重镇天开巴子国[②]，大城山压禹王宫[③]。

楼台市气笙歌[④]外，朝暮江声鼓角[⑤]中。

自古全川财富地，津亭红烛[⑥]醉春风。

**注释**

[①]此诗为赵熙光绪十八年春出川赴京应试，初过重庆时所作。

[②]巴子国：指战国时期，时之江州、后之重庆曾成为巴子国都邑。《华阳国志·巴志》："巴子时虽都江州，或治垫江，或治平都，后治阆中。"这一句突出重庆自巴子国即凭地域优势据有的重镇地位。

[③]禹王宫：即重庆湖广会馆。建于金碧山麓，东水门侧，为重庆移民文化、商贸文化、会馆文化的重要标志之一。这一句特写重庆的山城特征和移民会馆。

[④]市气：都市繁荣景气。笙歌：指吹笙唱歌或奏乐唱歌，此借喻市声喧哗，民气贲张，一派大码头人来人往气象。

[⑤]鼓角：本为古代军队中战鼓、号角的总称，此借喻重庆历朝历代均为军事重镇，为兵家必争之地。

[⑥]津亭：古代建于渡口旁的亭子。王勃《江亭夜月送别》："津亭秋月夜，谁见泣离群。"

此借喻重庆城长江、嘉陵江众多码头上的各种建筑,不限于亭。红烛:大红蜡烛,借指灯火,包括各种建筑以及大小船只上的灯火。这一句描绘重庆的夜景。清末重庆的经济繁荣景象,从此《重庆》诗传递出来,给人如临其境之感。

# 龟亭子①

峣然孤屿媚中川②,海色天风竹满栏③。
拨得壶中九华④例,一拳携作玉人⑤看。

**注释**

①龟亭子:屿名,在今重庆大渡口区跳磴镇与江津、九龙坡三区交界处,原属巴县。通名龟亭山,又称龟停山、车亭子、小南海,南与巴南区隔江相望。系长江中一处卵石洲碛发育的石屿,呈西南东北向的长条形,其形似龟,因以得名。其海拔高度约210米,孤峰耸立,四面环水,风光旖旎,颇近安徽宿松江段的小孤山。清初王士祯《蜀道驿程记》有记:"十月初八日……过龟亭子,小山卷石,孤立江中,沧波四匝,亦浮玉之云。"此诗亦作于光绪十八年。

②峣(yáo,音尧)然:形容突出、特出。孤屿:孤立的江中岛。唐张又新《孤屿》:"不知谁与名孤屿,其实中川是一双。"媚:美好迷人。中川:江中。媚中川:耸立于江中显得格外迷人。

③海色:海面所呈现的景色。祖咏《江南旅怀》:"海色晴看雨,江声夜听潮。"天风:即风。风行天空,故有此称。韩愈《辛卯年雪》:"波涛何飘扬,天风吹幡旌。"满栏:形容充盈、丛集、茂盛。李贺《难忘曲》:"乱系丁香梢,满栏花向夕。"

④拨得:拨开迷障得见真相,例如拨云见日,犹言省得、悟得。壶中九华:指苏轼《壶中九华》诗:"清溪电转失云峰,梦里犹惊翠扫空。五岭莫愁千嶂外,九华今在一壶中。天池水落层层见,玉女窗明处处通。念我仇池太孤绝,百金归买碧玲珑。"诗前有序:"湖口人李正臣蓄石九峰,玲珑宛转,若窗棂然。予欲以百金买之,与仇池石为偶,方南迁未暇也。名之曰壶中九华,且以诗纪之。"其大意是说,苏轼在扬州已有一双异石,名仇池石,在湖口见到李正臣收藏的九华石又欣赏不已,欲用百金买之,以与仇池石相配。这里是将龟亭子喻为异石,也想像苏轼那样买之,以便随时欣赏,诗思格外奇特。

⑤一拳:一个拳头,多用以喻指体积小似拳头的物件。拳与"卷"通,犹言一卷。

《礼·中庸》："今夫山，一卷石之多。"亦喻极小。玉人：有多种意涵，这里是对亲人或所爱者的代称。这一句的意思是，设若能将龟亭子缩小至一拳，就要将它携走，提供给玉人观赏。这一想象更加夸张、新奇、独特。

# 歌乐山①

黑处遥知青木关②，叵疑前代是乌蛮③。
老云一朵风吹硬④，堕作⑤人间歌乐山。

**注释**

①歌乐山：位于今重庆沙坪坝区，属华蓥山系观音峡背斜，东临嘉陵江，主峰云顶峰海拔 672 米，为重庆近郊群峰之冠。清初王尔鉴厘定"巴渝十二景"，其《歌乐灵音》小记说："歌乐山或云果罗，在直里一甲。俗传秦李冰子二郎佐父导水，驻节山上，乐作如闻钧天之音，故名'歌乐'。其说近诞。山接缙云之脉，俯视群山，为渝州屏障。登其巅，九门三江宛在眉睫。松杉翳日，遇风雨则万籁齐鸣，人以为上方仙乐，不知即山灵清响，可以意会，而不可以形器求。"赵熙亦不信俗传，乃作此奇诗。其时当在 1912 年寓居礼园之后。

②黑处：登歌乐山远眺，极目处会是黑色的一抹山脉影像，黑处即指山脉影像。青木关：位于今重庆沙坪坝区西北部，地处缙云山脉宝峰山中段峡谷，境内最高峰海拔 698 米。缙云山亦属华蓥山系。在这里，意指青木关以远群山，含缙云山及华蓥山。

③叵：不可。叵疑：不可怀疑，毋庸置疑。前代：前世，前身。乌蛮：中国古代西南地区少数民族族群之一。其远祖为上古时期的濮人，聚居于今云南、贵州、四川、重庆以及湖北、湖南所在的长江上游地区。《书·牧誓》所述参与武王伐纣牧野誓师的八个族群，濮人即在列，周初封濮子国，巴、濮、邓、楚同为"南宾"。巴人西来后，濮人大多向今渝西、川南以及云贵地区迁徙，川南称作僰人。至隋唐时期，生活在今云南中部的一部分濮人之后被称作"乌蛮"，即今之白族。见《新唐书·南蛮传上》："南诏……本哀牢夷后，乌蛮别种也。"仍聚居于今湖南、湖北和重庆东南部、东北部的濮人之后亦称作"乌蛮"，参见杜甫《渝州候严六侍御不到先下峡》注⑤。既为族群名，亦指居住地。陆游《通判夔州谢政府启》："惟是鱼复之故城，虽号乌蛮之绝塞，乃如别驾，实类闲官。"这里即取居住地意。全句意涵为：毫无疑义，歌乐山及青木关以远山系峰峦相连，其前世为乌蛮族群居住地。这个判断十分大胆，但决不是信口开河。

④老云：古远的云。一朵：一团，或一小片。风吹硬：由于长期经风吹凌而变得坚硬。

⑤堕作：从天空掉下来变成。与上句相连，意思是歌乐山原本是一朵古远的云，被风吹得坚硬了，才掉落人间变成此山的。其想象之诡异，情趣之浪漫，诚令人叫绝。

# 第一江山台①

万山青作大围屏，两道江声②入座听。

太古乾坤开浩荡③，浮图鼓角震空冥④。

是曾老子婆娑⑤处，不尽巴城气象灵。

坐忆李严⑥谈地势，园花风起送微馨。

**注释**

①第一江山台：《礼园杂诗十二首》之二。礼园在鹅项岭上，地近佛图关，原为李氏私家园林，即今鹅岭公园。据1936年《重庆市一览》介绍，"礼园，旧名宜园，在浮图关，据地形之胜。四周有天然助景。园中植松、梅、楠木数千本，枝干参天，苍翠欲滴，花径循环互通。东北隅郁然高耸，曰鹅顶。又有鄂不楼，可眺两江，居中正北。南向为宜春楼，楼前濬池叠石，布置雅饬。楼后偏右临崖，有石室曰桐轩。由轩西北行抵飞阁，俯视绝壁如削，前襟嘉陵江，极目远望，数十里外峰峦效奇呈秀，亦隐可辨。园西为红荷池，跨以曲桥。湖滨有泠然台及虎崖，月色水光，为赏秋佳境。"赵熙于1912年应园主李湛阳之邀寓居礼园，并受托为园内数十处亭台池馆命名题诗，其间作《礼园杂诗十二首》，"第一江山台"即为命名题诗之一。今鹅岭公园犹存江山一览台，在鹅岭顶部，为俯瞰嘉陵江最佳处，亦为公园内十二景之一。

②道：本指道路，引申为指水流通过的途径，这里用引申义。两道：两条江流通过的途径，代指长江和嘉陵江。江声：两江流动的波涛声。此为实写座中能有的听觉感受，亦给后面用典作铺垫。

③太古：远古，通常指传说中的盘古开天地时代。见《史记·秦始皇本纪》："朕闻太古有号毋谥，中古有号，死而以行为谥。"乾坤：天地。太古乾坤：盘古开天辟地时期。浩荡：形容水势汹涌壮阔。潘岳《河阳县作》之二："洪流何浩荡，修芒郁苕峣。"这一句的意思是，长江和嘉陵江的江流浩荡，是由盘古开天辟地形成的。

④浮图：浮图关，又作佛图关，在今鹅岭公园西侧。明初戴鼎筑城后，浮图关即为重庆城出通远门后西行官道的第一道关隘。乾隆《巴县志》说："渝城三面抱江，陆路惟浮图关一线壁立万仞，磴曲千层，两江虹束如带，实为咽喉扼要之区，能守，全城可保无恙。"鼓角：战鼓，号角，代指军营、军队。空冥：天空。元张翥《题陈所翁九龙戏珠图》："卷图还君慎封镝，但恐破壁飞空冥。"这一句虚写周边历史，犹言浮图关自古以来就是兵家必争之地，亦给后面用典张本。

⑤是：指示代词，犹言这里、此处。曾：副词，表示有过或发生过。老子：姓李名耳，字聃，春秋时期道家学派创始人。婆娑：多形容盘旋舞蹈，姿势优美，也形容逍遥自在，闲散自适，此用后义。清钮琇《觚賸·石言》："主人遂婆娑砚林，不知日之暮。"老子主张清静无为，故称婆娑。这一句上承一、二两句用典，虚拟老子也曾在这个地方逍遥过，实喻义为赞赏第一江山台乃至整个礼园是闲散怡情的好地方。值得注意的是，这既是用李姓历史名人用典，又是用文人用典，以称许李湛阳能情寄园林。

⑥李严：蜀汉名臣，曾任尚书令、中都护，与诸葛亮同在永安受刘备托孤。《三国志·李严传》："章武二年（222），先主征严诣永安宫，拜尚书令。三年，先主疾病，严与诸葛亮并受遗诏辅少主；以严为中都护，统内外军事，留镇永安。"后诸葛亮欲出军汉中，李严也移屯江州。《华阳国志·巴志》记载："后都护李严更城大城，周回六十里。欲穿城后山，自汶江（长江）通水入巴江，使城为洲。求以五郡置巴州，丞相诸葛亮不许。亮将北征，召严汉中，故穿山不遂。"所谓"李严谈地势"，即指他曾打算凿通鹅项颈，引长江水连通嘉陵江，把江州城改造成一座四面环水的军事重镇这一件事。这一句上承二、四两句用实典，也是用李姓历史名人之典，但用的武人之典。盖因重庆辛亥反正后，李湛阳出任蜀军政府财政部长，赵熙借李严之典寄望于他慎重行事，有深意焉。整首诗书感与用典结合，虚与实交相为用，腾挪转合，呼应自然，远离苏轼所批评的"赋诗必此诗，定知非诗人"（《书鄢陵王主簿所画折枝》）之谬，深得收放自如之妙。

# 元旦①

去年元旦雪封门，今日吟春旱久温②。

雨意霏微诸客集③，人心正朔古风④存。

苦闻刮地多材干⑤，忍说⑥饥民食草根。

六十年前丁丑岁⑦，太平花⑧发满农村。

**注释**

①元旦：据第七句可推知，此元旦指1937年的农历正月初一（公历2月11日）。

②旱：指春旱。巴渝地区春季少雨，易发春旱。久温：较长时间气温偏高。

③霏微：雾气和细雨迷蒙的状态。唐李端《巫山高》："回合云藏日，霏微雨带风。"此谓久旱之后，好不容易出现了会有降雨的征兆。诸客：本指诸多门客。见《战国策·齐策》："后孟尝君出记，问门下诸客：'谁习计会，能为文收责于薛者乎？'"后引申泛指在场的宾客。如岑参《裴将军宅芦管歌》："诸客爱之听未足，高卷珠帘列红烛。"这里是指赵熙第五度寓居重庆期间，常到寓所看望他的弟子及友人。诸客集：大家相聚在一起，暗寓关注旱情、雨情以及民情、社情之意，后四句即聚谈话题。

④正朔：本义为指一年的第一天，正为正月，朔即初一，合在一起犹称元旦。引申为指政权更迭、时势交替。《礼·大传》："立权度量，考文章，改正朔，易服色，殊徽号，异器械，别衣服，此其所得与民变革者也。"古风：古人之风，即质朴淳厚的习尚、气度及文风，相当于今言价值观念。陆游《游山西村》："箫鼓追随春社近，衣冠简朴古风存。"这一句的意思是，无论世道如何变化，"人心"即民意都不会变，亦即古风犹存，其间自然包括他和"诸客"之心。

⑤苦：怨恨的意思。《史记·陈涉世家》："天下苦秦久矣！"苦闻：恨闻，令人愤恨地听到别人说。刮地：本义为大风掠地，比喻搜刮无余。这里指当时政府、军队、劣绅对于农民的苛酷盘剥。材干：材通"才"，材干犹言才干，通常指具有较强办事能力的人，这里泛指贪官污吏、骄兵恶警、土豪恶霸。

⑥忍：忍心，常指不忍心。《诗·大雅·桑柔》："维彼忍心，是顾是复。"朱熹《集传》："忍，残忍也。""其所顾念重复而不已者，乃忍心不仁之人。"因此，仁人则不能忍。忍说：不忍说，五、六句尽显仁心。

⑦六十年前丁丑岁：指光绪三年（1877）。

⑧太平花：绣球科山梅花，分布于今之辽宁、河北、河南、山西、陕西、甘肃、四川、江苏、浙江等省区。宋仁宗赐名"太平瑞圣花"，清宣宗改名"太平花"。这里是借用"太平"二字，对照六十年前的相对太平，发出希望当时农村能得太平的呼声。如此写《元旦》，古今独一份。

[近代] 秦嵩诗3首

秦嵩（1880—1943），谱名文楸，榜名嵩年，字伯高，号太岳，后改名嵩，号山高，忠州（今重庆忠县）人。幼承庭教，随父北上，入莲池书院师从桐城派名士吴汝纶，深受其熏陶。18岁肄业于畿辅大学堂，受聘为教习。光绪三十年（1904）任直隶高等学堂教授。后辗转多地官场历练，诗文为时人所重。民国元年（1912）1月任南京临时政府法制局参事，4月至北京任农林部文牍股长，8月任国民党中央党部主臣干事兼本部文牍科长，颇受孙中山、宋教仁器重。次年初夏转南京，受聘江苏省政府顾问。其后相继在四川、江苏军政界任职。民国十一年（1922）辞官归田，在忠县桂香坪潜心著述，课读子女，屡辟而不就。部分诗作选入《晚清四十家诗钞》，今辑有《秦山高诗文集》。

## 庚子乱后重入都门有感（四首选一）①

历历昆明劫②后灰，沧桑满目是耶非③？
楼前翠凤④今仍舞，阙角⑤苍龙故未飞。
喋血⑥几人悲往事？重瞳长此望清晖⑦。
明时小警⑧浑无恙，天宝兴元⑨一例归。

**注释**

①庚子：庚子年，即光绪二十六年（1900）。乱：混乱，大动荡，尤指战争。这里指1900年8月14日英、俄、日、法、意、美、德、奥八国联军攻占北京，纵兵劫掠三天，直至1901年9月7日逼迫清政府签订《辛丑条约》的历史浩劫。重入都门：秦嵩于光绪二十三年（1897）即到北京参加过顺天府会试，光绪二十七年（1901）再由川赴京再应顺天试，故有此称。

②昆明劫：又称昆明灰，昆明劫灰，代指战乱。典出《搜神记》卷十三："汉武帝凿昆明池，极深悉是灰墨，无复土。举朝不解，以问东方朔。朔曰：'臣愚，不足以知之。'曰：'试问西域人。'帝以朔不知，难以移问。至后汉明帝时，西域道人入来洛阳，时有忆方朔言者，仍试以武帝时灰墨问之。道人云：'经云天地大劫将尽，则劫烧。此劫烧之余也'。乃知

朝言有旨。"这里即代指八国联军入侵北京造成的令人触目惊心的乱后惨状。

③是耶非：叩问该不该这般模样。从中透露出，他想探究终于导致沧桑满目的深层原因。以下六句，循此写了三层意思。

④翠凤：用翠羽制成的凤形旗饰。李斯《谏逐客书》："建翠凤之旗，树灵鼍之鼓。"吕延济注："以翠羽为凤形而饰旗也。"这一句的意思是，城楼上的各种旗帜仍然在飘扬。

⑤觚角：觚棱。班固《两都赋》："设璧门之凤阙，上觚棱而栖金爵。"吕向注："觚棱，阙角也。"宋王观国《学林·觚角》："所谓觚棱者，屋角瓦脊成方角棱瓣之形，故谓之觚棱。"这一句的意思是，宫阙屋脊上所雕饰的青龙仍然如同既往一样。三、四两句连起来，实即为以物喻人，叹息偌大一个北京，劫难之后居然一切安之如常，人心麻木。

⑥喋血：杀人很多，血流满地。《史记·魏豹彭越列传》："席卷千里，南面称孤，喋血乘胜日有所闻矣。"庚子喋血主要包括三个方面：一为八国联军从天津打到北京，一路杀害了许多中国军民，占领北京后又在北京、保定、张家口一带杀人放火；二为慈禧太后在逃往西安途中，下谕各地"痛剿"义和团，义和团民惨遭屠杀；三为清政府屈服于八国联军要求"惩办祸首"的压力，惩处原先支持过义和团杀洋人的贵族及高官，赐死庄亲王载勋、吏部尚书大学士刚毅、大学士徐桐、刑部尚书赵书翘、左都御史英年，处斩礼部尚书启秀、刑部侍郎徐承煜。这一句的意思是，庚子浩劫死了那么多的中国人，时不过一年，还有几个人记得那些过往史事？叹息国人麻木健忘。

⑦重瞳：眼睛里有两个瞳孔的人。在中国相学的传统中，认为这是一种高贵不凡的相貌。《史记·五帝本纪》："舜目盖重瞳子也。"历代正史记载过的重瞳人只有舜、项羽、王莽、吕光、沈约、鱼俱罗、李煜七人。这里是借喻清末具有超凡历史眼光的人，在其心目中当指康有为、梁启超等维新派领袖。长此：犹言长此以往。清晖：明净的光辉。傅咸《赠何劭王济》："双鸾游兰渚，二离扬清晖。"这里借喻光明的未来。五、六两句连起来，实即是抒发个人感慨，痛惜绝大多数国人已忘记了庚子浩劫的血海深仇，认为只有康梁那样的极少数人才在为中国争取光明的未来。

⑧明时：政治清明的时代，常用以称颂本朝，此即代指清朝。小警：小的警示。这一句的意思是，庚子浩劫对于清朝只是一次小警示，并没有对国运产生大的伤害。那一年秦嵩由川入京，是为再一次参加顺天会试，足见他是以皇清臣民规范自己的，有此认识不足为怪。

⑨天宝：唐玄宗李隆基的年号之一，时在公元742年至756年之间。此前为开元年间（713—741），史称"开元盛世"，755年至763年发生"安史之乱"后方由盛转衰。兴元：兴的意思为兴起、兴盛，元的意思是开始，合在一起意指重新兴盛起来。这一句的意思是，唐朝天宝末年曾发生"安史之乱"，平定祸乱后又中兴了，这无异于为清朝经历庚子之乱后重新兴盛开了先例。结尾两句合起来，表达出了对于清朝复兴的个人愿望。这个愿望是真诚的，又是盲目的，十年之后清朝便退出历史舞台了。

## 沽上赠人①

葭苍露白秋争老②，握手伊人水一方③。
我似江鸥仍泛泛④，君如海鹤独昂昂⑤。
高陵深谷⑥犹多变，大玉明珠且善藏⑦。
不用抚髀⑧惊岁月，男儿三十是方刚⑨。

**注释**

①沽上：天津别称。又叫津沽。津，指渡口；沽，"小水入海之名也"。海河又称沽水。天津历史上号称有七十二沽，故称沽上。秦嵩之父秦家械于1900年卸任南和知县，携眷到天津赋闲，候补知府实缺；秦嵩也常到天津，1909年正遵父命在天津撰述《秦良玉传汇编》。此诗即作于1909年秋天。所赠人未指明，极可能是与他同居，且于次年生子的红颜知己朱亭玉。

②葭：蒹葭，即芦苇。苍：苍苍，青苍色。露白：露水结成霜花，晶莹洁白。此句及下句化用《诗·秦风·蒹葭》："蒹葭苍苍，白露为霜。所谓伊人，在水一方。"秋争老：深秋时节芦苇结霜即如人变老，语意双关。

③伊人：那人，特指心爱的人。水一方：语出原诗，此借指海河边上。

④江鸥：江河畔的鸥鸟。泛泛：随波而动，十分平常。

⑤海鹤：海鸟名，当比江鸥大。昂昂：形容精神振奋，气度不凡。三、四两句合用《楚辞·卜居》之意："宁昂昂若千里之驹乎？将氾（同"泛"）氾若水中之凫，与波上下，偷以全吾躯乎？"意在贬自己，夸对方，实为结句作铺垫。

⑥高陵：高大的山陵。深谷：深切的山谷。多变：典出《诗·小雅·十月之交》："高岸为谷，深谷为陵。"毛亨传："言易位也。"比喻世事发生变化。在这里，当是为自己改变主意张本，也为结句作铺垫。

⑦大玉：华山出产的美玉。明珠：珍珠。这里都是借喻杰出的人。善藏：善于隐藏。《孙子兵法·形篇》："善守者藏于九地之下，善攻者动于九天之上，故能自保而全胜也。"这一句的意思是，只有杰出的人才讲究善藏，但自己不是那样的人，不必那样做。推测其深层意涵，极可能是心爱的人希望他能长留在天津，而他执意要外出谋发展，所以绕来绕去力求说服对方。

⑧抚髀：以手拍股，表示振奋或者感叹。陈去病《出塞望蒙古》："发箧仍自缄，抚髀徒悲呻。"这里意思是感叹或惊讶。

⑨方刚：人当壮年，体力、精神正值旺盛。典出《诗·小雅·北山》："旅（同膂）力方刚，经营四方。"朱熹《集解》："善我之未老而方壮，旅力可以经营四方耳。"那一年秦嵩29岁，虚岁正可称30。这一句最终表明态度，自己正值方刚之年，胸中有四方之志，因而不肯儿女情长，缠绵于温柔乡，一定要离开天津力图发展。这首赠人诗，其实是劝导红颜知己理解自己、支持自己实现宏图远志的情理表白书。

# 辛亥暮春杂感八首（选一）①

万口联邦夸北美②，几人推幕效西乡③。
英雄有价终流血④，天地无情枉断肠⑤。
国步连邅⑥空叹息，民权泮涣⑦足悲伤。
五朝六十年⑧间事，划地输金忍淡忘⑨？

**注释**

①辛亥：指公元1911年。当时秦嵩正在安徽安巡朱家宝幕府供职，四月登安庆绿云楼拜望有"革命奇士"之称的《安徽通俗公报》主办人韩衍，多次交往后结成"死友"，抨击时弊，向往共和。七律《辛亥暮春杂感八首》因之而产生，选录第三首。

②万口：代指以孙中山、宋教仁为代表的革命派及其拥护者，万口形容多。联邦：联邦制国家，又称联盟国家，通常为两个或者两个以上享有主权的政治实体结合而成的国体。北美：特指北美洲的美利坚合众国，亦即美国。1776年7月4日，在费城通过《独立宣言》，宣告脱离英国而独立，成立美利坚合众国。这一句的意思是，争取建立一个像美国那样的联邦制的共和国家，已经成为绝大多数中国人的政治理念。这一判断自有根据：如一，1894年的兴中会誓词里，孙中山即已提出"建立合众政府"；如二，1903年5月邹容所著《革命军》出版，首倡"建立中华共和国"，并提出了中华共和国的25条政纲，其中明确要求以美国宪法和法律为依据，结合中国国情制定宪法和法律，章太炎称《革命军》为"义师先声"；如三，1905年孙中山创立同盟会，确定了"驱逐鞑虏，恢复中华，创立民国，平均地权"的政纲。

③几人：代指以康有为、梁启超为代表的立宪派及其追随者，几人极言少。推幕：推翻幕府统治。1868年1月3日，日本睦仁天皇发布《王政复古大号令》，宣布从当年10月23

日改元明治，从1869年废止以江户幕府为中心的幕藩政体，建立君主立宪的中央政府，史称"明治维新"。效：仿效，学习，即学习日本，维新改良。西乡：西乡隆盛，与木户孝允、太久保利合称为"维新三杰"。这一句的意思是，少数立宪派人士仍在幻想效仿日本，在中国搞君主立宪。

④英雄：特指谭嗣同等"戊戌六君子"。有价：有理想，有信念。流血：指为变法甘愿流血，慷慨赴死。谭嗣同遗言："各国变法，无不从流血而成。今中国未闻有因变法而流血者，此国之所以不昌也。有之，请自嗣同始！"

⑤天地：代指清政权。枉：枉自，白白地。断肠：形容悲伤到了极点。枉断肠：白白地为英雄就义而悲伤。与上句连在一起，意谓尽管谭嗣同等六君子已为变法慷慨捐躯，但清政权毫无改弦更张之意，致英雄们白白流血了，国人为英雄流血而悲伤也白费了。深层意涵是，清政权已然无可救药，变法维新已行不通。对照《庚子乱后重入都门有感》，不难看出，他的政治理念已有质的转变，即由维新而转向共和了。以下四句书愤，便是转变的鲜明体现。

⑥国步：国指国家，步指时运，合即指国家的命运。《诗·大雅·桑柔》："於乎有哀，国步斯频。"高亨注："国步，犹国运。"遭（zhān，音沾）：迟迟不能进，犹言困顿。

⑦民权：民众在国家内所应有的权利。孙中山于1895年流亡国外时，首次提出了三民主义："余欲为一劳永逸之计，乃采取民生主义，以与民族、民权问题同时解决，此三民主义之主张所由完成也。"秦嵩能在诗里用"民权"一词，表明他当时已接受了三民主义。泮涣：融解，分散。《明史·刘宗周传》："发政施仁，收天下泮涣之人心。"这里指民权被稀释，被消解，亦即很少，且无保障。

⑧五朝：指道光、咸丰、同治、光绪、宣统五代清政权。六十年：指鸦片战争后1841年签订《南京条约》以降，到写这组诗时1911年的六十年。

⑨划地输金：割地赔款。例如《南京条约》规定，向英国赔偿2100万银元，割让香港，开放广州、福州、厦门、宁波、上海五口通商。又如《辛丑条约》规定，向八国赔款四亿五千万两白银，关税、盐税由列强控制，在北京划定东交民巷使馆区，由北京至大沽和山海关的铁路允许外国军队驻守。忍淡忘：岂忍心淡忘。后四句书愤，已然站到民族国家的历史高度，致令全诗悲壮苍凉，气味浓深，颇得杜甫、陆游遗韵。

## [近代] 杨庶堪诗3首

　　杨庶堪（1881—1942），原名先达，字品璋，后改名庶堪，字沧白，四川巴县（具体为今重庆巴南区木洞镇）人。早年创办《广益丛报》，并任主编；秘组反清团体公强会，继而加入同盟会，任重庆支部负责人。辛亥武昌首义后，在重庆主盟响应，于11月22日领导反正成功，成立蜀军政府，任高等顾问。1913年与熊克武起兵讨袁，在渝任四川民政长，失败后流亡日本。在日本协助孙中山组建中华革命党，任政治部副部长。1918年被孙中山任命为四川宣抚使、四川省长。1919年任中国国民党财政部长。1923年任中华民国陆海军大元帅大本营秘书长，国民党临时中央执行委员。其后历任广东省长、北京政府农商部总长、司法总长、国民党中央监察委员。后寓居上海，1939年回到重庆。他工词章，善书法，有《杨沧白文集》《沧白诗钞》《论诗绝句百首》存世。

### 秋日郊居时方议选报罢①

险被浮名误此山②，等闲妨却③一秋闲。
幽花媚柳供岑寂④，北陌东阡⑤任往还。
吴卒⑥可应潜市侧，留侯终欲弃人间⑦。
十年一觉英雄梦⑧，老向夷门合抱关⑨。

**注释**

①秋日：此实指1912年秋。郊居：当时杨庶堪寓居佛图关，关在通远门外，故称郊居。议选：当年选举国会议员，为备选人。报罢：古代批复所言之事不准叫报罢，科举考试落第也称为报罢。这里实指杨芬当选，他则落选。

②浮名：虚名。谢灵运《初去郡》："伊余秉微尚，拙讷谢浮名。"此谓国会议员虚名。此山：指佛图关所在的鹅项岭。

③妨却：妨碍，耽误。崔与之《水调歌头·题剑阁》："老来勋业未就，妨却一身闲。"此易一字，借用其意。但前有"等闲"二字，足见是等闲视之，淡泊处之。

④幽花：幽静偏暗之处的花。媚柳：柔媚的柳。幽花媚柳：代指幽静的花妍树绿的园

林。岑寂：冷清孤独之感。鲍照《舞鹤赋》："去帝乡之岑寂，归人寰之喧卑。"李善注："岑寂，犹高静也。"这一句的意思是，流连于花妍树绿的园林之中，足供自己排遣孤寂。

⑤陌：东西走向的土埂。阡：南北走向的田埂。北陌东阡：代指田野。这一句的意思是，散步于田间小道，也令自己随心顺意。

⑥吴卒：吴市门卒，指西汉人梅福。《汉书·梅福传》记载：他是九江寿春人，初任南昌尉，永始元年（前16）上书朝廷，对大司马王凤擅权、王莽受封新都侯提出批评，被斥为"边部小吏，妄议朝政"，被迫挂冠而隐于南昌。至元始年间（1—5），王莽受封安汉公独揽朝政，"福一朝弃妻子，去九江，至今传以为仙。其后，人有见福于会稽者，变名姓，为吴市门卒云"。刘克庄《梅福》诗："忽去忽吴卒，深逃安汉公。翻身天地外，脱屣市朝中。"是将"吴市门卒"省称而为"吴卒"。这一句借梅福的典故，进一步表明态度，宁肯选择"潜市侧"，即隐居于市朝的角落当中，也不羡慕官场的浮名。

⑦留侯：汉初张良，爵称留侯。弃人间：事见《史记·留侯世家》："留侯乃称曰：'家世相韩，及韩灭，不爱万金之资，为韩报雠强秦，天下振动。今以三寸舌为帝王师，封万户，位列侯，此布衣之极，于良足矣。愿弃人间世，欲从赤松子游耳。'乃学辟谷道引轻身。"意谓张良功成名就，爵显位尊，却要抛却世俗富贵，退隐自适。借这个典故，更进一步地淡泊明志。

⑧十年：概指既往多年。一觉（jiào，音叫）：一次睡眠醒来。英雄梦：比喻既往从事反清革命活动的英雄壮举恍若一梦。杜牧《遣怀》："十年一觉扬州梦，赢得青楼薄幸名。"这一句即从杜牧诗句意化用而来，表明对既往英雄功业赢得的名声也不留恋。

⑨夷门：战国时期魏国都城大梁的东门，后泛指城门。抱关：掌握门闩，把守城门，常借以指守门小吏。此处特指魏人侯嬴。据《史记·信陵君列传》记载，"魏有隐士曰侯嬴，年七十，家贫，为大梁夷门监者。公子闻之，往请，欲厚遗之。不肯受……因谓公子曰：'今嬴之为公子亦足矣。嬴乃夷门抱关者也。'"结句又借侯嬴隐于市朝的典故，从当下伸及今后，表明即便既老且贫，也会像侯嬴那样宁静地洁身自好。整首诗紧扣"等闲"二字，一再纪行加再三用典，表明了视浮名如粪土的心志。验之杨庶堪一生，主盟重庆反正而只作蜀军政府顾问，从党政高官去职以后多年寓居上海，返重庆后仍借寓于南岸石墅，直至辞世，实证这首诗决非矫情自饰，而是言行如一的。

# 夜袭①

寇续侵空月午②前，夜凉人静转凄然。

悲鸣③巴峡三声曲，下视齐州九点烟④。

屋漏星河明半灭⑤，满天风露伏生寒⑥。

兹宵万户无安枕⑦，谁识吟耽⑧惯晚眠。

**注释**

①从 1938 年 2 月 18 日开始，侵华日军对中国战时首都重庆进行了长达 6 年又 8 个月的战略轰炸，史称"重庆大轰炸"。1939 年升级为"疲劳轰炸"，日夜空袭，全年出动飞机 865 架次，投弹 1897 枚，炸死市民 5247 人，致伤市民 4196 人，炸毁房屋 4757 幢，最为惨烈。杨庶堪适于 1939 年夏天由上海返重庆，借寓于南岸弹子石小石坝石青阳女石孝霞之别墅"霞庄"（实为土木结构、青瓦白墙平房，址在今重庆十一中附近），正遇上日机日夜空袭，乃有此作。

②月午：月至午夜，犹言半夜。宋杨万里《月午》："揭竿借日自烘衣，背立晴暄片子时。"首句点明夜袭时点。

③悲鸣：借用三峡民谣"猿鸣三声泪沾裳"意，凸显悲意。

④齐州九点烟：典出李贺《梦天》："遥望齐州九点烟，一泓海水杯中泻。"其中齐州犹言中州，代指中国。《尔雅·释地》："岠齐州以南，戴日为丹穴。"郭璞注："岠，去也；齐，中也。"邢昺疏："中州，犹言中国也。"中国古分九州，高处俯视九州，如烟九点。王琦注李贺诗："九州辽阔，四海广大，而自天上视之，不过点烟杯水。"杨诗"下视"即用此意。全句意思是，联想到整个中国，也正处于"悲鸣"状态。

⑤星河：银河，犹言星空。明半灭：空中的星光时明时灭。因屋漏，故在卧室内可以望见星光闪烁。同时也表明半夜未入眠。

⑥伏：指农历伏天，天气犹热。生寒：心生寒意。伏生寒：原本伏天犹热，却感到寒冷，可见是心寒而决非天寒。由之引出下句。

⑦兹宵：那个夜晚，亦即日机夜袭之夜。万户无安枕：重庆城内所有居民都无法入睡。这一句推己及人，真切表达出了对于举城同胞安危的担忧。

⑧耽：沉溺于。吟耽：指作诗沉溺佳句，务必惊奇。典出杜甫《江上值水如海势聊短述》："为人性僻耽佳句，语不惊人死不休。"这一句的意思是，自己半夜未入眠，既不是因

377

为像杜甫那样在推敲佳句，也不是由于习惯晚睡，而是由于日寇"侵空月午前"，推己及人，既为重庆"万户"同胞的安危担忧，也为"齐州九点烟"即全中国同胞的命运担忧，充分体现出了"先天下之忧而忧"的仁人情怀。

## 张培爵烈五[①]

纷纷党狱痛捐糜[②]，驱虏从君建义旗[③]。
九死艰难唯一笑[④]，世间无此好男儿[⑤]！

**注释**

[①]杨庶堪晚年撰有《怀人诗十首》，分别咏赞他的十位战友，此为其一。《重庆历史名人典》介绍：张培爵（1876—1915）"字列五（杨诗写作"烈五"），清末民初荣昌县人。光绪二十九年（1903）考入成都高等学堂理科优级师范。光绪三十二年（1906）加入同盟会。宣统元年（1909）参与组织'乙辛学社'，作为同盟会重庆支部的核心。宣统三年（1911）武昌起义爆发后，同盟会重庆支部派人到川东南各县活动，促使丰都、忠州等县先后起义。同年11月22日重庆起义发动后，宣布独立，随后成立蜀军政府。次日，张被推为蜀军政府都督。蜀军政府派人到资中与入川湖北新军联系，策动其起义，处决了领军入川镇压保路运动的满清大员端方兄弟。在蜀军政府支援和影响下，川东南各地纷纷起义，计57个州县宣布接受蜀军政府领导。1912年3月，就任四川军政府副都督，不久改任四川民政局长。同年10月，被袁世凯解除实权，到北京任'总统府高级顾问'。次年孙中山发动'二次革命'时，张秘密组织反袁。1915年4月，被袁世凯政府特务杀害"。今重庆渝中区沧白路有张培爵烈士纪念碑。

[②]纷纷：接连不断。党狱：古代将因一定政治见解相同而成团体的士人称为党人，如东汉反对宦官擅政的清流士子即称党人，明代后期有东林党人，政府当局逮捕、监禁、诛杀党人则称党狱。这里特指袁世凯为大总统的中华民国政府（亦即北洋政府）迫害革命党人及反对派。邹鲁《洪宪之役》："溯自二年讨袁军失败，袁世凯大兴党狱，党人死者甚多，非党员被诬者亦不少。"最典型的案例为宋教仁于1913年3月20日在上海遇刺，张培爵于1915年1月7日于天津被诱捕，3月4日遇害于北京狱中亦为显例。捐糜：本义为弃食，引申指捐躯、牺牲。明屠隆《彩毫记》："常思捐糜七尺，以报国恩，岂从汝反乎？"痛捐糜：为张培爵牺牲而哀痛。

③驱虏：驱逐鞑虏，亦即开展反清活动。同盟会原纲领："驱逐鞑虏，恢复中华。"从君：追随你，实际是志同道合。义旗：为正义而战，或者起义的军队的旗帜，亦借指义师。骆宾王《代李敬业以武后临朝移诸郡县檄》："爰举义旗，以清妖孽。"建义旗：特指杨庶堪、张培爵一起组织领导重庆反正，建立蜀军政府，推动川东南57个县起义成功而归属蜀军政府。这是对张培爵生前最大的历史功勋的集中肯定。

④九死：九为虚数，表示极多。九死形容经历很多危险关头。屈原《离骚》："亦余心之所善兮，虽九死其犹未悔。"九死艰难：形容经历很多艰难险阻，侥幸生存下来，犹言九死一生。一笑：形容终究慷慨赴死。谭嗣同《狱中题壁》："我自横刀向天笑，去留肝胆两昆仑。"这里借以指张培爵被诱捕后坚贞不屈，壮烈牺牲。

⑤男儿：男子汉，有大丈夫气概的男人。高适《燕歌行》："男儿本自重横行，天子非常赐颜色。"好男儿：出色的男子汉大丈夫。这一句的意思是，张培爵牺牲以后，人世间就再没有像他那样出类拔萃的男子汉大丈夫了。历史事实当然并不会如此，但这确是杨庶堪对这一位老战友崇高人格的真诚评价。

## [近代] 郭沫若诗2首

郭沫若（1892—1978），原名开贞，字鼎堂，号尚武，沫若为笔名行世，四川乐山人。早年留学日本，攻读医学。1919年组织爱国社团夏社，并开始诗歌创作，诗集《女神》为中国新诗的先锋成果。回国后组织创造社，影响甚大。北伐战争时任北伐军政治部宣传科长、副主任，曾参加南昌起义。失败后流亡日本十年，专注于历史学、甲骨文、金文研究，成就甚显。1937年回国，在上海主办《救亡日报》，在武汉、重庆出任国民政府军委会政治部第三厅厅长、文工会主任，历史剧创作臻于高峰。共和国时期历任政务院副总理、全国人大常委会副委员长，并长期兼任中国科学院院长、中国文联主席。在重庆作过不少诗词，今特录入其咏赞重庆历史名人的两首诗。

### 钓鱼城访古[①]

魄夺蒙哥[②]尚有城，危崖[③]拔地水回萦。
冉家兄弟承璘玠[④]，蜀郡山河壮甲兵。[⑤]
卅载孤撑天一线[⑥]，千秋共仰宋三卿[⑦]。
贰臣妖妇[⑧]同祠宇，遗恨分明不可平[⑨]。

**注释**

[①]钓鱼城：在今重庆合川区，为南宋抗御蒙（元）军的重要军事城垣，已申报世界文化遗产。访古：1942年6月2日，郭沫若由卢子英陪同考察钓鱼城遗址，返回重庆后创作此诗。原题为《钓鱼城访古·华国英撰重建忠义祠碑文》，诗句对碑文有针对性。忠义祠最初为功德祠，系乾隆年间合川郡守陈大文主持兴建。陈大文撰《钓鱼城功德祠碑文》，认为王坚、张珏"二公高风劲节，固与日月争光，山川共久；而李公德辉、王公立与熊耳夫人寔有再造之恩，亦应享民之祀"，并称赞王立"宁屈一己为保全宋室遗民，非如沿江诸人全躯致富贵可比"。至光绪年间，署合川事华国英主持修葺，改称贤良祠，并撰《培修贤良祠碑记》，认为应将王坚、张珏、余玠、二冉、李德辉、王立、熊耳夫人一并入祠祭祀，明确肯定王立"虽未殉国，而能顺天以全万姓""亦有合仁之道焉"，赞扬熊耳夫人"以一女子而能

画策以救危城"。此诗前六句即同意华国英之见，依次对二冉、余玠、王坚、张珏进一步颂赞，后两句反拨华国英之见，对王立、熊耳夫人予以贬抑。

②魄夺蒙哥：指南宋宝祐六年（1258）四月，蒙古大汗蒙哥亲率三路军攻蜀，开庆元年（1259）正月决意攻取钓鱼城，七月初亲至钓鱼城下督战，"为炮风所震，因成疾"，终不治而亡于金剑山温汤峡（今重庆铜梁区西温泉），蒙军主力因之而退走。

③危崖：指钓鱼山，钓鱼城即依山而建。钓鱼山在今合川城区东北五公里，嘉陵江南岸，整座山三峰耸峙，嘉陵江、渠江、涪江汇流其下，山水相拥，控扼三江，自古为"巴蜀要津"。这一句集中描写钓鱼城得天独厚的山水形胜。

④冉家兄弟：冉琎、冉璞兄弟二人。本为播州（今贵州遵义市）人，"有文武才，隐居蛮中，前后阃帅辟召，坚不肯起"。余玠帅蜀后，设招贤馆于衙署东，悬榜通告欲"集众思，广忠益"，"豪杰之士趋期立事，今其时矣"。二冉闻之而至重庆，住招贤馆观察数月后，向余玠进献徙合州城于钓鱼山，设险守蜀之计。余玠采纳其计，并委派二冉主持徙城防务，从兹二冉成为余玠建立四川山城防御体系的得力助手。承：承接，此为继承意。璘玠：南宋名将吴璘、吴玠。南宋初期，吴玠曾任四川宣抚使，其弟吴璘随兄抗金，以勇略知名。吴玠辞世后，吴璘继续坚持抗金，以功建节而拜镇西节度使，累官四川宣抚使，成为川陕地区抗金主帅。这里以兄弟二人为联系点，赞颂二冉对于抗蒙（元）的重要贡献，犹言冉氏兄弟是继吴氏兄弟之后出现的一对有功于历史的好兄弟。

⑤这一句的意思是，自从二冉献计，并且协助余玠建成四川山城防御体系后，整个四川便形成了以"重庆为保蜀根本，嘉定为镇西之根本，夔门为蔽吴之根本"的三城鼎立，二十余座城堡东西呼应的抗蒙（元）坚强阵地，军事形势因之而甲于当世。

⑥卅载：指从宋淳祐三年（1243）蒙古军入侵，至元至元十六年（1279）正月王立携城降元，钓鱼城保卫战坚持了36年之久，此举其约数。孤撑：孤立无援，顽强撑持。相应史实为，从宋咸淳三年（1267）始，蒙（元）即改变既往主攻四川的方针，主力进攻襄阳和樊城。咸淳九年（1273）攻占襄樊，便隔断了四川地区与东南地区的联系。德祐二年（1276）元军进入南宋国都临安（今浙江杭州市），谢太后携恭帝出降，文天祥、陆秀夫拥戴年幼的益王赵昰、广王赵昺流亡至福建、广东，南宋事实上已经灭亡。说是孤撑，毫不夸张。天一线：形容尚能守住的地方极其狭小。

⑦宋三卿：指相继在钓鱼城之战中担任宋方统帅的将领，即四川制置使兼知重庆府的余玠，兴元都统兼知合州的王坚，四川制置副使兼知重庆府的张珏，均可参见《重庆历史名人典》。这一句紧承上句，犹言这三位当是，并且只有他们才是"孤撑天一线"的功臣，值得"千秋共仰"。

⑧贰臣：在前一朝代做官，投降后一朝代仍继续做官的人，此指王立。妖妇：惯于凭姿色风骚或花言巧语迷惑男人的女人，此指熊耳夫人。相应史实为，钓鱼城最后一任主将王

立，听从义妹熊耳夫人的建言，为保城内十几万军民的生存，不顾个人的名节，携城降元。其背景为，自从元军占领襄樊后，钓鱼城与南宋朝廷"朝命不通"已三年有余。至景炎三年（1278）三月，重庆城也被元军攻占，张珏被俘遇难，钓鱼城已沦为一座弹丸孤城。更兼合州连遭两秋大旱，城内粮食断绝，饥民易子而食，城破已在旦夕。王立问讯部众："某等荷国厚恩，当以死报。然其如数十万生灵何？今渝城已破，制置亦擒，将如之何？"适逢熊耳夫人诚告其表兄李德辉时任元方安西王（忽必烈皇子忙哥剌）相、西川行枢密院副使，劝王立以免遭屠城为条件，通过李德辉向元西川行院请降。经过李德辉斡旋，元世祖忽必烈降诏宣明："鱼城既降，可赦其罪，诸军毋得擅便杀掠，宜与秋毫无犯。"王立乃携城降元，钓鱼城军民乃得免遭涂炭。1942年6月正值抗日战争艰难阶段，郭沫若称王立为贰臣，称熊耳夫人为妖妇，情理上可以理解。但在历史长河中，究竟如何评价王立和熊耳夫人及其行为，不同人文观念的人会有不同的指认，郭说并非盖棺定论。

⑨遗恨：遗憾，到死也难以称心的感情。不可平：不可能消除。整首诗爱憎分明，褒贬强烈，体现出了郭沫若一贯的诗人型学者风格。

# 咏秦良玉（四首选一）①

石柱擎天一女豪②，
提兵绝域事征辽③。
同名愧杀当时左④，
只解屠名意气骄⑤。

**注释**

①秦良玉：据《重庆历史名人典》记述，秦良玉（1574—1648）"又名秦贞素，女，明重庆府忠州人。神宗万历二十七年（1599），随夫率兵参加平定播州（今贵州遵义）宣慰使杨应龙叛乱。光宗泰昌元年（1620），率所部白杆兵北上援辽，亲赴沙场，打退后金军，镇守榆关（今山海关），遏制了后金军南下。熹宗天启二年（1622），回川参与平定永宁土司奢崇明叛乱，收复成都、重庆等城。思宗崇祯二年（1629），后金军逼近京师，秦请缨勤王，入援北京，收复滦州、迁安、永平、遵化等城。崇祯皇帝对其壮举大加赞赏，特召见于平台，赐彩缎、金银、羊、酒，并赋诗4首以褒其功。因军功卓著封诰命夫人，委以总兵官。

南明隆武政权时，被授予上柱国、光禄大夫、太子太保、忠贞侯封号。清顺治五年（1648）病故，葬石柱城东回龙山。今忠县忠州镇保存有太保祠"。1944年郭沫若作《咏秦良玉》诗四首，此为第一首。

②石柱：一语双关，既是县名，又将秦良玉喻为擎天的巨大石柱。擎：向上托，举起，撑起。成语"一柱擎天"，语出《唐大诏令集·赐陈敬瑄铁券文》："卿玉山镇地，一柱擎天，气压乾坤，量含宇宙。"比喻是能承担天下重任的顶天立地的巨人。石柱擎天即用此义，犹言秦良玉能够承担起天下重任。女豪：女豪杰，女英雄。这是历来对秦良玉有过的最崇高赞誉。

③提兵：率领军队。唐武元衡《兵行褒斜谷作》："注意奏凯赴都畿，速令提兵还石坂。"绝域：极遥远的地方，多指国外。《后汉书·班超传》："愿从谷吉，效命绝域。"辽：指后金。这一句概述秦良玉一柱擎天的主要表现，即1620年及1629年两次率白杆兵北上与后金军队作战，并建立功勋。

④愧杀：极言惭愧，犹言羞死。这一句巧用同名关系，拿左良玉与秦良玉作对衬。左良玉（1599—1645）为明末著名将领，也参加过出关征辽、北京勤王并建功。一生主要是与李自成、张献忠部农民军作战，因累建功而官至平贼将军、太子少保，封南宁侯。与秦良玉不仅同名，而且同时代，同功业，但姓氏不同，性别不同，德行表现尤不同。《明史·左良玉传》记载："左良玉以骁勇之材，频歼剧寇，遂拥强兵，骄亢自恣，缓则养寇以贻忧，急则弃甲以自溃。"

⑤只解：只晓得。屠名：五行卦之一，主名利双收。这里意思是左良玉只知名利双收。意气：意志，气概。意气骄：指左良玉如《明史》本传所指，一贯骄横自恣，拥兵自重。这就正好与秦良玉对衬，高下立见。这首诗除了对秦良玉评价极高，突出的特点就在利用"石柱"一语双关，利用"良玉"同名对衬用得极佳，似顺手拈来，又天然浑成。

## [近代] 乔大壮诗1首

乔大壮（1892—1948），本名曾劬，字大壮，以字行，号波外居士，四川华阳（今属成都）人。清末就读于北京译学馆，精通法语，学兼佛乘经论，辜鸿铭视为"通才"。尤工倚声，诗、书、印并称三绝，唐圭璋誉为"一代词坛飞将"。1915年任教育部图书审定处专员。1927年赴南昌任周恩来秘书。1935年任中央大学艺术系教授。抗战时期举家移居于重庆乡间，历任中央大学师范学院词学教授、国民政府经济部秘书、军训部参议、监察院参事。1940年与章士钊、沈尹默、江庸、潘伯鹰等发起成立"饮河诗社"，诗作享誉大后方。1947年应邀去台北任台湾大学中文系教授，次年因其好友、台湾大学中文系主任许寿裳遇害，愤而返南京，7月3日自沉于苏州梅村枫桥下。遗作有《乔大壮诗集》《乔大壮词集》《乔大壮书法》《乔大壮篆刻集》。

## 围棋①

围棋奈苍生②，儿曹遽③破贼。
嘈囋丝竹④中，入内屐齿⑤折。
良无活国计⑥，往往肝胆热⑦。
汉道⑧自此昌，慎矣亡胡月⑨。

### 注释

①围棋：典出东晋谢安故事。公元383年，前秦军队20万人号称80万人进攻至淝水（今安徽寿县东南方）一线，逼近东晋都城建康（今江苏南京市），时任东晋中书监、录尚书事，总揽朝政的谢安自任都督扬州、豫州、徐州、兖州、青州五州军事，派其侄谢玄率军8万迎敌。谢玄指挥的东晋军队以少胜多，大败前秦军，史称"淝水之战"。捷报传到建康时，谢安正在下围棋。《晋书·谢安传》："玄等既破坚（前秦苻坚），有驿书至，安方对客围棋。看书既竟，便摄放床上，了无喜色，棋如故。客问之，徐答曰：'小儿辈遂已破贼。'既罢，还内，过户限，心喜甚，不觉屐齿之折。"乔大壮借此围棋故事，赞扬其次子乔无遏在零陵空战中建功，并对国事抒发感慨。乔无遏于1942年弃学从戎，加入重组的中国空军，在

美国接受培训以后随十四航空队回国，投入对日作战，于1943年5月12日的零陵空战中击落日机，立功受奖。消息传到重庆，乔大壮即赋此诗，多位饮河社友亦步韵唱和，成为当年重庆诗坛一段佳话。

②奈：奈何，如之何。苍生：百姓。史岑《出师颂》："苍生更始，朔风变律。"刘良注："苍生，百姓也。"这一句的意思是，只会下围棋，对天下百姓能有何好处。其深层意涵为，抗日不能像谢安那样故作镇静，而要像"小儿辈"谢玄那样实打实"破贼"。

③儿曹：儿辈，孩子们，犹言"小儿辈"。此特指其次子乔无遏及其中国空军战友们。遽：本义为送信的快车或快马，引申为形容急速。此用引申义，犹言这么快。全句化用谢安语"小儿辈遂已破贼"，但改"遂"为"遽"，深寓着惊喜、赞美之情，绝无谢安那种矫情。

④嘈囋：嘈杂，常用以形容交混的声音。鲍照《登庐山》："嘈囋晨鹍鸣，叫啸夜猿清。"此形容丝竹音响。丝竹：丝指弦乐，竹指管乐，丝竹为中国古代管弦乐统称，亦称丝管。杜甫《赠花卿》："锦城丝管日纷纷，半入江风半入云。"这里的"嘈囋丝竹"，颇有杜诗"锦城丝管"意，既指昔日的建康，也指今日的重庆，都处于那样一种歌舞升平状态中。暗寓着对抗战时期"前方吃紧，后方紧吃"，一部分高官享乐腐败的嘲讽性义愤。

⑤屐：木底鞋。屐齿：木屐底下凸出像齿的部分。这一句活用《晋书·谢安传》"还内，过户限，心喜甚，不觉屐齿之折"本意，取其"心喜甚"三字精蕴，借以表达自己对于"儿曹遽破贼"由衷的欣慰之情。

⑥良无：真的没有，诘问语词。王安石《和仲求即席分题得庶字》："良无此嘉客，式饮吾所庶。"活国计：能使国家兴盛的方略。黄庭坚《送范德孺知庆州》："平生端有活国计，百不一试貌九州。"其所以如此诘问，起因于《晋书·谢安传》有记："玄入问计，安夷然无惧色，答曰：'已别有旨。'"淝水之战获胜前，谢安究竟有无活国计，由此玄虚莫测的回答实在难认定。但此处更有置疑，犹问国民政府真的有无活国计。

⑦肝胆：喻指真心诚意。《史记·淮阴侯列传》："臣愿披腹心，输肝胆，效愚计，恐足下不能用也。"热：喻激动。陶潜《影答形》："身没名亦尽，念之五情热。"肝胆热：犹言五情热，即身心都为之激动。这一句承上而来，表明较之为"儿曹遽破贼"而欣喜不已，更常常为政府当局有无"活国计"而心情激动。其意与杜甫《自京赴奉先县咏怀五百字》"穷年忧黎元，叹息肠内热"相近。

⑧汉道：汉代的道统及国祚，这里代指抗战时期中国国运。这一句又回到赞子上，意谓有了乔无遏及其战友们这样的热血青年，中国的国运一定能够走向昌盛。

⑨这一句化用宋人韩驹《某已被旨移蔡城起旁郡未果今日上城部分民兵阅视战舰口号五首》之五诗意："沙场腊送亡胡耳，泽国春生贺汉年。说与胡儿莫轻出，黄岗直下有戈船。"亡胡月：消灭胡人的年月，此借喻战胜日本侵略者的战略机遇，与上句同用前两句诗意。慎矣亡胡月：用后两句特别是第三句"莫轻出"诗意，提醒政府当局日本侵略者的力量还强大，不要轻敌冒险。整首诗由父子情而家国情，达意奇，立意高，殊非一般赞子诗可比。

[近代] 刘孟伉诗3首

刘孟伉（1894—1969），名贞健，字孟伉，以字行，号呓叟，四川云阳（今属重庆）人。早年师从其堂兄晚清进士刘贞安，文辞诗赋及书法篆刻俱佳，终成大家。1920年在奉节县夔属联中任文史教员。1921年在万县省立第四师范任国文教员，进入川军第一军第二混成旅任旅部书记。1926年参加泸顺起义，加入中国共产党。起义失败后，先后在开县、云阳、万县等地教书。1933年定居万县，受聘为《万县县志》编纂。1938年起相继任中共万县中心县委委员，云奉南岸地区区委书记，"川东民主联军下川东纵队"（即川东游击队）七南支队司令员兼政委，长期在奉节吐祥雷家坝、谢家坪、芳草坪等地坚持游击斗争。中华人民共和国成立后，先后任川东行署副秘书长，四川省文史研究馆馆长。著有《冉溪诗稿》《冻桐花馆词钞》等诗词集，《杜诗解说》《说文解字笺》等学术著作，巴蜀书社出版有《刘孟伉诗词选》。

## 峡天[①]

峡天双壁万仞强[②]，中流一线何茫茫。
云物晓暮千千变[③]，风雨忧愁数数[④]忘。
直恐安排竭造化[⑤]，故应才地[⑥]异寻常。
剑阁西来接秦陇，夔门东去望荆襄。[⑦]
属以经途占名胜[⑧]，岂知大泽[⑨]有深藏。
正可乘舟通水利，会须释担慰村氓[⑩]。
何时就渠追李郑[⑪]，归来为尔补郦桑[⑫]。

**注释**

①峡天：峡指长江三峡，天指峡江天空。此按古例用首二字标题。诗成何时不详，当在游击活动之前。

②峡天双壁：指三峡一带的天空出现在两岸绝壁间。强：用在数字后，表示略多于此

数。《木兰辞》："策勋十二转，赏赐百千强。"万仞强：比万仞更高。

③云物：景物，景色。范成大《光相寺》："云物为人布世界，日轮同我行虚空。"千千变：形容变化非常多。这一句的意思是，三峡一带的自然风光，从早到晚都会有非常多的变化。

④风雨：本指自然界的刮风下雨，常喻人世间的艰难困苦，此用喻义。数（shuò，音朔）数：屡屡，常常。白居易《醉后走笔酬刘五主簿长句之赠》："张贾兄弟同里巷，乘闲数数来相访。"这一句的意思是，三峡一带的艰难困苦、祸害忧愁屡屡发生，多得谁都记不住。

⑤安排：本指听任自然变化。《庄子·大宗师》："造适不及笑，献笑不及排，安排而去化，乃入于寥天一。"郭象注："安于推移而与化俱去，故乃入于寂寥而与天为一也。"亦指施以心思人力，以期达到某种目的。陆游《兀坐久散步野舍》："先师有遗训，万事忌安排。"竭：穷尽。造化：大自然。这一句兼取安排的两种意涵，强调最令人恐惧的是，既听任自然变化不断发生，又施以人事折腾交相破坏，致令大自然的资源被破坏或掠夺完了。

⑥才地：才能，才质。《晋书·王恭传》："自负才地高华，恒有宰辅之望。"这一句的意思是，必须让才能非同寻常的人来治理三峡，不能任自然灾害频发及人为破坏太多的状况继续存在。

⑦这两句放眼开去，将长江三峡置于长江上游和长江中游的大范围内，既点出其独具的纽带作用，又引出以下诗句所写大范围内寻求人才。

⑧属以：以属，犹言凡属。经途：佛教用语，指佛与菩萨所居住的干净地方，犹净土。这里借指有寺庙的地方。占：这里是有的意思。韩愈《进学解》："占小善者，率以录。"名胜：本指有文物古迹或优美风景的地方，亦喻指有名望的才俊之士。《晋书·王导传》："会三月上巳，帝亲视禊，乘肩舆，具威仪，敦、导及诸名胜皆骑从。"这里即用喻指义。全句意思是，但凡有寺庙的地方必定有才俊之士游息其间，可以去那里寻治理人才。

⑨大泽：大湖沼，大薮泽，代指深山大泽。《左传·襄公二十一年》："深山大泽，实生龙蛇。"龙蛇喻人才，深山大泽即为人才隐居深藏的地方。这一句的意思是，还必须到深山大泽去，从隐逸中寻求人才。

⑩会须：应当。李白《将进酒》："烹羊宰牛且为乐，会须一饮三百杯。"村氓：村民。《诗·卫风·氓》："氓之蚩蚩，抱布贸丝。"毛亨注："氓，民也。"这里泛指三峡住民。慰村氓：告慰三峡地区的广大住民。

⑪李：李冰，秦昭王时的蜀郡太守，筑成都江堰，分岷江水为内外二江，两千多年来一直灌溉成都平原的沃土良田。郑：郑国，战国时韩人，秦王政时为秦国开通郑国渠，分泾水东流，经三原、富平、浦城而入沮、洛，两千多年来亦灌溉关中四万余顷良田。这一句感慨发问，什么时候才能寻求到李冰、郑国那样的水利人才呢？

⑫尔：你，你们，指李郑式的水利人才。郦：郦道元，《水经注》的作者。桑：桑钦，

三国时人,《水经》作者。补郦桑:将你们治理三峡的成果补充到《水经》和《水经注》中去,意谓让你们百世流芳。这一首七言歌行,浑如一篇形象化的治理三峡建言书或宣传稿,表现出刘孟伉在革命岁月已别具慧心,自觉关注长江三峡的水利问题。

# 峡中闻巫歌①

夔地原楚地,夔俗原楚俗②。

楚人好巫夔亦尔③,巫山巫峡皆在此。

至今遗俗满乡国④,夜夜巫师舞无极⑤。

歌词自作怜楚狂⑥,屈宋由来楚文章。

文士只知读楚词,胡不迳起师⑦巫师?

君看比兴宜风雅⑧,何殊沅芷异江离⑨?

不信但听⑩师吹角,开坛请师即有若⑪。

锣靠鼓兮鼓靠锣,新接媳妇兮靠公婆。⑫

**注释**

①巫歌:巫师在跳舞作法时所唱的歌谣,以及所念的咒语。这首诗与《峡天》大体作于同时。诗前原有 500 余字的序,今不录,只随注释有所引用。

②俗:风俗,此特指巫风习俗。

③楚人好巫:王逸《楚辞章句》:"楚人信巫鬼,重淫祀。"夔亦尔:夔州上下也与之一样。大巫山地区本为中华巫文化发源地之一,《山海经》多有记述,屈原辞也不乏描写。

④乡国:家乡。苏轼《游金山寺》:"试登绝顶望乡国,江南江北青山多。"此指长江三峡一带。

⑤巫师:上古时期女巫称巫,男巫称觋,合称巫觋,统称为巫。近代三峡上下男巫称巫师,女巫通称巫婆,三峡地区称马脚娘。舞:巫师作法时伴有手舞足蹈,同时口唱歌谣,或者口念咒语,盖从古代巫风淫祀中歌舞乐一体演化而来。这里的舞兼指歌舞。无极:无休无止。

⑥自作:指巫师所唱歌词为当时当地所作。怜:爱。楚狂:指《楚狂接舆歌》:"凤兮凤

兮,何德之衰?往者不可谏,来者犹可追。已而已而,今之从政者殆而!"序中说:"故楚词者,巫歌体制之总集,所谓当时体也。《伐檀》之诗,《接舆》之咏,何能外是?"这一句的意思是,巫师的歌词追效《楚狂接舆歌》,都属当时体。

⑦胡不:何不。师:师法,向谁学。连同上一句,意在提醒当世文士不要只知读《楚辞》,最好还向巫师学习。向巫师学习,实即向民歌民谣学习,向当时体学习,这一文学观无疑颇通达。

⑧比兴、风雅:代指诗之六义。《周礼·春官·大师》:"教六诗,曰风,曰赋,曰比,曰兴,曰雅,曰颂。"郑玄注:"风言贤圣治道之遗化也。赋之言铺,直铺陈今之政教善恶。比见今之失,不敢斥言,取比类以言之。兴见今之美,嫌于媚谀,取善事以喻劝之。雅,正也,言今之正者,以为后世法。颂之言诵也,容也,诵今之德,广以美之。"孔颖达《毛诗正义》说:"赋比兴是诗之所用,风雅颂是诗之成形。"刘孟伉博闻约取,主要采用了孔颖达说,将赋比兴认作诗的三种表现方式,将风雅颂认作诗的三种基本体式,并且以比兴概称赋比兴,以风雅概称风雅颂。宜:适合于。这一句的意思是,奉劝"君"们(前之"文士")不要只看到赋比兴的表现方式适合于风雅颂等诗歌体式。

⑨何殊:何异,有何区别。后之异同。沅芷:屈原《九歌·湘夫人》:"沅有芷兮澧有兰,思公子兮未敢言。"江离:屈原《离骚》:"扈江离与辟芷兮,纫秋兰以为佩。"这一句承上一句而来,意指屈原辞中多所用的香草美人之类的审美示现,与《诗经》中赋比兴适合于风雅颂有什么区别。深层意涵则如序所说:"吾以为文之《庄》,诗之《骚》,其人皆天姿高绝,直欲突破当前,而仍不免笼罩于其时巫俗神氛之下。"亦即"楚舞楚歌,巫舞巫歌而已"。

⑩但听:且听。

⑪若:指示代词,犹言此。指结尾两句所引的巫歌。

⑫这两句巫歌详见序:"至予所云今之巫歌,即古之楚歌者,举例证之。《请师》云:'锣靠鼓来鼓靠锣,新接媳妇靠公婆。惟有那徒弟失靠处,不靠师祖爷靠谁个?'《退病》云:'蹀一脚来禁一声,十分病来退九分。'此之用'来',即楚词之用'兮'。'来'古音如'厘','厘'又与'禧'通,并是声转,无雅俗也。若必以'兮'为雅,则请试就其词改'来'为'兮',皆成雅词,且声调更美。而使将'兰有蕙兮鞫有芳,怀佳人兮不能忘'易'兮'为'来',不皆成俗词乎?他类并是。孰雅孰俗,可得闻乎?明乎此,可以读楚词,可以听巫歌。"诗与序合璧,淹贯古今、汇通雅俗地解析巫歌,确比当今重庆一些文人雅士只知引《山海经》讲巫文化高明得太多。

# 与谢老夜话达旦①

自汲山泉夜煮茶，

山月初堕斗初斜②。

为因贪共山农语③，

直到天明眼未沙④。

**注释**

①谢老：谢姓老农。达旦：整整一夜，直到天明。《汉书·刘向传》："夜观星宿，或不寐达旦。"按史实，由赵唯任司令员、彭咏梧任政委的"川东民主联军下川东纵队"建立于1947年12月下旬，武装起义于1948年1月8日正式展开。其中，由彭咏梧兼任政委的奉大巫支队打了三个胜仗后，即遭敌方围堵，于1月16日分兵突围中招致失利，彭咏梧牺牲。由赵唯兼任司令员的巴北支队，由刘孟伉任司令员兼政委的七南支队分别在长江以北及长江以南活动，都在打了几个胜仗后，遭到数倍于己的敌方军警"铁箅清乡"，于2月中旬化整为零，保存自己以打击敌人。当年夏天，刘孟伉隐蔽在奉节吐祥金子乡谢家坪，与谢姓老农成为朋友，以之为题写过几首诗，此即其一。

②斗：指北斗七星。《史记·天官书》："斗为帝车，运于中央，临制四方，分阴阳，建四时，均五行，移节度，定诸计，皆系于斗。"依据北斗七星的方位排列，可定一年之春夏秋冬，一日之晨午昏夜。斗初斜：北斗转向，参星横斜，即指天将亮。亦即达旦。

③贪：贪图，贪恋。共山农语：与山农共语。奉节县吐祥镇位于长江南岸，地处七曜山区，故称谢姓老农为山农。据其他诗透露，谢姓老农虽未读过多少书，却懂星象，晓《诗经》，熟悉太平天国故事，因而能与刘孟伉移时共语。

④沙：方言俗语词。眼睛干涩，似有异物，巴蜀地区民间称为眼睛发沙。眼睛发沙即难睁开眼，意味犯困了，这里即用此义。俗词入诗，格外鲜活。回看整首诗，刘孟伉这一个革命者，真的能与农民群众打成一片，亲密无间。能在敌人"铁箅清乡"中生存下来，也多赖于此。如今讲红色文化，不能忽略了这类作品。

## [近代] 吴芳吉诗3首

吴芳吉（1896—1932），字碧柳，号白屋吴生，四川江津（今属重庆）人，生于巴县杨柳街碧柳院（今属重庆渝中区）。1910年考入北京清华园留美预备学校，1912年因声援、抗议美籍教师无理辱骂中国同学，张贴《讨校长檄》被开除。1919年应吴宓之邀赴上海任《新群》诗歌编辑，发表《婉容词》《两父女》等创新性诗歌，蜚声诗界，并从兹在探索文言旧诗向白话新诗发展的中国诗歌史上独树一帜。其后相继在上海中国公学、长沙明德中学、西安西北大学、沈阳东北大学任教，1927年受张澜之聘回川任成都大学中文系教授兼系主任。1929年回到重庆，参与筹办重庆大学，并出任文学预科主任。1931年受聘为江津中学校长，曾自编《白屋吴生诗稿》。由故友吴宓等编订的《吴白屋先生遗书》，于1934年在长沙出版。今于大陆和台湾地区，均有后人所辑的吴芳吉诗文集出版。

## 清明①

小妇缝衣趁晓明②，春衣和暖受风轻。
从知物力③非容易，怜汝④万针刺得成。

**注释**

①清明：农历清明节。原诗二首，作于1915年，选录第一首。标题《清明》却不写清明活动，切入点别致。

②小妇：少妇，年轻妇女。趁：利用时间或机会，用如趁机、趁势、趁热打铁、趁火打劫。晓明：天刚亮。这一句言语浅白，但意涵深邃。清明时节乍暖还寒，常有风有雨，少妇担心儿女外出活动会受寒，故一早即抓紧时间缝补衣裳。第二句即承此而来。

③从知：从此可知。物力：物资与人力，代指凭什么维持生计。《汉书·食货志上》："生之有时，而用之亡度，则物力必屈。"

④怜：爱。《尔雅·释诂》："怜，爱也。"合称爱怜。《战国策·赵策》："丈夫亦爱怜其少子乎？"汝：你，此指"小妇"。这一首小诗，表达出了对少妇勤俭持家且关心亲人的敬爱之意。

# 戊午元旦试笔（四首选一）①

权桠债主影如梭②，避债难于蜀道过③。
三日不书民疾苦，文章辜负苍生多。④

**注释**

①戊午：农历戊午年，此指1918年。元旦：农历正月初一。试笔：原指练习书法。欧阳修《试笔》："试笔消长日，耽书遣百忧。"引申指动笔写作诗文。陆龟蒙《村夜》："开瓶浮蚁绿，试笔秋毫劲。"此处犹言赋诗。

②权桠：树杈、树枝，此处借喻债主之多。梭：织布的梭子。手工织布时，梭子必穿来穿去，此处借喻债主来来往往，川流不息。年关时节为债主集中逼债之时，多如权桠的债主川流不息，凸显穷人过年之难，疾苦之巨。不用典，而用两个农村常见的物象作出比喻，为吴芳吉过人之处。

③过（guō，音锅）：超越。蜀道过：此为倒装，犹言过蜀道。暗用李白《蜀道难》典，即"蜀道之难，难于上青天"。此典广为人知，借用于此，尤显穷人避债之难。

④这两句诗语言通俗，意涵明白，实为吴芳吉人文精神的集中宣示。

# 行经白帝城下①

野寺远苍苍②，春风帽带长③。
重来辞白帝，劈面起瞿塘④。
松柏千年秀，云霄一鹤翔。
江山旧帝业⑤，何处子阳王⑥？

**注释**

①行经：旅途经过。1910年至1927年之间，吴芳吉几度离川返川，从诗中所涉旅程方向看应当指离川，但不能确认是哪一次离川而经白帝城下。由"重来"只能判定非首次。

②野寺：野外庙宇。吕本中《野寺》："晓窗日未融，野寺雨欲作。"由诗后两句推测，可能是指白帝庙。一个野字，暗寓衰落。苍苍：形容迷茫。齐己《送人润州寻兄弟》："闲游登北固，东望海苍苍。"远苍苍：远望只见迷茫的影像。联系下一句，应为在船上所见所感。

③帽带：所戴之帽系在额下或者后脑的带子。帽带长：风迎面吹来，吹得帽带向后飘，带长意味风大。

④劈面：迎面。杨万里《日斜再行宿乌山》："日已衰容去，风仍劈面来。"起：立，耸立。瞿塘：借指夔门。

⑤江山：江河山岭，此处指白帝城。帝业：帝王的事业，建立王朝的业绩。章碣《焚书坑》："竹帛烟销帝业虚，关河空锁祖龙居。"旧帝业：既往有过的帝业。这一句的意思是，白帝城曾是建立王朝之地，但江山依旧，物是人非。此专就公孙述而言，引出结句。

⑥子阳王：公孙述字子阳，指称公孙述。何处子阳王：什么地方还能见到公孙述身影。淡然一问，意若一切都早已风吹雨打去，迥别于前人对公孙述评功过是非。

## [近代] 卢前曲2首

卢前（1905—1951），原名正绅，字冀野，后改名卢前，江苏江宁（今南京市）人。幼承家学，能诗善文。1922年以数学零分、国文满分破格考入国立东南大学，师事曲学大师吴梅，得其真传，终成散曲大家，时人誉之为"国中治曲第一人"。大学毕业后，相继在南京钟英中学、金陵大学、广州中山大学、上海光华大学、四川成都大学任教。1938年秋从汉口来到重庆，任国民参政会参政员，后兼任复旦大学中文系教授。教书之余写下大量的韵文作品，词集《中兴鼓吹》对激励民心军心抗日救国影响甚大。抗战胜利后，任南京市文献委员会主任，南京通志馆馆长，于搜集、整理乡邦文献，刊刻古籍用功甚力。平生著述颇丰，学术、创作兼备，主要有《明清戏曲史》《词曲研究》《饮虹五种》及《民族诗歌论集》。

## [北中吕·醉高歌] 过忠州问秦良玉屯兵处①

正微风细雨船边望，古道荒城路远。
王孙一去成孤怨②，有石砫芳名独显③。
想桃花马上红颜④，杨柳外青山两岸。
中原此际愁万千⑤，怎得个红颜顾盼⑥？

**注释**

①北中吕：宫调名。醉高歌：曲牌名。每一首散曲，均须冠以宫调名和曲牌名，然后才标曲题。秦良玉：参见郭沫若《咏秦良玉》注①。

②王孙：本为西周姬姓王族氏系之一。王符《潜夫论·姓氏篇》："王孙氏、公孙氏，国自有之。孙氏者，或王孙之班，或公孙之班也。"后泛指王族子孙，进一步泛指贵族子孙。白居易《赋得古原草送别》："又送王孙去，萋萋满别情。"后世用以尊称一般青年男子。李之仪《踏莎行》："王孙一去杳无音，断肠正是黄昏后。"这里即是借用李词，王孙指秦良玉的丈夫石柱宣抚使马千乘，一去指马千乘于1613年遭内监邱乘云诬陷而病死狱中。孤怨：指秦良玉成为寡妇，独自怨忿。

③石砫：石柱县原用名。南宋建炎三年（1129），在南宾县水车坝设立石砫安抚司，为

得名之始。明洪武八年（1375），置石砫宣抚使司，由马氏土司世袭宣抚使职，节制九溪十八峒。清乾隆二十二年（1757）改为石砫直隶厅。民国二年（1913）始设石砫县。1959年6月16日，国务院批准石砫县改为石柱县。芳名独显：指秦良玉继任石砫宣抚使职位后，屡建功勋，终名标青史，在《明史》中单独有传。

④桃花马上红颜：化用崇祯皇帝赞秦良玉诗句。崇祯二年（1629），后金军进逼北京，秦良玉率白杆兵北上勤王。北京解围后，朱由检在平台召见秦良玉，并赐御诗四首。其中第二首为："蜀锦征袍自裁成，桃花马上请长缨。世间多少奇男子，谁肯沙场万里行。"这里化用其意，并呼引出结尾两句。

⑤中原：又称中州、中土、华夏，本指以河洛为中心的黄河中下游地区；当与外族对应时，中原又泛指中国，此即用泛指义。此际：特指抗战相持阶段。愁万千：指形势危殆，困难极多。

⑥顾盼：眷顾，关注。李白《猛虎行》："三吴邦伯皆顾盼，四海雄侠两追随。"这一句的意思是，国难当头，怎么才能找到秦良玉似的抗日女英雄呢。刘熙载《艺概·曲概》将散曲分为三品，一为清深，二为豪旷，三为婉丽，这首曲便清深而婉丽。

# ［北大石调·青杏子］苗舞①

连环结住②纤腰，淡青裙子三条③，舞向花街最好④。六声欢笑⑤，花溪花里花苗⑥。

**注释**

①北大石调：宫调名。青杏子：曲牌名。苗：苗族，这里指红苗。红苗为苗族一支，主要分布在今湘西、鄂西南、渝东南以及黔东地区，以其衣裙多杂有红色得名，自称为"果熊"（苗语音译）。今重庆彭水、武隆、秀山等区县均为红苗聚居地，酉阳、黔江也有。苗舞：苗族舞蹈。苗家儿女能歌善舞，在苗年、四月八、吃新节、赶秋节等传统节日中都要跳舞。这里所写当为红苗花山节女儿们跳舞。花山节又名踩花山、跳花场、踩山、踩场，每当农历正月或六月、八月举办。届时青年男女都穿着民族服装，对歌对舞，演奏芦笙、箫、笛等民间乐器，钟情者互赠绣花手帕、腰带等物。

②连环：苗家女儿下穿百褶裙，前后有围腰，连环即指前后围腰。结住：裹紧。起句即抓住围腰特点，衬托苗家女儿身姿的娇美。

③淡青：浅蓝或者浅绿颜色。苗家女儿的裙子用布为蜡染布，底色为浅蓝，再用深色绘出图饰。三条：百褶裙连为三层，似三条，实为一体。舞蹈过程中常撩动裙摆，尤显裙多。

④花街：红苗花山节的中心场地称为花场，这里借用花街指称花场。花街出自云南少数民族的花街节，一是聚居在新平、元江等县河谷热坝地区的花腰傣，农历正月初三要赶"小花街"，男女青年寻找爱情。五月初六再赶"大花街"，情侣们对歌相会。二是宜良的彝族，也有类似的花街活动。舞向花街：边舞边向花场集中。最好：最美妙，最精彩。

⑤六声：中国古代民族音乐调式。初为宫、徵、商、羽、角五种调式，称五声。于五声再加上清角音或变宫音，即成为六声。此代指红苗吹奏的芦笙、箫、管以及口哨，即音乐声。欢笑：欢声笑语。前三句都写苗家女儿，这一句转到包括所有人的欢乐场面。

⑥花：这一句的三个花，都使用鲜花的一个引申义，即形容像花一样色彩艳丽的实体存在，例如花团锦簇、花里胡哨。溪：溪流。里：人所居住的地方，这里特指乡场。苗：这里代指前三句写的苗家女儿。花溪花里花苗：犹如称赞花一般的田野溪流，花一般的节日乡场，花一般的苗家女儿。叠用"花"字，十分出彩。散曲讲究灵活地使用民间语词，这一首显得特别突出。

## [近代] 柯尧放诗2首

　　柯尧放（1904—1965），原名大经，字尧放，以字行，四川璧山（今属重庆）人。早年与叶菲洛等在渝创办《沙龙》文学旬刊，新诗被誉为战鼓和号角。1926年加入国民党，属左派，在1927年"三·三一惨案"中脱险，流亡到贵州。1936年以文化人身份进入重庆工商界，曾任重庆市商会秘书长。1940年加入"饮河诗社"，与沈尹默、潘伯鹰、李春坪并称为重庆四大诗人。书法工行书、章草，时人称"大有二王、东坡行书意味"。1949年成为"迎接解放筹备小组"五人之一，11月30日与温少鹤等工商界代表乘"民运轮"过江至海棠溪迎接解放军进城。共和国时期，历任重庆市工商联秘书长、重庆市政协副秘书长。诗文辑入《容斋丛稿》。

### 闻长沙大火①

敌骑纵横走迅雷②，烽烟处处羽书③催。

才悲粤汉成焦土④，又哭长沙化劫灰⑤。

杀贼几人真国士⑥，弃城诸将半庸才⑦。

河山惨淡无颜色⑧，心死⑨从来是大哀。

**注释**

①长沙大火：指于1938年11月13日晚开始的长沙大火案。当年日军攻入湖北占领岳阳后，国民党当局以"焦土抗战"为名，下令烧毁长沙市区，大火持续三昼夜，致令城内三分之二地方100余万间房屋被烧毁，2万多居民被烧死，6万多居民流离失所。大火激起了极大民愤，民众强烈要求"严惩纵火犯"。当局于11月20日发布"军法会审"处置结果，将长沙警备司令酆悌、警备第二团团长徐昆、长沙公安局长文重孚定为"首要人犯"，22日执行枪决。湖南省政府主席张治中自请处分，当局以"用人失察，疏于防范"为名将其革职留用。柯尧放这首诗即写于纵火案发生之后，当局作处置之前。

②敌骑（jì，音寄）：敌人的骑兵，代称日本侵略军。纵横：肆意横行，无所顾忌。《后汉书·耿弇传》："诸将擅命于畿内，贵戚纵横于都内。"走：跑，奔驰。迅雷：迅猛的雷电，

借喻事态猛烈而迅速地发生和发展。戴圣《礼记·玉藻》:"君子之居恒当户,寝恒东首,若有疾风、迅雷、甚雨则必变,虽夜必兴,衣服冠而坐。"这一句的意思是,日本侵略军妄图速战速胜,进攻态势异常迅猛。这不是书生大言,而有其历史依据。日本军方大本营于1938年4月即已制定战略方针,并经御前会议决定要"集中国家力量,以在本年内达到战争目的","结束对中国的战争"。当年10月12日,日军在广东沿海登陆,10月29日便攻占广州。武汉会战于10月27日结束,日军迅速南下,于11月2日攻占湘北重镇岳阳。日军已对长沙构成南北夹击之势。

③羽书:古代插有鸟羽的紧急军事文书,又称羽檄。陆贾《楚汉春秋》:"黥布反,羽书至,上大怒。"这里代称抗日战场的告急讯息。

④粤:广东的简称,代指广州会战,事见注②。汉:武汉的简称,代指武汉会战。武汉会战发生于1938年6月11日至10月27日,中日双方投入兵力合计约140万人,激战四个半月,战场广及湖北、江西、安徽、河南,是中国人民的抗日战争防御阶段正面战场上的最大规模战役。焦土:被大火烧焦的土地。杜牧《阿房宫赋》:"楚人一炬,可怜焦土。"在这里,代指广州会战、武汉会战结束后,大片沦丧的国土以及中国人的生命财产遭到严重损害。

⑤劫灰:参见秦嵩《庚子乱后重入都门有感》注②。

⑥国士:一个国家中才德最优秀的人。黄庭坚《书幽芳亭》:"士之才德盖一国,则曰国士。"这一句上承"粤汉成焦土",质疑参与抗日的中国军队将领,究竟有几个真正算得上"才德盖一国"。

⑦庸才:才能平庸、低下的人。《汉书·薛宣传》:"任重职大,非庸材(通才)所能堪。"这一句上承"长沙化劫灰",直斥长沙大火前不图抵抗、抢先撤离的国军将领,并且判定至少一半属于庸才,德不配位,才不堪用,其大胆、尖锐,实古今罕见。

⑧惨淡:形容悲惨凄凉,亦作惨澹。黄宗羲《庚戌集自序》:"四野凶荒,景象惨澹,聊取平日之文自娱。"这里借指当时的中国广大的国土已经沦陷,在日寇铁蹄下无比悲惨凄凉。无颜色:指山河失去原本有的苍翠明丽。宋人陈著《后纪时行》:"山川失色万物病,寒气折骨淖没胫。"成语"山河失色"常与"日月无光"连用,形容惨淡境况。这一句运用复沓修辞手法,形容当时中国的国运维艰。

⑨心死:形容精神崩溃,甘于自弃。全句用典,见《庄子·田子方》:"夫哀莫大于心死,而人死亦次之。"这里实为警示当局,你们千万不能让国人心死,否则这个国家真是无救了。柯尧放旧体诗宗李杜,尤钦李商隐典雅精工,而这首诗面对国难痛心疾首,绝无李诗之隐晦,却显杜诗之沉郁。

# 秋暮登涂山绝顶示同游诸子①

放眼平戎②事未休,陆沉应共泣神州③。

黯然万里河山色,长啸一声天地秋④。

巴水难销劫火恨⑤,楚江不尽战云⑥愁。

登临无限沧桑感⑦,剩水残山忍漫游⑧。

**注释**

①秋暮:秋末。此指1939年秋末。绝顶:山最高峰顶部。杜甫《望岳》:"会当凌绝顶,一览众山小。"涂山绝顶:指铁柺峰。参见曹学佺《登涂山绝顶》注①。铁柺峰从面长江论,左邻老君洞,右邻真武庙。柯家时居于老君洞张三丰殿侧花园里的一栋小楼,堂内挂有赵熙所题"松荫一舫"木匾,常有友人来"松荫一舫"会聚,游铁柺峰极其方便,此诗"同游"即为其一。

②平戎:原初意涵为与戎人讲和。《左传·僖公十二年》:"齐侯使管夷吾平戎于王,使隰朋平戎于晋。"杜预注:"平,和也。"后指对外族采取和解政策,或平定外族。张孝祥《踏莎行》:"日月开明,风云感会,切须稳上平戎计。"此用平定外族义,特指打败日本侵略者。

③陆沉:又写作陆沈,喻国土沉沦。《世说新语·轻诋》:"(桓温)与诸僚属登平乘楼,眺瞩中原,慨然曰:'遂使神州陆沈,百年丘墟,王夷甫(王衍)诸人不得不任其责!'"比喻当时大片中华国土沦陷于日寇。泣神州:即为神州陆沉而哭泣,文天祥《长溪道中和张自山韵》:"丈夫竟何事,底用泣神州。"

④天地秋:天地间一派秋色。宋人黄非熊《听泉岩》:"万濑澄空天地秋,清音不断下悠悠。"但这里是反其意而用之,意思是天地间秋景萧瑟,令人悲慨。

⑤巴水:巴地江河。劫火:本佛教用语,指坏劫之末所起的大火,常借指兵火。此指日本入侵所引起的战火。劫火恨:即对日寇侵华战争的家国仇恨。登涂山绝顶望见的秋色中,必有长江嘉陵江,因而这一句实为触景生情,借水抒情,意谓对日寇侵华战争罪恶的深仇大恨决不可遏止。

⑥楚江:长江别称。楚国起源于长江中游的今湖北、湖南地区,逐步扩张而占据了整个长江中下游地域,因而得名。李白《望天门山》:"天门中断楚江开,碧水东流至此回。"战云:代称战争。这一句特言"楚江不尽战云",有其特指的历史背景。从武汉会战开始,抗日战争正面战场的主战场便在今湖北、湖南地区。其中的湖北以宜昌为中心,为中国军队第

五战区镇守地带，宜昌保卫战一直持续到 1943 年 5 月 21 日至 6 月 3 日的石牌保卫战。湖南则以长沙为中心，为中国军队第九战区镇守地带，1939 年 9 月至 1942 年 1 月进行了三次大规模的攻防战，柯尧放等登高之日正值第一次长沙保卫战激烈争斗之时。

⑦沧桑感：历史兴亡感。

⑧剩水残山：残破的山河，多喻指变乱后或亡国后的土地及风物。杜甫《游何将军山林》："剩水沧江破，残山碣石开。"这一句借指当时半个中国沦陷以后的山河破碎状态。忍：不忍心。忍漫游：不忍心继续漫游。这首诗的确充满沧桑感，抑扬顿挫，可追杜诗。

## [近代] 许伯建诗2首

  许伯建（1913—1998），名廷植，号蝉堪、阿植、补茅主人，重庆人。早年就读于川东师范、实用财商学校，毕业后入四川省银行供职。由青及壮一直工诗词，擅书法、篆刻，终被吴宓誉为"诗词书法篆刻之艺术三绝之雅士"及"爱美情深，异俗神狂之真正诗人"。1942年加入"饮河诗社"，旋成社长潘伯鹰编务、社务上的得力助手，且终身与之结为莫逆之交。抗战胜利后，该社在上海选举理事，其与柯尧放同当选为仅有的两位渝籍理事。1956年文化部组织中国书法研究社，首批社员全国不及60人，其为四川之五人之一。1957年文化部与对外友协组织第一次中日书法交流，其行书条幅入选东京展览，展后由日本东京国立博物馆收藏。辞世前担任重庆市书法家协会副主席、顾问，重庆诗词学会顾问。诗文辑入《补茅文集》。

## 试驿车夜归松林坡直庐[①]

牢落直惭饭后钟[②]，盐车望远夕阳浓[③]。
久谙行路难[④]如此，又怅飞舲[⑤]去绝纵。
裂叶风微嘶络纬[⑥]，涉江谁为采芙蓉[⑦]？
一灯自媚歌尘外[⑧]，认是云岑[⑨]第几重？

**注释**

  ①驿车：古代驿站使用的车辆，此代指公共汽车。松林坡：山坡名，重庆沙坪坝区有两处。一在今重庆大学A区内。一在歌乐山麓，即白公馆后山，许伯建曾居住于此。直庐：许当时所居宅院名。按相关历史，重庆于1929年2月正式建市，市区仅包括原巴县县城（今渝中区东部）、两路口、姚公场，以及原江北县之江北城、溉澜溪、香国寺，总面积约47平方公里。今沙坪坝区尚属郊区。从1929年至1936年，市政当局主持修建城区干道及郊区公路，于1936年方筑成李子坝至磁器口的简易公路。同时设巴县汽车公司，开城区以及郊区公交路线，用货车改装的公共汽车仅73辆。每天上午7点从城区七星岗发车，到磁器口转回，下午4点即收班的渝磁线于1937年始开通。此驿车即指渝磁线上的公共汽车。成诗当在1937年渝磁线开通后。许伯建当时供职的银行设在市区内，周末回家，须到七星岗搭乘此线公共汽车到磁器口。

②牢落：犹寥落，引申指孤寂、无聊。陆机《文赋》："心牢落而无偶，意徘徊而不能揥。"直惭：深愧，感到太没有面子。文征明《遣怀》："敢讳画师呼立本，直惭狗监荐相如。"饭后钟：本指寺钟鸣时斋饭已毕，多比喻贫困落魄，遭受冷遇。陆游《枕上作》："虽无客共俗中酒，何至僧鸣饭后钟？"这一句的意思是，自己只是一个银行小职员，成天坐班，孤寂无聊，在社会上太无面子。

③盐车：运输盐的车子，比喻贤才遭厄。典出《战国策·楚策四》："夫骥之齿至矣，服盐车而上太行。蹄申膝折，尾湛胕溃，漉汁洒地，白汗交流，中阪迁延，负辕不能上。"老骥拉盐车上太行山，竭尽全力而不能上，意味着主人用之不当，故喻人才不得其用，遭逢困厄。辛弃疾《贺新郎·同父见和再用新韵》："汗血盐车无人顾，千里空收骏骨。"辛词是感慨陈亮大才不得其用，这里是许伯建夫子自叹，认为自己才能被埋没。望远：指行车途中张目眺望。夕阳浓：指已近夕照时分。这一句的意思是，我这一个才能被埋没的人，下班以后才能候车，途中时已近晚，太可悲了。以"盐车"自喻，可见吴宓所指"神狂"之一斑。

④久谙：早已熟悉。邵雍《闲吟四首》："人事已默定，世情曾久谙。"此用邵诗之意。行路难：语意双关，既指当下乘车返回松林坡直庐路途之难，又指人事、世情之难。

⑤怅：怅惘，失落。飞舲：本指轻便的猎车。枚乘《七发》："将为太子驯骐骥之马，驾飞舲之舆，乘牡骏之乘。"李周翰注："飞舲，轻舆也。"这里代指公共汽车。这一句的意思是，到站下车后，公共汽车迅即开走，很快便无影无踪，自己却还必须沿山间小路上松林坡，禁不住五味杂陈，怅然若失。

⑥裂叶：残缺的叶片，暗喻已秋深。络纬：虫名，即莎鸡，俗称络丝娘、纺织娘，夏秋夜间振羽作声，声如纺线，故名。李白《长相思》："络纬秋啼金井阑，微霜凄凄簟色寒。"这一句描写独自夜归的环境感受。

⑦涉江：此指屈原《九章·涉江》。其间有句："世溷浊而莫余知兮，吾方高驰而不顾。""苟余心其端直兮，虽僻远之何伤。""吾不能变心以从俗兮，固将愁苦而终穷。"采芙蓉：此用屈原《离骚》意："制芰荷以为衣兮，集芙蓉以为裳。"这一句书写独自夜归的沿途思绪。他是借屈原自喻，思及《涉江》是抒发对于受屈处境的不满，思及《离骚》则指向其盼贵人成全自己，思绪显得错杂而幽深。

⑧自媚：自娱，自寻乐趣。蔡邕《饮马长城窟行》："入门各自媚，谁肯相为言？"尘外：世外。文天祥诗《尘外》："半山风雨截江城，未脱人间总是尘。中夜起看衣上月，青天如水露华新。"歌尘外：歌吟超然世外的诗句。这一句写夜归之后如何遣怀。

⑨云岑：云雾缭绕的山峰，常喻超然物外的高远境界。陶潜《归鸟》："翼翼归鸟，晨去于林。远之八表，近憩云岑。"这里以自问作结，犹言我的尘外境界达到哪一档了呢。整首诗以试乘驿车为触机，由驿车联及盐车，借以抒发对人生际遇的真实感慨。明写此而实写彼，反复用典以见心志，确乎表现出"异俗神狂"。当年许伯建确为此"真我"。

# 仲甫先生挽诗三叠韵[①]

一瞑横流谢谤书[②],久闻迁客冷芸居[③]。
人从[④]双鬓知公老,独抚孤松逼岁除[⑤]。
钩党文成开世变[⑥],高名斗外挟云舒[⑦]。
枫林青幻无穷劫[⑧],雪涕谁招几水庐[⑨]?

**注释**

①仲甫:陈独秀字仲甫,号实庵,1942年5月27日病逝于江津。叠韵:亦作迭韵。在音韵学中,同一个词两个字的韵母相同,称作叠韵词。在作诗法中,重用前韵以赋诗酬唱,也叫做叠韵。此特指赋诗重用前韵。三叠韵即为第三度赋诗重用前韵。原诗后附自注:"比见银行经汇钜金抵先生,为其峻却,盖水衡物也。先生晚旅几江,设书肆自活,乃有赠客诗曰:'何处穷乡感乱离,蜀江如几好栖迟。相逢须发垂垂老,且喜疏狂兴未移。'卒前一年借居白屋吴宅。"可见他是敬佩陈独秀的气节情操,虽从无交往,却倾情赋此诗相挽的。

②瞑:闭眼,犹瞑目。一瞑:一人瞑目,指陈独秀逝世。横流:形容涕泪交流。屈原《九歌·湘君》:"横流涕兮潺湲,隐思君兮悱恻。"王逸注:"内自悲伤,涕泣横流。"此借用其意,概指陈独秀逝世之后,引起许多人为之而追挽。谢:辞去。谤书:诽谤和攻击他人的书函,指《史记》。沈括《梦溪笔谈》:"武帝不杀司马迁,使作谤书,流于后世。"此处代指历史。谢谤书:意谓从此辞别了历史,犹言与世长辞。

③迁客:因遭贬斥放逐或其他原因而迁移客居于某地的人。王昌龄《送薛大赴安陆》:"津头云雨暗香山,迁客离忧楚地颜。"陈独秀于1938年8月3日迁移至江津,先借寓于城内的友人邓仲纯家,未久便另移至距城30公里的鹤山坪石墙院杨家院子,直至辞世,故视为迁客。芸居:芸居楼,南宋人陈起的书肆名。陈起著有《芸居乙稿》《芸居遗诗》,今传宋本书多为其所刻,此借以代称陈独秀的鹤山坪寓所。但陈独秀并未设书肆,只是在其间从事著述,以补生计。

④人:泛指一般人,尤其是乡下人。从:凭,依据。这一句的意思是,一般人尤其是乡下人多不知道陈独秀为何等人物,只凭两鬓发色判定他是一个老头子。

⑤独:特指陈独秀独自一人。孤松:单独生长的松树。陶潜《归去来兮辞》:"景翳翳以将入,抚孤松而盘桓。"此借用其意,人也孤独,树也孤独,极言陈独秀乡间生活极其孤独。逼:迫近。岁除:一年过去的意思。逼岁除:犹言熬过一年又一年。

⑥钩党:相互牵引,结为同党。《后汉书·灵帝纪》:"中常侍侯览讽有司奏前司空虞放、

太仆杜密……皆为钩党，下狱，死者百余人。"李贤注："钩谓相牵引也。"这里借以指陈独秀为首创建了中国共产党。文成：文字著述。世变：时代的变迁，世事的变化。这一句集中肯定陈独秀的历史功绩，称颂他在政治上和文化上都了不起，推动了中国社会历史的大变革。

⑦斗外：斗星之外，犹言高天。潘大临《江间作》："罗浮南斗外，黔府古河过。"挟：夹持，夹在腋下或指间。挟云舒：犹言引领着云卷云舒。这一句誉称陈独秀的名望高人云天，社会影响非凡人可比。

⑧枫林青：典出杜甫《梦李白二首》："魂来枫林青，魄返关塞黑。"幻：变幻。这里是将陈独秀喻若李白，称其灵魂飘来枫林将由红变青，灵魂归去关塞将由明变黑。无穷劫：佛教用语，又称无数劫，指世界从产生到毁灭全过程大劫当中的中劫。这里意思是陈独秀逝世是遭了无穷劫。

⑨雪涕：擦拭眼泪。《列子·力命》："晏子独笑于旁，公雪涕而顾晏子。"此与首句"横流"相照应，意谓悼念者擦干眼泪，替陈独秀招魂。几水：长江流经江津城北，状如"几"字，故称几水，又称几江。代指江津。几水庐：特指陈独秀在江津寓居的房屋。这一句紧承上句"枫林青幻"，以叩问作结，意思是谁能到几水庐去替陈独秀招魂。整首诗当中，"芸居""钩党"用词欠妥，但对陈独秀的气节、人格和成就、贡献景仰之殷，品评之高，是足以令人引为同调的。

[附录]

# 常被误读的几首唐宋诗

在巴渝文学发展史上，唐宋诗风华绝伦，蔚为高峰，越千百年传诵不衰。但大正常中有小遗憾，那就是明（如曹学佺《蜀中名胜记》）清（如王尔鉴乾隆《巴县志》）以降，由于某些隔代性阻隔，对于少量名人作品常发生解读失误。突出的表现有三，一为误认作者，张冠李戴；二为误释语词，捕风捉影；还有一个是误指出处，移花接木。延至现当代，更有不少人习焉不察，以非为是，甚至于还凭传说或者比附，在文字著述、评荐活动中广为传布。这已不全是个人认知的差异问题，而是关系到了如何准确地诠释、科学地传承这份遗产的是非取舍，所以不能不有针对地略加辨析。我仅就多年以来印象所及，列举以下几首，指出其误之所在。

一、沈佺期《过蜀龙门》

沈佺期为初唐代表性诗人之一，与宋之问合称为"沈宋"。高宗上元二年（675）进士及第，由协律郎累迁考功员外部，再迁给事中。至中宗神龙元年（705），坐事被流放驩州（今在越南北部），直到睿宗景云元年（710）才被召回，拜起居郎兼修文馆直学士，后历中书舍人、太子少詹事，于玄宗先天二年（713）辞世。他于705年秋天离长安，取道汉中入蜀再南下，历时一年才到达流放之地。在蜀途中经过龙门峡，写出了这首五言古风，凡18句。前4句直称此峡"西南出巴峡，不与众山同"，中8句描绘其"诡怪"景象，末4句卒章显志，抒发了"势将息机事，炼药此山东"的心意。这个蜀龙门究竟在哪里，并不明确。明万历《江津县志》指认其为治西的龙门滩，稍晚曹学佺《蜀中名胜记》照用了此说，并将诗附在陈子昂名下。"息机"语出佛教《楞严经》卷六"息机归寂然，诸幻成无性"一语，意谓息灭机心，忘形世外，"炼药"则是道家炼制丹药、以养心身的行为，"势将"如斯，透露出了沈佺期当时人生失意的落寞心境和厌世期求。全诗结于"炼药此山东",表明了那里有山,与江津龙门滩并不是太吻合,拙作《巴渝诗话》曾疑当指今铜梁区安居镇琼江畔的龙门山,这里不讨论。

要辨明的是,陈子昂虽为蜀人,却从未到过江津,与这一首诗毫无关联。他于高宗显庆四年(659)生于梓州射洪,调露元年(679)出蜀赴长安应科举试,先取道水路,由涪江入嘉陵江再入长江,然后顺江东下出三峡。在今重庆境域内,他沿途写诗,在铜梁安居、合州津口、北碚东阳峡、万州、夔州白帝城及瞿塘峡均有所作,仅从诗题就足以确认他的行踪。更重要的是,毕其一生,无论顺逆,他都从未有过"息机""炼药"之类的隐遁念头。将沈佺期的《过蜀龙门》作者帽子戴到陈子昂的头上,误差委实太大了。

## 二、李白《峨眉山月歌》

这首诗作于他25岁即将"仗剑去国,辞亲远游"之际,脍炙人口,历代传诵。《蜀中名胜记》最早将其列入重庆府诗作,今之不少重庆人进一步说,它是最早写重庆的诗。只可惜,这样的解读似是而非,并不准确。因为如诗题所示,全诗的审美主旨在于"峨眉山月"特定的"月",李白是借咏月来抒发他的浓烈故乡情。秋月半轮,倒影入江,随流远去,既是自然景象的真实写照,又是诗人个人的生命体验,峨眉山月便复合成为月人与共、天人合一的审美意象。诚如清人沈德潜《唐诗别裁集》所见,"月在清溪、三峡之间,半轮亦不复见矣,'君'字即指月",而非任何友人实体。换言之,"思君"即铭心纪念峨眉山月,即使从兹远游,也要人"影"长随,故乡情又与天下志相融,一明一暗,浑然天成。全诗4句28个字,相继使用了峨眉山、平羌江、清溪驿、三峡、渝州5个地名,其实是以峨眉山月作贯穿主体,将李白个人对故乡的别绪与眷恋倾注于山、月、秋、江之间,具有辞简意赅、情深意永的生命张力。因而不能说,这首诗是写重庆的,正如不能说是写其他4个地方一样。

事实上,峨眉山月贯穿了李白一生,他59岁时写的《峨眉山月歌送蜀僧晏入中京》即为明证。其诗16句,峨眉月凡六见,特别是前4句写道:"我在巴东三峡时,西看明月忆峨眉。月出峨眉照沧海,与人万里长相随。"诗人与月生命长随的审美意蕴奔流其间，显示出了无论天下志实现与否，故乡情都难舍难弃，诗中也嵌入了巴东三峡、沧海、黄鹤楼、长安陌、秦川、吴越、帝都等特色专名，同样只是审美主旨峨眉山月的表达宾从。这一切，都可以引为《峨眉山月歌》的真诠旁证。

### 三、白居易《涂山寺独游》

全诗五言四句："野径行无伴，僧房宿有期。涂山来去熟，惟是马蹄知。"题有"涂山寺"，句亦有"涂山"，吟咏客体确定无疑。《蜀中名胜记》率先将其纳入重庆府条目，乾隆《巴县志》继之将其归入《艺文志》。今人彭伯通《重庆题咏录》更言之凿凿，指认"涂山寺在南岸真武山"，又名叫真武宫。然而，唐代这座真武宫供奉的是道教北方玄武大神，即真武大帝，何以寺内有"僧房"了呢？更何况，白居易本人系于宪宗元和十三年至十五年（818—820）出任忠州刺史，实在忠州只有一年多。唐代实行道（方镇）、州、县三级行政体制，元和年间，忠州属于荆南节度使管辖，渝州属于剑南东川节度使管辖，相当于今分属两个省。忠州与渝州之间，水陆距离约500公里，当时一次往来，至少需要半个月以上。既如此，又怎么做到"涂山来去熟，惟是马蹄知"？疑窦重重，殊难令人相信确如他们所解。

深入查一查，总算明白了，白居易独游的涂山寺在大唐帝都长安。唐代佛教兴盛，寺庙众多，今西安市长安区南部尚存一处黄土台原阶地叫做神禾原，曾有唐代极盛一时的兴教寺、兴国寺、华严寺等八大寺，同时还有晋代所建道安寺，隋代所建慧矩寺和皇甫寺，其中皇甫寺又叫涂山寺。延及宋代此涂山寺仍然存在，张礼《游城南记》犹称"憩涂山寺"，并且续注说"涂山寺在皇甫村神禾原之东南"。相比较而言，八大寺最受达官贵人、文人雅士青睐，车马相望，管弦相继，而涂山寺则清静得多。白居易于德宗贞元十六年（800）举进士，两年后又中拔萃甲科，历任秘书省校书郎、翰林学士、左拾遗，做了十年相当于今主任科员以下的低品闲官，才华和抱负均未得伸。基于此际遇，他于闲暇时经常独人独骑游涂山寺，甚至借宿于僧房，排遣胸怀的郁闷。对应4句诗，字词全都落到实处了。彼涂山寺非此涂山寺，可以说昭然若揭，毋庸置疑。

### 四、元稹《离思》之四

基于这首诗第二句为"除却巫山不是云",重庆直辖后,不少人将其称作写重庆的诗,几年前还将其评为写重庆的最美古诗之一。持其说者忽略了,这首诗第一句为"曾经沧海难为水",难道同时又是写沧海的吗?显然不靠谱。前两句加上最后两句"取次花丛懒回顾,半缘修道半缘君",这首诗,以及《离思》其他四首诗,全是写给某一个女人的诗。元稹是一个多重性格的人,在男女关系上,用情甚深与用情不专集于一身。最初曾爱上双文(即《莺莺传》的崔莺莺),为攀附权贵以图仕进,22岁时即弃双文,娶韦丛为妻。在韦丛生前身后,他相继与当时才女裴柔之、薛涛、刘采青等长久保持情人关系,后来还纳刘采青为妾。宪宗元和三年(808),当元稹在巴蜀正与薛涛卿卿我我的时候,结婚七年留在长安的韦丛暴亡,他赶回长安已经天人永隔。后来曾作《三遣悲怀》以追悼亡妻,反复咏叹"昔日戏言身后事,今朝都到眼前来""诚知此恨人人有,贫贱夫妻百事哀""闲坐悲君亦自悲,百年都是几多时",表明他对韦丛有真感情。但在为妻营葬不久的期间,他心绪极度恶劣,为一桩小事触怒宦官,受辱驿舍,既而被贬为江陵(今湖北荆州)士曹参军,闲处四年多,《离思》5首便作于其间。自古及今,或说也是悼念亡妻的,或说当是写给某个情人的,殊难定论。我从整体5首情调不类悼亡看,属意后一说。

不管采用哪一说,都可以肯定,《离思》之四是元稹对某个女人的自我心迹表白诗。前三句托物取象,由远及近、由大及小、由物及情地连设三喻,以证自己专情于一。"曾经沧海难为水"一句,典出《孟子·尽心上》"观于海者难为水",喻意什么样的女人都见识过了,不是让我心仪的女人我决不会动心。"除却巫山不是云"典出宋玉《高唐赋序》"妾在巫山之阳,高丘之阻,旦为朝云,暮为行雨",喻意除非是遇到巫山神女一样的女人许身于我,否则什么样的女人我都将看不上眼。"取次花丛懒回顾"借花喻人,好比说我的身边美女丛集,但我却懒得看她们一眼。为什么能这么样呢?"半缘修道半缘君",意即一半是因为我本人敬佛悟道,心性高洁,一半是因为你就是如沧海水如巫山云一样的女子,简直要把女人哄得不要不要的。真的靠谱吗？实在太难说。因而清人秦朝纡《消寒诗话》评论说："元微之有绝句云'曾经沧海难为水'，或以为风情诗，或以为悼亡也。夫风情固伤雅道，悼亡而曰'半缘君'，亦可见其性情之薄也。"单凭"巫山"二字便误读误传，未免不值当。

### 五、李商隐《夜雨寄北》

"君问归期未有期，巴山夜雨涨秋池。何当共剪西窗烛，却话巴山夜雨时。"广为传唱的七言四句，竟有两点为人所争讼。一为首字"君"究竟指友人还是指妻子，直接关联到诗题究竟是"寄北"还是"寄内"。二为"巴山夜雨"两见，诗中的"巴山"究竟是指何处的山，直接牵扯出诗作于哪里。《重庆题咏录》收入此诗，谓佛图关上有夜雨寺，开了将此诗系于重庆的先河。进而常有人另启一说，认定巴山即指缙云山，此诗写于山上相思寺。前几年评选重庆的最美古诗，《夜雨寄北》也入选了。然而，李商隐何时到过渝州，却一直无人说得出来。查一查在清人朱鹤龄《李义山诗谱》、冯浩《玉溪生年谱》的基础上，近人张采田以史证文，以年系诗而辑成的《玉溪生年谱会笺》，不难发现李商隐虽在巴蜀地区生活过4年左右，却从未履迹渝州，根本无可能在佛图关或缙云山写出这首诗。按上述年谱，宣宗大中五年（851）夏天李妻王氏病故，至七月，东川节度使柳仲郢聘李商隐为掌书记。大中六年（852）起，李商隐在梓州（治今四川三台）柳仲郢幕府中任掌书记，直到大中九年（855）十一月随柳仲郢回长安。节度使幕府的掌书记只是一个相当于今副主任科员的从八品下小官，李商隐不可能独立自主地想到哪里去就到哪里去。后升职为节度判官，仍只是一个相当于今主任科员的从八品小官，必须听差遣。其间于大中七年（853）四月，杜悰由西川迁任淮南，李商隐奉柳仲郢命，曾经往渝州界首迎送杜悰，事毕旋即返梓州。这是李商隐生平当中唯一一次临近渝州地界，却并未进入渝州主城地带，时令也是四月而不是秋天。年谱明确地记载，《夜雨寄北》是大中八年（854）作于梓州。参证以此前一年所作的诗，《初起》有句"三年苦雾巴江水，不为离人照屋梁"，《夜饮》有句"烛分歌扇泪，雨送酒船香"，《二月二日》有句"新酒莫悟游人意，更作风檐夜雨声"，用字遣词、造境寄兴都与《夜雨寄北》颇相近，足见应相信年谱，不信传言。

### 六、寇准《武陵景》

"武陵乾坤立，独步上天梯。举目红日尽，回首白云低。"这五言四句气势博大，但一概直陈铺叙，平仄音律也不甚协调，并不见于学界认同的304首寇准存诗当中。是黔江人士领先说出，寇准曾在当时黔江写出这首诗。前几年评选重庆的最美古诗，《武陵景》入选了。近有选本解释说，此诗为寇准出任巴东知县，外出考察民情，途经黔江武陵山时所作。言之凿凿，似无可疑，其实不然。查一查《宋史·寇准传》，寇准是于太宗太平兴国五年（980）19岁时中进士，同年得授巴东知县，22岁离去的。北宋实行路、州（府）、县三级行政体制，巴东县隶属于荆湖北路的归州（治今湖北秭归），黔江县隶属于夔州路的黔州（治今重庆彭水），相当于当今的分属两个省，一个七品芝麻官的巴东县令，怎么敢跨省区跑到黔江来考察民情？再说了，即使同属于一个省区（当时的路），当时由巴东到黔江来，也得跋涉后来黄庭坚所经历的"浮云一百八盘萦，落日四十八渡明"（黄庭坚《竹枝词二首》）的穷山恶水，往返一趟至少一个月，勤政的寇准怎么会做这种傻事？所以说，纵或寇准真写过《武陵景》一诗，也绝无可能是在黔江写的。

老实说，我怀疑这首诗系后人伪托，原因有二。其一为，寇准不仅政治上干练精进，名重一代，而且文学造诣相当高，诗词俱佳，七绝尤精，有《寇忠愍诗集》3卷传世。可是集中并无这首诗，与存诗相较，这首诗也颇失水准。其二为，寇准离开巴东后，仕途顺畅，出将入相，长达37年再也未在武陵地区任过职。直至真宗天禧三年（1019）被诬罢相，接连三次断崖式降职，第三次降为道州（今湖南道县）司马，才短暂地又到了武陵腹地。当时他年届59岁，心境大不畅，很难写出格调如《武陵景》的诗来。纵或真在道州写过《武陵景》一诗，也与重庆不相干。

### 七、朱熹《北岩题壁》

"渺然方寸神明舍，天下经纶具此中。每向狂澜观不足，正如有本出无穷。"4句全说理，近乎偈言诗。涪陵人士宣传说，这是一首朱熹题在北岩书院壁头上的诗。市内亦有学者认定说，此诗为朱熹居涪州时所作，强调心为神之居，乃大道之本原。这样的解读，于诗的意旨是切近的，但说朱熹曾居涪州却空穴来风，找不到根据。详考朱熹的一生，为官、治学的主要地域乃在其故乡福建，以及创建白鹿书院的江西，西行最远只到过今之湖南、湖北，与岳麓书院结下不解之缘，却从未履迹巴蜀地区。既从未履迹巴蜀地区，就绝无可能在涪州的北岩书院壁上题诗，认定失误当属无疑。那么，朱熹写没写过这样一首诗呢？写过，那是他所作《训蒙绝句》当中的作品。在南宋学者徐经孙的《徐文惠存稿》卷三里，有《黄季清注朱文公训蒙诗跋》一文，引朱熹自序说，乃病中默诵四书有所思之作。蒙即蒙童，训蒙即指对学童进行启蒙教育。据说《训蒙绝句》原本有98首至99首，散见于多种文本当中，如《朱文公文集》卷二收录《困学》等6首，《永乐大典》卷五四一收录《中庸》1首，《八琼室金石补正》卷八三则收录了《观澜》1首，而《观澜》恰正是所谓《北岩题壁》的原诗。朱熹作为集大成的理学大师，一贯认为理是万物的本体，心是认识的主体，因而主张"正心"。"方寸"即心，心主神明，故而《观澜》一开始即谓"方寸神明舍"。第二句承接，"天下经纶"指治国平天下的大道理，"具此中"强调即使治国平天下的大道理也从属于方寸神明，何况乎其他。第三句落到观澜意涵，"狂澜"概喻万事万物的外在形态，直言从其中能够"观"察出诸种"不足"。然后结句显志，托出"有本"方能"无穷"的主旨，而"本"正在于"正心"。朱熹训示蒙童的，便是这一条理学之道。兴许是在涪州的某位后学，读到了《观澜》一诗，深以为至理，不愿意独享，因而题在北岩书院壁头上了。更后来的人不知来由，误以为朱熹本人到过涪州，且题过诗，于是将《观澜》改题误说成《北岩题壁》。

《观澜》之类训蒙诗，将深邃博大的理学道理寄寓于浅显直白的韵语之中，的确有助于启迪学子，开悟后学。但理胜于文，兴味不足，毕竟是缺点。其实朱熹为人为诗并不是刻板一块，如其《春日》诗所写"等闲识得东风面，万紫千红总是春"，《观书有感》诗所写"半亩方塘一鉴开，天光云影共徘徊"，劝学诗《偶成》所写"未觉池塘春草梦，阶前梧桐已秋声"之类，还是形象鲜明，情理交融，历来广受称道的。站在审美欣赏的立场，要讲朱熹诗的代表作，理当是后一类。至于

《观澜》的传扬价值，更多是在认知上，两个视度不宜混淆。

就管窥所及，被误读的唐宋诗还有寇泚的《度涂山》（因涂山而误），李白的《窜夜郎于乌江留别宗十六璟》（因乌江而误），李商隐的《巴江柳》（因巴江而误），文天祥的《悼制置珏》（因张珏曾在重庆抗蒙元而误）等等。但其传播面及影响力不及上述诸诗，故恕不逐一辨析。

总而言之，守敬而近善，立诚以存真，文化传承既要讲深入挖掘，又要讲准确诠释。唐宋诗距当今人历时久远，读解中发生失误并不要紧，一经发现，匡正即可。比如《过蜀龙门》，将作者归还给沈佺期，依然可以继续礼赞它是一首写重庆的好诗或美诗。又如《北岩题壁》，将其原诗回归为《观澜》，并且适度讲明由来，不再说朱熹到过涪州，也依然可以继续传扬，保留一段人文佳话。至于另外5首诗，不再宣传是写重庆的诗了，也丝毫不贬损唐宋诗在重庆地域文化发展史上的杰出贡献和崇高地位。相反地，怕就怕不肯正视，在认知上变相搞少数服从多数，纵或有误也拒斥真相，以讹传讹，贻误后人。

2023年3月11日于淡水轩

# 后　记

"文章合为时而著，歌诗合为事而作。"白居易的这两句名言，六十年前我当学生时便耳熟能详，其后置身于教育、文艺两界，也曾不止一次引用过。但都是就一般的文艺创作理论而言，从来没有，甚而至于从未想过与自己的著述相关联。而今却不一样了，为选注《巴渝诗歌三百首》，心心念念都系于为时为事。

近二三十年，重庆人对巴渝文化的关注度超越既往三千年，尤其巴渝诗歌时常引人瞩目。热浪所及，不仅出版了两位数的以"巴渝"或"重庆"冠名，以及以某一地区冠名的诗歌选注本和全集本，而且还由媒体组织开展了一些"最美"诗歌评选活动。这原本是好事，然而，也引生出诸多遗憾。好几首并非巴渝诗的历代名人诗，被指认为巴渝诗。与之相映衬，更大数量的历代巴渝诗，竟然长期被遗忘。既有的相关出版物中，多数存在偏重唐宋而忽视明清，偏重夔州、渝州而忽视其他地区，古黔中郡今渝东南长期被冷落的倾向。既有的注释则是水平参差不齐，简注居多，误注和漏注亦复不少。如果听凭诸如此类的遗憾存在下去，将不利于巴渝诗歌乃至巴渝文化的传承，因而认为有责任补正。为此，三年前我曾撰成《巴渝诗话》（西南师范大学出版社2020年5月第1版），评介了七百余首巴渝诗，并对几首被误认为巴渝诗的非巴渝诗作过辨识。出版以后听到些反馈意见，评介的诗偏多了，未作注释尤为不利于多数人阅读。渐次还发现，既有的遗憾照常存在，误说误导远未消歇。经过一段时间的反复思考，我决定在《巴渝诗话》的基础上另外搞出一个选注本，从选诗允当、注释详密两个向度有所作为。

下定决心后，我写了一则较简明的《巴渝诗歌三百首》写作构想，寄发给重庆出版社的副总编辑郭宜，并请他转达总编辑陈兴芜。很快便得到了肯定性答复，我就从三月下旬开始，心无旁骛地投入了撰述。重新体验朝九晚五，连节假日也无例外，持续四个多月，终于得竟全功。选诗和注释，都有超越既有文本的期求。

选诗期求正本清源，拾遗补阙。巴渝地域基本对应为当今重庆，历史上与今之川、鄂、湘、黔交界的边沿地带略有从宽。凡巴渝本籍诗人，无论何时何地的诗作，统属于巴渝诗。而籍非巴渝的诗人，则无论其名望如何，都要能实证曾经迹在巴渝，其间所作才算巴渝诗。自先秦至于近代，所选诗歌一概以诗为主，兼及词曲和民歌民谣。选取的标准，着重点在诗人的代表性和诗作的代表性；以之为前提，亦兼顾地域的代表性。除陶澍诗系由友人胡昌健所提供外，所有的诗均选自常璩所撰《华阳国志》，曹学佺所撰《蜀中名胜记》，沈德潜所编《古诗源》，彭伯通所编《重庆题咏录》，熊宪光所撰《巴渝诗词歌赋》，熊笃主编《巴渝古代近代诗歌史》，段庸生、王亚培选注《历代巴渝词曲选注》，重庆出版社出版的《夔州诗全集》，以及个人的相关藏书。最终选定的300首诗歌中，唐宋诗合计133首，明清诗合计111首，大致上平衡，也合乎巴渝诗歌发展史的真实状态。从涵盖面看，既如实地凸显了诗山、诗廊、诗城和主城核心区两大重点区域，又广及于今重庆市38个区县中的36个区县，古黔中郡今渝东南的入选诗约占总量的十分之一，巴渝诗歌发展史的总体风貌可略见一斑。

注释期求应注必注，释疑有据。应注的基准，设定在高中毕业语文水平，以增强广适性。但释疑解难上不封顶，即便专门家，仍可以随处"疑义相与析"。始终采用详注体例，一注字，二释词，三解句，四对篇章略作点评式鉴赏。注释的依据，主要是文献资料，只要可能检索得到，便不厌其烦，旁搜博取。其次也不迷信纷繁的文献，对地域历史、民物风情之类，还不惮参酌实地印象和时人讲述。凡能见到的古今人注释，都细加比较筛选，尽可能做到择善而从。若疑皆有误，则不辞与前贤时彦的见解相左，概依上述两条轨迹另作椠梏。统揽所选300首诗歌，计有120余首未见他人注释过，由个人勉力诠笺的。其外再加上诗虽有注，某些字词句尚无人注，以及虽有注，我却未从之两种情况，我的自主性注释不少于总量的三分之二，因而整体视为新注亦未尝不可。

当此结稿之际，我特别感念从不同角度支持过我的人。除了陈兴芜、郭宜和胡昌健，还有以下几方面的友人和亲人，我必须致以由衷的谢忱。

其一，我一直不会电脑写作，滞留在纸笔阶段。临动笔，遇到的第一个大困窘，就是多年积存的稿笺纸不够了，四处寻购也一无所获。万般无奈，只好发微信到朋友圈，问询什么地方有稿笺纸卖。不出十分钟，许大立、张川耀、张玉伟三位老友便复信了，他们愿支援我。速则当天，缓则次日，三批稿笺纸即快递到手，直至今日犹未用完。多谢大立、川耀和玉伟，若没有三位救急，真不知道会不会有这一本书。

其二，注释杨庶堪诗《秋日郊居时方议选报罢》的时候，我被"吴卒可应潜市侧，留侯终欲弃人间"里的"吴卒"卡住了，检索半天仍未得解。于是发微信，向熊宪光和熊笃二位老友求教。多幸宪光查明了，复信告我说："吴卒即'吴门士卒'，指汉梅福避王莽专政，变姓名，隐于会稽，为吴门市卒。见《汉书·梅福传》。"循之再查，便得确解。为一词而烦劳二熊，虽然彼此间早就习以为常，我仍然心存感激。要不然，只好放弃这首诗，留下遗憾。

其三，同样由于我只能手写，往常出书都依赖于出版社安排人手转换成为电子文本，此番也无例外。不同于往常的是，重庆出版社的年轻编辑王娟提前介入了，六月中旬即来我家取走了已写成的部分文稿，先行录入电脑打印。时下我还不知道，谁将任责编，还有哪些年轻人将为打字、校对、审读文稿、装帧设计等付出辛劳。但我明白，设若没有他们的尽职奉献，我的文稿就只是一摞字纸。因而我要对她和她的同仁们说：辛苦你们了！

其四，要感谢我的老伴傅雪川。今年初新冠肆虐，她先我"阳"了，我则两度"阳"了，比她更重，濒于危殆。多亏她和女儿蓝焱、女婿陈力、友人史若飞倾情照料，才保住性命，走出医院。"阳"后服中药调理，三、四两个月成天熬药，她都包了。待我恢复元气后，她自己才服中药调理，直至五月下旬。即便如此，她仍一如既往地操持家务，我作帮手只不过打点小杂。相濡以沫五十多年，多亏她的自我牺牲和悉心呵护，否则我难有所成，80余岁犹敢著书更加是痴心妄想。

这本《巴渝诗歌三百首》，将是我的第二十本个人著述，也是我此生最后一本个人著述。不是思维迟钝了，而是视力更其减退，不能支撑读写了。能硬撑着了结此书，已极不易。如得以正常出版，面世当在明年了。明年，公元2024年，适值我大学毕业60周年，于个人的纪念意义自不待言。但我更加看重的，是这本书理当具备的社会价值。从选诗到注释，是否超越了既有同题选本并不重要，重要的是经受得住时间检验，有助于传播巴渝诗歌，弘扬巴渝文化。

言难尽意，诗以结之——

绝顶涂山纪禹功，争门众水永朝东。
兰苕拥翠几多媚，碧海掣鲸谁竞雄？
望月八千疑踬踣，寻芳三百信从容。
殷勤寄语击流手，好趁云天万里风。

2023年8月16日黄水月亮湖畔